O mestre e Margarida

MIKHAIL BULGAKOV

O mestre e Margarida

TRADUÇÃO DO RUSSO
Zoia Prestes

2ª edição
2ª reimpressão

Copyright da tradução © by Zoia Prestes

Grafia atualizada segundo o Acordo Ortográfico da Língua Portuguesa de 1990, que entrou em vigor no Brasil em 2009.

Título original
Мастер и Маргарита

Capa
Filipa Damião Pinto | Foresti Design

Preparação
André Marinho

Revisão
Anabel Ly Maduar
Eduardo Russo

Dados Internacionais de Catalogação na Publicação (CIP)
(Câmara Brasileira do Livro, SP, Brasil)

Bulgakov, Mikhail Afanassievitch, 1891-1940
    O mestre e Margarida / Mikhail Bulgakov ; tradução do russo Zoia Prestes. – 2ª ed. – Rio de Janeiro : Alfaguara, 2021.

    Título original: Мастер и Маргарита.
    ISBN: 978-85-5652-129-3

    1. Ficção ucraniana I. Título.

21-76602   CDD-891.793

Índice para catálogo sistemático:
1. Ficção : Literatura ucraniana   891.793

Cibele Maria Dias – Bibliotecária – CRB-8/9427

Todos os direitos desta edição reservados à
EDITORA SCHWARCZ S.A.
Praça Floriano, 19, sala 3001 — Cinelândia
20031-050 — Rio de Janeiro — RJ
Telefone: (21) 3993-7510
www.companhiadasletras.com.br
www.blogdacompanhia.com.br
facebook.com/editora.alfaguara
instagram.com/editora_alfaguara
twitter.com/alfaguara_br

... quem és, afinal?
— Sou parte da força que eternamente
deseja o mal e eternamente faz o bem.

Fausto, *Goethe*

Prefácio

Eram meados da década de 1980. Estava cursando a Faculdade de Psicologia e Pedagogia Infantil da Universidade Lenin de Pedagogia de Moscou. Meus pais já haviam retornado para o Brasil com a anistia política assinada em agosto de 1979. Eu mais duas irmãs e três irmãos permanecemos na União Soviética. O retorno de cada um para o Brasil estava atrelado, de certa forma, ao término dos estudos ou à decisão pessoal de partir com suas famílias para um mundo desconhecido e imprevisível. Foi nessa época que chegou às minhas mãos um livro verde que não trazia na capa o título nem o nome do autor. A pessoa que me repassou avisou que era uma obra proibida e que havia muitas pessoas na fila querendo ler. Por isso, teria apenas uma semana para fazer a leitura.

Ao abrir o livro, descobri o título *O mestre e Margarida*. O nome do autor do qual nunca tinha ouvido falar também estava ali: Mikhail Afanassievitch Bulgakov. Tinha em mãos uma edição de algum país socialista, acho que da Tchecoslováquia, mas não me lembro muito bem. Era muito comum que livros proibidos, censurados ou de circulação restrita fossem editados fora da União Soviética. Tínhamos acesso a essas edições graças às pessoas que conseguiam autorização para viajar para o exterior e que se arriscavam ao trazê-las em suas malas.

Eu já morava na União Soviética havia mais de dez anos, quando tive a oportunidade de ler o romance de Bulgakov pela primeira vez. Convivia com as contradições de um regime que, de um lado, garantia o básico necessário a toda a população, inclusive a nós, exilados, mas, de outro, reprimia o acesso às obras literárias que criticassem as distorções que existiam no primeiro país socialista. Porém, devo reconhecer que não compreendi, naquele momento, o mistério em torno da proibição de *O mestre e Margarida*, que só teve sua primeira versão integral publicada na URSS em 1989.

Não vou me deter em minhas impressões sobre o livro e muito menos apresentar neste prefácio um estudo da vida e da obra de Bulgakov. Para quem quer se aprofundar na obra do escritor e é fluente na língua russa, existe, hoje, muita literatura à disposição. Recomendo, em especial, a biografia, considerada pelos estudiosos russos a mais completa até agora, elaborada por Aleksei Varlamov para a série Жизнь замечательных людей: Михаил Булгаков [A vida de pessoas extraordinárias: Mikhail Bulgakov], publicada pela editora Molodaia Gvardia em 2008, e a leitura do livro Михаил и Елена Булгаковы: дневник Мастера и Маргариты [Mikhail e Elena Bulgakov: o diário do mestre e da Margarida] que saiu em 2012 pela editora moscovita Proza i K, organizado, prefaciado e comentado por V. I. Lossev. No Brasil e em português, também temos ótimas referências. Um exemplo são os dois volumes de autoria de Homero Freitas de Andrade — *O diabo solto em Moscou* e *Um coração de cachorro e outras novelas* — editados pela Edusp em 2002 e 2010, respectivamente.

Segundo Lossev,* o romance, considerado a mais importante obra do autor, recebeu o título definitivo *O mestre e Margarida* apenas em 1937, apesar de haver fortes indícios, pelos diários do escritor apreendidos pelo OGPU,** de que Bulgakov estava juntando material e fazendo alguns esboços para escrever a obra desde 1926. No entanto, a criação do romance se intensifica mesmo em 1928, quando tem início a perseguição ao autor e a suas obras. É também quando ele vive momentos dramáticos que estão registrados nos diários devolvidos, em parte, pelo OGPU depois de muitas cartas endereçadas a diferentes departamentos do governo soviético, algumas para o próprio Stalin.

---

* V. I. Lossev, *Predislovie* [Prefácio]. In: M. A. Bulgakov, Великий канцлер. Князь тьмы [O grande chanceler. A execução da escuridão]. Moscou: Gudials-Press, 2000, pp. 5-20.

** Объединённое государственное политическое управление [Diretoria Política Unificada do Estado] — órgão especial de segurança na URSS.

A elaboração deste prefácio me possibilitou reavivar na memória certos temas que figuram no romance e em outras obras de Mikhail Bulgakov e que, de certa forma, vivenciei em Moscou.

Um deles é a questão da religião. A família do escritor tinha uma ligação antiga e muito forte com a Igreja ortodoxa russa. Ele era o primogênito do casal Afanasi Ivanovitch Bulgakov e Varvara Mikhailovna Bulgakova. O pai era professor de teologia e neto de um padre da Igreja ortodoxa russa. A mãe, professora primária e filha de um arcipreste da catedral de Karatchev. De acordo com Lossev (2000), Bulgakov, ao comentar com seu biógrafo P.S. Popov sobre o que originou o romance que, até 1937, era intitulado de *Romance sobre o diabo*, disse: "Se minha mãe foi o estímulo para eu criar o romance *O Exército Branco*, meu pai deve ser o ponto de partida para uma outra obra sobre a qual já estou pensando".

De acordo com algumas fontes, o romance *O mestre e Margarida* é o ápice de sua crítica à perseguição da religião no país dos Sovietes. É possível imaginar a revolta de Bulgakov diante da destruição de catedrais e igrejas em Moscou na década de 1930 promovida por Stalin. O escritor, apesar de todas as dificuldades que enfrentou em Moscou, gostava da cidade e, principalmente, dos templos ortodoxos, que figuram em suas crônicas e contos. Talvez um dos casos mais emblemáticos tenha sido a demolição da Catedral Cristo Salvador, no centro de Moscou, que daria lugar, inicialmente, a um monumento a Lenin. Entretanto, depois da Segunda Guerra, foi construída no local uma enorme piscina pública.

Além desse ato absurdo, havia também a perseguição às pessoas que acreditavam em Deus, o que, para Bulgakov, não era apenas mais um ataque à religião, mas, sim, à liberdade de se expressar.

Em 1973, eu e toda a minha turma da escola fomos admitidos na organização dos pioneiros soviéticos. Apenas um colega não aceitou, pois sua mãe era religiosa e não quis que o filho tivesse que abrir mão de seus princípios religiosos. Esse fato ficou marcado em minha memória, assim como a proibição de assistirmos aos festejos da Páscoa numa igreja que funcionava perto da nossa casa. Como eu e meus irmãos éramos estrangeiros, os "olheiros" nada podiam fazer conosco, mas, algumas vezes, acompanhando por curiosidade a procissão, tivemos que proteger colegas para não sermos todos presos.

Um outro ponto que aparece com destaque nas obras de Bulgakov é o problema habitacional. Alguns estudiosos da vida e da obra do autor afirmam que este assunto tem origem em um fato autobiográfico. Em carta endereçada à irmã, o autor diz: "O maior problema em Moscou é o de apartamentos". Realmente, o tema está presente nos contos, nos diários, nas crônicas, nas colunas que Bulgakov escrevia para jornais e revistas desde sua mudança para a capital. No conto "Recordações", publicado em 1924 na revista *O ferroviário*, o escritor narra suas peripécias ao chegar a Moscou e revela que, graças à carta que escreveu para Nadejda Krupskaia (esposa de Lenin), conseguiu um quarto de dezoito metros quadrados no apartamento nº 50 na rua Sadovaia, 10 — ou seja, o famoso apartamento do romance *O mestre e Margarida*.

Mesmo tendo sido escrito durante a década de 1930, o romance descrevia fenômenos que ainda faziam parte da nossa vida no início dos anos 1970. Nossa família era grande, composta por onze pessoas (meus pais e nove filhos). Então, o governo soviético nos acolheu em um apartamento de vários cômodos no centro de Moscou e, além do quarto dos meus pais, da sala de jantar e do escritório, havia o quarto dos meus irmãos e o nosso quarto, o das meninas. Todavia, a convivência com colegas na escola do bairro começou a nos mostrar a realidade do povo soviético. A grande maioria das famílias ainda ocupava um único cômodo em apartamentos de três ou quatro quartos, sendo a cozinha e o banheiro de uso comum. Essa situação só começou a mudar no início dos anos 1980 com a expansão do programa habitacional do governo.

Talvez Bulgakov tenha sido o escritor que melhor apontou os problemas do regime soviético. E o romance *O mestre e Margarida* é a síntese disso. Nele, além do problema habitacional e do combate à religião, figuram temas como burocracia, corrupção, vaidade, carreirismo, ignorância, privilégios dos "burocratas" e, claro, sem maniqueísmo, a eterna tensão entre o bem e o mal. Como diz o personagem Woland: "o que faria a sua bondade se não existisse a maldade, como seria a terra se dela sumissem as sombras?".

Ao receber a proposta de traduzir o romance de Bulgakov, questionei-me se o leitor brasileiro conseguiria compreender a sátira e o humor fino destilado pelo autor em relação ao regime que nasceu diante de seus olhos. Afinal, ele trata de assuntos tão específicos do cotidiano soviético... e me perguntei: como transmitir na versão em português esses aspectos tão peculiares? Não sei se consegui. Mas, tratando-se de uma obra de arte, *O mestre e Margarida* já ganhou vida própria e não pertence mais ao autor (muito menos à tradutora) nem a quem a lê e interpreta. Tornou-se patrimônio da humanidade e fala de fenômenos sociais comuns aos humanos. A liberdade é sua essência e, mesmo depois de ter sido proibido durante décadas, o romance é considerado hoje uma das mais importantes obras de "ficção" da literatura mundial.

E quem sabe, assim como Bulgakov narrou a passagem do diabo por Moscou, um dia, alguém vai narrar as aventuras do diabo no Brasil atual.

Zoia Prestes
Rio de Janeiro, março de 2020

PRIMEIRA PARTE

1. Nunca falem com estranhos

Na hora de um quente pôr do sol primaveril, surgiram dois cidadãos em Patriarchi Prudi. O primeiro, com aproximadamente quarenta anos, trajava um costume cinza de verão, era de estatura baixa, cabelos escuros, rechonchudo, careca, na mão portava seu chapéu enroladinho. Seu rosto cuidadosamente barbeado estava ornado de óculos de tamanho sobrenatural de armação preta de chifre. O segundo era um jovem de ombros largos, arruivado, hirsuto, com um boné xadrez caído na nuca, camisa de caubói, calças brancas amarrotadas e pantufas pretas.

O primeiro era nada mais nada menos que Mikhail Aleksandrovitch Berlioz, editor de uma grossa revista de arte e presidente do conselho de uma das maiores associações literárias de Moscou, abreviadamente denominada Massolit.* Já seu jovem acompanhante era o poeta Ivan Nikolaievitch Ponyriov, que escrevia sob o pseudônimo de Bezdomni.**

Assim que entraram na sombra das tílias verdejantes, os escritores se precipitaram para um quiosque multicolorido com a placa "Cerveja e água".

Sim, convém destacar a primeira esquisitice desse terrível entardecer de maio. Não só perto do quiosque, mas também em toda a aleia paralela à rua Malaia Bronnaia não havia vivalma. Naquela hora, quando não se tinha forças nem para respirar, quando o sol, após incandescer Moscou, mergulhava numa neblina seca em algum

---

* Oficina da Literatura Socialista ou Literatura de Massa ou Associação Moscovita de Literatura. (N. T.)

** *Bezdomni*, em russo, quer dizer "sem casa" ou "sem teto". (N. T.)

lugar de Sadovoie Koltso, ninguém viera para a sombra das tílias, ninguém se sentara no banco, a aleia estava vazia.

— Um Narzan* — pediu Berlioz.

— Não tem — respondeu a mulher do quiosque, e sabe-se lá por que se ofendeu.

— Tem cerveja? — quis saber Bezdomni, com a voz rouca.

— Vão trazer mais tarde — respondeu a mulher.

— Tem o quê, então? — perguntou Berlioz.

— Suco de abricó, e está quente — disse a mulher.

— Então vai, pode ser, pode ser!...

O suco de abricó formou uma espuma densa e amarela, surgiu no ar um cheiro de salão de cabeleireiro. Depois de beberem, os literatos imediatamente começaram a soluçar, pagaram e sentaram-se no banco, de frente para o lago e de costas para a rua Bronnaia.

Nesse momento, ocorreu a segunda esquisitice, que só tinha a ver com Berlioz. Ele parou de soluçar repentinamente, seu coração bateu e, por um instante, despencou para algum lugar, depois voltou, porém com uma agulha cega cravada nele. Além disso, Berlioz foi tomado por um medo infundado mas tão forte que teve vontade de sair correndo imediatamente de Patriarchi, sem olhar para trás.

Berlioz olhou em volta tristemente, sem entender o que o assustara tanto. Empalideceu, enxugou a testa com um lenço e pensou: "O que está acontecendo comigo? Nunca senti isso... o coração está falhando... estou esgotado... Acho que está na hora de mandar tudo para o inferno e partir para Kislovodsk...".**

Na mesma hora, o ar tórrido condensou-se diante dele, e desse ar teceu-se um cidadão transparente, de aspecto estranhíssimo. Na pequena cabeça, um boné de jóquei, um paletó xadrez apertado e também vaporoso... Um cidadão de estatura colossal, mas de ombros estreitos, incrivelmente magro e de fisionomia, quero destacar, debochada.

---

* Água mineral do Cáucaso. (N. T.)

** Cidade no sul da Rússia, onde estão localizadas as casas de descanso com fontes de águas minerais. (N. T.)

A vida de Berlioz transcorria de tal modo que ele não estava acostumado a fenômenos extraordinários. Empalidecendo ainda mais, ele esbugalhou os olhos e pensou, confuso: "Isso não pode ser real!".

Mas infelizmente era real, e o cidadão comprido, através do qual era possível enxergar, balançava diante dele, ora para a esquerda, ora para a direita, sem tocar no chão.

Nesse instante, o pavor tomou conta de Berlioz de tal forma que ele fechou os olhos. Quando os abriu, viu que tudo tinha acabado, a miragem evaporara, o xadrez desaparecera e, a propósito, a agulha cega se desprendera de seu coração.

— Ê, diabo! — exclamou o editor. — Sabe, Ivan, quase tive um ataque cardíaco por causa do calor! Tive até mesmo um tipo de alucinação... — tentou sorrir, mas a aflição ainda saltava aos olhos e as mãos tremiam. Acalmou-se aos poucos, abanou-se com o lenço e pronunciou bastante animado: — Bem, então... — retomou a conversa interrompida pelo suco de abricó.

A conversa, como descobriram posteriormente, era sobre Jesus Cristo. É que o editor havia encomendado ao poeta um grande poema antirreligioso para o próximo número da revista. Ivan Nikolaievitch compôs o poema, e até num prazo bastante curto, mas, infelizmente, o resultado não satisfizera o editor. Bezdomni esboçou o personagem principal de seu poema, ou seja, Jesus, com tintas muito sombrias, e, no entanto, o poema todo deveria, na opinião do editor, ser reescrito. E agora o editor dava ao poeta uma espécie de aula sobre Jesus, para destacar o principal erro que ele havia cometido.

Difícil dizer o que exatamente traiu Ivan Nikolaievitch — se foi a força figurativa de seu talento ou a total ignorância do tema sobre o qual escreveu —, mas seu Jesus saiu assim, perfeitamente vivo, um Jesus que havia realmente existido, só que, na verdade, um Jesus provido de todos os traços negativos.

Berlioz, por sua vez, queria provar ao poeta que o importante não eram as qualidades de Jesus, boas ou ruins, mas que esse Jesus, como personalidade, jamais existira no mundo e que todas as histórias sobre ele eram simples invenções, um mito muito comum.

É necessário observar que o editor era uma pessoa culta e, com muita desenvoltura, referia-se aos historiadores da Antiguidade em sua fala, por exemplo, ao famoso Fílon de Alexandria e ao homem de excelente educação, Flávio Josefo, que nunca haviam dito sequer uma palavra sobre a existência de Jesus. Demonstrando uma erudição sólida, Mikhail Aleksandrovitch informou ao poeta, entre outras coisas, que aquele trecho, no quadragésimo quarto capítulo do décimo quinto livro dos famosos *Anais* de Tácito, no qual se relata a execução de Jesus, era nada mais, nada menos, que uma falsa e tardia inserção.

O poeta, para quem tudo o que estava sendo informado pelo editor era novidade, ouvia atentamente Mikhail Aleksandrovitch, cravando nele seus olhos verdes e vivos e, entre soluços, volta e meia xingando baixinho o refresco de abricó.

— Não há nenhuma religião oriental — dizia Berlioz — na qual, por via de regra, uma virgem não dê à luz um deus. Os cristãos, sem inventar nada de novo, criaram da mesma forma seu Jesus que, na realidade, nunca esteve entre os vivos. É a isso que você deve dar mais ênfase...

O tenor grave de Berlioz ecoava na aleia deserta e, à medida que Mikhail Aleksandrovitch se embrenhava mais e mais no assunto, o que somente um homem culto poderia se permitir sem risco de quebrar a cara, o poeta descobria mais e mais coisas interessantes e úteis sobre o Osíris egípcio, o deus e filho benevolente do Céu e da Terra, sobre o deus fenício Tamuz, sobre Marduque da Babilônia e até mesmo sobre o menos famoso e terrível deus Vitzliputzli, muito reverenciado outrora no México pelos astecas.

No exato momento em que Mikhail Aleksandrovitch contava ao poeta como os astecas esculpiram de massa a figura de Vitzliputzli, surgiu a primeira pessoa na aleia.

Posteriormente, quando, falando francamente, já era tarde demais, diferentes instituições apresentaram seus informes com a descrição dessa pessoa. A comparação dos informes não pôde deixar de causar admiração. O primeiro dizia que ela era de estatura baixa, dentes de ouro e que mancava da perna direita. O segundo, que tinha um tamanho enorme, as coroas dos dentes de platina e que mancava da perna esquerda. O terceiro informava laconicamente que essa pessoa não possuía quaisquer sinais especiais.

Deve-se reconhecer que nenhum desses informes valia coisa alguma.

Ou seja: a pessoa descrita não mancava de nenhuma das pernas, sua estatura não era nem baixa nem enorme, mas simplesmente alta. Em relação aos dentes, do lado esquerdo as coroas eram de platina e, do lado direito, de ouro. Trajava um terno caro, cinza, e sapatos estrangeiros incomuns, da mesma cor que o terno. Usava uma boina cinza, colocada à banda em uma das orelhas, e embaixo do braço trazia uma bengala com um castão preto em forma de cabeça de poodle. Aparentava uns quarenta e poucos anos. A boca era meio torta. Bem escanhoado. Moreno. O olho direito era preto, e o esquerdo, sabe-se lá por quê, verde. As sobrancelhas negras, uma mais alta do que a outra. Numa palavra, era estrangeiro.

Ao passar em frente ao banco em que se encontravam o editor e o poeta, o estrangeiro olhou-os de soslaio, parou e de repente sentou-se no banco vizinho, a dois passos dos colegas.

"Alemão...", pensou Berlioz.

"Inglês...", pensou Bezdomni. "Hum, e mesmo de luvas não está com calor."

O estrangeiro lançou um olhar para os prédios altos, que, em forma de quadrado, margeavam o lago, e notou-se que ele via esse lugar pela primeira vez e que isso despertava seu interesse.

Ele deteve seu olhar nos andares superiores que, ofuscantes, refletiam em seus vidros o sol deformado, que para sempre deixaria Mikhail Aleksandrovitch, e logo voltou o olhar para baixo, onde os vidros começavam a escurecer, crepusculares. Sorriu indulgente por causa de algo, apertou os olhos, pousou as mãos no castão e o queixo sobre as mãos.

— Você, Ivan — dizia Berlioz —, representou muito bem e satiricamente, por exemplo, o nascimento de Jesus, o filho de Deus, mas o que importa é que, antes de Jesus, houve uma série de filhos de Deus, como, digamos, o Adônis fenício, o Átis frígio e o Mitra persa. Em suma, nenhum deles nunca nasceu nem nunca existiu, inclusive Jesus, e é necessário que você, no lugar do nascimento ou, suponhamos, da chegada dos Reis Magos, escreva sobre os boatos disparatados dessa chegada. Senão, pelo que você conta, parece que ele realmente nasceu!...

Então Bezdomni prendeu a respiração numa tentativa de cessar os soluços que o torturavam, o que fez os soluços ficarem ainda mais altos e torturantes, e nesse mesmo momento Berlioz interrompeu sua fala porque o estrangeiro havia se levantado repentinamente e caminhava em direção aos escritores.

Os dois olharam para ele admirados.

— Desculpem-me, por favor — falou o recém-chegado, com um forte sotaque estrangeiro, mas sem estropiar as palavras —, que eu, sendo um estranho, tome a liberdade... mas o assunto de sua conversa erudita é tão interessante que...

Então ele tirou a boina de maneira educada, e aos amigos não restava mais nada a não ser se erguer e cumprimentá-lo.

"Não, está mais para francês...", pensou Berlioz.

"Polaco?...", pensou Bezdomni.

É preciso acrescentar que, desde as primeiras palavras, o estrangeiro causou uma impressão abominável no poeta, enquanto Berlioz parecia ter gostado dele, ou melhor, não que tivesse gostado, mas... como se diz... ele havia despertado seu interesse, ou algo do gênero.

— Permitam-me sentar? — pediu o estrangeiro de forma educada, e os colegas, como que involuntariamente, abriram um espaço; o estrangeiro sentou-se comodamente entre os dois e, no mesmo instante, tomou parte na conversa: — Se não ouvi mal, o senhor disse que Jesus não existiu neste mundo? — perguntou o estrangeiro, voltando para Berlioz seu olho esquerdo, verde.

— Não, o senhor não ouviu mal — respondeu Berlioz com cortesia. — Falei exatamente isso.

— Ah, que interessante! — exclamou o estrangeiro.

"O que diabos ele quer?", pensou Bezdomni, franzindo a testa.

— E o senhor concordava com seu interlocutor? — quis saber o desconhecido, virando-se para a direita, para Bezdomni.

— Cem por cento! — confirmou Bezdomni, que gostava de se expressar de forma afetada.

— Incrível! — exclamou o interlocutor intrometido e, sabe-se lá por quê, olhou furtivamente ao redor e, abafando sua voz grave, disse: — Desculpem a minha impertinência, mas eu entendi de tal forma que, além de tudo, não acreditam em Deus? — Ele fez um olhar assustado e acrescentou: — Juro que não direi a ninguém.

— É, não acreditamos em Deus — respondeu Berlioz sorrindo de leve diante do susto do turista estrangeiro —, mas pode falar disso com total liberdade.

O estrangeiro reclinou-se no encosto do banco e perguntou com voz esganiçada pela curiosidade:

— São ateus?!

— É, somos ateus — respondeu Berlioz, sorrindo, e Bezdomni, enfurecido, pensou: "Pronto, esse estrangeiro já está querendo armar confusão!".

— Oh, que graça! — gritou o estrangeiro, surpreendido, e pôs-se a mover a cabeça, olhando ora para um, ora para o outro literato.

— Em nosso país o ateísmo não surpreende ninguém — disse Berlioz, diplomático e educado. — A maioria da nossa população deixou de crer, conscientemente, nos contos de fada sobre Deus há muito tempo.

Então o estrangeiro pregou a seguinte peça: pôs-se de pé e apertou a mão do pasmo editor, pronunciando as seguintes palavras:

— Permita-me agradecer-lhe de todo o coração!

— Por que o senhor lhe agradece? — quis saber Bezdomni, piscando.

— Pela informação muito importante, que, para mim, um viajante, é interessante demais — explicou o estrangeiro esquisitão, levantando o dedo de forma significativa.

A informação importante, pelo visto, realmente provocou no viajante impressões fortes, tanto que ele lançou um olhar para os prédios, assustado, como se temesse avistar em cada janela um ateu.

"Não, não é inglês, não…", pensou Berlioz, e Bezdomni pensou: "Onde ele aprendeu a falar russo assim? Isso que é interessante!", e franziu a testa novamente.

— Mas permitam-me perguntar — começou a dizer o visitante estrangeiro depois de uma reflexão inquietante —, o que fazer com as provas da existência de Deus, que, como se sabe, são precisamente cinco?

— Oh, céus! — respondeu Berlioz com desgosto. — Nenhuma dessas provas vale nada, e a humanidade há muito tempo as deixou de lado. O senhor há de convir que, à luz da razão, não pode haver nenhuma prova da existência de Deus.

— Bravo! — bradou o estrangeiro. — Bravo! O senhor repetiu na íntegra a ideia do preocupado e velho Immanuel sobre o assunto. Mas veja que curioso: ele destruiu definitivamente as cinco provas e depois, como que zombando de si mesmo, criou sua própria sexta prova!

— A prova de Kant — exclamou o culto editor com sorriso fino — é também inconsistente. Não é à toa que Schiller dizia que os argumentos kantianos sobre essa questão podem satisfazer somente escravos, e Strauss simplesmente riu dessa prova.

Berlioz falava e pensava consigo: "Quem será ele? E por que fala russo tão bem?".

— Tinham de pegar esse Kant e prender uns três anos em Solovki por causa dessas provas! — bradou inesperadamente Ivan Nikolaievitch.

— Ivan! — sussurrou Berlioz sem jeito.

Mas a proposta de enviar Kant a Solovki não apenas não espantou o estrangeiro, como o levou ao êxtase.

— Isso, isso mesmo — gritou ele, e seu olho esquerdo, verde, virado para Berlioz, começou a brilhar —, o lugar dele é lá! Pois eu disse a ele uma vez, durante o café da manhã: "O senhor é o mestre, a vontade é sua, mas inventou algo confuso. Pode até ser algo inteligente, mas é incompreensível demais. Vão gozar da sua cara".

Berlioz esbugalhou os olhos. "Durante o café da manhã... falou com Kant? Que bobagem é essa que está dizendo?", pensou.

— Porém — prosseguiu o forasteiro, sem se incomodar com o assombro de Berlioz e virando-se para o poeta —, é impossível enviá-lo a Solovki, pelo simples fato de que ele, já há cento e poucos anos, se acha em lugares muito mais distantes do que Solovki, e não dá para tirá-lo de lá de jeito nenhum, garanto ao senhor!

— Uma pena! — replicou o poeta encrenqueiro.

— Também acho uma pena — confirmou o desconhecido com o olhar cintilante, e prosseguiu: — Mas eis a questão que me preocupa: se Deus não existe, então pergunta-se, quem rege a vida humana e, em geral, toda a ordem na terra?

— O próprio ser humano — apressou-se em responder à questão o enfurecido Bezdomni que, deve-se admitir, não era muito clara.

— Desculpe — replicou docilmente o desconhecido —, mas para reger, queira ou não, é necessário possuir minimamente um plano preciso com alguns prazos estabelecidos. Permita-me perguntar: como é que pode o ser humano reger, se não apenas não tem condições de fazer qualquer plano, mesmo que seja com um prazo risivelmente curto de, digamos, uns mil anos, como também é incapaz de se responsabilizar até mesmo pelo seu dia de amanhã? E realmente — o desconhecido virou-se para Berlioz — imagine, por exemplo, que o senhor comece a reger, dispondo de sua vida e da vida de outras pessoas, e então passe a tomar gosto pela coisa e, de repente, o senhor cof... cof... descobre que está com câncer de pulmão... — o estrangeiro sorriu docemente, parecia que a ideia do câncer lhe dava prazer —, é, câncer — repetiu a palavra sonora e apertou os olhos feito um gato —, pronto, sua regência chegou ao fim! Não lhe interessa o destino de mais ninguém, somente o seu.

"Os parentes começam a mentir para o senhor. Pressentindo algo errado, o senhor recorre a médicos competentes, depois a charlatões e até mesmo a videntes. Assim como o primeiro e o segundo, o terceiro também não ajuda em nada, é totalmente sem sentido. Tudo termina tragicamente: aquele que, ainda havia pouco, acreditava administrar algo de repente se vê imóvel deitado numa caixa de madeira, e as pessoas que o cercam, compreendendo que não há mais nenhuma utilidade naquele que está deitado, o queimam no forno. E existem casos piores: o sujeito decide ir a Kislovodsk — neste momento, o estrangeiro olhou para Berlioz com os olhos apertados —, parece uma coisinha de nada, mas nem isso ele consegue realizar, porque, sabe-se lá o motivo, ele de repente escorrega e vai parar debaixo de um bonde! Será que o senhor dirá que foi ele quem fez isso consigo mesmo? Não seria mais razoável pensar que ele foi controlado por alguém?"

E o desconhecido soltou uma gargalhada muito estranha.

Berlioz ouvia com muita atenção a desagradável história do câncer e do bonde, e pensamentos preocupantes começaram a atormentá-lo. "Ele não é estrangeiro... não é estrangeiro...", pensava, "é um sujeito estranhíssimo... perdão, mas quem é ele?..."

— Percebo que o senhor quer fumar, não é? — o desconhecido virou-se de repente para Bezdomni. — Quais prefere?

— O senhor tem diferentes marcas, por acaso? — perguntou sombrio o poeta, que já estava sem cigarros.

— Quais prefere? — repetiu o desconhecido.

— Ah, "Nossa Marca", vai — respondeu Bezdomni com raiva.

O desconhecido retirou imediatamente o porta-cigarros do bolso e ofereceu a Bezdomni:

— "Nossa Marca."

O editor e o poeta não se impressionaram tanto com o fato de o porta-cigarros conter precisamente cigarros "Nossa Marca", mas sim com o próprio porta-cigarros. De proporções enormes e ouro puro, ao ser aberto, em sua tampa brilhou com uma luz azul e branca um triângulo de brilhantes.

Nesse instante, os escritores tiveram pensamentos diferentes. Berlioz: "Não, não é estrangeiro!", e Bezdomni: "Ah, o diabo que o carregue!...".

O poeta e o dono do porta-cigarros puseram-se a fumar, e o não fumante Berlioz recusou.

"Tenho que retrucar da seguinte forma", resolveu Berlioz, "é, o ser humano é mortal, ninguém discute isso. Mas a questão é que..."

Porém, ele não conseguiu pronunciar essas palavras, e o estrangeiro começou a dizer:

— É, o ser humano é mortal, mas isso ainda seria meia desgraça. O ruim é que às vezes ele é mortal de repente, eis a mágica! E em geral é impossível dizer o que fará na tarde de hoje.

"Que maneira mais tola de apresentar a questão...", raciocinou Berlioz, e retrucou:

— Ah, existe certo exagero nisso. Sei mais ou menos com certeza como será a tarde de hoje. Mas é claro que, se um tijolo cair na minha cabeça no meio da Bronnaia...

— Um tijolo sem mais nem menos — interrompeu com ar sério o desconhecido — não cai nunca na cabeça de ninguém. E, particularmente, eu lhe garanto que isso não o ameaça. O senhor morrerá de morte diferente.

— Será que o senhor sabe como? — indagou Berlioz com uma ironia natural, envolvendo-se pela conversa totalmente tola. — Vai me dizer?

— Com prazer — respondeu o desconhecido. Ele mediu Berlioz com o olhar, como se pretendesse confeccionar um terno, balbuciou por entre os dentes algo como "um, dois... Mercúrio na segunda casa... a lua saiu... seis, desgraça... anoitecer, sete..." e anunciou em voz alegre e alta: — Cortar-lhe-ão a cabeça!

Bezdomni de modo selvagem e irritado esbugalhou os olhos para o desconhecido indolente, e Berlioz perguntou com um sorriso amarelo:

— Quem exatamente? Os inimigos? Os invasores?

— Não — respondeu o interlocutor — uma mulher russa, uma *komsomolka.**

— Hum... — mugiu Berlioz, irritado com a ironia do desconhecido — isso, me desculpe, é pouco provável.

— Desculpe-me também — respondeu o estrangeiro —, mas é verdade. Sim, gostaria de perguntar-lhe o que vai fazer hoje à tarde, se não é segredo...

— Segredo algum. Agora vou até minha casa na Sadovaia e depois, às dez da noite, haverá uma reunião na Massolit, e eu vou presidi-la.

— Não, isso não pode ser, de jeito nenhum — retrucou o estrangeiro com firmeza.

— Por quê?

— Porque — respondeu o estrangeiro com olhos apertados voltados para o céu, onde, pressentindo o frescor da noite, pássaros negros tracejavam silenciosamente — Anniuchka já comprou o óleo de girassol, e não só o comprou como já o derramou. Não haverá reunião.

Nesse instante, é bastante compreensível, fez-se silêncio sob as tílias.

---

* Moça membro da União da Juventude Comunista da União Soviética. (N. T.)

— Desculpe — falou Berlioz após uma pausa, olhando para o estrangeiro que balbuciava bobagens —, mas o que o óleo de girassol tem a ver com isso... e de qual Anniuchka você está falando?

— O óleo de girassol tem a ver pelo seguinte motivo — disse de repente Bezdomni, que, pelo visto, resolveu declarar guerra ao interlocutor intrometido —, o senhor, cidadão, nunca teve que se internar em algum sanatório para doentes mentais?

— Ivan! — exclamou baixinho Mikhail Aleksandrovitch.

Mas o estrangeiro não se ofendeu nem um pouco e deu uma bela gargalhada.

— Tive sim, e foram várias vezes! — gritou ele, rindo, mas sem tirar o olhar nada risonho do poeta. — E onde é que eu não estive! Pena que não tive tempo de perguntar ao doutor o que é esquizofrenia. Por isso, o senhor terá que descobrir pessoalmente, Ivan Nikolaievitch!

— Como sabe meu nome?

— Perdão, Ivan Nikolaievitch, mas quem não o conhece? — Nesse momento o estrangeiro tirou do bolso o exemplar do jornal *Literaturnaia Gazeta* do dia anterior e Ivan Nikolaievitch viu na primeira página o seu retrato com seus poemas embaixo. Mas a prova de fama e popularidade, que ainda ontem o alegrava, dessa vez não proporcionou sentimento de felicidade ao poeta.

— Desculpe — disse ele, e seu rosto ficou sombrio —, mas o senhor poderia aguardar um minuto? Quero trocar duas palavrinhas com o camarada.

— Oh, com prazer! — exclamou o desconhecido. — Está tão bom aqui, sob as tílias, e eu, aliás, não estou com pressa.

— É o seguinte, Micha* — pôs-se a cochichar o poeta, arrastando Berlioz para o canto —, ele não é turista estrangeiro coisa nenhuma, e sim espião. É um emigrante russo que conseguiu entrar aqui. Pergunte por seus documentos, senão vai fugir...

— Você acha? — cochichou Berlioz agitado, e pensou: "De fato, ele está certo...".

— Acredite em mim — sibilou o poeta em seu ouvido —, ele está se fazendo de bobo para pedir algo. Viu como fala russo? —

---

* Diminutivo de Mikhail. (N. T.)

o poeta falava e olhava de soslaio, cuidando para que o desconhecido não escapasse. — Vamos prendê-lo, senão vai fugir...

O poeta puxou Berlioz pelo braço até o banco.

O desconhecido não estava sentado, mas parado perto do banco, segurando nas mãos um livro com encadernação cinza-escura, um envelope de papel bom e grosso e um cartão de visita.

— Desculpem-me, mas no ardor de nosso debate esqueci de me apresentar. Aqui está o meu cartão de visita, o passaporte e o convite para vir a Moscou para dar consultoria* — disse o desconhecido de forma convincente, lançando um olhar penetrante para os dois literatos.

Estes, por sua vez, ficaram sem jeito. "Diabo, ele ouviu tudo...", pensou Berlioz, e com um gesto educado indicou que não havia necessidade de apresentar documentos. Enquanto o estrangeiro empurrava os papéis para o editor, o poeta conseguiu divisar no cartão a palavra "professor acadêmico", impressa com letras estrangeiras e a letra inicial do sobrenome — "W".

— Muito prazer — balbuciava o editor, sem graça, enquanto o estrangeiro guardava os documentos no bolso.

Assim, as relações foram restabelecidas e os três se sentaram novamente no banco.

— O senhor foi convidado na qualidade de consultor, professor? — perguntou Berlioz.

— É, como consultor.

— É alemão? — quis saber Bezdomni.

— Eu? — respondeu o doutor em forma de pergunta e de repente ficou pensativo. — Sim, provavelmente alemão... — disse ele.

— O senhor fala russo muito bem — observou Bezdomni.

— Oh, sou poliglota e domino um grande número de idiomas — respondeu o doutor.

— E o senhor tem alguma especialidade? — quis saber Berlioz.

— Sou especialista em magia negra.

"Pronto!", pensou Mikhail Aleksandrovitch.

— E... e o senhor foi convidado por causa dessa especialidade? — perguntou ele, gaguejando.

---

* Na União Soviética, era necessário ter um convite oficial para entrar no país. (N. T.)

— Sim, por causa dela — confirmou o professor, e esclareceu: — Aqui, na biblioteca estatal, foram descobertos manuscritos originais do necromante Gerbert D'Aurillac,* do século x. Pois bem, é preciso que eu os decifre. Sou o único especialista do mundo.

— A-há! É historiador? — perguntou Berlioz, com grande alívio e respeito.

— Sou historiador — confirmou o cientista, e acrescentou sem mais nem menos: — Hoje à noite, em Patriarchi Prudi, acontecerá uma história interessante!

Novamente o editor e o poeta se surpreenderam muito. O professor chamou ambos para perto de si e, quando eles se inclinaram, cochichou:

— Saibam que Jesus existiu.

— Veja bem, doutor — replicou Berlioz com um sorriso forçado —, respeitamos seus grandes conhecimentos, mas, sobre esse assunto, temos pontos de vista diferentes.

— Não precisa de ponto de vista coisa nenhuma — respondeu o estranho professor —, ele simplesmente existiu e pronto.

— Mas é preciso ter algum indício, uma prova... — começou Berlioz.

— Não precisa de indício algum — respondeu o doutor, que se pôs a falar baixo e, sabe-se lá por quê, seu sotaque desapareceu: — É tudo simples: de manto branco com a barra ensanguentada, com o andar arrastado de um cavaleiro, na manhã do décimo quarto dia do mês primaveril de Nissan...

---

* Papa Silvestre II (de 999 a 1003). Nasceu em 945, em Auvergne, e faleceu em 1003, em Roma. (N. T.)

2. Pôncio Pilatos

De manto branco com o forro vermelho como sangue, com o andar arrastado de um cavaleiro, na manhã do décimo quarto dia do mês primaveril de Nissan, o procurador da Judeia, Pôncio Pilatos, saiu para a colunata coberta entre as duas alas do palácio de Herodes, o Grande.

Mais do que qualquer coisa no mundo, o procurador odiava o cheiro do óleo de rosas, e agora tudo pressagiava um dia ruim, pois esse cheiro começou a seguir o procurador desde o amanhecer. Parecia-lhe que o odor emanava dos ciprestes e das palmeiras do jardim e que, ao cheiro dos equipamentos de couro e do suor do corpo das tropas, misturava-se a maldita corrente de perfume de rosa. Desde as alas do fundo do palácio, onde se acomodou a primeira coorte da Décima Segunda Legião Fulminata, que chegara a Yerushalaim junto com o procurador, a colunata ao longo da área superior do jardim cobriu-se de fumaça, e a essa fumaça amarga — sinal de que os cozinheiros nas centúrias haviam começado a preparar o almoço — misturava-se àquele mesmo odor gorduroso de rosas.

"Oh, deuses, deuses, por que estão me castigando? É, não há dúvidas, é ela, de novo ela, essa doença invencível e terrível... a cefaleia, que faz metade da cabeça doer... contra ela não há remédio, não há nenhuma salvação... vou tentar não mexer a cabeça..."

No chão de mosaico próximo à fonte, uma poltrona já estava preparada, e o procurador, sem olhar para ninguém, sentou-se e estendeu a mão para o lado. O secretário depositou respeitosamente na mão estendida um pedaço de pergaminho. Sem conseguir conter a careta de dor, o procurador passou os olhos de soslaio pelo escrito, devolveu o pergaminho ao secretário e pronunciou com dificuldade:

— O processado é da Galileia? O caso foi enviado ao tetrarca?

— Sim, procurador — respondeu o secretário.

— E ele?

— Recusou-se a concluir o caso e enviou a sentença de morte do Sinédrio para sua aprovação — explicou o secretário.

O procurador contorceu a bochecha e disse baixinho:

— Tragam o acusado.

No mesmo instante, dois legionários trouxeram da área do jardim sob as colunas para a varanda e colocaram diante da poltrona do procurador um homem de uns vinte e sete anos. Esse homem trajava uma túnica azul velha e rasgada. A cabeça estava coberta com um pano branco, com uma faixa branca ao redor da testa e as mãos estavam atadas nas costas. O homem tinha um grande hematoma no olho esquerdo e no canto da boca havia uma escoriação com sangue pisado. O recém-chegado olhava para o procurador com muita curiosidade.

Este estava calado, depois perguntou baixinho em aramaico:

— Foi você que incitou o povo a destruir o templo de Yerushalaim?

O procurador estava sentado como uma pedra, apenas seus lábios se moviam levemente quando pronunciava as palavras. Ele parecia uma pedra porque temia balançar a cabeça, que ardia com a dor infernal.

O homem com as mãos atadas inclinou-se um pouco para a frente e começou a falar:

— Bom homem! Acredite em mim…

Mas o procurador, como antes, sem se mover e sem elevar nem um pouco o tom de voz, interrompeu-o imediatamente:

— É a mim que você chama de bom homem? Está cometendo um engano. Em Yerushalaim, todos cochicham sobre mim, que sou um monstro cruel, e é a mais pura verdade. — E acrescentou no mesmo tom monótono: — Tragam-me o centurião Mata-ratos.

A todos pareceu que ficou escuro na varanda, quando o centurião da primeira centúria, Marcos, chamado de Mata-ratos, apresentou-se ao procurador. Mata-ratos era uma cabeça mais alto do que o maior soldado da Legião e tinha ombros tão largos que tapou completamente o sol ainda baixo.

O procurador dirigiu-se ao centurião em latim:

— O criminoso me chama de "bom homem". Leve-o daqui um instante e explique-lhe como deve referir-se a mim. Mas sem mutilação.

Então todos, menos o procurador, imóvel, acompanharam Marcos Mata-ratos com o olhar, enquanto este acenava para o preso com a mão, indicando que deveria segui-lo.

Em geral, todo mundo seguia Mata-ratos com o olhar, onde quer que ele surgisse, por causa do seu tamanho e, para aqueles que o viam pela primeira vez, também porque o rosto do centurião tinha sido deformado: em algum lugar do passado seu nariz fora quebrado com um golpe de porrete alemão.

As botas pesadas de Marcos bateram no mosaico e o homem amarrado o seguiu sem fazer ruído. Imperou um silêncio absoluto na colunata, podia-se ouvir como os pombos arrulhavam na área do jardim perto da varanda e, também, como a água cantarolava na fonte uma canção intricada e agradável.

O procurador teve vontade de levantar-se, pôr a têmpora embaixo do jato e deixar-se ficar assim. Mas ele sabia que nem isso o ajudaria.

Assim que saiu com o preso da colunata para o jardim, Mata-ratos arrancou o chicote das mãos de um legionário parado ao pé de uma estátua de bronze e, com um leve impulso, açoitou o preso nos ombros. O movimento do centurião foi displicente e fraco, mas o homem amarrado caiu instantaneamente no chão, como se lhe tivessem cortado as pernas, engasgou com o ar, a cor deixou seu rosto e o olhar tornou-se inexpressivo.

Marcos suspendeu apenas com a mão esquerda, levemente no ar como se fosse um saco vazio, o homem caído, colocou-o de pé e começou a falar, fanho e pronunciando mal as palavras em aramaico:

— O procurador romano deve ser chamado de Hegemon. Não use outras palavras. Sentido! Entendeu ou terei de bater novamente?

O preso cambaleou, mas logo se aprumou, a cor voltou ao seu rosto, ele respirou fundo e respondeu com a voz rouca:

— Eu entendi. Não me bata.

Minuto depois, estava novamente diante do procurador.

A voz opaca e doente soou:

— Nome?

— O meu? — retrucou o preso rapidamente, expressando com todo o seu ser que estava pronto para responder com sensatez e não provocar mais ira.

O procurador disse baixinho:

— O meu eu sei. Não finja ser mais bobo do que você é. O seu.

— Yeshua — respondeu rapidamente o prisioneiro.

— Tem apelido?

— Ha-Notzri.

— Natural de onde?

— Da cidade de Gamala — respondeu o preso, indicando com a cabeça que lá, em algum lugar distante, à sua direita, ao norte, estava a cidade de Gamala.

— Qual é você pelo sangue?

— Não sei ao certo — respondeu o preso, animado. — Não me lembro dos meus pais. Disseram-me que meu pai era sírio...

— Onde fica sua morada permanente?

— Não tenho morada permanente — respondeu timidamente o preso. — Viajo de cidade em cidade.

— Isso pode ser resumido em uma palavra: vadiagem — disse o procurador, e perguntou: — Tem parentes?

— Não tenho ninguém. Sou sozinho no mundo.

— Sabe ler?

— Sim.

— Por acaso sabe alguma outra língua, além do aramaico?

— Sei. Grego.

A pálpebra inchada levantou-se de leve e o olho, repuxado pela nuvem de sofrimento, fixou-se no preso. O outro olho permaneceu fechado.

Pilatos começou a falar em grego:

— Então era você que queria destruir o templo e conclamava o povo a isso?

O preso reanimou-se, seus olhos pararam de expressar medo e ele começou a falar em grego:

— Eu, bom... — na mesma hora o terror brilhou nos olhos do preso porque por pouco ele não escorregou. — Eu, Hegemon, nunca na minha vida pensei em destruir o templo e não incitei ninguém a cometer tal ação ignóbil.

O rosto do secretário, que anotava o depoimento curvado sobre uma mesa baixa, expressou admiração. Ele ergueu a cabeça, mas imediatamente inclinou-a de volta para o pergaminho.

— Uma multidão de pessoas diferentes está se dirigindo a esta cidade para a festa. Entre elas há magos, astrólogos, videntes e assassinos — disse o procurador em tom monótono. — E dá de aparecerem também mentirosos. Você, por exemplo, é um mentiroso. Está anotado legivelmente: incitou a destruição do templo. Há testemunhas.

— Essa boa gente — começou a falar o prisioneiro e, acrescentando rapidamente: —, Hegemon — continuou: —, não aprendeu nada e confundiu tudo o que eu disse. Aliás, estou começando a temer que essa confusão ainda vá se prolongar por muito, muito tempo. Tudo porque ele anota incorretamente o que eu digo.

Fez-se o silêncio. Agora os dois olhos doentes fitavam o prisioneiro intensamente.

— Vou repetir para você, mas será pela última vez: pare de querer se fazer de louco, seu bandido — pronunciou Pilatos, em tom suave e monótono. — Não há muito anotado sobre você, mas o que há é o suficiente para enforcá-lo.

— Não, não, Hegemon — disse o preso, esforçando-se no desejo de convencer. — Um sujeito vive me seguindo e escrevendo sem parar em um pergaminho de cabra. Mas, certa vez, dei uma espiada nesse pergaminho e fiquei horrorizado. Decididamente, eu não falei nada do que estava anotado ali. Eu lhe supliquei: queime seu pergaminho, pelo amor de Deus! Mas ele o arrancou de minhas mãos e fugiu.

— Quem é esse? — perguntou Pilatos com aversão e tocou a têmpora com a mão.

— Mateus Levi — explicou o prisioneiro com boa vontade. — Ele era coletor de impostos, e o encontrei, pela primeira vez, a caminho de Betfagé, onde se projeta um jardim de figueiras em uma esquina, e conversei com ele. No início foi hostil comigo e até me insultou, quer dizer, pensou que estava me insultando chamando-

-me de cachorro. — Aqui o prisioneiro deu um sorrisinho. — Eu, pessoalmente, não vejo nada de ruim nesse animal para me ofender com essa palavra...

O secretário parou de anotar e lançou de soslaio um admirado olhar, não para o preso, mas para o procurador.

— ... no entanto, depois de me ouvir, começou a esmorecer — continuou Yeshua — e, finalmente, jogou o dinheiro na estrada e disse que seguiria comigo...

Pilatos deu um sorrisinho torto, arreganhando os dentes amarelos, e proferiu, virando-se de corpo inteiro para o secretário:

— Oh, cidade de Yerushalaim! O que é que não se ouve nela! O coletor de impostos, vejam só, jogou o dinheiro na estrada!

Sem saber como responder a isso, o secretário considerou necessário repetir o sorriso de Pilatos.

— E ele disse que, daquele momento em diante, abominaria o dinheiro — explicou Yeshua o estranho gesto de Mateus Levi, e acrescentou: — Desde então, ele se tornou meu companheiro de viagem.

Com os dentes ainda arreganhados, o procurador olhou para o preso de relance, depois para o sol, que subia sem parar sobre as estátuas equestres do hipódromo distante, localizado abaixo, à direita, e, de repente, num sofrimento nauseabundo, pensou que o mais simples seria expulsar esse bandido estranho da varanda, pronunciando apenas duas palavras: "enforquem-no". Expulsar também a tropa, sair da colunata para o interior do palácio, mandar escurecer o quarto, jogar-se no leito, pedir água gelada, com a voz lamentosa chamar seu cachorro Banga e reclamar com ele sobre a cefaleia. E de repente a ideia do veneno brilhou de modo sedutor na cabeça doente do procurador.

Ele olhava com olhos opacos para o preso e ficou calado por algum tempo, lembrando com sofrimento por que, sob a impiedosa chama do sol matinal escaldante de Yerushalaim, estava à sua frente um prisioneiro com o rosto desfigurado por surras, e quais perguntas desnecessárias ainda lhe deveria fazer.

— Mateus Levi? — com a voz rouca perguntou o doente e fechou os olhos.

— Sim, Mateus Levi — chegou a ele uma voz aguda que o fazia sofrer.

— Mas, o que mesmo você falava sobre o templo à multidão reunida no mercado?

A voz daquele que respondia parecia espetar a têmpora de Pilatos e, indescritivelmente dolorosa, dizia:

— Eu, Hegemon, falava que o templo da velha crença ruirá e, em seu lugar, se erguerá o novo templo da verdade. Disse de tal forma para que fosse mais compreensível.

— E para que você, seu vadio, foi intimidar o povo no mercado, falando-lhe da verdade da qual você não tem ideia? O que é a verdade?

Nesse momento, o procurador pensou: "Oh, meus Deuses! Estou lhe perguntando algo desnecessário para um julgamento... Minha mente não me serve mais...". E novamente pareceu ver uma taça com um líquido escuro. "Tragam-me veneno, veneno..."

Então, ouviu a voz de novo:

— A verdade, antes de tudo, é que a sua cabeça está doendo, e dói tão forte que você covardemente pensa na morte. Está sem forças não só para falar comigo, mas tem dificuldade até de olhar para mim. E agora eu, involuntariamente, sou o seu carrasco, e isso me deixa triste. Você não consegue pensar em nada e deseja somente que venha seu cachorro, o único ser, pelo visto, ao qual você é afeiçoado. Mas seus tormentos agora chegarão ao fim, a dor de cabeça vai passar.

O secretário esbugalhou os olhos para o prisioneiro e não terminou de escrever as palavras.

Pilatos levantou os olhos atormentados para o prisioneiro e viu que o sol já estava bastante alto sobre o hipódromo, e que um raio penetrara na colunata e se arrastava até as sandálias gastas de Yeshua, que se afastava do sol.

O procurador levantou-se da poltrona, apertou a cabeça com as mãos, e o rosto amarelado e escanhoado expressou horror. Mas, na mesma hora, ele o suprimiu com sua vontade e sentou-se de novo.

O prisioneiro, ao mesmo tempo, continuava seu discurso, mas o secretário não anotava mais nada e, esticando o pescoço feito um ganso, só se esforçava para não deixar passar uma palavra sequer.

— Pronto, tudo acabou — dizia o preso, lançando olhares benevolentes para Pilatos. — Estou extremamente feliz com isso. Eu o aconselharia, Hegemon, a deixar o palácio por um tempo e a passear a pé em algum lugar dos arredores, bem, até mesmo nos jardins do monte das Oliveiras. Um temporal se aproxima... — o prisioneiro voltou-se e apertou os olhos contra o sol — ... mais tarde, à noite. Um passeio seria muito proveitoso para você e eu o acompanharia com gosto. Alguns pensamentos novos vieram-me à cabeça, que poderiam, suponho, parecer-lhe interessantes, e com boa vontade eu os compartilharia com você, principalmente porque você dá a impressão de ser um homem muito inteligente.

O secretário ficou mortalmente pálido e deixou o rolo cair no chão.

— O ruim — continuava o homem amarrado sem ser interrompido por ninguém — é que você é um tanto fechado e perdeu definitivamente a fé nas pessoas. É impossível, você há de concordar, depositar toda a sua afeição num cachorro. Sua vida é sem graça, Hegemon. — Neste instante, o orador permitiu-se um sorriso.

O secretário pensava somente se deveria ou não acreditar em seus ouvidos. Tinha de acreditar. Então, tentou vislumbrar de que rara forma a ira do explosivo procurador se manifestaria diante do inédito atrevimento do preso. Mas isso o secretário não conseguia imaginar, apesar de conhecer bem o procurador.

Então, eclodiu a voz rouca do procurador, que disse em latim:

— Desatem suas mãos.

Um dos legionários da guarda bateu com a lança, entregou-a ao outro, aproximou-se e retirou as cordas do prisioneiro. O secretário apanhou o rolo e resolveu, por ora, não anotar nada e não se impressionar com nada.

— Reconheça — perguntou baixinho, em grego, Pilatos. — Você é um grande doutor?

— Não, procurador, não sou doutor — respondeu o prisioneiro com alívio, esfregando a mão com dedos vermelhos, enrugados e inchados.

Com os olhos severos e carranca, Pilatos perfurava o prisioneiro, e nesses olhos não havia mais opacidade, neles surgiram as faíscas que todos conheciam.

— Eu não lhe perguntei — disse Pilatos. — Você, por acaso, sabe também latim?

— Sei, sim — respondeu o prisioneiro.

A cor vermelha tomou conta das faces amareladas de Pilatos, que perguntou em latim:

— Como soube que eu queria chamar o cachorro?

— É muito simples — respondeu o prisioneiro em latim. — Você passou com a mão pelo ar — o prisioneiro repetiu o gesto de Pilatos —, como se quisesse fazer um afago, e os lábios...

— Sim — disse Pilatos.

Ficaram em silêncio. Depois Pilatos fez uma pergunta em grego:

— Então, você é doutor?

— Não, não — respondeu vivamente o prisioneiro. — Acredite em mim, não sou doutor.

— Está bem. Caso queira manter isso em segredo, mantenha. Isso não tem relação direta com o caso. Então, você afirma que não conclamava a destruir... ou a incendiar, ou, de alguma forma, a liquidar o templo?

— Eu, Hegemon, não conclamei ninguém a tais atos, repito. Será que pareço um louco?

— Oh, não, não parece um louco — respondeu baixinho o procurador e riu com certo sorriso terrível. — Então, jure que isso não aconteceu.

— Quer que jure por quem? — perguntou o desamarrado bastante animado.

— Pode ser pela sua vida — respondeu o procurador. — É o momento certo de jurar por ela, pois, saiba, ela está por um fio.

— Você não está pensando que é você que a sustenta, Hegemon? — perguntou o prisioneiro. — Caso pense assim, está tremendamente enganado.

Pilatos estremeceu e respondeu com os dentes cerrados:

— Eu posso cortar esse fio.

— Também nisso você se engana — exclamou o prisioneiro com um sorriso radiante, protegendo-se do sol com a mão. — Você há de convir que, decerto, só poderá cortar o fio aquele que o pendurou?

— Isso, isso — disse Pilatos sorrindo. — Agora não tenho dúvidas de que os vadios inúteis de Yerushalaim o seguiam bem de perto. Não sei quem soltou sua língua, mas está bem solta. A propósito, diga-me: é verdade que você apareceu em Yerushalaim pelos portões de Susa montado num burro e acompanhado por uma multidão da ralé que o saudava aos gritos como se você fosse algum profeta? — Aqui o procurador apontou para o rolo do pergaminho.

O prisioneiro lançou um olhar perplexo para o procurador.

— Eu nem tenho burro, Hegemon — disse ele. — Cheguei a Yerushalaim precisamente pelos portões de Susa, mas a pé, somente na companhia de Mateus Levi, e ninguém gritava para mim, pois até então ninguém me conhecia em Yerushalaim.

— Você por acaso não conhece pessoas como — continuou Pilatos sem tirar os olhos do prisioneiro — um tal de Dismas, o outro Gestas e um terceiro Barrabás?

— Não conheço essas boas pessoas — respondeu o prisioneiro.

— Verdade?

— Verdade.

— Agora me diga, por que você usa as palavras "boas pessoas" o tempo todo? Por acaso você chama assim a todos?

— A todos — respondeu o prisioneiro. — Não existem pessoas maldosas no mundo.

— É a primeira vez que ouço isso — disse Pilatos, dando um sorrisinho irônico. — Mas pode ser que eu conheça pouco a vida!... Não precisa mais anotar. — Dirigiu-se ao secretário, embora este não estivesse anotando nada mesmo, e continuou falando ao prisioneiro: — Você leu sobre isso em algum livro grego?

— Não. Cheguei a isso com meu próprio pensamento.

— E você prega isso?

— Prego.

— Mas, por exemplo, o centurião Marcos, apelidado de Mata--ratos, ele é bom?

— Sim — respondeu o prisioneiro. — Ele, na verdade, é um homem infeliz. Desde que as boas pessoas o deformaram, tornou-se cruel e insensível. Seria interessante saber quem o mutilou.

— Posso revelar isso com satisfação — respondeu Pilatos. — Pois fui testemunha disso. As boas pessoas o atacaram, como cachorros partem para cima de um urso. Alemães agarraram-no pelo pescoço, pelas mãos, pelas pernas. O manipulário da infantaria caiu numa emboscada e, se não fosse uma turma da cavalaria, comandada por mim, romper um flanco, você, filósofo, não chegaria a conversar com o Mata-ratos. Isso ocorreu na batalha de Idistaviso, no Vale das Virgens.

— Tenho a certeza de que, se conversasse com ele — disse de repente o prisioneiro em tom sonhador —, ele mudaria drasticamente.

— Suponho — respondeu Pilatos — que você traria pouca alegria ao legado da Legião caso inventasse de conversar com algum de seus oficiais ou soldados. Aliás, isso está longe de acontecer, para a felicidade geral, e o primeiro a se preocupar com isso serei eu.

Nesse instante, uma andorinha em voo impetuoso entrou na colunata, fez um círculo sob o teto dourado, desceu, quase atingiu com a asa pontiaguda o rosto de uma estátua de cobre no nicho e se escondeu atrás do capitel de uma coluna. Quem sabe teve a ideia de fazer um ninho ali.

Durante seu voo, na lúcida e agora leve cabeça do procurador configurou-se uma fórmula. Era a seguinte: Hegemon examinou o processo do filósofo vadio Yeshua, de apelido Ha-Notzri, e não encontrou constituição de crime algum. Não encontrou, em particular, a mínima ligação entre as ações de Yeshua e a desordem que ocorreu em Yerushalaim nos últimos tempos. O filósofo vadio revelou-se doente mental. Consequentemente, o procurador não confirmava a sentença de morte de Ha-Notzri, pronunciada pelo Pequeno Sinédrio. Porém, tendo em vista que os discursos utópicos e loucos de Ha-Notzri podiam ser motivo de perturbações em Yerushalaim, o procurador expulsará Yeshua de Yerushalaim e o submeterá à prisão na Cesareia, a de Straton, no mar Mediterrâneo, ou seja, exatamente onde fica a residência do procurador.

Restava ditar isso ao secretário.

As asas da andorinha rufaram acima da cabeça do Hegemon. O pássaro saltou até a taça do chafariz e voou para a liberdade. O procurador ergueu os olhos para o prisioneiro e viu um pilar de poeira arder ao lado deste.

— É tudo sobre ele? — perguntou Pilatos ao secretário.

— Infelizmente, não — respondeu inesperadamente o secretário e estendeu a Pilatos outro pedaço de pergaminho.

— O que mais há? — perguntou Pilatos, franzindo o cenho.

Depois de ler o que estava escrito, seu rosto se alterou ainda mais. Seria o sangue escuro que afluiu para seu pescoço e seu rosto, ou algo diferente acontecera, só que sua pele perdeu o amarelado, empardeceu e os olhos como que afundaram.

Pelo visto, de novo o culpado era o sangue, que afluiu para as têmporas e começou a latejar, mas dessa vez algo aconteceu com a vista do procurador. Assim, teve a impressão de que a cabeça do prisioneiro flutuou para algum lugar e de que no lugar dela surgiu outra. E nessa cabeça calva havia uma coroa dourada com dentes espaçados. Na testa havia uma chaga redonda que carcomia a pele e que estava besuntada de pomada. Uma boca banguela sulcada com um lábio inferior caído e caprichoso. Pareceu a Pilatos que as colunas cor-de-rosa da varanda e os telhados de Yerushalaim sumiram, ao longe, abaixo, além do jardim, e que tudo em volta estava mergulhado no denso verde dos jardins de ciprestes. E aconteceu algo estranho com seu ouvido, como se ao longe tocassem trombetas, baixinho e ameaçadoramente, e com muita clareza se ouvisse uma voz anasalada, que pronunciava de forma arrastada as palavras soberanas: "A lei sobre a ofensa da majestade...".

Pensamentos curtos, desconexos e incomuns surgiram: "Estou perdido!...", e depois: "Estamos perdidos!...". E entre eles um pensamento totalmente absurdo sobre uma tal de imortalidade, e a imortalidade, por algum motivo, provocou-lhe uma tristeza insuportável.

Pilatos esforçou-se, afastou as visões, voltou o olhar para a varanda e, novamente, surgiram diante dele os olhos do prisioneiro.

— Ouça, Ha-Notzri — começou a dizer o procurador, olhando para Yeshua de maneira um tanto estranha: o rosto do procurador estava terrível, os olhos preocupados —, alguma vez você disse algo sobre o grande César? Responda! Disse?... Ou... não... disse? — Pilatos esticou a palavra "não" um pouco mais do que deveria num tribunal e, com seu olhar, enviou a Yeshua algum pensamento que parecia querer incutir no prisioneiro.

— Dizer a verdade é fácil e agradável — observou o prisioneiro.

— Eu não preciso saber — respondeu Pilatos com a voz abafada e maldosa — se para você é agradável ou desagradável dizer a verdade. Mas você é obrigado a dizê-la. Porém, quando falar, pese cada palavra caso não deseje uma morte não só inevitável, como também dolorosa.

Ninguém sabe o que aconteceu com o procurador da Judeia, mas ele se permitiu levantar a mão, como se estivesse se defendendo de um raio de sol e, por trás dessa mão, como atrás de um escudo, quisesse enviar ao prisioneiro algum olhar alusivo.

— Então, responda — dizia ele. — Por acaso você conhece um certo Judas de Queriote e o que precisamente lhe disse, caso tenha falado, sobre o César?

— Foi assim — começou a narrar o prisioneiro com disposição. — Anteontem à noite, eu conheci perto do templo um jovem que se apresentou como Judas, da cidade de Queriote. Ele me convidou para ir à sua casa na Cidade Baixa e me ofereceu...

— Bom homem? — perguntou Pilatos, e um fogo diabólico brilhou em seus olhos.

— Bom homem e muito curioso — confirmou o prisioneiro. — Ele demonstrou o maior interesse por meus pensamentos e foi muito hospitaleiro comigo...

— Acendeu as lamparinas... — de dentes cerrados e no mesmo tom do prisioneiro, Pilatos pronunciou com os olhos brilhando.

— Sim — continuou Yeshua, um pouco surpreso com a informação do procurador. — Pediu-me que expressasse a minha opinião sobre o poder do Estado. Esta questão o interessava demasiado.

— E o que foi que você disse? — perguntou Pilatos. — Ou você vai responder que esqueceu o que disse? — E no tom de Pilatos já havia certo desespero.

— Entre outras coisas, eu disse — contava o prisioneiro — que qualquer poder é uma violência contra as pessoas e que chegará o tempo quando não haverá mais o poder nem dos Césares, nem qualquer outro poder. O homem passará para o reino da verdade e da justiça, onde não haverá necessidade de poder algum.

— Prossiga!

— Não houve mais nada — disse o prisioneiro. — Naquele instante, pessoas entraram correndo, começaram a me amarrar e me levaram para a prisão.

O secretário, tentando não perder uma palavra sequer, desenhava as palavras no pergaminho rapidamente.

— Nunca houve, não há e não haverá no mundo poder mais grandioso e maravilhoso para as pessoas do que o poder do imperador Tiberius! — cresceu a voz rasgada e doente de Pilatos.

O procurador, por algum motivo, olhava com ódio para o secretário e para o corpo de guardas.

— E não é você, um criminoso demente, que deve discutir sobre ele! — Então Pilatos gritou: — Retirem o corpo de guardas da varanda! — E, voltando-se para o secretário, acrescentou: — Deixem-me a sós com o criminoso, é um assunto de Estado.

O corpo de guardas levantou as lanças e, batendo ritmicamente com as cáligas metálicas, saiu da varanda para o jardim. O secretário seguiu atrás da guarda.

O silêncio na varanda durante algum tempo só era interrompido pela canção da água do chafariz. Pilatos via como a água se inflava no prato sobre o tubinho, como se quebrava nas suas bordas e caía em filetes.

O prisioneiro falou primeiro:

— Vejo que ocorreu alguma desgraça por causa de minha conversa com esse jovem de Queriote. Eu, Hegemon, tenho um pressentimento de que com ele acontecerá algum infortúnio, e tenho muita pena dele.

— Eu acho — respondeu o procurador, sorrindo de forma irônica e estranha — que existe mais gente no mundo de quem você deveria sentir mais pena do que de Judas de Queriote e que deve sofrer bem mais do que Judas! Então, Marcos Mata-ratos, um carrasco frio e convencido, as pessoas, que, como vejo — o procurador apontou para o rosto deformado de Yeshua —, bateram em você por causa de sua pregação, os bandidos Dismas e Gestas, que com seus comparsas mataram quatro soldados, e, finalmente, o sujo traidor Judas... todos eles são bons homens?

— São — respondeu o prisioneiro.

— E virá o reino da verdade?

— Virá, Hegemon — respondeu Yeshua com firmeza.

— Nunca virá! — Pilatos começou a gritar de repente, com uma voz tão terrível que Yeshua se afastou. Havia muitos anos, no Vale das Virgens, Pilatos gritara as seguintes palavras a seus soldados: "Degolem-nos! Degolem-nos! O grandioso Mata-ratos foi preso!". Ele aumentou ainda mais a voz rasgada por causa das ordens, chamando de maneira que suas palavras fossem ouvidas no jardim: — Criminoso! Criminoso! Criminoso!

Depois, diminuindo o tom de voz, perguntou:

— Yeshua Ha-Notzri, você acredita em deuses?

— Existe apenas um Deus — respondeu Yeshua. — Acredito nele.

— Então reze para ele! Reze muito! Aliás... — a voz de Pilatos falseou — isso não o ajudará. Você não tem mulher? — Pilatos perguntou, por alguma razão, com tristeza, sem entender o que lhe estava sucedendo.

— Não, sou sozinho.

— Cidade odiosa... — de repente e por alguma razão balbuciou o procurador e estremeceu os ombros. — Se tivessem te matado antes de teu encontro com Judas de Queriote, realmente, teria sido melhor.

— E você poderia me soltar, Hegemon — pediu o prisioneiro inesperadamente, e sua voz pareceu preocupada. — Percebo que querem me matar.

O rosto de Pilatos desfigurou-se em uma convulsão, e ele voltou para Yeshua seus olhos irritados e cobertos de veias vermelhas, dizendo:

— Você supõe, seu infeliz, que o procurador romano soltará um homem que disse o que você disse? Oh, deuses, deuses! Ou você pensa que estou pronto para ocupar o seu lugar? Eu não comungo de suas ideias! E ouça: se, a partir desse minuto, você pronunciar uma só palavra, se iniciar uma conversa com alguém, tome cuidado comigo! Repito: tome cuidado!

— Hegemon...

— Calado! — gritou Pilatos e, com um olhar desvairado, acompanhou a andorinha que sobrevoou de novo a varanda. — Venham aqui! — gritou Pilatos.

E quando o secretário e o corpo da guarda retornaram para seus lugares, Pilatos declarou que confirmava a sentença de morte, pronunciada na reunião do Pequeno Sinédrio, ao criminoso Yeshua Ha-Notzri, e o secretário anotou o que foi dito por Pilatos.

Um minuto depois, Marcos Mata-ratos estava diante do procurador. Pilatos ordenou-lhe que entregasse o criminoso ao chefe do serviço secreto, transmitindo-lhe a ordem do procurador para que Yeshua Ha-Notzri fosse separado dos outros condenados e também que o comando do serviço secreto, sob ameaça de pena severa, estava proibido de conversar sobre qualquer coisa com Yeshua ou de responder a qualquer uma de suas perguntas.

Ao sinal de Marcos, o corpo da guarda cercou Yeshua e o levou para fora da varanda.

Depois, diante do procurador, apresentou-se um belo rapaz de barba loura com penas de águia no penacho do capacete, caras de leões douradas brilhando no peito, chapinhas douradas no cinturão da espada, os calçados de três solas amarrados até os joelhos e a capa púrpura jogada no ombro esquerdo. Era o legado que comandava a Legião.

O procurador lhe perguntou onde se encontrava a coorte de Sebastião naquele momento. O legado comunicou que os seguidores de Sebastião mantinham o cerco à praça em frente ao hipódromo, onde seria anunciada ao povo a sentença dos criminosos.

Então, o procurador ordenou que o legado separasse duas centúrias da coorte romana. Uma delas, sob o comando de Mata-ratos, deveria fazer a guarda dos criminosos e dos carros com os mecanismos para a execução e com os carrascos a caminho do monte Gólgota e, ao chegar lá, cercar a área por cima. A outra centúria deveria ser enviada imediatamente para o monte Gólgota e iniciar o cerco no mesmo instante. Para isso, ou seja, para a guarda do monte, o procurador pediu ao legado que enviasse um regimento auxiliar da cavalaria — a ala síria.

Quando o legado deixou a varanda, o procurador mandou o secretário chamar ao palácio o presidente do Sinédrio, dois de seus membros e o chefe da guarda do templo de Yerushalaim, acrescentando que gostaria de falar a sós com o presidente antes da reunião com todas essas pessoas.

A ordem do procurador foi cumprida rápida e precisamente, e o sol, que queimava Yerushalaim com uma severidade incomum nesses dias, ainda não conseguira se aproximar de seu ponto mais alto quando, no terraço superior do jardim, ao lado dos dois leões brancos de mármore que guardavam a escada, encontravam-se o procurador e o presidente interino do Sinédrio, o sumo sacerdote da Judeia, José Caifás.

Fazia silêncio no jardim. Mas, ao sair da colunata para a área superior, banhada pelo sol, com palmeiras sobre monstruosas patas-de-elefante, Yerushalaim, que o procurador tanto odiava, se descortinava diante dele, com suas pontes suspensas, fortalezas e, principalmente, o indescritível bloco de mármore com escamas douradas de dragão como telhado. Era o templo de Yerushalaim, ao longe, abaixo, lá onde o muro de pedra separava os terraços inferiores do jardim do palácio da praça da cidade e de onde o procurador captou com o ouvido apurado resmungos baixos, sob os quais soavam, às vezes, ora gemidos, ora gritos, fracos e agudos.

O procurador compreendeu que uma multidão inumerável de habitantes de Yerushalaim, preocupada com os últimos eventos desordeiros, já estava reunida na praça, e que essa multidão aguardava impacientemente o anúncio da sentença, enquanto vendedores de água gritavam aflitos.

O procurador começou convidando o sumo sacerdote para a varanda para se proteger do calor impiedoso, mas Caifás desculpou-se educadamente e explicou que não poderia fazer isso na véspera da festa. Pilatos pôs o capuz em sua cabeça um pouco calva e deu início à conversa. A conversa era em grego.

Pilatos disse que tinha examinado o caso de Yeshua Ha-Notzri e confirmara a sentença de morte.

Assim, três bandidos estavam condenados à pena de morte, que deveria ser executada naquele dia: Dismas, Gestas, Barrabás, e, além destes, esse Yeshua Ha-Notzri. Os dois primeiros, pela intenção de incitar o povo a se rebelar contra César, foram presos pelo poder romano em batalha e estavam na conta do procurador; consequentemente, não iriam falar deles. Os dois últimos, Barrabás e Ha-Notzri, foram capturados pelo poder local e julgados pelo Sinédrio. De acordo com a lei, de acordo com a tradição, um desses dois criminosos deveria ser posto em liberdade em homenagem à grande festa da Páscoa que se aproximava.

Então, o procurador queria saber qual dos dois criminosos o Sinédrio pretendia soltar: Barrabás ou Ha-Notzri?

Caifás inclinou a cabeça em sinal de que para ele a questão estava clara e respondeu:

— O Sinédrio pede que soltem Barrabás.

O procurador sabia muito bem que o sumo sacerdote lhe responderia exatamente assim, mas sua tarefa era demonstrar que tal resposta lhe causava surpresa.

E foi isso que Pilatos fez com grande habilidade. As sobrancelhas em seu rosto soberbo se suspenderam, o procurador olhou com admiração diretamente nos olhos do sumo sacerdote.

— Reconheço que essa resposta me surpreendeu — disse o procurador suavemente. — Temo se não há mal-entendido algum.

Pilatos explicou-se. O poder romano não respeitava nem um pouco os direitos do poder espiritual local, e o sumo sacerdote sabia muito bem disso. No entanto, nesse caso havia um erro evidente. E o poder romano, é claro, estava interessado na correção desse erro.

De fato, os crimes de Barrabás e Ha-Notzri eram de gravidade incomparável. Se o segundo era evidentemente um doente mental, acusado de pronunciar discursos absurdos que intimidavam o povo de Yerushalaim e de algumas outras localidades, o primeiro tinha mais agravantes. Além de realizar incitações diretas a rebeliões, também matou um soldado durante as tentativas de capturá-lo. Barrabás era incomparavelmente mais perigoso do que Ha-Notzri.

Pelo exposto, o procurador pedia ao sumo sacerdote que revisse a decisão e pusesse em liberdade o menos nocivo dos dois condenados, ou seja, sem dúvida, Ha-Notzri. Então?...

Caifás disse com voz baixa, mas firme, que o Sinédrio analisara atentamente o processo e que comunicava, pela segunda vez, que estava disposto a libertar Barrabás.

— Como? Mesmo depois da minha intercessão? Intercessão daquele que representa o poder romano? Repita pela terceira vez, sacerdote.

— Pela terceira vez comunico que libertaremos Barrabás — disse Caifás baixinho.

Tudo estava terminado e não havia mais sobre o que falar. Ha--Notzri partia para sempre, e as dores terríveis e malditas do procurador ninguém mais iria curar; não há remédio para elas além da morte. Mas não foi esse pensamento que impressionou Pilatos. Toda aquela mesma tristeza incompreensível, que sentira na varanda, tomava conta de todo o seu ser. Imediatamente, esforçou-se para explicá-la, e a explicação era estranha: parecia-lhe vagamente que não terminara sua conversa com o condenado, ou, quem sabe, que não ouvira bem alguma coisa.

Pilatos afastou esse pensamento, que se foi no mesmo instante em que veio. O pensamento voou, mas a tristeza permaneceu inexplicável, pois não podia ser explicada por outro breve pensamento que brilhou feito um raio e logo se apagou: "Imortalidade... chegou a imortalidade...". A imortalidade de quem? Isso o procurador não entendeu, mas o pensamento sobre essa imortalidade enigmática o fez gelar sob o sol quente.

— Tudo bem — disse Pilatos. — Que assim seja.

No mesmo instante ele olhou ao redor e lançou seu olhar para o mundo que lhe era visível e admirou-se com a mudança ocorrida. O arbusto inclinado sob o peso das rosas sumiu, sumiram os ciprestes, que orlavam o terraço superior, também a árvore de romãs, assim como a estátua branca no verde, e o próprio verde. No lugar disso tudo, flutuava uma massa púrpura e nela balançavam algas que se moviam para algum lugar, e junto com tudo isso se movia o próprio Pilatos. Agora era o mais terrível ódio que o levava, sufocando-o e queimando-o — o ódio da impotência.

— Sufocado — disse Pilatos. — Sinto-me sufocado!

Com a mão úmida e fria, ele arrancou a fivela da gola da capa e a deixou cair na areia.

— Hoje está abafado, há uma tempestade em algum lugar — exclamou Caifás sem tirar os olhos do rosto avermelhado do procurador e, prevendo todos os sofrimentos que ainda teria de enfrentar, pensou. "Oh, Nissan está sendo um mês terrível esse ano!"

— Não — disse Pilatos —, não é o tempo abafado, é a sua presença, Caifás, que me deixa sufocado. — Apertando os olhos, Pilatos sorriu e acrescentou: — Cuide-se, sumo sacerdote.

Os olhos escuros do sacerdote brilharam, e ele expressou admiração em seu rosto, não menos habilmente do que como o procurador fizera antes.

— O que estou ouvindo, procurador? — respondeu Caifás, tranquilo e soberano. — Você está me ameaçando após a sentença pronunciada e confirmada por você mesmo? Seria possível? Estamos acostumados com o procurador romano que escolhe palavras antes de dizer alguma coisa. Será que ninguém está nos ouvindo, Hegemon?

Pilatos lançou um olhar mortífero para o sumo sacerdote e, arreganhando os dentes, mostrou um sorriso.

— O que é isso, sumo sacerdote! Quem poderia nos ouvir agora? Será que pareço o jovem andarilho desfigurado que será executado hoje? Por acaso sou um menino, Caifás? Sei o que digo e onde digo. O jardim está cercado, o palácio está cercado de tal forma que nem um rato passará por uma fresta! Não só rato, não passará nem mesmo aquele, como é mesmo... da cidade de Queriote. A propósito, você o conhece, sumo sacerdote? É... se um desses entrasse aqui sentiria amarga pena de si mesmo, nisso, claro, você acredita, não é mesmo? Então, saiba que a partir de hoje você não terá mais sossego! Nem você, nem seu povo. — Pilatos apontou para o horizonte, à direita, onde no alto o templo ardia em chamas. — Sou eu, Pôncio Pilatos, o cavaleiro da Lança Dourada, que estou lhe dizendo isso!

— Sei, sei! — sem medo, respondeu Caifás, de barba preta, e seus olhos brilharam. Ele elevou o braço para o céu e prosseguiu: — O povo judeu sabe que você o odeia com um ódio severo e que vai lhe causar muitos sofrimentos, mas não conseguirá destruí-lo! Deus o protegerá! Ele nos ouvirá, o César todo-poderoso nos ouvirá e nos protegerá de Pilatos, o gênio do mal!

— Oh, não! — exclamou Pilatos, e a cada palavra se sentia mais e mais leve: não precisava mais disfarçar, nem escolher palavras. — Você reclamou muito de mim a César e agora chegou a minha hora, Caifás! Uma notícia minha partirá, não para o chefe da Antióquia, nem para Roma, mas diretamente para Capri, ao imperador, a notícia de como vocês deixam escapar da morte os notórios rebeldes de Yerushalaim. E não será da água do lago de Salomão, como era o meu desejo pensando em vocês, que eu darei de beber a Yerushalaim! Não, não será com água, lembre-se como, por causa de vocês, tive de tirar os escudos com as insígnias do imperador das paredes, tive de mover o Exército e vir em pessoa para ver o que estava acontecendo! Lembre-se de minhas palavras: o que verá aqui, sumo sacerdote, não será apenas uma coorte em Yerushalaim, não! Chegará aos muros da cidade toda a Legião Fulminata, a cavalaria arábica se aproximará, e então você ouvirá o choro amargo e as lamentações! E então se lembrará do Barrabás que salvou e lamentará ter mandado para a morte um filósofo com sua pregação pacífica!

O rosto do sumo sacerdote cobriu-se de manchas, os olhos ardiam. Como o procurador, ele sorriu por entre os dentes e respondeu:

— Será que você mesmo, procurador, acredita nisso que está dizendo? Não, não acredita! Não foi paz, não foi paz que o sedutor do povo nos trouxe para Yerushalaim, e você, cavaleiro, entende isso muito bem. Você queria libertá-lo para que perturbasse o povo, para que achincalhasse a fé e levasse o povo contra as espadas romanas! Porém eu, sumo sacerdote judeu, enquanto estiver vivo, não deixarei que achincalhem a fé e protegerei o povo! Está ouvindo, Pilatos? — Nesse instante, Caifás suspendeu o braço ameaçadoramente: — Ouça, procurador!

Caifás calou-se, e o procurador ouviu novamente como o barulho, parecido com o do mar, aproximava-se dos muros do jardim de Herodes, o Grande. O barulho subia de baixo dos pés até o rosto do procurador. Pelas costas, lá atrás das alas do palácio, ouviam-se toques de alerta das trombetas, o estalido pesado de centenas de pés, o tinido metálico — então o procurador compreendeu que a infantaria romana já estava saindo, conforme sua ordem, e dirigindo-se para a terrível parada *pre-mortem* dos rebeldes e bandidos.

— Está ouvindo, procurador? — repetiu baixinho o sacerdote. — Será que vai me dizer que tudo isso — nesse momento, o sacerdote elevou os dois braços, e o capuz escuro escorregou de sua cabeça — foi provocado pelo pobre bandido Barrabás?

O procurador enxugou a testa molhada e fria com as costas da mão e olhou para o chão. Depois, apertou os olhos para o céu e viu a bola incandescente quase sobre sua cabeça. A sombra de Caifás havia encolhido totalmente perto do rabo do leão, e o procurador disse baixinho e indiferente:

— É quase meio-dia. Ficamos entretidos com a conversa e, no entanto, é preciso prosseguir.

Com expressões sofisticadas, o procurador desculpou-se diante do sacerdote, pediu que sentasse em um banco à sombra de uma magnólia e que aguardasse enquanto ele chamava as outras pessoas, necessárias para a última e breve reunião, e dava ainda uma ordem, relacionada à execução.

Caifás agradeceu educadamente, pôs a mão no peito e permaneceu no jardim, enquanto Pilatos voltou para a varanda. Lá mandou o secretário, que o esperava, chamar para o jardim o legado da Legião, o tribuno da coorte e, também, dois membros do Sinédrio e o chefe da guarda do templo, que aguardavam o chamado no coreto redondo com chafariz no terraço inferior. Pilatos acrescentou que logo sairia para o jardim, mas se retirou para dentro do palácio.

Enquanto o secretário reunia o conselho, o procurador, dentro do quarto protegido do sol pelas cortinas, encontrava-se com um homem que tinha o rosto coberto pela metade com o capuz, embora dentro do quarto os raios de sol não pudessem incomodá-lo. O encontro foi extremamente breve. O procurador disse baixinho ao homem algumas palavras, após as quais este se retirou e Pilatos dirigiu-se, através da colunata, para o jardim.

Lá, na presença de todos que queria ver, o procurador confirmou solene e secamente que ele aprovava a sentença de morte de Yeshua Ha-Notzri e que, oficialmente, havia tomado conhecimento pelos membros do Sinédrio sobre qual dos prisioneiros deveria ficar vivo. Ao receber a resposta de que era Barrabás, o procurador disse:

— Muito bem. — Mandou o secretário anotar isso no protocolo no mesmo instante, apertou na mão a fivela encontrada na areia pelo secretário e disse solenemente: — Está na hora!

Nesse instante, todos os presentes puseram-se em movimento, desceram pela larga escada de mármore entre os muros de rosas que exalavam um aroma nauseabundo, descendo mais e mais até o muro do palácio, até os portões que levavam à grande praça, pavimentada com pedras. Ao final dela, se avistavam as colunas e estátuas da liça de Yerushalaim.

Assim que o grupo saiu do jardim para a praça e subiu no amplo palanque de pedra que ali reinava, Pilatos, com as pálpebras semicerradas, tomou ciência da situação. O espaço pelo qual havia passado, ou seja, o espaço entre o muro do palácio até o palanque, estava vazio, porém, à sua frente, Pilatos já não via a praça — a multidão a tomara. A multidão também teria tomado o próprio palanque e aquele espaço aberto se não fosse retida pelas fileiras triplas dos soldados de Sebastião, à esquerda de Pilatos, e pelos soldados da coorte auxiliar da Itureia, à sua direita.

Então, Pilatos subiu ao palanque, apertando mecanicamente no punho a dispensável fivela e apertando os olhos. Não era por causa do sol que o procurador estava franzindo os olhos, não! Por algum motivo, ele não queria ver o grupo de condenados que, como sabia perfeitamente, subiria atrás dele no palanque.

Assim que o manto branco com o forro púrpura surgiu no alto do penhasco de pedra sobre a beirada do mar humano, uma onda sonora bateu nos ouvidos do invisível Pilatos: "Aaahh…". Ela começou baixinho, nasceu ao longe, perto do hipódromo, depois se tornou retumbante e, sustentando-se por alguns segundos, começou a diminuir. "Eles me viram", pensou o procurador. A onda não chegou ao ponto mais baixo e, inesperadamente, começou a crescer novamente, oscilando, aumentou ainda mais alto do que a primeira. E, na segunda onda, como fervilha a espuma numa vala marítima, ferveu um assobio e diversos gemidos femininos isolados foram ouvidos através das trovoadas. "Eles subiram ao palanque…", pensou Pilatos, "e os gemidos são de algumas mulheres pisoteadas quando a multidão avançou."

Ele aguardou um tempo, sabendo que nenhuma força jamais faria a multidão se calar, enquanto ela não extravasasse tudo aquilo que havia acumulado dentro dela e que não se calaria sozinha.

E, quando esse momento chegou, o procurador estendeu o braço direito para o alto e o último ruído soprou da multidão.

Então, Pilatos encheu o peito o quanto pôde de ar quente e gritou, e sua voz rouca soou sobre milhares de cabeças:

— Em nome do imperador César!…

Nesse instante, um grito metálico e entrecortado bateu algumas vezes em seus ouvidos — nas coortes, erguendo as lanças e os estandartes para o alto, os soldados deram um terrível grito:

— Viva César!

Pilatos levantou a cabeça e a expôs diretamente ao sol. Sob as pálpebras explodiu um fogo verde que fazia seu cérebro arder e, sob a multidão, voaram as palavras roucas em aramaico:

— Quatro criminosos, presos em Yerushalaim por assassinato, incitação à rebelião e desrespeito às leis e à fé, foram sentenciados à vergonhosa execução, ao enforcamento em postes! E essa execução será agora no monte Gólgota! Os nomes dos criminosos são: Dismas, Gestas, Barrabás e Ha-Notzri. Ei-los diante de vocês!

Pilatos apontou com a mão direita sem ver nenhum dos criminosos, mas sabia que estavam lá, no lugar onde deveriam estar.

A multidão respondeu com um longo rumor de admiração ou alívio. Depois que ela cessou, Pilatos prosseguiu:

— Porém, serão executados somente três deles, pois, de acordo com a lei e a tradição, em homenagem à festa da Páscoa, a um dos condenados, escolhido pelo Pequeno Sinédrio e com a aprovação do poder romano, o benevolente César imperador lhe devolve a vida miserável!

Pilatos gritava as palavras e, ao mesmo tempo, ouvia como o rumor era substituído por grande silêncio. Agora, não se ouvia uma respiração sequer, nenhum barulho chegava a seus ouvidos, e houve um instante em que pareceu que tudo ao seu redor havia sumido. A cidade odiada por ele tinha morrido e somente ele estava lá, queimado pelos raios verticais, com o rosto voltado diretamente para o céu. Pilatos ainda manteve o silêncio e depois começou a gritar:

— O nome daquele que agora será libertado na presença de vocês...

Ele fez mais uma pausa, segurando o nome, conferindo se havia dito tudo, pois sabia que a cidade morta iria ressuscitar depois de anunciado o nome do felizardo e que mais nenhuma palavra seria ouvida.

"Pronto?", sem pronunciar um som sequer, Pilatos cochichou para si mesmo. — Pronto. O nome!

E, esticando a letra "r" sobre a cidade calada, ele gritou:

— Barrabás!

Nesse instante, pareceu-lhe que o sol, tilintando, explodira sobre ele e encharcara seus ouvidos com fogo. Nesse fogo esbravejavam berros, gritos, gemidos, gargalhadas e assobios.

Pilatos virou-se e caminhou para trás pelo palanque até os degraus, sem olhar para nada além dos sabres coloridos sob seus pés para não tropeçar. Ele sabia que agora, ao virar as costas, eram atiradas ao palanque, feito granizo, moedas de bronze e tâmaras; que, na multidão rumorosa, as pessoas, pisoteando umas às outras, subiam nos ombros para ver o milagre com seus próprios olhos: como uma pessoa que já estava nas mãos da morte escapara dessas mãos! Como os legionários lhe retiravam as cordas, causando-lhe involuntariamente uma dor ardente nas mãos torcidas durante os interrogatórios, como ele, fazendo careta e suspirando, ainda sorria com um sorriso insensato e louco.

Ele sabia que, nesse momento, o corpo da guarda estava levando para os degraus laterais os três com as mãos amarradas, para levá-los até a estrada para o ocidente, para fora da cidade, até o monte Gólgota. Somente quando se viu atrás do palanque, no fundo, Pilatos abriu os olhos, sabendo que agora estava seguro, não podia mais ver os condenados.

Ao gemido da multidão, que começava a se acalmar, misturavam-se e eram perceptíveis os estridentes gritos dos arautos que repetiam o que o procurador gritara do palanque, uns em aramaico, outros em grego. Além disso, aos seus ouvidos, voou o som que se aproximava, fragmentado e matraqueado, do tropel dos cavalos e da trombeta, que tocou algo curto e alegre. A esses sons respondeu um assobio estridente de meninos sentados nos telhados das casas da rua que saía do mercado e terminava na praça do hipódromo, e os gritos de "Cuidado!".

Um soldado que estava parado sozinho no espaço liberado da praça com um estandarte na mão agitou-o, preocupado. Então o procurador, o legado da Legião, o secretário e o corpo de tropas pararam.

A ala da cavalaria, trotando cada vez mais rápido, passou voando pela praça para atravessá-la pela lateral, diante do amontoado de gente, e seguiu pela travessa sob o muro de pedra, no qual se estendia uma parreira, que levava à estrada mais curta para o Gólgota.

Voando a trote, o comandante da ala, pequeno e de pele escura — um sírio —, alcançou Pilatos, gritou algo forte e puxou a espada da bainha. O raivoso cavalo murzelo suado afastou-se bruscamente e empinou-se. Embainhando a espada, o comandante chicoteou o cavalo no pescoço, acertou o passo e trotou para a travessa, começando a galopar. Seguindo-o, os três cavaleiros lado a lado voaram numa nuvem de poeira, as pontas das lanças leves de bambu começaram a pular e eles passaram diante do procurador, com a pele parecendo ainda mais escura sob os turbantes brancos, com os rostos alegres e dentes brilhantes e arreganhados.

Levantando poeira até o céu, a ala irrompeu na travessa, e o último a passar a galope diante de Pilatos foi um soldado com uma trombeta nas costas que brilhava ao sol.

Protegendo o rosto da poeira com a mão e fazendo careta involuntariamente, Pilatos continuou a andar, dirigindo-se aos portões do jardim do palácio, e atrás dele caminhavam o legado, o secretário e o corpo de guardas.

Eram aproximadamente dez horas da manhã.

3. A sétima prova

— É, eram aproximadamente dez horas da manhã, respeitável Ivan Nikolaievitch — disse o professor.

O poeta passou a mão pelo rosto como faz uma pessoa que acaba de voltar a si e viu que a noite havia caído em Patriarchi.

A água do lago havia escurecido, agora um barquinho leve deslizava por ela e ouvia-se o bater dos remos e as risadinhas de alguma cidadã a bordo. Apareceu gente nos bancos das aleias, mas novamente nos outros três lados do quadrado, e não naquele em que estavam nossos interlocutores.

O céu sob Moscou parecia ter desbotado, e no alto via-se a lua cheia totalmente nítida, só que ainda não estava dourada, mas sim branca. Era bem mais fácil respirar, e as vozes sob as tílias soavam agora mais suaves, noturnais.

"Como é possível eu não ter percebido que ele conseguiu engendrar toda uma história?", pensou Bezdomni admirado. "Já é noite! Ou será que não foi ele que contou, e eu simplesmente adormeci e sonhei com tudo isso?"

No entanto, deve-se supor que o professor contou mesmo tudo aquilo. Caso contrário, seríamos obrigados a admitir que Berlioz teve o mesmo sonho, pois ele disse, examinando atento o rosto do estrangeiro:

— Sua história é extremamente interessante, professor, apesar de não coincidir em nada com o Evangelho.

— Perdão — sorrindo indulgente, replicou o professor —, mas mais do que ninguém o senhor deveria saber que absolutamente nada do que está escrito no Evangelho aconteceu na realidade, e se começarmos a aludir ao Evangelho como fonte histórica... — Ele sorriu uma vez mais, e Berlioz engasgou, pois ele dissera o mesmo, palavra por palavra, a Bezdomni, quando caminhavam pela Bronnaia em direção a Patriarchi Prudi.

— Isso mesmo — observou Berlioz. — Mas temo que ninguém poderá comprovar que o que o senhor nos contou aconteceu de verdade.

— Oh, não! Há quem possa comprovar! — começou a falar com a língua torta e convencido o professor e, do nada, misteriosamente, fez um gesto para que os dois colegas se aproximassem dele.

Ambos se inclinaram para ele, cada um de um lado, e ele disse, mas já sem nenhum sotaque, que, sabe-se lá por quê, ora sumia, ora aparecia:

— É o seguinte... — Então o professor olhou ao redor receoso e começou a cochichar. — Eu presenciei tudo isso pessoalmente. Estive na varanda com Pôncio Pilatos, no jardim, quando ele conversou com Caifás, estive também no palanque, só que às escondidas, incógnito, por assim dizer, então peço aos senhores, nem uma palavra a ninguém, segredo total!... Schi!

Fez-se silêncio, e Berlioz empalideceu.

— O senhor... há quanto tempo o senhor está em Moscou? — perguntou ele, com a voz trêmula.

— Acabei de chegar, neste instante, a Moscou — respondeu o professor, perplexo, e só então os colegas resolveram olhar bem em seus olhos e se convenceram de que o olho esquerdo, o verde, era totalmente demente e o direito era vazio, negro e morto.

"Pronto, está tudo explicado", pensou Berlioz, confuso. "Chegou um alemão louco ou que acabou de enlouquecer em Patriarchi. Que história!"

É, realmente, tudo estava explicado: o estranhíssimo café da manhã com o falecido filósofo Kant, as bobagens sobre óleo de girassol e Annuchka, as profecias sobre como a cabeça seria cortada e tudo mais — o professor era louco.

Imediatamente Berlioz percebeu o que deveria fazer. Reclinando-se no encosto do banco, ele começou a piscar para Bezdomni, pelas costas do professor — querendo dizer que era melhor não contrariá-lo, mas o poeta, perplexo, não entendeu os sinais.

— Sim, sim, sim — dizia Berlioz, exaltado. — Aliás, tudo isso é possível! Muito provável, até, tanto Pôncio Pilatos, como a varanda e todo o resto... Mas o senhor veio sozinho ou com a esposa?

— Sozinho, sozinho, estou sempre só — respondeu o professor amargamente.

— E onde estão suas coisas, professor? — perguntou Berlioz de forma insinuante. — No Metropol? Onde se hospedou?

— Eu? Em lugar nenhum — respondeu o alemão maluco, enquanto seu olho verde triste e selvagem vagava por Patriarchi Prudi.

— Como assim? Mas... onde é que o senhor vai ficar?

— Em seu apartamento — respondeu de repente de forma atrevida o louco e depois piscou.

— Eu... eu fico muito feliz — balbuciou Berlioz. — Mas, na verdade, na minha casa o senhor não ficará muito bem acomodado... No Metropol há quartos maravilhosos, é um hotel de primeiríssima...

— E o diabo, também não existe? — indagou de repente e alegremente o doente a Ivan Nikolaievitch.

— Nem o diabo...

— Melhor não contrariar! — cochichou Berlioz apenas com os lábios, inclinando-se atrás das costas do professor e fazendo caretas.

— Não existe diabo algum! — gritou Ivan Nikolaievitch imprudentemente, perplexo com toda aquela bobagem. — Que castigo! Pare de bancar o biruta!

O demente soltou uma gargalhada tão forte que um pardal alçou voo da tília acima deles.

— Bom, isso é positivamente interessante — disse o professor, sacudindo-se de tanto rir. — O que há com vocês? Vocês não se agarram a nada, nada existe para vocês! — Inesperadamente ele parou de gargalhar e, como é compreensível quando se trata de doença mental, depois da gargalhada caiu no outro extremo. Enfurecido, gritou rispidamente: — Então quer dizer que é isso aí, que o diabo não existe?

— Acalme-se, acalme-se, acalme-se, professor — balbuciava Berlioz, temendo irritar o doente. — Fique um minutinho aqui sentado com o camarada Bezdomni que eu vou correndo até a esquina dar um telefonema e depois nós o acompanharemos aonde o senhor desejar. Afinal, o senhor não conhece a cidade...

Deve-se reconhecer que o plano de Berlioz estava correto: ele tinha de correr até o telefone público mais próximo e informar ao departamento de estrangeiros que um consultor havia chegado do exterior e estava em Patriarchi Prudi em estado visivelmente anormal. Então, seria necessário tomar algumas medidas, senão seria uma besteira desagradável.

— Dar um telefonema? Está bem, telefone — concordou o doente com tristeza e, de repente, pediu, ávido: — Mas suplico, de despedida, acredite pelo menos que o diabo existe! Não estou pedindo nada além disso. Saiba que quanto a isso, existe a sétima prova, que é a mais certa! E ela será apresentada ao senhor agora mesmo.

— Está bem, está bem — dizia Berlioz em tom falso e carinhoso. Piscando para o transtornado poeta, disse que não estava nem um pouco contente com a ideia de ficar vigiando o alemão louco e precipitou-se para aquela saída de Patriarchi que ficava na esquina da Bronnaia e da travessa Iermolaievski.

Então era como se o professor tivesse se restabelecido e se reavivado imediatamente.

— Mikhail Aleksandrovitch! — gritou ele a Berlioz, que se afastava.

Este estremeceu, virou-se, mas acalmou-se com a ideia de que o professor soubera de seu nome e patronímico também por meio de algum jornal. Então o professor gritou, com as mãos ao redor da boca:

— O senhor não deseja que eu mande enviar um telegrama a seu tio em Kiev agora mesmo?

Berlioz estremeceu de novo. Como o louco sabia da existência de um tio seu em Kiev? Afinal, com certeza nunca havia saído nada sobre isso em jornal algum. Oh-oh, será que Bezdomni não tem razão? Mas e esses documentos, são falsos? Ah, que sujeito mais estranho… Telefonar, telefonar! Telefonar imediatamente! Vão esclarecer tudo rapidamente!

E, sem ouvir mais nada, Berlioz continuou correndo.

Então, na própria saída para a Bronnaia, levantou-se de um banco ao encontro do editor exatamente aquele mesmo cidadão que havia sido esculpido à luz do sol pelo calor gorduroso. Só que agora ele já não era vaporoso, mas comum, corpóreo. E, no lusco-fusco incipiente, Berlioz discerniu nitidamente que ele tinha bigodinhos como penas de galinha, olhos miudinhos, irônicos e meio embriagados e calças xadrez tão puxadas para cima que as meias brancas encardidas apareciam.

Mikhail Aleksandrovitch recuou, mas se consolou, pensando que era uma coincidência boba e que agora não tinha tempo para refletir sobre isso.

— Está procurando a catraca, cidadão? — quis saber o tipo de xadrez com uma voz de taquara rachada. — Por aqui, por favor! Vá em frente e sairá onde precisa. Pela indicação poderia cobrar do senhor um quarto de litro... para se aprumar... um ex-regente! — gesticulando, o sujeito tirou o boné de jóquei com o dorso da mão.

Berlioz não parou para dar ouvidos ao regente pedinte e afetado, correu até a catraca e agarrou-a com a mão. Girando-a e já quase pisando nos trilhos, uma luz vermelha e branca jorrou em seu rosto: numa caixa de vidro acendeu uma inscrição — "Cuidado com o bonde".

Imediatamente, o tal bonde chegou voando, virando pela linha recém-inaugurada, da Iermolaievski para a Bronnaia. Depois de contornar e seguir em frente, inesperadamente, o bonde iluminou-se por dentro com eletricidade, sinalizou e acelerou.

O precavido Berlioz, mesmo estando em um lugar seguro, resolveu voltar para trás da barreira, pousou a mão no molinete e deu um passo para trás. Imediatamente sua mão escorregou e escapuliu. Uma perna incontrolável, como se estivesse no gelo, escorregou pelo paralelepípedo, inclinada até os trilhos, a outra ficou suspensa, e Berlioz foi jogado até os trilhos.

Tentando segurar-se em algo, Berlioz caiu de costas, bateu de leve com a cabeça no paralelepípedo e conseguiu avistar, no alto — porém se era à direita ou à esquerda ele já não estava raciocinando —, a lua dourada. Conseguiu virar-se de lado e, com um movimento desvairado, no mesmo átimo encolheu as pernas até a barriga e, virando-se, discerniu o rosto completamente pálido de horror da motorneira com seu lenço escarlate que vinha em sua direção numa velocidade incontrolável. Berlioz não gritou, mas ao seu redor, com vozes femininas desesperadas, a rua inteira berrou. A motorneira acionou o freio elétrico, o vagão afundou o nariz no chão e, depois disso, pulou instantaneamente e de suas janelas voaram estilhaços com estrondo. Na cabeça de Berlioz, alguém gritou em desespero: "Será?...". Uma vez mais, pela última vez, a lua cintilou, mas ela já se despedaçava, e então ficou escuro.

O bonde passou por cima de Berlioz, e uma coisa redonda e escura foi lançada para o declive de pedras por baixo da cerca da aleia de Patriarchi. Depois de descer por esse declive, essa coisa saltou pelos paralelepípedos da Bronnaia.

Era a cabeça decepada de Berlioz.

4. A perseguição

Os gritos histéricos das mulheres silenciaram, os apitos da polícia pararam de martelar e duas ambulâncias chegaram: uma levou o corpo decapitado e a cabeça cortada para o necrotério, e a outra, a bela motorneira ferida pelos estilhaços de vidro; varredores de aventais brancos limparam os estilhaços de vidro e cobriram as poças de sangue com areia. Já Ivan Nikolaievitch caiu no banco, sem alcançar a catraca, e do jeito que caiu, ficou.

Tentou se levantar várias vezes, mas as pernas não lhe obedeciam — algo parecido à paralisia havia atingido Bezdomni.

O poeta pusera-se a correr até a catraca assim que ouviu o primeiro berro e viu como a cabeça pulava pela calçada. Ele ficou tão enlouquecido por causa disso que caiu sentado no banco e mordeu sua mão até sangrar. É claro que já tinha esquecido o alemão louco e tentava entender só uma coisa: como era possível, agorinha mesmo ele estava falando com Berlioz e, um minuto depois, a cabeça...

Pessoas passavam alvoroçadas, correndo pela aleia diante do poeta, exclamando algo, mas Ivan Nikolaievitch não assimilava suas palavras.

No entanto, ao lado dele duas mulheres se chocaram, do nada, e uma delas, de nariz afilado e cabeça descoberta, gritou assim para a outra mulher, bem próximo ao ouvido do poeta:

— Annuchka, foi a nossa Annuchka! Da Sadovaia! Foi obra dela! Comprou óleo de girassol na mercearia, deixou cair e quebrou um litro sobre a catraca! Emporcalhou a saia toda... E xingou, nossa, xingou tanto! E ele, coitado, deve ter escorregado e caiu nos trilhos...

De tudo que a mulher gritou, só uma palavra grudou no cérebro transtornado de Ivan Nikolaievitch: "Annuchka"...

— Annuchka... Annuchka? — balbuciou o poeta, olhando para os lados, aflito. — Espere, espere aí...

À palavra "Annuchka" juntaram-se as palavras "óleo de girassol" e então, sabe-se lá por quê, "Pôncio Pilatos". O poeta descartou Pilatos e passou a fazer as conexões, passou pela palavra "Annuchka". E essa rede de conexões formou-se com rapidez e, no mesmo instante, levou-o ao professor louco.

Perdão! Mas foi ele mesmo que disse que não haveria reunião porque Annuchka derramaria óleo. E, façam-me o favor, não haverá reunião mesmo! Mas isso não é nada: ele não disse com todas as letras que uma mulher cortaria a cabeça de Berlioz?! Sim, sim, sim! A condutora era uma mulher! O que é isso? Hein?

Não restava sombra de dúvida de que o misterioso consultor sabia com antecedência de toda a cena da terrível morte de Berlioz. Dois pensamentos atravessaram o cérebro do poeta. O primeiro: "Ele não tem nada de louco! É tudo bobagem". E o segundo: "Será que não foi ele mesmo que armou isso tudo?".

— Muito bem, mas me permitam perguntar: como assim?

Ah, não! Isso é o que vamos descobrir.

Fazendo um tremendo esforço, Ivan Nikolaievitch levantou-se do banco e correu de volta para onde conversara com o professor. Felizmente, ele ainda não havia ido embora.

As luzes na Bronnaia já estavam acesas e sobre Patriarchi a lua dourada brilhava. À luz da lua, que sempre engana, pareceu a Ivan Nikolaievitch que o professor estava de pé segurando embaixo do braço não sua bengala, mas uma espada.

O regente aposentado e embromador estava sentado no mesmíssimo lugar onde ainda havia pouco estava o próprio Ivan Nikolaievitch. Agora, o regente prendeu no nariz um pince-nez visivelmente desnecessário, já que faltava uma das lentes e a outra estava rachada. Com isso, o cidadão de xadrez tornou-se ainda mais torpe do que no momento em que indicou a Berlioz o caminho para os trilhos.

Com o coração gelado, Ivan aproximou-se do professor e, encarando-o bem de perto, convenceu-se de que ali não havia nem houvera nenhum sinal de loucura.

— Confesse, quem é o senhor? — perguntou Ivan com voz surda.

O estrangeiro franziu o cenho, lançou um olhar como se estivesse vendo o poeta pela primeira vez e respondeu com antipatia:

— Não entender... falar russo...

— Ele não entende! — intrometeu-se o regente que estava sentado no banco, apesar de ninguém ter lhe pedido para explicar as palavras do estrangeiro.

— Não finja! — disse Ivan ameaçadoramente, e sentiu um frio na barriga. — Agora mesmo estava falando russo perfeitamente. O senhor não é alemão e muito menos professor! O senhor é um assassino e espião! Seus documentos! — gritou furiosamente Ivan.

O enigmático professor entortou a boca, que já era torta, com aversão, e deu de ombros.

— Cidadão! — de novo intrometeu-se o abominável regente. — Por que é que o senhor está incomodando o turista estrangeiro? Será severamente castigado por isso! — E o suspeito professor fez cara de soberba, deu as costas para Ivan e foi embora.

Ivan sentiu que estava desnorteado. Sufocando, dirigiu-se para o regente:

— Ei, cidadão, ajude-me a prender o criminoso! É sua obrigação!

Extremamente animado, o regente saltou e vociferou:

— Que criminoso? Onde ele está? Um criminoso estrangeiro? — Seus olhinhos faiscaram, radiantes. — Este? Se ele for criminoso, em primeiro lugar deve-se gritar "Socorro!", senão ele vai embora. Então, vamos, juntos! De uma vez! — nesse instante o falso regente escancarou a goela.

Perplexo, Ivan obedeceu ao regente espertalhão e gritou "Socorro!", mas este o enganou e nada gritou.

O grito solitário e rouco de Ivan não trouxe bons resultados. Duas moças se afastaram dele bruscamente, saltando para o lado, e ele ouviu a palavra "bêbado".

— Ah, então é isso, vocês estão mancomunados! — gritou Ivan, afundando em ira. — O que há com você, está me ridicularizando? Deixe-me em paz!

Ivan inclinou-se para a direita, e o regente também foi para a direita. Ivan foi para a esquerda, e o desgraçado o seguiu para o mesmo lado.

— Está no meu pé de propósito? — gritou Ivan, virando bicho. — Eu mesmo vou entregar você à polícia!

Ivan fez uma tentativa de agarrar o canalha pela manga, mas errou o alvo e não pegou absolutamente nada. O regente sumiu como se nunca tivesse existido.

Ivan ficou boquiaberto, olhou para longe e avistou o odioso desconhecido. Ele já estava na saída para a travessa Patriarchi, e não estava só. O mais do que duvidoso regente tinha conseguido se juntar a ele. Mas isso não era tudo: o terceiro desse bando era um gato, enorme como um porco castrado, preto como fuligem ou como uma gralha, que surgiu sabe-se lá de onde, com arrojados bigodes de cavalaria. A troica marchava na travessa Patriarchi e mais: o gato moveu-se nas duas patas traseiras.

Ivan precipitou-se atrás dos miseráveis e, no mesmo instante, convenceu-se de que seria muito difícil alcançá-los.

Num átimo, a troica cruzou a travessa e apareceu na Spiridonovka. Por mais que Ivan acelerasse o passo, não diminuía em nada a distância entre ele e os perseguidos. E, antes que o poeta pudesse cair em si, logo depois da silenciosa Spiridonovka, já se encontrava em Nikitskie Vorota, onde sua situação se agravou. Ali havia uma multidão, Ivan esbarrou em um transeunte, foi xingado. Ainda por cima, a quadrilha de facínoras resolveu aplicar o método preferido dos bandidos: separar-se durante a fuga.

Com muita astúcia, o regente pegou um ônibus em movimento, que voava para a praça Arbat, e desapareceu. Depois de perder de vista um dos perseguidos, Ivan concentrou sua atenção no gato e viu como esse estranho animal aproximou-se do estribo do bonde "A", parado em um ponto. Afugentou de forma insolente uma mulher que gritava, agarrou-se ao corrimão e fez até mesmo uma tentativa de enfiar uma moeda de dez copeques na mão da condutora pela janela aberta.

O comportamento do gato impressionou tanto Ivan que ele ficou paralisado perto da mercearia da esquina. E se impressionou ainda mais com a reação da condutora. A mulher, assim que avistou o gato se metendo no bonde, gritou com uma perversidade que a fazia até mesmo tremer:

— Proibido para gatos! Proibido entrar com gatos! Chispa! Desça, senão vou chamar a polícia!

Nem a condutora nem os passageiros ficaram impressionados com o ponto crucial da questão: o fato de que um gato estivesse subindo num bonde não era nada, mas sim que ele tivesse a intenção de pagar a passagem!

O gato aparentou não só ter dinheiro, mas também ser um animal disciplinado. Ao primeiro grito da condutora, ele cessou a ofensiva, desceu do estribo, sentou-se no ponto e pôs-se a alisar os bigodes com a moeda. Mas, assim que a condutora puxou a corda e o bonde arrancou, o gato agiu como qualquer outra pessoa que era expulsa do bonde mas tinha de fazer a viagem de qualquer jeito. Depois de deixar passar na sua frente todos os três vagões, o gato saltou no aro traseiro do último, agarrou-se com a pata num cano que saía de uma das janelas e lá foi ele, economizando, assim, dez copeques.

Ocupado com o gato asqueroso, Ivan quase perdeu o principal dos três, o professor. Mas, felizmente, ele não havia conseguido escapar. Ivan avistou a boina cinza bem no meio, no início da rua Bolchaia Nikitskaia, ou rua Hertzen. Num piscar de olhos, o próprio Ivan estava lá. No entanto, não teve sorte. O poeta apressava o passo, corria a trote, empurrando os transeuntes, mas não se aproximava um centímetro sequer do professor.

Por mais que Ivan estivesse transtornado, mesmo assim ficava impressionado com a velocidade sobrenatural com a qual a perseguição transcorria. Não haviam passado nem vinte segundos após deixar Nikitskie Vorota, e Ivan Nikolaievitch já era ofuscado pelas luzes da praça Arbat. Mais alguns segundos, e lá estava uma travessa escura com calçadas tortuosas, onde Ivan Nikolaievitch levou um tombo e arrebentou o joelho. De novo uma via iluminada — a rua Kropotkin, depois uma travessa, depois a Ostojenka e mais uma travessa desalentada, nojenta e mal-iluminada. E foi ali que Ivan Nikolaievitch perdeu definitivamente aquele de quem tanto precisava. O professor desaparecera.

Ivan Nikolaievitch ficou perturbado, mas por pouco tempo, pois de repente percebeu que o professor deveria estar, sem dúvida, no edifício nº 13, com certeza no apartamento 47.

Ivan Nikolaievitch irrompeu na entrada, voou para o segundo andar, sem demora encontrou o apartamento e tocou a campainha, impaciente. Não precisou esperar muito: uma menina de uns cinco anos abriu-lhe a porta e, sem perguntar nada ao visitante, foi embora para algum lugar, sem demora.

A entrada, enorme e extremamente negligenciada, estava fracamente iluminada por uma lâmpada minúscula, sob um teto alto, negro de sujeira. Na parede havia uma bicicleta sem rodas pendurada, além de um enorme baú revestido de ferro e, em uma prateleira, em cima do cabideiro, um chapéu de inverno com seus longos tapa-orelhas pendentes. Por trás de uma das portas, uma voz masculina altissonante gritava algo em versos pelo rádio, enfurecida.

Ivan Nikolaievitch não ficou nem um pouco perplexo de estar naquele ambiente desconhecido e precipitou-se direto para o corredor, raciocinando: "É claro que ele se escondeu no banheiro". O corredor estava escuro. Trombando na parede algumas vezes, Ivan avistou um feixe fraquinho de luz debaixo de uma porta, encontrou a maçaneta às apalpadelas e a puxou de leve. O trinco saltou e Ivan se viu exatamente no banheiro, pensando que havia tido sorte.

No entanto, a sorte não foi bem a que deveria ser! Um cheiro de calor úmido soprou na cara de Ivan e, sob a luz do carvão que ardia no aquecedor, ele divisou grandes bacias penduradas na parede e uma banheira, toda coberta de terríveis manchas negras de esmalte descascado. Muito bem, nessa banheira havia uma cidadã nua, toda ensaboada e com uma esponja nas mãos. Ela apertou os olhos, míope, para o recém-chegado Ivan e, pelo visto, confundindo-se por causa da iluminação infernal, disse baixinho e alegre:

— Kiriuchka! Chega de tagarelar! O que há com você, ficou maluco? Fiodor Ivanovitch voltará já, já. Saia já daqui! — E sacudiu a esponja em direção a Ivan.

Estávamos diante de um mal-entendido, e o culpado era, é claro, Ivan Nikolaievitch. Mas, sem querer reconhecer isso, ele exclamou em tom de censura: "Ah, sua pervertida!..." — e na mesma hora foi parar na cozinha, sabe-se lá para quê. Lá não havia ninguém, e sobre o fogão havia quase uma dezena de fogareiros portáteis apagados, mudos, sob a penumbra. Um único raio de lua penetrou através da janela empoeirada, que não era limpa havia anos, e iluminou parcamente aquele canto onde, no meio da poeira e de uma teia de aranha, estava pendurado um ícone esquecido, as pontas de duas velas nupciais assomando atrás de seu caixilho. Debaixo do ícone grande, preso por alfinetes, estava pendurado outro menor, de papel.

Ninguém sabe qual foi o pensamento que dominou Ivan naquele instante, mas só que, antes de sair correndo para a porta dos fundos, ele se apoderou de uma das velas e também do ícone de papel. Com esses objetos, ele deixou o apartamento desconhecido, balbuciando algo, confuso com pensamentos sobre o que tinha acabado de presenciar no banheiro, tentando adivinhar involuntariamente quem era esse insolente Kiriuchka e se o repugnante chapéu com tapa-orelhas não lhe pertencia.

Na travessa deserta e desolada, o poeta olhou ao redor, procurando o fugitivo, mas este não estava em lugar algum. Então, Ivan disse para si mesmo com firmeza:

— Mas é claro, ele está no rio Moscou! Vamos lá!

Seria bom, pelo visto, perguntar a Ivan Nikolaievitch por que ele supunha que o professor estava exatamente no rio Moscou, e não em qualquer outro lugar. Mas o problema era esse, não havia ninguém para perguntar. A travessa ordinária estava completamente vazia.

Após um curtíssimo espaço de tempo, podia-se avistar Ivan Nikolaievitch nos degraus de granito do anfiteatro do rio Moscou.

Ivan tirou a roupa e confiou-a a um simpático barbudo, que fumava um cigarro enrolado à mão, de camisa típica branca rasgada e botinas gastas, desamarradas. Batendo os braços, para não se resfriar, Ivan mergulhou num salto de andorinha. Ficou sem fôlego porque a água estava gelada e até chegou a pensar que pelo visto não conseguiria voltar à superfície. No entanto, conseguiu emergir e, resfolegando, bufando, com os olhos arregalados de terror, Ivan Nikolaievitch começou a nadar na água escura que cheirava a petróleo, entre os zigue-zagues entrecortados dos postes de iluminação nas margens.

Quando o encharcado Ivan, pulando os degraus, chegou ao local em que deixara suas roupas sob os cuidados do barbudo, percebeu que fora roubada não só a roupa, mas o barbudo também. Naquele exato local onde deixara o amontoado de roupas, restavam ceroulas listradas, a camisa rasgada, a vela, o pequeno ícone e uma caixa de fósforos. Ameaçando alguém ao longe com os punhos cerrados numa ira impotente, Ivan se enrolou no que restava.

Então, duas ponderações despertaram sua preocupação: a primeira era o desaparecimento da carteirinha da Massolit, da qual ele nunca se separava, e a segunda, será que ele conseguiria atravessar Moscou naqueles trajes? Afinal, estava de ceroulas... Na verdade, ninguém tinha nada a ver com isso, mas melhor não dar motivo para bronca ou detenção.

Ivan arrancou os botões das ceroulas que se prendiam no tornozelo, partindo da premissa de que, quem sabe, daquele jeito poderiam passar por calças de verão, pegou o ícone, a vela, os fósforos e começou a se mexer, dizendo para si mesmo:

— Para Griboiedov! Sem dúvida alguma, ele está lá.

A cidade já vivia a vida noturna. Caminhões passavam voando, tilintando correntes em meio à poeira, e em suas caçambas alguns homens estavam deitados sobre sacos, estirados com as barrigas para cima. Todas as janelas estavam abertas. Em cada uma delas ardia uma luzinha sob um abajur laranja, e de todas as janelas, de todas as portas, de todas as entradas, dos telhados e sótãos, dos porões e pátios escapava o rouco lamento da polonesa da ópera *Ievgueni Onieguin*.

Os temores de Ivan Nikolaievitch se concretizaram por completo: os transeuntes prestavam atenção nele e riam, virando-se. Em função disso, ele resolveu deixar as ruas largas e caminhar pelas travessas, onde as pessoas não eram tão indiscretas, e havia menos chance de repararem em um homem descalço, cobrindo-o de perguntas sobre as ceroulas, que obstinadamente não desejavam ficar parecidas com calças.

E foi isso que Ivan fez. Aprofundou-se na rede misteriosa de travessas da Arbat e começou a caminhar perto dos muros, olhando assustado ao redor, de soslaio, virando-se a cada minuto, escondendo-se vez ou outra nas entradas dos prédios e fugindo dos cruzamentos com semáforos e das portas chiques das mansões das embaixadas.

E durante todo esse seu difícil caminho, sabe-se lá por quê, era indescritivelmente perturbado por uma orquestra onipresente, que acompanhava o baixo pesaroso que cantava sobre seu amor por Tatiana.*

---

* Menção à personagem da ópera de A. S. Puchkin *Ievgueni Onieguin*. (N. T.)

5. Aconteceu na Griboiedov

O antigo sobrado de dois andares cor de creme se encontrava na avenida circular, nas profundezas de um jardim mirrado, separado da calçada da circular por uma grade de ferro fundido talhada. A pequena área na frente da casa era asfaltada; durante o inverno, um monte de neve com uma pá no alto se erguia ali e, durante o verão, ela se transformava numa maravilhosa ala do restaurante de verão sob o toldo de um veleiro.

Chamava-se "Casa Griboiedov" por outrora ter supostamente pertencido a uma tia do escritor Aleksandr Sergueievitch Griboiedov.* Bom, se pertenceu ou não, não se sabe ao certo. Lembra-se até que, parece, Griboiedov não tinha nenhuma tia que possuísse casas... No entanto, é assim que chamavam o local. Além do mais, um mentiroso moscovita contava que, no segundo andar, em uma sala redonda com colunas, o famoso escritor teria lido trechos de *A desgraça por ser sagaz* para essa mesma tia, estirada em um sofá. Aliás, aos diabos, pode ser que tenha lido mesmo, isso não importa.

O importante é que agora era a própria Massolit que possuía a casa, encabeçada pelo infeliz Mikhail Aleksandrovitch Berlioz até sua aparição em Patriarchi Prudi.

Seguindo o exemplo dos membros da Massolit, ninguém chamava a casa de "Casa Griboiedov". Todo mundo dizia simplesmente "Griboiedov": "Ontem fiquei duas horas no empurra-empurra da Griboiedov". — "E então?" — "Consegui um mês em Ialta."** —

---

* Aleksandr Sergueievitch Griboiedov (1795-1829), poeta, dramaturgo e diplomata russo. (N. T.)
** Cidade balneária no sul da Rússia. (N. T.)

"Muito bem!" Ou então: "Vá até Berlioz, hoje ele atende das quatro às cinco na Griboiedov...", e assim por diante.

A Massolit acomodou-se tão bem na Griboiedov que parecia impossível inventar algo melhor e mais aconchegante. Qualquer um que entrasse na Griboiedov antes de tudo se deparava involuntariamente com anúncios de diferentes círculos desportivos e retratos dos membros da Massolit, individuais e em grupo, alguns (retratos) pendurados nas paredes da escada que levava para o segundo andar.

Bem na porta do primeiro cômodo desse andar superior avistava-se uma inscrição em letras grandes: "Seção de pesca e datcha", com a imagem de uma carpa pendurada em um anzol.

Na porta do cômodo nº 2 estava escrito algo não muito compreensível: "Licença criativa de um dia. Tratar com M.V. Podlojnaia".*

A próxima porta tinha uma inscrição curta, mas totalmente incompreensível: "Pereliguino". Depois, os olhos do eventual visitante da Griboiedov não sabem mais para onde olhar naquela infinidade de inscrições nas portas de nogueira da tia: "Inscrição para a fila para pegar papel com Pokliovkinaia", "Caixa. Contas pessoais de autores de esquetes"...

Bastava furar uma fila compridíssima que começava já no andar de baixo na portaria para ver a inscrição na porta pela qual o povo tentava entrar a todo instante: "Problemas habitacionais".

Atrás dos problemas habitacionais estendia-se um suntuoso cartaz com a imagem de uma rocha e um cavaleiro de *burka*** e espingarda no ombro, que cavalgava por seu cume. Mais abaixo, havia palmeiras e uma varanda e, na varanda, sentado, um jovem com topete olhava para algum lugar no alto com os olhos muito, muito vivos, segurando uma caneta automática. Com a seguinte legenda: "Férias criativas em tempo integral de duas semanas (conto/novela curta) a um ano (romance/trilogia). Ialta, Suuk-Su, Borovoie, Tsikhidziri, Makhindjauri,*** Leningrado (Palácio de Inverno)". Perto dessa porta

---

* *Podlojnaia* deriva da palavra "podlojit", que em russo significa algo falso ou enganoso. (N. T.)

** Capa de feltro usada pelos cossacos. (N. T.)

*** Cidades de veraneio na Crimeia. (N. T.)

também havia uma fila, mas não tão exorbitante, de umas cento e cinquenta pessoas.

Em seguida, obedecendo a uma sinuosidade caprichosa da casa Griboiedov, com subidas e descidas, "Diretoria da Massolit", "Caixas nº 2, 3, 4 e 5", "Conselho Editorial", "Presidente da Massolit", "Sala de Bilhar", vários escritórios auxiliares e, finalmente, aquela mesma sala com colunatas, onde a tia se deleitava com a comédia do sobrinho genial.

Qualquer visitante que entrasse na Griboiedov, se não fosse um idiota completo, claro, logo compreendia como era boa a vida dos felizardos membros da Massolit e logo começava a se morder de inveja, atormentado. E logo dirigia queixas amargas aos céus por não tê-lo premiado, ao nascer, com o talento literário, sem o qual, naturalmente, não podia sequer sonhar em ser dono de uma carteirinha marrom, cheirando a couro caro e com um largo debrum dourado, de membro da Massolit e conhecida em toda Moscou.

E quem dirá algo em defesa da inveja? É sentimento de baixíssima categoria, mas é preciso se colocar no lugar do visitante. Afinal, aquilo que ele viu no andar superior não era tudo, ainda estava longe de ser tudo. Todo o andar inferior da casa da tia estava ocupado por um restaurante, e que restaurante! Com razão, era considerado o melhor de Moscou. E não era só porque estava instalado em duas grandes salas, seus tetos arqueados e com afrescos de cavalos lilases com crinas assírias; não só porque em cada mesa se encontrava uma luminária, coberta com um xale; não só porque não era permitida a entrada do primeiro que passasse pela rua; mas também porque Griboiedov batia pela qualidade de suas provisões qualquer restaurante de Moscou como quisesse, e essas provisões eram ofertadas pelo mesmíssimo preço, nada salgado.

Por isso, não havia nada de surpreendente na seguinte conversa, por exemplo, que certa vez o autor dessas tão sinceras linhas ouviu, perto da grade de ferro fundido da Griboiedov:

— Onde é que você vai jantar hoje, Amvrossi?

— Que pergunta! Aqui, claro, querido Foka! Artchibald Artchibaldovitch me segredou hoje que servirão porções de perca *au naturel*. Uma iguaria!

— Você sabe mesmo viver, Amvrossi! — respondeu com um suspiro Foka, descarnado, desalinhado, com um carbúnculo no pescoço, ao poeta Amvrossi, um gigante de lábios rosados, cabelos dourados e maçãs do rosto exuberantes.

— Não tenho nenhum saber especial — retrucou Amvrossi —, mas o simples desejo de viver como um ser humano. Você vai dizer, Foka, que também é possível encontrar percas no Coliseu. Mas, no Coliseu, a porção de perca custa treze rublos e quinze copeques, e, aqui, cinco e cinquenta! Além do mais, no Coliseu eles servem percas com o frescor de três dias, e, além do mais, nada garante que lá você não receberá um cacho de uva na fuça do primeiro jovem que irromper da travessa Teatralni. Não, sou categoricamente contra o Coliseu! — vociferava o gastrônomo Amvrossi para todo o bulevar ouvir. — E não tente me convencer, Foka!

— Não estou tentando te convencer, Amvrossi — choramingava Foka. — Também dá para jantar em casa.

— Muito obrigado — troava Amvrossi. — Imagino sua mulher, tentando improvisar porções de perca *au naturel* numa panelinha, em casa, na cozinha coletiva. Hahaha! *Au revoir*, Foka! — E Amvrossi dirigiu-se para a varanda sob o toldo, cantarolando.

Ah, que coisa… Que aconteceu, aconteceu. Os velhos moscovitas se lembram da famosa Griboiedov! Que porções de perca cozida que nada! Isso é ninharia, meu caro Amvrossi! E o esturjão, numa panela prateada, esturjão em postas, coberto com caudas de lagostim e caviar fresco? E os ovos *cocotte* com purê de champignon em potinhos? E dos filés de melro, o senhor não gostava? Com trufas? E codornizes à genovesa? Nove rublos e meio! E ainda jazz e ótimo serviço! E em julho, quando a família toda está na datcha e assuntos literários urgentes o seguram na cidade — na varanda, à sombra de uma parreira, em uma mancha dourada da mais limpa das toalhas, um prato de sopa *printanière*? Lembra, Amvrossi? Mas por que estou perguntando? Vejo em seus lábios que lembra. Que coregonos, percas, que nada! E as narcejas, galinholas, codornizes, tetrazes, maçaricos, quando é época? E o Narzan borbulhando na garganta?! Mas já chega, você está se distraindo, leitor! Siga-me!…

Às dez e meia daquela noite, quando Berlioz morreu em Patriarchi, somente uma sala estava iluminada no andar superior da Griboiedov e nela padeciam doze literatos, reunidos para uma sessão, à espera de Mikhail Aleksandrovitch.

Aqueles que estavam sentados nas cadeiras e nas mesas, e até mesmo nos batentes das janelas do cômodo da direção do Mossalit, sofriam com o ar abafado. Nem ao menos uma corrente de ar fresco penetrava pelas janelas abertas. Moscou estava devolvendo o calor acumulado no asfalto durante o dia, e era evidente que a noite não traria alívio. Um cheiro de cebola vinha do porão da casa da tia, onde funcionava a cozinha do restaurante, e todos estavam com sede, todos enervados e furiosos.

O escritor Beskudnikov, um homem quieto e decentemente vestido, olhos atentos e, ao mesmo tempo, fugidios, tirou o relógio. O ponteiro se arrastava para as onze. Beskudnikov bateu com o dedo no mostrador, indicando-o ao vizinho, o poeta Dvubratski, sentado na mesa e, por causa do tédio, balançava os pés, calçados com sapatos amarelos de solas de borracha.

— Que demora — rosnou Dvubratski.

— Na certa o rapaz ficou encalhado no Kliazma* — replicou com voz grossa Nastassia Lukinichna Nepremenova, órfã de um comerciante moscovita, que se tornara escritora de contos sobre batalhas marítimas, sob o pseudônimo "Jorge Navegador".

— Sinceramente! — pôs-se a falar, corajosamente, o autor de esquetes populares Zagrivov. — Eu também estaria tomando um chazinho em alguma varanda agora mesmo com muito prazer em vez de ficar aqui cozinhando. A reunião não estava marcada para as dez?

— Nesta época o tempo em Kliazma é agradável — azucrinava os presentes Jorge Navegador, sabendo que a vila literária Pereliguino no Kliazma era o calcanhar de aquiles de todos. — Na certa os rouxinóis já estão cantando. Sempre trabalho melhor quando estou fora da cidade, sobretudo na primavera.

— Há três anos poupo um dinheirinho para mandar a minha mulher, que sofre da doença de Graves, para esse paraíso, mas não

---

* Rio afluente do Oka, que abastece Moscou. (N. T.)

consigo enxergar nada no horizonte — disse amarga e venenosamente o novelista Ieronim Poprikhin.

— Depende da sorte de cada um — martelou o crítico Ababkov, de um batente.

Os pequenos olhos de Jorge Navegador brilharam de alegria, e ela disse, suavizando seu contralto:

— Não há motivo para inveja, camaradas. São vinte e duas datchas ao todo e estão sendo construídas apenas mais sete, enquanto na Massolit nós somos três mil.

— Três mil cento e onze — corrigiu alguém, de um canto.

— É isso, estão vendo — continuou Navegador —, fazer o quê? Naturalmente, foram os mais talentosos entre nós que receberam datchas...

— Os generais! — bateu de frente na discussão o roteirista Glukhariev.

Beskudnikov bocejou de maneira artificial e saiu da sala.

— Sozinho em cinco cômodos em Pereliguino — falou Glukhariev pelas suas costas.

— Lavrovitch fica sozinho em seis — bradou Deniskin —, e a sala de jantar é revestida de carvalho!

— É, agora a questão não é essa — martelou Ababkov —, e sim que já são onze e meia.

Começou um rumor, algo parecido a uma rebelião prestes a irromper. Telefonaram para a odiada Pereliguino. A ligação foi parar em outra datcha, na de Lavrovitch, e ficaram sabendo que ele tinha ido até o rio e por causa disso ficaram ainda mais chateados. Contando com a sorte, telefonaram também para a comissão de belas-letras, ramal 930 e, claro, não encontraram ninguém.

— Ele podia pelo menos ter telefonado — gritavam Deniskin, Glukhariev e Kvant.

Ah, mas gritavam em vão: Mikhail Aleksandrovitch não poderia telefonar para lugar algum. Bem longe dali, longe de Griboiedov, em uma sala enorme, iluminada por lâmpadas de mil velas, em cima de três mesas de zinco, estava deitado aquilo que, pouco tempo antes, fora Mikhail Aleksandrovitch.

Na primeira estava o corpo nu, envolto em sangue seco, com um braço quebrado e a caixa torácica esmagada; em outra, a cabeça sem os dentes da frente, os olhos abertos e turvados que não se assustavam com a luz ofuscante; e, na terceira, um amontoado de trapos encrostados.

Ao lado do decapitado havia um professor de medicina legal, um anatomopatologista e seu dissector, representantes do processo de investigação e o substituto de Mikhail Aleksandrovitch Berlioz na Massolit — o literato Jeldibin, convocado por telefone, tendo que abandonar a mulher adoentada.

O carro passara para apanhar Jeldibin e, antes de tudo, junto com os investigadores, levou-o (foi por volta de meia-noite isso) para o apartamento do morto, onde seus documentos foram lacrados e só então todos foram para o necrotério.

Agora, os três, ao lado dos restos do finado, consultavam-se para resolver como proceder melhor: costurar ou não a cabeça cortada ao pescoço ou expor o corpo na sala da Griboiedov, simplesmente cobrindo bem o falecido até o queixo com um lenço preto?

É, Mikhail Aleksandrovitch não tinha como telefonar para lugar algum e Deniskin, Glukhariev e Kvant, junto com Beskudnikov, reclamavam e gritavam, totalmente em vão. Exatamente à meia-noite, todos os doze escritores deixaram o andar superior e desceram para o restaurante. Ali, novamente e para si mesmos, maldisseram Mikhail Aleksandrovitch: naturalmente, todas as mesinhas da varanda já estavam ocupadas e só lhes restava jantar naquelas salas bonitas, porém abafadas.

E exatamente à meia-noite algo estrondou na primeira sala, tilintou, desabou, começou a pular. No mesmo instante, uma voz masculina aguda gritou desesperada, ao som da música: "Aleluia!". Era o famoso grupo de jazz da Griboiedov que começava a tocar. Os rostos cobertos de suor pareciam reluzir, era como se os cavalos desenhados no teto estivessem vivos, as lâmpadas pareciam irradiar mais luz e, de repente, parecia que as duas salas perderam as estribeiras e caíram na dança e, atrás delas, a varanda também entrou na dança.

Glukhariev dançava com a poetisa Tamara Polumiessiats, Kvant dançava, o romancista Jukopov dançava com uma atriz de cinema que trajava um vestido amarelo. Dançavam também: Dragunski, Tcherdsktchi, o pequeno Deniskin com a gigantesca Jorge Navegador, Semieikina-Gall, uma linda arquiteta, dançava fortemente agarrada por um desconhecido com calças brancas de pano de estopa. Dançavam os de casa e os convidados; os moscovitas e os visitantes; o escritor Johann, de Kronstadt; um tal de Vitia Kuftik, de Rostov, diretor, parece, com uma mancha roxa em toda a bochecha; dançavam os mais destacados representantes da subseção de poesia da Massolit, ou seja, Pavianov, Bogokhulski, Sladki, Chpitchkin e Adelfina Buzdiak; dançavam jovens de profissões desconhecidas com cabelo cortado rente e ombreiras; dançava um senhor bem idoso, que tinha uma lasca de cebolinha espetada na barba, com uma moça magricela, consumida pela anemia, usando um vestido de seda laranja amarrotado.

Derretendo de suor, os garçons carregavam canecas de cerveja suadas sob as cabeças e gritavam roucos de raiva: "Com licença, cidadão!". Em algum lugar uma voz num megafone gritava os pedidos: "Um churrasco *à Karski!** Duas zubrovkas! Tripas à moda da casa!". A voz aguda não cantava mais, e sim uivava: "Aleluia!". Às vezes, o estrondo dos pratos dourados do jazz encobria o estrondo da louça que as lava-louças levavam até a cozinha por uma esteira inclinada. Resumindo, um inferno.

E à meia-noite houve uma aparição no inferno. Um belo jovem de olhos negros, barba em forma de punhal, de fraque, saiu na varanda e lançou um olhar de rei para seus domínios. Diziam, diziam os místicos que houve um tempo em que o belo jovem não usava fraque, mas cingia-lhe um cinturão largo de couro do qual pendiam cabos de pistolas, que seus cabelos cor de asa de corvo estavam amarrados com pano de seda rubra e, sob seu comando, navegava um brigue pelo Mar das Caraíbas, com uma bandeira preta funesta com uma caveira.

Mas não, não! Mentem os místicos sedutores, não existe nesse mundo nenhum Mar das Caraíbas e nele não navegam piratas selva-

---

* Tipo de churrasco feito com pedaços grandes de carne de carneiro e que assa devagar. (N. T.)

gens, nem os persegue uma corveta, nem a fumaça de canhões se estende sobre as ondas. Não existe nada e nada existiu! Olha lá, aquela tília mirrada existe, existe a grade de ferro fundido e atrás dela o bulevar... E o gelo derretendo num vaso e, na mesa ao lado, você vê os olhos de boi de alguém injetados de sangue e é terrível, terrível... Oh, deuses, deuses, tragam-me veneno, veneno!

E de repente, uma palavra alçou voo à mesa: "Berlioz!". De repente o jazz desafinou e silenciou como se alguém tivesse lhe acertado um soco. "O quê, o quê, o quê, o quê?!!" — "Berlioz!!!" E começaram a pular, a soltar gritinhos...

É, levantou-se uma onda de desgraça com a terrível notícia sobre Mikhail Aleksandrovitch. Alguém inquietou-se e gritou que era necessário, naquele mesmo instante, ali mesmo, sem sair do lugar, escrever um telegrama coletivo e enviá-lo imediatamente.

Mas que telegrama, podemos perguntar, e para onde? E para que enviá-lo? Realmente, para onde? E de que serviria qualquer telegrama para aquele cuja nuca esmagada estava agora comprimida entre as luvas de borracha do chefe do serviço de autópsia e cujo pescoço era agora cravado pelas agulhas tortas do professor? Ele morreu, e de nada lhe serve telegrama algum. Está tudo acabado, não vamos sobrecarregar ainda mais o telégrafo.

Sim, morreu, morreu... Mas nós estamos vivos, ora!

Sim, levantou-se uma onda de desgraça, se manteve, durou um pouco e começou a amainar; alguns já voltaram para suas mesas e — de início, furtivamente, mas depois abertamente — beberam uma vodkazinha e comeram um tira-gosto. Realmente, por que desperdiçar as almôndegas de frango *de volaille*? Como vamos ajudar Mikhail Aleksandrovitch? Ficando famintos? Mas estamos vivos, ora!

Naturalmente, o piano de cauda foi fechado à chave, a banda de jazz se dispersou, alguns jornalistas foram para suas redações escrever obituários. Soube-se que Jeldíbin chegou do necrotério. Ele se instalou no gabinete do falecido localizado no andar superior e, na mesma hora, correu o boato de que iria substituir Berlioz. Jeldíbin convocou do restaurante todos os doze membros da diretoria e, na reunião urgente que começou no gabinete de Berlioz, deu início à discussão de questões inadiáveis sobre a decoração da sala de colunas da Griboiedov, sobre o translado do corpo do necrotério para aquela sala, sobre o início da visitação ao corpo e tudo o mais relacionado ao lamentável acontecimento.

Entretanto, o restaurante voltou à sua vida noturna normal e assim continuaria até fechar, ou seja, até as quatro horas da madrugada, caso não tivesse acontecido algo totalmente fora do comum e que impressionou os clientes do restaurante bem mais do que a notícia sobre a morte de Berlioz.

Os primeiros a ficarem alvoroçados foram os cocheiros de carruagens de luxo, de plantão nos portões da casa Griboiedov. Ouviu-se quando um deles, soerguendo-se na boleia, gritou:

— Ei! Vejam só isso!

Em seguida, sabe-se lá de onde, uma luzinha inflamou-se perto da grade de ferro fundido e foi se aproximando da varanda. As pessoas sentadas às mesas começaram a se levantar e a olhar atentamente e viram que, junto com a luzinha, um espectro branco marchava para o restaurante. Quando aquilo se aproximou da treliça, todos ficaram paralisados nas mesas com pedaços de esturjão nos garfos e olhos arregalados. O porteiro, que naquele momento tinha saído da porta da chapelaria do restaurante para fumar no pátio, apagou o cigarro com o pé e deu um passo em direção ao espectro com a clara intenção de impedir sua entrada no restaurante, mas por algum motivo não o fez e parou, com um sorriso abobalhado.

Depois de passar pela abertura na treliça, o espectro irrompeu na varanda sem qualquer obstáculo. Nesse instante, todos perceberam que não era um espectro coisa nenhuma, e sim Ivan Nikolaievitch Bezdomni, o famosíssimo poeta.

Ele estava descalço, numa *tolstovka** esbranquiçada e maltrapilha, no peito um ícone de papel preso com alfinete de fralda com a imagem desbotada de um santo desconhecido, e de ceroulas listradas brancas. Ivan Nikolaievitch trazia na mão uma vela de casamento acesa. A bochecha direita de Ivan Nikolaievitch tinha um arranhão

---

* *Tolstovka* — tipo de camisa, acinturada. Muito usada por L. Tolstói, escritor, daí a origem de sua denominação. (N. T.)

recente. Seria difícil medir a profundidade do silêncio que tomou conta da varanda. Via-se como da mão de um dos garçons a cerveja da caneca inclinada escorria para o chão.

O poeta suspendeu a vela sobre a cabeça e falou alto:

— Saudações, amigos! — Depois deu uma espiada debaixo da mesa mais próxima e exclamou, abatido: — Não, ele não está aqui!

Ouviram-se duas vozes. A mais grave disse, impiedosa:

— Assunto encerrado. Delirium tremens.

A segunda, feminina, assustada, pronunciou as palavras:

— Como é que a polícia o deixou andar pelas ruas nesses trajes?

Isso Ivan Nikolaievitch ouviu e replicou:

— Quiseram me prender duas vezes, na Skatiertni e aqui, na Bronnaia, mas eu pulei uma cerca e, vejam só, esfolei a bochecha! — Nesse instante, Ivan Nikolaievitch ergueu a vela e bradou: — Irmãos na literatura! (Sua voz enrouquecida recobrara as forças e ficou mais fervorosa.) Ouçam-me todos! Ele apareceu! Peguem-no sem delongas, do contrário ele causará tragédias indescritíveis!

— O quê? O quê? O que foi que ele disse? Quem apareceu? — soaram vozes por todos os lados.

— O consultor! — respondeu Ivan. — E esse consultor acabou de matar Micha Berlioz em Patriarchi.

Neste instante, o povo saiu do salão e foi a tropel para a varanda e, ao redor da luz de Ivan, juntou-se uma multidão.

— Perdão, perdão, seja mais preciso — ressoava perto do ouvido de Ivan Nikolaievitch uma voz baixinha e gentil. — Conte, como assim, matou? Quem matou?

— Um consultor estrangeiro, professor e espião! — replicou Ivan, olhando ao redor.

— E qual é o sobrenome dele? — perguntaram com calma, perto de seu ouvido.

— Aí é que está, o sobrenome! — gritou Ivan, entristecido. — Se ao menos eu soubesse seu sobrenome! Não consegui enxergar no cartão de visita... Lembro-me somente da primeira letra, "W", é com "W" que começa! Que sobrenome pode ter com "W"? — perguntou Ivan para si mesmo, segurando a testa com a mão, e, de repente, pôs-se a balbuciar: — W, w, w... Wa... Wo... Washner?

Wagner? Weiner? Wegner? Winter? — E os cabelos na cabeça de Ivan começaram a se mover de tanta tensão.

— Wolf? — gritou uma mulher piedosamente.

Ivan ficou furioso.

— Burra! — gritou ele, procurando a mulher com os olhos. — O que Wolf tem a ver com isso? Wolf não tem culpa nenhuma! Wo, wo... Não! Assim não vou conseguir lembrar! É o seguinte, cidadãos: liguem agora mesmo para a polícia e peçam que enviem cinco motocicletas com metralhadoras para tentar deter o professor. Não se esqueçam de dizer que há mais dois com ele: um comprido, de xadrez... de pince-nez rachado... e um gato preto, gordo. Enquanto isso, eu vou fazer uma busca em Griboiedov... Sinto que ele está aqui!

Ivan ficou novamente agitado, empurrou os que estavam ao seu redor, começou a fazer movimentos com a vela, derramando cera em si mesmo, e a espiar debaixo das mesas. Então ouviu-se a palavra "Chamem um médico!" — e diante de Ivan surgiu um rosto afetuoso, carnudo, escanhoado e bem nutrido, de óculos com armação de chifre.

— Camarada Bezdomni — começou a falar esse rosto com uma voz solene —, acalme-se! O senhor está transtornado com a morte de Mikhail Aleksandrovitch, tão querido por todos nós... não, melhor dizendo, simplesmente Micha Berlioz. Todos entendemos muito bem isso. O senhor precisa descansar. Os camaradas vão levá-lo para a cama agora e o senhor vai se esquecer de tudo...

—Você — arreganhando os dentes interrompeu Ivan —, será que não entende que é preciso pegar o professor? E vem me incomodar com suas bobagens! Seu cretino!

— Camarada Bezdomni, me desculpe — respondeu o rosto ruborizando e recuando, já arrependido de ter se metido no assunto.

— Não, posso desculpar qualquer um, menos você — disse Ivan Nikolaievitch contendo o ódio.

Um espasmo desfigurou seu rosto, ele passou com rapidez a vela da mão direita para a esquerda, levantou a mão bem alto e deu um tapa na orelha do rosto compassivo.

Então intuíram que deveriam se atirar sobre Ivan — e se atiraram. A vela apagou, os óculos, saltando do rosto, foram instantaneamente pisoteados. Ivan soltou um terrível grito de guerra, ouvido, para alegria geral, até mesmo no bulevar, e começou a se defender. Tilintava a louça que caía das mesas, as mulheres gritavam.

Enquanto garçons amarravam o poeta com toalhas, na chapelaria travava-se a seguinte conversa entre um comandante de brigue e o porteiro:

— Você viu que ele estava de ceroulas? — perguntou friamente o pirata.

— Veja só, Artchibald Artchibaldovitch — respondeu o porteiro, morrendo de medo —, como é que eu poderia não deixar ele entrar, se ele é membro da Massolit?

— Você viu que ele estava de ceroulas? — repetia o pirata.

— Desculpe, Artchibald Artchibaldovitch — dizia o porteiro, ruborizado —, o que é que eu posso fazer? Entendo muito bem, há damas na varanda...

— As damas não têm nada a ver com isso, para elas tanto faz — respondia o pirata, fulminando literalmente o porteiro com os olhos. — Mas para a polícia não é tanto faz! Uma pessoa só pode andar pelas ruas de Moscou com a roupa de baixo em um caso, se está acompanhada da polícia, e só pode ir para um lugar, a delegacia! E você, se é porteiro, deve saber que, quando avista uma pessoa assim, deve, sem perder nem um segundo, começar a apitar. Ouviu? Ouviu o que está acontecendo na varanda?

Nesse instante, o porteiro já meio ensandecido ouviu uma algazarra que vinha da varanda, louça quebrada e gritos de mulheres.

— Então, o que é que eu faço com você por causa disso? — perguntou o flibusteiro.

A pele no rosto do porteiro adquiriu uma coloração tifoide e os olhos ficaram atordoados. Pareceu-lhe que os cabelos negros, agora repartidos de lado, cobriram-se de uma seda ígnea. O fraque e o peitilho sumiram, e por trás do cinturão surgiu um cabo de pistola. O porteiro imaginou-se enforcado numa verga de um velacho. Viu com seus próprios olhos sua língua de fora e a cabeça sem vida caída sobre o ombro e até ouviu o marulho das ondas do mar. Os joelhos do porteiro fraquejaram. Porém, nesse instante, o flibusteiro teve pena dele e cessou seu olhar inflamado.

— Olha aqui, Nikolai! É a última vez. Não precisamos de porteiros assim no restaurante nem de graça. Vá ser vigia de igreja. — E depois de pronunciar isso o comandante deu uma ordem precisa, clara, rápida: — Chame o Panteliei da cantina. Polícia. Protocolo. Carro. Para o hospital psiquiátrico. — E acrescentou: — Apite!

Quinze minutos depois, não só no restaurante, mas também no próprio bulevar e nas janelas das casas que davam para o jardim do restaurante, uma audiência extremamente espantada viu como Panteliei, o porteiro, um policial, um garçom e o poeta Riukhin retiravam dos portões da Griboiedov um jovem enfaixado feito uma boneca, que, debulhando-se em lágrimas, cuspia, tentando acertar precisamente Riukhin, gritando para todo o bulevar ouvir:

— Desgraçado!... Canalha!...

O motorista do caminhão ligou o motor de cara feia. Ao lado, um cocheiro de carruagem de luxo esporeava o cavalo batendo-lhe na garupa com rédeas lilases, gritando:

— Olha que corridinha! Já levei para o manicômio!

A multidão ao redor murmurava, discutindo sobre o acontecimento sem precedentes. Resumindo, foi um escândalo torpe, infame, indecente e sórdido que terminou somente quando o caminhão levou no seu interior o infeliz Ivan Nikolaievitch, o policial, Panteliei e Riukhin para além dos portões da Griboiedov.

6. Esquizofrenia, como foi dito

Era uma e meia da madrugada quando um homem de jaleco branco com um cavanhaque pontudo entrou no consultório da famosa clínica psiquiátrica, recentemente construída às margens do rio nos arredores de Moscou. Três enfermeiros não despregavam os olhos de Ivan Nikolaievitch, sentado em um sofá. Ali mesmo também se encontrava o poeta Riukhin, extremamente preocupado. As toalhas com as quais Ivan Nikolaievitch fora amarrado estavam amontoadas no mesmo sofá. Os braços e as pernas de Ivan Nikolaievitch estavam livres.

Ao ver o homem que adentrou, Riukhin empalideceu, deu uma tossidinha e disse timidamente:

— Olá, doutor.

O doutor curvou-se a Riukhin, mas, quando se inclinou, não olhou para ele, mas sim para Ivan Nikolaievitch. Este, sentado, totalmente imóvel, de cara amarrada, sobrancelhas cerradas, nem se mexeu quando o médico entrou.

— É isso, doutor — cochichou Riukhin, sabe-se lá por quê, de forma misteriosa, olhando assustado para Ivan Nikolaievitch —, o famoso poeta Ivan Bezdomni... é isso, o senhor está vendo... tememos que seja delirium tremens...

— Bebe muito? — o doutor perguntou entre os dentes.

— Não, até tomava uns tragos, mas não tanto assim...

— Ficava correndo atrás de baratas, ratazanas, diabinhos ou cachorros aloprados?

— Não — respondeu Riukhin, estremecendo. — Eu o vi ontem e hoje de manhã. Estava totalmente são...

— E por que está de ceroulas? Vocês o tiraram da cama?

— Ele apareceu no restaurante desse jeito, doutor...

— Aham, aham — disse o doutor, com muita satisfação. — E por que ele está com escoriações? Brigou com alguém?

— Caiu de uma cerca e no restaurante bateu em um... e depois em outro...

— Certo, certo, certo — disse o doutor e, voltando-se para Ivan, acrescentou: — Olá!

— Saudações, seu sabotador! — respondeu Ivan com raiva e bem alto.

Riukhin ficou tão sem graça que não teve coragem de erguer os olhos para o educado doutor. Mas este não ficou nem um pouco ofendido e, com um gesto corriqueiro e esperto, tirou os óculos, levantou a barra do jaleco, escondeu-os no bolso traseiro da calça e depois perguntou a Ivan:

— Quantos anos você tem?

— Saiam todos vocês da minha frente, vão para o diabo, sinceramente! — gritou grosseiramente Ivan e deu-lhes as costas.

— Mas por que tanta raiva? Por acaso eu disse algo desagradável?

— Tenho vinte e três anos — falou Ivan, exaltado — e vou dar queixa contra todos vocês. Sobretudo contra você, seu quirana! — referindo-se só a Riukhin.

— E do que é que o senhor deseja se queixar?

— De que eu, homem são, fui agarrado à força e arrastado para um hospício! — respondeu Ivan, tomado de ira.

Neste instante, Riukhin olhou para Ivan e gelou: decididamente, não havia nenhum sinal de demência nos olhos dele. De turvos, como estavam na Griboiedov, voltaram a ser os de antes, límpidos.

"Pai do céu!", pensou Riukhin, assustado. "Ele realmente é normal? Que bobagem! Para que, realmente, o trouxemos para cá? Ele é normal, normal, só está com a cara arranhada..."

— O senhor se encontra — disse o médico, com calma, sentando-se em uma banqueta branca de pé brilhante— em uma clínica, e não em um hospício, e ninguém vai detê-lo aqui se não for necessário.

Ivan Nikolaievitch olhou de soslaio desconfiado, mas assim mesmo resmungou:

— Graças a Deus! Até que enfim apareceu uma pessoa normal entre os idiotas, e o primeiro deles é esse ordinário Sachka!*

— E quem é esse Sachka ordinário? — quis saber o médico.

— Esse daí, Riukhin! — respondeu Ivan e apontou para Riukhin com o dedo sujo.

O outro se inflamou, indignado.

"É assim que ele me agradece", pensou amargamente, "por eu ter me preocupado com ele! Realmente, é um traste!"

— É um típico cúlaque por sua mentalidade — começou Ivan Nikolaievitch, que, pelo visto, desandou a acusar Riukhin —, e ainda por cima é um cúlaque que se esforça para se mascarar de proletário. Olhem só para sua cara engomada e comparem com os poemas grandiloquentes que ele compôs para o primeiro de maio! Hehehe... "Tremulem!" e "Abram!"... mas sondem o seu íntimo... e o que ele pensa... e ficarão boquiabertos! — Então Ivan Nikolaievitch desandou a soltar gargalhadas sinistras.

Riukhin respirava ofegante, todo vermelho, e só pensava em uma coisa, que ele tinha acalentado uma víbora em seu seio, tinha se preocupado com alguém que na realidade tinha se revelado um inimigo perverso. E o pior, não podia fazer nada: não há o que discutir com um doente mental!

— Por que, para falar a verdade, trouxeram o senhor para cá? — perguntou o médico, depois de ouvir com atenção as acusações de Bezdomni.

— Ah, o diabo que os carregue, aqueles imbecis! Me agarraram, me amarraram com uns trapos e me arrastaram para cá em um caminhão!

— Permita-me que eu lhe pergunte, mas por que o senhor apareceu no restaurante só com a roupa de baixo?

— Isso não é nem um pouco estranho — respondeu Ivan. — Fui nadar no rio Moscou, aí surrupiaram minha roupa e deixaram esses trapos! Eu não podia andar por Moscou nu! Vesti o que havia à mão porque tinha pressa para chegar ao restaurante de Griboiedov.

O médico lançou um olhar interrogativo para Riukhin, que balbuciou sombrio:

---

* Diminutivo de Aleksandr. (N. T.)

— O restaurante se chama assim.

— Aham — disse o médico —, e por que tinha tanta pressa? Algum encontro de negócios?

— Estou tentando pegar um certo consultor — respondeu Ivan Nikolaievitch, e olhou ao redor, aflito.

— Que consultor?

— O senhor conhece Berlioz? — perguntou Ivan, com ar de importância.

— O... compositor?

Ivan ficou transtornado.

— Que compositor o quê? Ah, tá... Nada disso! O compositor tem o mesmo sobrenome de Micha Berlioz.

Riukhin não tinha vontade de dizer nada, mas sentiu-se obrigado a explicar:

— O secretário da Massolit, hoje à noite, foi esmagado por um bonde em Patriarchi.

— Pare de mentir, você não sabe de nada! — Ivan ficou furioso com Riukhin. — Eu, não você, estava lá quando tudo aconteceu! Ele o meteu debaixo do bonde de propósito!

— Empurrou?

— Mas o que é que "empurrou" tem a ver com isso? — exclamou Ivan, furioso com a estupidez geral. — Pessoas desse tipo não precisam nem empurrar! São capazes de aprontar cada uma que sai de baixo! Ele já sabia que Berlioz ia parar debaixo de um bonde de antemão!

— E mais alguém, além do senhor, viu esse consultor?

— Aí é que está o problema, só eu e Berlioz.

— Está bem. E quais foram as medidas que o senhor tomou para capturar esse assassino? — Nesse instante, o médico virou-se e lançou um olhar para uma mulher de jaleco branco, sentada em frente a uma mesa, ao lado. Ela, por sua vez, pegou uma folha e começou a preencher os espaços em branco em suas colunas.

— As medidas... foram as seguintes. Peguei uma vela na cozinha...

— Aquela ali? — perguntou o médico, indicando a vela partida, ao lado do ícone, em cima da mesa diante da mulher.

— Essa mesma, e...

— E o ícone era para quê?

— Ah, é, o ícone... — Ivan ficou ruborizado. — Foi o ícone que os assustou, mais do que qualquer outra coisa. — E de novo apontou Riukhin com o dedo. — Mas o problema é que ele, o consultor, ele... vamos direto ao assunto... está envolvido com forças impuras... não é tão simples capturá-lo.

Os enfermeiros, sabe-se lá por quê, estenderam as mãos em posição de sentido e não desgrudavam os olhos de Ivan.

— É — continuava Ivan —, está mesmo! É um fato irreversível. Ele falou com Pôncio Pilatos pessoalmente. Não tem por que me olhar desse jeito! Estou dizendo a verdade! Ele viu tudo: a varanda, as palmeiras. Resumindo, ele esteve com Pôncio Pilatos, eu garanto.

— Está bem, está bem...

— É isso. Aí eu pendurei o ícone no peito com um alfinete e corri...

De repente o relógio bateu duas vezes.

— Oh-oh! — exclamou Ivan, e levantou-se do sofá. — São duas horas, e eu aqui perdendo tempo com vocês! Desculpem-me, mas onde fica o telefone?

— Deixem ele usar o telefone — determinou o médico aos enfermeiros.

Ivan agarrou-se ao fone, e a mulher, a essa altura, perguntou baixinho a Riukhin:

— Ele é casado?

— Solteiro — respondeu Riukhin, assustado.

— É membro do sindicato?

— É.

— É da polícia? — gritou Ivan no fone. — É da polícia? Camarada plantonista, ordene agora mesmo que enviem cinco motocicletas com metralhadoras para capturar o consultor estrangeiro. O quê? Venham me buscar, eu vou com vocês... Quem fala é o poeta Bezdomni, do hospício... Qual é o endereço de vocês aqui? — perguntou Bezdomni ao doutor, cochichando, tapando o fone com a palma da mão, e depois gritou de novo no fone: — Está me ouvindo? Alô!... Que desaforo! — berrou Ivan de repente e arremessou o fone contra a parede. Depois, virou-se para o médico, estendeu-lhe a mão, disse um seco "até logo" e preparou-se para sair.

— Perdão, para onde o senhor quer ir? — falou o médico, olhando nos olhos de Ivan. — Altas horas da noite, apenas com a roupa de baixo... está se sentindo mal, fique aqui!

— Deixem-me passar — disse Ivan aos enfermeiros, que barraram a porta. — Vão me deixar sair ou não? — gritou o poeta com uma voz terrível.

Riukhin começou a tremer, a mulher apertou um botão na mesa e sobre a superfície de vidro irrompeu uma caixinha brilhante com uma ampola lacrada.

— Ah, então é assim?! — proferiu Ivan, olhando ao redor como um selvagem encurralado. — Então está bem. Adeus!! — e atirou-se de cabeça contra a cortina da janela.

O estrondo foi bem forte, mas o vidro atrás da cortina não chegou nem a rachar e, um instante depois, Ivan Nikolaievitch estava se estrebuchando nas mãos dos enfermeiros. Ele urrava, tentava morder, gritava:

— Ah, vejam só o tipo de vidro que vocês arranjaram para suas janelas!... Soltem-me! Soltem-me!

Uma seringa brilhou nas mãos do médico, e em um só golpe a mulher rasgou a manga puída da camisa e agarrou-se ao braço de Ivan com uma força nada feminina. Um cheiro de éter invadiu o ar, Ivan relaxou nas mãos de quatro pessoas e o médico, esperto, aproveitou o momento para enfiar a agulha em seu braço. Seguraram-no mais alguns segundos e depois o deitaram no sofá.

— Bandidos! — gritou Ivan e levantou-se do sofá num salto, mas fizeram com que voltasse a se deitar. Mal o deixaram, ele tentou saltar de novo, mas sentou-se mais uma vez, só que sozinho. Ficou calado, olhando ao redor como um selvagem, depois, do nada, bocejou e sorriu com raiva.

— Conseguiram me enclausurar — disse ele. Bocejou mais uma vez e, de repente, deitou-se, pôs a cabeça no travesseiro, o punho embaixo da bochecha como uma criança, e começou a balbuciar já com a voz sonolenta, sem raiva: — Então, que bom... vocês mesmos vão pagar caro por tudo isso. Eu avisei, façam como bem entenderem... Agora, mais do que tudo, estou interessado em Pôncio Pilatos... Pilatos... — E fechou os olhos.

— Um banho, quarto individual 117 e olho nele — ordenou o médico, colocando os óculos. Riukhin estremeceu de novo: silenciosamente, as portas brancas se abriram, atrás delas um corredor, iluminado por lâmpadas noturnas azuis. Do corredor saiu uma maca com rodinhas de borracha, para a qual Ivan, aplacado, foi transferido, e assim ele saiu pelo corredor, as portas se fechando atrás dele.

— Doutor — perguntou Riukhin, abalado, cochichando —, quer dizer que ele está realmente doente?

— Oh, está — respondeu o médico.

— E o que há com ele? — perguntou Riukhin, tímido.

O médico, cansado, olhou para Riukhin e respondeu desanimadamente:

— Excitação motora e verbal... interpretações delirantes... pelo visto, um caso complicado... Esquizofrenia, deve-se supor. E, ainda por cima, o alcoolismo...

Riukhin não entendeu uma palavra do que o doutor disse; apenas que a situação de Ivan Nikolaievitch, claro, não era nada boa. Então perguntou, suspirando:

— E por que ele só fala de um tal consultor?

— Deve ter visto alguém que impressionou sua imaginação perturbada. Mas, podem ser apenas alucinações...

Alguns minutos depois, o caminhão levava Riukhin de volta a Moscou. Estava amanhecendo, e as luzes ainda acesas na estrada eram já desnecessárias e incômodas. O motorista, irritado por ter perdido a noite, pisava fundo, derrapando nas curvas.

A floresta se deitou, ficou em algum lugar atrás, o rio desviou-se para algum lado, as coisas mais variadas se esparramavam ao encontro do caminhão: cercas com guaritas, pilhas de lenha, postes altíssimos, polos com bobinas enfiadas, montes de cascalhos, terra sulcada por canais — em resumo, sentia-se que, logo, logo, lá estaria ela, Moscou, que depois de uma curva irromperia e o engoliria.

Riukhin chacoalhava e balançava; o toco no qual ele se instalara volta e meia queria escorregar debaixo dele. As toalhas do restaurante, jogadas ali pelo policial e por Panteleï, que tinham ido embora mais cedo de trólebus, rolavam por toda a caçamba do caminhão. Riukhin estava tentando recolhê-las, mas, sabe-se lá por quê, sibilou raivoso: "O diabo que as carregue! Francamente, por que estou zanzando como um idiota?". Chutou-as e parou de olhar.

O estado de espírito do viajante era terrível. Ficava claro que a visita à casa da aflição deixara nele uma marca profunda. Riukhin tentava entender o que o atormentava. Aquele corredor com lâmpadas azuis, que não desgrudava da sua memória? O pensamento de que não havia no mundo desgraça pior do que a perda da razão? Claro, claro, isso também. Mas esse, veja bem, é um pensamento comum. Mas há algo mais. E o que será? Uma mágoa, é isso. Isso mesmo, palavras ofensivas que Bezdomni jogou na sua cara. O problema não é que sejam ofensivas, e sim que contêm a verdade.

O poeta não olhava mais ao redor; com o olhar fixo no chão sujo, que chacoalhava, começou a balbuciar, lamuriar-se, atormentando-se.

É, os versos... Tinha trinta e dois anos! Realmente, e o que seria dali para a frente? Vai continuar a escrever vários poemas por ano. Até ficar velho? É, até ficar velho. E o que esses poemas lhe trarão de bom? A glória? "Que absurdo! Não engane a si mesmo, pelo menos. A glória nunca chegará àquele que escreve poemas ruins. E por que são ruins? A verdade, ele disse a verdade!", Riukhin referia-se a si mesmo, impiedoso. "Não acredito em uma palavra do que escrevo..."

Envenenado por uma explosão de neurastenia, o poeta balançou e o chão sob ele parou de chacoalhar. Riukhin ergueu a cabeça e percebeu que havia muito estava em Moscou e, mais do que isso, viu que Moscou estava tomada pelo amanhecer, que uma nuvem carregava uma luz dourada, que o caminhão estava parado, preso em uma coluna de carros numa curva para o bulevar, e que bem pertinho dele, em um pedestal, havia um homem de metal, com a cabeça um pouco inclinada, olhando, indiferente, para o bulevar.*

Alguns pensamentos estranhos invadiram a cabeça do poeta adoecido. "Eis um exemplo de verdadeira sorte..." Então, Riukhin levantou-se de corpo inteiro na caçamba e suspendeu o braço, lançando-se, sabe-se lá por quê, contra o homem de ferro fundido,

---

* Referência à estátua do poeta Aleksandr Sergueievitch Puchkin. (N. T.)

que não incomodava ninguém. "Todos os passos que deu na vida, acontecesse o que acontecesse com ele, tudo lhe favoreceu, tudo se voltou para sua glória. Mas o que ele fez? Não consigo conceber... Há algo de especial nestas palavras? 'A tempestade com a bruma'...* Não entendo... Foi sorte, sorte!", concluiu maliciosamente Riukhin e, de repente, sentiu que o caminhão se mexeu debaixo dele. "Aquele soldado branco atirou, atirou nele, esfacelou sua bacia e garantiu-lhe a imortalidade..."

A coluna pôs-se em movimento. Totalmente doente e até mesmo envelhecido, não mais do que dois minutos depois o poeta entrou na varanda da Griboiedov. Já estava vazia. Em um canto um grupo terminava a bebedeira e, na área central, agitava-se um famoso animador, de solidéu e com uma taça de vinho *Abrau*** na mão.

Riukhin, sobrecarregado de toalhas, foi recebido afavelmente por Artchibald Artchibaldovitch e na mesma hora livrado dos malditos panos. Se Riukhin não estivesse tão esgotado pela clínica e pelo caminhão, decerto sentiria prazer ao contar como tudo ocorreu na clínica, enfeitando a história com detalhes inventados. Porém, agora não estava preocupado com isso e, por mais observador que fosse, depois da tortura no caminhão ele pela primeira vez olhou fixamente nos olhos do pirata e entendeu que, apesar de ele fazer perguntas sobre Bezdomni e até exclamar "ai, ai, ai!", na realidade o destino de Bezdomni lhe era totalmente indiferente, e não tinha a mínima pena dele. "Muito bem! Está certo!", pensou Riukhin, com uma perversidade cínica e autodestrutiva e, interrompendo o relato sobre a esquizofrenia, pediu:

— Artchibald Artchibaldovitch, tem uma vodkazinha para mim...

O pirata fez cara de compaixão e cochichou:

— Entendo... agorinha mesmo... — E acenou para o garçom.

---

*   Referência ao poema de A. S. Puchkin "Noite de inverno". (N. T.)

**   Abrau Durso, tsar russo, dono das terras no sul da Rússia (o clima é semelhante ao da região de Champagne), onde começou o cultivo das uvas Pinot, Chardonnay e Cabernet Franc, das quais se faz o vinho, um espumante clássico com o mesmo nome do tsar. Nos tempos da União Soviética, esse vinho ficou conhecido como "champanhe soviética". (N. T.)

Um quarto de hora depois, Riukhin, em completa solidão, estava sentado, debruçado sobre um peixe, bebendo um cálice atrás do outro, entendendo e reconhecendo que não poderia corrigir mais nada em sua vida, e que agora só restava esquecer.

O poeta perdeu sua noite, enquanto os outros comemoravam, e agora entendia que não podia fazê-la voltar. Bastava erguer a cabeça para o céu por cima da lâmpada para compreender que a noite estava perdida, sem volta. Os garçons arrancavam as toalhas das mesas às pressas. Os gatos que perambulavam em volta da varanda tinham um ar matinal. O dia caía impetuosamente sobre o poeta.

7. Um apartamento do mal

Se, na manhã seguinte, alguém dissesse a Stiopa Likhodieiev assim: "Stiopa! Se você não se levantar nesse instante, será fuzilado!", Stiopa responderia com uma voz sombria, quase inaudível: "Podem me fuzilar, façam o que quiserem comigo, mas não vou me levantar".

O problema não era se levantar, mas parecia-lhe que não conseguiria abrir os olhos, porque só de fazer isso um raio brilharia e sua cabeça seria dilacerada em vários pedaços. Um sino pesado zunia naquela cabeça, manchas marrons com bordas ígneas e verdes flutuavam pelos globos oculares e pelas pálpebras fechadas e, para coroar, ele estava enjoado, e parecia que esse enjoo estava ligado ao som inconveniente de um gramofone.

Stiopa esforçava-se para lembrar algo, mas lembrava apenas de uma coisa — aparentemente, ontem, em um lugar desconhecido, ele estava parado com um guardanapo na mão e tentava beijar uma dama, prometendo-lhe que no dia seguinte, ao meio-dia em ponto, iria visitá-la. A dama se recusava, dizendo: "Não, não, não estarei em casa!", mas Stiopa insistia na sua decisão, obstinado: "Mas eu vou e pronto!".

Quem era a dama, que horas eram, que dia e que mês, Stiopa decididamente não sabia e, o pior de tudo, não sabia onde estava. Ele procurou esclarecer pelo menos a última questão, e para isso desgrudou as pálpebras pregadas do olho esquerdo. Algo opaco reluzia na penumbra. Stiopa finalmente reconheceu o *trumeau* e entendeu que estava estendido de costas em sua cama, quer dizer, na antiga cama da mulher do joalheiro, no quarto. Então sentiu uma dor tão forte na cabeça que fechou os olhos e começou a gemer.

Expliquemo-nos: Stiopa Likhodieiev, diretor do Teatro de Variedades, voltou a si de manhã em seu apartamento, aquele mesmo que ele dividia com o falecido Berlioz, num grande prédio de seis andares, localizado tranquilamente à rua Sadovaia.

Deve-se dizer que esse apartamento — o de nº 50 — já havia muito gozava de uma reputação, se não má, no mínimo estranha. Dois anos antes, sua proprietária era a viúva do joalheiro De Fougère. Anna Frantsieievna de Fougère, uma senhora honrada de cinquenta anos, muito eficiente, alugava três dos cinco cômodos para inquilinos: um cujo sobrenome, parece, era Bielomut, e outro que tinha perdido o sobrenome.

E eis que dois anos antes começaram a ocorrer fatos inexplicáveis no apartamento: as pessoas passaram a desaparecer dali sem deixar vestígios.

Certa vez, num dia de folga, um policial apareceu no apartamento, chamou o segundo inquilino (o que perdeu o sobrenome) até a entrada e disse que ele deveria comparecer à delegacia um minutinho para assinar alguma coisa. O inquilino mandou Anfissa, fiel e antiga empregada de Anna Frantsieievna, explicar, caso ele recebesse algum telefonema, que retornaria dali a dez minutos e saiu acompanhado do policial discreto e de luvas brancas. Porém, ele não só não retornou em dez minutos, como não voltou nunca mais. O mais surpreendente de tudo é que, pelo visto, o policial desapareceu também junto com ele.

Piedosa ou, para dizer mais francamente, supersticiosa, Anfissa comunicou sem rodeios a já muito entristecida Anna Frantsieievna que aquilo era feitiçaria e que ela sabia muito bem quem tinha levado o inquilino e o policial, só que não queria falar sobre isso na calada da noite.

Pois então, para a bruxaria basta começar que depois nada pode detê-la. O segundo inquilino desapareceu, ao que parece, na segunda-feira, e na quarta quem desapareceu como se a terra o tivesse engolido foi Bielomut, mas, na verdade, ocorreu em outras circunstâncias. Pela manhã, como de costume, um carro veio buscá-lo para levá-lo ao trabalho, e de fato o levou, mas não trouxe ninguém de volta, e o próprio carro não apareceu mais.

A aflição e o terror de madame Bielomut eram indescritíveis. Mas, infelizmente, tanto um como o outro duraram pouco. Naquela mesma noite, após retornar com Anfissa da datcha, para a qual sabe-se lá por que saiu às pressas, Anna Frantsieievna não encontrou mais a cidadã Bielomut no apartamento. E não era só isso: as portas dos dois quartos ocupados pelo casal Bielomut estavam lacradas!

Dois dias se passaram com dificuldade. No terceiro dia, Anna Frantsieievna, que estava sofrendo de insônia esse tempo todo, foi mais uma vez às pressas para a datcha… e seria inútil dizer que ela nunca mais voltou!

Anfissa, depois de ter ficado sozinha e chorado tudo o que tinha para chorar, deitou-se para dormir após uma da madrugada. O que aconteceu com ela dali em diante não se sabe, mas os moradores dos outros apartamentos contavam que, durante a noite inteira, ouviam-se barulhos no apartamento nº 50 e que até de manhã via-se pelas janelas a luz elétrica acesa. Pela manhã, soube-se que Anfissa também havia sumido!

Durante muito tempo, contavam no prédio diversas lendas sobre os desaparecidos e sobre o apartamento maldito, como, por exemplo, que aquela sequinha e beata da Anfissa carregava em seu peito murcho, em um saquinho de couro cru, vinte e cinco diamantes graúdos pertencentes a Anna Frantsieievna. Que no depósito de lenha daquela mesma datcha para onde Anna Frantsieievna viajava às pressas teriam sido localizados por si só tesouros incalculáveis, na forma daqueles mesmos diamantes, assim como moedas de ouro cunhadas na época do tsar… E outras coisas do mesmo gênero. Bom, mas o que não sabemos não podemos garantir.

Seja como for, o apartamento permaneceu vazio e lacrado apenas uma semana, e então mudaram-se para lá o finado Berlioz com a esposa e esse mesmo Stiopa, também com a esposa. É totalmente natural que, assim que foram parar no apartamento nefasto, só o diabo sabe o que é que começou a acontecer com eles. Isto é, num único mês sumiram as duas esposas. Mas elas não se foram sem deixar vestígios. Sobre a esposa de Berlioz contavam que teria sido vista em Kharkov com certo professor de balé, e a esposa de Stiopa teria supostamente sido localizada na rua Bojedomka, onde, falavam as más línguas, o diretor do Teatro de Variedades, fazendo uso de seus inúmeros contatos, dera um jeito de arranjar-lhe um quarto, mas com a condição de que não pusesse os pés na rua Sadovaia...

Então Stiopa começou a gemer. Queria chamar a empregada Grunia e pedir Piramidon,* mas sabia que era bobagem. Grunia não teria analgésico algum, é claro. Tentou pedir ajuda a Berlioz e disse duas vezes, gemendo: "Micha... Micha...", mas, como vocês já devem ter deduzido, não recebeu resposta. Um silêncio absoluto reinava no apartamento.

Ao mexer um pouco os dedos dos pés, Stiopa concluiu que estava deitado de meias; passou a mão trêmula pelo quadril para verificar se estava ou não de calças e não conseguiu. Finalmente, percebendo que estava abandonado e sozinho, que ninguém viria socorrê-lo, resolveu levantar-se, por mais que isso lhe custasse forças sobre-humanas.

Stiopa desgrudou as pálpebras coladas e viu que se refletia no espelho como um homem de cabelos arrepiados para todos os lados, uma fisionomia inchada e coberta por uma barba preta por fazer, olhos inchados, camisa de colarinho suja, gravata, ceroulas e meias.

Foi assim que ele se viu no espelho e, ao lado do espelho, viu um homem desconhecido, vestido de preto e de boina preta.

Stiopa sentou-se na cama e arregalou o quanto pôde os olhos injetados de sangue para o desconhecido.

O silêncio foi quebrado pelo tal desconhecido, que pronunciou as seguintes palavras em voz baixa, pesada e com sotaque estrangeiro:

— Bom dia, simpaticíssimo Stepan Bogdanovitch!

Houve uma pausa e depois, com um enorme sacrifício, Stiopa disse:

— O que o senhor deseja? — e assustou-se, pois não reconheceu a própria voz. As palavras "o que", ele pronunciou em soprano, "o senhor", em baixo, e "deseja" não saiu de jeito nenhum.

O desconhecido sorriu amavelmente, tirou um grande relógio de ouro com um triângulo de diamante na tampa, bateu onze vezes e disse:

— Onze! E faz exatamente uma hora que estou sentado esperando o senhor despertar, já que marcou comigo às dez. Aqui estou eu!

---

* Tipo de remédio para dor de cabeça. (N. T.)

Stiopa apalpou as calças na cadeira ao lado da cama e cochichou:

— Desculpe... — Vestiu as calças e perguntou, rouco: — Diga-me, por favor, qual é o seu sobrenome?

Estava com dificuldade para falar. A cada palavra alguém enfiava uma agulha em seu cérebro, provocando uma dor infernal.

— Como? O senhor esqueceu também o meu sobrenome? — E então o desconhecido sorriu.

— Perdão... — rouquejou Stiopa, sentindo que a ressaca o presenteava com um novo sintoma: pareceu-lhe que o chão ao lado da cama tinha se evaporado e que naquele exato momento ele iria direto para o inferno, para a casa do diabo.

— Querido Stepan Bogdanovitch — falou o visitante, com um sorriso perspicaz —, nenhum Piramidon o ajudará. Siga o velho e sábio conselho: curar o mal com o mesmo mal. A única coisa que o fará voltar à vida são duas doses de vodka com algum tira-gosto picante e quente.

Stiopa era uma pessoa esperta e, por mais doente que pudesse estar, pensou: já que o pegaram nesses trajes tinha de confessar tudo.

— Para dizer a verdade — começou ele, mal conseguindo mover a língua —, ontem eu exagerei um pouquinho...

— Nem mais uma palavra! — respondeu o visitante, e afastou-se com a poltrona até o canto.

Stiopa arregalou os olhos e viu uma pequena mesinha posta com uma bandeja, na qual havia pão branco fatiado, caviar prensado em um potinho, cogumelos em conserva em um prato, alguma coisa em uma panelinha e, finalmente, vodka em uma decantadeira robusta que pertencera à mulher do joalheiro. O que mais impressionou Stiopa foi que a garrafa estava suada por causa do frio. Porém, isso era compreensível, afinal ela estava em uma bacia cheia de gelo. Resumindo, tudo havia sido preparado com asseio e habilidade.

O desconhecido não deixou a admiração de Stiopa se desenvolver até um grau doentio e com destreza serviu-lhe meia dose de vodka.

— E o senhor? — piou Stiopa.

— Com prazer!

Stiopa levou o copinho até os lábios com a mão trêmula, enquanto o desconhecido engoliu o conteúdo do copo num gole só.

Mastigando com vontade um pouco de caviar, Stiopa espremeu de si as seguintes palavras:

— E o senhor, por que não pega... um tira-gosto?

— Obrigado, eu nunca belisco — respondeu o desconhecido, e serviu uma segunda dose. Abriram a panelinha e nela havia salsichas com molho de tomate.

Então, o maldito verde diante dos olhos evaporou, as palavras começaram a se articular e, o mais importante, Stiopa lembrou-se de alguma coisa. Justamente que ontem algo tinha acontecido em Skhodnia, na datcha de Khustov, autor de esquetes, para onde esse mesmo Khustov levara Stiopa de táxi. Até lhe veio à mente que, quando pegaram esse táxi perto do Metropol, também estava com eles um ator que não era de meia-tigela... com um gramofone dentro de uma maleta. Isso, isso, isso, foi na datcha! Parecia lembrar, ainda, que cachorros uivavam por causa desse gramofone. Apenas a dama que Stiopa queria tanto beijar continuou sem explicação... vai saber quem diabos era ela... vai ver trabalha na rádio, mas também pode ser que não.

Assim, o dia anterior ia aos poucos se esclarecendo, mas agora Stiopa estava muito mais interessado no dia de hoje e, em particular, no aparecimento daquele desconhecido em seu quarto e, ainda por cima, com tira-gostos e vodka. Isso sim seria bom explicar!

— E então, espero que agora o senhor tenha se lembrado de meu sobrenome?

Mas Stiopa apenas sorriu envergonhado e estendeu os braços.

— Que coisa! Tenho a impressão de que depois da vodka o senhor andou bebendo Portvein!* Perdão, mas como é possível uma coisa dessas!

— Gostaria de pedir que isso fique só entre nós — disse Stiopa, gaguejando.

— Oh, é claro, claro! Mas não preciso nem dizer que não respondo por Khustov!

— Mas o senhor por acaso conhece Khustov?

— Ontem eu vi esse indivíduo passar rapidamente no seu gabi-

---

* Tipo de vinho barato, fabricado na URSS. (N. T.)

nete, mas basta olhar seu rosto de relance para compreender que ele é um canalha, um fofoqueiro, um oportunista e um lambe-botas.

"É a mais pura verdade", pensou Stiopa, espantado com uma definição tão exata, precisa e concisa de Khustov.

É, o dia anterior ia se modelando pouco a pouco, mas mesmo assim a preocupação não dava uma trégua ao diretor do Teatro de Variedades. O problema era que um enorme buraco negro se abria nesse dia anterior. Esse desconhecido de boina, seja como for, Stiopa realmente não o vira ontem em seu gabinete.

— Mestre em magia negra, Woland — disse o visitante com autoridade, percebendo as dificuldades de Stiopa, e contou tudo em ordem.

Ontem, durante a tarde, ele chegara a Moscou do exterior e, sem demora, surgiu diante de Stiopa e ofereceu sua turnê ao Teatro de Variedades. Stiopa telefonou para a comissão de espetáculos da região de Moscou e resolveu a questão (Stiopa empalideceu e começou a piscar os olhos), assinou com o professor Woland um contrato para sete apresentações (Stiopa abriu a boca), combinou que Woland viria até seu apartamento às dez horas da manhã de hoje para acertar os detalhes. E então Woland veio. Quando chegou, foi recebido pela empregada Grunia, que lhe explicou que ela mesma acabara de chegar, que não dormia no emprego, que Berlioz não estava em casa e que se o visitante quisesse ver Stepan Bogdanovitch que fosse ele mesmo até seu quarto. Stepan Bogdanovitch dorme tão profundamente, que ela não se atreve a despertá-lo. Quando percebeu o estado de Stepan Bogdanovitch, o artista mandou Grunia ao mercado mais próximo atrás de vodka e tira-gostos, à farmácia atrás de gelo e…

— Permita-me acertar as contas com o senhor — choramingou Stiopa, abatido, e começou a procurar a carteira.

— Oh, que absurdo! — exclamou o apresentador, e não queria mais nem ouvir falar sobre o assunto.

Então a vodka e os tira-gostos foram esclarecidos, mas mesmo assim dava pena olhar para Stiopa: decididamente ele não lembrava nada sobre o contrato e podia jurar que não tinha visto esse Woland ontem. Khustov, sim, estava lá, mas Woland, não.

— Permita-me dar uma olhada no contrato — pediu baixinho Stiopa.

— Por favor, por favor…

Stiopa deu uma olhada no papel e gelou. Estava tudo certo. Primeiro, a autêntica assinatura espirituosa de Stiopa! Ao lado, à mão, o endosso torto do diretor financeiro, Rimski, com autorização para liberar ao artista Woland, por conta das sete apresentações, a soma de dez mil rublos do total que lhe é devido de trinta e cinco mil rublos. E mais, além disso, havia o recibo assinado por Woland pelo recebimento dos dez mil rublos!

"Mas o que é isso?", pensou o infeliz Stiopa, e sua cabeça começou a girar. Estavam começando funestos lapsos de memória?! Mas nem precisa dizer que, depois de o contrato ser apresentado, novas manifestações de espanto seriam simplesmente demonstrações de falta de educação. Stiopa pediu licença à visita para se retirar por um minuto e, como estava, de meias, correu até o telefone, na antessala. Pelo caminho ele gritou em direção à cozinha:

— Grunia!

Mas ninguém respondeu. Então, ele deu uma olhada para a porta do gabinete de Berlioz, que ficava ao lado da antessala, e ali mesmo, como se costuma dizer, ficou estatelado. Ele viu um enorme lacre de cera pendurado na maçaneta da porta. "Pronto!", rugiu alguém na cabeça de Stiopa. "Era só o que faltava!" Então os pensamentos de Stiopa bifurcaram-se por dois trilhos, mas, como sempre acontece no momento de uma catástrofe, em uma única direção, e na realidade, só o diabo sabe para onde. É difícil até mesmo transmitir a maçaroca da cabeça de Stiopa. Ali estava aquele diabrete de boina preta, a vodka gelada e o incrível contrato e, para completar, faça-me o favor, um lacre na porta! Ou seja, se quiserem dizer para alguém que Berlioz andou aprontando, não vão acreditar, juro, não vão acreditar, não! Mas o lacre estava lá!

É, é…

Então começaram a pulular no cérebro de Stiopa uns pensamentos muito desagradáveis sobre um artigo que, por azar, ele havia pouco impingira a Mikhail Aleksandrovitch para ser publicado na revista. O artigo, cá entre nós, era estúpido! Sem propósito, e o dinheiro, uma mixaria...

Logo depois da lembrança do artigo, pairou a de uma conversa duvidosa, que acontecera, como recordava, no dia vinte e quatro de abril à noite, ali mesmo, na sala de jantar, enquanto Stiopa jantava com Mikhail Aleksandrovitch. Ou seja, é claro, aquela conversa não podia nunca ser chamada de duvidosa no pleno sentido da palavra (Stiopa nem começaria uma conversa dessas), mas sim uma conversa sobre algum tema desnecessário. Ele era totalmente livre, cidadãos, para não iniciá-la. Até o lacre, sem dúvida, a conversa poderia ser considerada uma verdadeira bobagem, mas depois do lacre...

"Ah, Berlioz, Berlioz!", o sangue subia à cabeça de Stiopa. "Isso é demais para minha cabeça!"

Mas não havia muito tempo para se lamentar, e Stiopa discou o número do gabinete do diretor financeiro do Teatro de Variedades, Rimski. A situação de Stiopa era delicada: primeiro, o estrangeiro poderia se ofender porque Stiopa iria conferir, depois de ter sido mostrado o contrato, além de ser extremamente difícil falar com o diretor financeiro. De fato, não dava mesmo para perguntar desse jeito: "Diga-me, por acaso fechei ontem um contrato de trinta e cinco mil rublos com um professor de magia negra?". Não prestava perguntar assim!

— Pronto! — soou no fone a voz aguda e desagradável de Rimski.

— Olá, Grigori Danilovitch — começou baixinho Stiopa —, é o Likhodieiev. É o seguinte... hum... hum... estou aqui em casa com esse... é... artista, Woland... Então... Bom... eu queria perguntar, e hoje à noite?

— Ah, o da magia negra? — retrucou no fone Rimski. — Os cartazes já vão chegar.

— Aham — disse Stiopa com uma voz fraca —, então, tchau...

— E o senhor vem logo? — perguntou Rimski.

— Daqui a meia hora — respondeu Stiopa e, pondo o telefone no gancho, apertou a cabeça quente com as mãos. Ah, que coisa mais esquisita! O que há com a memória, cidadãos? Hein?

No entanto, não fazia mais sentido e era deseducado permanecer na antessala, e Stiopa na mesma hora pensou em um plano: esconder a sua incrível falta de memória de qualquer jeito e, agora, antes de mais nada, como quem não quer nada, arrancar do estrangeiro o que exatamente ele pretende mostrar hoje no Teatro de Variedades, entregue temporariamente aos cuidados de Stiopa.

Então Stiopa virou-se de costas para o aparelho e, no espelho que ficava na antessala e havia muito tempo não era limpo pela preguiçosa Grunia, viu nitidamente um sujeito estranho — comprido como uma vara, de pince-nez (ah, se Ivan Nikolaievitch estivesse aqui! Ele reconheceria esse sujeito de cara!). Ele foi refletido, mas sumiu no mesmo instante. Stiopa, aflito, olhou melhor para a entrada e perdeu o equilíbrio uma segunda vez, pois um enorme gato preto passou diante do espelho e também sumiu.

Stiopa ficou com o coração na mão e cambaleou.

"Mas o que é isso?", pensou. "Será que estou enlouquecendo? De onde vêm esses reflexos?" Ele olhou para a entrada e gritou, assustado:

— Grunia! Por que esse gato está perambulando aqui? De onde ele veio? E ainda tem alguém com ele?!

— Não se preocupe, Stepan Bogdanovitch — retrucou uma voz, mas não de Grunia e sim da visita, que vinha do quarto —, esse gato é meu. Não fique nervoso. E a Grunia não está, despachei-a para Voronej. Ela reclamou que o senhor se apropriou de suas férias.

Aquelas palavras eram tão inesperadas e disparatadas que Stiopa achou que estava ouvindo demais. Totalmente transtornado, correu a trote curto até o quarto e postou-se imóvel à soleira da porta. Ficou de cabelos em pé, e na testa surgiram pequenas gotas de suor.

O visitante já não estava sozinho no quarto, mas acompanhado. Na segunda poltrona estava sentado aquele mesmo indivíduo que surgiu para ele na entrada. Agora ele estava claramente visível: o bigode-penugem, um vidro do pince-nez cintilava, o outro era inexistente. Mas as coisas no quarto pareciam bem piores: no pufe da mulher do joalheiro, com uma pose petulante, estava estirado um terceiro, justamente — um gato preto de proporções espantosas, com uma dose de vodka em uma das patas e na outra um garfo, com o qual ele conseguira fisgar um cogumelo em conserva.

A luz já fraca do quarto começou a ficar ainda mais lívida aos olhos de Stiopa. "Então é assim que se enlouquece!", pensou ele, e agarrou-se ao batente da porta.

— Estou vendo que o senhor está um pouco surpreso, meu caríssimo Stepan Bogdanovitch? — quis saber Woland de Stiopa, que rangia os dentes. — No entanto, não há com o que se impressionar. Essa é a minha comitiva.

Então o gato tomou a vodka, e a mão de Stiopa deslizou batente abaixo.

— E essa comitiva demanda espaço — continuou Woland. — Por isso, algum de nós está sobrando aqui nesse apartamento. E me parece que é justamente o senhor quem está sobrando!

— Eles, eles! — entoou o alto de xadrez com voz de bode, usando o plural para falar de Stiopa. — De modo geral, eles andam se comportando muito mal nos últimos tempos. Bebedeiras, relações com mulheres, valendo-se de sua posição, não fazem absolutamente nada e nem podem, pois nem conseguem raciocinar sobre o que lhes foi delegado. Só sabem esfregar os óculos da chefia!

— Usa o carro oficial para assuntos particulares! — denunciou o gato, mastigando um cogumelo.

E então aconteceu uma quarta e última aparição no apartamento, enquanto Stiopa, já deslizando totalmente até o chão, arranhava o batente com a mão enfraquecida.

Diretamente do *trumeau* saiu um homem pequeno, mas de ombros extraordinariamente largos, de chapéu-coco na cabeça e um canino à mostra, desfigurando sua fisionomia que já era execrável. E ainda por cima ruivo, vermelho-fogo.

— Eu — entrou na conversa esse novo visitante — de modo geral nem consigo entender como ele foi parar no lugar de diretor — o ruivo ficava cada vez mais fanho. — Se ele é diretor, então eu sou bispo!

— Você não se parece com um bispo, Azazello — observou o gato, servindo-se de salsichas.

— Mas é isso mesmo que estou falando — esganiçou o ruivo e

voltou-se para Woland, com deferência: — Permita-me, *messire*,* expulsá-lo de Moscou e mandá-lo para os diabos?

— Chispa!! — rosnou o gato de repente, eriçando o pelo.

Então o quarto começou a girar ao redor de Stiopa e ele bateu a cabeça contra o batente, perdendo os sentidos, e pensou: "Estou morrendo...".

Mas não morreu. Entreabriu os olhos de leve e se viu sentado em cima de algo parecido com uma pedra. Ao seu redor algo marulhava. Quando abriu os olhos devidamente, entendeu que era o mar e que, além disso, as ondas quebravam nos seus próprios pés e que, resumindo, ele estava sentado bem na extremidade de um dique, e que acima dele havia um céu azul reluzente e atrás, uma cidade branca nas montanhas.

Sem saber como proceder em tais casos, Stiopa levantou-se sobre as pernas bambas e caminhou pelo dique até a beira do mar.

No dique havia um homem, fumando, cuspindo na água. Ele olhou para Stiopa com olhos selvagens e parou de cuspir.

Então Stiopa fez uma cena daquelas: pôs-se de joelhos diante do fumante desconhecido e pronunciou:

— Eu lhe imploro, diga-me, que cidade é essa?

— Francamente! — disse o fumante, insensível.

— Não estou bêbado — respondeu Stiopa, rouco. — Aconteceu alguma coisa comigo... estou doente... Onde estou? Que cidade é essa?

— Ialta, ora...

Stiopa suspirou baixinho, caiu de lado, bateu a cabeça contra a pedra quente do dique. A consciência o abandonou.

---

* Do francês, significa *monsenhor*, tratamento que se dava aos nobres. (N. T.)

8. O duelo entre o professor e o poeta

No exato momento em que a consciência abandonou Stiopa em Ialta, ou seja, por volta das onze e meia da manhã, ela retornou a Ivan Nikolaievitch Bezdomni, que havia despertado depois de um sono longo e profundo. Durante algum tempo tentou raciocinar sobre o fato de ter ido parar naquele quarto desconhecido com paredes brancas, uma surpreendente mesinha de cabeceira de algum metal claro e uma cortina branca, por trás da qual se podia sentir o sol.

Ivan sacudiu a cabeça, certificou-se de que não estava doendo e lembrou-se de que estava em uma clínica. Esse pensamento trazia a lembrança da morte de Berlioz, mas hoje isso já não o abalava tanto. Depois de pôr o sono em dia, Ivan Nikolaievitch ficou mais tranquilo e começou a raciocinar com mais clareza. Após ficar algum tempo deitado, imóvel, naquela cama de molas bem limpa, macia e confortável, Ivan viu o botão de uma campainha ao seu lado. Como tinha o hábito de tocar em objetos mesmo sem necessidade, apertou o botão. Esperava que algum retinir ou alguma aparição viriam depois de apertá-lo, mas aconteceu algo totalmente diferente.

Aos pés da cama de Ivan acendeu-se um cilindro translúcido no qual estava escrito a palavra "Beber". O cilindro ficou algum tempo parado, mas logo começou a girar até que surgiu a inscrição "Cuidadora". Não é preciso dizer que Ivan ficou espantado com esse esperto cilindro. A inscrição "Cuidadora" foi substituída por "Chamem o doutor".

— Hum… — murmurou Ivan, sem saber o que mais fazer com aquele cilindro. Mas por acaso deu sorte: apertou o botão uma segunda vez na palavra "Enfermeira". Em resposta o cilindro soou baixinho, parou, apagou-se e no quarto entrou uma simpática senhora roliça de jaleco branco, limpo, que disse a Ivan:

— Bom dia!

Ivan não respondeu, pois considerou a saudação descabida diante das circunstâncias em que se encontrava. Realmente, trancafiaram um homem saudável em uma clínica e ainda fazem de conta que era assim mesmo que tinha de ser!

A mulher, no entanto, sem perder a expressão benevolente do rosto, levantou as cortinas ao apertar um botão e o quarto foi invadido pelo sol através de uma grade larga e leve que descia até o chão. Do outro lado se abria uma varanda, e atrás dela se avistava a margem de um rio sinuoso e, na outra margem do rio, um alegre bosque de pinheiros.

— Hora de tomar um banho — convidou a mulher e, ao alcance de suas mãos, abriu-se uma parede interna e atrás dela surgiu um banheiro maravilhosamente equipado.

Apesar de ter decidido não falar com a mulher, Ivan não resistiu e, quando viu como a água jorrava forte de uma torneira reluzente para a banheira, disse, com ironia:

— Nossa! É como no Metropol!

— Oh, não — respondeu a mulher, com orgulho —, é bem melhor. Esse equipamento não existe em lugar algum, nem no exterior. Cientistas e médicos vêm especialmente para conhecer a nossa clínica. Recebemos turistas estrangeiros todo dia.

Ao ouvir as palavras "turistas estrangeiros", Ivan lembrou-se imediatamente do consultor do dia anterior. Ficou taciturno, deu uma olhada em volta, carrancudo, e disse:

— Turistas estrangeiros… Como vocês todos adoram turistas estrangeiros, não é? Mas no meio deles, entre outras coisas, encontra-se tudo quanto é tipo de gente. Eu, por exemplo, ontem conheci um lindo e maravilhoso!

Por pouco não começou a contar sobre Pôncio Pilatos, mas se segurou, entendendo que para a mulher aquelas histórias de nada serviriam, e que tanto fazia, ela não poderia ajudá-lo mesmo.

De banho tomado, imediatamente deram a Ivan Nikolaievitch tudo que um homem de fato precisava depois de um banho: uma camisa passada, ceroulas, meias. Mas isso ainda não era nada: abrindo a porta de um pequeno armário, a mulher apontou para dentro e perguntou:

— O que o senhor deseja vestir, um roupão ou um pijama?

Fixado à nova moradia à força, Ivan quase ergueu os braços por causa do atrevimento da mulher, mas, calado, indicou com o dedo um pijama de flanela púrpura.

Depois disso, Ivan Nikolaievitch foi conduzido pelo corredor vazio e silencioso até um consultório de proporções enormes. Ivan resolveu tratar com ironia tudo o que havia naquele prédio equipado às mil maravilhas e logo batizou mentalmente o gabinete de "fábrica-cozinha".

E tinha motivo para isso. Ali havia gaveteiros e pequenos armários de vidro com instrumentos reluzentes e niquelados. Havia poltronas de construção engenhosas, lâmpadas barrigudas com cúpulas brilhantes, uma infinidade de frascos, candeeiros de gás, fios elétricos e aparelhos totalmente desconhecidos para todo mundo.

No consultório, três pessoas tomavam conta de Ivan — duas mulheres e um homem, todos de branco. Primeiramente, levaram Ivan para um canto atrás da mesinha, com a clara intenção de fazê-lo falar.

Ivan começou a examinar a situação. Tinha três caminhos diante de si. O primeiro era o que mais o seduzia: lançar-se sobre aquelas lâmpadas e coisas intricadas e destroçá-las, mandá-las para o espaço; assim expressaria seu protesto por ter sido preso à toa. Porém, o Ivan de hoje se distinguia significativamente do Ivan de ontem, e o primeiro caminho pareceu-lhe duvidoso: se optasse por ele, o pensamento de que ele era um louco desgovernado se enraizaria neles. Por isso, Ivan descartou o primeiro caminho. Havia o segundo: começar o relato sobre o consultor e Pôncio Pilatos imediatamente. No entanto, a experiência do dia anterior demonstrara que não acreditavam em sua história ou a entendiam de maneira distorcida. Por isso Ivan também desistiu desse caminho e resolveu eleger o terceiro: trancafiar-se em um silêncio majestoso.

Não conseguiu realizar isso por completo e, querendo ou não, viu-se obrigado a responder, embora de modo contido e carrancudo, a uma série de perguntas. E arrancaram dele definitivamente tudo sobre seu passado, chegando ao ponto de perguntar como e quando teve escarlatina, uns quinze anos antes. Depois de preencherem uma página inteira com suas respostas, viraram a folha, e a mulher de branco passou a indagar sobre os parentes de Ivan. Iniciou-se uma verdadeira ladainha: quem morreu, quando, de quê, se bebia, se teve doenças venéreas e coisas do gênero. Para concluir, pediram para contar sobre o ocorrido no dia anterior no Patriarchi Prudi, mas não insistiram muito e não se impressionaram com o relato sobre Pôncio Pilatos.

Em seguida, a mulher passou Ivan para o homem, que se ocupou dele de maneira diferente e já não perguntou mais nada. Ele mediu sua temperatura, tomou o pulso, examinou seus olhos, iluminando-os com uma espécie de lâmpada. Depois, a outra mulher veio ajudar o homem e espetaram as costas de Ivan com alguma coisa, mas não doeu nada; com o cabo de um martelinho desenharam sobre a pele de seu peito alguns sinais; bateram nos joelhos com o martelinho, o que fez as pernas de Ivan pularem; furaram seu dedo e tiraram sangue, furaram a dobra interna do braço na altura do cotovelo e colocaram uma espécie de braceletes emborrachados nos punhos...

Ivan apenas sorria para si, malicioso e amargo, e pensava como tudo aquilo era tolo e estranho. Vejam só! Queria precaver todo mundo contra o perigo que representava aquele consultor desconhecido, pretendia agarrá-lo, mas tudo o que conseguiu foi parar em um misterioso consultório para contar tudo quanto é tipo de asneira sobre o tio Fiodor, que bebia até cair em Vologda. Insuportavelmente tolo!

Finalmente o soltaram. Ele foi acompanhado de volta para seu quarto, onde recebeu uma xícara de café, dois ovos cozidos moles e pão branco com manteiga.

Depois de comer e beber o que lhe foi oferecido, Ivan resolveu aguardar algum chefe daquela instituição chegar e tentar conseguir tanto atenção como justiça.

E ele encontrou-o, e bem rápido. Logo após seu café da manhã. A porta do quarto de Ivan abriu-se de maneira inesperada e por ela entrou uma multidão de pessoas de jaleco branco. À frente de todos, caminhava um homem de uns quarenta e cinco anos, meticuloso, barbeado à maneira dos artistas de cinema, olhos agradáveis, mas muito penetrantes, e maneiras educadas. A comitiva inteira lhe dispensava sinais de atenção e respeito e, por isso, sua entrada acabou sendo muito solene. "Como Pôncio Pilatos!", pensou Ivan.

É, sem dúvida, esse era o chefe. Ele se sentou em um banco, enquanto os outros ficaram de pé.

— Doutor Stravinski — o homem apresentou-se a Ivan enquanto se sentava e olhou para ele com afabilidade.

— Aqui está, Aleksandr Nikolaievitch — disse em voz baixa alguém com uma barbicha bem cuidada e entregou ao chefe uma folha toda preenchida.

"Já abriram um processo!", pensou Ivan. O chefe percorreu a folha com olhos já acostumados, balbuciou "uhum, uhum…" e trocou algumas frases com os que estavam ao redor em uma língua pouco conhecida.

"E fala latim, como Pilatos…", pensou Ivan, triste. Então uma palavra o fez estremecer, e essa palavra era "esquizofrenia", que coisa, que já tinha sido pronunciada ontem pelo maldito estrangeiro em Patriarchi Prudi, e hoje era repetida aqui pelo doutor Stravinski.

"Também disso ele sabia!", pensou Ivan, aflito.

O chefe, pelo visto, tinha como regra concordar e contentar-se com tudo que lhe dissessem os que estavam ao redor, expressando isso com as palavras "muito bem, muito bem…".

— Muito bem! — disse Stravinski, devolvendo a folha para alguém, e dirigiu-se a Ivan: — O senhor é poeta?

— Sou poeta — respondeu Ivan, sombrio, e de repente sentiu pela primeira vez uma inexplicável aversão à poesia, e seus próprios poemas, que súbito lhe vieram à memória, sabe-se lá por que lhe pareceram desagradáveis.

Por sua vez, ele perguntou a Stravinski, franzindo o rosto:

— E o senhor é doutor?

Ao que Stravinski inclinou a cabeça, precavido e respeitoso.

— E o senhor é o chefe daqui? — continuou Ivan.

Stravinski também fez uma reverência.

— Preciso falar com o senhor — disse Ivan Nikolaievitch, com ar de importância.

— É para isso que estou aqui — retorquiu Stravinski.

— A questão é a seguinte — começou Ivan, sentindo que tinha chegado a sua hora. — Tomaram-me por louco e ninguém deseja me ouvir!

— Oh, não, vamos ouvi-lo atentamente — disse Stravinski, em tom sério e tranquilizador — e não permitiremos que o tomem por louco em hipótese alguma.

— Então, ouça: ontem à noite, conheci em Patriarchi Prudi um indivíduo misterioso, um estrangeiro de meia-tigela, que sabia da morte de Berlioz de antemão e viu Pôncio Pilatos pessoalmente.

A comitiva ouvia o poeta muda, imóvel.

— Pilatos? Pilatos, aquele que viveu na época de Jesus Cristo? — perguntou Stravinski, apertando os olhos para Ivan.

— Esse mesmo.

— Aham — disse Stravinski. — E esse Berlioz morreu debaixo de um bonde?

— Justamente, ele foi degolado por um bonde ontem, em Patriarchi, diante de meus olhos, e esse mesmo cidadão enigmático...

— O conhecido de Pôncio Pilatos? — perguntou Stravinski, que, pelo visto, se distinguia por sua grande compreensão.

— Justamente ele — confirmou Ivan, estudando Stravinski. — Então, ele disse, de antemão, que Annuchka derramaria o óleo de girassol... E Berlioz escorregou bem naquele lugar! O que o senhor acha disso? — quis saber Ivan, com ar de importância, esperando causar grande efeito com suas palavras.

Mas esse efeito não se deu, e Stravinski simplesmente fez a próxima pergunta:

— E quem é essa Annuchka?

A pergunta deixou Ivan um pouco chateado, seu rosto contorceu-se.

— Annuchka não tem nenhuma importância aqui — disse ele, fora de si. — Vai saber o diabo quem é ela! Apenas uma idiota qualquer da Sadovaia. O importante é que ele sabia de antemão, entende, do óleo de girassol! O senhor está me entendendo?

— Entendo perfeitamente — respondeu Stravinski seriamente, e, tocando os joelhos do poeta, acrescentou: — Não se inquiete e prossiga.

— Continuando — disse Ivan, tentando acertar o tom de Stravinski, sabendo, por sua amarga experiência, que somente a tranquilidade o ajudaria. — Então, esse tipo horroroso, e ele mente que é consultor, é dotado de uma força extraordinária... Por exemplo, você o persegue, mas é impossível alcançá-lo. E ele anda com mais dois sujeitinhos, também dos bons, mas cada um no seu estilo: um alto com as lentes quebradas, e, além desse daí, há também um gato de proporções incríveis, que anda de bonde sozinho. Além disso — sem ser interrompido por ninguém, Ivan falava com cada vez mais ardor e convicção —, ele esteve na varanda de Pôncio Pilatos pessoalmente, sem sombra de dúvida. O que significa isso? Hein? Precisa prendê-lo imediatamente, do contrário causará desgraças indescritíveis.

— Então o senhor está tentando conseguir que o prendam? Entendi bem o senhor?

"Ele é inteligente", pensou Ivan. "Deve-se reconhecer que em meio aos membros da intelligentsia* também é possível encontrar uns de inteligência rara. Não dá para negar isso." E respondeu:

— Absolutamente correto! E como não tentar, pense bem! Enquanto isso, detiveram-me aqui à força, enfiaram uma lâmpada nos olhos, dão banho de banheira e fazem perguntas sobre o tio Fedia!**... Mas já faz tempo que ele não está nesse mundo! Exijo que me soltem imediatamente.

— Bom, muito bem, muito bem! — replicou Stravinski. — Então, tudo foi esclarecido. Realmente, que sentido tem deter um homem saudável em uma clínica? Tudo bem. Eu lhe darei alta agora mesmo, se o senhor me disser que é normal. Não precisa provar, é só dizer. Então, o senhor é normal?

Fez-se silêncio absoluto. A mulher roliça, que cuidara de Ivan de manhã, olhou para o doutor com devoção, e Ivan pensou mais uma vez: "Definitivamente inteligente".

Ele gostou muito da proposta do doutor, mas, antes de responder, pensou e repensou, franzindo a testa, e, finalmente, disse, com firmeza:

— Eu sou normal.

---

* Termo que originalmente se refere à classe dos intelectuais da Rússia tsarista no século XIX, em especial a sua vanguarda política. (N. T.)
** Diminutivo de Fiodor. (N. T.)

— Então muito bem — exclamou Stravinski, aliviado. — Se é assim, vamos raciocinar logicamente. Vamos relembrar o seu dia de ontem. — Ele se virou e imediatamente lhe entregaram a folha de Ivan. — Em perseguição a um homem desconhecido, que se apresentou como conhecido de Pôncio Pilatos, o senhor realizou as seguintes ações ontem — Stravinski começou a dobrar seus dedos compridos, olhando ora para a folha, ora para Ivan. — Pendurou um ícone no peito. Não foi?

— Foi — concordou Ivan, carrancudo.

— Despencou de uma cerca e feriu o rosto. Certo? Apareceu em um restaurante com uma vela acesa na mão, só de roupa de baixo e lá bateu em alguém. Foi trazido para cá amarrado. Uma vez aqui, o senhor ligou para a polícia e pediu que enviassem metralhadoras. Depois, tentou se atirar pela janela. Certo? Pergunta-se: será que é possível, agindo dessa maneira, agarrar ou prender alguém? Se é uma pessoa normal, o senhor mesmo vai responder: de maneira alguma. O senhor quer sair daqui? À vontade. Mas me permita lhe perguntar, para onde o senhor pretende ir?

— Até a polícia, claro — respondeu Ivan, já sem a mesma firmeza e um pouco confuso diante do olhar do doutor.

— Direto daqui?

— Aham.

— E não vai dar uma passada no seu apartamento? — perguntou rapidamente Stravinski.

— Não há tempo para passar lá! Enquanto eu estiver passando pelo apartamento, ele vai escapulir!

— Certo. E o que dirá à polícia, antes de mais nada?

— Sobre Pôncio Pilatos — respondeu Ivan Nikolaievitch, e seus olhos cobriram-se com uma névoa sombria.

— Então, muito bem! — exclamou Stravinski, resignado, virando-se para aquele de barbicha, e ordenou: — Fiodor Vassilievitch, dê alta, por favor, ao cidadão Bezdomni, para que ele vá à cidade. Mas deixe esse quarto desocupado e não precisa trocar a roupa de cama. Daqui a duas horas o cidadão Bezdomni estará aqui de novo. Bom — voltou-se ele para o poeta —, não vou desejar-lhe êxito, porque não acredito nem um bocado no seu êxito. Até breve! — Ele se levantou e sua comitiva se movimentou.

— Por que razão estarei aqui de novo? — perguntou Ivan, aflito.

Stravinski parecia esperar essa pergunta e sentou-se imediatamente, dizendo:

— Porque, assim que o senhor aparecer na polícia de ceroulas e disser que viu um homem que conheceu Pôncio Pilatos pessoalmente, será trazido para cá no mesmo instante, e de novo estará naquele mesmo quarto.

— O que as ceroulas têm a ver com isso? — perguntou Ivan confuso, olhando ao redor.

— A razão principal é Pôncio Pilatos. Mas as ceroulas também. Veja bem, nós vamos recolher a roupa da clínica pública e devolveremos a roupa que você trajava ao chegar aqui. Mais precisamente, as ceroulas. Entretanto, o senhor não pretende ir até o seu apartamento de jeito nenhum, apesar de eu ter lhe sugerido isso. A seguir, vem Pilatos... e pronto!

Naquele instante, aconteceu algo estranho com Ivan Nikolaievitch. Sua vontade pareceu se despedaçar e ele se sentiu fraco, precisava de um conselho.

— Então, o que fazer? — perguntou ele, dessa vez tímido.

— Muito bem! — replicou Stravinski. — É uma pergunta muito razoável. Agora, vou lhe dizer o que aconteceu com o senhor de verdade. Ontem, alguém o deixou muito assustado e transtornado com uma história sobre Pôncio Pilatos e outras coisas. Então, o senhor, um homem muito nervoso e irritadiço, saiu pela cidade falando sobre Pôncio Pilatos. É totalmente natural que o tomem por louco. O senhor só tem uma salvação agora: repouso absoluto. É imprescindível que o senhor permaneça aqui.

— Mas ele precisa ser pego! — exclamou Ivan, agora implorando.

— Tudo bem, mas por que você mesmo precisa persegui-lo? Ponha no papel todas as suas suspeitas e acusações contra essa pessoa. Não há nada mais simples do que enviar sua declaração para o local apropriado, e caso se trate, como o senhor supõe, de estarmos lidando com um criminoso, tudo isso será esclarecido muito rapidamente. Mas com uma condição: não queime a cabeça e procure pensar menos em Pôncio Pilatos. Sabe-se lá o que contam por aí! Não se deve acreditar em tudo.

— Entendi! — declarou Ivan, decidido. — Peço que me deem papel e caneta.

— Deem-lhe papel e um lápis curto — ordenou Stravinski à mulher roliça, e a Ivan disse o seguinte: — Mas eu o aconselho a não escrever hoje.

— Não, não, tem que ser hoje, hoje, é imprescindível — gritou Ivan, com aflição.

— Tudo bem. Só que não force muito o cérebro. Se não conseguir hoje, amanhã consegue.

— Ele vai fugir!

— Oh, não — retrucou Stravinski com segurança —, ele não fugirá para lugar algum, isso eu lhe garanto. Lembre-se de que aqui ajudarão o senhor com tudo o que for possível, e sem isso nada vai dar certo para o senhor. Está me ouvindo? — perguntou Stravinski de repente, com ar de importância, e tomou as duas mãos de Ivan Nikolaievitch. Segurando-as nas suas, e fixando um olhar demorado em Ivan, ele repetiu: — Aqui vão ajudá-lo… está me ouvindo?… Aqui vão ajudá-lo… O senhor se sentirá aliviado. É silencioso e tranquilo aqui… Aqui vão ajudá-lo…

Inesperadamente, Ivan Nikolaievitch bocejou, a expressão de seu rosto se aplacou.

— Isso, isso — disse ele em voz baixa.

— Então, muito bem! — Stravinski concluiu a conversa como estava acostumado e levantou-se. — Até logo! — Apertou a mão de Ivan e, já de saída, virou-se para aquele de barbicha e disse: — Sim, experimente oxigênio… e banhos.

Alguns instantes depois, diante de Ivan não havia mais nem Stravinski, nem a comitiva. Do outro lado da tela da janela, sob o sol do meio-dia, o bosque alegre e primaveril resplandecia às margens do rio, que brilhava um pouco mais próximo.

9. Truques de Koroviev

Nikanor Ivanovitch Bossoi, presidente da associação de moradores do prédio nº 302-bis, à rua Sadovaia, em Moscou, onde morava o finado Berlioz, estava terrivelmente atribulado, começando pela noite precedente, de quarta para quinta-feira.

À meia-noite, como já sabemos, uma comissão da qual Jeldibin fazia parte chegou ao prédio, chamou Nikanor Ivanovitch, informou-o sobre a morte de Berlioz e, junto com ele, dirigiu-se para o apartamento nº 50.

Ali, lacraram os manuscritos e os pertences do finado. Nem Grunia, a empregada que não dormia no emprego, nem o leviano Stepan Bogdanovitch estavam no apartamento naquele momento. A comissão declarou a Nikanor Ivanovitch que os manuscritos do finado seriam levados para análise, que sua parte da casa, ou seja, três cômodos (os antigos escritório, sala de visita e sala de jantar da mulher do joalheiro), ficaria à disposição da associação de moradores e que seus pertences deveriam ser guardados nessa área do apartamento até a reclamação dos herdeiros.

A notícia sobre o falecimento de Berlioz espalhou-se por todo o prédio com uma rapidez sobrenatural e, a partir de sete horas da manhã de quinta-feira, começaram a telefonar para Bossoi, e depois também a aparecer pessoalmente com declarações que continham a intenção de ocupar a parte da casa do finado. Em duas horas, Nikanor Ivanovitch recebeu trinta e duas declarações desse tipo.

Nelas, havia súplicas, ameaças, intrigas, denúncias, promessas de realizar reforma por conta própria, reclamações sobre o aperto insuportável e sobre a impossibilidade de viver num mesmo apartamento com bandidos. Entre outras coisas, havia uma descrição, estupenda por sua força artística, do roubo de *pelmiêni** do apartamento nº 31, que haviam sido colocados, como se fosse a coisa mais natural do mundo, no bolso de um paletó; havia duas promessas de acabarem com suas vidas por meio de suicídio e uma confissão de gravidez secreta.

Chamavam Nikanor Ivanovitch até a entrada do seu apartamento, agarravam-no pela manga, cochichavam-lhe alguma coisa, piscavam e prometiam pagar pelo favor.

Esse tormento prolongou-se até o meio-dia, quando Nikanor Ivanovitch simplesmente fugiu de seu apartamento para a sala de administração, próxima do portão, mas, quando percebeu que também ali o espreitavam, fugiu de lá também. Mal conseguindo se livrar daquelas pessoas que estavam ao seu encalço pelo pátio de asfalto, Nikanor Ivanovitch escondeu-se na sexta entrada e subiu até o quinto andar, exatamente onde se localizava aquele asqueroso apartamento de nº 50.

Depois de conseguir respirar um pouco, o gorducho Nikanor Ivanovitch tocou a campainha, mas ninguém lhe abriu a porta. Tocou de novo e de novo, e começou a resmungar e a xingar baixinho. Mesmo assim, não lhe abriram a porta. A paciência de Nikanor Ivanovitch explodiu e, tirando do bolso um molho de cópias das chaves que pertenciam à administração do prédio, abriu a porta com uma mão soberana e entrou.

— Ei, empregada! — gritou Nikanor Ivanovitch da entrada semiobscura do apartamento. — Como é mesmo seu nome? Grunia, ou o quê? Você não está?

Ninguém respondeu.

Então, Nikanor Ivanovitch tirou da maleta uma trena dobrável, em seguida tirou o lacre da porta do escritório e deu um passo para dentro do gabinete. Entrar, ele entrou, mas parou estupefato na soleira da porta e até estremeceu.

À mesa do finado, estava sentado um cidadão desconhecido, magro e comprido, de paletozinho xadrez, bonezinho de jóquei e pince-nez... bom, em resumo, aquele mesmo.

---

* Espécie de ravióli muito comum na culinária russa. O recheio é uma mistura de carne de porco com a de vaca, podendo também ser feito com cogumelos. (N. T.)

— Quem seria o senhor, cidadão? — perguntou Nikanor Ivanovitch, assustado.

— Eh! Nikanor Ivanovitch! — vociferou em um tenor de taquara rachada o inusitado cidadão e, em um salto, levantou-se, cumprimentou o presidente com um aperto de mão forçado e súbito. Nikanor Ivanovitch não ficou nada contente com esse cumprimento.

— Perdão — começou a falar ele, desconfiado —, quem seria o senhor? O senhor é representante oficial?

— Oh, Nikanor Ivanovitch! — exclamou o desconhecido, afetuoso. — O que é um representante oficial ou não oficial? Tudo isso depende de que ponto de vista você olha para o objeto. Tudo isso, Nikanor Ivanovitch, é efêmero e instável. Hoje sou um representante não oficial, mas amanhã, quem sabe, um oficial! Acontece também o contrário, e como acontece!

Esse argumento não satisfez de forma alguma o presidente da administração do prédio. Sendo em geral uma pessoa desconfiada por natureza, ele concluiu que o cidadão verborrágico que estava diante dele era justamente um representante não oficial, e talvez até um desocupado.

— Mas quem seria o senhor? Qual é o seu sobrenome? — perguntava o presidente, de forma cada vez mais severa e começando a avançar em direção ao desconhecido.

— Meu sobrenome — respondeu o cidadão, sem se intimidar com o tom severo —, bom, digamos que seja Koroviev. Mas não quer um tira-gosto, Nikanor Ivanovitch? Não faça cerimônia, hein?

— Perdão — disse Nikanor Ivanovitch, agora indignado —, mas que tira-gosto que nada! (É preciso reconhecer, mesmo que isso seja desagradável, que Nikanor Ivanovitch era um pouco grosseiro por natureza). — É proibido ficar na metade que pertencia ao finado! O que o senhor está fazendo aqui?

— Queira se sentar, Nikanor Ivanovitch — vociferou o cidadão sem perder a pose, e começou a rodopiar, oferecendo uma poltrona ao presidente.

Tomado de fúria, Nikanor Ivanovitch recusou a poltrona e berrou:

— Mas quem é o senhor?

— Eu, permita-me dizer, estou aqui na qualidade de intérprete de um senhor estrangeiro, que reside nesse apartamento — apresentou-se aquele que dizia se chamar Koroviev, e fez um estalo com o salto de sua suja botina castanho-avermelhada.

Nikanor Ivanovitch ficou boquiaberto. A presença de um estrangeiro, ainda mais com um intérprete, naquele apartamento era para ele uma verdadeira surpresa que exigia explicações.

O intérprete explicou-se sem resistência. O senhor Woland, artista estrangeiro, fora gentilmente convidado pelo diretor do Teatro de Variedades, Stepan Bogdanovitch Likhodieiev, a passar o tempo de sua turnê, por volta de uma semana, em seu apartamento, sobre o qual o mesmo havia escrito a Nikanor Ivanovitch ainda ontem, com a solicitação de registrar o estrangeiro como morador temporário, enquanto o próprio Likhodieiev estivesse em viagem a Ialta.

— Ele não me escreveu nada — disse o presidente, admirado.

— E se o senhor fuçar bem em sua pasta, Nikanor Ivanovitch? — propôs Koroviev, docemente.

Nikanor Ivanovitch deu de ombros, abriu a pasta e encontrou uma carta de Likhodieiev.

— Mas como é que pude me esquecer dela? — balbuciou Nikanor Ivanovitch, olhando para o envelope aberto, abobalhado.

— Há coisas piores, bem piores, Nikanor Ivanovitch! — pôs-se a tagarelar Koroviev. — Distração, distração, estafa, hipertensão arterial, meu querido Nikanor Ivanovitch! Eu mesmo sou terrivelmente distraído. Um dia desses, a gente toma umas e contarei alguns fatos de minha biografia, o senhor vai morrer de rir!

— Quando é mesmo que Likhodieiev viaja para Ialta?

— Ele já foi, já viajou! — gritou o intérprete. — Sabe, ele já está a caminho! Só o diabo sabe onde ele está! — Então o intérprete começou a agitar os braços como se fossem as asas de um moinho.

Nikanor Ivanovitch alegou que precisava ver o estrangeiro pessoalmente, mas recebeu uma resposta negativa do intérprete: era totalmente impossível. Ele está ocupado. Amestrando o gato.

— Posso mostrar o gato, caso deseje — propôs Koroviev.

Foi a vez de Nikanor Ivanovitch recusar, e imediatamente o intérprete fez uma proposta inusitada, mas bem interessante, ao presidente.

Visto que o senhor Woland não desejava se hospedar em um hotel de jeito nenhum, e estava acostumado a viver em lugares espaçosos, será que a associação de moradores não poderia alugar para Woland o apartamento todo, ou seja, incluindo os cômodos do finado, por uma semaninha, enquanto durasse sua turnê em Moscou?

— Afinal, para o finado é indiferente — cochichou Koroviev, sussurrando. — O senhor há de concordar, Nikanor Ivanovitch, de que serve esse apartamento para ele agora?

Nikanor Ivanovitch retrucou, com certa perplexidade, que os estrangeiros deveriam se hospedar no Metropol, nunca em apartamentos particulares...

— Estou lhe dizendo, ele é teimoso como o diabo! — pôs-se a sussurrar Koroviev. — Não quer e pronto! Não gosta de hotéis! Estou por aqui desses turistas estrangeiros! — queixou-se Koroviev, em tom íntimo, cutucando seu pescoço nodoso com o dedo. — Acredite, encheram minha paciência! Eles vêm e ficam espionando como o pior filho da puta, ou amolando com seus caprichos: não faz assim, não é assado!... Mas, para sua associação, Nikanor Ivanovitch, é uma verdadeira vantagem e lucro certo. Dinheiro não é problema para ele. — Koroviev olhou para os lados e em seguida cochichou no ouvido do presidente: — É milionário!

Na proposta do intérprete, havia claramente um sentido prático, a proposta era muito concreta, mas havia algo incrivelmente inconcreto na sua maneira de falar, em sua roupa, e naquele pince-nez repulsivo e que não servia para nada. Por conta disso, algo nebuloso angustiava o espírito do presidente, mas mesmo assim ele resolveu aceitar a proposta. O problema é que a associação de moradores enfrentava, que coisa, um déficit considerável. Até o outono seria necessário comprar combustível para a calefação a vapor e ninguém sabia com que grana. Mas com o dinheiro do turista estrangeiro, quem sabe, daria para sobreviver. Porém, Nikanor Ivanovitch, homem de negócios precavido, alegou que, antes de tudo, teria de acertar a questão com o bureau de turistas estrangeiros.

— Eu compreendo! — gritou Koroviev. — Sem combinar não dá! Sem dúvida! Aqui está o telefone, Nikanor Ivanovitch, entre num acordo imediatamente! Quanto ao dinheiro, não faça cerimônia — acrescentou, sussurrando, arrastando o presidente até o telefone, na entrada. — Se não dele, de quem mais pegar dinheiro? Se o senhor visse que vila ele tem em Nice! No próximo verão, se o senhor for para o exterior, faça-lhe uma visitinha, e ficará boquiaberto!

O negócio com o bureau de turistas estrangeiros foi resolvido por telefone com extraordinária rapidez, o que deixou o presidente admirado. Revelou-se que lá já sabiam das intenções do senhor Woland de hospedar-se no apartamento particular de Likhodieiev e não se manifestaram nem um pouco contra a ideia.

— Maravilha! — vociferava Koroviev.

Um pouco aturdido com o estardalhaço do outro, o presidente alegou que a associação de moradores concordava em alugar o apartamento nº 50 ao artista Woland por uma semana pelo preço de… Nikanor Ivanovitch hesitou um pouco e disse:

— De quinhentos rublos por dia.

Então Koroviev deixou o presidente extremamente espantado. Piscando com ar de ladrão em direção ao quarto, de onde se ouviram os pulos leves de um gato pesado, ele sibilou:

— Assim sendo, uma semana sai por três mil e quinhentos?

Nikanor Ivanovitch pensou que a isso ele acrescentaria: "Nossa, que ambição do senhor, Nikanor Ivanovitch!", mas Koroviev falou algo totalmente diferente:

— Mas até parece que isso é quantia que se peça! Peça cinco, e ele dará.

Perplexo, com um sorriso malicioso, Nikanor Ivanovitch, sem saber como, encontrava-se do lado da mesa do finado, onde Koroviev, com a maior rapidez e habilidade, redigiu um contrato em duas vias. Depois disso, foi voando com ele até o quarto, e quando voltou a assinatura corrida do estrangeiro constava em ambas as vias. O presidente também assinou o contrato. Então Koroviev pediu um recibo de cinco…

— Por extenso, por extenso, Nikanor Ivanovitch!… Mil rublos… — E, usando palavras que não combinam com um negócio sério, disse: — *Eins, zwei, drei!* — E entregou ao presidente cinco maços de cédulas novinhas.

A contagem foi feita, entremeada com piadinhas e ditos de Koroviev, como "negócio é negócio", "o meu olho é mais esperto" e outras coisas do gênero.

Depois de contar o dinheiro, o presidente recebeu de Koroviev o passaporte do estrangeiro para o registro temporário, colocou-o na pasta junto com o contrato e o dinheiro e não se conteve, pediu uma entrada gratuita, envergonhado...

— Mas que pergunta! — rugiu Koroviev. — Quantos ingressos o senhor quer, Nikanor Ivanovitch? Doze, quinze?

Aturdido, o presidente explicou que ele só precisava de um par de entradas gratuitas, para ele e Pelagueia Antonovna, sua esposa.

Koroviev sacou um bloquinho e, num vapt-vupt, criou para Nikanor Ivanovitch uma entrada gratuita, na primeira fileira, para duas pessoas. Habilmente com a mão esquerda, o intérprete enfiou essa entrada em uma das mãos de Nikanor Ivanovitch e, com a direita, colocou na outra mão do presidente, com um estalo, um maço volumoso. Nikanor Ivanovitch deu uma olhada para o maço, ficou muito ruborizado e começou a esquivar-se.

— Não está certo... — balbuciou ele.

— Não quero ouvir — cochichou Koroviev bem no seu ouvido. — Para nós, não está certo, mas para os estrangeiros, está. O senhor vai ofendê-lo, Nikanor Ivanovitch, não fica bem. Afinal, o senhor fez o seu trabalho...

— A punição é severa — cochichou o presidente, em voz baixinha, baixinha, e olhou à sua volta.

— Mas onde estão as testemunhas? — cochichou Koroviev na outra orelha. — Estou perguntando, onde estão? O que há com o senhor?

Então aconteceu, como afirmava posteriormente o presidente, um milagre: o maço deslizou por si só e entrou na sua pasta. Depois, o presidente, um tanto debilitado e até esfacelado, já estava na escada. Um turbilhão de pensamentos fervilhava em sua cabeça. Giravam pela vila em Nice, o gato amestrado e a ideia de que realmente não havia testemunhas e de que Pelagueia Antonovna ficaria feliz com as entradas. Eram pensamentos desconexos, mas, de um modo geral, agradáveis. No entanto, uma agulha cutucava o presidente em algum lugar no fundo de sua alma. Era uma agulha de desassossego. Além disso, ali mesmo na escada, um pensamento o apanhou de surpresa, como um golpe: "Como é que o intérprete foi parar no escritório se a porta estava lacrada? E como ele, Nikanor Ivanovitch, não perguntou sobre isso?". Nikanor Ivanovitch ficou olhando para os degraus da escada um tempo feito um bode, mas depois resolveu deixar tudo isso pra lá e não se atormentar mais com essa questão tão complicada...

Assim que o presidente deixou o apartamento, uma voz grave veio voando do quarto:

— Não gostei desse Nikanor Ivanovitch. É um tratante e vigarista. Seria possível fazer com que não volte mais?

— *Messire*, basta ordenar! — retorquiu Koroviev de algum lugar, não com a voz trêmula, mas sim clara e sonora.

No mesmo instante o maldito intérprete viu-se na entrada, discou um número e começou, sabe-se lá por quê, a falar muito choroso para o fone:

— Alô! Considero um dever informar que o presidente da nossa associação de moradores do prédio nº 302-bis, na rua Sadovaia, Nikanor Ivanovitch Bossoi, anda especulando com moeda estrangeira. Nesse exato momento, em seu apartamento, número trinta e cinco, no duto de ventilação do banheiro, há quatrocentos dólares embrulhados em jornal. Quem fala é um morador do prédio em questão, do apartamento número onze, Timofiei Kvastsov. Mas suplico que mantenham o meu nome em segredo. Temo vingança por parte do presidente acima referido.

E o desgraçado desligou o aparelho!

O que ocorreu posteriormente no apartamento nº 50 não se sabe, mas sabe-se o que ocorreu no apartamento de Nikanor Ivanovitch. Ele se trancou no banheiro, sacou o maço que o intérprete lhe impingiu e se certificou de que havia quatrocentos rublos. Nikanor Ivanovitch embrulhou esse maço num pedaço de jornal e escondeu no duto da ventilação.

Dali a cinco minutos, o presidente estava à mesa em sua pequena sala de jantar. Sua esposa trouxe da cozinha arenque em conserva, cuidadosamente cortado e salpicado com muita cebolinha. Nikanor Ivanovitch serviu uma tacinha de vodka, bebeu, serviu uma segunda, bebeu, espetou com o garfo três pedaços de arenque... e, nesse momento, tocaram a campainha. Pelagueia Antonovna trouxe uma panela fumegante e bastava um só olhar para imediatamente adivinhar que, dentro dela, bem no meio de um borscht pegando fogo, havia aquilo que era a coisa mais deliciosa do mundo: osso com tutano.

Engolindo a saliva, Nikanor Ivanovitch começou a rosnar como um cão:

— Que diabos! Não me deixam comer em paz. Não deixe ninguém entrar, eu não estou, não estou. Quanto ao apartamento, diga que parem de bisbilhotar. Daqui a uma semana haverá reunião...

A esposa correu até a entrada; com uma concha, Nikanor Ivanovitch retirou-o do lago que cuspia fogo — ele, o osso, rachado no comprimento. Nesse instante, dois cidadãos entraram na sala de jantar, e com eles Pelagueia Antonovna, sabe-se lá por quê, muito pálida. Quando olhou para os cidadãos, Nikanor Ivanovitch também embranqueceu e levantou-se.

— Onde fica o banheiro? — perguntou, com um ar apreensivo, o primeiro, que estava de *kossovorotka** branca.

Alguma coisa caiu sobre a mesa da sala de jantar (foi Nikanor Ivanovitch que deixou a concha cair sobre a toalha de plástico).

— Aqui, aqui — respondeu Pelagueia Antonovna, falando como uma metralhadora.

Os recém-chegados dirigiram-se imediatamente para o corredor.

— Qual é o problema? — perguntou, baixinho, Nikanor Ivanovitch, e os seguiu. — Não pode haver nada de mais em nosso apartamento... Seus documentos... Perdão...

O primeiro, mesmo andando, mostrou os documentos a Nikanor Ivanovitch e o segundo, no mesmo instante, já estava de pé em um banquinho dentro do banheiro, com o braço enfiado no duto da ventilação. Tudo se turvou diante dos olhos de Nikanor Ivanovitch. Tiraram o jornal, mas no maço encontravam-se não rublos, e sim um dinheiro desconhecido, azul ou verde, com a imagem de um velho. No entanto, Nikanor Ivanovitch não viu nada disso direito, diante de seus olhos flutuavam umas manchas.

— Dólares na ventilação — disse o primeiro, pensativo, e per-

---

* Típica camisa russa masculina, de gola alta, abotoada do lado. (N. T.)

guntou a Nikanor Ivanovitch, doce e gentilmente: — O pacotinho é do senhor?

— Não! — respondeu Nikanor Ivanovitch, com uma voz terrível. — Inimigos plantaram isso aí!

— Isso acontece — concordou aquele, e acrescentou novamente, do mesmo jeito doce: — Então, precisa entregar os restantes.

— Não tenho nada! Não tenho, juro por Deus, nunca esteve nas minhas mãos! — gritou o presidente desesperado.

Correu até a cômoda, com estrondo puxou a gaveta e dela a pasta, gritando de forma desconexa:

— Aqui está o contrato... o intérprete desgraçado que tramou... Koroviev, de pince-nez!

Ele abriu a pasta, olhou dentro, enfiou a mão, seu rosto ficou lívido e ele deixou a pasta cair no borscht. Não havia nada na pasta: nem a carta de Stiopa, nem o contrato, nem o passaporte do estrangeiro, nem o dinheiro, nem as entradas gratuitas. Resumindo, nada além de uma trena dobrável.

— Camaradas! — gritou o presidente, exaltado. — Peguemnos! Espíritos impuros estão no nosso prédio!

Então não se sabe o que deu em Pelagueia Antonovna, mas ela ergueu as mãos e gritou:

— Confesse, Ivanitch! Você terá redução da pena!

Com os olhos injetados de sangue, Nikanor Ivanovitch ergueu os punhos sobre a cabeça da mulher, rouquejando:

— Oh, maldita idiota!

Então ele se sentiu fraco e deixou-se cair em uma cadeira, pelo visto resolvido a se render ao inevitável.

Nesse momento, do lado de fora do apartamento, Timofei Kondratievitch Kvastsov aproximava-se da fechadura da porta do apartamento do presidente, ora com o olho, ora com a orelha, sofrendo de tanta curiosidade.

Dali a cinco minutos, os inquilinos do prédio, que estavam no pátio, viram quando o presidente, na companhia de mais dois tipos, foi direto até o portão do prédio. Dizem que Nikanor Ivanovitch estava mais pálido do que um defunto, que cambaleava, como um bêbado, quando passou, e que balbuciava algo.

E, dali a mais uma hora, um cidadão desconhecido apareceu no apartamento nº 11, no mesmo momento em que Timofei Kondratievitch contava a outros inquilinos, exultando de prazer, como deram uma rasteira no presidente, e, com o dedo, chamou a atenção de Timofei Kondratievitch da cozinha até a entrada, disse-lhe algo e sumiu junto com ele.

10. Notícias de Ialta

Ao mesmo tempo que ocorreu a desgraça a Nikanor Ivanovitch, não muito longe do prédio nº 302-bis, na mesma Sadovaia, no escritório de Rimski, o diretor financeiro do Teatro de Variedades, encontravam-se duas pessoas: o próprio Rimski e o administrador do Teatro de Variedades, Varienukha.

O grande escritório com duas janelas no segundo andar do teatro dava para a rua Sadovaia, e uma janela, a que ficava bem atrás do diretor financeiro sentado à mesa, dava para o jardim de verão do teatro, onde se localizavam as cantinas refrescantes, um clube de tiro e um palco ao ar livre. A decoração do escritório, além da mesa, consistia em um monte de velhos cartazes pendurados em uma das paredes, uma mesinha com uma jarra de água, quatro poltronas e, em um canto, um aparador sobre o qual havia uma antiga e empoeirada maquete de certo cenário. Bom, nem precisa dizer que havia no escritório um cofre de pequenas proporções, gasto, descascado e à prova de fogo, à esquerda de Rimski, ao lado de sua mesa de trabalho.

Sentado à mesa, Rimski estava mal-humorado desde muito cedo, pela manhã, enquanto Varienukha, pelo contrário, estava muito animado e especialmente agitado e ativo. No entanto, não tinha como extravasar sua energia.

Varienukha escondia-se agora no escritório do diretor financeiro, para evitar os associados que infernizavam sua vida, principalmente, nos dias em que a programação mudava. E hoje era exatamente um desses dias.

Assim que o telefone começava a tocar, Varienukha pegava o fone do gancho e mentia:

— Quem? Varienukha? Ele não está. Já foi embora.

— Por favor, ligue para Likhodieiev mais uma vez — disse Rimski irritado.

— Mas ele não está em casa. Já mandei Karpov até lá. Não tem ninguém no apartamento.

— Sabe-se lá que diabo é isso — sibilava Rimski, estalando as teclas da calculadora.

A porta se abriu e um lanterninha entrou carregando um pacote volumoso de cartazes extras recém-impressos. Com letras garrafais vermelhas em folhas verdes, estava impresso:

HOJE E TODOS OS DIAS NO TEATRO DE VARIEDADES
PROGRAMAÇÃO EXTRA:
PROFESSOR WOLAND
SESSÕES DE MAGIA NEGRA E SUA TOTAL REVELAÇÃO

Varienukha afastou-se do cartaz, que ele tinha jogado em cima da maquete, admirou-o e ordenou que o lanterninha distribuísse e afixasse todos os cartazes imediatamente.

— Bom, chamativo — observou Varienukha enquanto o lanterninha saía.

— Eu não estou gostando nada dessa invenção — resmungou Rimski, olhando enfurecido para o cartaz através dos óculos de chifre — e me admiro como permitiram que ele apresente isso!

— Não, Grigori Danilovitch, não diga isso, é uma decisão sensível. Toda a graça está na revelação.

— Não sei, não sei, não tem graça nenhuma, e ele sempre inventará algo do gênero! Se pelo menos tivesse nos mostrado esse mágico. Você chegou a vê-lo? De onde ele o tirou, só o diabo sabe!

Ficou claro que, assim como Rimski, Varienukha não tinha visto o mágico. No dia anterior Stiopa viera correndo ver o diretor financeiro ("feito um louco", segundo a expressão de Rimski) com o rascunho do contrato já redigido, e imediatamente mandou que passassem a limpo e liberassem o dinheiro. E o mago escafedeu-se. Ninguém o viu, além do próprio Stiopa.

Rimski tirou o relógio, viu que já eram duas e cinco e ficou completamente ensandecido. Francamente! Likhodieiev telefonara por volta das onze horas, dissera que viria dali a meia hora, mas não só não veio como também sumiu do seu apartamento!

— Parei com tudo! — Rimski agora rugia, apontando o dedo para uma pilha de papéis sem assinatura.

— Será que ele não foi parar, como Berlioz, debaixo do bonde? — dizia Varienukha, segurando perto da orelha o fone do qual se ouviam sinais profundos, longos e completamente desesperançosos.

— Até que seria bom... — disse Rimski entre os dentes de modo quase inaudível.

Nesse exato momento, uma mulher trajando jaqueta de uniforme, boné, saia preta e tênis entrou no escritório. De sua pequena bolsa no cinto, tirou um quadradinho branco e um caderno e perguntou:

— Onde está o Variedades? Telegrama urgente. Assinem. — Varienukha rabiscou um garrancho no caderno da mulher e, assim que a porta bateu atrás dela, abriu o quadradinho.

Depois de ler o telegrama, pôs-se a pestanejar e entregou o quadradinho a Rimski.

O telegrama dizia o seguinte: *"Ialta para Moscou Variedades Hoje onze e meia polícia investigação apareceu moreno camisa calças descalço psicótico diz chamar-se Likhodieiev diretor Variedades enviem telegrama urgente para polícia de Ialta onde está diretor Likhodieiev."*

— Era só o que faltava! — exclamou Rimski, e acrescentou: — Mais uma surpresa!

— O falso Dmitri* — disse Varienukha e começou a falar para o fone: — Telégrafo? Conta do Variedades. Expedir telegrama superurgente... Está me ouvindo?... "Ialta... delegacia de investigação... diretor Likhodieiev em Moscou diretor Financeiro Rimski"...

Independentemente do informe sobre o impostor de Ialta, Varienukha começou a procurar Stiopa de novo por telefone em tudo quanto é lugar e, naturalmente, não o encontrou em parte alguma.

No exato instante em que ele, com o fone nas mãos, pensava para onde mais ligaria, entrou a mesma mulher que trouxera o pri-

---

* Referência à peça *Boris Godunov*, de Puchkin, na qual, retratando um episódio histórico, um impostor se apresenta como o príncipe Dmitri, pretendente ao trono russo. (N. T.)

meiro telegrama e entregou a Varienukha um novo envelope. Varienukha abriu-o depressa, leu o que estava escrito e assobiou.

— O que foi? — perguntou Rimski, contorcendo-se nervosamente. Calado, Varienukha lhe entregou o envelope e o diretor financeiro viu as seguintes palavras: *"Suplico acreditar largado Ialta hipnose Woland mandem telegrama urgente polícia investigação confirmação identidade Likhodieiev."*

Rimski e Varienukha, com a cabeça de um encostada na do outro, releram o telegrama. Depois, calados, ficaram parados olhando um para o outro.

— Cidadãos! — de repente enfureceu-se a mulher. — Assinem e depois fiquem calados o quanto quiserem! Afinal, tenho que entregar telegramas superurgentes.

Sem despregar os olhos do telegrama, Varienukha rabiscou o caderno de qualquer jeito e a mulher desapareceu.

— Você não conversou com ele pelo telefone um pouco depois das onze? — pôs-se a falar o administrador, totalmente perplexo.

— É até engraçado! — gritou Rimski com uma voz estridente. — Se falei ou não, ele não pode estar agora em Ialta! Isso é ridículo!

— Deve estar bêbado… — disse Varienukha.

— … Quem está bêbado? — perguntou Rimski, e de novo os olhos de um cravaram-se nos do outro.

Que era um impostor ou louco que tinha telegrafado de Ialta, não havia sombra de dúvida. Mas olha o que era estranho: como é que o mistificador de Ialta conhecia Woland, que ontem tinha acabado de chegar a Moscou? Como sabia das ligações entre Likhodieiev e Woland?

— Hipnose… — Varienukha pôs-se a repetir a palavra do telegrama. — Como é que ele sabe sobre Woland? — Ficou piscando e de repente exclamou decididamente: — Não, isso é bobagem, bobagem, bobagem!

— Onde se hospedou esse Woland, o diabo que o carregue? — perguntou Rimski.

Sem perder tempo, Varienukha contatou o bureau de turistas estrangeiros e, para total admiração de Rimski, informou que Woland estava hospedado no apartamento de Likhodieiev. Depois, discando o número do apartamento de Likhodieiev, Varienukha ouviu por muito tempo os sinais graves do fone. Entre esses sinais, de algum lugar longínquo, podia ouvir uma voz pungente, sombria, que cantava: "... os rochedos, meu refúgio..." — e Varienukha resolveu que, de algum lugar, uma voz de algum radioteatro cruzara a rede telefônica.

— O apartamento não responde — disse Varienukha, colocando o fone no gancho. — Será que eu continuo tentando...

Ele não pôde terminar a frase. A mesma mulher apareceu na porta e os dois, Rimski e Varienukha, levantaram-se ao seu encontro e ela tirou da bolsa uma folha, agora não branca, mas escura.

— Isso está ficando interessante — disse Varienukha entre os dentes, seguindo com o olhar a mulher que se retirava às pressas. O primeiro a se apoderar da folha foi Rimski.

No fundo escuro do papel fotográfico destacavam-se nítidas linhas pretas escritas à mão:

"Prova minha caligrafia minha assinatura mandem telegrama extraurgente confirmação vigiem secretamente Woland Likhodieiev."

Em vinte anos de teatro, Varienukha tinha visto de tudo, mas agora sentiu como se uma névoa cobrisse seu espírito e não conseguiu pronunciar nada, além da frase corriqueira e ainda por cima totalmente disparatada:

— Não pode ser!

Já Rimski agiu de outra maneira. Levantou-se, abriu a porta e esbravejou para a secretária, sentada em um banco:

— Não deixe ninguém entrar, além dos carteiros! — E trancou o escritório à chave.

Depois retirou uma pilha de papéis da escrivaninha e com cuidado começou a comparar as letras grossas, inclinadas para a esquerda do fotograma, com as letras das atas de Stiopa e de suas assinaturas, cheias de garranchos espiralados. Varienukha, debruçado sobre a mesa, soltava sua respiração quente na bochecha de Rimski.

— É a letra dele — finalmente disse o diretor financeiro com firmeza, e Varienukha retorquiu como um eco:

— Dele.

Olhando bem para o rosto de Rimski, o administrador se assombrou com a transformação que ocorreu nesse rosto. O diretor financeiro, que já era magro, parecia ter emagrecido ainda mais e até envelhecido, e seus olhos, em uma armação de chifre, perderam a costumeira mordacidade; neles aparecia não só preocupação, mas também tristeza.

Varienukha fez tudo o que uma pessoa deve fazer em momentos de grande estupefação. Correu pra lá e pra cá pelo escritório, levantou os braços duas vezes, como um crucificado, bebeu um copo inteiro de água amarelada da jarra e ficou exclamando:

— Não entendo! Não entendo! Não en-ten-do!

Rimski, por sua vez, olhava pela janela, pensando em alguma coisa. A situação do diretor financeiro era muito difícil. Era necessário encontrar, imediatamente, sem sair do lugar, explicações comuns para fenômenos incomuns.

Apertando os olhos, o diretor financeiro imaginou Stiopa de camisola, sem botas, se metendo hoje em um avião ultraveloz, aproximadamente às onze e meia, e depois, o mesmo Stiopa, também às onze e meia, só de meias, plantado no aeroporto de Ialta… Só o diabo sabe o que é isso!

Será possível que não foi Stiopa que falou com ele hoje pelo telefone de seu próprio apartamento? Não, era Stiopa falando! Quem melhor do que ele para reconhecer a voz de Stiopa! Mesmo que hoje não fosse Stiopa falando, ainda ontem, à noitinha, Stiopa veio de seu escritório até essa mesma sala com aquele contrato idiota e deixou o diretor financeiro exasperado com sua leviandade. Como é que ele pôde viajar sem dizer nada no teatro? Mesmo que tivesse viajado ontem à noite, não teria chegado antes do meio-dia de hoje. Ou teria?

— Quantos quilômetros são até Ialta? — perguntou Rimski. Varienukha interrompeu sua correria e vociferou:

— Pensei! Já pensei! Até Sebastopol, pela estrada de ferro, são aproximadamente mil e quinhentos quilômetros. E até Ialta, pode acrescentar mais oitenta quilômetros. Bom, de avião, obviamente, é menos.

Hum… é… Trens estavam fora de questão. Mas então o quê? Algum caça? Mas quem deixaria Stiopa entrar em um caça, descalço? Para quê? Será que ele tirou as botas quando chegou a Ialta? A mesma coisa: para quê? E mesmo de botas não o deixariam entrar em um caça! E também o caça não tem nada a ver com isso. Mas está escrito que ele apareceu na delegacia de Ialta às onze e meia da manhã, mas estava conversando pelo telefone em Moscou... com licença... então o mostrador do relógio de Rimski surgiu diante de seus olhos...

Rimski tentou lembrar onde estavam os ponteiros. Terrível! Foi às onze e vinte. Então, o que isso tudo significa? Supondo-se que, um instante depois do telefonema, Stiopa tenha se precipitado para o aeroporto e conseguido chegar lá, digamos, cinco minutos depois, o que, além de tudo, também é inconcebível, então significa que o avião, decolando imediatamente, sobrevoou mais de mil quilômetros em cinco minutos? Portanto, sua velocidade superou doze mil quilômetros por hora!! Não é possível. Isso significa que ele não está em Ialta.

O que nos resta? Hipnose? Não existe nesse mundo nenhuma hipnose capaz de atirar uma pessoa a uma distância de mil quilômetros! Portanto, será que ele está delirando, achando que está em Ialta? Talvez esteja mesmo delirando, mas e a delegacia de Ialta, também está delirando?! Não, desculpem-me, não pode ser... Mas afinal, eles não mandaram telegramas de lá?

O rosto do diretor financeiro estava literalmente horrível. Nesse momento, giravam e puxavam a maçaneta da porta do lado de fora e ouviam-se os gritos desesperados da recepcionista atrás da porta:

— Impossível! Não deixarei entrar! Só por cima do meu cadáver! Estão em reunião!

Rimski se controlou o quanto pôde, mas tirou o fone do gancho e disse a ele:

— Um telefonema superurgente para Ialta.

"Inteligente!", exclamou Varienukha mentalmente.

Mas a ligação com Ialta não se completou. Rimski desligou e disse:

— Para o cúmulo do azar, a linha está com defeito.

Era visível que, sabe-se lá por quê, o defeito da linha o deixou transtornado e até o fez ficar pensativo. Depois de pensar um pouco, ele tirou novamente o fone do gancho com uma mão e com a outra começou a anotar o que falava para o fone:

— Expedir um telegrama superurgente. Variedades. Sim. Ialta. Delegacia de polícia. Sim. "Hoje, aproximadamente às onze e meia, Likhodieiev falava comigo por telefone em Moscou, ponto. Depois disso, não apareceu no trabalho e não conseguimos encontrá-lo por telefone, ponto. Confirmo a letra, ponto. Tomarei medidas para vigiar artista indicado. Diretor financeiro, Rimski."

"Muito inteligente!", pensou Varienukha, mas mal teve tempo de pensar direito e as seguintes palavras vieram-lhe à mente: "Bobagem! Ele não pode estar em Ialta!".

Enquanto isso, Rimski fez o seguinte: meticulosamente juntou todos os telegramas recebidos e a cópia do seu em um maço, meteu-o em um envelope, colou-o, escreveu nele algumas palavras e o entregou a Varienukha, dizendo:

— Leve pessoalmente agora mesmo, Ivan Savielievitch. Eles que desvendem isso por lá.

"Isso é realmente muito inteligente!", pensou Varienukha, e guardou o envelope em sua pasta. Depois, em todo caso, discou mais uma vez o número do apartamento de Stiopa, ficou ouvindo, e, alegre e misteriosamente, começou a piscar e a fazer caretas. Rimski esticou o pescoço.

— Posso falar com o artista Woland? — disse Varienukha em tom meloso.

— Estão ocupados — respondeu o fone com uma voz trêmula. — Quem deseja falar?

— O administrador do Variedades, Varienukha.

— Ivan Savielievitch? — exclamou o fone alegremente. — Fico muito feliz de ouvi-lo! Como o senhor tem passado?

— *Merci* — respondeu Varienukha, admirado. — Mas com quem estou falando?

— Com seu assistente, ajudante e intérprete Koroviev — matraqueava o fone. — Estou à sua inteira disposição, caríssimo Ivan Savielievitch! Disponha de mim como quiser. Então?

— Perdão, por acaso Stepan Bogdanovitch Likhodieiev não está em casa agora?

— Não, que pena! Não! — gritava o fone. — Saiu.

— Para onde?

— Dar uma volta de carro, fora da cidade.

— Co... como? Da... dar uma volta?.. E quando é que ele volta?

— Ele disse: "Vou respirar um pouco de ar puro e volto!".

— Então... — disse Varienukha, perplexo — *merci*. Por gentileza, transmita ao *monsieur* Woland que a apresentação dele é hoje na terceira parte do programa.

— Sim, senhor. Imediatamente. Sem falta. Urgente. Com certeza. Comunicarei — rangeu o fone com a voz entrecortada.

— Passar bem — disse Varienukha, admirado.

— Aceite — falava o fone — as minhas mais calorosas e melhores saudações e votos! Sorte! Êxitos! Muitas felicidades! Tudo de bom!

— Mas é claro! Eu não disse? — gritava o administrador, exaltado. — Não está em Ialta coisa nenhuma, foi para os arredores da cidade!

— Bom, se é isso mesmo — disse o diretor financeiro, empalidecendo de raiva —, então é realmente uma porquice que não tem tamanho!

Então o administrador deu um pulo e gritou de tal forma que Rimski estremeceu:

— Lembrei! Lembrei! Abriram uma nova cantina em Puchkino chamada Ialta! Tudo está esclarecido! Ele foi até lá, encheu a cara e agora fica enviando telegramas de lá!

— Mas isso já é demais — respondeu Rimski, contorcendo a bochecha, e seus olhos ardiam de uma verdadeira e profunda raiva. — Bom, então esse passeio vai lhe custar caro! — De repente ele engasgou e acrescentou hesitantemente: — Mas e a delegacia de polícia...

— Que absurdo! Suas típicas brincadeiras — interrompeu o efusivo administrador e perguntou: — E o envelope, é para levar?

— É claro — respondeu Rimski.

E de novo a porta se abriu, e entrou a mesma... "É ela!", pensou Rimski, inexplicavelmente angustiado. Os dois se levantaram ao encontro da carteira.

Dessa vez, no telegrama havia as seguintes palavras:

"Obrigado confirmação urgente quinhentos delegacia de polícia para mim amanhã viajo para Moscou Likhodieiev."

— Ele enlouqueceu... — falou Varienukha, sem forças.

Rimski tilintou com as chaves, tirou dinheiro da gaveta do cofre, contou quinhentos rublos, tocou uma sineta, entregou o dinheiro à recepcionista e a mandou ir ao telégrafo.

— Perdão, Grigori Danilovitch — pronunciou Varienukha, sem acreditar em seus próprios olhos —, mas na minha opinião você está enviando dinheiro à toa.

— Vai voltar — replicou Rimski baixinho. — Ele vai pagar caro por esse piquenique. — E acrescentou, apontando para a pasta de Varienukha: — Vá logo, Ivan Savielievitch, não perca tempo.

Varienukha saiu correndo do escritório com a pasta.

Ele desceu até o andar inferior, viu uma fila enorme perto do caixa e soube pela atendente que em uma hora os ingressos estariam esgotados, porque o público, assim que vira o cartaz da apresentação extra, veio como uma verdadeira avalanche; Ivan deu ordem para que ela separasse e não vendesse os trinta melhores lugares nos camarotes e na plateia, escapou do caixa, imediatamente, sem parar, livrou-se dos inconvenientes associados que pediam entradas gratuitas e penetrou em seu pequeno escritório para apanhar um boné. Nesse instante, o telefone começou a matraquear.

— Pronto! — gritou Varienukha.

— Ivan Savielievitch? — quis saber o fone, com uma voz fanha extremamente asquerosa.

— Ele não está no teatro! — começou a gritar Varienukha, mas o fone o interrompeu no mesmo instante:

— Não se faça de trouxa, Ivan Savielievitch, e ouça. Não leve esses telegramas a lugar algum e não os mostre a ninguém.

— Quem é que está falando? — rugiu Varienukha. — Chega de brincadeiras, cidadão! Logo vão descobri-lo! Qual é o seu número?

— Varienukha — replicou a mesma voz nojenta —, você entende russo? Não leve os telegramas a lugar algum.

— Então é assim, o senhor não para? — gritou o administrador, tomado de fúria. — Cuidado! Vai pagar por isso! — Gritou mais alguma ameaça, mas calou-se, porque percebeu que ninguém o estava escutando no fone.

Então começou a escurecer rapidamente em seu pequeno escritório. Varienukha saiu correndo, bateu a porta e pela entrada lateral precipitou-se para o jardim de verão.

O administrador estava exaltado e cheio de energia. Depois da ligação descarada, ele não tinha dúvida de que era um bando de arruaceiros que estava aprontando essas brincadeiras de mau gosto e que essas brincadeiras tinham a ver com o desaparecimento de Likhodieiev. O desejo de desmascarar os facínoras sufocava o administrador e, por incrível que pareça, dentro dele nasceu um sabor antecipado de que algo agradável estava para acontecer. É assim que acontece quando uma pessoa procura se tornar o centro das atenções, trazer alguma notícia sensacional.

No jardim, o vento soprou no rosto do administrador e encheu seus olhos de areia, como se quisesse barrar seu caminho, como se quisesse preveni-lo. Uma janela no segundo andar bateu de tal forma que os vidros quase se soltaram, e no alto dos plátanos e das tílias ouviu-se um barulho preocupante. Ficou mais escuro e mais fresco. O administrador esfregou os olhos e viu que sobre Moscou pairava uma nuvem amarelada carregada de chuva. Ao longe trovejou densamente.

Por mais que estivesse apressado, um irresistível desejo fez com que ele tivesse vontade de dar uma passadinha, por um segundo, no banheiro externo para conferir rapidamente se o eletricista havia colocado a grade na lâmpada.

Depois de passar correndo pelo clube de tiro, Varienukha foi parar no meio de densos arbustos de lilás, onde ficava a casinha azulada do banheiro. O eletricista revelou-se um homem cuidadoso, a lâmpada do teto do banheiro masculino já estava coberta por uma grade metálica, mas o administrador ficou irritado porque, mesmo na penumbra da chuva que se aproximava, podia-se distinguir que as paredes já estavam cheias de desenhos com carvão e lápis.

— Mas que tipo de coisa é... — ia começar o administrador quando de repente ouviu uma voz ronronando atrás de si:

— É o senhor, Ivan Savielievitch?

Varienukha estremeceu, virou-se e viu na sua frente um gorducho, não muito alto e, como lhe pareceu, com fisionomia de gato.

— Sou, sim — respondeu Varienukha de forma hostil.

— Muito, muito prazer — replicou o gorducho em forma de gato com uma voz esganiçada, e de repente, levantando a mão, deu um tapa na orelha de Varienukha de tal forma que o boné saiu voando da cabeça do administrador e desapareceu no buraco da privada sem deixar vestígios.

Por causa do tapa do gorducho, por um instante, o banheiro ficou todo iluminado por uma luz trêmula e no céu ecoou uma pancada de trovoada. Depois relampejou mais uma vez e na frente do administrador surgiu um segundo — baixo, mas com ombros atléticos, ruivo como fogo, belida* em um olho e um canino à mostra. Como era, obviamente, canhoto, deu um tabefe na outra orelha do administrador. Em resposta, o céu estrondou novamente do mesmo jeito, e sobre o telhado de madeira do banheiro desabou um aguaceiro.

— O que é isso, camara... — balbuciou o administrador, aturdido, percebendo imediatamente que a palavra "camaradas" não combinava nada com os bandidos que atacavam pessoas no banheiro público, e rouquejou: — Cidadã... — mas se deu conta de que também não mereciam essa denominação e recebeu um terceiro tapa terrível sem saber de quem, fazendo com que sangue jorrasse de seu nariz para sua camisa.

— O que você tem em sua pasta, seu parasita? — gritou estridente aquele que parecia um gato. — Telegramas? E você não foi avisado por telefone para não os levar a parte alguma? Não avisaram, estou perguntando?

— Avisa... sara... ram... — respondeu o administrador, sem fôlego.

— Mas saiu correndo mesmo assim? Dá aqui essa pasta, seu nojento! — gritou o segundo com aquela mesma voz fanha que fora ouvida no telefone, e arrancou a pasta das mãos trêmulas de Varienukha.

Então os dois pegaram o administrador por baixo dos braços, arrastaram-no para fora do jardim e dispararam com ele pela Sadovaia. A tempestade caía com força total, a água transbordava com estrondos e aulidos pelos esgotos, borbulhava para tudo quanto é

---

* Mancha permanente na córnea em função de traumatismo ou ulcerações. (N. T.)

lado, subiam ondas, a água dos telhados jorrava sem parar pelas calhas, dos vãos dos portões corriam torrentes espumosas. Tudo o que era vivo foi lavado da Sadovaia e não havia ninguém para salvar Ivan Savielievitch. Pulando rios turvos e iluminados pelos raios, em um instante os bandidos arrastaram o administrador semimorto até o prédio nº 302-bis, entraram correndo com ele pelo vão do portão, onde havia duas mulheres descalças espremidas contra o muro, segurando seus sapatos e meias nas mãos. Então se precipitaram para a entrada seis, e Varienukha, à beira da loucura, foi levado até o quinto andar e jogado, na penumbra que lhe era tão familiar, no chão da entrada do apartamento de Stiopa Likhodieiev.

Os dois bandidos se dissiparam, e no lugar deles surgiu uma jovem totalmente nua no hall — ruiva e com ardentes olhos fosforescentes.

Varienukha entendeu que isso era o mais terrível de tudo que havia acontecido com ele e, gemendo, recuou contra a parede. Mas a moça aproximou-se o máximo que pôde do administrador e pôs as palmas das mãos em seus ombros. Os cabelos de Varienukha se encresparam porque, mesmo através do tecido da camisa, frio, encharcado, ele sentiu que aquelas palmas eram ainda mais frias, frias feito gelo.

— Deixe eu lhe dar um beijo — disse a moça carinhosamente, e os olhos brilhantes estavam bem perto dos olhos dele. Então Varienukha desmaiou e não chegou a sentir o beijo.

11. A duplicação de Ivan

O bosque na margem oposta do rio, ainda havia uma hora iluminado pelo sol de maio, turvou-se, borrado, e se dissipou.

A água caía como uma cortina contínua do outro lado da janela. No céu, a todo instante, linhas irradiavam, o céu explodia e o quarto do doente era iluminado por uma luz tremulante e assustadora.

Sentado na cama, Ivan chorava baixinho, olhando para o rio turvo em ebulição. A cada trovoada, ele soltava um grito penoso e cobria o rosto com as mãos. As folhas escritas por Ivan estavam espalhadas no chão. Tinham sido carregadas pelo vento que soprou no quarto antes de a tempestade começar.

As tentativas do poeta de escrever uma denúncia sobre o terrível consultor não deram em nada. Assim que ele recebeu um toco de lápis e papel das mãos da assistente rechonchuda, que se chamava Praskovia Fiodorovna, Ivan esfregou as mãos com um ar prático e depressa instalou-se à mesa. O início foi bastante corajoso:

"À polícia. Do membro da Massolit, Ivan Nikolaievitch Bezdomni. Denúncia. Ontem à noite, eu fui com o falecido M.A. Berlioz a Patriarchi Prudi..."

Mas imediatamente o poeta ficou confuso, principalmente por causa da palavra "falecido". Ficava fora do lugar um ponto absurdo: como assim... "fui com o falecido"? Os mortos não andam! Realmente, são capazes de me tomar por louco!

Pensando assim, Ivan Nikolaievitch começou a corrigir o que havia escrito. Saiu o seguinte: "... com M.A. Berlioz, posteriormente falecido...". Mas isso também não satisfez o autor. Ele teve de recorrer a uma terceira versão, que resultou pior do que as duas primeiras: "... Berlioz, que foi parar debaixo do bonde..." — e aqui não saía de sua cabeça aquele compositor homônimo que ninguém conhecia, e então teve que incluir: "… não o compositor…".

Depois de padecer muito com esses dois Berlioz, Ivan riscou tudo e resolveu começar de uma vez com algo bem forte para atrair a atenção do leitor imediatamente. Então escreveu que um gato pegou o bonde, e depois voltou ao episódio da cabeça decepada. A cabeça e a previsão do consultor o remeteram ao pensamento sobre Pôncio Pilatos e, para ser ainda mais convincente, Ivan resolveu expor na íntegra toda a história do procurador, desde aquele exato momento em que, de manto branco, com forro cor de sangue, ele saiu para a colunata do palácio de Herodes.

Ivan trabalhava com afinco, riscava o que havia escrito, inseria palavras novas, e até tentou desenhar Pôncio Pilatos, e a seguir um gato nas patas traseiras. Mas os desenhos também não ajudavam, e, quanto mais avançava, mais confusa e incompreensível se tornava a denúncia do poeta.

Naquele momento em que uma nuvem assustadora com as bordas fumegantes apareceu ao longe e cobriu o bosque, e o vento soprou, Ivan sentiu que já não tinha forças, que não daria conta da denúncia, desistiu de recolher as folhas que tinham voado e pôs-se a chorar baixinho, amargurado.

Praskovia Fiodorovna, a assistente de bom coração, que fora dar uma olhada no poeta na hora da tempestade, ficou aflita quando viu que ele chorava. Fechou a cortina para que os raios não assustassem o doente, recolheu as folhas do chão e foi correndo com elas procurar o médico.

O médico apareceu, aplicou uma injeção no braço de Ivan e garantiu que ele não iria mais chorar, que agora tudo iria passar, tudo iria mudar e tudo seria esquecido.

O médico tinha razão. Logo o bosque da outra margem do rio ficou como antes. Ele se delineava até a última árvore sob o céu, que voltara a ficar limpo e completamente azul, como antes, e o rio se acalmou. A desolação começou a deixar Ivan logo após a injeção, e agora o poeta estava deitado, calmo, olhando para o arco-íris que se estendera no céu.

Assim continuou até a noite, e ele nem percebeu quando o arco--íris se dissolveu, como o céu ficou triste e desbotado e o bosque enegrecido.

Depois de saciar-se de leite morno, Ivan deitou de novo e se admirou com a mudança que se operou em seus pensamentos. O maldito gato diabólico suavizou-se em sua memória, a cabeça decepada não o assustava mais e, deixando de lado o pensamento sobre ela, Ivan começou a refletir que, no fundo, não era assim tão ruim estar na clínica, que Stravinski era muito inteligente, uma celebridade, e que era extremamente agradável lidar com ele. No fim das contas, o ar da noite ficou doce e fresco após a tempestade.

A casa da aflição estava adormecendo. Nos corredores silenciosos, as lâmpadas brancas frias iam se apagando e no lugar delas foram acesas, de acordo com os regulamentos, lâmpadas de cabeceira, fracas, azuis, e cada vez mais raramente se ouviam atrás das portas os passos cuidadosos das assistentes nos tapetes de borracha do corredor.

Agora Ivan estava deitado no doce leito, olhando ora para a pequena lâmpada sob a cúpula do lustre que derramava, do teto, uma luz atenuada, ora para a lua, que saía de trás do bosque negro, e conversava consigo mesmo.

— Realmente, por que fiquei tão preocupado por Berlioz ter ido parar debaixo do bonde? — raciocinava o poeta. — No fim das contas, ele que vá para o inferno! Na verdade, o que eu sou dele, amigo do peito ou parente? Pensando melhor sobre essa questão, chegarei à conclusão de que eu, na realidade, nem sequer conhecia o falecido muito bem. Na verdade, o que eu sabia sobre ele? Nada, a não ser que era careca e extremamente eloquente. E tem mais, cidadãos — prosseguia seu discurso, dirigindo-se a uma pessoa qualquer —, vejamos qual é a questão: por que eu, expliquem, fiquei irritado com esse enigmático consultor, mago e professor com aquele olho vazio e negro? Para que toda essa perseguição sem sentido, só de ceroulas e com uma vela nas mãos, e depois a confusão danada no restaurante?

— Ei, ei, ei — de repente disse, severo, o Ivan de antes, em algum lugar, de dentro ou ao pé do ouvido, ao novo Ivan. — Ele não sabia de antemão que a cabeça de Berlioz seria decepada? Como não ficar alterado?

— Que conversa é essa, camaradas! — exclamava o novo Ivan ao antigo Ivan. — Que o negócio não cheira bem até uma criança pode entender. Trata-se de uma personalidade cem por cento fora do comum e misteriosa. Mas é exatamente isso o mais interessante! O homem conheceu Pôncio Pilatos pessoalmente, querem algo mais interessante do que isso? Em vez de armar o maior escândalo em Patriarchi, não teria sido mais inteligente perguntar com educação o que aconteceu depois com Pilatos e com aquele preso, Ha-Notzri? O diabo sabe com o que fui me meter! Um acidente importante, na verdade; o editor de uma revista foi atropelado! E daí, será que a revista vai fechar por causa disso? O que é que se vai fazer? O homem é mortal e, como já foi dito com toda a propriedade, é inesperadamente mortal. Que descanse em paz! Haverá outro editor e até, quem sabe, ainda mais eloquente do que o antigo.

Depois de cochilar um pouco, o novo Ivan perguntou com escárnio ao velho Ivan:

— Então, quem sou eu nesse caso?

— Um bobo! — em algum lugar falou uma voz grave, nítida, que não pertencia a nenhum dos Ivans e que era extremamente parecida com a voz grave do consultor.

Sabe-se lá por que Ivan não se ofendeu com a palavra "bobo", mas até ficou agradavelmente admirado, sorriu e se acalmou, semiacordado. O sono se apoderava de Ivan, e ele já imaginava uma palmeira com pata de elefante e um gato passando em frente — não era terrível, mas alegre. Resumindo, logo, logo, o sono surpreenderia Ivan, quando de repente, sem fazer barulho, a grade se moveu para o lado, e na varanda surgiu uma figura misteriosa, que se desviava da luz da lua e ameaçou Ivan com o dedo.

Sem se assustar nem um pouco, Ivan se ergueu na cama e viu que na varanda havia um homem. E esse homem, encostando o dedo nos lábios, sussurrou:

— Schh!

12. Magia negra e sua revelação

Um homem pequeno com um chapéu-coco amarelo esburacado, nariz de batata vermelho, calça xadrez e sapatos laqueados subiu no palco do Teatro de Variedades com uma bicicleta simples de duas rodas. Ao som de um foxtrote, fez um círculo, e então soltou um grito triunfante, que fez sua bicicleta se empinar. Depois de dar uma volta sobre a roda traseira, o homenzinho ficou de pernas para o ar, desatarraxou a roda dianteira em movimento e a empurrou para os bastidores, e depois continuou seu caminho sobre uma roda, rodando os pedais com as mãos.

Em um selim no alto de um grande mastro metálico de uma só roda entrou uma loira roliça de maiô de tricô e uma saia curtinha coberta de estrelas prateadas e começou a pedalar em círculos. Quando cruzava com ela, o homenzinho dava gritos de saudação e tirava o chapéu-coco da cabeça com o pé.

Finalmente, surgiu uma criancinha de uns oito anos com rosto senil, ziguezagueando no meio dos adultos em um velocípede de duas rodas minúsculo, ao qual estava acoplada uma enorme buzina de automóvel.

Depois de fazer algumas acrobacias, todo o bando, ao rufar alarmante do tambor da orquestra, foi rodopiando até a ponta mais extrema do palco, e os espectadores das primeiras filas soltaram gritos de admiração e pularam para trás em suas cadeiras, porque tiveram a impressão de que toda a troica ia desabar com seus veículos sobre a orquestra.

Mas as bicicletas pararam exatamente naquele momento em que as rodas dianteiras ameaçavam escorregar para o abismo sobre as cabeças dos músicos. Com um grito bem alto de "Epa!", os ciclistas saltaram de seus veículos, fazendo saudações, enquanto a loira mandava beijos no ar para o público, e a criancinha tocou sua buzina de som engraçado.

Os aplausos sacudiram o prédio e uma cortina azul fechou-se correndo dos dois lados e encobriu os ciclistas. Os sinais luminosos verdes perto das portas com a inscrição "Saída" se apagaram, e na rede dos trapézios, sob a cúpula, bolas brancas se acenderam como o sol. Era o intervalo antes da última parte.

A única pessoa que não se interessava nem um pouco pelas maravilhas da tecnologia das bicicletas da família Giulli era Grigori Danilovitch Rimski. Ele estava sentado em seu gabinete na mais completa solidão, mordendo os lábios finos, e volta e meia um espasmo passava por seu rosto. Ao extraordinário sumiço de Likhodieiev, somou-se o desaparecimento completamente imprevisível do administrador Varienukha.

Rimski sabia para onde ele tinha ido, mas ele foi e... não voltou! Rimski dava de ombros e murmurava consigo mesmo:

— Mas por quê?

Que coisa estranha: para uma pessoa tão prática como o diretor financeiro, o mais fácil de tudo seria, é claro, telefonar para onde Varienukha tinha ido e procurar saber qual tinha sido seu fim e, no entanto, até as dez horas da noite ele não se obrigou a fazer isso.

Às dez, praticando um verdadeiro esforço descomunal sobre si mesmo, Rimski tirou o fone do gancho para então descobrir que o aparelho estava mudo. O mensageiro informou que os demais telefones do prédio também estavam com defeito. Esse acontecimento, claro, desagradável, mas não sobrenatural, sabe-se lá por que abalou definitivamente o diretor financeiro e, ao mesmo tempo, o deixou feliz: a necessidade de telefonar se esvaiu.

No momento em que a lâmpada vermelha sobre a cabeça do diretor financeiro acendeu e começou a piscar, anunciando o início do intervalo, o mensageiro entrou e informou que o artista estrangeiro havia chegado. O diretor financeiro, sabe-se lá por quê, estremeceu e, ficando ainda mais sombrio do que uma nuvem carregada, dirigiu-se para os bastidores para receber o artista visitante, pois não havia mais ninguém para fazer isso.

Do corredor, onde soavam campainhas de aviso, curiosos espiavam para dentro do grande camarim, sob diversos pretextos. Lá havia ilusionistas de roupões vistosos e turbantes, um patinador com uma jaqueta branca de tricô, um contador de histórias pálido de tanto pó de arroz e um maquiador.

O famoso recém-chegado espantou a todos com seu fraque de comprimento sem precedentes e corte magnífico, e também por ter aparecido com uma meia-máscara negra. Mas o mais admirável era os dois companheiros do especialista em magia negra: um alto de xadrez com um pince-nez rachado e um gato preto e gordo, que, quando entrou no camarim nas duas patas traseiras, sentou-se no sofá completamente à vontade, apertando os olhos para os lampiões de maquiagem sem cúpulas.

Rimski se esforçou para colocar um sorriso no rosto, o que fez sua expressão ficar azeda e maldosa, e então cumprimentou o mago mudo, sentado ao lado do gato no sofá. Não houve aperto de mão. Em compensação, o atrevido sujeito de roupa xadrez se anunciou ao diretor financeiro, denominando-se "assistente dele". Essa circunstância deixou o diretor financeiro admirado mais uma vez: no contrato, decididamente não havia menção alguma a qualquer assistente.

Com um jeito extremamente forçado e seco, Grigori Danilovitch quis saber do tal de xadrez que havia despencado sobre sua cabeça onde estavam os equipamentos do artista.

— Nosso diamante celestial, valiosíssimo senhor diretor — respondeu o assistente do mago, com a voz trêmula —, nosso equipamento está sempre conosco. Aqui está ele! *Eins, zwei, drei!* — E, depois de girar seus dedos nodosos diante dos olhos de Rimski, tirou o próprio relógio de ouro de Rimski que antes estava no bolso do colete do diretor financeiro sob o paletó abotoado e com a correntinha perpassada pela casa do botão.

Rimski apalpou a barriga involuntariamente, os presentes suspiraram e o maquiador que espiava pela porta grasnou, concordando.

— O reloginho é do senhor? Queira pegá-lo — disse o de xadrez, sorrindo casualmente e estendendo ao perplexo Rimski a palma da mão suja com seu pertence.

— Melhor não tomar bondes com um tipo desses — sussurrou baixinho e alegremente o contador de histórias ao maquiador.

Mas o gato fez uma graça maior ainda do que a com o relógio alheio. Levantou-se do sofá de repente, aproximou-se nas patas traseiras da mesa debaixo do espelho, puxou a rolha de uma garrafa com uma das patas dianteiras, encheu um copo de água, bebeu, recolocou a rolha no lugar e secou o bigode com um lenço para maquiagem.

Ninguém soltou um pio, ficaram apenas boquiabertos, e o maquiador murmurou, admirado:

— Que classe!

As campainhas soaram pela terceira vez de forma alarmante e todos, excitados, à espera de um número interessante, saíram correndo do camarim.

Um minuto depois, os globos de iluminação apagaram-se na sala de espetáculos, a ribalta se acendeu e brilhou lançando um brilho avermelhado na parte inferior da cortina e, na fenda iluminada, apareceu diante do público um homem gorducho, alegre como uma criança, barba feita, fraque amarrotado e roupa encardida. Era o mestre de cerimônias Georges Bengalski, que toda Moscou conhecia muito bem.

— Então, cidadãos — disse Bengalski com um sorriso infantil —, agora, diante dos senhores se apresentará... — Bengalski interrompeu a si mesmo e falou com outra entonação: — Vejo que o número de presentes aumentou ainda mais para a terceira parte. Metade da cidade está aqui! Há uns dias encontrei um amigo e disse a ele: "Por que você não vem ao teatro? Ontem metade da cidade estava lá". Ele me responde: "É que eu moro na outra metade!" — Bengalski fez uma pausa, esperando uma explosão de riso da plateia, mas, como ninguém riu, ele continuou: — A seguir se apresentará o famoso artista estrangeiro, *monsieur* Woland, com uma sessão de magia negra! Bom, nós entendemos — então Bengalski deu um sorriso sábio — que não existem essas coisas neste mundo e que isso não passa de superstição, e que simplesmente o maestro Woland domina à perfeição a técnica do ilusionismo, que ficará evidente na parte mais interessante, ou seja, na revelação dessa técnica, e como todos nós somos unânimes a favor de sua revelação, que venha o senhor Woland!

Depois de pronunciar todas essas sandices, Bengalski juntou as duas mãos, palma com palma, e bateu-as em um gesto de saudação na direção da fenda da cortina, o que fez com que ela se abrisse para os dois lados com um leve barulho.

O público gostou muito da entrada do mago, com seu assistente comprido e o gato, que surgiu sobre as patas traseiras.

— Uma poltrona para mim — ordenou Woland sem elevar a voz e, no mesmo instante, não se sabe como, nem de onde, surgiu no palco uma poltrona, na qual o mago se sentou. — Diga-me, gentil Fagot — quis saber Woland do palhaço de xadrez que, pelo visto, usava outra denominação além de Koroviev —, na sua opinião, a população moscovita mudou muito?

O mago olhou para o público, silencioso e ainda impressionado com a poltrona que surgira do nada.

— De fato, *messire* — respondeu Fagot-Koroviev baixinho.

— Tens razão. Os cidadãos mudaram drasticamente... refiro-me à aparência, como a própria cidade, aliás. As roupas então, nem se fala, mas surgiram esses... como é mesmo... bondes, automóveis...

— Ônibus — soprou Fagot, com deferência.

O público ouvia essa conversa com atenção, supondo que fosse um prelúdio às mágicas. Os bastidores estavam abarrotados de artistas e assistentes de palco, e entre seus rostos se destacava o rosto pálido e tenso de Rimski.

A fisionomia de Bengalski, que se instalara ao lado do palco, começou a demonstrar perplexidade. Ele ergueu de leve uma sobrancelha e, aproveitando uma pausa, disse:

— O artista estrangeiro está expressando sua admiração por Moscou, que se desenvolveu no campo técnico, assim como pelos moscovitas. — Então Bengalski sorriu duas vezes, primeiro para a plateia e depois para a galeria.

Woland, Fagot e o gato viraram a cabeça na direção do mestre de cerimônias.

— Por acaso expressei admiração? — perguntou o mago a Fagot.

— De jeito nenhum, *messire*, o senhor não expressou admiração alguma — respondeu ele.

— Então o que é que esse homem está dizendo?

— Ele simplesmente mentiu! — informou o assistente de xadrez sonoramente para o teatro inteiro ouvir, e, virando-se para Bengalski, acrescentou: — Parabéns para o senhor, cidadão, que mentiu!

A galeria transbordou de risinhos, mas Bengalski estremeceu e esbugalhou os olhos.

— Mas é claro, não estou tão interessado em ônibus, telefones e toda essa...

— Parafernália! — soprou o de xadrez.

— Correto, agradeço — disse o mago devagar, com a voz bem grave. — Estou muito mais interessado em uma questão importante: será que esses habitantes mudaram por dentro?

— É, essa é uma questão importantíssima, senhor.

Nos bastidores, as pessoas começaram a se entreolhar e encolher os ombros. Bengalski estava ali parado, vermelho, e Rimski, pálido. Mas, como que prevendo o perigo iminente, o mago disse:

— Parece que falamos demais, querido Fagot, e o público está começando a ficar entediado. Para começar, mostre-nos algo bem simples.

A sala se agitou aliviada. Fagot e o gato dirigiram-se para lados opostos da ribalta. Fagot estalou os dedos e gritou de forma espirituosa:

— Três, quatro! — Pegou cartas de baralho no ar, embaralhou-as e as lançou para o gato como se fosse uma fita. O gato agarrou a fita e a lançou de volta. A serpente de cetim rufou, Fagot escancarou a boca e, como um filhote de pássaro, engoliu tudo, carta por carta.

Depois disso, o gato fez uma reverência, arrastando a pata direita traseira, e provocou aplausos extraordinários.

— Que classe! Isso que é classe! — gritavam, admirados, nos bastidores.

Então Fagot agitou o dedo para a plateia e anunciou:

— Esse baralho, respeitáveis cidadãos, está agorinha mesmo na sétima fileira com o cidadão Partchievski, exatamente entre uma cédula de três rublos e uma notificação de requerimento sobre o processo de pagamento da pensão alimentícia à cidadá Zielkova.

Começaram a se alvoroçar na plateia, começaram a se levantar, e finalmente um cidadão, que se chamava exatamente Partchievski, todo ruborizado por causa da surpresa, tirou um baralho da carteira e se pôs a mostrá-lo no ar, sem saber o que fazer com ele.

— Pode ficar com o senhor de lembrança! — gritou Fagot. — Não era à toa que o senhor falava, ontem, durante o jantar, que, se não fosse o pôquer, sua vida em Moscou seria totalmente insuportável.

— Esse truque é velho — ouviu-se da galeria. — Esse daí na plateia é da mesma turma.

— O senhor acha mesmo? — vociferou Fagot, apertando os olhos para a galeria. — Nesse caso, o senhor também é da nossa corja, porque o baralho está em seu bolso!

Ocorreu um burburinho na galeria e ouviu-se uma voz alegre:

— É verdade! Está com ele! Aqui, aqui... Espere um pouco! São notas de dez rublos!

O público virou a cabeça. Na galeria, um cidadão transtornado descobriu em seu bolso um maço, amarrado como fazem os bancos, com uma inscrição: "Mil rublos".

Os vizinhos se jogaram em cima dele, que, admirado, arranhava o envoltório com a unha, tentando descobrir se os rublos eram verdadeiros ou mágicos.

— Juro por Deus, são verdadeiros! Notas de dez rublos! — gritavam alegres da galeria.

— Jogue comigo também com esse baralho — pediu um gorducho, contente, no meio da plateia.

— *Avec plaisir!* — replicou Fagot. — Mas por que só com o senhor? Todos participarão com entusiasmo! — E comandou: — Olhem para cima, por favor!... Um! — Surgiu uma pistola em sua mão e ele gritou: — Dois! — A pistola foi apontada para cima. Ele gritou: — Três! — Relampejou, trovejou e, imediatamente, da cúpula, penetrando entre os trapézios, começaram a cair sobre a sala pedacinhos de papel branco.

Eles giravam, eram levados para os lados, transbordavam para a galeria, caíam na orquestra e no palco. Dali a alguns segundos, a chuva de dinheiro ficou cada vez mais densa, atingiu as poltronas e os espectadores começaram a catar os pedacinhos de papel.

Centenas de mãos erguiam-se, os espectadores olhavam para o palco iluminado através dos papéis e viam as mais fiéis e justas marcas d'água. O cheiro também não deixava dúvidas: era um cheiro de dinheiro novo, recém-impresso e incomparável por seu encanto. Primeiro a alegria, depois a admiração tomaram conta de todo o teatro. Por todos os lados soava a palavra "notas de dez, notas de dez", ouviam-se exclamações "ah, ah!" e risadas alegres. Alguns já estavam rastejando na passagem, farejando embaixo das poltronas. Muitos estavam de pé nos assentos, tentando apanhar os desobedientes papéis que giravam.

Uma expressão de perplexidade começou, aos poucos, a surgir nos rostos dos policiais, e os artistas começaram a surgir sem cerimônia dos bastidores.

De um balcão ouviu-se uma voz: "Por que você está metendo a mão? É minha! Estava voando em minha direção!" — e outra voz: "Não empurre, senão vou te empurrar de um jeito…". De repente ouviu-se uma bofetada. Imediatamente apareceu no balcão o capacete de um policial e alguém foi conduzido para fora.

A excitação geral aumentava e ninguém sabia onde tudo aquilo iria parar se Fagot não tivesse interrompido a chuva de dinheiro, soprando repentinamente para o ar.

Dois jovens trocaram olhares alegres e significativos, saíram de seus lugares e dirigiram-se diretinho para a cantina. Um rumor invadiu o teatro, os olhos de todos os espectadores brilhavam agitados. É, isso mesmo, ninguém sabia onde tudo aquilo iria parar se Bengalski não tivesse reunido forças e não tivesse se mexido. Tentando ter maior domínio sobre si mesmo, esfregou as mãos como de costume e, com a voz mais sonora possível, começou a falar o seguinte:

— Vejam, cidadãos, vimos agora um caso da assim chamada hipnose em massa. Uma experiência puramente científica que prova melhor do que nunca que não existe nenhum milagre nem magia. Vamos pedir que o maestro Woland revele essa experiência para nós. Agora, cidadãos, os senhores verão como essas notas, supostamente de dinheiro, vão desaparecer da mesma forma repentina com que surgiram.

Então ele começou a aplaudir, mas totalmente sozinho, e em seu rosto brilhava um sorriso confiante, mas nos olhos não havia nem sinal daquela confiança, e neles se expressava muito antes uma súplica.

O público não gostou do discurso de Bengalski. Caiu um silêncio absoluto, que foi interrompido pelo Fagot xadrez.

— É mais uma vez o caso da assim chamada mentira deslavada — anunciou ele, com um tenor alto, como um bode. — As notas, cidadãos, são verdadeiras!

— Bravo! — esbravejou uma voz grave de maneira entrecortada, de algum lugar no alto.

— Aliás, esse aí — Fagot apontou para Bengalski — já me encheu a paciência. Ele se mete o tempo todo onde não é chamado, perturbando a sessão com observações falsas! O que poderíamos fazer com ele?

— Arrancar sua cabeça! — disse alguém na galeria rispidamente.

— O que vocês estão dizendo? Hein? — Fagot replicou de imediato àquela despropositada sugestão. — Arrancar sua cabeça? É uma ideia! Behemoth! — gritou ele para o gato. — Faça isso! *Eins, zwei, drei!!*

Então aconteceu algo sem precedentes. O pelo do gato preto eriçou-se e ele soltou um miado dilacerante. Depois se transformou numa bola e, como uma pantera, pulou direto no peito de Bengalski, e do peito para a cabeça. Grunhindo, o gato agarrou-se com as patas peludas na cabeleira rala do mestre de cerimônias, deu um uivo selvagem e, girando aquela cabeça duas vezes, arrancou-a do pescoço gordo.

As duas mil e quinhentas pessoas que estavam no teatro gritaram a uma só voz. O sangue jorrou feito uma fonte das artérias rompidas no pescoço e sujou a camisa e o fraque de Bengalski. O corpo decapitado deu alguns passos disparatados e sentou-se no chão. Ouviram-se na sala gritos histéricos de mulheres. O gato entregou a cabeça a Fagot, que a ergueu pelos cabelos e a mostrou ao público, e então essa cabeça gritou desesperadamente para todo o teatro ouvir:

— Um médico!

— Você vai continuar soltando tudo quanto é tipo de asneira daqui para a frente também? — perguntou Fagot bravo à cabeça, que chorava.

— Não vou mais fazer isso! — rouquejou a cabeça.

— Pelo amor de Deus, não o torturem! — uma voz de mulher soou de um camarote de repente, encobrindo a balbúrdia, e o mago voltou-se para o lado daquela voz:

— Então, cidadãos, vamos perdoá-lo, é isso? — perguntou Fagot, dirigindo-se à sala.

— Perdoar! Perdoar! — de início ressoaram vozes isoladas e predominantemente femininas, depois elas se fundiram em um coro com as vozes masculinas.

— Qual é a ordem, *messire*? — perguntou Fagot ao mascarado.

— Bom, fazer o quê? — retrucou o mago, pensativo. — São pessoas como outras quaisquer. Gostam de dinheiro, mas sempre foi assim... A humanidade gosta de dinheiro, independentemente do que seja feito: de couro, de papel, de bronze ou ouro. É, são levianas... fazer o quê... a misericórdia às vezes bate em seus corações... são pessoas comuns... em geral fazem lembrar as pessoas de antigamente... só que o problema habitacional as corrompeu... — E ordenou em voz alta: — Coloquem a cabeça.

Mirando com esmero, o gato enterrou a cabeça no pescoço e esta se assentou perfeitamente, como se nunca tivesse se ausentado de lá. E o principal, não ficou sequer uma cicatriz no pescoço. O gato espanou com as patas o fraque e o peitilho da camisa de Bengalski e os vestígios de sangue desapareceram. Fagot ergueu Bengalski, colocando-o de pé, enfiou em seu bolso um maço de dinheiro e o conduziu para fora do palco, com as seguintes palavras:

— Fora daqui! Sem você é mais divertido.

Olhando ao redor insanamente, e cambaleando, o mestre de cerimônias conseguiu se arrastar até o extintor de incêndio e ali se sentiu mal. Então soltou um grito penoso:

— Minha cabeça, minha cabeça!

Entre os que correram até ele, também estava Rimski. O mestre de cerimônias chorava, tentava apanhar algo no ar, balbuciava:

— Devolvam minha cabeça! Devolvam a cabeça! Peguem o apartamento, os quadros, mas devolvam a cabeça!

Um recepcionista foi correndo em busca de um médico. Tentaram acomodar Bengalski em um sofá do camarim, mas ele começou a se debater, ficou violento. Foram obrigados a chamar uma ambulância. Quando o pobre do mestre de cerimônias foi levado, Rimski correu de volta para o palco e viu que novas mágicas estavam acontecendo ali. Ah, sim, naquele momento, ou um pouco antes, o mago, junto com sua poltrona desbotada, havia desaparecido do palco, e, a propósito, é preciso dizer que o público nem sequer notou, seduzido que estava com aquelas coisas excepcionais que Fagot desdobrava no palco.

Depois de despachar o vitimado mestre de cerimônias, Fagot anunciou ao público:

— Agorinha, depois de nos livrarmos desse chato, vamos abrir uma loja para damas!

E no mesmo instante o chão do palco cobriu-se com tapetes persas, surgiram enormes espelhos, iluminados nas laterais por tubos esverdeados. Entre os espelhos, vitrines, e nelas os espectadores, alegres e aturdidos, viram vestidos femininos parisienses, de diversas cores e cortes. Isso só em algumas vitrines. Já em outras apareceram centenas de chapéus para damas, com plumas e sem plumas, com e sem fivelas, centenas de sapatos — pretos, brancos, amarelos, de couro, de cetim, de camurça, com tiras, com pedrinhas. Entre os sapatos apareceram estojos de perfumes, montanhas de bolsas de couro de antílope, de camurça, de seda e, entre elas, verdadeiras pilhas de pequenos estojos alongados de ouro cinzelado em que se costuma colocar o batom.

Só o diabo sabe de onde saiu uma moça ruiva com uma toalete preta de gala, uma moça bonita em todos os sentidos, não fosse uma estranha cicatriz no pescoço que a desfigurava, com um sorriso de proprietária ao lado das vitrines.

Fagot, sorrindo, malicioso e doce, anunciou que a casa estava realizando, sem cobrar nada, a troca de vestidos e calçados femininos velhos por novos modelos parisienses e novos calçados parisienses. Ele acrescentou o mesmo com relação às bolsas e ao restante.

O gato começou a arrastar a pata traseira e com a dianteira fazia uns gestos, próprios de porteiros quando abrem uma porta.

Mesmo afônica e com a língua presa, a moça começou a cantar docemente algo pouco compreensível, mas, a julgar pelos rostos femininos da plateia, muito sedutoramente:

— Guerlain, Chanel nº 5, Mitsouko, Narcisse Noir, vestidos de gala, vestidos para coquetéis...

Fagot se contorcia, o gato fazia reverências, a moça abria vitrines de vidro.

— Por favor! — vociferava Fagot. — Sem constrangimento ou cerimônia!

O público estava tenso, mas ninguém se atrevia a ir até o palco. Finalmente, uma morena saiu da décima fileira da plateia e, sorrindo, digamos, como se desse na mesma e não tivesse nenhuma importância para ela, passou pela escada lateral e subiu ao palco.

— Bravo! — gritou Fagot. — Vamos cumprimentar a primeira cliente! Uma cadeira, Behemoth! Vamos começar pelos calçados, madame!

A morena sentou-se na poltrona e imediatamente Fagot despejou um amontoado de sapatos no tapete diante dela. A morena tirou o sapato do pé direito, experimentou um lilás e pisou pelo tapete, examinando o salto.

— Será que não vai me apertar? — perguntou de forma pensativa. Ao que Fagot exclamou, ofendido:

— O que é isso, o que é isso! — e o gato miou também, ofendido.

— Vou levar esse par, *monsieur* — disse a morena com orgulho, calçando também o outro sapato.

Os sapatos velhos da morena foram jogados para trás da cortina, para onde também seguiu ela mesma, acompanhada da moça ruiva e de Fagot, que levava cabides com vários vestidos da última moda. O gato ajudava, atarantado, e, para dar um ar de importância, pendurou uma fita métrica no pescoço.

Um minuto depois, a morena saiu de trás da cortina com um vestido que fez um suspiro rodopiar por toda a plateia. A audaciosa mulher, que ficou admiravelmente mais bela, parou diante do espelho, moveu os ombros desnudos, tocou os cabelos na nuca e virou-se, tentando ver as próprias costas.

— A casa pede que aceite isso como recordação — disse Fagot, oferecendo à morena um estojo aberto com um frasco.

— *Merci* — respondeu a morena, soberanamente, e voltou para a plateia pela escada. Enquanto andava, os espectadores saltavam e tocavam no estojo.

Então, como uma avalanche, por todos os lados as mulheres começaram a se dirigir para o palco. Em meio ao rebuliço geral de vozes, risinhos e suspiros, ouviu-se uma voz masculina: "Não vou permitir uma coisa dessas!", e outra feminina: "Seu déspota, peque-no-burguês! Assim você vai quebrar meu braço!". Mulheres desapa-reciam atrás da cortina, deixavam seus vestidos e saíam com novos. Toda uma fileira de damas sentada em banquinhos de pés dourados batia energicamente os calçados novos no tapete. Fagot se ajoelhava, manejando uma calçadeira de metal. O gato, atolado no meio de um monte de bolsas e sapatos, zanzava de um lado para o outro entre as vitrines e os banquinhos. A moça do pescoço deformado aparecia e desaparecia e chegou até mesmo ao ponto de ficar papeando inteira-mente em francês, e o mais impressionante era que todas as mulheres a compreendiam mesmo com meias palavras, até as que não sabiam uma palavra sequer do idioma.

Admiração geral foi provocada por um homem que se enfiou no palco. Ele anunciou que sua esposa estava gripada e por isso pedia que lhe dessem algo para levar-lhe. Para provar que era realmente casado, o cidadão prontificou-se em apresentar a certidão. A declara-ção do marido dedicado foi recebida com gargalhadas e Fagot voci-ferou que acreditava nele como em si próprio, mesmo sem a certi-dão, e entregou ao cidadão dois pares de meias de seda, e o gato incluiu de sua parte um pequeno estojo de batom.

As mulheres atrasadas irrompiam no palco, e dali transborda-vam bem-aventuradas com vestidos de baile, robes com dragões, tra-jes sóbrios e pequenos chapéus apoiados sobre uma sobrancelha.

Então Fagot anunciou que, dali a exatamente um minuto, em função da hora tardia, a loja ficaria fechada até a noite do dia seguin-te, e uma incomensurável balbúrdia tomou conta do palco. As mu-lheres agarravam sapatos apressadamente, sem experimentá-los. Uma, feito um furacão, irrompeu para trás da cortina, arrancou ali mesmo seu traje e se apossou da primeira coisa que apareceu pela frente — um chambre de seda com estampa de buquês de flores enormes. Além disso, conseguiu agarrar dois frascos de perfumes.

Exatamente depois de um minuto, houve um disparo de pistola, os espelhos desapareceram, as vitrines e os banquinhos se dissipa-ram, o tapete evaporou no ar, assim como a cortina. A última coisa que desapareceu foi a altíssima montanha de vestidos e calçados ve-lhos, e o palco ficou novamente austero, vazio e desnudo.

E foi aqui que um novo personagem se intrometeu.

Um barítono agradável, sonoro e muito insistente foi ouvido do camarote número dois:

— De qualquer maneira, cidadão artista, seria desejável que, sem perder mais tempo, o senhor revelasse diante dos espectadores a técnica de suas mágicas, em especial a das cédulas de dinheiro. Seria desejável, também, o retorno do mestre de cerimônias ao palco. Os espectadores estão preocupados com o destino dele.

O barítono pertencia a ninguém menos que o convidado de honra daquela noite, Arkadi Apollonovitch Sempleiarov, presidente da Comissão de Acústica dos Teatros Moscovitas.

Arkadi Apollonovitch estava no camarote com duas damas: a mais velha usava trajes caros e da moda, e a outra — jovenzinha e bonitinha —, trajes mais simples. A primeira, como se soube durante a redação do relatório, era a esposa de Arkadi Apollonovitch; a segunda, sua parente distante, atriz iniciante e promissora, que viera de Saratov e estava morando no apartamento de Arkadi Apollonovitch e sua esposa.

— *Pardon!* — retrucou Fagot. — Peço desculpas, aqui não há nada a ser revelado, tudo está claro.

— Não, sinto muito! A revelação é absolutamente necessária. Sem isso esses brilhantes números deixarão má impressão. A massa de espectadores exige explicações.

— Parece que a massa de espectadores — rebateu o palhaço insolente, interrompendo Sempleiarov — não tem nada a declarar. Mas, levando em consideração o seu profundo e respeitável desejo, Arkadi Apollonovitch, que assim seja, eu farei uma revelação. Porém, para isso, permita-me mais um numerozinho?

— Por que não? — respondeu Arkadi Apollonovitch, com ar condescendente. — Mas com uma revelação, sem falta!

— Sim, senhor, sim, senhor. Então permita-me perguntar, onde o senhor estava ontem à noite, Arkadi Apollonovitch?

Diante dessa pergunta descabida e, digamos, indelicada, o rosto de Arkadi Apollonovitch ficou alterado, realmente bastante alterado.

— Ontem à noite Arkadi Apollonovitch estava em uma reunião da Comissão de Acústica — declarou de forma muito arrogante sua esposa. — Mas não estou entendendo o que isso tem a ver com magia.

— *Ouiii, madame!* — confirmou Fagot. — É natural que a senhora não entenda. Mas, quanto à reunião, está totalmente enganada. Quando saiu para a referida reunião, que, diga-se de passagem, nem estava marcada para ontem, Arkadi Apollonovitch dispensou seu motorista perto do edifício da Comissão de Acústica em Tchistie Prudi (o teatro inteiro silenciou) e, sozinho, tomou um ônibus até a rua Ielokhovskaia para fazer uma visita a uma atriz do teatro itinerante do distrito, Militsa Andreievna Pokobatko, e com ela passou cerca de quatro horas.

— Ai! — alguém soltou uma exclamação de sofrimento em meio ao silêncio absoluto.

De repente a jovem parente de Arkadi Apollonovitch soltou baixinho uma gargalhada terrível.

— Tudo está esclarecido! — exclamou ela. — Eu já desconfiava disso fazia muito tempo. Agora está claro porque aquela besta quadrada ganhou o papel de Luisa!

E, agitando-se repentinamente, bateu na cabeça de Arkadi Apollonovitch com seu pequeno e grosso guarda-chuva lilás.

O pérfido Fagot, também chamado Koroviev, gritou:

— Vejam, veneráveis cidadãos, um dos casos de revelação que Arkadi Apollonovitch queria com tanta insistência!

— Como você se atreve, sua infame, a encostar em Arkadi Apollonovitch? — perguntou a esposa com um ar terrível, levantando-se no camarote em todo seu tamanho gigante.

Um segundo e breve acesso de riso satânico tomou conta da jovem parente.

— E quem mais do que eu — respondeu ela, rindo — se atreveria a encostar nele! — E pela segunda vez o estalido seco do guarda-chuva batendo na cabeça de Arkadi Apollonovitch ressoou no teatro.

— Polícia! Prendam-na! — gritou a esposa de Sempleiarov com uma voz tão terrível que muitos sentiram o coração gelar.

Então o gato apareceu na ribalta e esbravejou para o teatro inteiro ouvir com uma voz humana:

— A sessão acabou! Maestro! Execute uma marcha!!

O enlouquecido maestro, sem se dar conta do que estava fazendo, agitou a batuta, e a orquestra não começou a tocar, nem mesmo a soar ou a retumbar, mas precisamente, seguindo a expressão repulsiva do gato, executou uma marcha incrível, de uma rudeza sem precedentes.

Por um momento pareceu que as palavras dessa marcha, pouco inteligíveis, mas muito audaciosas, tinham sido ouvidas outrora em um café-cantante, sob o brilho das estrelas do sul:

Sua excelência
De pássaros domésticos gostava,
E tomava para si
Mocinhas bonitinhas!!!

Mas pode ser que não fosse nenhuma dessas palavras, mas outras com essa mesma música, com letras extremamente vulgares. O importante não é isso, o importante é que, depois de tudo, no Teatro de Variedades, teve início algo parecido com um tumulto babilônico. A polícia correu até o camarote dos Sempleiarov, os curiosos subiam nas divisórias, ouviam-se explosões infernais de gargalhadas, gritos raivosos, abafados pelo retinir dourado dos pratos da orquestra.

Via-se que o palco tinha ficado repentinamente vazio e que o impostor Fagot e o insolente do gato Behemoth tinham se evaporado no ar, desaparecido, assim como antes havia sumido o mago em sua poltrona de estofamento desbotado.

13. O surgimento do herói

Pois bem, o desconhecido ameaçou Ivan com o dedo e sussurrou: "Schhh!".

Ivan baixou as pernas da cama e espiou. Do balcão, com cuidado, olhava para dentro do quarto um sujeito de aproximadamente uns trinta e oito anos, barbeado, de cabelos escuros, nariz pontiagudo, olhar preocupado e com uma mecha de cabelo caindo na testa.

Após se certificar de que Ivan estava sozinho, apurando o ouvido, o misterioso visitante tomou coragem e entrou no quarto. Então, Ivan notou que ele estava vestido como um paciente. Usava pijama, chinelos, não tinha meias, e sobre os ombros vestia um roupão pardo.

O visitante piscou para Ivan, escondeu um molho de chaves no bolso e quis saber, sussurrando:

— Posso me sentar?

Quando recebeu um aceno positivo, instalou-se em uma poltrona.

— Como o senhor veio parar aqui? — cochichou Ivan, obedecendo ao gesto do dedo seco e ameaçador. — As grades da varanda não estão trancadas com cadeados?

— As grades estão trancadas com cadeados — confirmou o visitante —, só que Praskovia Fiodorovna, embora seja a pessoa mais querida, também é, que pena, a mais distraída. Há pouco mais de um mês, roubei dela um molho de chaves e, assim, fiquei livre para sair para a varanda comum, que se estende pelo andar todo, e, assim, às vezes dá para visitar algum vizinho.

— Já que o senhor pode sair para a varanda, pode também fugir. Ou é alto demais? — interessou-se Ivan.

— Não — respondeu o visitante, com firmeza. — Não posso escapar daqui não porque seja alto, mas porque não tenho para onde ir. — E acrescentou, depois de uma pausa: — Então aqui estamos nós.

— Aqui estamos nós — respondeu Ivan, fitando os olhos castanhos e muito preocupados do visitante.

— É... — De repente o visitante ficou inquieto. — Mas o senhor, espero, não é violento, é? É que, sabe, eu não suporto barulho, algazarra, atos violentos e qualquer coisa do gênero. Odeio sobretudo gritos, sejam de sofrimento, de ira ou de qualquer outro tipo. Me tranquilize e me diga, o senhor não é violento, é?

— Ontem, em um restaurante, dei uma bofetada na fuça de um sujeito — reconheceu o transformado poeta, corajosamente.

— Qual o motivo? — perguntou o visitante, severamente.

— Bem, reconheço, foi sem motivo — respondeu Ivan, sem jeito.

— Que despropósito — o visitante censurou Ivan e acrescentou: — E, além disso, que maneira é essa de se expressar: dei uma bofetada na fuça? Não se sabe exatamente o que a pessoa tem, se é fuça ou rosto. Acho que, apesar de tudo, tem rosto. Então você sabe usar os punhos... Não, você deveria deixar disso, e para sempre.

Depois de passar um sermão em Ivan, o visitante quis saber:

— Qual é sua profissão?

— Poeta — reconheceu Ivan, sabe-se lá por quê, a contragosto.

O visitante ficou amargurado.

— Oh, não tenho sorte mesmo! — exclamou ele e, na mesma hora, percebeu a indelicadeza e se desculpou, perguntando: — Qual é o seu nome?

— Bezdomni.

— Ai, ai... — disse o visitante, franzindo a testa.

— O que foi, por acaso não gosta dos meus poemas? — perguntou Ivan com curiosidade.

— Não, desgosto terrivelmente.

— Mas quais o senhor leu?

— Não li nenhum dos seus poemas! — exclamou nervosamente o visitante.

— Então como pode dizer isso?

— E o que há de mais nisso? — respondeu o visitante. — Por acaso não li outros? Aliás... por que a surpresa? Tudo bem, estou disposto a acreditar na sua palavra. O senhor mesmo vai me dizer: são bons os seus poemas?

— São monstruosos! — pronunciou Ivan, com coragem e sinceridade.

— Pare de escrever! — suplicou o visitante.

— Prometo, juro! — pronunciou Ivan solenemente.

O juramento foi selado com um aperto de mão e, nesse instante, escutaram-se passos leves e vozes no corredor.

— Schh — sussurrou o visitante e, irrompendo para a varanda, fechou a grade atrás de si.

Praskovia Fiodorovna deu uma espiada, perguntou como Ivan se sentia e se ele queria dormir no escuro ou com a luz acesa. Ivan pediu que deixasse a luz acesa e Praskovia Fiodorovna se retirou, desejando boa noite ao doente. Quando tudo ficou tranquilo, a visita voltou.

Aos cochichos, ele informou a Ivan que trouxeram um novo paciente para o quarto 119, um certo gorducho de fisionomia vermelha, balbuciando algo o tempo todo sobre moeda estrangeira no duto de ventilação e jurando que forças impuras haviam se instalado na casa dele na Sadovaia.

— Xinga Puchkin de tudo quanto é nome e fica gritando o tempo todo: "Bis, Kuraliessov, bis!" — contava o visitante, inquieto e aflito. Acalmou-se, sentou e disse: — Aliás, que Deus o proteja. — E continuou a conversa com Ivan: — Então, por que o senhor veio parar aqui?

— Por causa de Pôncio Pilatos — respondeu Ivan, lançando um olhar sombrio para o chão.

— Como?! — gritou o visitante, esquecendo de tomar cuidado, e tapando a própria boca com a mão. — Que coincidência incrível! Conte, conte, eu imploro!

Confiando no desconhecido, por alguma razão, Ivan pôs-se a contar a história do dia anterior em Patriarchi Prudi, no começo intimidado e gaguejando, mas depois criou coragem. Pois é, e Ivan Nikolaievitch encontrou alguém que o ouvia de bom grado na pessoa do misterioso usurpador de chaves! O visitante, que não incluiu Ivan no rol de loucos, demonstrou um enorme interesse pela história e, na medida em que ela se desenvolvia, no final chegou ao êxtase. Volta e meia interrompia Ivan com exclamações:

— Então, vamos, continue, continue, eu imploro! Pelo que há de mais sagrado, não deixe nada de fora!

Ivan não deixava escapar nada, assim era até mais fácil para ele contar, e, aos poucos, foi chegando ao momento em que Pôncio Pilatos, de manto branco com forro púrpura, saiu para a varanda:

Então o visitante juntou as mãos, como se fosse fazer uma oração, e sussurrou:

— Oh, eu adivinhei! Oh, eu adivinhei tudo!

A descrição da morte terrível de Berlioz foi acompanhada por uma enigmática observação do ouvinte, seus olhos brilharam de raiva:

— Lamento apenas uma coisa: que no lugar desse Berlioz não estivesse o crítico Latunski ou o literato Mstislav Lavrovitch. — E exclamou exaltado, porém silenciosamente: — Continue!

O visitante se divertiu muito com a história do gato que pagou a passagem à condutora, e morreu de rir em voz baixa quando viu Ivan, agitado por causa do sucesso de seu relato, pulando silencioso de cócoras para representar o gato com a moeda perto do bigode.

— E foi assim — concluiu Ivan, cada vez mais triste e sombrio, depois de contar o ocorrido em Griboiedov — que vim parar aqui.

O visitante, pesaroso, colocou a mão no ombro do pobre poeta e disse:

— Pobre poeta! Mas o senhor, meu caro, é o culpado de tudo. Não podia se portar com ele de forma tão atrevida e até insolente. Acabou pagando por isso. E ainda deveria agradecer por tudo isso ter lhe custado relativamente pouco.

— Mas quem é ele, afinal? — perguntou Ivan exaltado, agitando os punhos.

O visitante o olhou atentamente e respondeu com uma pergunta:

— O senhor não ficará agitado? Todos nós aqui somos pouco confiáveis... Nada de chamar um médico, injeções e toda essa bagunça, ouviu?

— Não, não! — exclamou Ivan. — Diga, quem é ele?

— Está bem — respondeu o visitante e disse com autoridade e de forma distinta: — Ontem, em Patriarchi Prudi, o senhor se encontrou com Satanás.

Ivan não ficou agitado, conforme prometera, mas, mesmo assim, ficou fortemente abalado.

— Não é possível! Ele não existe!

— Perdão! Qualquer um poderia dizer isso, menos o senhor. Pelo visto, o senhor foi uma de suas primeiras vítimas. Está internado num hospital psiquiátrico, sabe muito bem disso, e continua dizendo que ele não existe. Isso é realmente estranho!

Desnorteado, Ivan se calou.

— Assim que começou a descrevê-lo — continuava o visitante —, eu percebi com quem o senhor teve o prazer de conversar ontem. E, sinceramente, Berlioz me surpreende! Bom, o senhor, com certeza, é puro — nesse instante o visitante se desculpou novamente. — Mas aquele lá, pelo que eu sei dele, já tinha pelo menos lido alguma coisa! As primeiras palavras dissiparam todas as minhas dúvidas. Impossível não reconhecê-lo, meu amigo! Aliás, o senhor… o senhor vai me desculpar mais uma vez, mas, se não estou enganado, o senhor é uma pessoa ignorante, não é?

— Sem dúvida alguma — concordou Ivan, que estava irreconhecível.

— Então… veja, até o rosto que descreveu… olhos e sobrancelhas diferentes! Aliás, me desculpe, mas será que o senhor alguma vez ouviu falar da ópera *Fausto*?

Sabe-se lá por quê, Ivan ficou terrivelmente sem graça e, com o rosto em brasas, começou a balbuciar algo sobre uma viagem para um sanatório… para Ialta…

— Então, então… não é de admirar! Mas repito, Berlioz me espanta… Ele não é apenas uma pessoa culta, como também esperta. Mas devo dizer em defesa dele que, claro, Woland é capaz de jogar areia nos olhos de alguém ainda mais esperto.

— Como?! — gritou Ivan por sua vez.

— Silêncio!

Ivan deu um tapa com força na própria testa e rouquejou:

— Entendo, entendo. A letra "W" estava no seu cartão de visita.

Ai ai ai, essa é boa! — Ele se calou por algum tempo, transtornado, fitando a lua, que flutuava do outro lado da grade, e falou: — Quer dizer que ele realmente pode ter estado com Pôncio Pilatos? Então ele já havia nascido? E ainda me chamam de louco! — acrescentou Ivan, apontando para a porta com indignação.

Uma ruga de amargura delineou-se nos lábios do visitante.

— Vamos encarar a realidade de frente. — O visitante virou o rosto em direção ao astro noturno, que corria através de uma nuvem.

— O senhor e eu somos loucos, não se pode negar! Veja, ele o abalou e o senhor ensandeceu, já que, pelo visto, o senhor tem tendência a isso. Porém, o que me contou sem dúvida foi real, só que tão extraordinário que até mesmo Stravinski, um psiquiatra genial, é claro, não acreditou no senhor. Ele o examinou? (Ivan assentiu.) Seu interlocutor esteve com Pilatos, tomou café da manhã com Kant e agora está visitando Moscou.

— Ele fará o diabo a quatro por aqui! Não devemos detê-lo de alguma maneira? — o antigo Ivan, ainda não definitivamente derrotado, apareceu de cabeça erguida para o novo Ivan, embora sem muita convicção.

— O senhor já tentou, agora basta — replicou o visitante ironicamente. — Não aconselho ninguém a tentar. E que ele aprontará, não resta a menor dúvida. Ai, ai! Mas que pena que foi o senhor que o encontrou, e não eu! Juro que, por mais que tudo tenha sido queimado e que as brasas tenham se transformado em cinzas, por esse encontro eu daria até o molho de chaves de Praskovia Fiodorovna, pois não tenho mais nada. Sou um miserável!

— Mas para que precisa dele?

O visitante ficou triste durante muito tempo, inquieto, mas finalmente falou:

— Veja que história estranha, estou aqui pelo mesmo motivo que o senhor; por causa de Pôncio Pilatos. — O visitante olhou ao redor assustado e disse: — O problema é que há um ano escrevi um romance sobre Pilatos.

— O senhor é escritor? — perguntou o poeta com interesse.

O visitante ficou de cara amarrada e ameaçou Ivan com o punho, dizendo:

— Sou um mestre. — Ficou sério e retirou do bolso do roupão um pequeno gorro negro todo engordurado com a letra "M" bordada em fio de seda amarelo. Ele colocou o gorro e mostrou-se a Ivan de perfil e de frente para provar que era mestre. — Foi ela quem fez esse gorro para mim com suas próprias mãos — acrescentou ele misteriosamente.

— Como é seu sobrenome?

— Não tenho mais sobrenome — respondeu o estranho visitante com um desprezo sombrio. — Renunciei a ela, como renunciei a tudo na vida. Vamos esquecer isso.

— Então, pelo menos, fale-me do romance — pediu Ivan delicadamente.

— Pois não. Minha vida, deve-se dizer, desenrolou-se de maneira não muito comum — começou o visitante.

... Historiador de formação, ainda há dois anos ele trabalhava em um dos museus moscovitas e, além disso, trabalhava com traduções...

— De que idiomas? — perguntou Ivan com interesse.

— Sei cinco idiomas, além da língua materna — respondeu o visitante. — Inglês, francês, alemão, latim e grego. E leio um pouquinho de italiano.

— Nossa! — murmurou Ivan, com inveja.

... O historiador vivia sozinho, não tinha parentes em lugar algum e quase não tinha conhecidos em Moscou. E um dia, imagine só, ganhou cem mil rublos.

— Imagine o meu espanto — sussurrava o visitante com o gorro negro — quando eu enfiei a mão no cesto de roupa suja e vi o mesmo número que estava no jornal! Recebi a bonificação do bilhete* — explicou ele — que haviam me dado no museu.

... Ao ganhar os cem mil, o enigmático visitante de Ivan procedeu da seguinte maneira: comprou livros, deixou o quarto na rua Miasnitskaia...

— Oh, maldito buraco! — rugiu ele.

---

* Na União Soviética, cidadãos eram forçados a comprar títulos do Estado em seus locais de trabalho. Para incentivar a compra, loterias sorteavam, às vezes, alguns números desses títulos e os vencedores recebiam uma quantia significativa de dinheiro. (N. T.)

... Alugou dois cômodos de um construtor em uma travessa próxima da Arbat, no subsolo de uma pequena mansãozinha dentro de um jardim. Deixou o trabalho no museu e começou a escrever um romance sobre Pôncio Pilatos.

— Ah, foi a época áurea! — murmurava o narrador com os olhos brilhantes. — Um apartamento só para mim e, além disso, uma antessala, e nela uma pia com água encanada — ressaltou ele, orgulhoso sabe-se lá por quê. — As pequenas janelas ficavam no nível da calçada, que levava até o portão. Em frente, a quatro passos, próximo da cerca, havia lilases, uma tília e um plátano. Ai, ai, ai...! No inverno, muito raramente eu via pela janela os pés negros de alguém e ouvia a neve rangendo debaixo deles. O fogo sempre ardia no meu forno! Mas, quando de repente a primavera chegou, vi pela primeira vez, através dos vidros opacos, os arbustos de lilases, inicialmente nus e depois revestidos de verde. Foi então, na primavera passada, que aconteceu algo muito mais maravilhoso do que ganhar cem mil rublos. E isso, o senhor há de concordar, é uma enorme soma de dinheiro!

— É verdade — reconheceu Ivan, que o ouvia atentamente.

— Abri as pequenas janelas, que ficavam no segundo cômodo, minúsculo assim — o visitante começou a medir com as mãos —, tinha um sofá e em frente outro sofá, entre eles uma mesinha e em cima dela um maravilhoso abajur; perto das janelas estavam os livros, aqui uma pequena escrivaninha. No primeiro cômodo, um cômodo enorme, de catorze metros quadrados, livros, livros e um forno. Ah, e que mobília eu tinha! Sentia o aroma dos lilases! Minha cabeça ficava leve depois de se extenuar e Pilatos voava para o fim...

— Manto branco, forro vermelho! Entendo! — exclamava Ivan.

— Exatamente! Pilatos voava para o fim, para o fim, e eu já sabia que as últimas palavras do romance seriam: "... o quinto procurador da Judeia, o cavaleiro Pôncio Pilatos". Bem, naturalmente, eu saía para passear. Cem mil era uma soma enorme, eu tinha um terno bom. Ou ia almoçar em algum restaurante barato. Na Arbat havia um restaurante maravilhoso, não sei se ainda existe.

Os olhos do visitante se arregalaram, e ele continuava a sussurrar, olhando para a lua:

— Ela levava nas mãos flores abomináveis, de um amarelo inquietante. Só o diabo sabe como elas se chamam, mas sabe-se lá por quê, são as primeiras a aparecer em Moscou. E essas flores se destacavam nitidamente, em contraste com o preto do seu sobretudo de meia-estação. Ela levava flores amarelas! Uma cor ruim. Virou em uma travessa da rua Tverskaia e então olhou para trás. Bom, o senhor conhece a Tverskaia? Milhares de pessoas passavam pela Tverskaia, mas, garanto-lhe, ela viu somente a mim e me olhou, não diria de forma aflita, mas como se estivesse sofrendo. Fiquei impressionado não tanto com sua beleza, como com a extraordinária solidão de seus olhos, não percebida por ninguém!

"Obedeci a esse sinal amarelo e também entrei na travessa, seguindo seus passos. Caminhávamos por essa travessa triste e tortuosa, mudos, eu de um lado, ela do outro. Imagine, não havia vivalma naquela travessa. Estava me torturando, tinha a impressão de que precisava falar com ela, aflito que ela fosse embora e eu nunca mais a visse se eu não abrisse a boca.

"E, imagine, de repente ela começou a falar:

"— Gosta das minhas flores?

"Lembro nitidamente como sua voz soou, bastante grave, mas entrecortada. E por mais bobo que isso pareça, tive a impressão de que um eco ressoou em toda a travessa refletindo em uma parede amarela de sujeira. Passei rapidamente para o lado dela e, aproximando-me, respondi:

"— Não.

"Ela ficou me olhando, admirada e, de repente, de maneira totalmente inesperada, compreendi que durante toda minha vida amei exatamente aquela mulher! Veja só, hein? O senhor, é claro, dirá que sou louco, não?"

— Não estou dizendo nada — exclamou Ivan, e acrescentou: — Por favor, continue!

O visitante prosseguiu:

— Ela ficou olhando para mim, admirada, e depois perguntou da seguinte maneira:

"— O senhor não gosta de flores?

"Tive a impressão de que havia hostilidade em sua voz. Eu caminhava ao seu lado, procurando acertar o passo e, para minha surpresa, não sentia nenhum constrangimento.

"— Não, eu gosto de flores, só que não dessas — disse.

"— De quais, então?

"— Gosto de rosas.

"Então lamentei ter dito aquilo, porque ela sorriu, culpada, e jogou as flores na sarjeta. Um pouco desconcertado, peguei as flores e as devolvi a ela, mas, com um sorriso malicioso, ela as rejeitou, então eu acabei levando-as em minhas mãos.

"Caminhamos por algum tempo, em silêncio, até ela tirar as flores das minhas mãos e jogá-las na calçada. Depois entrelaçou sua mão, de luva preta, com a minha, e continuamos caminhando lado a lado."

— E depois — disse Ivan —, por favor, não deixe passar nada.

— Depois? — repetiu o visitante. — Bom, o senhor mesmo poderia adivinhar como continua. — Ele enxugou uma lágrima inesperada com a manga direita e, de repente, prosseguiu: — O amor surgiu diante de nós, como um assassino que surge do nada em uma travessa, e nos acertou em cheio. Da mesma forma que um raio acerta, ou uma faca finlandesa! Ela, aliás, afirmou posteriormente que não foi nada disso, que, claro, havia tempos em que nos amávamos, mesmo sem nos conhecermos, sem nos vermos, em que ela vivia com outra pessoa... e eu, então... com aquela, como é mesmo...

— Com quem? — perguntou Bezdomni.

— Com aquela... bom... aquela... bom... — respondeu o visitante, e começou a estalar os dedos.

— O senhor foi casado?

— Fui, por isso estou estalando... com aquela... Varenka... Manietchka... não, Varenka... o vestido listrado, o museu... Enfim, eu não me lembro.

"Ela dizia que tinha saído com as flores amarelas nas mãos naquele dia para que finalmente eu a encontrasse, e que, se isso não acontecesse, ela teria se envenenado, porque sua vida era vazia.

"Sim, o amor nos acertou instantaneamente. Eu soube disso no mesmo dia, uma hora depois, quando nos encontramos, sem perceber a cidade, próximos à muralha do Kremlin, às margens do rio.

"Conversávamos de tal forma como se tivéssemos nos visto no dia anterior, como se nos conhecêssemos havia muitos anos. Combinamos de nos encontrar no dia seguinte lá mesmo, às margens do rio Moscou, e nos encontramos. O sol de maio nos iluminava. Logo, logo, essa mulher se tornou minha esposa secreta.

"Ela ia à minha casa todos os dias, e eu começava a esperá-la desde cedo, pela manhã. E essa espera se expressava em ficar mudando os objetos de lugar em cima da mesa. Dez minutos antes, eu me sentava ao lado da janela e ficava ouvindo se o velho portão tinha batido. E que curioso: até o meu encontro com ela, pouca gente vinha ao nosso pátio. Para ser franco, não vinha ninguém, mas eu tinha a impressão de que agora a cidade inteira se precipitava para lá.

"Batia o portão, batia meu coração e, imagine, na altura do meu rosto, do outro lado da janela, surgiam umas botas sujas. Era um amolador de facas. Mas quem precisava de amolador em nosso prédio? Afiar o quê? Que facas?

"Ela entrava pelo portão uma vez só, mas antes disso eu sentia as batidas do meu coração pelo menos umas dez vezes, é verdade. Depois, quando chegava sua hora e o ponteiro marcava meio-dia, meu coração quase parava de bater até que seus sapatos, com laços de camurça negra apertados com fivelas de metal, surgissem, quase silenciosamente, ao nível da minha janela.

"Às vezes, ela fazia graça, parava perto da segunda janela, dando umas batidas no vidro com o bico do sapato. No mesmo instante, eu já estava perto da janela, mas o sapato tinha desaparecido; a seda preta, que encobria a luz, também desaparecera, e eu ia abrir a porta para ela.

"Ninguém sabia de nossa relação, isso eu garanto, embora isso nunca seja assim. O marido dela não sabia, nem os conhecidos. Na velha mansãozinha em que o subsolo me pertencia, as pessoas sabiam, claro. Viam que uma mulher ia a minha casa, mas não sabiam seu nome."

— E quem é ela? — perguntou Ivan, extremamente interessado por essa história de amor.

O visitante fez um gesto, demonstrando que nunca contaria isso a ninguém, e continuou sua história.

Ivan ficou sabendo que o mestre e a desconhecida se apaixonaram de tal forma que não se separaram mais. Ivan já tinha uma imagem clara dos dois cômodos no subsolo da mansão, que estava sempre no crepúsculo por causa do arbusto de lilases e da cerca. Os móveis vermelhos, gastos, a escrivaninha, e nela o relógio, que soava a cada meia hora, livros, livros e mais livros, do chão pintado até o teto preto de fuligem, e o forno.

Ivan ficou sabendo que, desde os primeiros encontros, o visitante e sua esposa misteriosa chegaram à conclusão de que o próprio destino fez com que se cruzassem na esquina da Tverskaia com a travessa, e que haviam sido feitos um para o outro, por toda a eternidade.

Com a história do visitante, Ivan ficou sabendo como os apaixonados passavam os dias. Ela vinha e antes de mais nada colocava o avental, e, na entrada estreita, onde se encontrava aquela mesma pia, da qual, sabe-se lá por quê, orgulhava-se o pobre doente, ela acendia o fogão de querosene em cima da mesa de madeira, preparava o café da manhã e o servia no primeiro cômodo, em uma mesa oval. Quando vinham as tempestades de maio e a água jorrava barulhenta pela calçada diante das janelas meio cegas, ameaçando inundar seu último refúgio, os apaixonados acendiam o forno e assavam batatas na brasa. As batatas soltavam vapor e sua casca negra sujava os dedos. No subsolo ouviam-se risos, as árvores do jardim sacudiam galhos quebrados depois da chuva e ramos brancos.

Quando as tempestades cessaram e chegou o verão abafado, as tão esperadas rosas que ambos amavam apareceram no vaso. Aquele que se denominava mestre trabalhava freneticamente em seu romance, que também absorvia a desconhecida.

— É bem verdade que havia momentos em que eu começava a ter ciúmes dela por causa do romance — sussurrava a Ivan o visitante noturno, que tinha surgido da varanda à luz da lua.

Deslizando seus dedos finos com unhas bem afiadas em seus cabelos, ela não parava de ler os manuscritos e, depois de reler, continuava a fazer esse gorro. Às vezes ela se agachava de cócoras ao lado das prateleiras mais baixas ou subia numa cadeira para alcançar as mais altas, e limpava as centenas de lombadas empoeiradas com um pano. Ela previa a glória, incentivava-o, e foi então que começou a chamá-lo de mestre. Aguardava ansiosa as últimas palavras prometidas sobre o quinto procurador da Judeia, repetia, cantarolando alto certas frases de que gostava, e dizia que esse romance era a sua vida.

O romance foi concluído no mês de agosto e entregue a uma datilógrafa desconhecida, que o transcreveu em cinco exemplares. Finalmente chegou a hora de deixar o refúgio secreto e ganhar a vida.

— E eu ganhei a vida, com o romance nas mãos, e então minha vida estava acabada — sussurrou o mestre e ficou cabisbaixo, balançando por um longo tempo o gorro preto com a letra "M" amarela. Levou sua história adiante, mas ela acabou ficando um pouco desconexa. Podia-se entender somente uma coisa: que havia acontecido uma verdadeira catástrofe com o visitante de Ivan.

— Pela primeira vez eu tinha ido parar no mundo da literatura, mas agora, que tudo está acabado e minha ruína é iminente, lembro-me do romance com horror! — murmurou o mestre solenemente, levantando as mãos. — É, ele realmente me espantou. Nossa, como me espantou!

— Quem? — sussurrou Ivan, quase inaudível, com medo de interromper o agitado narrador.

— É, o editor, estou dizendo, o editor. Sim, ele leu. E me olhava como se eu estivesse com um lado do rosto inchado, com um abscesso, olhava para um canto de soslaio e até dava uma risadinha sem graça. Amassava o manuscrito sem necessidade e grasnava. As perguntas que me fez pareceram-me loucas. Sem dizer nada de fundamental sobre a essência do romance, perguntava quem eu era, de onde eu tinha saído, se escrevia havia muito tempo e por que nunca tinha ouvido falar de mim antes, e chegou a fazer, na minha opinião, uma pergunta completamente idiota: quem me havia aconselhado a escrever um romance sobre um tema tão estranho?

"Finalmente, eu me enchi dele e perguntei sem rodeios se iria ou não publicar o romance.

"Então ele ficou afobado, começou a comer as palavras, declarou que não podia decidir por conta própria, que outros membros do conselho editorial deveriam tomar conhecimento de minha obra, mais precisamente os críticos Latunski e Ariman, e o literato Mstislav Lavrovitch. Pediu que eu voltasse dali a duas semanas.

"Voltei duas semanas depois e fui recebido por uma moça com os olhos vesgos de tanto mentir."

— É a Lapchionnikova, a secretária da redação — disse Ivan sorrindo maliciosamente, pois conhecia bem aquele mundo que seu visitante descrevia com tanta ira.

— Pode ser — cortou aquele. — Bom, dela recebi meu romance, já bastante engordurado e desgrenhado. Tentando não deixar seus olhos encontrarem os meus, Lapchionnikova informou-me que a editora tinha material suficiente para os próximos dois anos e que, por isso, a questão sobre a publicação do meu romance estava, de acordo com sua expressão, "fora de cogitação".

— Do que mais eu me lembro, depois disso? — balbuciava o mestre, esfregando as têmporas. — Isso, as pétalas vermelhas caídas sobre a página com o título e ainda os olhos da minha amiga. É, daqueles olhos eu me lembro bem.

A história do visitante de Ivan tornava-se cada vez mais confusa, cada vez mais coberta de reticências. Ele falava algo sobre uma chuva oblíqua, sobre o desespero no refúgio do subsolo, e sobre ter ido a mais algum lugar. Exclamou aos cochichos que ele não a culpava de jeito nenhum, ela, que o impelia a lutar, oh, não, não a culpava!

Depois, como Ivan ouviu, aconteceu algo repentino e estranho. Certa vez o herói abriu o jornal e viu um artigo do crítico Ariman que se chamava "Ataque inimigo". Nele, Ariman avisava a todos que ele, ou seja, nosso herói, tinha tentado arranjar a publicação de uma apologia de Jesus Cristo.

— Eu me lembro, eu me lembro! — gritou Ivan. — Mas tinha esquecido o seu nome!

— Repito, vamos deixar meu sobrenome para lá, ele não existe mais — respondeu o visitante. — O problema não é esse. Um dia depois, em outro jornal, surgiu outro artigo assinado por Mstislav Lavrovitch no qual o autor sugeria atacar, mas atacar mesmo, o pilatismo e aquele beato que teve a ideia de empurrar (de novo essa maldita palavra!) seu romance para a imprensa.

"Estarrecido com a expressão 'pilatismo', nunca ouvida antes, abri um terceiro jornal. Nele havia dois artigos: um de Latunski e outro assinado com as iniciais 'M.Z.'. Garanto ao senhor que as obras de Ariman e Lavrovitch não passavam de brincadeira em comparação com o que fora escrito por Latunski. Basta dizer que o artigo de Latunski se chamava 'Um militante do velho credo'. Fiquei tão entretido com a leitura dos artigos a meu respeito que nem percebi quando ela surgiu diante de mim (esqueci de fechar a porta) com um guarda-chuva molhado nas mãos e jornais também molhados. Seus olhos soltavam faíscas, suas mãos tremiam e estavam frias. Primeiro ela se precipitou para me beijar e depois, com a voz rouca, batendo com a mão na mesa, disse que ia envenenar Latunski."

Ivan gemeu, meio desconcertado, mas não disse nada.

— Chegaram os tristes dias de outono — continuou o visitante —, e a colossal má sorte desse romance parecia ter arrancado um pedaço da minha alma. Para falar a verdade, não me restava mais nada para fazer, eu vivia de encontro em encontro. E então, nessa época, alguma coisa aconteceu comigo. Só o diabo sabe o que foi, algo que Stravinski decerto já entendeu faz tempo. Uma tristeza tomou conta de mim e surgiram certos pressentimentos. Note só, os artigos não cessavam. Dos primeiros, eu ria. Mas, quanto mais apareciam, mais minha atitude em relação a eles mudava. O segundo estágio foi de surpresa. Percebia-se algo muito falso e inseguro, literalmente, em cada linha desses artigos, apesar do tom ameaçador e decidido. Tinha a impressão, e eu não tinha como me livrar disso, de que os autores desses artigos não diziam aquilo que queriam dizer, e era justamente isso que despertava a ira deles. Depois, imagine, veio o terceiro estágio: o medo. Não, não era medo daqueles artigos, entenda, mas medo de outras coisas, que não tinham nenhuma relação com os artigos ou com o romance. Por exemplo, comecei a ter medo do escuro. Resumindo, veio o estágio da doença psíquica. Parecia, em especial quando eu estava adormecendo, que um polvo muito versátil e frio se aproximava com seus tentáculos, cauteloso, bem na direção do meu coração. Tive que dormir com a luz acesa.

"Minha amada mudou muito (não lhe contei, é claro, sobre o polvo, mas ela percebia que algo de errado estava acontecendo comigo), emagreceu e empalideceu, deixou de rir e sempre pedia que eu a perdoasse por ter me aconselhado a publicar um trecho do romance. Falava para eu abandonar tudo, ir para o sul, para o mar Negro, gastar todo o dinheiro que restava dos cem mil naquela viagem.

"Ela era muito insistente, e eu, para não discutir (algo me dizia que não teria que ir para o mar Negro), prometia-lhe que iria fazê-lo dali a alguns dias. Mas ela disse que ela mesma compraria a passagem. Então peguei todo o meu dinheiro, ou seja, aproximadamente dez mil rublos, e entreguei-lhe.

"— Para que tanto? — admirou-se ela.

"Eu disse algo como ter medo de ladrões e pedi que ela guardasse o dinheiro até a minha viagem. Ela pegou o dinheiro, colocou na bolsa, começou a me beijar e a dizer que para ela seria mais fácil morrer a me deixar naquela situação, sozinho, mas que estavam esperando por ela, que se submeteria, que viria no dia seguinte. Suplicava que eu não tivesse medo de nada.

"Isso aconteceu em um anoitecer, em meados de outubro. E ela foi embora. Deitei no sofá e adormeci, sem acender a lâmpada. Acordei com a sensação de que o polvo estava ali. Apalpando, no escuro, mal consegui acender a lâmpada. O relógio de bolso mostrava duas horas da manhã. Estava adoecendo quando me deitei, e acordei doente. E de repente tive a impressão de que a escuridão outonal estraçalharia os vidros, jorraria para dentro do cômodo e eu me afogaria nela, como em tinta. Tornei-me uma pessoa que não conseguia mais se controlar. Gritei, e me veio a ideia de correr até alguém, mesmo que fosse até o construtor do andar de cima. Lutava comigo mesmo feito um demente. Tive forças para chegar até o forno e acender a lenha. Quando a lenha começou a crepitar e a portinhola a bater, senti certo alívio. Corri até a entrada e acendi a luz, encontrei uma garrafa de vinho branco, abri e comecei a beber do gargalo. Isso fez com que o medo ficasse um pouco embotado, o suficiente para não me deixar correr até o construtor e me fazer voltar para o forno. Abri a portinhola para que o calor começasse a chamuscar o rosto e as mãos, e murmurava:

"— Adivinhe, aconteceu-me uma desgraça… Venha, venha, venha!…

"Mas ninguém vinha. O fogo rugia no forno, a chuva jorrava nas janelas. Então, aconteceu o extremo. Tirei os pesados manuscritos e os rascunhos do romance de uma gaveta da mesa e comecei a queimá-los. É muito difícil fazer isso, porque o papel escrito queima a contragosto. Arrancava os rascunhos, quebrando as unhas, e os colocava de pé entre as achas de lenha, remexendo as folhas com o atiçador. De quando em quando as cinzas me venciam, sufocando a chama, mas eu lutava contra elas, e o romance, mesmo resistindo, obstinado, estava perecendo. Palavras conhecidas cintilavam diante de mim, o amarelo subia incontrolavelmente pelas páginas, de baixo para cima, mas apesar de tudo as palavras se deixavam ver. Elas só desapareciam quando o papel enegrecia, e, enraivecido, eu as destruía com o atiçador.

"Enquanto isso, alguém começou a arranhar baixinho o vidro da janela. Meu coração saltou e, depois de mergulhar o último caderno no fogo, corri para abri-la. Do subsolo, degraus de tijolo conduziam para a porta do pátio. Tropeçando, corri e perguntei baixinho:

"— Quem é?

"E aquela voz, a voz dela, respondeu:

"— Sou eu...

"Não lembro como consegui vencer a corrente e a chave. Assim que entrou, ela se pendurou em mim, toda molhada, com as bochechas molhadas, os cabelos encharcados, tremendo. Só consegui pronunciar uma palavra:

"— Você... você?... — Minha voz se interrompeu, corremos para baixo. Na entrada, ela se livrou do casaco e rapidamente fomos para o primeiro cômodo. Depois de um grito baixinho, com as mãos descobertas ela tirou do forno e colocou no chão o que restava, o maço que estava por baixo. A fumaça tomou conta do cômodo imediatamente. Apaguei o fogo com o pé, e ela se jogou no sofá e começou a chorar, incontrolável e compulsivamente.

"Quando ela se acalmou, eu disse:

"— Fiquei com ódio desse romance, e estou com medo. Estou doente. Apavorado.

"Ela se levantou e disse:

"— Meu Deus, como você está doente. Por que, por quê? Mas vou salvá-lo, vou salvá-lo. O que significa tudo isso?

"Via seus olhos, inchados por causa da fumaça e do choro, sentia suas mãos geladas, acariciando minha testa.

"— Vou curá-lo, vou curá-lo — balbuciava ela, agarrando meu ombro —, você vai recuperá-lo. Por que, por que não fiquei com um exemplar!

"Ela arreganhou os dentes de tanta ira e disse mais alguma coisa, incompreensível. Depois, apertando os lábios, começou a recolher e a alisar as folhas queimadas. Era um capítulo qualquer do meio do romance, não lembro qual. Com esmero, ela juntou as folhas queimadas, embrulhou-as em um papel e amarrou com uma fita. Todas as suas ações demonstravam que ela estava cheia de determinação e que tinha retomado o domínio de si. Pediu vinho e, depois de beber, começou a falar com mais calma.

"— É isso que se paga pela mentira — dizia ela. — Não quero mais mentir. Ficaria com você agora mesmo, mas não gostaria de fazer isso dessa forma. Não quero que fique para sempre na memória dele que eu fugi à noite. Ele nunca me fez nenhum mal… Foi chamado de repente, houve um incêndio na fábrica. Mas ele voltará logo. Falarei com ele amanhã de manhã, direi que amo outro, e voltarei para você para sempre. Responda-me, será que você não quer isso?

"— Minha pobre, minha pobre — eu lhe disse, — não permitirei que você faça isso. Não estou bem, e não quero que você morra comigo.

"— Esse é o único motivo? — ela perguntou, aproximando seus olhos dos meus.

"— É, é o único.

"Ela ficou muito animada, agarrou-se a mim, enlaçou meu pescoço e disse:

"— Vou morrer com você. De manhã estarei aqui.

"E esta é a última coisa de que me lembro da minha vida: um feixe de luz na entrada e nesse feixe de luz uma mecha despenteada, sua boina e seus olhos cheios de determinação. Ainda me lembro da silhueta negra na soleira da porta e de um embrulho branco.

"— Eu a acompanharia, mas já não tenho forças para voltar sozinho, estou com medo.

"— Não tenha medo. Aguente algumas horas. Amanhã de manhã estarei com você.

"Essas foram as últimas palavras dela em minha vida... Schhh!"

De repente o doente interrompeu a si mesmo e levantou um dedo. Hoje será uma noite de luar atormentada.

Ele se escondeu na varanda. Ivan ouviu rodinhas passarem pelo corredor, alguém soluçou ou deu um grito fraquinho.

Quando tudo ficou tranquilo, o visitante voltou e informou que também o quarto nº 120 recebeu um morador. Haviam trazido alguém que ficava pedindo que devolvessem sua cabeça. Os dois interlocutores permaneceram calados por algum tempo, inquietos, mas, depois de se acalmarem, voltaram à história interrompida. O visitante estava quase abrindo a boca, mas a noite estava realmente agitada. Ainda se ouviam vozes no corredor e o visitante começou a falar algo tão baixinho no ouvido de Ivan que só o poeta soube o que ele contou, com exceção da primeira frase:

— Quinze minutos depois de ela ter me deixado, bateram na minha janela...

O que o doente contava no ouvido de Ivan, pelo visto, deixava-o muito alterado. Espasmos passavam por seu rosto repetidamente. Em seus olhos, flutuavam e se agitavam o medo e a ira. O narrador apontava com a mão para algum lugar na direção da lua, que, havia muito tempo, tinha deixado a varanda. Somente quando todos os sons do lado de fora cessaram, o visitante se distanciou de Ivan e começou a falar mais alto:

— Sim, então, em meados de janeiro, à noite, com esse mesmo sobretudo, mas com os botões arrancados, eu me contorcia de frio no meu pátio. Atrás de mim havia montes de neve que escondiam os arbustos de lilases e, à minha frente e abaixo, minhas janelas estavam cobertas pelas cortinas, mal-iluminadas. Aproximei-me da primeira e apurei o ouvido. Nos meus cômodos tocava um gramofone. Foi tudo o que ouvi, mas não conseguia ver nada. Fiquei parado por um tempo, e então saí pelo portão até a travessa. Uma nevasca brincava nela. Um cachorro que passou correndo pelos meus pés me assustou e fugi dele, para o outro lado da rua. O frio e o medo, que se tornaram meus constantes companheiros de viagem, levaram-me ao desvario. Não tinha para onde ir e o mais simples, é claro, seria me jogar embaixo de um bonde naquela rua, na qual ia dar minha travessa. De longe eu via aquelas caixas cheias de luz, cobertas de gelo, e ouvia o seu rangido repulsivo no frio. Mas, meu querido vizinho, a coisa toda consistia em que o medo dominava cada célula do meu corpo. E, exatamente como o cachorro, eu estava com medo do bonde. É, não existe doença pior do que a minha nesse lugar, eu lhe garanto.

— Mas o senhor poderia ter contado para ela — disse Ivan, compadecendo-se do pobre doente. — Além disso, ela não está com o seu dinheiro? É claro que ela o guardou, não é mesmo?

— Não tenha dúvida quanto a isso, é claro que guardou. Mas o senhor, pelo jeito, não me entende. Ou melhor, perdi a habilidade que um dia tive de descrever algo. Aliás, não lamento muito por isso, já que não será mais útil para mim. Diante dela — o visitante olhou com reverência para a escuridão da noite — haveria uma carta do hospício. Por acaso é possível enviar cartas com um endereço desses? Doente mental? O senhor só pode estar brincando, meu amigo! Fazê-la infeliz? Não, não sou capaz disso.

Ivan não soube fazer objeção, mas o silencioso Ivan se compadecia do visitante, tinha compaixão dele. Este, devido ao tormento de suas lembranças, meneava a cabeça com o pequeno gorro negro e dizia:

— Pobre mulher... Aliás, tenho a esperança de que ela tenha me esquecido...

— Mas o senhor pode se recuperar... — disse Ivan timidamente.

— Sou incurável — respondeu o visitante, tranquilo. — Quando Stravinski diz que fará com que eu volte à vida, não acredito nele. Ele é humano e simplesmente quer me consolar. Não nego, aliás, que agora me sinto bem melhor. Sim, então onde foi que eu parei mesmo? O maior frio, aqueles bondes alados... Eu sabia que essa clínica já estava aberta e vim para cá, atravessando a cidade inteira a pé. Uma loucura! Fora da cidade, eu certamente teria congelado, mas o acaso me salvou. Algo quebrou em um caminhão, eu me aproximei do motorista, estava a uns quatro quilômetros da entrada da cidade e, para minha admiração, ele teve piedade de mim. O caminhão vinha para cá. E ele me trouxe. Acabei ficando com os dedos do pé esquerdo congelados. Mas isso eles curaram. E então já é o quarto mês que estou aqui. E, sabe, chego à conclusão de que não é nada, nada ruim estar aqui. Não é preciso fazer grandes planos, querido vizinho, é sério! Eu, por exemplo, queria dar a volta ao globo terrestre. Mas, bem, revelou-se que esse não era meu destino. Vejo somente um pedaço insignificante desse globo. Acho que não é o que há de melhor nele, mas, repito, não é tão ruim assim. O verão está se aproximando, a hera se enredará na varanda, como prometeu Praskovia Fiodorovna. As chaves ampliaram minhas possibilidades. As noites serão de luar. Ah, ela se foi! Está mais fresco. Já passa da meia-noite. Está na minha hora.

— Conte-me o que mais aconteceu a Yeshua e Pilatos — pediu Ivan —, eu lhe imploro, quero saber.

— Ah, não, não — respondeu o visitante, contorcendo-se de dor. — Não posso me lembrar do meu romance sem estremecer. E o seu conhecido de Patriarchi Prudi faria isso melhor do que eu. Obrigado pela conversa. Até logo.

E, antes que Ivan pudesse voltar a si, a grade se fechou com um silencioso retinir e o visitante sumiu.

14. Glória ao galo!

Os nervos não suportaram, como se costuma dizer, e Rimski não esperou o fim do preenchimento do protocolo e correu para o seu gabinete. Sentou-se atrás da mesa e, com os olhos inflamados, olhava para as notas mágicas de dez rublos. A cabeça do diretor financeiro estava dando nó. Do lado de fora do teatro ouvia-se um ruído monótono. O público jorrava do prédio do Teatro de Variedades em direção à rua. De repente, chegou até o ouvido excepcionalmente apurado do diretor financeiro uma nítida sirene de polícia. Em geral, ela nunca anunciava nada de bom. E quando a sirene se repetiu e outra lhe veio em auxílio, ainda mais poderosa e mais longa, e a elas se juntou uma nítida e audível gargalhada, até mesmo uns uivos, o diretor financeiro logo entendeu que, na rua, tinha acontecido alguma coisa escandalosa e vil. E que, por mais que quisesse afastar aquilo de si, estava intimamente ligado à sessão asquerosa realizada pelo mago negro e seus ajudantes. A sensibilidade do diretor financeiro não o enganou em nada.

Assim que olhou pela janela que dava para a rua Sadovaia, seu rosto se desfigurou, e ele, em vez de sussurrar, sibilou:

— Bem que eu desconfiava!

Sob a luz forte dos fortes holofotes da rua, ele avistou na calçada, logo abaixo, uma dama somente de camisola e pantalonas cor violeta. Na cabeça, é verdade, a dama tinha um chapéu, e nas mãos, um guarda-chuva.

Ao redor dessa dama, que se encontrava em estado de total perturbação e que ora sentava, ora ameaçava correr para algum lugar, uma multidão se agitava, dando uma gargalhada tamanha, de provocar arrepios no diretor financeiro. Ao lado da dama, um certo cidadão arrancava o casaco de verão e, em função do nervosismo, não conseguia se entender com a manga.

Os gritos e a gargalhada estridente soaram de outro lado, mais exatamente a partir da entrada esquerda do prédio e, voltando a cabeça para lá, Grigori Danilovitch avistou a segunda dama, de lingerie cor-de-rosa. Ela pulou da rua para a calçada, tentando esconder-se na entrada do prédio, mas o público que jorrava lhe impedia a passagem, e a pobre vítima de sua própria leviandade e paixão por roupas caras, enganada pela firma do sórdido Fagot, sonhava só com uma coisa: cair por terra. O policial correu na direção da pobre coitada, perfurando o ar com o apito, e atrás dele correram uns jovens alegres, de boné. Eram eles que emitiam a tal gargalhada e o uivo.

O motorista bigodudo da carroça veloz aproximou-se da primeira-dama desnuda e com um impulso freou a égua debilitada. O rosto do bigodudo sorriu.

Rimski bateu com o punho na própria cabeça, cuspiu e afastou-se da janela.

Ficou por algum tempo próximo à mesa, tentando ouvir a rua. O assobio em diferentes pontos atingiu o volume máximo e depois começou a diminuir. O escândalo, para surpresa de Rimski, foi liquidado rápida e inesperadamente.

Havia chegado a hora de agir, de beber da amarga taça da responsabilidade. Os aparelhos haviam sido consertados durante a terceira parte da apresentação, tinha que telefonar, comunicar sobre o ocorrido, pedir ajuda, safar-se e culpar Likhodieiev por tudo, tentar salvar a si mesmo etc. Ah, diabos!

Duas vezes o diretor financeiro pôs a mão no fone e duas vezes a retirou. E de repente, no silêncio mortal do gabinete, o aparelho emitiu o som em direção ao rosto do diretor, e esse, por sua vez, estremeceu e gelou. "Estou com os nervos à flor da pele", pensou ele e pegou o fone. Na mesma hora, afastou-se e ficou mais branco do que uma folha de papel. Uma voz feminina insinuante e vulgar cochichou baixinho:

— Não ligue para ninguém, Rimski, será pior...

O fone na mesma hora ficou mudo. Sentindo um formigamento nas costas, o diretor financeiro colocou o fone no gancho e olhou para a janela atrás dele. Através dos galhos raros e levemente cobertos por folhagem do plátano, ele avistou a lua que corria numa nuvem transparente. Com o olhar fixo nos galhos por algum motivo, Rimski olhava para eles e, quanto mais olhava, mais forte o medo o dominava.

Depois de muito esforço, o diretor financeiro virou-se de costas para a luz lunar e levantou-se. O assunto do telefone estava encerrado e agora o diretor só pensava numa coisa: como sair o mais rápido possível do teatro.

Apurou o ouvido: o prédio estava em silêncio. Rimski se deu conta de que estava sozinho havia algum tempo no segundo andar e, ao perceber isso, um medo infantil insuperável tomou conta dele. Não conseguia pensar, sem estremecer, que teria que caminhar sozinho pelos corredores vazios e descer as escadas. Tremendo, pegou da mesa o dinheiro enfeitiçado, escondeu-o na pasta e tossiu para tomar coragem. A tosse saiu rouca e fraca.

Pareceu-lhe, então, que por baixo da porta do gabinete entrou um cheiro de umidade podre. Um frio correu pelas costas do diretor. Na mesma hora, o relógio inesperadamente bateu a meia-noite. Até mesmo as badaladas do relógio provocaram arrepios no diretor. Mas seu coração gelou totalmente quando ele ouviu que a chave estava girando silenciosamente na fechadura. Agarrado à pasta com as mãos úmidas e frias, o diretor financeiro sentiu que, se o barulho da fechadura perdurasse mais um pouco, ele não suportaria e lançaria um berro lancinante.

Finalmente a porta obedeceu aos esforços de alguém, abriu-se e Varienukha adentrou silenciosamente o gabinete. Rimski, no mesmo lugar onde estava de pé, sentou-se na cadeira, pois suas pernas se dobraram. Enchendo o peito de ar, ele sorriu com um sorriso servil e disse baixinho:

— Meu Deus, que susto...

É verdade, um aparecimento inesperado podia assustar qualquer um. No entanto, naquele momento, representava uma grande alegria: surgiu pelo menos uma pontinha de esperança naquela situação confusa.

— Anda, diga-me depressa! Vamos! Vamos! — rouquejou Rimski, agarrando-se a essa palavrinha. — O que tudo isso significa?

— Desculpe-me, por favor — respondeu com uma voz surda aquele que entrou, fechando a porta. — Pensei que você já tinha ido embora.

Então Varienukha, sem tirar o boné, aproximou-se da poltrona e sentou-se do outro lado da mesa.

É necessário dizer que na resposta de Varienukha havia algo de estranho, que imediatamente intrigou o diretor financeiro, cuja sensibilidade poderia ser posta à prova de qualquer sismógrafo das melhores estações do mundo. Que história é essa? Para que Varienukha foi até o gabinete do diretor, se acreditava que ele não estava lá? Ele tem seu próprio gabinete. Esta é a primeira coisa. A segunda: independentemente da entrada que Varienukha usara para ter acesso ao prédio, obrigatoriamente teria encontrado um dos vigias, que, por sua vez, tinham sido comunicados de que Grigori Danilovitch iria permanecer por mais algum tempo em seu gabinete.

Porém, o diretor não perdeu muito tempo pensando sobre essas coisas estranhas. Não tinha tempo para isso.

— Por que não telefonou? O que significa essa palhaçada toda com Ialta?

— Foi aquilo que falei — respondeu o administrador, estalando a língua como se estivesse com um dente doendo. — Encontraram-no numa taberna em Puchkino.

— Como assim em Puchkino?! Puchkino fica nos arredores de Moscou! O telegrama não é de Ialta?

— Que diabos de Ialta! Embebedou o telegrafista de Puchkino e começaram a fazer gracinhas, inclusive enviar telegramas com o remetente "Ialta".

— Aham, aham… Está bem… Está bem, está bem… — cantarolou Rimski, em vez de falar. Seus olhos brilharam com uma luzinha amarela. Em sua cabeça formou-se o quadro festivo da demissão vergonhosa de Stiopa. Libertação! A tão esperada libertação do diretor financeiro dessa desgraça personalizada por Likhodieiev! Mas quem sabe Stepan Bogdanovitch consiga algo pior que a demissão…

— Detalhes! — disse Rimski, batendo com o peso de papel na mesa.

E Varienukha começou a contar os detalhes. Quando ele apareceu lá, para onde fora enviado pelo diretor financeiro, foi imediatamente recebido e ouvido da forma mais atenciosa possível. Ninguém, é claro, podia sequer imaginar que Stiopa poderia estar em Ialta. Todos, na mesma hora, concordaram com a sugestão de Varienukha no sentido de que Likhodieiev, é claro, estava na "Ialta" de Puchkino.

— Onde está ele agora? — o diretor financeiro interrompeu o administrador.

— Onde mais — respondeu o administrador rindo num sorriso torto. — Naturalmente, no abrigo para bêbados.

— Sim, sim! Oh, obrigado!

E Varienukha continuou o seu relato. Quanto mais ele contava, mais nítida se desenrolava diante do diretor financeiro a longa corrente das grosserias e sem-vergonhices de Likhodieiev, e cada elo dessa corrente era pior que o anterior. O que lhe custaria a dança de bêbado, abraçado ao telefonista embriagado na grama diante do telégrafo em Puchkino, sob o som de uma sanfona vadia! A perseguição a certas cidadãs que gritavam esganiçadas! A tentativa de brigar com a balconista no próprio restaurante Ialta! Espalhar a cebolinha verde pelo chão do mesmo Ialta. A quebra de oito garrafas de vinho seco Ai-Danil. A quebra do taxímetro do carro que não quis levar Stiopa. A ameaça de prender os cidadãos que tentavam interromper os atos nojentos de Stiopa… Em resumo, um horror negro!

Stiopa era muito conhecido nos ciclos teatrais de Moscou, e todos sabiam que esse homem não era flor que se cheirasse. No entanto, aquilo que o administrador relatava era um exagero até mesmo para Stiopa. Sim, um exagero. Exagero até demais…

Os olhos perfurantes de Rimski cravaram-se no rosto do administrador, e, quanto mais ele falava, mais sombrios os olhos se tornavam. Quanto mais vivos e mais pitorescos tornavam-se os detalhes com os quais o administrador enriquecia o seu relato, menos o diretor financeiro acreditava na história. Quando Varienukha contou que Stiopa estava tão bêbado que tentou resistir àqueles que tinham ido buscá-lo para trazê-lo de volta a Moscou, o diretor financeiro já tinha a certeza de que tudo que estava sendo contado pelo administrador que havia retornado à meia-noite, tudo era mentira! Mentira desde a primeira até a última palavra.

Varienukha não foi a Puchkino e Stiopa também não esteve em Puchkino. Não houve nenhum telegrafista embriagado nem vidro quebrado na taberna, Stiopa não foi amarrado com cordas — não houve nada disso.

Assim que o diretor financeiro teve a certeza de que o administrador estava mentindo, o medo tomou conta dele desde a ponta do pé e, por duas vezes, lhe pareceu que pelo chão passava o cheiro de umidade podre da malária. Sem tirar os olhos nem sequer por um instante do administrador, que de forma estranha se retorcia na poltrona e, a toda hora, tentava ficar à sombra da luz azul do abajur em cima da mesa e que, de forma impressionante, usava o jornal para se esconder da luz que parecia incomodá-lo, o diretor financeiro pensava somente numa coisa: o que significava aquilo tudo? Por que o administrador, que havia retornado tão tarde, mentia desavergonhadamente para ele dentro de um prédio vazio e silencioso? E a consciência do perigo desconhecido porém terrível começou a afligir a alma do diretor de finanças. Aparentando não perceber as escapulidas do administrador e suas mágicas com o jornal, o diretor financeiro analisava seu rosto, quase sem ouvir o que Varienukha contava. Havia algo que parecia mais inexplicável ainda do que a história mentirosa inventada, sabe-se lá para quê, sobre as aventuras em Puchkino, e foi isso que alterou a aparência e os modos do administrador.

Por mais que este tentasse esticar a aba de pato do boné sobre os olhos para fazer sombra no rosto, por mais que girasse com a folha de jornal, o diretor financeiro conseguiu ver uma mancha roxa do lado direito do rosto, perto do nariz. Além disso, o administrador, que era normalmente cheio de saúde, apresentava agora uma palidez doentia, e em seu pescoço, numa abafada noite de verão, estava enrolado um cachecol velho e listrado. E se, além de tudo isso, se acrescentasse um tique nojento de estalar a língua, adquirido pelo administrador durante a sua ausência, a brusca mudança no tom de voz que se tornou baixo e surdo, os olhos medrosos e furtivos, podia-se dizer que Ivan Savielievitch Varienukha ficara irreconhecível.

Algo ainda mais intrigante incomodava o diretor financeiro, mas ele, por mais que esforçasse o cérebro inchado, por mais que observasse Varienukha, não conseguia entender o quê. Podia afirmar somente que havia algo nunca visto, sobrenatural, na ligação do administrador com a poltrona que era sua velha conhecida.

— Bom, conseguimos vencê-lo, finalmente, e o colocamos no carro — uivava Varienukha, olhando por trás da folha e escondendo o roxo do rosto com a palma da mão.

Rimski estendeu de repente o braço e, enquanto brincava com os dedos sobre a mesa, apertou automaticamente com a palma da mão o botão da campainha elétrica e gelou. No prédio vazio, no mesmo instante, deveria ser ouvido um sinal estridente. Mas o sinal não tocou e o botão afundou para sempre na madeira da mesa. O botão estava morto, a campainha estragada.

A esperteza do diretor financeiro não passou despercebida para Varienukha, que perguntou, contorcendo-se todo, e em seus olhos brilhou um nítido fogo do mal:

— Para que está tocando a campainha?

— Foi automático — respondeu o diretor, que, puxando a mão, perguntou com voz trêmula: — O que é isso aí no seu rosto?

— O carro derrapou e eu bati com o rosto na maçaneta — respondeu Varienukha, desviando o olhar.

"Está mentindo!", exclamou em pensamento o diretor financeiro. Seus olhos se arregalaram, tornaram-se totalmente insanos e ele fixou o olhar no encosto da poltrona.

Por trás da poltrona, no chão, havia duas sombras entrecruzadas: uma mais densa e mais negra do que a outra, mais fraca e cinza. Via-se nitidamente a sombra do encosto da poltrona e seus pés arredondados, mas sobre o encosto no chão não havia a sombra da cabeça de Varienukha, como se sob os pés não houvesse os pés do administrador.

"Ele não faz sombra!", gritou desesperadamente em pensamento Rimski. Ele começou a tremer.

Varienukha olhou furtivamente ao redor para trás do encosto da poltrona, seguindo o olhar insano de Rimski, e entendeu que tinha sido desmascarado.

Ele se levantou da poltrona (o diretor financeiro fez o mesmo) e afastou-se da mesa apertando a pasta nas mãos.

— Adivinhou, seu desgraçado! Sempre foi muito esperto — disse Varienukha, rindo com raiva na cara do diretor, saltando inesperadamente da poltrona e rapidamente trancando a porta. O diretor, em desespero, aproximou-se da janela que dava para o jardim iluminado pela lua, quando avistou o rosto de uma moça nua que se aproximara do vidro e tentava abrir com a mão sem luva a tranca inferior. A superior já estava aberta.

Rimski teve a impressão de que a lâmpada do abajur estava se apagando e que a mesa começara a se inclinar. Uma onda gelada de frio passou por ele, mas, felizmente, conseguiu permanecer de pé. O que restava de forças nele bastou somente para balbuciar sem gritar:

— Socorro...

Varienukha tomava conta da porta, saltava ao lado dela, parava longamente no ar e depois se balançava. Com os dedos contorcidos ele acenava para o lado de Rimski, sibilava e estalava, piscando para a moça na janela.

Ela, por sua vez, apressou-se, enfiou a cabeça ruiva pelo basculante, estendeu o braço o quanto pôde, começou a arranhar com as unhas a tranca inferior e a balançar a janela. Seu braço começou a esticar feito borracha e cobriu-se de um musgo verde cadavérico. Finalmente, os dedos verdes da morta alcançaram a tranca, viraram-na, e a janela se abriu. Rimski gritou baixinho, encostou na parede e protegeu-se com a pasta, fazendo dela o seu escudo. Ele entendeu que chegara o seu fim.

A janela escancarou-se, mas em vez do frescor e do aroma noturno das tílias, um cheiro de túmulo tomou conta do recinto furtivamente. A morta pisou no batente. Rimski avistou com nitidez as manchas de decomposição em seus seios.

No mesmo instante, um grito alegre e inesperado do galo chegou ao jardim do prédio baixo, atrás da área de tiro ao alvo, onde ficavam as aves que participavam das programações. O galo, com a voz treinada, cocoricava anunciando que o dia se aproximava de Moscou vindo do leste.

Uma ira selvagem desfigurou o rosto da moça, ela exprimiu um palavrão rouco e Varienukha, próximo da porta, deu um grito estridente e caiu do ar direto no chão.

O grito do galo repetiu-se e a moça estalou os dentes, e seus cabelos ruivos ficaram de pé. Com o terceiro grito do galo, ela voltou-se e foi embora. Seguindo-a, Varienukha saiu bem devagar pela janela, passou saltando por cima da mesa e estendendo-se horizontalmente no ar, parecendo um cupido voador.

Grisalho como a neve, o velho sem nenhum cabelo preto que até pouco tempo atrás era Rimski correu até a porta, girou a tranca, abriu-a e avançou pelo corredor escuro. Na esquina da escada, gemendo de medo, apalpou o interruptor e iluminou os degraus. Ali, o velho trêmulo caiu, pois lhe pareceu que do alto Varienukha poderia cair sobre ele.

Chegando embaixo, Rimski avistou o vigia adormecido próximo da caixa no hall de entrada. Rimski passou por ele furtivamente na ponta dos pés e saiu pela entrada principal. Na rua, ele se sentiu um pouco melhor. Conseguiu recobrar os sentidos e, colocando as mãos na cabeça, lembrou que havia esquecido o chapéu no gabinete.

Obviamente não voltou para buscá-lo, mas, resfolegando, correu pela rua larga até a esquina oposta ao cinema, perto do qual brilhava uma luzinha vermelha opaca. Um minuto depois, ele já estava lá. Ninguém conseguiu pegar o táxi antes dele.

— Até a estação de trem a tempo de pegar o expresso para Leningrado. Recompenso com uma boa gorjeta — disse o velho respirando pesado e segurando o peito.

— Estou indo para a garagem — respondeu o motorista com ódio e virou-se.

Rimski abriu a pasta, retirou os cinquenta rublos e estendeu-os pela janela da frente.

Instantes depois, o carro barulhento voava feito um tufão pela circular Sadovaia. O velho grisalho estava inquieto no banco do carro e, pelo retrovisor, que era um pedaço de espelho pendurado diante do motorista, Rimski ora via os olhos alegres do chofer, ora seus próprios olhos insanos.

Rimski saiu correndo do carro em frente ao prédio da estação e gritou ao primeiro funcionário de avental branco e com uma placa:

— Uma passagem na primeira classe, pago trinta rublos — amassando as notas, retirava-as da pasta —; se não tiver na primeira, pode ser na segunda, se não tiver na segunda, tudo bem, me dê uma da econômica.

O homem com a placa, olhando para o relógio brilhante, arrancava das mãos de Rimski as notas de dez.

Cinco minutos depois, sob a cúpula de vidro da estação, o trem expresso sumiu na escuridão. Com ele também desapareceu Rimski.

15. O sonho de Nikanor Ivanovitch

Não é difícil adivinhar que o gorducho com a fisionomia avermelhada, acomodado no quarto nº 119 da clínica, era Nikanor Ivanovitch Bossoi.

Mas ele não caiu nas mãos do doutor Stravinski de imediato. Esteve antes em outro local.

Desse outro local pouca coisa permaneceu na memória de Nikanor Ivanovitch. Lembrava-se somente da mesa, do armário e do sofá.

Lá tentaram estabelecer um diálogo com Nikanor Ivanovitch, que estava com a vista embaçada por causa da afluência do sangue e da excitação psíquica, mas a conversa saiu confusa e estranha, ou melhor, não aconteceu.

A primeira pergunta que fizeram a Nikanor Ivanovitch foi a seguinte:

— O senhor é Nikanor Ivanovitch Bossoi, o presidente do comitê domiciliar 302-bis da rua Sadovaia?

Com uma gargalhada terrível, Nikanor Ivanovitch respondeu de forma direta:

— Sou Nikanor, é claro, sou Nikanor! Mas não sou presidente de nada!

— Como assim? — perguntaram a Nikanor Ivanovitch, apertando os olhos.

— É assim — respondeu ele —, porque, se sou o presidente, então significa que deveria imediatamente descobrir que ele é uma força impura! E o que é isso? O pince-nez rachado... suas roupas mais parecem trapos... Como pode ser um tradutor do estrangeiro?

— O senhor está falando de quem? — perguntaram a Nikanor Ivanovitch.

— De Koroviev! — gritou Nikanor Ivanovitch. — Ele acomodou-se no quinquagésimo apartamento do nosso prédio! Escreva aí: Koroviev. Deve ser imediatamente preso! Escreva: sexta entrada social, ele está lá.

— Onde pegou o dinheiro estrangeiro? — perguntaram cordialmente a Nikanor Ivanovitch.

— Meu Deus verdadeiro, todo-poderoso — disse Nikanor Ivanovitch —, que tudo vê, sabe que esse também é o meu caminho. Nunca tive em mãos e nem imaginava que dinheiro estrangeiro é esse! O Senhor irá me castigar pelo meu comportamento ordinário — continuou Nikanor Ivanovitch com emoção, ora abotoando, ora desabotoando a camisa, ora se benzendo. — Aceitei o dinheiro! Aceitei sim, só que era dinheiro nosso, soviético! Fiz o registro por dinheiro, sim, é verdade. Também é bom o nosso secretário, Proliejniov, também é bom! Vamos falar abertamente, todos são ladrões lá na administração predial. Mas eu não toquei em dinheiro estrangeiro!

Ao pedido para não se fazer de bobo e contar como os dólares foram parar no duto de ventilação, Nikanor Ivanovitch pôs-se de joelhos e balançou-se abrindo a boca como se estivesse com vontade de engolir os tacos do assoalho.

— Se quiserem — mugiu ele —, comerei terra para provar que não peguei. Mas Koroviev é o diabo!

A paciência tinha chegado ao limite, e aqueles que estavam do outro lado da mesa levantaram a voz e deram a entender a Nikanor Ivanovitch que tinha que começar a falar a língua humana.

Nesse instante, o quarto com o sofá foi invadido pelo grito selvagem de Nikanor Ivanovitch, que se levantou do chão:

— Lá está ele! Lá está ele, atrás do armário! Olha lá, está rindo! Com seu pince-nez… Segurem-no! Cerquem o recinto!

O rosto de Nikanor Ivanovitch empalideceu, ele começou a benzer o ar, tremendo, correu até a porta e voltou, entoou uma oração e, finalmente, começou a falar bobagens.

Ficou claro que Nikanor Ivanovitch não tinha condições de conversar. Levaram-no para um quarto separado, onde se acalmou, orando e soluçando.

Obviamente foram até a rua Sadovaia e estiveram no apartamento nº 50. Mas não encontraram nenhum Koroviev e ninguém no prédio conhecia ou tinha visto Koroviev algum. O apartamento que fora ocupado pelo falecido Berlioz e por Likhodieiev, que havia viajado para Ialta, estava vazio, e o gabinete estava com os lacres de cera inteiros nos armários. E assim foram embora da Sadovaia, levando com eles, inclusive, o secretário da administração predial, Proliejniov, confuso e abatido.

À noite, Nikanor Ivanovitch foi levado para a clínica do doutor Stravinski. Lá, ele teve um comportamento tão agitado que tiveram que lhe dar uma injeção receitada por Stravinski, e só depois da meia-noite Nikanor Ivanovitch adormeceu no quarto número 119, emitindo, vez por outra, um mugido pesado e sofrido.

Depois de algum tempo, seu sono já estava mais suave. Parou de se mexer e de gemer, sua respiração ficou leve e tranquila, e então o deixaram só.

Um sonho visitou Nikanor Ivanovitch, e os acontecimentos do dia, é claro, estavam presentes nele. O sonho de Nikanor Ivanovitch começou como se umas pessoas com trompetes dourados em mãos o conduzissem solenemente até portas enormes e laqueadas. Perto dessas portas, seus acompanhantes tocaram as fanfarras para Nikanor Ivanovitch. Depois, uma voz grossa e surda, vinda do céu, disse alegremente:

— Seja bem-vindo, Nikanor Ivanovitch! Entregue o dinheiro estrangeiro!

Muito surpreso, Nikanor Ivanovitch avistou sob sua cabeça um alto-falante preto.

De repente, ele já se encontrava numa sala de teatro onde, sob o teto dourado, brilhavam os lustres de cristal e nas paredes havia candelabros. Tudo estava como deveria ser num teatro pequeno, porém rico. Tinha um palco fechado com as cortinas de veludo na cor vinho-escuro, cobertas de notas de dez rublos bordadas como se fossem estrelinhas, havia o ponto e até mesmo o público.

Nikanor Ivanovitch ficou surpreso com o público, pois todos eram do sexo masculino, todos barbudos. Além disso, na sala do teatro não havia cadeiras e todos estavam sentados no chão, maravilhosamente encerado e escorregadio.

Nikanor Ivanovitch ficou confuso com o ambiente novo e amplo, vacilou durante algum tempo e depois, seguindo o exemplo de todos, sentou-se de pernas cruzadas, acomodando-se entre um galalau ruivo e barbudo e um outro, pálido e com a barba comprida. Nenhum dos sentados ali demonstrou curiosidade com a chegada do novo espectador.

Ouviu-se o som suave de uma sineta, as luzes se apagaram, as cortinas se abriram e surgiu o palco iluminado com uma poltrona, uma mesa, sobre a qual havia uma sineta dourada, e um pano de fundo de veludo preto.

No palco apareceu o artista de smoking, elegante, barbeado, com o cabelo penteado para o lado, jovem e com traços do rosto agradáveis. O público mexeu-se e todos se voltaram para o palco. O artista aproximou-se do ponto e esfregou as mãos.

— Estão aí? — perguntou ele, com um barítono suave e sorrindo para a plateia.

— Estamos, estamos — responderam em coro, da plateia, os tenores e os baixos.

— Hum… — disse o artista pensativo. — Não entendo como não se cansam. Gente que é gente está agora andando pelas ruas, deliciando-se com o sol e o calor primaveril e vocês aqui, sentados no chão de uma sala abafada! Acham que esse programa é mesmo interessante? Aliás, gosto não se discute — o artista finalizou de forma filosófica.

Depois, ele mudou o timbre da voz, as entonações, e declarou sonoramente:

— Pois bem, o próximo número do nosso programa é Nikanor Ivanovitch Bossoi, presidente do comitê domiciliar e administrador do refeitório dietético. Vamos receber Nikanor Ivanovitch!

Aplausos unânimes e animados responderam ao artista. Nikanor Ivanovitch arregalou os olhos, surpreso, e o animador, tapando com a mão as faixas de luz, avistou-o na plateia e fez um sinal com o dedo chamando-o para o palco. Nikanor Ivanovitch, sem lembrar como, foi parar no palco. Os holofotes lançaram suas luzes coloridas em seus olhos por baixo e de frente, e com isso a plateia mergulhou na escuridão junto com a sala.

— Vamos, Nikanor Ivanovitch, nos dê um exemplo — disse o jovem artista cordialmente. — Entregue o dinheiro.

Fez-se silêncio. Nikanor Ivanovitch encheu o pulmão de ar e falou baixinho:

— Juro por Deus que...

Mal pronunciou essas palavras e a sala inteira desatou em gritos de indignação. Nikanor Ivanovitch ficou confuso e calou-se.

— Se é que entendi — disse o apresentador do programa —, o senhor queria jurar por Deus que não tem dinheiro estrangeiro? — E olhou para Nikanor Ivanovitch com simpatia.

— Isso mesmo, não tenho — respondeu Nikanor Ivanovitch.

— Bom — replicou o artista —, desculpe a indiscrição: de onde surgiram os quatrocentos dólares encontrados no banheiro do apartamento que é habitado unicamente pelo senhor e por sua esposa?

— São mágicos! — disse alguém na sala escura com evidente ironia.

— Isso mesmo, mágicos — respondeu Nikanor Ivanovitch com timidez em direção indeterminada, podia ser para o artista ou para a plateia, e explicou: — Forças impuras, o tradutor de roupa xadrez deixou lá.

O auditório uivou delirante mais uma vez. Quando o silêncio se instalou novamente, o artista disse:

— Que fábulas de La Fontaine eu tenho que ouvir! Jogaram quatrocentos dólares lá na sua casa! Ei, vocês todos aqui, doleiros, refiro-me a vocês como especialistas: como é possível isso?

— Nós não somos doleiros — soaram no teatro vozes ofendidas separadamente —, mas é uma coisa impossível.

— Concordo plenamente — afirmou o artista — e pergunto: o que podem deixar para trás?

— Uma criança! — gritou alguém da sala.

— Absolutamente correto — confirmou o apresentador do programa. — Uma criança, uma carta anônima, um panfleto, uma bomba-relógio e sabe-se lá o que mais, mas ninguém se desfaria de quatrocentos dólares, não existe no mundo um idiota desses. — E, voltando-se para Nikanor Ivanovitch, o artista completou com reprimenda e tristeza: — O senhor me deixou triste, Nikanor Ivanovitch!

Eu acalentava esperanças com relação ao senhor. Bem, o nosso número não deu certo.

Na sala soou um assobio em direção a Nikanor Ivanovitch.

— É doleiro! — gritavam da plateia. — Por causa de pessoas como ele é que nós sofremos inocentemente!

— Sem xingamentos — disse o animador suavemente. — Ele está arrependido. — E, voltando para Nikanor Ivanovitch os olhos azuis repletos de lágrimas, acrescentou: — Vá, Nikanor Ivanovitch, volte para o seu lugar.

Depois disso, o artista tocou a sineta com entusiasmo e anunciou:

— Intervalo, seus patifes!

Abalado por ter sido, inesperadamente, participante de um programa teatral, Nikanor Ivanovitch retornou para o seu lugar no chão. Nesse instante ele sonhou que a sala havia mergulhado numa total escuridão e que nas paredes surgiram palavras vermelhas incandescentes: "Entregue os dólares!". Depois, as cortinas se abriram novamente e o animador convidou:

— Por favor, peço que Serguei Guerardovitch Duntchil suba ao palco.

Duntchil revelou-se ponderado, porém um cinquentão muito relaxado.

— Serguei Guerardovitch — voltou-se para ele o animador —, faz um mês e meio que o senhor está aqui e se recusa categoricamente a entregar os dólares que lhe restaram, num tempo em que o país necessita muito de divisas, e eles não têm utilidade para o senhor, mas o senhor insiste. É um intelectual, entende tudo perfeitamente e mesmo assim não quer ceder.

— Infelizmente, não posso fazer nada, pois não tenho mais dólares — respondeu calmamente Duntchil.

— Pelo menos os brilhantes — disse o artista.

— Não tenho brilhantes.

O artista abaixou a cabeça e ficou pensativo, depois bateu palmas. Uma dama de meia-idade surgiu da cortina, vestida à moda, ou seja, num paletó sem gola e chapéu minúsculo. A dama tinha uma aparência nervosa, mas Duntchil nem mexeu a sobrancelha para ela.

— Quem é esta dama? — perguntou o apresentador a Duntchil.

— É a minha esposa — respondeu Duntchil com orgulho e olhou para o pescoço comprido da dama, com certa repugnância.

— Estamos incomodando-a, madame Duntchil — referiu-se à dama o animador —, por causa do seguinte assunto: gostaríamos de perguntar se seu marido não tem mais dólares.

— Ele já entregou tudo — respondeu madame Duntchil, preocupada.

— Bom — comentou o artista —, se é assim. Se entregou tudo, então temos de deixar que Serguei Guerardovitch vá embora, fazer o quê? Caso deseje, o senhor, Serguei Guerardovitch, pode deixar o teatro. — O artista fez um gesto majestoso.

Duntchil virou-se tranquila e solenemente e dirigiu-se para trás das cortinas.

— Um minutinho! — pediu o apresentador. — Permita-me, em despedida, mostrar ao senhor mais um número do nosso programa. — E novamente bateu palmas.

A cortina preta do fundo abriu-se e no palco apareceu uma jovem e bela moça trajando um vestido de baile, trazendo nas mãos uma bandeja dourada, em cima da qual havia um pacote grosso amarrado com uma fita de bombons e um colar de brilhantes que irradiava fachos azuis, amarelos e vermelhos para todos os lados.

Duntchil deu um passo atrás e seu rosto empalideceu. A plateia silenciou.

— Dezoito mil dólares e um colar de quarenta mil em ouro — anunciou solenemente o artista. — Serguei Guerardovitch guardava em Kharkov no apartamento de sua amante Ida Guerkulanovna Vors, que temos a grata satisfação de ver diante de nós, e que gentilmente nos ajudou a descobrir esse tesouro sem preço, porém inútil nas mãos de um indivíduo privado. Muito obrigado, Ida Guerkulanovna.

A moça bonita sorriu, seus dentes brilharam e suas pestanas felpudas piscaram.

— Agora, sob a sua máscara cheia de orgulho — disse o artista a Duntchil — esconde-se um verme egoísta e mentiroso incrível. Enganou a todos nesse mês e meio com sua teimosia obtusa. Vá para casa, e que aquele inferno que a sua esposa vai arrumar para o senhor seja o seu castigo.

Duntchil balançou e fez que ia cair, mas as mãos espertas de alguém o seguraram. Nesse instante, a cortina frontal se fechou e encobriu os que estavam no palco.

Aplausos enlouquecidos sacudiram o auditório a tal ponto que Nikanor Ivanovitch achou que os fogos dos lustres saltaram. Quando a cortina se abriu novamente, não havia mais ninguém no palco além do artista. Ele arrancou mais uma explosão de aplausos, fez reverências e disse:

— O papel de Duntchil foi interpretado em nosso programa por um típico jumento. Eu já tive a satisfação de dizer ontem que a posse secreta de dólares não faz sentido. Ninguém pode usá-los em nenhuma circunstância, garanto aos senhores. Por exemplo, esse próprio Duntchil. Recebe um salário maravilhoso e não necessita de nada. Tem um apartamento magnífico, uma esposa e uma amante bonitas. Mas não! Em vez de viver em paz e tranquilamente, sem aborrecimentos, entregando os dólares e as pedras, esse tolo ambicioso conseguiu ser desmascarado diante de todos e, como tira-gosto, ganhou uma boa dor de cabeça familiar. Então, quem deseja entregar? Não há voluntários? Nesse caso, vai participar do próximo número do nosso programa o famoso talento dramático, o artista Kuroliessov, Savva Potapovitch, especialmente convidado e que interpretará um trecho do poema de Puchkin "O cavaleiro avarento".

Kuroliessov não demorou a aparecer no palco e era um homem grande e carnudo, com a barba feita, de fraque e gravata branca.

Sem qualquer preâmbulo, ele fez uma expressão sombria, juntou as sobrancelhas e falou com a voz artificial, olhando de soslaio a sineta dourada:

— Como um jovem pândego aguarda o encontro com uma libertina astuta qualquer...*

Então Kuroliessov contou sobre si muita coisa desagradável. Nikanor Ivanovitch ouvia como Kuroliessov admitia que uma infeliz

---

* Frase inicial da segunda cena de *O cavaleiro avarento*, de A. S. Puchkin. (N. T.)

viúva, apesar de uivar diante dele ajoelhada sob a chuva, não conseguiu atingir o coração de pedra do artista.

Até ter o sonho, Nikanor Ivanovitch não conhecia as obras de Puchkin, mas conhecia muito bem o poeta e várias vezes por dia pronunciava frases do tipo: "Quem vai pagar pelo apartamento? Puchkin?" ou "Então foi Puchkin quem roubou a lâmpada na escada?", "É Puchkin que vai comprar a gasolina?".

Agora, depois de conhecer uma das obras de Puchkin, Nikanor Ivanovitch entristeceu, pensou numa mulher ajoelhada, cercada de órfãos sob a chuva, e concluiu involuntariamente: "Este Kuroliessov é uma figura!".

Esse, por sua vez, aumentando cada vez mais o tom de voz, continuava sua confissão e deixou Nikanor Ivanovitch completamente confuso, pois começou a referir-se a uma pessoa que não estava no palco. Por isso, respondia também pela pessoa ausente e se autodenominava "majestade", "barão", "pai", "filho", então "senhor" ou "tu".

Nikanor Ivanovitch entendeu somente uma coisa: que o artista morrera de uma morte terrível gritando: "Chaves! Minhas chaves!", e jogando-se, depois disso, no chão, gemendo e tirando com cuidado a gravata.

Depois de morrer, Kuroliessov levantou-se, bateu a poeira das calças, fez uma reverência, sorriu um sorriso falso e retirou-se sob aplausos tímidos. Então o animador disse:

— Acabamos de ouvir com os senhores, numa maravilhosa interpretação de Savva Potapovitch, o poema "O cavaleiro avarento". Esse cavaleiro tinha a esperança de que diferentes ninfas iriam ao seu encontro e que muita coisa agradável ainda aconteceria nesse sentido. Mas, como estão vendo, nada disso ocorreu, as ninfas não vieram, nem as musas lhe trouxeram dádivas, e ele não conseguiu eliminar os demônios, mas ao contrário, acabou mal, morreu como o diabo gosta: infartou sobre o baú com dólares e pedras preciosas. Vou logo avisando que algo semelhante acontecerá com os senhores, senão pior, caso não entreguem os dólares!

Foi a poesia de Puchkin que causou tamanha impressão ou foi a fala prosaica do animador, mas, de repente, uma voz tímida soou da plateia:

— Quero entregar os meus dólares.

— Peço gentilmente para subir ao palco — solicitou o animador, educado, olhando para a sala escura.

No palco surgiu um cidadão baixinho e loiro que, pelo rosto, parecia não se barbear por mais de três semanas.

— Desculpe, qual é o seu sobrenome? — perguntou o animador.

— Kanavkin Nikolai — respondeu o convidado com timidez.

— Ah! Muito prazer, cidadão Kanavkin. Então?

— Estou entregando — disse Kanavkin baixinho.

— Quanto?

— Mil dólares e vinte moedas de dez em ouro.

— Bravo! É tudo que o senhor tem?

O apresentador do programa olhou diretamente nos olhos de Kanavkin, e pareceu a Nikanor Ivanovitch que desses olhos jorraram raios que radiografaram Kanavkin como se fossem raios X. A plateia suspendeu a respiração.

— Acredito! — exclamou finalmente o artista e o seu olhar se apagou. — Acredito! Esses olhos não mentem. Pois quantas vezes eu disse ao senhor que o erro é menosprezar o significado dos olhos humanos? Entenda, a língua pode esconder a verdade, mas os olhos, nunca! Uma pergunta inesperada pode fazê-lo estremecer, mas, em um segundo, o senhor domina a situação e já sabe o que dizer. Nenhuma ruga em seu rosto se move. Porém, a verdade do fundo da alma, perturbada pela pergunta, salta num instante para os olhos e pronto, está tudo acabado! A mentira foi percebida e o senhor pode ser desmascarado!

Ao afirmar isso com grande excitação, nessa fala convincente, o artista perguntou carinhosamente a Kanavkin:

— Onde estão escondidos?

— Na casa de minha tia, Porokhovnikova, na Pretchistenka...

— Ah! Isso... espere... na casa de Klavdia Ilinitchna, é?

— É.

— Ah, sim, sim, sim, sim! Um pequeno sobrado? De frente para um jardim? É claro, conheço! E onde estão lá?

— No porão, numa caixa de chocolates Einem...*

O artista jogou as mãos para cima.

— Vocês já viram algo semelhante? — gritou ele, triste. — O dinheiro vai cobrir-se de musgo de tanta umidade! Como é possível confiar dólares a pessoas assim? Há? Parecem crianças, juro por Deus!

Kanavkin entendeu que tinha cometido uma grande asneira e abaixou a cabeça.

— Dinheiro — continuou o artista — deve ser guardado no banco do Estado, em recintos especiais com o ambiente seco e bem-vigiado, e não no porão de uma tia, onde pode se estragar e, inclusive, ser roído pelas ratazanas. Que vergonha, Kanavkin! O senhor é um homem adulto!

Kanavkin não sabia mais o que fazer e ficou parado mexendo com o dedo na barra do paletó.

— Está bem — o artista ficou mais suave —, já passou... — De repente acrescentou: — Bom, aliás... tudo de uma vez para... para não gastar gasolina à toa... a própria tia também tem, hein?

Kanavkin, que não esperava nem de longe essa reviravolta, estremeceu, e o silêncio tomou conta do teatro.

— Eh, Kanavkin — disse carinhosamente o mestre de cerimônias em tom de censura —, e eu ainda o elogiei! Vejam só, assim você põe tudo a perder! Isso é muito tolo, Kanavkin! Acabei de falar sobre os olhos. Percebe-se que a tia também tem dinheiro escondido. Por que fica nos atormentando?

— Tem sim! — gritou Kanavkin com audácia.

— Bravo! — gritou o animador.

— Bravo! — gritou a plateia em peso.

Quando se fez silêncio, o animador felicitou Kanavkin, apertou sua mão, ofereceu um carro para levá-lo à sua casa e deu ordem, para alguém que estava atrás das cortinas, apanhar nesse mesmo carro a tia e pedir que viesse até o teatro feminino para participar do programa.

---

* Fábrica de doces fundada em 1851 por Ferdinand Theodor von Einem (1826-76), renomeada, em 1922, de Krasni Oktiabr (Outubro vermelho) e que existe até os dias atuais. (N. T.)

— Bem, eu gostaria de saber se sua tia não disse onde guardava o dinheiro dela — indagou o animador, oferecendo gentilmente a Kanavkin um cigarro e um fósforo aceso. Esse, triste, riu com o canto da boca ao acender o cigarro.

— Sim, acredito, acredito — suspirou o artista em resposta —, aquela velha avarenta não diria nem ao diabo, que dirá ao sobrinho. Pois então, tentaremos despertar nela sentimentos humanos. Quem sabe nem todas as cordas ainda apodreceram naquela alma de agiota. Boa sorte, Kanavkin!

E Kanavkin partiu feliz. O artista perguntou se não havia mais voluntários para entregar dólares, mas obteve o silêncio como resposta.

— Por Deus, como são tolos! — disse o artista, dando de ombros, e a cortina o encobriu.

As luzes se apagaram, por algum tempo permaneceu escuro e, de longe, ouvia-se um tenor nervoso, que cantava:

"Lá há montes de ouro e eles me pertencem!"*

Depois, de algum lugar soaram aplausos por duas vezes.

— No teatro feminino uma senhorita está entregando — disse de repente o ruivo e barbudo vizinho de Nikanor Ivanovitch, que, suspirando, acrescentou: — Se não fossem os meus gansos!... Eu, senhor gentil, tenho um bando de gansos de briga em Lianozovo... Temo que morrerão sem mim, será um prejuízo... A ave é frágil, precisa de cuidados... Se não fossem os gansos! Nunca serei um Puchkin — ele suspirou novamente.

Nesse momento, a sala iluminou-se mais uma vez, e Nikanor Ivanovitch começou a sonhar que por todas as portas entraram cozinheiros com seus chapéus de mestre-cuca e com conchas nas mãos. Os cozinheiros trouxeram para a sala um panelão de sopa e um tabuleiro de pão fatiado. Os espectadores se animaram. Os alegres cozinheiros puseram-se a distribuir a sopa em pratos e o pão fatiado.

— Comam — gritavam os cozinheiros — e entreguem os dólares! Para que ficar preso aqui à toa? Que vontade de comer essa porcaria! Poderia ir para casa, tomava uma dose e comeria bem melhor!

---

* Frase da ópera *A dama de espadas*, de P. I. Tchaikovski, baseada na novela homônima de A. S. Puchkin. (N. T.)

— Você, por exemplo, para que está aqui, paizinho? — disse um cozinheiro gorducho com o pescoço avermelhado diretamente a Nikanor Ivanovitch, estendendo a ele um prato de sopa rala em que flutuava uma folha de repolho.

— Não tenho! Não tenho! Não tenho nada! — gritou Nikanor Ivanovitch com uma voz assustada. — Não tenho nada!

— Não tem? — uivou o cozinheiro com uma voz aterrorizante e grossa. — Não tem? — perguntou ele com uma voz feminina e gentil. — Não tem, não tem — balbuciou, acalmando-se e se transformando na enfermeira Praskovia Fiodorovna.

Ela gentilmente sacudia Nikanor Ivanovitch, que gemia sonhando. Então os cozinheiros desapareceram e o teatro sumiu por trás da cortina. Nikanor Ivanovitch viu através das lágrimas seu quarto na clínica e duas pessoas de jalecos brancos, que não eram os cozinheiros impertinentes e intrometidos com seus conselhos. Eram os doutores e Praskovia Fiodorovna, que segurava nas mãos uma bandeja com uma injeção, e não um prato de sopa.

— Qual é o problema? — disse amargamente Nikanor Ivanovitch, enquanto lhe davam a injeção — Não tenho, não tenho! Deixe que Puchkin lhes entregue os dólares. Não tenho!

— Não tem, não tem — acalmava a bondosa Praskovia Fiodorovna. — Se não tem, então nem há conversa.

Nikanor Ivanovitch sentiu-se melhor depois da injeção e adormeceu sem ter sonhos.

Porém, graças aos gritos dele, o sinal de alerta foi transferido para o quarto nº 120, onde o doente acordou e começou a procurar sua cabeça, e para o quarto nº 118, onde se agitava um desconhecido mestre que, em profunda tristeza, torceu a mão, olhando para a lua e lembrando a última e amarga noite de outono em sua vida, o facho de luz embaixo da porta do porão e os cabelos soltos.

Do quarto nº 118 o sinal de alerta passou pelo balcão para Ivan, e ele acordou e pôs-se a chorar.

Mas o doutor rapidamente acalmou as cabeças dos que se agitaram e se afligiram, e elas logo adormeceram. Ivan foi o que mais se distraiu antes de pegar no sono, quando já clareava sobre o rio. Depois do remédio que embebedou todo o seu corpo, a calmaria chegou a ele como se uma onda o tivesse encoberto. Seu corpo tornou-se mais leve, e a cabeça recebeu a lufada de vento do sono. Adormeceu, e a última coisa que ouviu, ainda acordado, foi o canto dos pássaros no bosque. Mas logo se calaram, e ele começou a sonhar que o sol já estava baixo sobre o monte Gólgota e esse monte estava duplamente cercado…

16. A execução

O sol já estava baixo sobre o monte Gólgota, e esse monte estava duplamente cercado.

Aquela ala da cavalaria, que atravessou o caminho do procurador próximo ao meio-dia, saiu a trote em direção aos portões da cidade de Hebron. O caminho para ela já estava preparado. A infantaria da coorte da Capadócia afastara para os lados a multidão de pessoas, de mulas e camelos, e a ala, levantando colunas brancas de poeira até o céu, saiu a galope até o cruzamento, onde se encontravam os dois caminhos: ao sul, que levava para Belém, e a noroeste, que levava para Jafa. A ala seguiu pelo caminho noroeste. Os mesmos capadócios caminhavam à margem da estrada e a tempo desviaram dela suas caravanas que se apressavam para a festa em Yerushalaim. Multidões de crentes estavam atrás dos capadócios, deixando temporariamente seus catres estendidos na grama. Um quilômetro depois, a ala ultrapassou a segunda coorte da Legião Fulminata e, mais um quilômetro, ultrapassou a primeira e chegou aos pés do monte Gólgota. Aqui ela tinha pressa. O comandante dividia a ala em pelotões, e eles cercaram o sopé de todo o monte não muito alto, deixando livre somente um acesso a partir da estrada de Jafa.

Algum tempo depois, a segunda coorte chegou ao monte atrás da ala, subiu e o cercou como se fosse uma coroa.

Finalmente, aproximou-se a centúria sob o comando de Marcos Mata-ratos. Ela vinha em duas fileiras às margens da estrada, e entre essas fileiras, sob a guarda secreta, vinham, dentro de uma carroça, os três condenados com placas brancas penduradas nos pescoços, nas quais estava escrito "ladrão e rebelde" em dois idiomas: aramaico e grego.

Atrás da carroça vinham os outros, carregando toras de madeira com barras fixas, cordas, pás, baldes e machados. Nas carroças estavam seis carrascos. Atrás, a cavalo, vinha o centurião Marcos, chefe da guarda de Yerushalaim, e aquele mesmo homem de capuz com quem Pilatos teve uma rápida reunião num quarto escuro do palácio.

Encerrava a procissão uma fileira de soldados, e atrás seguiam cerca de dois mil curiosos que não temeram o calor e desejavam presenciar o interessante espetáculo.

Aos curiosos juntaram-se agora os crentes que sem problemas eram admitidos à última parte da procissão. Sob os gritos agudos dos arautos que acompanhavam a coluna e que repetiam aquilo que Pilatos gritou próximo do meio-dia, a procissão chegou ao monte Gólgota.

A ala deixou que todos ocupassem a parte superior do monte, e a segunda centúria permitiu que subissem mais acima somente aqueles que tinham alguma coisa a ver com a execução. Depois, fazendo manobras rápidas, dispersou a multidão em torno de todo o monte de tal forma que ficasse entre o cerco da infantaria acima e o cerco da cavalaria abaixo. Só se poderia ver a execução através de uma fileira de soldados.

Pois bem, já haviam passado mais de três horas desde que a procissão subira a colina, e o sol baixava sobre o monte Gólgota, mas o calor ainda era insuportável, e os soldados nos dois cercos sofriam com ele, padeciam por nada fazer e no fundo da alma amaldiçoavam os três bandidos, desejando a morte deles o mais rápido possível.

O pequeno comandante da ala, com a testa suada e a camisa branca escura nas costas por causa do suor, estava ao pé do monte, onde estava aberto o caminho de subida. Aproximava-se do balde de couro do primeiro pelotão, pegava água com a mão, bebia e molhava o seu turbante. Depois de obter alívio, afastava-se e novamente começava a andar de um lado para o outro pela estrada que levava ao topo do monte. Sua espada comprida batia na bota de couro amarrada por cadarços. O comandante queria dar a seus cavaleiros o exemplo de resistência, mas tinha pena dos soldados, e permitiu que fizessem das lanças, enfiadas na terra, pirâmides, e colocassem suas capas brancas sobre elas. Sob essas barracas os sírios escondiam-se do sol impiedoso. Os baldes se esvaziavam rapidamente, e os cavaleiros de vários pelotões, em fila, iam buscar água no barranco sob o monte, onde embaixo da sombra rara das amoreiras um córrego turvo vivia seus últimos dias no calor diabólico. Ali também estavam os cavalariços, entristecidos e tentando captar as raras sombras, segurando os cavalos amansados.

A tristeza dos soldados e os xingamentos que lançavam em direção aos bandidos eram compreensíveis. O temor do procurador com as desordens que poderiam ocorrer durante a execução na cidade de Yerushalaim, odiada por ele, felizmente não se concretizou. E, quando começou a quarta hora da execução, entre as duas fileiras dos cercos, o superior da infantaria e o da cavalaria ao pé do monte, não restou nem sequer uma pessoa, contrariando todas as expectativas. O sol queimou a multidão e a mandou de volta para Yerushalaim. Próximo às fileiras das centúrias romanas restavam apenas dois cães, que ninguém sabia de quem eram e como foram parar no monte. Estavam sedentos de tanto calor, deitaram com as línguas de fora sem prestar atenção em nada, nem nas lagartixas verdes, os únicos seres vivos que não temiam o calor e que andavam por entre as pedras escaldantes e pelas plantas com grandes espinhos que se enroscavam pela terra.

Ninguém tentou atacar os condenados, nem na própria Yerushalaim tomada por soldados nem aqui, no monte cercado, e a multidão voltou para a cidade, pois, realmente, nada de interessante havia nessa execução e, lá na cidade, já estavam em curso os preparativos para a grande festa da Páscoa, à noite.

A infantaria romana do patamar superior do monte sofria mais que a cavalaria. A única coisa que o centurião Mata-ratos deixou que os soldados fizessem foi tirar os capacetes e cobrir as cabeças com panos brancos molhados, mas eles tinham de permanecer em pé e empunhando as lanças. Ele próprio, com um pano desses na cabeça, não molhado, mas seco, andava próximo ao grupo de carrascos sem tirar nem mesmo de sua camisa as cabeças de leão de prata aplicadas, sem tirar as navalhas, a espada e a faca. O sol batia diretamente no centurião sem lhe causar qualquer dano, e era impossível olhar para a cara dos leões, pois o brilho ofuscante da prata, que parecia ferver ao sol, corroía os olhos.

O rosto desfigurado de Mata-ratos não expressava cansaço, nem insatisfação, e parecia que o gigante centurião tinha forças para andar assim a noite inteira e mais um dia, ou seja, o quanto fosse necessário. Andar da mesma forma com as mãos sobre o cinturão pesado com placas de metal, olhar da mesma forma sombria para os postes com os condenados ou para os soldados nas fileiras, e da mesma forma indiferente chutar com o bico da bota felpuda pedaços de ossos humanos embranquecidos pelo tempo ou pequenas pedras que lhe surgiam no caminho.

Aquele que estava de capuz acomodou-se num banco de três pés ao lado dos postes e ficou numa placidez imóvel, mas, às vezes, de tanta monotonia, remexia a areia com um galho seco.

Foi dito que atrás da fileira de legionários não havia nenhuma pessoa, mas não é bem verdade. Havia uma pessoa, só que nem todos a podiam ver. Ela não se acomodara daquele lado onde estava aberta a subida para o monte, mas do lado no qual era mais cômodo para observar a execução, o lado norte, onde o monte não era íngreme, era acessível, mas irregular, onde havia barrancos e fendas, lá, onde, agarrada à terra seca, e amaldiçoada pelo céu, uma figueira doente na fenda tentava sobreviver.

Exatamente sob ela, que não dava sombra alguma, foi que se instalou esse único espectador, não participante da execução, que estava sentado na pedra desde o início, ou seja, havia quatro horas. Sim, para ver a execução, havia escolhido a pior, e não a melhor posição. De lá, porém, avistava bem os postes por trás das fileiras de soldados, assim como as placas brilhantes no peito do centurião, e isso, pelo visto, para quem não queria ser percebido e perturbado por ninguém, era o suficiente.

No entanto, quatro horas antes, quando se iniciara a execução, essa pessoa comportava-se de forma bem diferente, e podia ser percebida. Deve ter sido em função disso, provavelmente, que mudou o seu comportamento e se isolou.

Então, assim que a procissão atingiu o topo atrás da fileira que cercava o Gólgota, ele surgiu pela primeira vez e, evidentemente, como uma pessoa que estava atrasada. Ele respirava pesado e não caminhava, mas corria para o monte e empurrava, ao ver que diante dele, assim como diante de todos os outros, a fileira se fechara, e então, fingindo não entender os gritos irritados, fez a tentativa ingênua de romper o cerco dos soldados para passar até o local da execução, onde já estavam retirando os condenados da carroça. No entanto, recebeu um golpe pesado de lança no peito e afastou-se dos soldados, gritando não de dor, e sim de desespero. Lançou um olhar turvo e indiferente para o legionário que o atingiu, como um homem insensível à dor física.

Tossindo, engasgando e segurando o peito, ele corria em volta do monte, e tentava encontrar, na parte norte, alguma fresta na fileira pela qual pudesse passar. Mas era tarde. O cerco se fechou. E o homem, com o rosto desfigurado pela desgraça, foi obrigado a desistir de suas tentativas de chegar até as carroças, das quais tiraram os postes. Suas tentativas não levaram a nada a não ser o risco de ser pego, e ser preso nesse dia não estava em seus planos.

Então se afastou até o barranco, onde estava calmo e ninguém o perturbava.

Agora, sentado na pedra, esse homem de barba negra, com os olhos inflamados do sol e de insônia, estava triste. Ele suspirava, abrindo sua túnica azul maltrapilha, que, pelas andanças, havia se transformado em um *talit** cinza, e desnudava o peito machucado pela lança pelo qual escorria o suor sujo, ou, num sofrimento insuportável, elevava os olhos para o céu, seguindo três abutres que havia tempos flutuavam nas alturas, dando grandes voltas à espera de um banquete; ou fixava os olhos de desesperança na terra amarela e ficava olhando para uma caveira semidecomposta de cachorro e para as lagartixas que corriam em torno dela.

O sofrimento do homem era tão grande que, volta e meia, ele conversava consigo mesmo.

— Oh, sou um tolo! — balbuciava ele, balançando-se sentado na pedra, com uma dor profunda na alma e arranhando com as

---

* Acessório religioso judaico em forma de um xale feito de seda, lã ou linho, tendo em suas extremidades as *tsitsiot* ou *sissiot* "*sefaradi*". Ele é usado como uma cobertura na hora das preces judaicas, principalmente no momento da oração de Shacharit. (N. T.)

unhas o seu peito moreno. — Um tolo, uma mulher insensata, um covarde! Sou uma carniça e não um homem!

Ele calava-se, abaixava a cabeça e, depois, bebendo a água morna de um cantil de madeira, reanimava-se e novamente punha a mão na faca escondida no peito sob o *talit*, ou segurava o pedacinho de pergaminho estendido diante dele sobre a pedra ao lado de um pauzinho e um frasquinho com tinta.

Nesse pergaminho havia algo escrito:

"Os minutos correm, e eu, Mateus Levi, estou próximo do monte Gólgota, e a morte não chega!"

Em seguida:

"O sol está se pondo, e a morte não vem."

Agora Mateus Levi anotava sem esperança com o pauzinho pontiagudo:

"Deus! Por que te zangaste com ele? Envia-lhe a morte."

Depois de anotar isso, ele soluçou sem lágrimas e novamente arranhou o seu peito com as unhas.

O motivo de desespero de Levi era a terrível desgraça que havia atingido Yeshua e, além disso, o erro que ele, Levi, na sua opinião, havia cometido. Dois dias antes, Yeshua e Levi estavam em Betfagé, nos arredores de Yerushalaim, na casa de um agricultor que gostou muito das pregações de Yeshua. A manhã inteira os dois visitantes trabalharam na horta ajudando o dono e pretendiam, no frescor do entardecer, ir até Yerushalaim. Mas Yeshua, por algum motivo, apressou-se, dizendo que tinha compromissos inadiáveis na cidade, e foi embora sozinho, perto do meio-dia. Esse foi o primeiro erro de Mateus Levi. Não devia ter deixado ele ir embora sozinho!

À noite, Mateus não teve como ir a Yerushalaim. Um mal-estar inesperado o atingiu. Ele tremia, o corpo parecia em chamas, e começou a bater os dentes pedindo água a todo instante. Não podia ir a lugar algum. Caiu sobre o xairel do depósito da horta e lá ficou até o raiar de sexta-feira, quando a doença deixou Mateus também de forma inesperada. Apesar de muito fraco, e com os pés trêmulos, como se estivesse pressentindo uma desgraça, ele despediu-se do dono e foi para Yerushalaim. Lá, soube que seus sentidos não o enganaram. A desgraça já tinha acontecido. Levi estava na multidão e ouviu quando o procurador anunciou a sentença.

Quando levaram os condenados para cima do monte, Mateus Levi correu junto com os curiosos ao lado da fileira dos soldados que faziam o cerco, tentando, de alguma forma imperceptível, dar um sinal a Yeshua. Um sinal de que pelo menos ele, Levi, estava ali e não o abandonara em seu último percurso e que rezava para que a morte o atingisse o mais rápido possível. Mas Yeshua, que olhava para longe, para lá, para onde o levavam, é claro, nem percebeu Levi.

Depois que a procissão percorreu mais de meio quilômetro pela estrada, Mateus, que era empurrado pela multidão próximo ao cerco, foi atingido por uma ideia genial e, na mesma hora, em toda sua agitação, ele xingou a si mesmo por essa ideia não lhe ter vindo antes. Os soldados marchavam numa fileira não muito cerrada. Entre eles havia espaços. Se fosse bastante ágil e calculasse bem, dava para, inclinando-se, passar entre dois legionários, chegar às carroças e subir nelas. Então, Yeshua estaria livre dos sofrimentos.

Bastaria um instante para fincar a faca em Yeshua, gritando-lhe: "Yeshua! Eu te salvo e vou contigo! Eu, Mateus, teu único e fiel discípulo!".

E se Deus o abençoasse com mais um instante livre, poderia conseguir matar a si mesmo, evitando a morte no poste. Aliás, a última versão pouco interessava Levi, o ex-cobrador de tributos. Para ele tanto fazia como morrer. Ele queria somente uma coisa: que Yeshua, que não havia feito nenhum mal a ninguém, fosse salvo dos sofrimentos.

O plano era bom, mas a questão era que Levi não tinha a faca. Assim como não tinha nem uma moeda.

Enlouquecido consigo mesmo, Levi livrou-se da multidão e correu de volta para a cidade. Em sua cabeça quente saltava somente um pensamento: conseguir de qualquer jeito uma faca na cidade e voltar a alcançar a procissão.

Ele correu até os portões da cidade, desviando das caravanas que entravam, e avistou, à esquerda, a porta aberta de uma venda, onde vendiam pão. Com a respiração ofegante depois de tanto correr, Levi entrou na taberna, saudou a dona que estava do outro lado do balcão, pediu que tirasse da prateleira o pão no alto do qual havia gostado mais e, quando ela se virou, ele em silêncio e rapidamente apanhou o que não poderia ser melhor — uma faca de pão bem afiada e comprida e, no mesmo instante, saiu correndo da venda.

Alguns minutos depois, estava novamente na estrada para Jafa. Não se avistava mais a procissão. Ele corria. Volta e meia tinha que se jogar na poeira e ficar imóvel, até recuperar a respiração. Assim, ficava deitado, deixando surpresas as pessoas que passavam em mulas e as que iam a pé até Yerushalaim. Ficava deitado, ouvindo como o seu coração batia rápido não só no peito, mas na cabeça e nos ouvidos. Depois de recuperar a respiração, levantava-se e continuava a correr, mas cada vez mais e mais devagar. Quando finalmente avistou a procissão, que levantava a poeira ao longe, ela já estava aos pés do monte.

— Oh, Deus… — gemeu Mateus, entendendo que estava atrasado. É, ele se atrasou.

Depois da quarta hora da execução, os sofrimentos de Levi chegaram ao limite e ele ficou furioso. Levantou-se da pedra, jogou na terra a faca roubada à toa, como agora lhe parecia, esmagou o cantil com o pé, deixando a si mesmo sem água, agarrou-se pelos cabelos ralos, depois de tirar o turbante da cabeça, e começou a amaldiçoar a si mesmo.

Amaldiçoava a si próprio, exclamando palavras sem sentido, rosnava e cuspia, e xingava seu pai e sua mãe por terem gerado um tolo.

Percebendo que as maldições e os xingamentos não funcionavam, e que nada sob o sol escaldante mudava, cerrou os punhos, apertou os olhos e os elevou ao céu, para o sol que descia e fazia com que as sombras se tornassem mais compridas, e ia adormecer no mar Mediterrâneo, exigindo de Deus um milagre imediato. Ele exigia que Deus enviasse a morte a Yeshua naquele instante.

Abriu os olhos e percebeu que tudo estava sem alteração no monte, a não ser as placas que brilhavam no peito do centurião, que apagaram. O sol enviava raios em direção às costas dos condenados que estavam de frente para Yerushalaim. Então, Levi gritou:

— Deus, eu te amaldiçoo!

Com a voz rouca ele gritava que tinha se convencido da injustiça de Deus e não pretendia mais acreditar nele.

— Tu és surdo! — uivava Levi. — Se não fosses surdo, me ouvirias e enviarias a morte a ele!

Com os olhos apertados, Levi esperava o fogo que cairia do céu e o fulminaria. Isso não aconteceu, e Levi abriu os olhos e continuou gritando palavras de ira e de mágoa para o céu. Em sua total decepção, gritava sobre a existência de outros deuses e outras religiões. Sim, outro deus não permitiria aquilo, nunca permitiria que um homem como Yeshua fosse queimado numa cruz sob o sol.

— Eu me enganei! — gritava Mateus com a voz rouca. — Tu és o deus do mal! Ou então teus olhos foram totalmente fechados pela fumaça dos defumadores da catedral, e teus ouvidos pararam de ouvir qualquer coisa além dos sons das trombetas dos padres. Tu não és Deus Todo-poderoso. Tu és um deus maligno! Eu te amaldiçoo, deus dos bandidos, protetor e alma deles!

Algo soprou no rosto do ex-cobrador de tributos e algo se mexeu sob seus pés. Soprou mais uma vez e, então, Levi abriu os olhos e viu que tudo no mundo, sob a influência de suas maldições ou por força de quaisquer outros motivos, mudou. O sol sumiu sem atingir o mar no qual mergulhava diariamente. Uma nuvem terrível de chuva, vinda do leste, subiu direto ao céu e engoliu o sol. As pontas da nuvem ferviam com espumas, o ventre negro em fumaça irradiava em tons amarelos. A nuvem resmungava e volta e meia saíam dela linhas de fogo. Pela estrada de Jafa, pelo vale pobre, sobre os catres dos crentes que eram levados pelas lufadas do vento inesperado, voavam colunas de poeira.

Levi calou-se e tentou imaginar se a tempestade, que naquele instante desabaria sobre Yerushalaim, iria mudar algo no destino do infeliz Yeshua. Olhando para os raios de fogo que cortavam a nuvem, começou a pedir que o raio batesse na cruz de Yeshua. Arrependido, Levi olhava para o céu limpo que ainda não havia sido devorado pela nuvem e no qual voavam os abutres para fugir da tempestade. Pensou que tinha se apressado com suas maldições: agora Deus não o ouviria mais.

Levi lançou seu olhar em direção ao pé do Gólgota, fixando-se no local onde estava o pelotão da cavalaria, e viu que tinham ocorrido mudanças significativas. Do alto, Levi percebeu como os soldados se agitavam, puxando as lanças da terra e vestindo as capas. Como os cavalariços, eles corriam pela estrada a trote, levando os cavalos pelas rédeas. A divisão estava se retirando, isso era evidente. Levi protegia o rosto da poeira com a mão, cuspia e tentava pensar: o que significava a retirada da cavalaria? Dirigiu o olhar para o local mais alto e viu a figura que trajava um camisão militar rubro e que caminhava em direção ao local da execução. Nesse momento, pressentindo o final feliz, o coração do ex-cobrador de tributos gelou.

Aquele que subia o monte, ao passar da quinta hora de sofrimento dos bandidos, era o comandante da coorte, que havia vindo de Yerushalaim acompanhado de um ordenança. A fileira de soldados abriu-se por ordem do Mata-ratos e o centurião bateu continência ao tribuno. Este, por sua vez, levou o Mata-ratos para o lado e cochichou algo. O centurião bateu continência pela segunda vez e dirigiu-se ao grupo de carrascos sentado nas pedras aos pés das cruzes. O tribuno, por sua vez, caminhou em direção àquele que estava sentado no banco de três pés que se levantou e dirigiu-se a ele. O tribuno disse algo e os dois foram até as cruzes. A eles juntou-se o chefe da guarda.

O Mata-ratos, olhando de soslaio para os trapos sujos que estavam jogados na terra ao lado das cruzes, trapos, que pouco tempo atrás, eram as roupas dos criminosos, que os carrascos haviam arrancado, chamou dois deles e ordenou:

— Sigam-me!

Da cruz mais próxima soava uma canção rouca e sem sentido. Pendurado nela, Gestas, ao final da terceira hora da execução, enlouqueceu com as moscas e o sol, e cantarolava baixinho algo sobre a uva, balançando a cabeça coberta com um turbante e espantando as moscas que saíam de seu rosto, mas logo voltavam.

Dismas, na segunda cruz, sofria mais do que os outros dois, pois a consciência não o deixava, e ele balançava a cabeça com frequência, fazendo sempre o mesmo movimento: ora para a esquerda, ora para a direita, tentando bater com a orelha no ombro.

O mais resignado de todos era Yeshua. Nas primeiras horas teve vários desmaios, depois perdeu a consciência, fincado de cabeça pendurada, com o turbante desenrolado. Por isso, as moscas e as varejeiras cobriram o seu corpo de tal forma que seu rosto sumiu sob a máscara negra que se movia. No ventre, na barriga e nas axilas havia moscas varejeiras gordas que sugavam o corpo amarelo desnudo.

Dois carrascos obedeceram às ordens do homem de capuz: um pegou a lança e o outro trouxe até a cruz o balde e a bucha. O primeiro carrasco levantou a lança e bateu primeiro numa e depois na outra mão de Yeshua, que estava com as mãos esticadas e amarradas com cordas ao longo da cruz. O corpo com as costelas à mostra estremeceu. O carrasco passou a lança pelo abdômen. Então, Yeshua suspendeu a cabeça e as moscas com zunidos abandonaram o rosto irreconhecível, inchado das picadas e com os olhos inflamados.

Ha-Notzri abriu os olhos e olhou para baixo. Seus olhos, que eram normalmente claros, estavam turvos.

— Ha-Notzri! — disse o carrasco.

Ha-Notzri mexeu os lábios inchados e respondeu com a voz rouca de bandido:

— O que deseja? Por que se aproximou de mim?

— Beba! — disse o carrasco, suspendendo a bucha embebida de água na ponta da lança até os lábios de Yeshua. A alegria brilhou nos olhos dele, que encostou os lábios na bucha e, sedento, começou a tragar a umidade. Do poste ao lado soou a voz de Dismas:

— Injustiça! Sou um bandido como ele!

Dismas esforçou-se, mas não conseguiu se mover: os braços estavam amarrados com anéis de cordas em três lugares. Ele encolheu a barriga, cravou as unhas nas pontas da barra fixa e manteve a cabeça virada para Yeshua, com ódio a arder em seus olhos.

A nuvem de poeira encobriu o descampado, ficou muito escuro. Quando a poeira baixou, o centurião gritou:

— Cale a boca, na segunda cruz!

Dismas se calou. Yeshua tirou os lábios da bucha e tentou falar com a voz carinhosa e convincente, mas não conseguiu e pediu ao carrasco com voz rouca:

— Dê-lhe de beber.

Estava ainda mais escuro. A tempestade havia tomado metade do céu, dirigindo-se para Yerushalaim, e as nuvens brancas, fervilhando, iam na frente da nuvem repleta de umidade negra e de fogo.

Relampejou, e um raio caiu no topo do monte. O carrasco tirou a bucha da lança.

— Dê glória ao generoso Hegemon! — murmurou solene e devagar perfurou com a lança o coração de Yeshua.

Yeshua estremeceu e disse baixinho:

— Hegemon...

O sangue escorreu por sua barriga, a mandíbula inferior tremeu e a cabeça caiu.

Quando caiu o segundo raio, o carrasco estendeu a bucha para Dismas e com as mesmas palavras:

— Dê glória ao Hegemon! — E o matou também.

Gestas, que estava inconsciente, gritou assustado somente quando o carrasco surgiu ao seu lado, mas assim que a bucha tocou seus lábios ele rugiu algo e cravou nela seus dentes. Segundos depois, seu corpo também estava dependurado, à medida que as cordas o permitiam.

O homem de capuz caminhava no encalço do carrasco e do centurião, e atrás deles ia o chefe da guarda. Parado perto da primeira cruz, o homem de capuz olhou atentamente para o ensanguentado Yeshua, tocou a sola do pé com a mão branca e disse:

— Está morto.

O mesmo se repetiu perto das outras duas cruzes.

Depois disso o tribuno fez um sinal ao centurião e, virando-se, começou a descer do topo, junto com o chefe da guarda e com o homem de capuz. A escuridão era quase total, e os raios riscavam o céu negro. O fogo, de repente, jorrou dele e soou o grito do centurião: "Tire a corrente!", que se afogou na trovoada. Felizes, os soldados começaram a descer correndo do morro, enquanto colocavam os capacetes.

A escuridão tomou conta de Yerushalaim.

A tempestade começou de repente e pegou as centúrias no meio do caminho. A água caiu com tanta força que, enquanto os soldados corriam para baixo, por trás a torrente de água os alcançava. Os soldados escorregavam e caíam na lama molhada, apressando-se para chegar à estrada plana, pela qual marchava a cavalaria molhada até o último fio de cabelo em direção a Yerushalaim e que mal podia ser vista através da cortina de água. Minutos depois, sob a fumaça da tempestade, da água e do fogo, apenas uma pessoa ficou no monte.

Sacudiu a faca que não havia sido roubada inutilmente e, escorregando pelos barrancos, segurando-se em tudo que via pela frente e às vezes engatinhando, dirigiu-se às cruzes. Esse homem ora sumia na total escuridão, ora era iluminado pela luz trovejante.

Quando chegou às cruzes, com a água a lhe bater no calcanhar, arrancou a túnica pesada e encharcada, ficou somente de camisa e caiu aos pés de Yeshua. Cortou as cordas nos joelhos, subiu até a primeira barra fixa, abraçou Yeshua e liberou suas mãos de mais cordas. O corpo nu e úmido de Yeshua desabou sobre Levi e caiu na terra. Levi na mesma hora quis colocá-lo sobre os ombros, mas algum pensamento o interrompeu. Deixou, sobre a terra e mergulhado na água, o corpo com a cabeça atirada para trás e com os braços estendidos para os lados e correu até as outras cruzes escorregando com os pés pela lama. Cortou as cordas nessas duas cruzes e dois corpos desabaram sobre a terra.

Passaram alguns minutos e no topo do monte Gólgota ficaram somente esses dois corpos e três cruzes vazias. A água batia e revirava os corpos.

No topo do monte não estavam mais nem Levi nem o corpo de Yeshua.

17. O dia intranquilo

Na manhã de sexta-feira, ou melhor, no dia seguinte depois da maldita sessão, todo o corpo de funcionários do Teatro de Variedades — o tesoureiro, Vassili Stepanovitch Lastotchkin, os dois contadores, as três datilógrafas, as duas caixas, as recepcionistas, os funcionários dos camarins e as faxineiras — não estava em seus locais de trabalho, mas sentado nos batentes das janelas que davam para a rua Sadovaia, e olhavam para o que estava acontecendo próximo às paredes do teatro. Perto da parede, em duas fileiras, amontoava-se uma fila de milhares de pessoas, e a rabeira dela já estava na praça Kudrinskaia. Lá na ponta da fila havia cerca de duas dezenas de cambistas de ingressos teatrais bastante conhecidos em Moscou.

A fila estava muito nervosa, chamava a atenção dos cidadãos que passavam por ela e comentava animadamente o jamais visto espetáculo de magia negra do dia anterior. Os relatos constrangeram o tesoureiro Vassili Stepanovitch, que na véspera do espetáculo estava ausente. Os funcionários dos camarins contavam sabe-se lá o quê, e acrescentavam a história de que, ao fim da famosa sessão, algumas cidadãs, desnudas, corriam pela rua e algo mais no mesmo sentido. O tímido e quieto Vassili Stepanovitch só piscava os olhos, ouvia as histórias sobre os milagres e, decididamente, não sabia o que deveria fazer. Mas era exatamente ele que tinha que fazer algo, pois agora era o mais velho no comando do Teatro de Variedades.

Às dez horas da manhã, a fila daqueles que estavam ávidos por ingressos inchou tanto que a polícia soube e, com uma rapidez impressionante, enviou tropas da cavalaria e da infantaria, que puseram ordem e a organizaram. Porém, a serpente organizada e com um quilômetro de extensão era por si só sedutora e causava perplexidade aos cidadãos que passavam pela rua Sadovaia.

Isso acontecia do lado de fora, mas dentro do Teatro de Variedades o ambiente também não estava calmo. Desde as primeiras horas da manhã começaram a ligar e os telefones tocavam ininterruptamente no gabinete de Likhodieiev, no gabinete de Rimski, na tesouraria, na caixa e no gabinete de Varienukha. Vassili Stepanovitch de início respondeu algo, a moça da caixa também respondia, os funcionários dos camarins balbuciavam algo ao telefone e depois pararam de responder qualquer coisa, pois não havia absolutamente nada a responder à pergunta sobre onde se encontravam Likhodieiev, Varienukha e Rimski. De início, tentavam dizer "Likhodieiev está em seu apartamento", mas do outro lado retrucavam que já haviam ligado para o apartamento e que, lá no apartamento, tinham respondido que Likhodieiev estava no Teatro de Variedades.

Uma dama nervosa ligou e começou a exigir que chamassem Rimski; aconselharam-lhe que ligasse para a mulher dele, no que ela respondeu que era a própria, e começou a chorar ao telefone, dizendo que não o encontrava em lugar algum. Teve início uma enorme confusão. A faxineira já contava a todos que, ao chegar para limpar o gabinete do diretor financeiro, a porta estava escancarada, as lâmpadas acesas, a janela que dava para o jardim estava quebrada, a poltrona virada no chão, e não havia ninguém.

Passando das dez horas, madame Rimskaia irrompeu no Teatro de Variedades. Ela chorava e retorcia as mãos. Vassili Stepanovitch ficou totalmente perdido e não sabia que conselho lhe dar. A primeira pergunta dela foi bem razoável:

— O que está acontecendo aqui, cidadãos? O que houve?

O comando se afastou, tomando a frente o pálido e nervoso Vassili Stepanovitch. Foi preciso dar nomes aos bois e reconhecer que a administração do Teatro de Variedades — o diretor, o diretor financeiro e o administrador — tinha sumido e estava em local desconhecido, e que o animador, depois da sessão do dia anterior, fora levado para uma clínica psiquiátrica, e, em resumo, a sessão do dia anterior fora escandalosa.

Depois de tentarem acalmá-la, madame Rimskaia foi enviada aos prantos para casa e, então, voltaram a atenção para o relato da faxineira sobre como encontrara o gabinete do diretor financeiro. Os funcionários foram enviados aos seus postos de trabalho e, pouco tempo depois, no prédio do Teatro de Variedades, apareceu a perícia, acompanhada de um cachorro musculoso de orelhas pontiagudas, cor de cinza de cigarro e com os olhos extremamente inteligentes. Entre os funcionários do Teatro de Variedades espalhou-se, na mesma hora, o cochicho de que o cachorro não era outro senão o famoso Ás de Ouros. E realmente era ele. Seu comportamento admirou a todos. Assim que Ás de Ouros irrompeu no gabinete do diretor financeiro, começou a rugir, arreganhando os caninos monstruosos e amarelados, depois se ajoelhou e, com certa expressão de tristeza e, ao mesmo tempo, de ira nos olhos, engatinhou até a janela quebrada. Superou o medo, subiu no batente da janela, suspendeu o focinho pontiagudo e lançou um raivoso uivo selvagem. Ele não queria sair do batente da janela, uivava, estremecia e ameaçava pular para baixo.

Retiraram o cão do gabinete e o soltaram no hall de entrada, de onde ele saiu pela entrada social para a rua, e levou os que o seguiam até o ponto de táxi. No ponto de táxi, o cão perdeu a pista que seguia. Depois disso, Ás de Ouros foi levado embora.

A perícia acomodou-se no gabinete de Varienukha, para onde começou a chamar por ordem os funcionários do Teatro de Variedades, que se transformaram em testemunhas dos acontecimentos do dia anterior, durante a sessão. Deve-se dizer que a perícia tinha que superar, a cada instante, dificuldades imprevisíveis. A toda hora se rompia a linha das investigações.

Tinham feito cartazes? Sim, tinham. Mas, durante a noite, foram cobertos por outros novos e agora não havia nenhum para contar a história! De onde surgira esse mago? Quem sabia? Então assinaram contrato com ele?

— Acredita-se que sim — respondeu Vassili Stepanovitch, nervoso.

— Então, já que é assim, o contrato deve ter passado pela tesouraria?

— É obrigatório — respondeu, preocupado, Vassili Stepanovitch.

— E onde está?

— Não sei — respondeu o tesoureiro, empalidecendo cada vez mais e estendendo as mãos. Realmente, nem nas pastas da tesouraria, nem no gabinete do diretor financeiro, nem com Likhodieiev, nem com Varienukha, não havia nem sinal do contrato.

Como é o sobrenome desse mago? Vassili Stepanovitch não sabia, não estava ontem na sessão. Os funcionários dos camarins não sabiam, a moça da caixa enrugava a testa, pensou, pensou e finalmente disse:

— Oh… Parece que é Woland.

Mas talvez não seja Woland? Pode ser. Pode ser Faland.

Revelou-se que no bureau de estrangeiros não se ouvira falar desse tal de Woland, ou Faland, o mago.

O recepcionista Karpov comunicou que o tal mago tinha se hospedado no apartamento de Likhodieiev. Foram imediatamente para o apartamento. Mas não havia mago algum lá. Nem Likhodieiev estava lá. A empregada Grunia também não, e ninguém sabia dizer onde ela estava. O presidente da administração predial, Nikanor Ivanovitch, não estava, nem Proliejniov!

A situação era completamente excepcional: sumira toda a cúpula da administração, no dia anterior houvera uma sessão escandalosa e estranha e quem a tinha realizado, e por ordem de quem, ninguém sabia.

Aproximava-se o meio-dia, quando o guichê de venda de ingressos deveria ser aberto. Mas não tinha conversa, o guichê não seria aberto! Nas portas do Teatro de Variedades foi pendurado um enorme pedaço de cartolina com a inscrição: "O espetáculo de hoje está cancelado". A fila agitou-se a partir do seu início, mas, depois de um pouco de preocupação, começou a se dispersar e, uma hora depois, na rua Sadovaia, não havia nem sinal dela. A perícia foi embora para continuar seu trabalho em outro local, os funcionários foram liberados, permanecendo somente os vigias, e as portas do teatro foram trancadas.

O tesoureiro Vassili Stepanovitch tinha duas tarefas urgentes pela frente. A primeira, ir até a comissão de espetáculos e entretenimentos leves com um relatório sobre os acontecimentos do dia anterior, e a segunda, ir até o setor financeiro para entregar a renda da véspera: 21711 rublos.

Como era cuidadoso e responsável, Vassili Stepanovitch embrulhou o dinheiro num jornal, amarrou o pacote com barbante, colocou na pasta e, conhecendo muito bem as instruções, dirigiu-se, é claro, não para o ponto de ônibus, mas para o ponto de táxi.

Assim que os motoristas dos táxis avistaram o passageiro apressado que vinha em sua direção com uma pasta estufada, os três, na mesma hora, foram embora, e olharam para trás com expressão de raiva.

Impressionado por essa circunstância, o tesoureiro ficou longamente parado feito um poste, pensando no que significava aquilo.

Uns três minutos depois, apareceu um carro vazio, e o motorista fez uma careta assim que viu o possível passageiro.

— Está livre? — perguntou Vassili Stepanovitch, tossindo assustado.

— Mostre o dinheiro — respondeu o motorista com raiva, sem olhar para o passageiro.

Ainda mais assustado, o tesoureiro apertou com mais força a pasta embaixo do braço, tirou uma nota de dez rublos da carteira e mostrou-a ao motorista.

— Não vou levar! — respondeu aquele.

— Desculpe… — começou a falar o tesoureiro, mas o motorista o interrompeu:

— Tem uma nota de três?

O tesoureiro, completamente confuso, tirou uma nota de três rublos da carteira e mostrou ao motorista.

— Sente-se — gritou o motorista e bateu na bandeirinha do taxímetro com tanta força que quase a quebrou. Partiram.

— Não tem troco, é isso? — perguntou o tesoureiro, temeroso.

— Estou com o bolso lotado de troco! — gritou o motorista, e no espelho apareceram seus olhos injetados de sangue. — Tive três surpresas hoje. Aconteceu com outros colegas meus também. Um filho da puta qualquer me pagou com uma nota de dez, e dei o troco de quatro e cinquenta… Assim que o desgraçado saiu do carro, uns cinco minutos depois, a nota de dez transformou-se em etiqueta de garrafa de Narzan! — Nesse momento o motorista falou várias palavras impublicáveis. — Outro caso aconteceu na rua Zubovskaia. Recebi uma nota de dez. Dei três rublos de troco. Assim que foi embora, fui olhar na carteira e de lá surgiu uma abelha que picou o meu dedo! Ah, safada!... — o motorista pronunciou novamente palavras impublicáveis. — Não havia mais nenhuma nota de dez. Ontem, no Teatro de Variedades (palavras impublicáveis) um mago desgraçado fez uma sessão com as notas de dez (palavras impublicáveis)...

O tesoureiro gelou, encolheu os ombros e fez de conta que estava ouvindo a palavra "Variedades" pela primeira vez e pensou: "É, é!...".

Quando chegou ao local, pagou, entrou no prédio e correu pelo corredor para onde ficava o gabinete do administrador. Mas pelo caminho entendeu que chegou numa hora imprópria. Uma agitação anormal havia tomado conta do escritório da comissão de espetáculos. A recepcionista passou correndo pelo tesoureiro, com o lenço que havia deslizado para a nuca e os olhos arregalados.

— Não tem, não tem, não tem, meus queridos! — gritava ela, sabe-se lá para quem. — O paletó está aqui, mas não há nada no paletó!

Ela sumiu atrás de uma porta e logo depois vieram sons de louça quebrada. Da sala da secretária saiu correndo o administrador do primeiro setor da comissão, que era conhecido de Vassili Stepanovitch, mas ele estava em tal estado que não o reconheceu, e se escondeu sem deixar vestígios.

Abalado com tudo isso, o tesoureiro chegou à sala da secretária, que era a antessala do escritório do presidente da comissão, e lá ele ficou completamente pasmo.

Por trás da porta fechada do gabinete soava a voz terrível que pertencia, obviamente, a Prokhor Petrovitch, o presidente da comissão. "Deve estar passando um sabão em alguém", pensou o tesoureiro, ansioso e, olhando em volta, avistou outra cena: na poltrona de couro, e com a cabeça no encosto, chorava aos prantos, com um lenço molhado nas mãos e os pés estirados quase até o meio da sala, a secretária particular de Prokhor Petrovitch, a bela Anna Ritchardovna.

Todo o queixo de Anna Ritchardovna estava lambuzado de batom, e pela pele de pêssego de suas bochechas desciam torrentes negras de tinta dos cílios.

Quando viu que alguém havia entrado, Anna Ritchardovna saltou da cadeira, lançou-se ao encontro do tesoureiro, agarrou-o pela lapela do paletó e começou a sacudi-lo e a gritar:

— Graças a Deus! Apareceu pelo menos um homem corajoso! Todos fugiram, todos nos traíram! Vamos, vamos até ele, não sei mais o que fazer! — Sem parar de chorar ela levou o tesoureiro para o gabinete.

Ao entrar no gabinete, a primeira coisa que o tesoureiro fez foi deixar a pasta cair, e tudo em sua cabeça embaralhou-se, ficou de ponta-cabeça. Deve-se dizer que não faltava motivo.

Atrás da enorme mesa de escritório, com um tinteiro maciço, estava o terno vazio, que escrevia com a pena seca pelo papel. O terno estava de gravata, do bolso aparecia uma caneta, mas sobre a gola não havia pescoço, nem cabeça, assim como das mangas não saíam as mãos. O terno estava mergulhado no trabalho, e não percebia a confusão que reinava em sua volta. Ao ouvir que alguém entrou, o terno reclinou-se na poltrona e, sob a gola, soou a conhecida voz de Prokhor Petrovitch:

— O que houve? Está escrito na porta que não estou recebendo ninguém.

A bela secretária soltou um gritinho e, estalando os dedos, gritou:

— Está vendo? Está vendo? Ele não está no terno! Não está! Devolva-o, devolva-o!

Nesse instante, alguém apareceu na porta do gabinete, assustou-se e saiu correndo. O tesoureiro sentiu que seus pés tremiam e, então, sentou-se na beira da cadeira, mas não se esqueceu de apanhar a pasta do chão. Anna Ritchardovna pulava ao redor do tesoureiro, sacudindo-o pelo paletó, e gritava:

— Eu sempre, sempre o interrompia quando ele rogava praga! Pois veja, deu nisso, de tanto rogar praga nos outros! — Nesse momento a bela secretária correu até a mesa e com a voz musical e carinhosa, ainda um pouco chorosa, exclamou: — Procha!* Onde está você?

— Quem aqui é "Procha"? — quis saber o terno arrogante, afundando ainda mais na poltrona.

— Não está reconhecendo! Não está reconhecendo a mim! O senhor entende? — disse a secretária aos prantos.

— Peço que não chore no gabinete! — disse com raiva o terno listrado e explosivo, puxando para si uma pilha de papéis com o objetivo claro de escrever as resoluções.

— Não, não posso ficar vendo isso, não posso! — gritou Anna Ritchardovna, e saiu correndo até a antessala, e atrás dela o tesoureiro saiu feito uma bala.

— Imagine, eu estava sentada aqui — contava Anna Ritchardovna, tremendo de preocupação e novamente agarrada às mangas do paletó do tesoureiro — e, de repente, entrou um gato. Preto e enorme, parecia mais um hipopótamo.** É claro que gritei para ele "Sai!". Ele saiu e, logo depois, entrou um gordão com cara de gato e disse: "Com que direito a senhora fica falando 'sai' para os visitantes?" e foi diretamente para o gabinete de Prokhor Petrovitch. É claro que fui atrás dele e gritei: "O senhor enlouqueceu?". E ele, um mal-educado, aproximou-se de Prokhor Petrovitch e sentou-se na poltrona diante dele. Este, por sua vez, que é um homem de alma boníssima, mas nervoso, explodiu! Não discuto: o homem nervoso trabalha feito cavalo, mas explodiu. "O senhor, como se atreve, entrar aqui sem um relatório?" E este mal-educado, imagine só, estendeu-se na poltrona e disse sorrindo: "Eu vim conversar sobre um negócio com o senhor". Prokhor Petrovitch explodiu novamente: "Estou ocupado!". Então, aquele respondeu: "Não está, não...". E? Nesse instante, a paciência de Prokhor Petrovitch chegou ao limite e ele gritou: "O que é isso? Levem-no daqui para fora, diabo me carregue!". E aquele, imagine, sorriu e disse: "Diabo o carregue? Tudo

---

* Diminutivo de Prokhor. (N. T.)
** O apelido do personagem gato Behemoth é uma alusão tanto ao animal hipopótamo quanto à criatura bíblica. (N. T.)

bem, podemos providenciar!". E bum! Não deu tempo nem de gritar, quando vi o de cara de gato não estava mais aqui e o ter... terno... aaah! — Anna Ritchardovna abriu o berreiro com a boca que perdera totalmente os seus traços.

Engasgada com o choro, Anna Ritchardovna suspirou e começou a falar algo completamente sem sentido:

— E escreve, escreve, escreve! É de enlouquecer! Fala ao telefone! O terno! Todos fugiram feito lebres!

O tesoureiro estava parado e tremia. Mas o destino o salvou. A polícia, representada por duas pessoas, adentrou calmamente a antessala da secretária. Ao vê-los, a bela chorou ainda mais, indicando com o dedo a porta do gabinete.

— Vamos parando de chorar, minha senhora — disse calmamente o primeiro. O tesoureiro, sentindo que estava sobrando ali, saiu correndo da sala da secretária e, um minuto depois, já estava ao ar livre. Havia algo estranho na cabeça, um zunido, e, como num tubo, ouvia trechos dos relatos dos funcionários do camarim sobre o gato da noite passada que participou da sessão: "Hehehe! Não seria esse o nosso gatinho?".

Sem conseguir qualquer informação com a comissão, o honesto Vassili Stepanovitch resolveu ir até a filial da comissão, localizada na travessa Vagankovski. E, para se acalmar um pouco, foi até a filial a pé.

A filial de espetáculos da cidade ficava numa mansão descascada pelo tempo e no fundo do pátio, mas era famosa por suas colunas de pórfiro do vestíbulo.

Naquele dia, não eram só as colunas que impressionavam os visitantes da filial, mas também o que estava acontecendo lá.

Alguns visitantes estavam paralisados e olhavam para uma moça chorosa sentada atrás da mesa, sobre a qual havia livros especiais de espetáculos, que eram vendidos por ela. Naquele exato momento, a moça não estava oferecendo nada daquela literatura a ninguém e, às perguntas impertinentes, fazia gestos com a mão. Foi quando se ouviu, de todos os lugares, de baixo, de cima, dos lados, de todos os departamentos da filial, os telefones tocarem desesperadamente, e eram nada menos que vinte aparelhos.

Depois de chorar um pouco, a moça estremeceu e gritou histericamente:

— Pois bem, de novo! — E cantou de repente com um soprano trêmulo: — *Mar maravilhoso, sagrado Baikal...**

O contínuo que surgiu na escada ameaçou alguém com o punho fechado, e cantou junto com a moça, com um barítono surdo e sombrio:

— *Navio maravilhoso, barril de salmão!...*

À voz do contínuo juntaram-se vozes distantes, o coro começou a crescer e, finalmente, a canção soou em todos os cantos da filial. No cômodo mais próximo, de nº 6, onde ficava o departamento de contabilidade e controle, destacava-se principalmente uma voz rouca e potente em oitava. Os toques dos telefones que aumentavam acompanhavam o coro.

— *Ei, Barguzin...*** *mova este monte!...* — berrava o contínuo, da escada.

As lágrimas escorriam pelo rosto da moça, ela tentava cerrar os dentes, mas sua boca se abria sozinha e ela cantava numa oitava acima do recepcionista:

— *O rapaz não deve estar longe!*

O que mais impressionava os visitantes mudos era que os coristas, espalhados por diversos locais, cantavam harmonicamente, como se todo o coro não tirasse os olhos do maestro invisível.

Os transeuntes da Vagankovski paravam nas grades do pátio, admirando-se com a alegria que reinava na filial.

Assim que a primeira estrofe chegou ao fim, a cantoria diminuiu de repente, como se fosse novamente pela varinha do maestro. O contínuo disse um palavrão baixinho e sumiu.

As portas da entrada social se abriram e surgiu um cidadão num paletó de verão que deixava aparecer a barra de um jaleco branco, e, com ele, vinha um policial.

— Tome providências, doutor, eu suplico! — gritou histericamente a moçoila.

---

* Frase da canção popular russa, com letra do poeta siberiano Dmitri Pavlovitch Davidov (1811-88). (N. T.)

** Nome do poderoso vento que sopra no lago Baikal. (N. T.)

O secretário da filial surgiu correndo na escada e, morrendo de vergonha e constrangimento, disse gaguejando:

— Doutor, parece que é um caso de hipnose em massa... Pois bem, é necessário... — ele não terminou a frase e começou a engasgar com as palavras e de repente cantou com seu tenor: — *Chilka e Nertchinsk...**

— Idiota! — conseguiu exclamar a moça, mas não explicou a quem estava xingando. Em vez disso, soltou um trilado forçado e começou também a cantar sobre *Chilka e Nertchinsk*.

— Mantenha a compostura! Pare de cantar! — disse o doutor reportando-se a ela.

Percebia-se que o secretário fazia o impossível para parar de cantar, mas não conseguia e, junto com o coro, levou aos ouvidos dos transeuntes da travessa a notícia de que, *na selva, um animal o alcançou, e a bala dos atiradores não atingiu o animal!***

Assim que a estrofe terminou, a moça recebeu uma dose de calmante do doutor, que correu para oferecer o mesmo ao secretário e aos outros.

— Desculpe-me, senhorita — disse Vassili Stepanovitch à moça —, mas um gato preto não esteve por acaso aqui?

— Que gato? — disse a moça, raivosa. — É um jumento que está sentado na filial, um jumento! — E acrescentando: — Pois que ouça! Vou contar tudo — E realmente contou o que havia acontecido.

Revelou-se que o administrador da filial da cidade, que "tinha terminado de vez com as diversões leves" (nas palavras da moça), padecia da mania de organização de diversos tipos de círculos.

— Enganava a chefia! — gritava a moça.

Durante um ano, o administrador conseguiu organizar círculos de estudos sobre Liermontov,*** de jogo de damas e xadrez, de pingue-pongue e um círculo de hipismo. Dizia que, até o verão, organizaria um círculo de remo em águas doces e um círculo de alpinistas.

---

* Continuação da mesma canção. Chilka e Nertchinsk são duas cidades próximas do lago Baikal. (N. T.)

** Alusão aos versos seguintes da mesma canção. (N. T.)

*** Mikhail Iurievitch Liermontov (1814-41), poeta e escritor russo.

Então, naquele dia, durante o intervalo para o almoço, entrou ele, o administrador...

— E vinha de braços dados com aquele filho da puta — contava a moça — que surgiu sabe-se lá de onde, de calça xadrez, pince-nez quebrado e... uma cara insuportável!

No mesmo instante, conforme o relato da moça, apresentou-o, recomendando-o a todos que almoçavam no refeitório da filial como um destacado especialista de organização de corais.

Os rostos dos futuros alpinistas murcharam, mas o administrador na mesma hora tentou reanimá-los, e o especialista brincou, dizendo uma gracinha qualquer e, em seguida, tentou convencer de que o canto toma pouco tempo, mas traz enormes benefícios.

Claro, de acordo com a moça, os primeiros a se prontificarem foram Fanov e Kossartchuk, os famosos puxa-sacos da filial, que declararam o desejo de se inscrever. Os outros funcionários presentes se convenceram de que não conseguiriam escapar do canto e tiveram que fazer o mesmo. Resolveram que o canto ocorreria no intervalo para o almoço, já que o resto do tempo estava todo tomado por Liermontov e o jogo de xadrez. O administrador, para dar o exemplo, declarou que era tenor e o que se seguiu parece que foi o pior pesadelo. O especialista em canto coral de xadrez gritou:

— Dó-mi-sol-dó! — Arrastou os mais tímidos, escondidos atrás dos armários, onde tentavam escapar da cantoria. Kossartchuk disse que tinha um ouvido perfeito, entoou um uivo, pediu para prestar atenção no velho cantor, bateu com o diapasão nos dedos, suplicou para cantar *Mar maravilhoso*.

Cantaram. Cantaram maravilhosamente. O de xadrez realmente entendia do assunto. Terminaram a primeira estrofe. Nesse instante o mestre do coral desculpou-se e disse: "Volto em um minuto!" e... sumiu. Todos realmente acharam que voltaria em um minuto. Porém se passaram mais de dez minutos e ele não voltou. A alegria tomou conta dos funcionários da filial: ele tinha fugido.

De repente, sem nenhum comando, cantaram a segunda estrofe. Kossartchuk foi quem liderou a cantoria, pois podia não ter o ouvido perfeito, mas tinha uma voz de tenor bastante agradável e alta. Cantaram. Sem regente! Correram para os seus lugares e, assim que se sentaram, começaram a cantar mais uma vez, involuntariamente. Não conseguiam parar. Paravam durante três minutos e voltavam a cantar. Permaneciam calados e cantavam novamente! Então perceberam que estavam no meio de uma tragédia. O administrador trancou-se em seu gabinete de tanta vergonha.

O relato da moça foi interrompido. O calmante não surtiu efeito.

Quinze minutos depois, três caminhões apareceram próximo às grades da travessa Vagankovski, e todos os funcionários da filial, liderados pelo administrador, foram acomodados nos carros.

Assim que o primeiro caminhão passou balançando pelos portões e saiu na travessa, os funcionários, que estavam de pé na caçamba e seguravam uns aos outros pelos ombros, abriram as bocas e toda a travessa foi invadida pela cantoria popular. O segundo caminhão acompanhou o primeiro e, atrás deles, o terceiro fez o mesmo. E seguiram em frente. Os transeuntes, que corriam preocupados com seus afazeres, lançavam somente alguns olhares superficiais para os caminhões, pois não se admiravam nem um pouco, e achavam que era uma excursão para os arredores da cidade. Estavam indo realmente em direção aos arredores, mas não para uma excursão, e sim para a clínica do doutor Stravinski.

Meia hora depois, o tesoureiro, totalmente confuso, conseguiu chegar ao setor de espetáculos, com esperanças de finalmente se livrar do dinheiro público. Já vacinado pela experiência, ele olhou cuidadosamente para dentro da sala comprida, onde, atrás dos vidros opacos e com inscrições em dourado, estavam acomodados os funcionários. O tesoureiro não notou nenhum sinal de alarme ou de bagunça. Tudo estava calmo como deve ser numa empresa respeitosa.

Vassili Stepanovitch enfiou a cabeça pela janelinha sobre a qual estava escrito "Recebimento de valores". Cumprimentou algum funcionário que não conhecia e pediu respeitosamente o formulário de receita.

— Para quê? — perguntou o funcionário pela janelinha.

O tesoureiro espantou-se.

— Quero entregar uma soma. Sou do Teatro de Variedades.

— Um minuto — respondeu o funcionário e no mesmo instante fechou o buraco do vidro com uma tela.

"Estranho!", pensou o tesoureiro. Seu espanto era muito natural. Pela primeira vez em toda a sua vida ele se deparava com uma circunstância dessas. Todos sabem como é difícil receber dinheiro; para isso sempre existem ou podem surgir obstáculos. Porém, em toda sua prática de tesoureiro, nunca houve nenhum caso em que uma pessoa jurídica ou física criasse dificuldades para receber dinheiro.

Finalmente a tela abriu-se e chamaram o tesoureiro até a janelinha.

— É muito dinheiro? — perguntou o funcionário.

— Vinte e um mil e setecentos rublos.

— Aham! — respondeu o funcionário de forma irônica e estendeu ao tesoureiro um papel verde.

Conhecendo bem o modelo de preenchimento, o tesoureiro o completou rapidamente e começou a desamarrar o barbante do pacote. Quando o desembrulhou, seus olhos não conseguiam enxergar, e ele soltou um rugido um tanto doentio.

Diante de seus olhos havia um monte de dinheiro estrangeiro. Pacotes de dólares canadenses, de libras esterlinas, de florins holandeses, de latu da Letônia, de coroas da Estônia...

— Vejam, um daqueles brincalhões do Teatro de Variedades — ouviu-se a voz falar sobre o tesoureiro emudecido. Na mesma hora Vassili Stepanovitch foi preso.

18. Os visitantes azarados

Enquanto o cuidadoso tesoureiro viajava no táxi para encontrar o terno que escrevia, no vagão de luxo nº 9 do trem de Kiev que chegou a Moscou havia, entre outros passageiros, um homem elegante, com uma maleta de fibra nas mãos. Era nada mais nada menos que o tio do falecido Berlioz, Maksimilian Andreievitch Poplavski, economista e administrador que residia em Kiev, na antiga rua Institutskaia. O motivo da vinda de Maksimilian Andreievitch a Moscou foi o telegrama recebido dois dias antes, tarde da noite, e com o seguinte conteúdo:

"Fui atropelado pelo bonde em Patriarchi.
O enterro é sexta-feira, às três horas. Venha. Berlioz."

Maksimilian Andreievitch era considerado, e com razão, umas das pessoas mais inteligentes de Kiev. Tal telegrama, porém, poderia deixar confuso até mesmo o mais inteligente de todos os homens. Se a pessoa passa um telegrama informando que foi atropelada pelo bonde, é claro que não foi morta. Então, o que isso tem a ver com enterro? Pode ser que se encontre em estado tão lastimável que esteja pressentindo a morte? Isso é possível, mas no mínimo muito estranho, pois como poderia saber que seria enterrado na sexta-feira, às três horas? Que telegrama impressionante!

No entanto, as pessoas inteligentes são inteligentes exatamente porque sabem entender as coisas mais complicadas. É simples. Ocorreu um equívoco, e a mensagem foi entregue com erro. A palavra "fui", sem dúvida alguma, era um erro, pois tinha que ser "foi", e a palavra "Berlioz" fora colocada no final por engano, mas deveria estar logo no início do telegrama. Desse jeito, com essa correção, o telegrama ficava claro, mas, obviamente, trágico.

Quando se atenuou o impacto da explosão da tragédia, que deixou a esposa de Maksimilian Andreievitch chocada, ele começou a se organizar para viajar a Moscou.

É preciso desvendar um segredo de Maksimilian Andreievitch. Sem dúvida ele estava com pena da mulher do sobrinho, falecido no desabrochar dos anos. Mas, é claro, como um homem prático, entendia que não havia necessidade alguma de sua presença no enterro. No entanto, Maksimilian Andreievitch apressava-se para Moscou. Qual era o motivo? O motivo era um só, o apartamento. O apartamento em Moscou! Isso era sério. Não se sabe por quê, mas Maksimilian Andreievitch não gostava de Kiev, e a ideia de mudança para Moscou o deixava tão emocionado que nem sequer conseguia dormir direito à noite.

Nem mesmo as cheias primaveris do rio Dnieper, que ao alagar as ilhas nas margens inferiores as uniam ao horizonte, lhe davam prazer. Não se deliciava com a beleza infinita que vislumbrava ao pé do monumento ao príncipe Vladimir. Não se alegrava com os reflexos do sol que brincavam na primavera nas trilhas da colina Vladimirskaia. Não queria nada disso, queria somente uma coisa: mudar-se para Moscou.

Os anúncios que punha nos jornais, sobre a troca de um apartamento na rua Institutskaia, em Kiev, por um apartamento menor, em Moscou, não resultavam em nada. Não apareciam interessados. Os poucos que apareciam não eram confiáveis, e faziam propostas desonestas.

O telegrama abalou Maksimilian Andreievitch. Era um pecado deixar escapar um momento como aquele. As pessoas práticas sabem que momentos assim não se repetem.

Sabendo de todas as dificuldades que iria enfrentar, tinha que herdar o apartamento do sobrinho na rua Sadovaia. Sim, era difícil, muito difícil, mas tinha que superar essas dificuldades. O experiente Maksimilian Andreievitch sabia que, para isso, o primeiro e obrigatório passo deveria ser o seguinte: tinha que, pelo menos temporariamente, obter um registro de residência nos três cômodos do falecido sobrinho.

Na manhã de sexta-feira, Maksimilian Andreievitch entrou pela porta da administração predial do prédio nº 302-bis, na rua Sadovaia, em Moscou.

Num cômodo estreitinho, em cuja parede havia um cartaz velho, que mostrava em desenhos os métodos de reanimação de afogados, um homem de meia-idade barbado e com os olhos assustados estava atrás da mesa de madeira, em total solidão.

— Eu poderia ver o presidente da administração predial? — disse, educadamente, o economista-administrador, tirando o chapéu e pondo a mala na cadeira ao lado.

A frase simples pronunciada pelo visitante irritou tanto aquele que estava sentado que seu rosto ficou desfigurado. Esguelhando os olhos assustados, ele respondeu de forma não muito clara que o presidente não estava.

— Ele está em casa? — perguntou Poplavski. — Tenho um assunto urgente.

O homem sentado respondeu novamente sem muita clareza. Mas era possível compreender que o presidente não estava em casa.

— Quando estará?

O homem não respondeu e olhou para a janela com um ar triste.

— Aham! — disse em voz baixa o inteligente Poplavski e perguntou pelo secretário.

O homem estranho atrás da mesa ficou ruborizado de tanta tensão e disse mais uma vez sem muita clareza que o secretário também não estava... que não era do seu conhecimento quando ele viria e que... o secretário estava doente...

— Aham! — disse para si mesmo Poplavski. — Mas tem alguém na administração?

— Eu — respondeu o homem com uma voz fraca.

— Pois bem — começou Poplavski, imponente —, sou o único herdeiro do falecido Berlioz, meu sobrinho que morreu em Patriarchi, e sou obrigado, por lei, a receber a herança representada pelo apartamento nº 50...

— Não estou ciente, camarada... — interrompeu-o o homem sombrio.

— Por favor — disse Poplavski com a voz sonora —, o senhor é membro da administração e é obrigado...

Nesse instante, um cidadão entrou no cômodo. Ao avistar o homem que estava sentado atrás da mesa, ele empalideceu.

— Membro da administração Piatnajko? — perguntou o que entrou ao que estava sentado.

— Eu — respondeu aquele, quase inaudível.

O homem que havia entrado cochichou algo ao que estava sentado e aquele, muito chateado, levantou-se da cadeira; alguns segundos depois, Poplavski viu-se sozinho no cômodo vazio da administração.

"Nossa, que dificuldade! E assim, todos de uma só vez...", pensava Poplavski com desgosto, atravessando o pátio asfaltado em direção ao apartamento nº 50.

Assim que o economista-administrador tocou a campainha, a porta foi aberta e Maksimilian Andreievitch entrou numa antessala escura. Ficou impressionado não só por não ter visto quem lhe abriu a porta, mas também por não ter visto ninguém na entrada, além de um enorme gato preto acomodado na poltrona.

Maksimilian Andreievitch tossiu, fez barulho com os pés. Então a porta do escritório se abriu e Koroviev veio em direção à entrada. Maksimilian Andreievitch cumprimentou-o educadamente, mas com ar de superioridade, e disse:

— Meu nome é Maksimilian Andreievitch Poplavski. Sou tio do...

Nem conseguiu terminar de falar. Koroviev tirou um lenço do bolso, afundou o nariz nele e começou a chorar.

— ... do falecido Berlioz...

— É claro, é claro — interrompeu-o Koroviev, tirando o lenço do rosto. — Assim que o vi, adivinhei quem era! — Ele estremeceu em lágrimas e começou a gritar: — Que desgraça, hein? Uma vergonha o que está acontecendo! Não é?

— Foi atropelado por um bonde? — perguntou Poplavski, baixinho.

— Mortalmente! — gritou Koroviev, e as lágrimas escorriam por baixo do pince-nez. — Mortalmente! Fui testemunha. Acredite. Um, a cabeça para um lado, dois, a perna direita cortada ao meio, três, a perna esquerda ao meio também! A que ponto os bondes chegaram! — E, sem conseguir se conter, Koroviev encostou o nariz na parede ao lado do espelho e começou a chorar aos soluços.

O tio de Berlioz estava sinceramente emocionado com a reação do desconhecido. "E ainda dizem que não existem mais pessoas tão emotivas em nosso tempo!", pensou ele, pressentindo que seus próprios olhos estavam começando a coçar. No entanto, um sentimento ruim tocou sua alma e a ideia de que esse cordial homem havia se registrado no apartamento do falecido serpenteou e brilhou em sua mente, pois ele já tinha conhecimento de casos semelhantes em sua vida experiente.

— Desculpe, o senhor era amigo do meu falecido Micha?* — perguntou ele, esfregando com a manga o olho esquerdo seco enquanto, com o direito, examinava o abalado pela desgraça, Koroviev. Este, por sua vez, chorava tanto que não era possível entender nada além das palavras "dois e partiu ao meio!". Depois de chorar o bastante, Koroviev descolou-se da parede e pronunciou:

— Não, não suporto mais! Vou tomar trezentas gotas de éter valeriano!** — E virando seu rosto encharcado para Poplavski, acrescentou: — Vejam só o que faz um bonde!

— Desculpe, foi o senhor que me enviou o telegrama? — perguntou Maksimilian Andreievitch, esforçando-se para tentar adivinhar quem era aquele chorão.

— Foi ele! — respondeu Koroviev, indicando o gato com o dedo.

Poplavski esbugalhou os olhos, achando que tinha ouvido errado.

— Não, não tenho forças, não tenho forças — continuou Koroviev, fungando. — Quando me lembro da roda passando por cima da perna... só uma roda pesa quase dez *puds*...*** scrunch!... Vou deitar e tentar esquecer dormindo. — Em seguida desapareceu.

O gato se mexeu, pulou da cadeira, levantou-se sobre as patas traseiras, virou-se, abriu a boca e disse:

---

*   Diminutivo de Mikhail. (N. T.)

**   Tipo de calmante muito comum na Rússia. (N. T.)

***   *Pud*: antiga medida equivalente a 16,3 kg. (N. T.)

— Fui eu que enviei o telegrama. E daí?

Maksimilian Andreievitch ficou tonto, não sentia mais as pernas e os braços, deixou a mala cair e sentou-se na cadeira em frente ao gato.

— Acho que perguntei em russo — disse rispidamente o gato. — E daí?

Porém, Poplavski não deu nenhuma resposta.

— Passaporte! — rosnou o gato e estendeu a pata inchada.

Sem raciocinar e sem ver nada além de duas faíscas nos olhos ardentes do felino, Poplavski arrancou do bolso o passaporte, como se fosse uma adaga. O gato pegou os óculos com armação preta em cima da mesa espelhada, colocou-os na cara, tornando-se assim ainda mais convincente, e pegou o passaporte das mãos de Poplavski.

"Interessante, será que vou desmaiar ou não?", pensou Poplavski. De longe ouviam-se os soluços de Koroviev, e toda a entrada do apartamento foi tomada pelo cheiro de éter valeriano e de alguma outra porcaria enjoativa.

— Qual departamento emitiu o documento? — perguntou o gato olhando fixamente para a página. Não houve resposta.

— Quatrocentésimo décimo segundo — disse para si próprio o gato, arrastando a pata pelo passaporte que segurava de cabeça para baixo. — Sim, é claro! Esse departamento eu conheço! Lá emitem passaporte para qualquer um! Eu, por exemplo, não emitiria um documento para o senhor! Por nada nesse mundo! Bastava olhar para o rosto do senhor e no mesmo instante recusaria! — O gato ficou tão irritado que jogou o passaporte no chão. — A presença do senhor no enterro está suspensa — continuou o gato com uma voz oficial. — Faça um esforço para retornar à sua residência. — E gritou em direção à porta: — Azazello!

Respondendo ao chamado, na porta apareceu um pequeno sujeito, mancando, envolto numa roupa de tricô, com uma faca enfiada no cinto de couro, ruivo, com um canino amarelo e um tapa-olho no olho esquerdo.

Poplavski sentiu que lhe faltava ar, levantou-se da cadeira e andou para trás, com a mão sobre o lado esquerdo do peito.

— Azazello, acompanhe este senhor! — ordenou o gato e retirou-se.

— Poplavski — disse com a voz baixinha e fanhosa aquele que havia entrado —, espero que tenha entendido o recado.

Poplavski fez que sim com a cabeça.

— Volte imediatamente para Kiev — continuou Azazello —, finja-se de morto e não sonhe com qualquer apartamento em Moscou, está claro?

O pequeno, que metia medo mortal em Poplavski com o seu canino, a adaga e o olho tapado, batia no ombro do economista, mas agia de forma enérgica, contundente e organizada.

Antes de tudo, ele pegou o passaporte do chão e o estendeu a Maksimilian Andreievitch, que recebeu o livrinho com o braço amortecido. Depois, o denominado Azazello pegou a mala com uma das mãos, com a outra escancarou a porta e, segurando o tio de Berlioz por baixo do braço, levou-o até a escada. Poplavski escorou-se na parede. Sem qualquer chave, Azazello abriu a mala e tirou de dentro dela uma enorme galinha assada sem uma coxa, que estava embrulhada num jornal engordurado, e a pôs no chão. Depois, retirou mudas de roupa íntima, um cinto de amolar navalha, um livro e uma caixa. Pegou tudo isso e jogou pelo vão da escada. Foi tudo, menos a galinha. A mala voou também pelo vão. Ouviu-se como a mala bateu no chão e, a julgar pelo barulho, a tampa havia se soltado.

Depois, o bandido ruivo segurou a galinha pela coxa e bateu com a galinha tão violentamente no pescoço de Poplavski que o corpo dela se soltou e a coxa ficou na mão de Azazello. Tudo era confusão na casa dos Oblonski,* disse com toda a razão o famoso escritor Liev Tolstoi. Exatamente isso ele diria também nesse caso. Sim! Tudo era confusão nos olhos de Poplavski. Uma longa faísca passou diante de seus olhos, depois transformou-se numa fita de luto que escureceu, por um instante, o dia de maio, e Poplavski desceu a escada, segurando o passaporte na mão. Quando chegou à curva da escada, quebrou com o pé o vidro da janela e ficou sentado no degrau. A

---

* Referência ao romance *Anna Karienina*, de L. N. Tolstoi. (N. T.)

galinha sem pernas passou saltando por ele e caiu no vão da escada. Azazello, que ficou lá em cima, devorou a coxa da galinha e enfiou o osso no bolso lateral da roupa de tricô. Voltou para o apartamento e fechou a porta com estardalhaço.

Nesse momento, ouviram-se os passos cuidadosos de alguém que subia.

Depois de percorrer mais um lance da escada, Poplavski sentou--se no sofá de madeira e descansou.

Um homem pequenino e velhinho, com um rosto extremamente triste, num terno velho de linho e de chapéu de palha duro com uma fita verde, subia a escada e parou ao lado de Poplavski.

— Permita-me perguntar, cidadão — indagou o homem de linho com tristeza —, onde fica o apartamento nº 50?

— Mais para cima! — respondeu Poplavski gaguejando.

— Muito agradecido, senhor cidadão — disse o homem da mesma forma triste e subiu, enquanto Poplavski se levantou e correu para baixo.

Pergunta-se: não estaria Maksimilian Andreievitch com pressa para ir à polícia reclamar dos bandidos, que cometeram aquela violência com ele, em plena luz do dia? Não, isso estava fora de cogitação, pode-se dizer com certeza. Entrar na polícia e dizer que um gato de óculos lera seu passaporte e que depois um homem de tricô, com uma faca… não, senhores, Maksimilian Andreievitch era realmente um homem inteligente!

Já estava lá embaixo e viu, bem ao lado da entrada, uma porta que levava para um cubículo no subsolo. O vidro nessa porta estava quebrado. Poplavski escondeu o passaporte no bolso e olhou para trás, na esperança de avistar seus pertences jogados lá de cima. Mas não havia sequer marcas deles. Poplavski surpreendeu-se em como isso não o entristeceu. Outra ideia interessante e sedutora ocupava sua mente: conferir com o tal senhor, mais uma vez, o maldito apartamento. Realmente: já perguntara onde ficava, quer dizer que estava indo lá pela primeira vez. Quer dizer que estava indo direto para as patas daquela companhia que havia se alojado no apartamento nº 50. Algo dizia a Poplavski que aquele homem logo sairia do apartamento. É claro que Maksimilian Andreievitch não iria mais ao enterro de seu sobrinho e ainda havia tempo suficiente até a hora do trem para Kiev. O economista olhou para trás e mergulhou no cubículo do subsolo.

Nesse instante, uma porta bateu lá em cima. "Ele entrou...", pensou Poplavski, e seu coração quase parou. Fazia frio no cubículo, o cheiro era de ratos e de botas. Maksimilian Andreievitch sentou-se num toco de madeira e resolveu esperar. A posição era cômoda; do cubículo, dava para ver a porta de entrada do prédio.

No entanto, o cidadão de Kiev teve que aguardar mais tempo do que achava. A escada estava deserta. Ouvia-se tudo muito bem e, finalmente, a porta bateu no quinto andar. Poplavski ficou quieto. Sim, eram seus passos. "Está descendo." Uma porta abriu-se num andar um pouco mais abaixo. Os passos silenciaram. Soou uma voz feminina. A voz do homem triste soou... sim, era a voz dele... Disse algo parecido com "deixe, por Cristo...". A orelha de Poplavski estava para fora do vidro quebrado. Essa orelha ouviu um riso feminino. Passos rápidos e saltitantes desceram a escada, e passou um traseiro de mulher. Essa mulher, com uma bolsa verde xadrez, saiu para a rua. Os passinhos do homem soaram novamente. "Estranho! Ele está voltando para o apartamento! Será que é do mesmo bando? Sim, está voltando. Abriram a porta de novo. Bom, vamos aguardar mais um pouco."

Dessa vez não precisou esperar muito. Barulhos da porta. Passinhos. Os passinhos pararam. Um grito lancinante. Miado de gato. Passinhos rápidos, saltitantes, para baixo!

Poplavski estava certo. Logo passou voando, benzendo-se e balbuciando algo, o homenzinho triste, sem chapéu, com o rosto insano, a careca arranhada e de calças molhadas. Começou a puxar a maçaneta da porta para sair e, de tanto medo, não conseguia raciocinar para onde a porta se abria, se para fora ou para dentro, até que dominou a porta e, junto com ela, saiu para o pátio ensolarado.

Pronto, conferiu o que havia ocorrido com o apartamento. Sem pensar mais no falecido sobrinho e no apartamento, estremecendo só de pensar no perigo que correu, Maksimilian Andreievitch cochichava duas palavras: "Entendi tudo! Entendi tudo!", e saiu correndo para o pátio. Alguns minutos depois, um trólebus levava o economista-administrador em direção à estação de trem Kievskaia.

Enquanto o economista estava no cubículo, o homenzinho pequeno viveu uma aventura desagradabilíssima. O homenzinho era gerente da lanchonete no Teatro de Variedades e se chamava Andrei Fokitch Sokov. Durante investigação no teatro, Andrei Fokitch permaneceu alheio a tudo e percebeu somente uma coisa: ele ficou mais triste do que já era e, além disso, perguntou ao recepcionista Karpov onde havia se acomodado o mago.

Então, depois de se despedir do economista na escada, o gerente da lanchonete chegou ao quinto andar e tocou a campainha do apartamento nº 50.

Quando lhe abriram a porta, o gerente da lanchonete estremeceu, deu alguns passos para trás e não entrou imediatamente. Era compreensível. A porta fora aberta por uma moça nua, trajando somente um avental de renda e um prendedor branco na cabeça. Nos pés tinha sapatinhos dourados. A aparência perfeita da moça tinha somente um defeito — a cicatriz rósea em seu pescoço.

— Pois bem, entre, já que tocou a campainha! — disse a moça olhando o gerente da lanchonete com seus olhos verdes depravados.

Andrei Fokitch abriu a boca, piscou os olhos, entrou no hall do apartamento e tirou o chapéu. A empregada sem-vergonha colocou um pé na cadeira, tirou o telefone do gancho e falou:

— Alô!

O gerente da lanchonete não sabia para onde olhar, ficou pisando ora com um pé, ora com o outro e pensou: "Puxa, que empregada tem esse estrangeiro! Uma obscenidade!". Para escapar dessa tentação ele começou a desviar os olhos.

O grande hall na penumbra estava amontoado de objetos e roupas diferentes. No encosto da cadeira, estava jogada uma capa de luto forrada com um pano vermelho, e, na mesa espelhada, havia uma espada com o cabo dourado brilhante. Três espadas com os cabos prateados estavam num canto simplesmente largadas, como se fossem guarda-chuvas ou bengalas. Nos chifres de veado estavam penduradas boinas com penas de águia.

— Sim — dizia a empregada ao telefone. — Como? Barão Meigel? Está bem. Sim! O senhor artista hoje está em casa. Sim, terá prazer em vê-lo. Sim, visitas… O fraque ou paletó preto. O quê?

Para a meia-noite. — Quando terminou a conversa, a empregada pôs o telefone no gancho e virou-se para Andrei Fokitch: — O que deseja?

— Preciso ver o senhor artista estrangeiro.

— Como assim? O próprio?

— O próprio — respondeu o gerente da lanchonete.

— Vou perguntar — respondeu a empregada não muito segura, abriu a porta do escritório do falecido Berlioz e anunciou: — Cavalheiro, está aqui um pequeno homenzinho dizendo que precisa ver o senhor pessoalmente.

— Deixe entrar — soou a voz entrecortada de Koroviev, de dentro do escritório.

— Passe para a sala — disse a moça de forma tão simples que parecia estar vestida normalmente, abrindo a porta para a sala e deixando o hall.

Depois de entrar no local ao qual o convidaram, o gerente da lanchonete até esqueceu o que queria tratar, pois se impressionou com a decoração do cômodo. Através de vidros coloridos das enormes janelas (obra da fantasia da mulher do joalheiro que estava sumida), jorrava uma luz incomum, parecida com luz de igreja. Na lareira velha e enorme, apesar do dia quente de primavera, ardia a lenha. Não estava quente no cômodo, muito pelo contrário, uma umidade tumular envolvia o ambiente. Diante da lareira, sobre um couro de tigre estava sentado um enorme gato preto, que apertava os olhos ao olhar para o fogo. Havia uma mesa, e só de lançar um olhar para ela o gerente da lanchonete, temente a Deus, estremeceu: a mesa estava coberta por uma toalha feita de brocado religioso. Sobre ela, havia uma quantidade de garrafas bojudas, cobertas de poeira e mofo. Entre as garrafas brilhava um prato, e percebia-se que era de ouro puro. Próximo à lareira, o pequeno ruivo, com a faca na cintura, assava, numa espada comprida, um pedaço de carne, que liberava um líquido que pingava no fogo, com a fumaça a sair pela chaminé. O cheiro não era só de carne assada, mas de perfume fortíssimo e lavanda. Por causa disso, pela mente do gerente da lanchonete, que soube da morte de Berlioz e do local de sua residência pelos jornais, brilhou um pensamento: não seria o velório de Berlioz? Mas essa hipótese foi logo abandonada por ele, como uma ideia sem pé nem cabeça.

O estupefato gerente da lanchonete ouviu uma voz grossa:

— Então, em que posso ajudá-lo?

Nesse momento, o gerente da lanchonete descobriu na sombra aquele que buscava.

O mago negro estava estendido no imensurável e baixo sofá, com almofadas espalhadas por todos os lados. Como pareceu ao gerente da lanchonete, o artista trajava uma roupa preta e calçava sapatos pretos pontiagudos.

— Eu — disse o gerente com a voz amarga — sou o gerente da lanchonete do Teatro de Variedades...

O artista estendeu a mão com os dedos nos quais brilhavam anéis com pedras preciosas, como se estivesse calando a boca do homem, e disse com grande animação:

— Não, não, não! Nem mais uma palavra! De forma alguma e nunca mais! Nada mais comerei em sua lanchonete! Ontem, meu caro, passei diante do seu balcão e até agora não posso esquecer nem o esturjão, nem o queijo. Meu caríssimo! O queijo não pode ser verde, alguém o enganou. O queijo tem de ser amarelo. Sim, e o chá? Um lixo! Vi com meus próprios olhos como uma moça de aparência relaxada colocava água de um balde dentro do enorme samovar, e o chá continuava a ser servido. Não, meu caríssimo, assim não dá!

— Peço desculpas — disse Andrei Fokitch, estupefato com esse ataque repentino —, mas não é por isso que estou aqui, o esturjão não tem nada a ver com isso.

— Como não? O esturjão estava estragado!

— Foi o que me enviaram, era de segunda categoria — comunicou o gerente.

— Meu querido, isso é um absurdo!

— Que absurdo?

— A segunda categoria, isso é um absurdo! O esturjão tem somente uma categoria: a primeira, e ela também é a última. Se o esturjão é de segunda categoria, isso significa que ele está podre!

— Desculpe-me... — começou novamente o gerente, sem saber como se livrar das perguntas incômodas do artista.

— Não posso perdoar — respondeu o artista com firmeza.

— Não foi por isso que vim — disse Andrei Fokitch, já muito confuso.

— Não foi por isso? — estranhou o mago estrangeiro. — Que outro assunto o traria a mim? Caso não me falhe a memória, das pessoas que são próximas à sua profissão, conheci somente uma comerciante. Mas faz muito tempo, o senhor não era nascido. Aliás, estou feliz. Azazello! Traga um banco para o senhor gerente da lanchonete!

Aquele que assava a carne virou-se e, aliás, assustou o gerente com os seus caninos. Com agilidade estendeu a ele um dos bancos de carvalho baixos e escuros. Não havia mais assentos no cômodo.

O gerente disse:

— Agradeço imensamente. — E sentou-se no banco. O pé de trás do banco na mesma hora estalou e quebrou. O gerente bateu com o traseiro no chão. Na queda, ele atingiu com o pé o outro banco que estava diante dele e derramou nas calças a taça cheia de vinho tinto.

O artista exclamou:

— Ai! O senhor não se machucou?

Azazello ajudou o gerente a se levantar e ofereceu outro assento. Com a voz tomada pela desgraça que o atingira, o gerente recusou a sugestão do dono de tirar as calças e secá-las diante do fogo. Sentindo-se insuportavelmente desconfortável de roupa molhada, sentou-se em outro banco, com desconfiança.

— Eu prefiro assentos mais baixos — disse o artista —, assim não há risco de cair. Pois bem, paramos no esturjão? Meu querido! Fresco, fresco, fresco, eis o lema que qualquer gerente de lanchonete deve ter. Sim, deseja provar...

Nesse momento, a espada brilhou à luz rubra da lareira diante do gerente e Azazello depositou no prato de ouro o pedaço de carne que chiava, regou-o com suco de limão e estendeu ao gerente um garfo de ouro de dois dentes.

— Muito obrigado... eu...

— Não, não, experimente!

O gerente por educação pôs um pedacinho na boca e logo entendeu que estava mastigando algo realmente muito fresco, e principalmente muito delicioso. Porém, ao mastigar a carne cheirosa e suculenta, o gerente quase engasgou e caiu novamente. Do quarto ao lado entrou voando no cômodo um enorme pássaro preto que de leve atingiu com a asa sua careca. Quando o pássaro pousou na estante ao lado da lareira, percebeu-se que era uma coruja. "Meu Deus do céu!", pensou o gerente da lanchonete, nervoso como todos os gerentes de lanchonetes. "Que apartamentozinho!"

— Uma taça de vinho? Branco, tinto? Vinho de qual país prefere a essa hora do dia?

— Agradeço... mas não bebo...

— Que pena! Não quer jogar uma partida de dados? Ou gosta de outros jogos? Dominó, baralho?

— Não jogo — disse o gerente com a voz cansada.

— Isso é muito ruim — concluiu o senhor. — Coisas desagradáveis podem acontecer com pessoas que evitam vinhos, jogos e a companhia de belas mulheres, assim como as conversas à mesa. Pessoas assim ou estão muito doentes, ou, às escondidas, odeiam as pessoas à sua volta. Bem verdade que pode haver exceções. Entre as pessoas que já estiveram comigo à mesa de banquetes, muitas vezes havia canalhas incríveis! Pois bem, sou todo ouvidos para o seu assunto.

— Ontem o senhor fez alguns truques...

— Eu? — exclamou o mago, admirado. — Pelo amor de Deus, isso não me cai bem!

— Desculpe-me — disse o gerente, confuso —, mas e... a sessão de magia negra...

— Ah, sim, sim! Meu querido! Vou lhe abrir um segredo: não sou artista, só queria ver os moscovitas em massa, e isso é mais cômodo conseguir num teatro. Foi o meu séquito — ele acenou com a cabeça para o lado do gato — que organizou a sessão, eu só fiquei sentado observando os moscovitas. Não adianta mudar de expressão em seu rosto, melhor dizer o que exatamente aconteceu na sessão que o trouxe a mim.

— Além de outras coisas que aconteceram ontem, papéis caíram do teto... — o gerente baixou a voz e, olhando de soslaio para trás, completou — e todos apanharam esses papéis. Pois bem, um jovem cidadão veio à minha lanchonete, entregou-me uma nota de dez, dei-lhe o troco de oito rublos e cinquenta centavos... Depois veio outro...

— Também jovem?

— Não, idoso. Depois o terceiro, o quarto... E eu dando o troco. E hoje, quando fui verificar o caixa, no lugar das notas havia papel picado. A lanchonete foi ludibriada em cento e nove rublos.

— Aiaiai! — exclamou o artista. — Será que eles pensaram que era dinheiro de verdade? Não posso admitir a ideia de que fizeram isso conscientemente.

O gerente da lanchonete olhou torto e triste para trás, mas nada disse.

— Será que são vigaristas? — perguntou o mago ao visitante com tom de preocupação. — Será que entre os moscovitas existem vigaristas?

Em resposta o gerente da lanchonete deu um sorriso tão amarelo que caíram por terra quaisquer dúvidas: sim, entre moscovitas existem vigaristas.

— Isso é muito baixo! — revoltou-se Woland. — O senhor é uma pessoa pobre... Não é, o senhor não é uma pessoa pobre?

O gerente da lanchonete encolheu a cabeça para dentro dos ombros de tal forma que ficou evidente que ele era uma pessoa pobre.

— Quanto tem de economia?

A pergunta foi feita em tom íntimo, porém uma pergunta assim não pode não ser reconhecida como indelicada. O gerente estava sem graça.

— Duzentos e quarenta e nove mil rublos em cinco poupanças — soou uma voz entrecortada do quarto ao lado — e, em casa, sob o assoalho, duzentas moedas de dez em ouro.

O gerente parecia se sentir desconfortável no banco.

— É claro que isso não é uma soma importante — disse Woland, com desprezo, ao visitante —, apesar de não precisar dela. Quando o senhor pretende morrer?

Nesse instante o gerente se rebelou.

— Disso ninguém sabe e não é da conta de ninguém — respondeu ele.

— Até parece que ninguém sabe — ouviu-se a mesma voz desagradável do gabinete ao lado. — Segundo a teoria binominal de Newton, ele irá morrer daqui a nove meses, em fevereiro do ano que vem, de câncer de fígado, na clínica da Primeira Universidade de Moscou, no quarto número 4.

O rosto do gerente ficou amarelo.

— Nove meses — contou Woland pensativo. — Duzentos e quarenta e nove mil... Isso é, arredondando, vinte e sete mil por mês? É pouco, mas com uma vida mais humilde, basta... E mais as notas de dez...

— As notas de dez não poderão ser utilizadas — intrometeu-se a mesma voz que gelava o coração do gerente. — Após a morte de Andrei Fokitch, sua casa será derrubada e o dinheiro será entregue ao banco estatal.

— É, não lhe recomendaria internar-se na clínica — continuou o artista. — Que sentido tem morrer num quarto de hospital sob os gemidos e roncos de doentes terminais? Não seria melhor organizar uma festa com esses vinte e sete mil e, depois de tomar veneno, passar para o outro mundo sob o som de cordas, cercado de belas mulheres embriagadas e amigos alegres?

O gerente permanecia sentado, imóvel, e envelheceu muito. Olheiras escuras cercaram seus olhos, as bochechas flácidas e o queixo caíram.

— No entanto, estamos sonhando alto — exclamou o senhor —, vamos direto ao assunto. Mostre-me os seus papéis picados.

O gerente da lanchonete, nervoso, tirou do bolso um pacote, abriu e ficou paralisado. No lugar do jornal picado havia notas de dez.

— Meu querido, o senhor realmente não está bem de saúde — disse Woland, encolhendo os ombros.

O gerente sorriu sem graça e levantou-se do banco.

— Mas — disse gaguejando —, se elas novamente... aquilo...

— Bom — pensou o artista —, então venha nos visitar de novo. Faça o favor! Fiquei feliz de conhecê-lo.

Nesse momento, Koroviev saltou do gabinete, agarrou-se na mão do gerente, começou a sacudi-la e a pedir a Andrei Fokitch que transmitisse saudações a todos. Sem raciocinar direito, o gerente dirigiu-se para a porta de saída.

— Hella, acompanhe o senhor! — gritou Koroviev.

Novamente a ruiva nua estava na entrada! O gerente passou pela porta, piou um "até logo" e foi embora como se estivesse bêbado. Depois de descer um pouco as escadas, tirou o pacote do bolso e conferiu — as notas de dez estavam lá. Na mesma hora, do apartamento que dava para a escada, saiu a mulher com a bolsa verde. Ao avistar o homem sentado nos degraus, que olhava fixamente para as notas de dez, ela sorriu e disse pensativa:

— Mas que prédio é esse o nosso… Esse aí está bêbado desde cedo. Os vidros foram quebrados novamente! — Depois de olhar mais atentamente para o gerente da lanchonete, ela acrescentou: — É, o senhor está podre de rico com essas notas de dez! Não quer dividir um pouco comigo?

— Deixe-me, por amor a Cristo — assustou-se o gerente e rapidamente escondeu o dinheiro. A mulher deu uma gargalhada:

— Vá para o inferno, seu sovina! Eu estava brincando… — E desceu as escadas.

O gerente levantou-se devagar, suspendeu a mão para ajeitar o chapéu e verificou que ele não estava na sua cabeça. Não desejava de forma alguma voltar, mas tinha pena do chapéu. Depois de vacilar um pouco, decidiu voltar e tocou a campainha.

— O que quer agora? — perguntou a desgraçada Hella.

— Esqueci o chapéu — cochichou o gerente, apontando para a careca. Hella virou-se e o gerente mentalmente cuspiu no chão e fechou os olhos. Quando os abriu, Hella estava diante dele estendendo o chapéu e a espada com o cabo escuro.

— Isso não é meu — cochichou o gerente, empurrando a espada e rapidamente colocando o chapéu.

— O senhor veio sem espada? — admirou-se Hella.

O gerente da lanchonete rosnou algo e rapidamente desceu as escadas. Algo o incomodava na cabeça e o chapéu estava esquentando muito; ele o suspendeu e gritou baixinho, depois de saltar de medo. Em suas mãos havia uma boina de veludo com penas de galo desgastadas. O gerente benzeu-se. No mesmo instante a boina miou, transformou-se num gatinho preto e, saltando de volta para a cabeça de Andrei Fokitch, agarrou-se com todas as suas unhas na sua careca. Depois de dar um grito de desespero, o gerente da lanchonete correu escada abaixo e o gatinho caiu de sua cabeça e correu escada acima.

Irrompendo no ar livre, o gerente correu rápido até os portões e para sempre deixou o prédio dos diabos, nº 302-bis.

Sabe-se muito bem o que lhe ocorreu depois. Ao atravessar os portões, o gerente da lanchonete olhou para trás como se estivesse procurando algo. Um minuto depois, ele estava do outro lado da rua dentro de uma farmácia. Assim que pronunciou as palavras "diga, por favor...", a mulher do outro lado do balcão exclamou:

— Cidadão! Sua cabeça está toda arranhada!...

Cinco minutos depois, o gerente estava com a cabeça enfaixada com gaze e soube que os melhores especialistas em doenças do fígado eram os doutores Vernadski e Kuzmin. Ficou alegre de felicidade quando descobriu que Kuzmin morava praticamente a uma quadra dali, numa pequena mansão. Dois minutos depois, ele estava na mansão.

O prédio era antigo, mas muito, muito aconchegante. O gerente da lanchonete do teatro foi recebido por uma governanta velhinha que queria pegar seu chapéu, mas, como ele não o tinha, a governanta, mastigando com a boca vazia, foi embora.

Em seu lugar, próximo ao espelho e embaixo de um tipo de arco, surgiu uma mulher de meia-idade que, na mesma hora, comunicou que só havia vaga para o dia dezenove, não antes. O gerente logo pensou numa saída. Lançou um olhar triste para o arco, onde, num tipo de antessala, aguardavam três pessoas, e cochichou:

— Estou mortalmente doente...

A mulher olhou confusa para a cabeça enfaixada do gerente, vacilou por alguns instantes e disse:

— Pois bem... — E deixou que atravessasse o arco.

Na mesma hora, a porta do lado oposto se abriu e um pince-nez dourado brilhou. A mulher de jaleco disse:

— Senhores, esse doente vai entrar sem aguardar na fila.

O gerente mal conseguiu olhar para trás e já estava dentro do consultório do doutor Kuzmin. Não havia nada de terrível, solene e medicinal naquele cômodo comprido.

— O que há com o senhor? — perguntou o doutor Kuzmin com uma voz agradável, olhando um pouco preocupado para a cabeça enfaixada.

— Soube, de fontes fidedignas — respondeu o gerente da lanchonete, olhando fixamente para um grupo na fotografia atrás de um vidro —, que em fevereiro do ano que vem morrerei de câncer do fígado. Suplico-lhe que interrompa esse processo.

O doutor Kuzmin, do jeito que estava sentado, reclinou-se no encosto alto de couro da poltrona gótica.

— Desculpe-me, não estou entendendo... o senhor esteve com algum médico? Por que está com a cabeça enfaixada?

— Que médico o quê!... Precisava ver esse médico! — respondeu o gerente da lanchonete do teatro, e de repente começou a bater com os dentes. — A cabeça não tem nada a ver com isso, não ligue para ela. Peço que elimine o câncer do fígado.

— Por favor, mas quem disse isso ao senhor?

— Acredite nele! — pediu o gerente, exaltado. — Ele sabe!

— Não estou entendendo nada — disse o doutor Kuzmin, dando com os ombros e distanciando-se da mesa sentado na cadeira. — Como ele pode saber quando o senhor vai morrer? Além do mais, se ele nem sequer é médico!

— No quarto número quatro — respondeu o gerente.

O doutor olhou para o paciente, para a sua cabeça, para as calças úmidas e pensou: "Era só o que me faltava! Um louco!". Perguntou:

— O senhor bebe vodka?

— Nunca toquei nisso — respondeu o gerente.

Um minuto depois, ele estava nu, deitado numa maca fria e forrada, e o doutor apertava-lhe a barriga. Nesse momento, é preciso destacar, o gerente ficou bem mais feliz. O doutor afirmou categoricamente que agora, pelo menos naquele exato momento, não havia nenhum vestígio de câncer. Mas já que temia algo com que algum charlatão o teria assustado, então tinha que fazer todos os exames...

O doutor escreveu em folhas de papel e explicou aonde se dirigir e o que levar. Além de tudo, redigiu um bilhete para o neuropatologista Bouret, e explicou ao gerente que tinha de cuidar dos nervos, que estavam em total desordem.

— Quanto devo ao senhor, doutor? — perguntou o gerente da lanchonete do teatro com a voz suave e trêmula, tirando do bolso a carteira gorda.

— Quanto quiser — respondeu o doutor, seco e entrecortado.

O gerente tirou trinta rublos e depositou sobre a mesa. Depois, suave e inesperadamente, como se fosse com uma pata de gato, pôs por cima das notas de dez uma pilha tilintante enrolada num canudinho de jornal.

— Isso é o quê? — perguntou Kuzmin e enrolou o bigode.

— Por favor, não recuse, senhor doutor — cochichou o gerente. — Suplico, detenha o câncer.

— Apanhe imediatamente o seu dinheiro — disse o doutor, orgulhando-se de si. — É melhor tomar cuidado com seus nervos. Amanhã, sem falta, leve a urina para exame, não beba muito chá e coma tudo sem sal.

— Até a sopa sem sal? — perguntou o gerente.

— Tudo sem sal — ordenou Kuzmin.

— Hum!… — exclamou o gerente, com tristeza, olhando para o doutor, recolhendo as notas de dez e andando para trás em direção à saída.

Naquela tarde, havia poucos pacientes na antessala do doutor e, com a chegada da noite, o último havia ido embora. Quando estava tirando o jaleco, o doutor olhou para o local onde o gerente havia deixado as notas de dez e viu que não havia mais notas. No lugar delas, estavam rótulos de garrafas de Abrau-Durso.

— Diabos, sabe-se lá o que é isso! — balbuciou Kuzmin, arrastando a barra do jaleco pelo chão e apalpando os papéis. — Ah, então ele não é só esquizofrênico, mas também trapaceiro! Não sei o que quer comigo! Será que é o pedido de exame de urina? Oh! Ele roubou o paletó! — E o doutor correu até a antessala com a manga do jaleco somente num braço. — Ksenia Nikitichna! — gritou bem alto na porta da antessala. — Veja, os paletós estão todos aí?

Revelou-se que todos os paletós estavam no lugar. Porém, quando o doutor retornou à mesa, conseguindo finalmente se livrar do jaleco, ficou paralisado de pé e com o olhar fixo na mesa. Lá, onde estavam os rótulos, havia um gatinho preto miando com a cara triste sobre o pires de leite.

— O que é isso? Isso já... — Kuzmin sentiu que sua nuca estava gelando.

Ao ouvir o grito baixo e aflito do doutor, Ksenia Nikitichna veio correndo e o acalmou logo, dizendo que, claro, algum paciente havia deixado o gato, e que isso acontece frequentemente nos consultórios.

— Levam uma vida pobre — explicou Ksenia Nikitichna. — Bom, e aqui, é claro...

Começaram a pensar e tentar adivinhar quem poderia ter deixado o gatinho. Desconfiaram da velhinha com úlcera de estômago.

— Claro que foi ela — dizia Ksenia Nikitichna. — Deve ter pensado assim: vou morrer mesmo e tenho pena do meu gatinho.

— Mas espera aí! — gritou Kuzmin. — E o leite? Ela que trouxe o leite? O pires também?

— Trouxe dentro de um vidrinho e aqui pegou e despejou — explicou Ksenia Nikitichna.

— Tudo bem, mas por favor, leve o gatinho e o pires também — disse Kuzmin e acompanhou pessoalmente Ksenia Nikitichna até a porta. Quando ele voltou, o ambiente havia mudado.

Ao pendurar o jaleco no prego, o doutor ouviu no pátio uma gargalhada, foi olhar e, naturalmente, levou um susto. Pelo pátio, corria, em direção à casinha dos fundos, uma dama trajando somente camisa. O doutor até sabia como ela se chamava — Maria Aleksandrovna. O menino gargalhava.

— O que está havendo? — disse Kuzmin irritado.

Nesse momento, do outro lado da parede, no quarto da filha do doutor, o gramofone tocou o foxtrote *Aleluia* e na mesma hora ouviu-se o chilrear dos pardais pelas costas do doutor. Ele virou-se e viu um enorme pardal pulando sobre a sua mesa.

"Hum... calma...", pensou o doutor. "Ele entrou quando eu me afastei da janela. Está tudo bem!", afirmou o doutor a si mesmo, sentindo que tudo estava em total desordem e, é claro, principalmente por causa do pardal. Olhando fixamente para ele, o doutor logo se convenceu de que aquele não era um pardal comum. O maldito pássaro mancava com a pata esquerda, evidentemente mostrando-se, arrastando a pata, trabalhando com as síncopes, ou seja, dançava o foxtrote que soava do gramofone assim como faz um bêbado numa mesa de bar. Fazia sem-vergonhices, olhando atrevido para o doutor.

A mão de Kuzmin deitou sobre o telefone, e ele pretendia ligar para o seu colega de turma Bouret para perguntar o que significavam esses tipos de pardais aos sessenta anos, ainda mais quando a cabeça gira?

O pardal, por sua vez, sentou-se no tinteiro que fora presenteado ao doutor, fez suas necessidades dentro dele (não estou brincando!) e depois alçou voo, ficou suspenso no ar e, de uma vez, como se tivesse um bico de aço, bicou o vidro da foto na qual estavam todos os formandos de 94, quebrando-o em pedacinhos e saindo voando pela janela.

O doutor mudou o número do telefone e, em vez de telefonar para Bouret, ligou para o bureau de sanguessugas,* dizendo que era o doutor Kuzmin, e pedindo que enviassem sanguessugas imediatamente para a sua casa.

Depois de pôr o telefone no gancho, o doutor novamente se virou para a mesa e soltou um grito aflito. Nela estava sentada uma mulher de lenço na cabeça, como fazem as irmãs de caridade, com uma bolsa que trazia a inscrição: "Sanguessugas". O doutor berrava, olhando para a boca da mulher. Era uma boca masculina, torta, até as orelhas, com um canino. Os olhos da irmã de caridade estavam mortos.

— Vou pegar o dinheirinho — disse ela com voz grossa de homem —, não deve ficar largado por aí. — Arrastou com a pata de passarinho os rótulos e começou a se dissolver no ar.

Passaram-se duas horas. O doutor Kuzmin estava sentado na cama do seu quarto e as sanguessugas estavam penduradas nas suas têmporas, atrás das orelhas e no pescoço. Nos pés de Kuzmin, num cobertor de seda acolchoado, estava o doutor Bouret com seus bigo-

---

* As sanguessugas eram muito usadas com fins medicinais desde os tempos antigos, pois acreditava-se que podiam baixar a pressão e combater outros males. (N. T.)

des grisalhos, olhando para Kuzmin com compaixão e o acalmando, dizendo que tudo não passava de um delírio. Do outro lado da janela já era noite.

O que mais de estranho aconteceu em Moscou nessa noite nós não sabemos e, é claro, não vamos ficar procurando saber. Até porque já chegou a hora de passar para a segunda parte desta narrativa verdadeira. Venha comigo, leitor!

SEGUNDA PARTE

19. Margarida

Venha comigo, leitor! Quem lhe disse que não existe no mundo o verdadeiro, o fiel, o eterno amor? Pois que cortem a língua desse mentiroso infame!

Venha comigo, leitor, somente comigo, e eu lhe mostrarei um amor assim!

Sim, o mestre tinha se enganado quando disse com tristeza a Ivanuchka, no hospital, naquela hora em que já passava da meia-noite, que ela o esquecera. Isso não podia acontecer. Ela, é claro, não o esquecera.

Antes de mais nada, vamos desvendar o segredo que o mestre não se arrependeu de contar a Ivanuchka. Sua amada chamava-se Margarida Nikolaievna. Tudo que o mestre falava sobre ela ao poeta era verdade verdadeira. Ele descreveu a amada corretamente. Era bela e inteligente. Acrescente-se uma coisa: com certeza pode-se dizer que muitas mulheres dariam tudo para trocar a própria vida pela de Margarida Nikolaievna. Sem filhos, com trinta anos de idade, Margarida era casada com um grande especialista, que havia feito uma importantíssima descoberta para o Estado. Seu marido era jovem, bonito, carinhoso, honesto e adorava sua mulher. Margarida Nikolaievna, junto com o marido, ocupava todo o andar superior de uma maravilhosa mansão que ficava num jardim próximo a uma das travessas da rua Arbat. Um lugar encantador! Qualquer um pode certificar-se disso caso queira dirigir-se a esse jardim. É só me pedir que eu indico o endereço, o caminho. A mansão está inteira até hoje.

Margarida Nikolaievna não precisava de dinheiro. Margarida Nikolaievna podia comprar tudo de que gostasse. Entre os conhecidos de seu marido, às vezes apareciam pessoas interessantes. Margarida Nikolaievna nunca chegava perto do fogareiro a querosene.

Margarida Nikolaievna nunca conheceu os horrores de dividir um apartamento. Ou seja... ela era feliz? Nem por um minuto! Desde que se casou, aos dezenove anos, e foi morar na mansão, ela não conhecia a felicidade. Meus deuses, meus deuses! Do que precisava esta mulher?! Do que precisava esta mulher que tinha um brilho incompreensível no olhar? Do que precisava esta bruxa, que era quase vesga de um olho, e que havia se enfeitado de mimosas na primavera? Não sei. Desconheço. Provavelmente ela falava a verdade, precisava do mestre e não de uma mansão gótica, um jardim próprio e dinheiro. Ela o amava e lhe dizia a verdade.

Até mesmo eu, um narrador sincero, mas que está de fora, fico com o coração apertado quando penso no que passou Margarida quando, ao chegar no dia seguinte à casinha do mestre, e felizmente, antes de falar com o marido, que não retornara no dia previsto, soube que ele não estava mais lá. Ela fez de tudo para descobrir algo sobre o mestre, mas, é claro, não conseguiu informação alguma. Então ela voltou para a mansão e continuou a viver onde morava.

Mas assim que a neve suja sumiu das calçadas e das ruas, assim que o vento primaveril meio podre e impaciente soprou pela janela, Margarida Nikolaievna ficou mais triste do que ficara durante o inverno. Chorava frequentemente às escondidas com um choro longo e amargo. Não sabia quem amava: um vivo ou um morto? E quanto mais os dias desesperadores passavam, com mais frequência, principalmente ao entardecer, vinha-lhe a ideia de que estava ligada a um morto.

Ou o esquecia, ou morria. Pois não podia mais levar a vida assim. Não podia! Esquecê-lo, esquecê-lo, custe o que custar! Mas ela não esquecia, essa era a desgraça.

— Sim, sim, sim, esse é o erro! — dizia Margarida, sentada à lareira e olhando para o fogo aceso em homenagem ao fogo que ardia quando ele escreveu *Pôncio Pilatos*. — Por que fui embora naquela noite? Por quê? Foi uma loucura! Voltei no dia seguinte, com toda a sinceridade, como havia prometido, mas já era tarde. Sim, eu voltei, como o infeliz Mateus Levi, tarde demais.

Todas essas palavras, é claro, eram absurdas, pois na realidade o que teria mudado caso ela permanecesse na casa do mestre naquela noite? Ela o teria salvado? Engraçado! — exclamaríamos, mas não faremos isso diante de uma mulher levada ao desespero.

Naquele mesmo dia, quando acontecia a bagunça absurda provocada pela aparição do mago em Moscou, na sexta-feira, quando foi mandado de volta para Kiev o tio de Berlioz, quando prenderam o contador e ocorreu um monte de outras coisas idiotas e incompreensíveis, Margarida despertou ao meio-dia, em seu quarto com as janelas que davam para a torre da mansão.

Ao acordar, Margarida não chorou, como acontecia frequentemente, pois acordou com o pressentimento de que naquele dia, finalmente, algo aconteceria. Ao ter esse pressentimento, começou a acalentá-lo e a fazê-lo crescer em sua alma, temendo que ele a deixasse.

— Eu acredito! — cochichava Margarida, solene. — Eu acredito! Algo acontecerá! Não pode não acontecer, pois por qual razão, realmente, me foi enviado o sofrimento eterno? Reconheço que menti e enganava e vivia uma vida secreta, escondida das pessoas. Mesmo assim, não se pode castigar com tanta crueldade. Algo vai acontecer, sem dúvida, pois não existe nada que dure eternamente. Além do mais, o meu sonho é uma premonição, disso eu tenho certeza.

Assim cochichava Margarida Nikolaievna, olhando para as cortinas plúmbeas iluminadas pelo sol, vestindo-se nervosa, penteando os cabelos curtos e cacheados diante do espelho triplo.

O sonho que Margarida teve naquela noite era realmente incomum. A questão é que em todos os seus momentos de sofrimento durante o inverno ela nunca havia sonhado com o mestre. À noite ele a deixava, e ela sofria somente durante o dia. E, de repente, ele apareceu.

Margarida sonhou com um local desconhecido, desesperançoso, triste, sob um céu nublado de início de primavera. Sonhou com esse céu cinza, em pedaços, a correr, sob o qual havia um bando de gralhas. Uma pontezinha torta e, sob ela, um riozinho primaveril. Um álamo solitário e depois, entre as árvores, atrás de uma horta, um prédio de troncos. Não parecia uma cozinha, ou uma sauna, sabe-se lá o que era. Inesperadamente tudo em volta era tão triste que a vontade era de se enforcar nesse álamo próximo à pontezinha. Não havia um sopro de vento, nem um movimento da nuvem, nem vivalma. Eis um lugar infernal para uma pessoa viva!

Então, imaginem, a porta dessa construção de troncos se abre e ele surge. De muito longe é visto nitidamente. Em trapos, era impossível distinguir o que estava trajando. Os cabelos estavam arrepiados e a barba por fazer. Os olhos doentios e preocupados. Acenava e a chamava com a mão. Asfixiada pelo ar mortal, Margarida corria pisando nos montículos em direção a ele.

"Este sonho só pode ter um dos dois significados", raciocinava consigo mesma Margarida Nikolaievna. "Se ele está morto e me chamou, então significa que veio me buscar e que eu logo morrerei. Isso é muito bom, pois significa o fim do meu sofrimento. Se está vivo, então o sonho tem somente um significado: está me lembrando de sua existência! Quer dizer que ainda nos veremos. Sim, vamos nos ver muito em breve!"

Ainda naquele mesmo estado de agitação, Margarida vestiu-se e começou a se convencer de que tudo estava acontecendo da melhor forma possível, e que tinha que saber aproveitar momentos positivos assim. O marido havia viajado a trabalho por três dias. Durante três dias ela era dona de si mesma, ninguém iria atrapalhá-la de pensar no que quisesse, sonhar com o que gostava. Todos os cinco cômodos do andar superior da mansão, o apartamento inteiro, do qual dezenas de milhares de pessoas em Moscou tinham inveja, estava todo à sua disposição.

No entanto, ao obter a liberdade por três dias completos, Margarida não escolheu o melhor local do amplo e luxuoso apartamento. Depois de saciar-se de chá, ela dirigiu-se a um quarto escuro, sem janelas, onde eram guardadas malas e tralhas velhas em dois armários grandes. Agachando-se, abriu a gaveta de baixo do primeiro armário e, sob um amontoado de retalhos de seda, retirou a única coisa que tinha na vida. Nas mãos de Margarida estava um álbum velho com a capa de couro marrom, dentro do qual havia um retrato do mestre, um recibo de caderneta de poupança com um depósito de dez mil rublos no nome dele, pétalas de rosas secas esticadas entre folhas de papel de fumo e um pedaço do caderno, com as folhas datilografadas e a parte inferior queimada.

Ao retornar para o seu quarto com essa riqueza, Margarida Nikolaievna pôs o retrato ao lado do espelho triplo e ficou sentada durante uma hora, segurando no colo o caderno deteriorado pelo fogo, folheando e relendo o que, depois de ter pegado fogo, não tinha nem início nem fim: "... A escuridão vinda do mar Mediterrâneo encobriu a cidade odiada pelo procurador. Sumiram as pontes suspensas que ligavam o templo à terrível torre de Antônia, desceu do céu o abismo e encobriu os deuses alados sob o hipódromo, o palácio de Hasmoneus com as troneiras, os bazares, os caravançarás, as travessas, os lagos... Yerushalaim desapareceu — a grande cidade parecia nunca ter existido...".

Margarida queria continuar lendo, mas não tinha mais nada além da franja irregular de carvão.

Limpando as lágrimas, Margarida Nikolaievna deixou o caderno, apoiou os cotovelos na penteadeira com espelho e, refletindo-se no espelho, fitou longamente a fotografia, sem tirar os olhos. Depois as lágrimas secaram. Margarida, com cuidado, arrumou o seu tesouro e, alguns minutos depois, ele já estava novamente escondido sob os trapos de seda, e o cadeado tilintou alto ao trancar o quarto escuro.

Margarida Nikolaievna estava vestindo o casaco na antessala para ir passear. A bela Natacha, sua empregada, quis saber o que preparar para o almoço e, depois de obter a resposta de que tanto fazia, para distrair a si mesma contou à patroa sobre o que havia ocorrido no dia anterior em Moscou: que um mágico fez umas mágicas que deixou todos boquiabertos, distribuindo frascos de perfumes estrangeiros e meias de graça e, assim que a sessão terminou, o público saiu à rua e, de repente, estavam todos nus! Margarida Nikolaievna sentou-se na cadeira sob o espelho na antessala e ria sem parar.

— Natacha! Como não tem vergonha — dizia Margarida Nikolaievna —, você é culta e inteligente; mentem muito nas filas e você fica aí repetindo!

Natacha ficou ruborizada e exclamou com veemência que não estava mentindo, e que tinha visto pessoalmente, no supermercado na rua Arbat, uma senhora cujos sapatos desapareceram quando estava pagando as compras. Ela ficou só de meias. Os olhos estavam esbugalhados, e tinha um buraco no calcanhar! Os sapatos eram mágicos, tinham vindo daquela maldita sessão de mágicas.

— E assim ela foi embora?

— Foi embora assim! — gritava Natacha, cada vez mais vermelha por sentir que não acreditavam nela. — Sim, ontem, Margarida Nikolaievna, a polícia prendeu umas quarenta pessoas. As senhoras que saíram dessa tal sessão corriam pela rua Tverskaia somente de lingerie.

— É claro que foi Daria que te contou tudo isso — disse Margarida Nikolaievna. — Venho há muito tempo percebendo que ela é uma grande mentirosa.

A conversa curiosa terminou com uma surpresa agradável para Natacha. Margarida Nikolaievna foi até o quarto e saiu de lá segurando nas mãos um par de meias e um frasco de água-de-colônia. Dizendo a Natacha que também queria fazer uma mágica, Margarida Nikolaievna presenteou a empregada com as meias e o frasco e disse que lhe pedia apenas uma coisa — não correr só de meias pela Tverskaia e não dar ouvidos a Daria. Foi assim, com beijos, que a patroa e a empregada se despediram.

Inclinada no cômodo encosto da cadeira do banco do trole, Margarida Nikolaievna passava pela rua Arbat e ora pensava em algo somente seu, ora tentava ouvir o que cochichavam as duas senhoras que estavam à sua frente.

De vez em quando elas se viravam para trás, certificando-se de que ninguém estava ouvindo a bobagem sobre a qual falavam. Um cidadão enorme e carnudo, com olhos vivos de porco, sentado à janela, contava baixinho ao seu vizinho que tiveram de cobrir o caixão com um cobertor preto…

— Não pode ser! — exclamava admirado o pequeno homem ao seu lado. — Isso é algo nunca visto… O que Jeldibin fez?

Em meio ao barulho monótono do trólebus ouviam-se as palavras:

— Processo criminal… escândalo… bom, um mistério, realmente!

Da conversa entrecortada, Margarida Nikolaievna conseguiu compor algo coeso. Os senhores cochichavam sobre a cabeça de um morto, sem dizer seu nome, que tinha sido roubada naquele dia pela manhã. Por isso, o tal Jeldibin estava nervoso agora. Os dois que cochichavam no trole também tinham algo a ver com o morto roubado.

— Será que teremos tempo de comprar flores? — preocupou-se o pequeno. — Você está dizendo que a cremação é às duas?

Finalmente, Margarida Nikolaievna cansou de ouvir essa fofoca misteriosa sobre a cabeça roubada do caixão e ficou feliz pois chegara a hora de saltar.

Alguns minutos depois, Margarida Nikolaievna estava sentada diante do muro do Kremlin, num banco com a vista para o Manege.

Margarida apertava os olhos contra o sol, lembrava o sonho, lembrava como exatamente um ano antes, naquele mesmo dia, naquela mesma hora, naquele mesmo banco, ela estava sentada com ele. E da mesma forma a bolsa preta estava a seu lado no banco. Ele não estava a seu lado, mas Margarida Nikolaievna conversava mentalmente com ele: "Se você me foi enviado, então por que não me dá notícias? As pessoas dão sinais de vida. Você deixou de me amar? Não, por algum motivo eu não acredito nisso. Quer dizer que me foi enviado, mas morreu… Então peço que me deixe ir, me dê a liberdade para viver e respirar!". Margarida Nikolaievna respondia por ele: "Você é livre… Será que se sente presa? Não a detenho". Depois, reclamava com ele: "Mas que resposta é essa? Não, saia da minha memória, só assim ficarei livre".

As pessoas passavam diante de Margarida Nikolaievna. Certo homem olhou para a mulher bem-vestida e foi atraído por sua beleza e sua solidão. Tossiu e sentou-se na pontinha do mesmo banco onde estava Margarida Nikolaievna. Enchendo-se de coragem, disse:

— Realmente, o tempo hoje está muito bom…

Porém, Margarida olhou tão taciturna em sua direção que ele se levantou e foi embora.

"Eis um exemplo", disse mentalmente Margarida para aquele que a dominava, "por que mandei embora aquele homem? Estou deprimida, e até que esse flerte não é tão ruim, a não ser pela palavra idiota 'realmente'. Por que estou sozinha como uma coruja debaixo deste muro? Por que me desliguei da vida?"

Ficou completamente triste e sombria. Mas, de repente, aquela mesma onda matinal de esperança e excitação bateu em seu peito.

"Sim, vai acontecer!" A onda bateu novamente e, nesse momento, ela entendeu que era uma onda sonora. Através do barulho da cidade, cada vez mais nítido, ouviam-se as batidas dos tambores e os sons de metais que falseavam vez ou outra.

O primeiro a aparecer diante da cerca do jardim foi o policial montado a cavalo e, atrás dele, vinham outros três, a pé. Depois, vinha devagar um caminhão com os músicos. Logo depois, vinha bem devagar um carro de enterro aberto novinho, com um caixão coberto de corbelhas, e, nos quatro ângulos, havia quatro pessoas em pé: três homens e uma mulher.

Mesmo a distância, Margarida conseguiu ver que as pessoas que estavam de pé no carro, e que acompanhavam o morto em sua última jornada, estavam estranhamente confusas. Isso se notava principalmente no rosto da mulher, que estava no ângulo esquerdo traseiro do carro. As bochechas gordas da senhora pareciam estufar ainda mais por algum segredo picante guardado, seus olhos brilhavam com um duplo sentido. Parecia que ela, ali mesmo, não aguentaria, piscaria para o morto e diria: "Já viram algo semelhante? Um mistério!". Os que caminhavam atrás também tinham os rostos assustados, eram aproximadamente trezentas pessoas que caminhavam vagarosamente atrás do caminhão.

Margarida acompanhava a procissão e ouvia como, ao longe, silenciava o tambor turco desanimado, destacando-se somente o mesmo "bum-bum-bum". Ela pensava: "Que enterro esquisito... E que tristeza desse 'bum'! Ah, realmente, entregaria a alma ao diabo só para saber se ele está vivo ou não... Interessante, quem está sendo enterrado com essas caras impressionantes?".

— É Mikhail Aleksandrovitch Berlioz — ouviu dizer ao lado uma voz masculina um tanto anasalada —, o presidente da Sociedade de Escritores de Moscou.

Margarida Nikolaievna admirou-se, virou-se e viu ao lado um cidadão que havia se acomodado no banco sem ela perceber. Isso aconteceu provavelmente enquanto Margarida observava a procissão e, por distração, deve ter feito a sua última pergunta em voz alta.

A procissão, por sua vez, começou a andar mais devagar, possivelmente interrompida pelos sinais de trânsito.

— Sim — continuou o cidadão desconhecido —, estão num estado de ânimo impressionante. Estão carregando o morto e só pensam em onde foi parar a cabeça dele!

— Que cabeça? — perguntou Margarida, olhando para o interlocutor inesperado. O interlocutor era de baixa estatura, ruivo como fogo, com um canino aparente, de roupa engomada, num terno nobre xadrez, de sapatos laqueados e com um chapéu-coco na cabeça. A gravata era clara. O que impressionava era que no bolso, no qual normalmente os homens usam um lencinho ou uma pena, o tal cidadão tinha um osso de frango roído.

— É, veja só — explicou o ruivo —, hoje pela manhã, na sala da mansão na rua Griboiedov, roubaram a cabeça do morto do caixão.

— Como pode? — involuntariamente perguntou Margarida e lembrou-se no mesmo instante dos cochichos no trólebus.

— Só o diabo sabe como! — respondeu o ruivo atrevido. — Eu, aliás, suponho que isso poderia ser perguntado ao Behemoth. Foram muito ágeis. Um escândalo! E o pior é que não dá para entender quem precisa dessa cabeça e para quê!

Por mais que estivesse ocupada com os seus pensamentos, Margarida Nikolaievna assustou-se com as lorotas do cidadão desconhecido.

— Perdão! — exclamou ela de repente. — Que Berlioz? Isso está nos jornais de hoje…

— Claro, claro…

— Então, quer dizer que são escritores os que caminham atrás do caixão? — perguntou Margarida e, de repente, arreganhou os dentes.

— É claro, naturalmente, são eles!

— O senhor os conhece?

— Todos — respondeu o ruivo.

— Diga-me — perguntou Margarida e sua voz ficou rouca —, o crítico Latunski está entre eles?

— Como não estaria lá? — respondeu o ruivo. — Lá está ele, na ponta da quarta fileira.

— Um loiro? — disse Margarida, apertando os olhos.

— De cabelo cinza… Está vendo, ele ergueu os olhos para o céu.

— Parecido com um padre?

— Isso, isso!

Margarida não perguntou mais nada, apenas olhava para Latunski.

— A senhora, pelo que vejo — disse o ruivo, sorrindo —, odeia esse Latunski.

— Há mais alguém que eu odeio também — disse Margarida com os dentes cerrados —, mas não vale a pena falar disso.

A procissão, nesse momento, prosseguiu, e atrás dela vinham automóveis, na maioria vazios.

— É, não tem nada de interessante nisso, Margarida Nikolaievna!

Margarida assustou-se:

— O senhor me conhece?

Como resposta, o ruivo tirou o chapéu da cabeça e apanhou-o no ar.

"Que cara de bandido!", pensou Margarida, olhando para o seu interlocutor ocasional.

— Mas eu não o conheço — disse Margarida secamente.

— Claro, como poderia me conhecer? Entretanto, fui enviado até a senhora por causa de um assunto.

Margarida empalideceu e se afastou.

— Devia ter começado por aí — disse ela —, em vez de ficar fofocando sobre uma cabeça cortada! O senhor quer me prender?

— Nada disso — exclamou o ruivo —, onde já se viu? Só porque iniciei uma conversa, não quer dizer que vou prendê-la! Tenho um assunto a tratar.

— Não estou entendendo nada, que assunto?

O ruivo olhou para os lados e disse misteriosamente:

— Enviaram-me com o propósito de convidá-la para hoje à noite.

— O senhor está delirando, que convite?

— Convite de um estrangeiro famoso — disse o ruivo, atribuindo importância piscando o olho.

Margarida ficou fora de si.

— Surgiu uma nova espécie: um alcoviteiro de rua! — disse e levantou-se para ir embora.

— Muito obrigado por esse tipo de missão! — exclamou o ruivo magoado e xingou Margarida pelas costas — Idiota!

— Canalha! — replicou Margarida, voltando-se para ele, e, no mesmo instante, ouviu a voz do ruivo novamente pelas costas:

— "A escuridão vinda do mar Mediterrâneo encobriu a cidade odiada pelo procurador. Sumiram as pontes suspensas que ligavam o templo à terrível torre de Antônia... Yerushalaim desapareceu — a grande cidade parecia nunca ter existido..." Pois então desapareça você também com o seu caderno queimado e a rosa seca! Fique sentada aí no banco sozinha e suplique a ele que a liberte, que a deixe respirar, para que saia de sua memória!

Pálida, Margarida retornou ao banco. O ruivo olhava para ela com os olhos apertados.

— Não estou entendendo nada — falou baixinho Margarida Nikolaievna. — Entendo que dê para descobrir sobre as folhas... vigiando... Natacha foi comprada, é isso? Mas como pode saber dos meus pensamentos? — Ela, intrigada, enrugou a testa e acrescentou: — Diga-me, quem é o senhor? De qual instituição?

— Que monotonia! — resmungou o ruivo e disse em tom mais alto: — Desculpe-me, já lhe disse que não sou de nenhuma instituição! Sente-se, por favor!

Margarida obedeceu sem reclamar, mas, ao se sentar, perguntou novamente:

— Quem é o senhor?

— Está bem, me chamo Azazello. Isso tanto faz e nada significa para a senhora.

— Mas o senhor não vai me dizer como soube das folhas e dos meus pensamentos?

— Não direi — respondeu secamente Azazello.

— O senhor sabe alguma coisa sobre ele? — cochichou Margarida, suplicante.

— Bem, digamos que sei.

— Suplico que me diga somente uma coisa: ele está vivo? Por favor, não me torture.

— Está, está — respondeu Azazello, indiferente e de má vontade.

— Meu Deus!

— Por favor, sem nervosismo e sem gritos — disse Azazello, franzindo o cenho.

— Desculpe, desculpe — balbuciava Margarida, agora obediente. — Claro que fiquei com raiva do senhor. Mas, há de concordar, quando convidam uma mulher no meio da rua... Não tenho preconceitos, garanto-lhe. — Margarida deu um sorriso amarelo. — Nunca falo com estrangeiros, não tenho nenhuma vontade de falar com eles... além disso, o meu marido... O meu drama é que vivo com quem não amo, mas acredito que estragar a vida dele é uma coisa pouco nobre. Não vi nada nele além da bondade...

Azazello ouviu essa fala desconexa, aparentando enfado, e disse severo:

— Peço que fique calada por um minutinho.

Margarida calou-se obediente.

— Estou convidando você para uma visita a um estrangeiro, totalmente segura. Ninguém saberá dessa visita. Isso eu lhe garanto.

— E o que ele quer comigo? — perguntou Margarida, sorrateiramente.

— Saberá mais tarde.

— Entendo... Tenho que me entregar a ele — disse Margarida, pensativa.

Azazello sorriu com ar de superioridade e respondeu:

— Qualquer mulher no mundo, posso garantir-lhe, sonha com isso. — A cara de Azazello desfigurou-se pelo riso. — Mas devo decepcioná-la, isso não acontecerá.

— Que estrangeiro é esse?! — exclamou Margarida, confusa, em voz tão alta que os transeuntes viraram as cabeças em direção ao banco. — Qual seria meu interesse em visitá-lo?

Azazello inclinou-se até ela e disse baixinho, em tom importante:

— Bem, o interesse é grande... Você vai aproveitar a ocasião...

— O quê? — exclamou Margarida e esbugalhou os olhos. — Se estou entendendo bem, o senhor está insinuando que indo lá eu poderei saber de tudo?

Azazello fez que sim com a cabeça.

— Eu vou! — exclamou Margarida com entusiasmo e agarrou Azazello pela mão. — Vou para qualquer lugar!

Azazello soltou um sopro de alívio, inclinou-se no encosto do banco, fechando com as costas largas a palavra "Niura" riscada nele, e disse ironicamente:

— Que gente difícil são essas mulheres! — Enfiou as mãos nos bolsos e esticou os pés. — Por que me enviaram para resolver esse assunto? Behemoth se sairia melhor, ele é mais sedutor...

Margarida começou a falar mostrando um sorriso sem graça:

— Pare de fazer mistérios e de me torturar com seus segredos... Sou uma pessoa infeliz, e o senhor está se utilizando disso. Estou me envolvendo numa história estranha, mas, juro, somente porque o senhor me seduziu com suas palavras! Estou tonta de tamanha incompreensão...

— Sem drama, sem drama — respondeu Azazello, fazendo caretas. — Ponha-se em meu lugar. Dar umas bofetadas na cara de um gerente, ou expulsar um tio do apartamento, ou atirar em alguém, ou mais alguma bobagem dessas, isso é a minha especialidade. Agora, conversar com mulheres apaixonadas, por Deus! Já estou aqui há mais de meia hora tentando convencê-la.

— Vamos — respondeu Margarida Nikolaievna com simplicidade.

— Então, por favor, receba isso. — Azazello tirou do bolso uma caixinha redonda de ouro e a estendeu a Margarida com as seguintes palavras: — Esconda logo, pois os transeuntes estão olhando. Vai precisar dela, Margarida Nikolaievna, a senhora envelheceu um bocado de tanto sofrimento nesses últimos seis meses. — Margarida explodiu, mas não respondeu nada, e Azazello continuou: — Hoje à noite, às nove e meia, tenha a bondade de despir-se e passar esse creme no rosto e no corpo. Depois faça o que quiser, mas não se afaste do telefone. Às dez horas eu ligarei, e direi tudo que tem de fazer. Não vai precisar se preocupar com nada, vão buscá-la e a levarão para o local, ninguém vai incomodá-la. Está claro?

Margarida ficou calada e depois respondeu:

— Está claro. Essa caixinha é de puro ouro, percebe-se pelo peso. Pois bem, entendo muito bem que estão me comprando e me envolvendo em alguma história sombria pela qual terei que pagar.

— Mas o que é isso? — quase chiou Azazello. — Vai começar de novo?...

— Não, espere!

— Devolva o creme!

Margarida apertou a caixinha mais ainda e prosseguiu:

— Não, espere… Eu sei o que estou aceitando. Mas estou fazendo isso por causa dele, porque não tenho mais nenhuma esperança no mundo. Mas quero lhe dizer que se o senhor me fizer mal vai se arrepender! Sim, vai se arrepender! Estou me entregando por amor! — Margarida bateu no peito olhando para o sol.

— Devolva — gritou Azazello, já raivoso —, devolva, para o diabo com isso tudo! Que mandem o Behemoth!

— Oh, não! — exclamou Margarida, deixando os passantes admirados. — Concordo com tudo, concordo em interpretar uma comédia esfregando o creme, concordo em ir para os diabos e até mais longe! Não vou devolver!

— Bah! — gritou de repente Azazello, esbugalhou os olhos para a grade e começou a apontar com o dedo.

Margarida virou-se para o lado apontado por Azazello, mas não percebeu nada muito importante. Então, olhou para Azazello, tentando entender esse tolo "Bah!", mas não havia mais ninguém para dar a explicação: o misterioso interlocutor de Margarida Nikolaievna sumira.

Margarida enfiou rapidamente a mão na bolsa, onde havia escondido a caixinha antes do grito, para se certificar de que permanecia lá. Depois, sem pensar em nada, Margarida correu às pressas em direção à saída do jardim Aleksandrovski.

20. O creme de Azazello

A lua no céu aberto e noturno estava cheia, e brilhava através dos galhos do plátano. As tílias e as acácias faziam desenhos complexos com as sombras sobre a terra do jardim. A janela com três batentes, próxima ao poste de luz, estava aberta, mas de cortina fechada, e brilhava com a luz elétrica muito forte. No quarto de Margarida Nikolaievna estavam acesas todas as luzes, a iluminar a desordem total que ali reinava.

Sobre o cobertor que estava em cima da cama havia blusas, meias e roupas íntimas, outras foram simplesmente enroladas e jogadas no chão, junto com um maço de cigarros amassado num momento de nervosismo. Os sapatos estavam sobre a mesinha de cabeceira, próximos à xícara de café ainda pela metade, e de um cinzeiro, uma guimba de cigarro ainda soltando fumaça. No encosto da cadeira estava pendurado um vestido preto de noite. O quarto exalava perfume. Além disso, sentia-se o cheiro de um ferro de passar incandescente.

Margarida Nikolaievna estava sentada diante do aparador com um roupão de banho sobre o corpo nu, calçando sapatos de camurça preta. Um bracelete de ouro com um relógio embutido estava à sua frente, ao lado da caixinha que ela recebera de Azazello, e Margarida não tirava os olhos do relógio. De tempos em tempos, tinha a impressão de que o relógio havia parado e os ponteiros não se moviam. Mas eles se moviam, apesar de muito vagarosamente, e, por fim, o ponteiro comprido apontou para as nove horas e vinte e nove minutos. O coração de Margarida bateu com tanta força que ela não conseguiu pegar logo a caixinha. Dominando a si mesma, Margarida abriu-a e viu que lá dentro havia um creme gorduroso e amarelado. O cheiro lhe pareceu semelhante a musgo de pântano. Com a pontinha do dedo, Margarida pôs um pouco de creme na palma da mão, o cheiro de limo de pântano e de floresta ficou ainda mais forte, e ela começou a espalhar com a palma da mão o creme pela testa e pelas bochechas.

O creme se espalhava com facilidade, e pareceu a Margarida se dissolver rapidamente. Depois de várias aplicações, Margarida olhou-se no espelho e deixou a caixinha cair em cima do vidro do relógio, que rachou com o impacto. Margarida fechou os olhos, depois olhou novamente e deu uma gargalhada.

As sobrancelhas depiladas com pinça tornaram-se grossas e negras, e cobriam como arcos os olhos esverdeados. A ruga vertical fininha que perpassava o intercílio, e que surgira ainda em outubro, quando o mestre havia sumido, desapareceu sem deixar marcas. Desapareceram também as manchas amareladas junto às têmporas, assim como os pés de galinha quase imperceptíveis nos cantos externos dos olhos. A pele das bochechas ficou rósea, a testa ficou branca e limpa e o permanente artificial se desfez.

Do espelho olhava para a Margarida de trinta anos uma mulher com cabelos negros e naturalmente cacheados, que tinha uns vinte anos, ria sem parar e arreganhava os dentes.

Depois de dar muitas gargalhadas, Margarida tirou o roupão e, pegando grandes porções de creme na mão, começou a espalhá-lo pela pele. O corpo no mesmo instante ficou cor-de-rosa e ardente. Subitamente, parecia que havia retirado do cérebro uma agulha, e a dor que a incomodara durante a noite inteira, depois do encontro no jardim Aleksandrovski, deixou-a, os músculos das mãos e das pernas se fortaleceram e o corpo de Margarida perdeu peso.

Ela pulou e ficou suspensa no ar numa altura não muito grande sobre o tapete e, depois, foi puxada para baixo e desceu.

— Que creme! Que creme! — gritou Margarida, atirando-se na poltrona.

O creme mudou não só sua aparência. Agora, em cada parte de seu corpo, ardia a alegria, que ela sentia como bolhas a espetar seu corpo. Margarida sentiu-se livre, livre de tudo. Além disso, ela entendeu claramente que havia acontecido exatamente aquilo que pressentira ainda pela manhã, e que ela estava deixando a mansão e sua vida anterior. Porém, dessa vida anterior uma ideia se soltou, e ela pensou que tinha algo a fazer, tinha que cumprir seu último dever antes de algo novo, impressionantemente incomum, que a fazia levitar. Então ela, nua como estava, saiu do quarto ora levitando, ora andando, foi até o escritório do marido e, acendendo as luzes, dirigiu-se à mesa. Numa folha arrancada de um bloco ela escreveu com um lápis o seguinte bilhete:

Perdoe-me e me esqueça o mais rápido possível. Estou te abandonando para a eternidade. Não me procure, é inútil. Tornei-me uma bruxa por causa das desgraças e das tristezas que me atingiram. Está na minha hora. Adeus.

Margarida.

Com a alma totalmente aliviada, Margarida voou até o quarto, e Natacha entrou atrás, carregada de coisas dela. No mesmo instante, todas essas coisas, os cabides de madeira com vestidos, lenços rendados, meias de seda, sapatos e cintos, tudo caiu no chão, e Natacha acenou com os braços livres.

— Então, estou bonita? — Margarida Nikolaievna gritou alto, com a voz rouca.

— Como conseguiu? — sussurrou Natacha, andando para trás. — Como fez isso, Margarida Nikolaievna?

— É o creme! Creme, creme! — respondeu Margarida, apontando para a caixinha de ouro e girando diante do espelho.

Natacha, esquecendo a roupa amassada e jogada no chão, correu até o aparador e, com olhos ávidos e ardentes, olhou fixamente para o resto do creme. Seus lábios balbuciavam algo. Voltou-se novamente para Margarida e disse com certa devoção:

— A pele, hein? Que pele! Margarida Nikolaievna, sua pele está brilhando! — Mas, nesse instante, ela voltou a si, correu para o vestido, apanhou-o do chão e começou a limpá-lo.

— Deixe! Deixe! — gritava Margarida — Deixe tudo, que tudo vá para o diabo! Aliás, não: pegue e leve tudo com você, de recordação. Estou dizendo, leve de recordação. Leve tudo, tudo que tem no quarto!

Natacha ficou paralisada, como se tivesse enlouquecido e, durante algum tempo, olhava para Margarida, que se dependurou em seu pescoço, beijando-a e gritando:

— Acetinada! Brilhosa! Acetinada! E as sobrancelhas!

— Leve todos os trapos, leve os perfumes e leve o baú, esconda — gritava Margarida — mas só não leve as joias, senão será acusada de roubo!

Natacha juntou tudo numa trouxa, tudo que lhe caía à mão, os sapatos, as meias, as roupas íntimas, e correu para fora do quarto.

Nessa hora, pela janela aberta, irrompeu e soou uma valsa virtuosística e retumbante do outro lado da travessa, ouvindo-se também o barulho do carro que se aproximou do portão.

— Azazello vai telefonar agora! — gritou Margarida, ouvindo a valsa que vinha da travessa. — Ele vai ligar! O estrangeiro não é perigoso. Sim, agora eu entendo que ele não é perigoso!

O carro fez mais barulho, distanciando-se do portão. A portinhola bateu e ouviram-se passos pelas lajotas da trilha que levava à mansão.

"É Nikolai Ivanovitch, reconheço seus passos", pensou Margarida, "tenho que aprontar algo em despedida, muito engraçado e interessante."

Margarida puxou a cortina e sentou-se de lado no batente, segurando os joelhos com as mãos. A luz da lua lambeu seu perfil pela direita. Margarida suspendeu a cabeça para a lua e fez uma expressão pensativa e poética. Os passos soaram mais duas vezes e, de repente, pararam. Ela apreciou a lua mais uma vez e suspirou por educação. Em seguida virou a cabeça em direção ao jardim e realmente viu Nikolai Ivanovitch, que morava no andar de baixo da mansão. A lua o iluminava. Ele estava no banco, e percebia-se que havia sentado ali de repente. O pince-nez em seu rosto pendeu para um lado, e ele apertava sua pasta nas mãos.

— Ah, olá, Nikolai Ivanovitch — disse Margarida com a voz triste. — Boa noite! Está vindo da reunião?

Nikolai Ivanovitch não respondeu nada.

— Eu — continuou Margarida, expondo-se ainda mais para fora da janela — estou aqui sozinha, como você vê, triste, olhando para a lua e ouvindo a valsa.

Margarida passou a mão esquerda pelas têmporas, ajeitando um cacho de cabelo, e disse irritada:

— Seja educado, Nikolai Ivanovitch! Queira ou não, sou uma dama, no fim das contas! É uma grosseria não responder quando estão falando com o senhor!

Nikolai Ivanovitch, que sob a lua era nitidamente visto até o botão em seu colete cinza, até o último fio de cabelo em sua barba loira e triangular, sorriu com um sorriso irônico, levantou-se do banco e, provavelmente muito envergonhado, em vez de tirar o chapéu, acenou com a pasta para o lado e dobrou as pernas como se estivesse pretendendo ficar de cócoras.

— Ah, mas que tipo sem graça é o senhor, Nikolai Ivanovitch! — continuou Margarida. — Vocês todos já me encheram tanto que nem sei como expressar isso, e estou muito feliz por me despedir! Para o diabo todos vocês!

Nesse instante, pelas costas de Margarida tocou o telefone no quarto. Ela pulou do batente e, esquecendo-se de Nikolai Ivanovitch, agarrou o fone.

— É Azazello — disseram pelo telefone.

— Meu querido, querido Azazello! — gritou Margarida.

— Está na hora! Saia voando — disse Azazello ao telefone e, pelo tom de sua voz, percebia-se que lhe era agradável ouvir a agitação sincera e alegre de Margarida. — Quando for sobrevoar o portão, grite "Invisível!", depois sobrevoe a cidade para se acostumar e tome a direção do sul, para fora da cidade, diretamente para o rio. Está sendo aguardada!

Margarida pôs o telefone no gancho e, nesse momento, no quarto vizinho, algo de madeira mancava e começou a bater à porta. Margarida escancarou a porta e uma vassoura, com o cabo para baixo, entrou no quarto dançando e voando. A vassoura bateu como um tambor pelo chão, dando coices e se debatendo na direção da janela. Margarida deu uns gritinhos de alegria e montou na vassoura. Somente então passou pela cabeça dela a ideia de que havia esquecido de se vestir. Aproximou-se a galope da cama e pegou a primeira roupa que surgiu à sua frente, que era uma camisa azul. Acenando com ela como se fosse um estandarte, Margarida saiu voando pela janela. A valsa soou mais forte ainda.

Da janela, Margarida escorregou e avistou Nikolai Ivanovitch no banco. Ele parecia paralisado, olhava fixamente para ela, totalmente aturdido, ouvindo os gritos e o barulho que chegavam do quarto iluminado dos vizinhos do andar superior.

— Adeus, Nikolai Ivanovitch! — gritou Margarida, dançando diante dele.

Ele, por sua vez, abriu a boca e se arrastou pelo banco, apalpando-o com as mãos e deixando sua pasta cair no chão.

— Adeus para sempre! Estou indo embora! — gritava Margarida, abafando a valsa. Nesse instante, ela raciocinou que não precisaria da camisa e, soltando uma gargalhada ensandecida, cobriu com ela a cabeça de Nikolai Ivanovitch. Sem poder enxergar nada, ele caiu sentado nas lajotas.

Margarida virou-se para ver, pela última vez, a mansão, na qual sofreu durante o longo tempo de sua permanência ali e, na janela iluminada do quarto, avistou o rosto de Natacha, desfigurado de susto.

— Adeus, Natacha! — gritou Margarida e atiçou a vassoura. — Invisível! Invisível! — ela gritou mais alto ainda, atravessando os galhos do plátano que bateram em seu rosto, sobrevoando o portão e saindo pela travessa. A valsa totalmente ensandecida voava em seu encalço.

21. O voo

Invisível e livre! Invisível e livre! Depois de sobrevoar a travessa onde residia, Margarida entrou em outra, que cruzava a primeira. Essa travessa, toda remendada, cerzida, torta e comprida, onde havia um posto de gasolina em que, por uma porta empenada, vendiam querosene em canecas e um líquido contra parasitas em frascos, ela cruzou em um instante e compreendeu que, mesmo estando completamente livre e invisível, devia ser pelo menos um pouco racional. Foi por um milagre que conseguiu frear e não se chocou mortalmente contra a luminária inclinada da esquina. Depois de desviar da luminária, Margarida apertou com mais força a vassoura e voou mais devagar, observando os fios elétricos e os anúncios pendurados ao longo da calçada.

A terceira travessa levava diretamente até a Arbat. Aqui Margarida já tinha total domínio da vassoura, compreendendo que ela atendia ao mais leve toque das mãos e dos pés e que, ao sobrevoar a cidade, tinha de ser atenciosa e não fazer alarde. Além disso, teve a clareza, ainda ao sobrevoar a travessa, de que os transeuntes não a viam. Ninguém levantava a cabeça, ninguém bradava "olhe, olhe!", ninguém ficava paralisado, ninguém gritava ou desmaiava, ninguém ria com gargalhadas histéricas.

Margarida voava silenciosamente, bem devagar e baixinho, no nível do segundo andar. Mas, mesmo voando vagarosamente, logo na saída da luminosa Arbat ela errou o alvo e bateu com o ombro num disco iluminado, com ponteiros desenhados. Isso a aborreceu. Ela bateu na vassoura obediente, tomou distância e, de repente, voou em direção ao disco, quebrando-o em cacos com a ponta da vassoura. Os cacos voaram, os transeuntes se espantaram, alguém assobiou, e Margarida, depois de tomar essa atitude desnecessária, deu uma gargalhada. "Na Arbat tenho que tomar mais cuidado", pensou ela. "Há tanta coisa enrolada que fica difícil." Ela começou a mergulhar entre os fios. Sob Margarida passavam os telhados dos trólebus, dos ônibus e dos automóveis, e, pelas calçadas, parecia que fluíam rios de bonés. Desses rios afluíam pequenos córregos, que entravam nas bocas ardentes das lojas noturnas.

"Que confusão!", disse ela, irritada. "Não dá nem para se virar." Ela atravessou a Arbat, subiu um pouco, até o nível do quarto andar, diante dos tubos iluminados no prédio do teatro da esquina, e voou pela travessa estreita de prédios altos. Todas as janelas dos prédios estavam abertas, e de todas se ouvia música de rádio. Por curiosidade, Margarida olhou para dentro de uma delas. Viu uma cozinha. Dois fogareiros a querosene chiavam, e, ao lado deles, duas mulheres brigavam, com colheres nas mãos.

— Deve-se apagar a luz depois de sair do banheiro, é isso, Pelagueia Petrovna — dizia a mulher diante da panela que continha alguma mistura, e da qual saía fumaça. — Senão, vamos apresentar uma reclamação de mudança contra a senhora.

— Boa é a senhora! — respondeu a outra.

— Boas são vocês duas — disse Margarida com voz sonora, pulando a janela da cozinha. As duas mulheres que estavam brigando voltaram-se para a voz e ficaram paralisadas, com as colheres nas mãos. Margarida estendeu a mão cuidadosamente diante delas, fechou as torneiras dos dois fogareiros e os apagou. As mulheres ficaram de queixo caído. Mas Margarida já tinha se entediado, e saiu voando pela travessa.

No final da rua sua atenção foi atraída por um grandioso e luxuoso prédio de oito andares recém-construído. Margarida desceu e, ao aterrissar, viu que a fachada do prédio era toda de granito preto, que as portas eram enormes e que dava para ver, do outro lado do vidro, o quepe com o galão dourado e os botões do porteiro, assim como a inscrição sobre a porta: "Casa da Dramlit".

Margarida olhava para a inscrição com os olhos apertados, pensando o que poderia significar a palavra "Dramlit". Tomando a vassoura debaixo do braço, entrou no prédio empurrando a porta, deixando o porteiro admirado, e avistou ao lado do elevador, numa parede, um enorme quadro de fundo preto, no qual, com letras brancas garrafais, estavam os números dos apartamentos e os sobrenomes de seus moradores. A lista, que terminava com as palavras "Casa do Dramaturgo e do Literato", obrigou Margarida a soltar um grito selvagem. Ela se ergueu num voo alto e começou a ler avidamente os sobrenomes: Khustov, Dvubratski, Kvant, Beskudnikov, Latunski...

— Latunski! — gritou Margarida. — Latunski! Foi ele que... Foi ele que acabou com o mestre!

O porteiro arregalou os olhos e, pulando de tanto susto, olhava para o quadro, tentando entender o inusitado: por que a lista dos moradores começou a gritar de repente.

Mas Margarida, nessa hora, já voava pela escadaria, repetindo encantada: Latunski, oitenta e quatro... Latunski, oitenta e quatro...

À esquerda, 82; à direita, 83; mais acima, à esquerda, 84. É aqui! Eis a plaquinha "O. Latunski".

Margarida saltou da vassoura e a sola de seus pés foi agradavelmente resfriada pelo chão. Margarida tocou a campainha uma vez, outra. Mas ninguém abriu a porta. Apertou com mais força o botão e ouviu o toque dentro do apartamento de Latunski. É, o morador do apartamento 84 no oitavo andar devia ser grato até a morte ao falecido presidente da Massolit, Berlioz, por ter sido atropelado pelo bonde, e por ter sido marcada para aquela noite a reunião de luto. O crítico Latunski nasceu sob a luz da estrela da sorte. Ela o salvou do encontro com Margarida, que se transformara em bruxa.

Ninguém abria a porta. Então Margarida desceu velozmente, contando os andares. Quando chegou lá embaixo, saiu à rua e, olhando para cima, contou os andares e conferiu do lado de fora, tentando encontrar as janelas do apartamento de Latunski. Eram as cinco janelas escuras na quina do prédio, no oitavo andar. Certificando-se disso, Margarida subiu e, alguns segundos depois, entrou no quarto apagado, que tinha uma trilha de luz da lua. Margarida correu por ela e encontrou o interruptor. Um minuto depois, todo o apartamento estava iluminado. A vassoura estava no canto. Certificando-se de que não havia ninguém na casa, Margarida abriu a porta para a escada e conferiu a plaquinha. Estava lá, ela encontrara o apartamento que queria.

É, dizem que até hoje o crítico Latunski empalidece quando se lembra dessa terrível noite, benzendo-se ao pronunciar o nome de Berlioz. Não se sabe como essa noite teria terminado, nem os crimes que a teriam coroado — Margarida, ao retornar da cozinha, tinha em mãos um martelo muito pesado.

A voadora nua e invisível se continha e se acalmava, suas mãos tremiam de tanta impaciência. Mirando com atenção, Margarida bateu nas teclas do piano, e um primeiro uivo de sofrimento soou por todo o apartamento. O instrumento inocente de Becker gritou no gabinete. As teclas afundaram, as placas de marfim voaram por todos os lados. O instrumento uivava, apitava, rangia, tilintava. Com o som de um tiro de revólver, arrebentou a golpe do martelo o tampo lustroso. Ofegante, Margarida arrancava e amassava com o martelo as cordas. Cansada, finalmente, lançou-se na poltrona para tomar fôlego.

No banheiro a água chiava terrivelmente, e na cozinha também. "Acho que já está caindo no chão...", pensou ela, e acrescentou:

— Mas não há tempo para ficar parada...

Da cozinha pelo corredor corria a torrente. Chapinhando com os pés descalços, Margarida levava água em baldes da cozinha para o escritório do crítico, e a derramava nas gavetas da mesa. Depois, quebrou com o martelo as portas do armário, nesse mesmo escritório, e dirigiu-se ao quarto. Quebrou o armário espelhado, retirou o terno do crítico e o afogou na banheira. Um tinteiro cheio, encontrado no escritório, ela derramou na cama de casal luxuosamente forrada. A destruição lhe dava uma satisfação enorme, mas a toda hora tinha a impressão de que os resultados eram míseros. Por isso, começou a fazer o que lhe dava na telha. Pôs-se a quebrar vasos com fícus no cômodo em que estava o piano. Sem terminar de quebrá-los, voltou para o quarto e, com uma faca de cozinha, cortou os lençóis e estilhaçou os porta-retratos. Não sentia cansaço, somente o suor escorria encharcando o seu rosto.

Nesse momento, no apartamento nº 82, embaixo do apartamento de Latunski, a empregada do dramaturgo Kvant tomava chá na cozinha, intrigada com o barulho, a correria e o tilintar que vinha do apartamento de cima. Levantando a cabeça em direção ao teto, viu de repente que a sua cor branca mudava para cor mortífero-azulada diante de seus olhos. A mancha aumentava e, de repente, surgiram gotas d'água. Durante dois minutos a empregada ficou imóvel, admirando o fenômeno até que, do teto, caiu uma verdadeira chuva que começou a bater no chão. Ela se levantou, colocando uma bacia sob as goteiras, mas nada adiantou, pois a chuva aumentou e começou a encher o fogão a gás e a mesa com a louça. A empregada então gritou e saiu correndo do apartamento de Kvant para a escada e, no mesmo instante, soou a campainha no apartamento de Latunski.

— Estão tocando a campainha... Está na hora de ir embora — disse Margarida. Ela se sentou na vassoura, tentando ouvir o que gritava a voz feminina pela fresta da porta.

— Abra, abra! Dussia, abra! É daí que está vindo esse aguaceiro? Está inundando tudo lá embaixo.

Margarida subiu alguns metros e bateu no lustre. Duas lâmpadas estouraram e pingentes voaram para todos os lados. Os gritos na fresta cessaram, ouviram-se passos na escada. Margarida saiu pela janela, apareceu do lado de fora, tomou impulso e bateu o martelo com força no vidro. O vidro estilhaçou-se, e os estilhaços acertaram a parede com o acabamento de mármore. Margarida dirigiu-se à próxima janela. Lá longe, na calçada, as pessoas começaram a correr e, dos dois carros parados na entrada, um ligou a sirene e saiu em disparada.

Após liquidar as janelas de Latunski, Margarida voou para o apartamento vizinho. As batidas de martelo ficaram mais frequentes, a travessa foi tomada pelo barulho e pelo tilintar de vidros. Na primeira entrada do prédio, o porteiro saiu correndo, olhou para cima, ficou em dúvida, sem saber o que fazer, enfiou o apito na boca e começou a soprar desesperadamente. Com um prazer especial, ao som do apito, Margarida, depois de estilhaçar a última janela no oitavo andar, desceu até o sétimo e também começou a quebrar as janelas.

Atormentado pelo longo ócio atrás das portas espelhadas da entrada do prédio, o porteiro soprava o apito com toda a força e seguia

Margarida com precisão, como se fosse um acompanhamento de fundo. Nas pausas, quando ela passava de uma janela para outra, ele enchia o peito e, a cada martelada de Margarida, enchia as bochechas e apitava tão forte que parecia perfurar o ar noturno até o céu.

Seus esforços, junto com os esforços de Margarida enfurecida, deram grandes resultados. O pânico tomou conta do prédio. As janelas que ainda estavam com os vidros inteiros começaram a se abrir e cabeças de pessoas surgiram através delas. Porém, as cabeças desapareciam imediatamente e as janelas que já estavam abertas começaram a se fechar. Nas janelas dos prédios vizinhos, surgiam silhuetas escuras de pessoas que tentavam compreender por que, sem motivo aparente, os vidros do novo prédio da Dramlit se estilhaçavam.

As pessoas corriam pela travessa até o prédio, mas dentro dele gente desesperada e confusa corria escada abaixo. A empregada de Kvant gritava aos que corriam que o apartamento havia sido inundado e, um pouco depois, juntou-se a ela a empregada de Khustov, do apartamento nº 80, localizado abaixo do de Kvant. No apartamento dos Khustov, a água desceu pelo teto da cozinha e do banheiro. Finalmente, do teto da cozinha dos Kvant caiu uma placa inteira do reboco, quebrando toda a louça suja, e depois disso começou uma verdadeira enxurrada: pelos buracos do reboco a água jorrava como de uma torneira. Então a escada da primeira entrada foi tomada por gritos. Voando diante da penúltima janela do quarto andar, Margarida olhou para dentro e avistou uma pessoa que, em pânico, havia colocado uma máscara de gás. Com a martelada na janela, Margarida assustou a pessoa, que desapareceu do quarto.

Inesperadamente, a quebradeira selvagem foi interrompida. Descendo até o terceiro andar, Margarida olhou pela janela da esquina, que estava levemente fechada com uma cortina escura. No quarto, uma lâmpada fraca estava acesa sob a cúpula. Numa pequena cama, com grades pelas laterais, estava sentado um menino de uns quatro ou cinco anos que, assustado, ouvia atentamente o barulho. Não havia adultos no quarto. Pelo visto, todos correram para fora do prédio.

— Estão quebrando os vidros — disse o menino e chamou: — Mamãe!

Ninguém respondeu, e ele então disse:

— Mamãe, estou com medo.

Margarida abriu a cortina e entrou pela janela.

— Tenho medo — repetiu o menino e começou a tremer.

— Não tenha medo, não tenha medo, meu pequeno — disse Margarida, tentando suavizar sua voz criminosa, que ficou rouca com o vento —, foram os meninos que quebraram os vidros.

— Com estilingue? — perguntou o menino, parando de tremer.

— Com estilingue, com estilingue — confirmou Margarida. — Durma!

— É o Sitnik — disse o menino —, ele tem um estilingue.

— Claro que é ele!

O menino olhou com desconfiança para o lado e perguntou:

— Onde você está, tia?

— Não estou — respondeu Margarida. — Você está sonhando.

— Bem que eu sabia — disse o menino.

— Deite-se — mandou Margarida —, coloque as mãos sob as bochechas, que eu vou aparecer em seus sonhos.

— Está bem, apareça, apareça — concordou o menino e na mesma hora se deitou, colocando as mãos sob as bochechas.

— Vou contar-lhe uma história — disse Margarida, pondo a mão ardente sobre a cabeça tosquiada do menino. — Era uma vez uma tia. Ela não tinha filhos e também não era feliz. Então, ela chorou muito e depois virou uma bruxa má... — Margarida calou-se, retirou a mão. O menino adormecera.

Margarida colocou com cuidado o martelo no batente da janela e saiu. Ao redor do prédio o caos havia se instalado. Pela calçada asfaltada, coberta de estilhaços de vidro, as pessoas corriam e gritavam. Policiais já apareciam entre elas. De repente soou o sino, vindo da Arbat, entrou na travessa o carro vermelho dos bombeiros com a escada...

Mas o que aconteceu depois não a interessava. Desviando para não se enroscar nos fios elétricos, ela segurou com mais força a vassoura e num instante já estava acima do maldito prédio. A travessa embaixo dela inclinou-se e sumiu. Em seu lugar, sob os pés de Margarida, surgiu um amontoado de telhados entrecortados por trilhas iluminadas. Tudo isso foi inesperadamente para o lado e as correntes de luzes se mesclaram.

Margarida deu mais uma arrancada e todo o amontoado de telhados sumiu, surgindo, lá embaixo, um lago de luzes elétricas trêmulas, e esse lago subiu de repente na vertical para depois reaparecer sobre sua cabeça, enquanto a lua brilhava embaixo de seus pés. Entendendo que tinha dado uma cambalhota, Margarida voltou à posição normal e, virando-se para trás, viu que não havia mais lago e que lá, por trás dela, ficou somente o crepúsculo rosa no horizonte. Um segundo depois, ele também desapareceu, e Margarida viu que estava a sós com a lua que voava sobre ela e à sua esquerda. Seus cabelos já estavam havia muito tempo em pé, feito palha, e a luz da lua lambia seu corpo. Pela maneira como as duas fileiras de luzes rarefeitas se misturaram e formaram dois traços iluminados contínuos, pela forma como sumiram também, Margarida percebeu que voava numa velocidade monstruosa, e ficou surpresa por não estar sufocada.

Depois de alguns segundos, bem longe, abaixo, na escuridão terrestre, surgiu sob seus pés um novo lago de luz elétrica, que começou a rodopiar e sumiu terra abaixo. Alguns minutos depois, aconteceu o mesmo fenômeno.

— Cidades! Cidades! — gritou Margarida.

Depois disso, viu sob si, duas ou três vezes, sabres iluminados com luzes opacas e depositados em capas pretas. Então, entendeu que eram os rios.

Virando a cabeça para cima e para a esquerda, Margarida apreciava como a lua voava sobre ela feito louca de volta para Moscou e, ao mesmo tempo, estava parada no mesmo lugar, e podia ver nitidamente um misterioso e escuro dragão ou cavalo-marinho voltado com o focinho pontiagudo para a cidade abandonada.

Nesse instante, ocorreu a Margarida a ideia de que não precisava correr tanto com a vassoura. Assim estava deixando de ter a oportunidade de observar as coisas com mais cuidado, e sentir o prazer do voo. Algo lhe dizia que lá, no destino de seu voo, poderiam esperar, e ela não precisava se entediar com essa velocidade e essa altura insanas.

Margarida inclinou a vassoura para a frente, para que a traseira se levantasse, diminuindo a velocidade e voando para baixo, em direção à terra. Essa manobra, como se estivesse em trenós aéreos, lhe proporcionou o maior prazer. A terra subiu até ela e, na escuridão até então sem forma, destacaram-se segredos e belezas na noite de luar. A terra vinha em sua direção, e Margarida era envolvida com o cheiro das florestas verdejantes. Ela sobrevoava as neblinas das várzeas, depois o lago. Sob ela os sapos cantavam em coro e, em algum lugar ao longe, trazendo por algum motivo preocupações ao seu coração, ouvia-se um trem. Margarida logo o avistou. Andava devagar, como uma lagarta, lançando faíscas pelos ares. Ultrapassando-o, Margarida sobrevoou mais um espelho d'água, dentro do qual, a seus pés, passou a segunda lua. Ela desceu ainda mais e quase bateu com os pés nos cumes dos pinheiros enormes.

Um barulho pesado do ar, que se evaporava, soou por trás dela e começou a chegar mais perto. Aos poucos, ao som de algo que voava feito um projétil, juntou-se uma gargalhada feminina, ouvida a muitos quilômetros. Margarida virou-se e viu que estava sendo alcançada por um objeto complexo e escuro. À medida que ele se aproximava, percebia-se que alguém estava montado nele. Finalmente o objeto ficou nítido e, depois de diminuir a velocidade, Margarida foi alcançada por Natacha.

Completamente nua e com os cabelos desgrenhados, ela voava montada num porco robusto, que segurava uma pasta com as patas dianteiras e, com as traseiras, debatia-se no ar. O pince-nez que brilhava vez por outra sob a luz caía do nariz do porco, e voava amarrado num cordão ao lado dele. O chapéu, vez ou outra, caía sobre seus olhos. Depois de olhar bem, Margarida reconheceu no porco Nikolai Ivanovitch, e então sua gargalhada bramiu sobre a floresta, juntando-se à gargalhada da Natacha.

— Natachka!* — gritou Margarida com voz lancinante. — Você usou o creme?

— Queridinha! — respondeu Natacha, despertando com seus gritos a floresta adormecida de ciprestes. — Minha rainha da França, não é que passei na careca dele também?

---

* Variação de Natacha, que, por sua vez, é diminutivo de Natalia. (N. T.)

— Princesa! — gritou, com voz chorosa, o porco que levava Natacha a galope.

— Queridinha! Margarida Nikolaievna! — gritava Natacha galopando ao lado de Margarida. — Reconheço, peguei o creme! Pois nós também queremos viver e voar! Desculpe-me, soberana, mas não voltarei, por nada no mundo voltarei! Ah, como é bom, Margarida Nikolaievna!... Ele me pediu em casamento. — Natacha começou a apontar com o dedo para o pescoço do porco intimidado que resfolegava. — Casamento! Como foi que me chamou, hein? — gritava Natacha, inclinando-se até a orelha do porco.

— Minha deusa! — uivou ele. — Não posso voar nessa velocidade! Vou perder papéis importantes. Natalia Prokofievna, eu protesto!

— Ah, vá para o diabo com seus papéis! — gritou Natacha, com uma gargalhada raivosa.

— Pelo amor de Deus, Natalia Prokofievna! Alguém pode ouvir! — o porco gritou suplicante.

Voando a galope ao lado de Margarida, Natacha, às gargalhadas, contava a ela o que havia acontecido na mansão depois que Margarida Nikolaievna ultrapassou o portão.

Natacha confessou que, sem tocar em nada que tinha ganhado de Margarida Nikolaievna, tirou toda a roupa e passou o creme pelo corpo inteiro. Sucedeu-se o mesmo que havia acontecido com a patroa. No momento em que Natacha ria de felicidade diante do espelho, deliciando-se com sua beleza, a porta se abriu e diante dela surgiu Nikolai Ivanovitch. Estava nervoso, segurava a camisola de Margarida Nikolaievna, seu chapéu e a pasta. Ao ver Natacha, Nikolai Ivanovitch ficou paralisado. Depois de se recompor, vermelho como um camarão, declarou que tinha se achado na obrigação de apanhar a camisola do chão e trazê-la pessoalmente...

— O que você falou, seu desgraçado? — gritava e gargalhava Natacha. — Falou o quê, tentou me seduzir com o quê? Quanto de dinheiro ofereceu? Ele disse que Clavdia Petrovna não saberia de nada. Vai dizer que estou mentindo? — gritava Natacha para o porco, que virava a cabeça, intimidado.

Depois de muita bagunça no quarto, Natacha passou o creme em Nikolai Ivanovitch e se assustou com o que aconteceu. O rosto do nobre morador do andar de baixo tomou a forma de uma moeda, e as mãos e os pés se transformaram em patas. Ao se olhar no espelho, Nikolai Ivanovitch soltou um guincho selvagem e desesperado, mas já era tarde. Alguns segundos depois ele, encilhado, já voava diabo sabe para onde, para fora de Moscou, chorando com a desgraça.

— Exijo o retorno da minha aparência normal! — grunhiu o porco, de repente, com a voz rouca, chorosa e suplicante. — Não pretendo voar para uma reunião ilegal! Margarida Nikolaievna, a senhora tem a obrigação de acalmar a sua empregada!

— Ah, quer dizer que agora sou empregada? Empregada? — gritava Natacha, puxando a orelha do porco. — Não era deusa? Como me chamava?

— Vênus! — respondia o porco choroso, sobrevoando os córregos que corriam entre as pedras e batendo com as patas na folhagem das amendoeiras.

— Vênus! Vênus! — gritava Natacha vitoriosa, pondo uma das mãos nos quadris e estendendo a outra para a lua. — Margarida! Minha rainha! Peça por mim, quero permanecer bruxa! A senhora tem o poder e pode tudo!

Margarida respondeu:

— Tudo bem, prometo.

— Obrigada! — respondeu Natacha e, de repente, gritou brusca e tristemente. — Hei! Hei! Vamos mais rápido! Rápido! Vamos, acelere! — Ela apertou o corpo do porco com os calcanhares e ele arrancou com tanta velocidade que rasgou o ar e, num instante, Natacha já podia ser vista lá na frente, como um ponto negro, para depois sumir totalmente, e o barulho de seu voo se desvaneceu.

Margarida voava como antes, devagar, por um local deserto e desconhecido, sob as montanhas cobertas com penedos raros localizados entre os enormes ciprestes. Ela voava e pensava como, provavelmente, estava em algum lugar muito distante de Moscou. A vassoura não voava mais sob os cumes das árvores, mas entre seus troncos, que, de um lado, estavam prateados pela luz da lua. A sombra leve de Margarida deslizava pela terra à sua frente, e agora a lua brilhava pelas costas.

Margarida pressentia a aproximação da água e sentia que o destino estava próximo. Os ciprestes se afastaram, e ela se aproximou silenciosamente pelo ar do barranco argiloso. Depois desse barranco, lá embaixo, na sombra, corria o rio. A neblina estava dependurada e se enroscava nos arbustos da parte de baixo do barranco. A margem oposta era plana e baixa. Lá, sob um grupo solitário de árvores frondosas, brilhava a luz da fogueira e dava para ver algumas figuras se movimentando. Margarida achou que de lá soava uma música alegre e azucrinante. Mais ao longe, onde os olhos podiam alcançar, não se via nada no vale prateado, nenhum sinal de moradia nem de pessoas.

Margarida mergulhou no barranco até embaixo e rapidamente chegou à água. Aquela água a seduzia após a corrida noturna. Deixando a vassoura de lado, correu e mergulhou de cabeça. Seu corpo, leve como uma flecha, cravou-se na água, e uma coluna líquida se ergueu, quase atingindo a lua. A temperatura estava morna, como num banho e, depois de sair à superfície, Margarida nadou o quanto pôde em total solidão no rio à noite.

Não havia ninguém por perto, mas um pouco afastado, atrás dos arbustos, ouvia-se barulho de movimentos na água e bufos. Alguém também estava nadando.

Margarida correu para a beira. Seu corpo ardia após o banho. Não sentia cansaço algum e fazia alegremente movimentos de dança na grama. De repente ela parou de dançar e ficou à espreita. Os bufos começaram a se aproximar e, dos arbustos, surgiu um gorducho nu, de cartola inclinada para trás. Seus pés estavam sujos de lodo e, assim, parecia que ele se banhava no rio calçando botas pretas. A julgar pela forma como bufava e soluçava, estava embriagado, o que se confirmou com o cheiro de conhaque que o rio começou a exalar.

Ao avistar Margarida, ele começou a examiná-la e, depois, gritou com alegria:

— O que é isso? Será ela que estou vendo? Claudine, é você, a viúva alegre! Você também está aqui? — E quis cumprimentar Margarida.

Margarida afastou-se e respondeu orgulhosa:

— Vá para o diabo que o carregue. Que Claudine? Veja com quem está falando. — E, depois de pensar por um instante, acrescentou à sua fala um palavrão longo e impublicável. Tudo isso surtiu efeito sobre o gorducho leviano.

— Oh! — exclamou ele baixinho, e estremeceu. — Desculpe-me, por sua generosidade, rainha Margot! Eu me enganei. O culpado é o conhaque, maldito seja! — O gorducho agachou-se sobre um joelho, levou a cartola para o lado, fez uma reverência e, misturando frases em russo com frases em francês, balbuciou uma bobagem sobre um casamento sangrento do amigo Guessard, em Paris, sobre o conhaque e sobre a sua tristeza por ter se equivocado.

— Podia pelo menos vestir as calças, seu filho da puta — disse Margarida em tom mais suave.

O gorducho sorriu largamente ao ver que Margarida não estava mais brava e, com entusiasmo, anunciou que estava sem calças naquele momento por tê-las deixado no rio Ienissei,* onde tinha se banhado antes, mas que estava voando para lá, felizmente era um pulo, e, depois de se colocar à disposição e às ordens de Margarida, começou a andar para trás até escorregar e cair na água. Porém, mesmo caindo, conseguiu conservar no rosto, emoldurado por costeletas não muito densas, o sorriso de admiração e dedicação.

Margarida, por sua vez, soltou um assobio lancinante e, depois de montar na vassoura, passou para a margem oposta sobrevoando o rio. A sombra da montanha de calcário não chegava ali e, por isso, toda a margem era iluminada pela luz da lua.

Assim que Margarida tocou o capim úmido, a música sob os salgueiros soou mais forte, e as faíscas da fogueira saltaram mais alegremente. Sob os galhos dos salgueiros, cobertas de amentilhos delicados e fofos, havia duas fileiras de sapos gordos, que estufavam como borracha e tocavam com flautas de madeira uma marcha de bravura, iluminadas pela lua. Pedaços de madeira carcomida brilhavam dependurados nos galhos finos dos salgueiros diante dos músicos a iluminar as partituras, e nas caras dos sapos agitava-se a luz da fogueira.

---

* Rio da Sibéria, bem distante de Moscou. (N. T.)

A marcha era tocada em homenagem a Margarida. A recepção encomendada para ela era a mais solene. As sereias transparentes pararam a brincadeira de roda e acenaram para Margarida com algas e, da margem deserta e esverdeada do rio, soaram ao longe as saudações. Bruxas nuas saltaram por trás dos salgueiros, enfileiraram-se e puseram-se a fazer reverências palacianas. Alguém com pé de bode aproximou-se voando e beijou sua mão, estendeu sobre a grama uma toalha de seda, perguntou se a rainha havia gostado do banho, e propôs que deitasse e descansasse.

Margarida assim o fez. O que tinha pé de bode estendeu-lhe uma taça com champanhe, ela bebeu e seu coração logo se aqueceu. Indagou por Natacha e recebeu como resposta que ela já havia se banhado e seguira na frente montada em seu porco até Moscou, para avisar que Margarida logo chegaria também, e para ajudar a preparar a sua roupa.

Um episódio coroou a estada de Margarida sob os salgueiros. No ar soou um assobio, e um corpo negro, que errou visivelmente o alvo, caiu na água. Instantes depois, diante de Margarida, surgiu aquele mesmo gorducho de costeletas que fora tão deselegante na outra margem do rio. Tinha conseguido, pelo visto, chegar até Ienissei, pois trajava um fraque, mas estava molhado dos pés à cabeça. O conhaque o havia traído pela segunda vez: ao desembarcar, tinha caído no rio novamente. Mas não perdeu o sorriso nos lábios nem nesse estado triste, e lhe foi permitido que beijasse a mão de Margarida, entregue às gargalhadas.

Depois, todos começaram a se arrumar. As sereias terminaram de dançar e derreteram na luz da lua. O de pé de bode perguntou a Margarida como ela havia chegado até o rio. Quando soube que tinha sido numa vassoura, falou:

— Mas para que isso? Não é cômodo. — No mesmo instante confeccionou com dois galhos um telefone duvidoso e exigiu de alguém que enviasse imediatamente um carro, o que ocorreu no ato. Na ilha surgiu um carro conversível, só que, no lugar do motorista, estava sentado um chofer não muito comum: era uma gralha de nariz longo, com um boné de plástico e luvas com as pontas abertas. A ilha aos poucos se esvaziava. No brilho lunar derreteram-

-se as bruxas. A fogueira findava e os pedaços de carvão cobriam-se de cinzas.

O de costeletas e o de pé de bode acomodaram Margarida, que se sentou no amplo banco traseiro. O carro uivou e saltou, subindo quase até a lua; a ilha sumiu, o rio sumiu, Margarida dirigia-se a Moscou.

22. À luz de velas

O uivo constante do carro, que voava bem alto sobre a terra, embalava Margarida, e a luz da lua aquecia-a agradavelmente. De olhos fechados ela entregou o rosto ao vento e pensava com certa tristeza na margem desconhecida do rio, deixada para trás, que ela pressentia jamais rever. Depois de todas as mágicas daquela noite, ela já suspeitava para onde a estavam levando, mas isso não a assustava. A esperança de que conseguiria a felicidade de volta tornou-a destemida. Aliás, não teve muito tempo para sonhar com esse amor dentro do carro. Ou a gralha conhecia muito bem o seu trabalho, ou o carro era muito bom; o certo é que logo, logo, assim que abriu os olhos, Margarida não viu mais a escuridão da floresta, mas o lago trêmulo das luzes de Moscou. O pássaro-chofer preto em voo desatarraxou a roda dianteira direita e pousou o carro num cemitério completamente deserto na região de Dorogomilovo.

Depois de desembarcar em cima de um túmulo Margarida, que nada perguntava, e sua vassoura, a gralha saltou com o carro em movimento, dirigindo-se diretamente para o barranco localizado atrás do cemitério. O carro caiu com estrondo e lá ficou. A gralha acenou com o boné, montou na roda e foi embora.

No mesmo instante, por trás de um dos monumentos, surgiu uma capa preta. O canino brilhou sob a luz da lua, e Margarida reconheceu Azazello, que, com um gesto, convidou-a a se sentar na vassoura, enquanto ele montou no florete, e ambos levantaram voo sem ser percebidos por ninguém, desembarcaram alguns segundos depois ao lado do prédio nº 302-bis na rua Sadovaia.

Quando os dois, levando embaixo do braço a vassoura e o florete, passavam pelo pátio, Margarida notou um homem de boné e botas de cano alto muito aflito, que parecia aguardar alguém. Por mais que fossem suaves os passos de Azazello e Margarida, o homem solitário os ouviu e estremeceu preocupado, sem entender quem os produzia.

Outro homem, impressionantemente parecido com o primeiro, foi encontrado por eles próximo à entrada nº 6. A mesma história se repetiu. Os passos... O homem virou-se preocupado e franziu a testa. Quando a porta se abriu e se fechou, ele se lançou atrás dos invisíveis que entravam e olhou para dentro, mas evidentemente não viu nada.

O terceiro homem, cópia precisa do segundo, e do primeiro também, estava de plantão na área da escada do terceiro andar. Fumava cigarros fortes, fazendo Margarida tossir ao passar perto dele. O fumante, como se tivesse sido picado por algo, saltou do banco em que estava sentado e começou a perscrutar em volta, com ar de preocupação, aproximando-se do corrimão e olhando baixo. Nesse momento, Margarida e seu acompanhante já estavam próximos da porta de entrada do apartamento nº 50. Não tocaram a campainha, Azazello abriu a porta silenciosamente com a sua chave.

A primeira coisa que impressionou Margarida foi a escuridão em que se encontrou. Estava escuro como numa cova, e isso fez com que ela involuntariamente agarrasse a capa de Azazello, cuidando para não tropeçar. Mas ao longe, em cima, brilhou uma luz de lâmpada que começou a se aproximar. Azazello, ao caminhar, tomou de Margarida a vassoura, que desapareceu no escuro, sem deixar vestígios.

Nesse instante começaram a subir por degraus amplos, e parecia a Margarida que eles nunca findariam. Ela ficou impressionada como, na entrada de um apartamento moscovita comum, podia existir essa escada invisível, porém muito perceptível. Mas a subida acabou e Margarida entendeu que estava em um patamar. A luz se aproximou e Margarida viu um rosto masculino iluminado, de um homem comprido e negro, que segurava a lamparina. Aqueles que já tinham tido a infelicidade de encontrá-lo nesses últimos dias, mesmo com a luz fraca da lamparina, evidentemente o reconheceriam no mesmo instante. Era Koroviev, aliás Fagot.

É bem verdade que a aparência de Koroviev tinha mudado muito. A luz que piscava se refletia não no pince-nez rachado, que havia

293

muito tempo deveria ter sido jogado no lixo, mas num monóculo que, para dizer a verdade, também já estava quebrado. Os bigodinhos no rosto assanhado estavam enrolados e untados, e a negritude de Koroviev era fácil de explicar, pois trajava um fraque. Seu peito era a única coisa branca.

O mago, o regente, o bruxo, o intérprete ou o diabo, sabe-se lá quem era realmente, ou melhor, Koroviev, fez reverências e, acenando com a lamparina, convidou Margarida a segui-lo. Azazello desapareceu.

"Uma noite impressionantemente estranha", pensou Margarida. "Eu esperava tudo, mas não isso! A luz elétrica foi cortada? E o mais estranho é o tamanho desse recinto. Como, de que forma isso tudo pode caber num apartamento moscovita? Simplesmente não pode!"

Por mais fraca que fosse a luz da lamparina, Margarida entendeu que estava numa sala enorme com colunata escura e, à primeira vista, infinita. Koroviev parou ao lado de um sofazinho, colocou a lamparina em cima de um pedestal e, com um gesto, convidou Margarida a se sentar, enquanto ele próprio acomodou-se ao seu lado numa pose de modelo, pondo o cotovelo sobre o pedestal.

— Permita-me que eu me apresente — rangeu. — Koroviev. Admira-se de estarmos sem luz? Deve ter suspeitado de que é economia, não é mesmo? Não, não, não! Que o primeiro carrasco, mesmo que seja um daqueles que hoje terá a honra de ajoelhar-se a seus pés, corte a minha cabeça se isso for verdade! Simplesmente o *messire* não gosta de luz elétrica, e vamos ligá-la somente no último momento. Então acredite, não sentirá falta dela. Acho até que seria bom se houvesse menos.

Margarida gostou de Koroviev, e sua tagarelice funcionou como calmante para ela.

— Não — respondeu Margarida —, o que mais me impressiona é como tudo isso cabe aqui. — Ela levantou a mão e apontou para a amplidão da sala.

Koroviev sorriu docemente e as sombras moveram-se nas dobras do seu nariz.

— É o menos difícil de tudo! — respondeu ele. — Para aqueles que conhecem bem a quinta dimensão, não custa nada ampliar o cômodo até tamanhos desejáveis. E digo mais, respeitável senhora, até tamanhos que só o diabo sabe! Eu, aliás — continuou Koroviev —, conheci pessoas que não tinham nenhuma ideia não só da quinta dimensão, mas não tinham ideia de nada e que, no entanto, faziam mágicas no sentido de ampliar os seus cômodos. Por exemplo, um cidadão, como me contaram, depois de receber um apartamento de três cômodos em Zemlianoi Val, sem ter noção da quinta dimensão, e de outras coisas com as quais quebrou a cabeça, transformou-o num instante num apartamento de quatro quartos, dividindo um quarto ao meio com uma divisória.

"Depois, ele trocou esse apartamento por dois apartamentos em diferentes bairros de Moscou: um de três cômodos e outro de dois cômodos. Você há de concordar que se transformaram em cinco cômodos. O apartamento de três cômodos ele trocou por outros dois, de dois cômodos, e tornou-se proprietário, como deve ter adivinhado, de seis cômodos, espalhados, é claro, por toda Moscou. Quando pretendia realizar sua trapaça brilhante, pondo um anúncio no jornal de que queria trocar seis cômodos espalhados por Moscou por um apartamento de cinco cômodos em Zemlianoi Val, sua atividade, por motivos que não dependiam dele, foi interrompida. Provavelmente ainda deve ter algum cômodo, mas posso lhe garantir que não é em Moscou. Veja que espertalhão, e a senhora me fala de quinta dimensão!"

Margarida não havia falado sobre a quinta dimensão, pois foi Koroviev que iniciara a conversa, mas, mesmo assim, soltou uma gargalhada depois de ouvir as aventuras do espertalhão e seus apartamentos. Koroviev prosseguiu:

— Mas, Margarida Nikolaievna, vamos ao que interessa. A senhora é uma mulher bastante inteligente e, é claro, já adivinhou quem é o nosso patrão.

O coração de Margarida bateu mais forte e ela fez que sim com a cabeça.

— Então, então — disse Koroviev —, somos inimigos de quaisquer meias palavras e de mistérios. Anualmente o *messire* dá um baile. Ele o chama de baile da lua cheia ou de baile dos cem reis. Vem tanta gente!... — Nesse momento, Koroviev agarrou-se à bochecha como se estivesse com o dente doendo. — Aliás, espero que a senhora se certifique disso pessoalmente. *Messire* é solteiro, como, é claro, deve compreender. Mas precisa de uma dona de casa — Koroviev estendeu os braços —, e a senhora há de concordar que, sem uma dona de casa...

Margarida ouvia Koroviev, tentando não deixar passar nenhuma palavra, com um frio no coração, e a esperança pela felicidade já fazia sua cabeça girar.

— Existe uma tradição — continuava Koroviev — de que a dona do baile deve, em primeiro lugar, obrigatoriamente ter o nome de Margarida e, em segundo, ser nativa do local. Como percebe, nesse momento estamos em Moscou. Descobrimos cento e vinte e uma Margaridas na cidade e, acredite ou não — Koroviev bateu com a palma da mão sobre a perna —, nenhuma delas tinha o perfil desejado! E finalmente, uma feliz coincidência...

Koroviev sorriu com emoção, inclinando o corpo, e o coração de Margarida novamente gelou.

— Resumindo! — gritou Koroviev. — Bem resumido: a senhora não vai declinar de assumir essa obrigação?

— Não vou declinar — respondeu Margarida com firmeza.

— É claro! — exclamou Koroviev e, suspendendo a lamparina, acrescentou: — Por favor, siga-me.

Eles foram andando entre as colunas e, finalmente, deram numa sala que tinha um cheiro forte de limão, na qual se ouvia um farfalhar, e onde algo atingiu a cabeça de Margarida. Ela estremeceu.

— Não se assuste — acalmou-a docemente Koroviev, tomando Margarida pelo braço. — São surpresas de Behemoth para o baile, nada mais. Vou tomar liberdade de lhe dar um conselho, Margarida Nikolaievna: não tema nada nem ninguém. Não é inteligente. O baile será luxuoso, não vou mentir para a senhora. Veremos personalidades que tiveram muito poder em suas mãos nas épocas em que viveram. No entanto, quando penso como são microscopicamente pequenas suas possibilidades comparadas com as possibilidades da corte da qual tenho a honra de participar, tenho vontade de rir, ou melhor, chorar... Sim, além do mais, a senhora tem sangue de rainha.

— Como assim, sangue de rainha? — sussurrou Margarida, assustada, inclinando-se até Koroviev.

— Ah, rainha — em tom brincalhão dizia Koroviev —, as questões de sangue são as mais complexas do mundo! Se indagássemos sobre essas questões a algumas tataravós, principalmente àquelas que gozavam da reputação de pacificadoras, descobriríamos mistérios impressionantes, caríssima Margarida Nikolaievna. Não estaria pecando se comparasse isso ao embaralhamento de cartas. Existem coisas para as quais não funcionam nem as barreiras sociais nem as fronteiras entre Estados. Uma dica: uma das rainhas francesas que viveram no século XVI, deve-se supor, ficaria muito admirada caso alguém lhe dissesse que eu, após muitos anos, levaria sua lindíssima tataraneta pelo braço, por salões de baile em Moscou. Mas chegamos!

Nesse instante, Koroviev assoprou a lamparina, que sumiu de suas mãos, e Margarida viu diante de si, no chão, uma faixa de luz que vinha da parte de baixo de uma porta. Koroviev bateu devagar nessa porta. Mas, nesse instante, Margarida ficou tão nervosa que bateu os dentes, e um frio correu por suas costas.

A porta se abriu. O quarto revelou-se bem pequeno. Margarida viu uma ampla cama de carvalho, com lençóis e travesseiros sujos e amarfanhados. Aos pés da cama havia uma cadeira de carvalho com pés entalhados e, em cima dela, um candelabro em forma de garras de ave. Nas sete garras douradas ardiam velas grossas. Além disso, sobre a mesa havia um tabuleiro de xadrez com as peças incrivelmente trabalhadas. Sobre um pequeno tapete gasto havia um banquinho baixo. Havia ainda uma mesa com um vaso dourado e mais um candelabro em forma de serpentes. O cheiro no quarto era de enxofre e betume. As sombras dos candelabros se cruzavam no chão.

Margarida logo reconheceu entre os presentes Azazello, que trajava um fraque e estava parado ao lado do encosto da cama. Agora ele não parecia mais aquele bandido que tinha encontrado Margarida no jardim Aleksandrovski, e a forma como a cumprimentou era muito galante.

A bruxa nua, aquela mesma Hella que tanto envergonhara o gerente da lanchonete do Teatro de Variedades e aquela que, felizmente, se assustara com o galo na noite da famosa sessão, estava sentada no tapete ao lado da cama, mexendo algo na panela, de onde saía um vapor de enxofre.

Além deles encontrava-se no mesmo cômodo, sentado num banco alto diante do tabuleiro de xadrez, um enorme gato preto que segurava com a pata direita a peça do cavalo.

Hella levantou-se e fez uma reverência a Margarida. O mesmo fez o gato, que pulou do banco. Arrastando a pata direita traseira, ele deixou o cavalo cair e foi buscá-lo embaixo da cama.

Margarida viu tudo isso mais ou menos paralisada de medo nas sombras traiçoeiras das velas. Seu olhar era atraído pela cama onde estava sentado aquele que, pouco tempo atrás, em Patriarchi Prudi, o pobre Ivan tentou convencer de que o diabo não existia. Esse inexistente é que estava sentado na cama.

Dois olhos se fixaram no rosto de Margarida. O direito, com uma faísca dourada que penetrava em qualquer um até seu âmago, enquanto o esquerdo era vazio e preto, como uma orelha fina de carvão, como uma entrada num poço sem fundo de escuridão e sombras. O rosto de Woland estava deformado de um lado, o canto direito da boca esticado para baixo, a testa larga e calva era cortada por rugas profundas e paralelas às sobrancelhas pontiagudas. A pele de seu rosto parecia ter sido queimada para sempre pelo sol.

Woland estendeu-se na cama, vestindo somente uma camisa comprida, suja e remendada no ombro esquerdo. Um pé descalço e sem meia ele encolheu, e o outro estava estendido em cima do banco. Hella massageava o joelho dessa perna escura com uma pomada enfumaçada.

Margarida ainda conseguiu enxergar no peito aberto de Woland um besouro delicadamente entalhado numa pedra presa a uma corrente de ouro, com algo escrito no verso. Junto com Woland, em cima da cama, num pedestal pesado, havia um globo estranho, que parecia vivo e estava iluminado de um lado pelo sol.

O silêncio durou alguns segundos. "Está me examinando", pensou Margarida, e só com muita força de vontade conseguiu segurar a tremedeira das pernas.

Finalmente, Woland falou, sorrindo, o que fez com que seu olho brilhante explodisse:

— Saúdo a senhora, rainha, e peço que me perdoe pelos meus trajes caseiros.

A voz de Woland era tão grave que, em algumas sílabas, chegava a um ronco.

Woland pegou a espada de cima da cama e, inclinando-se, mexeu com ela embaixo da cama e disse:

— Saia daí! A partida está cancelada. A visita chegou.

— Não, por favor — soprou Koroviev no ouvido de Margarida.

— Não, por favor... — disse Margarida.

— *Messire*... — respirou Koroviev em seu ouvido.

— Não, por favor, *messire* — dominando a si mesma, disse Margarida baixinho com muita clareza e, sorrindo, acrescentou: — Eu suplico ao senhor que não interrompa a partida. Suponho que as revistas de xadrez pagariam muito bem caso tivessem a oportunidade de publicá-la.

Azazello grasniu baixinho, em tom de aprovação, e Woland olhou com atenção para Margarida, registrando, como se fosse para si:

— É, Koroviev tem razão. De que forma estranha o baralho é embaralhado! Sangue!

Ele estendeu a mão e chamou Margarida. Ela se aproximou sem sentir o chão sob os pés descalços. Woland pôs a mão pesada como pedra e ardente como fogo sobre o ombro de Margarida e a puxou para si, colocando-a sentada ao seu lado na cama.

— Já que é tão fascinantemente gentil — disse ele — e eu não esperava outra coisa, não vamos ter cerimônias. — Ele inclinou-se novamente até a beira da cama e gritou: — Será que vai demorar muito essa bagunça embaixo da cama? Saia daí, seu Hans maldito!

— Não consigo encontrar o cavalo — com a voz doce e falsa respondeu o gato que estava embaixo da cama. — Ele galopou para algum canto e, em vez dele, só consigo pegar sapo.

— Você não está se imaginando numa praça de mercado? — perguntou Woland, fingindo que estava com raiva. — Não tinha sapo algum embaixo da cama! Deixe essas mágicas para o Teatro de

Variedades. Se não aparecer imediatamente, vamos considerar que você se rendeu, seu desertor maldito.

— Por nada nesse mundo, *messire*! — gritou o gato e, no mesmo segundo, saiu de baixo da cama, segurando o cavalo com a pata.

— Apresento à senhora... — iniciou Woland, mas interrompeu a si mesmo: — Não, não consigo nem ver esse palhaço. Veja em que ele se transformou embaixo da cama!

O gato, naquele instante, de pé nas patas traseiras e sujo de poeira, fazia reverências a Margarida. Agora, no pescoço do gato havia uma gravata-borboleta branca, e sobre o peito, um binóculo feminino de madrepérola, pendurado por um cordão. Além disso, seus bigodes estavam dourados.

— Mas o que é isso! — exclamou Woland. — Para que dourou seus bigodes? E para que diabos você precisa de gravata, se nem tem calças?

— Gato não precisa de calças, *messire* — com grande orgulho respondeu o gato. — Deseja que eu calce as botas? Gato de botas só existe em contos de fadas, *messire*. Mas já viu alguém sem gravata em bailes? Não pretendo fazer parte de alguma situação cômica e me arriscar a ser expulso! Cada um se enfeita com o que tem. Pode considerar que o que falei tem a ver também com o binóculo, *messire*!

— Mas e o bigode?...

— Não entendo — exclamou o gato secamente. — Por que será que hoje, depois de fazer a barba, Azazello e Koroviev puderam se polvilhar com o talco branco, e em que ele é melhor do que o talco dourado? Passei talco nos bigodes e pronto! Seria outra conversa se eu tivesse tirado o bigode! Um gato sem bigode seria realmente uma vergonha, concordo mil vezes. No entanto — nesse momento a voz do gato vibrou em tom de mágoa — percebo que estão me criticando e que tenho um problema sério pela frente: ir ou não ao baile? O que me diz, *messire*?

O gato se estufou tanto que parecia prestes a explodir em mais um instante.

— Ah, seu vigarista, vigarista — dizia Woland, balançando a cabeça. — Toda vez que a partida fica desfavorável para ele, começa a falar bobagem como se fosse um charlatão. Sente-se imediatamente e pare com essa verborreia.

— Vou me sentar — respondeu o gato —, mas devo retrucar em relação ao último comentário. Minhas falas não são uma verborreia, como o quis exprimir em presença da dama, mas sim uma sequência de silogismos bem estruturados, que poderia ser, com mérito, valorizada por especialistas como Sextus Empiricus, Martianus Capella e até mesmo por Aristóteles.

— Xeque! — disse Woland.

— Por favor, por favor — respondeu o gato e começou a olhar para o tabuleiro através do binóculo.

— Pois bem — disse Woland, voltando-se para Margarida —, apresento, senhora, a minha comitiva. Esse que se faz de idiota é o gato Behemoth. Azazello e Koroviev a senhora já conhece; apresento minha empregada Hella. É muito competente e compreensiva, e não existe serviço algum que não possa prestar.

A bonita Hella sorriu, voltando seus olhos esverdeados para Margarida, sem deixar de pegar a pomada com a mão e continuar a esfregá-la no joelho.

— Esses são todos — finalizou Woland, fazendo uma careta quando Hella com mais força apertou o seu joelho. — A comitiva, como pôde perceber, é pequena, variada e simples. — Ele se calou e começou a girar diante de si o globo que era tão bem-feito que os oceanos azuis se moviam nele, e o polo no topo parecia verdadeiro, gelado e cheio de neve.

No tabuleiro, entretanto, transcorria uma confusão. O rei de manta branca, totalmente perdido, batia com os pés no quadrado e suspendia as mãos em desespero. Três peões brancos olhavam confusos para o oficial que agitava a espada e indicava que seguissem em frente, onde, entre os quadrados brancos e pretos, avistavam-se os cavaleiros pretos de Woland em cima de cavalos ardentes, que escavavam os quadrados com as patas.

Margarida ficou extremamente interessada e impressionada, pois as figuras do xadrez eram vivas.

O gato tirou o binóculo dos olhos e empurrou devagarzinho as costas do seu rei, que, em desespero, cobriu o rosto com as mãos.

— O negócio está ruim, querido Behemoth — disse Koroviev baixinho, com a voz venenosa.

— A situação é séria, mas nem um pouco desesperadora — respondeu Behemoth. — E mais: estou completamente convencido da vitória. Basta analisar direitinho a situação.

Tal análise ele começou a fazer de forma bastante estranha, fazendo certas caretas e piscando para o rei.

— Nada está ajudando — concluiu Koroviev.

— Ai! — gritou Behemoth. — Os papagaios voaram para todos os lados, como eu havia previsto!

Realmente, em algum lugar ao longe, ouviu-se o barulho de muitas asas batendo. Koroviev e Azazello correram.

— Ah, que o diabo o carregue com suas invenções de bailes! — bramiu Woland, sem tirar os olhos do seu globo.

Assim que Koroviev e Azazello se esconderam, Behemoth começou a piscar com mais evidência. O rei branco finalmente entendeu o que queriam que fizesse. De repente, ele tirou o manto, jogou-o em cima do quadrado e saiu correndo do tabuleiro. O bispo apanhou o manto real, colocou-o sobre si e ocupou o lugar do rei.

Koroviev e Azazello voltaram.

— Mentira, como sempre — resmungou Azazello, olhando de rabo de olho para Behemoth.

— Eu ouvi — respondeu o gato.

— Então, isso vai demorar muito? — perguntou Woland. — Xeque ao rei.

— Eu, provavelmente, não ouvi bem, *messire* — respondeu o gato. — Não há xeque ao rei e nem pode haver.

— Repito, xeque ao rei.

— *Messire* — com a voz falsamente preocupada replicou o gato —, o senhor está cansado: não há xeque ao rei!

— O rei está na casa G-2 — disse Woland sem olhar para o tabuleiro.

— *Messire*, estou horrorizado! — uivou o gato, mostrando horror na face. — Não tem rei nessa casa!

— O que houve? — perguntou Woland confuso e olhou para o tabuleiro onde, no quadrado do rei, estava o bispo, que se virava e encobria o rosto com as mãos.

— Ah, seu patife — disse Woland pensativo.

— *Messire!* Novamente o invoco à lógica — disse o gato, levando as patas ao peito. — Se o jogador anunciou xeque ao rei, mas o rei não está mais no tabuleiro, então este xeque não é reconhecido.

— Vai desistir ou não? — gritou Woland com uma voz terrível.

— Permita-me pensar — respondeu o gato, concordando e pondo os cotovelos sobre a mesa, fechando as orelhas com as patas e passando a pensar. Pensou longamente e finalmente respondeu: — Desisto.

— Matem esse desgraçado — cochichou Azazello.

— Sim, desisto — disse o gato —, mas desisto única e absolutamente porque não posso jogar numa atmosfera hostil criada pelos invejosos! — Ele se levantou e as peças de xadrez dirigiram-se para a gaveta.

— Hella, está na hora — disse Woland, e Hella desapareceu do quarto. — A perna está doendo e ainda tem esse baile... — prosseguiu Woland.

— Permita-me — disse Margarida. Woland olhou-a fixamente e estendeu a perna em sua direção.

O líquido, quente como lava, queimava as mãos, mas Margarida, sem fazer caretas, tentando não provocar dor, esfregava o joelho.

— Os mais próximos afirmam que é reumatismo — dizia Woland sem tirar os olhos de Margarida —, mas desconfio muito de que essa dor no joelho me foi deixada de herança pela bruxa maravilhosa de quem fui muito íntimo em 1571, nas montanhas de Brocken, na Cátedra do Diabo.

— Ah, será mesmo isso! — disse Margarida.

— Bobagem! Daqui a uns trezentos anos passa. Aconselharam-me vários remédios, mas prefiro os métodos da minha avó. Deixou ervas impressionantes de herança, a maldita velhinha, minha vovó! Aliás, me diga, não sofre de alguma doença? Será que tem alguma tristeza, uma amargura que consome sua alma?

— Não, *messire*, não tenho nada disso — respondeu a obediente Margarida. — E agora, estando aqui com o senhor, sinto-me muito bem.

— O sangue é uma coisa sagrada — disse Woland alegremente para alguém e acrescentou: — Vejo que o meu globo lhe interessou.

— Oh, sim, eu nunca vi algo assim.

— É uma coisa muito boa. Sinceramente, não gosto das últimas notícias do rádio. São sempre moças as locutoras, e não pronunciam os nomes das localidades com nitidez. Além disso, uma em cada três não é muito fluente, parece que escolhem esses tipos de propósito. O meu globo é bem melhor, ainda mais porque tenho que saber dos acontecimentos com precisão. Por exemplo, está vendo esse pedaço de terra banhado pelo oceano? Veja como se enche de fogo. Lá começou uma guerra. Aproxime-se e verá com detalhes.

Margarida inclinou-se até o globo e viu que o quadradinho de terra se ampliou, coloriu-se e se transformou num mapa em alto-relevo. Depois ela viu o fiozinho do rio, e um povoado ao lado. A casinha, que tinha o tamanho de uma ervilha, cresceu e tomou as proporções de uma caixa de fósforos. De repente e silenciosamente, o telhado da casa subiu junto com uma nuvem de fumaça negra, e as paredes caíram de tal forma que não sobrou nada da caixinha, além de um amontoado de entulho, de onde saía a fumaça. Aproximando o olhar mais ainda, Margarida percebeu uma pequena figura de mulher deitada sobre o chão e, a seu lado, numa poça de sangue, uma criança pequena, com os braços estendidos.

— Isso é tudo — disse Woland, sorrindo. — Ele não teve tempo de pecar. O trabalho de Abadon é impecável.

— Eu não gostaria de estar do lado oposto desse tal de Abadon — disse Margarida. — De que lado ele está?

— Quanto mais converso com a senhora — falou Woland, gentilmente —, mais me convenço de que é muito inteligente. Vou acalmá-la. Ele é imparcial e tende a ter compaixão pelos dois lados. Como consequência disso, os resultados dos dois lados são iguais. Abadon! — chamou Woland baixinho e, por trás da parede, surgiu a figura de certo homem magro, de óculos escuros. Esses óculos causaram uma impressão tão forte em Margarida que ela soltou um grito, voltando o olhar para a perna de Woland. — Pare com isso! — gritou Woland. — Mas como é nervosa essa gente de hoje! — E deu nas costas de Margarida um tapa tal que seu corpo tilintou. — Veja que ele está de óculos. Além do mais, nunca houve um momento em que Abadon aparecesse diante de alguém antes da hora e nunca haverá. E, afinal, eu estou aqui. A senhora é uma visita minha! Só quis mostrá-lo à senhora.

Abadon estava imóvel.

— Ele pode tirar os óculos por um segundo? — perguntou Margarida, encostando-se em Woland e estremecendo de curiosidade.

— Não, não pode — respondeu Woland sério, acenando com a mão para Abadon, que sumiu. — O que quer dizer, Azazello?

— Senhor — respondeu Azazello —, permita-me dizer. Temos dois forasteiros: uma moça bonita, que choraminga e pede para que a deixem com sua patroa, e, além disso, com ela, peço desculpas, o seu porco.

— Essas beldades são estranhas — disse Woland.

— É Natacha, Natacha! — exclamou Margarida.

— Então, deixe-a com a senhora. E o porco, para os cozinheiros.

— Vão matá-lo? — exclamou Margarida, assustada. — Tenha piedade, senhor, é Nikolai Ivanovitch, o inquilino do andar de baixo. Ocorreu um equívoco, ela passou creme nele…

— Mas permita-me — disse Woland —, por que diabos e quem iria abatê-lo? Que fique lá sentado com os cozinheiros, e pronto! A senhora vai concordar que não posso permitir a entrada de um porco no salão de baile.

— É verdade… — acrescentou Azazello e anunciou: — A meia-noite se aproxima.

— Ah, está bem — disse Woland voltando-se para Margarida. — Então, peço-lhe… Agradeço-lhe antecipadamente. Não fique confusa e não tenha medo de nada. Não beba nada além de água, senão vai relaxar e sentirá dificuldades. Está na hora!

Margarida levantou-se do tapete e na porta surgiu Koroviev.

23. O grande baile de satanás

Aproximava-se a meia-noite, tiveram de se apressar. Margarida não enxergava bem ao seu redor. Gravou somente as velas e a piscina multicor. Quando Margarida entrou no fundo da piscina, Hella e Natacha lhe deram um banho com um líquido quente, denso e vermelho. Margarida sentiu o gosto salgado nos lábios e entendeu que estava sendo lavada com sangue. O manto de sangue foi substituído por outro — denso, transparente, rosado, e Margarida sentiu-se tonta com o cheiro do óleo de rosas. Depois, Margarida foi jogada em cima de um balcão de cristal e puseram-se a esfregá-la com folhas verdes gigantes. Entrou o gato e começou a ajudar. Sentou-se de cócoras aos pés de Margarida e começou a esfregá-los, como se estivesse engraxando sapatos.

Margarida não lembra quem confeccionou para ela os sapatos de pétalas de rosas brancas, e como esses sapatos abotoaram-se sozinhos com as presilhas douradas. Uma força desconhecida levantou Margarida e a pôs diante do espelho e, em seus cabelos, resplandecia uma coroa de rainha com diamantes. Koroviev surgiu de repente e pendurou em seu peito a imagem de um poodle preto numa moldura oval e com uma corrente pesada. Esse enfeite incomodou a rainha. A corrente roçava seu pescoço e a imagem a forçava a se curvar. Porém, alguma recompensa recebeu Margarida por esses incômodos trazidos pela corrente e a imagem com o poodle preto. Foi a deferência que começaram a lhe dispensar Koroviev e Behemoth.

— Está bem, está bem, está bem! — balbuciava Koroviev próximo às portas do quarto da piscina. — Não há o que fazer e é preciso, preciso, preciso... Permita-me, rainha, dar-lhe o último conselho. Entre os convidados estarão várias pessoas, muito diferentes, mas, rainha Margot, não dispense a ninguém tratamento diferente! Caso não goste de alguém... entendo, por favor, não expresse isso em seu rosto... Não, não pode nem pensar nisso! Ele vai perceber, perceber no mesmo instante! Deve passar a amá-lo, amá-lo, rainha! A rainha do baile será recompensada por isso! E mais: não deixe que ninguém escape! Pelo menos um sorriso, se não der tempo de trocar algumas palavras, pelo menos um minúsculo aceno da cabeça. Tudo o que quiser, menos desatenção. Por causa disso, eles podem adoecer.

Nesse momento, Margarida passou, acompanhada de Koroviev e Behemoth, da sala de banho para a total escuridão.

— Eu, eu — cochichou o gato — darei o sinal!

— Vamos, dê! — respondeu Koroviev no escuro.

— O baile! — soltou um gritinho o gato e, na mesma hora, Margarida gritou e fechou os olhos por alguns segundos. O baile caiu sobre ela em forma de luz, som e cheiro. Levada pelo braço por Koroviev, Margarida viu-se numa floresta tropical. Os papagaios de peitos vermelhos agarravam-se nos cipós, pulavam neles e gritavam de forma ensurdecedora: "Encantado!". Porém a floresta logo acabou, e o seu ar abafado foi substituído pelo frescor do salão de baile com colunas de pedra amarelada e reluzente. O salão, assim como a floresta, estava completamente vazio e, ao lado das colunas, havia apenas negros nus imóveis com turbantes prateados nas cabeças. Seus rostos ficaram pálidos de preocupação quando Margarida entrou voando no salão com sua comitiva que, sabe-se lá como, agora incluía Azazello. Koroviev largou a mão de Margarida e disse baixinho:

— Direto para as tulipas!

Uma parede não muito alta de tulipas brancas cresceu diante de Margarida, e atrás disso ela viu múltiplos foguinhos nas redomas, e, diante delas, os peitos brancos e ombros negros de homens de fraque. Então Margarida entendeu de onde vinha o som do baile. Soaram as cornetas e o som de violinos banhou seu corpo como sangue. A orquestra composta de cento e cinquenta integrantes tocava a *polonaise*.

O homem de fraque na frente da orquestra, ao ver Margarida, empalideceu, sorriu e, com um aceno das mãos, levantou a orquestra inteira. Sem interromper a música nem por um minuto sequer, a orquestra envolveu Margarida com seus sons. O homem diante da orquestra virou-se de costas para os músicos e fez uma reverência, estendendo os braços, e Margarida, sorrindo, acenou para ele.

— Não, isso é pouco, muito pouco — cochichou Koroviev. — Ele não vai dormir a noite inteira. Grite para ele: "Eu o saúdo, rei das valsas!".

Margarida gritou isso e se admirou como sua voz soou feito um sino, cobrindo o som da orquestra. O homem estremeceu de felicidade, pôs a mão esquerda sobre o peito e, com a direita, continuou a acenar para a orquestra com a varinha branca.

— É pouco, muito pouco — cochichou Koroviev. — Olhe para a esquerda, para os primeiros violinos, e acene com a cabeça, para que cada um pense que olhou para ele. Aqui só há celebridades mundiais. Aquele da primeira estante é Vieuxtemps.* Assim, muito bem. Agora, prossiga!

— Quem é o maestro? — perguntou Margarida, distanciando-se.

— Johann Strauss! — gritou o gato. — Que eu seja enforcado num cipó da floresta tropical se em algum outro baile já tocou uma orquestra dessas! Eu é que convidei! E note, nenhum deles adoeceu e nenhum deles se recusou.

Na sala seguinte não havia colunas, no lugar das quais havia paredes de rosas vermelhas, cor-de-rosa, branco-leitosas de um lado, e do outro uma parede de camélias japonesas aveludadas. Entre essas paredes, fontes jorravam chiando e a champanhe fervilhava com bolhas em três piscinas, uma lilás transparente, outra rubra e a terceira de cristal. Ao lado delas corriam negros com faixas vermelhas, enchendo com conchas de prata taças rasas com o conteúdo das piscinas. Na parede de rosas havia uma brecha e lá, num palco, agitava-se um homem trajando um fraque vermelho com um rabo de andorinha. Diante dele soava alto uma orquestra de jazz. Assim que o maestro avistou Margarida, inclinou-se diante dela de tal forma que alcançou com as mãos o chão e, depois de ficar ereto, gritou veemente:

— Aleluia!

---

* Henri Vieuxtemps (1821-81), compositor e violinista belga. (N. T.)

Bateu em um de seus joelhos, depois no outro, arrancou o prato das mãos do músico sentado na ponta e bateu com ele em uma coluna.

Ao levantar voo, Margarida viu somente que o membro virtuose da banda de jazz, lutando contra a *polonaise*, que ainda soprava pelas costas de Margarida, batia com o prato nas cabeças dos outros integrantes da banda, que se agachavam em pavor cômico.

Finalmente saíram para a área onde, como Margarida bem entendeu, aguardava Koroviev no escuro com a lamparina. Agora, nessa área, os olhos grudavam por causa da luminosidade que vinha dos cachos de uva de cristal. Margarida foi posicionada no lugar a ela destinado e sob sua mão esquerda estava uma coluna baixa de ametista.

— Poderá colocar a mão em cima da coluna se ficar muito difícil — cochichou Koroviev.

Um negro jogou aos pés de Margarida uma almofada com um poodle bordado em linhas douradas, e ela, obedecendo a certas mãos, ali colocou, dobrando o joelho, a perna direita.

Margarida tentou olhar para trás. Koroviev e Azazello estavam a seu lado em pose de gala. Junto a Azazello havia mais três jovens que lembravam Abadon. Um frio batia nas costas. Olhando para trás, Margarida viu que da parede de mármore jorrava o vinho espumante que fluía para a piscina de gelo. Em seu pé esquerdo ela sentia algo morno e felpudo. Era Behemoth.

Margarida estava no alto e, a partir de seus pés, descia uma escada grandiosa coberta por um tapete. Embaixo, bem longe, como se Margarida estivesse olhando no binóculo pelo lado contrário, ela viu um hall de entrada enorme com uma lareira que tinha uma bocarra fria e negra, na qual caberia um caminhão de cinco toneladas. O hall e a escada, cuja iluminação doía nos olhos, estavam vazios. Os sons dos metais chegavam de longe até Margarida. Assim permaneceram imóveis aproximadamente durante um minuto.

— Onde estão os convidados? — perguntou Margarida a Koroviev.

— Virão, rainha, virão, logo estarão aqui. Não faltará gente. Para ser sincero, preferiria cortar lenha a receber convidados aqui.

— Que lenha o quê! — disse o gato prolixo. — Eu gostaria de ser condutor de bonde, pois não há nada pior no mundo do que este trabalho.

— Tudo deve estar pronto com antecedência, rainha — explicava Koroviev com o olho brilhando através do monóculo quebrado. — Não há nada pior do que aquele convidado que chega primeiro e que fica sem saber o que fazer, ainda por cima com a megera que o acompanha se queixando dele, dizendo que foram os primeiros a chegar. Bailes como esses tinham que ser jogados no lixo, rainha.

— Realmente, no lixo — confirmou o gato.

— Faltam menos de dez segundos para a meia-noite — acrescentou Koroviev. — Vai começar.

Esses dez segundos pareceram extremamente longos a Margarida. Claro que eles já tinham passado, e nada aconteceu. Porém, de repente, algo estremeceu embaixo na enorme lareira, e de lá surgiu uma forca, com um corpo em decomposição a balançar. O corpo caiu da corda, bateu no chão e dele saltou um jovem bonito de fraque e sapatos laqueados. Da lareira escorregou um caixão pequeno e carcomido, sua tampa se abriu e de lá surgiu outro morto. O jovem bonito aproximou-se dele e ofereceu o braço em apoio. O segundo cadáver transformou-se numa mulher inquieta, de sapatos pretos e com penas pretas na cabeça, e então o homem e a mulher subiram rapidamente a escada.

— Os primeiros! — exclamou Koroviev. — Senhor Jacques com a esposa. Recomendo-o à senhora, rainha, um dos homens mais interessantes. Um falsificador de dinheiro, traidor do Estado, mas um alquimista competente. Ficou famoso — cochichou Koroviev no ouvido de Margarida — por ter envenenado a amante do rei. E isso não acontece a qualquer um! Veja como é belo!

Margarida, pálida, abriu a boca, olhou para baixo e viu como sumiam por uma entrada lateral do hall a forca e o caixão.

— Estou encantado! — gritou o gato, em direção ao rosto do senhor Jacques, que subia a escada.

Nesse momento, lá embaixo, surgiu de dentro da lareira um esqueleto decapitado e sem um braço, que bateu no chão e transformou-se num homem de fraque.

A esposa do senhor Jacques parou diante de Margarida ajoe-lhada sobre uma perna e, pálida de nervosismo, beijou o joelho de Margarida.

— Rainha... — balbuciava a esposa do senhor Jacques.

— A rainha está maravilhada! — gritava Koroviev.

— Rainha... — disse baixinho o homem bonito, o senhor Jacques.

— Estamos maravilhados — uivou o gato.

Os jovens companheiros de Azazello sorriam com sorrisos sem vida, porém simpáticos, e tentavam empurrar o senhor Jacques e a esposa em direção às taças de champanhe que os negros seguravam nas mãos. O solitário homem de fraque subia a escada correndo.

— Conde Robert — cochichou Koroviev para Margarida —, muito interessante. Preste atenção em como é irônico, rainha, o ou-tro caso: este foi amante da rainha e envenenou a esposa.

— Estamos felizes, conde — gritou Behemoth.

Da lareira começaram a surgir um atrás do outro, estourando e se decompondo, três caixões e, depois, alguém de manta preta, que foi esfaqueado pelas costas pelo convidado que o seguia. Ouviu-se um grito ensurdecedor que vinha lá de baixo. Da lareira saiu corren-do um morto praticamente decomposto. Margarida fechou os olhos, mas alguém levou um frasco de sal branco até seu nariz. Pareceu-lhe que era a mão de Natacha. A escada começou a ficar cheia. Agora, em cada degrau havia homens de fraque e mulheres nuas que, de longe, pareciam iguais, e que se diferenciavam somente pela cor dos sapatos e das penas na cabeça.

De Margarida aproximou-se mancando, calçando uma estranha bota de madeira no pé esquerdo, uma dama com os olhos baixos de freira, magrinha, tímida e que, por algum motivo, tinha uma faixa larga e verde amarrada no pescoço.

— Quem é a de faixa verde? — perguntou Margarida automa-ticamente.

— Uma dama encantadora e nobre — cochichou Koroviev. — Recomendo-a: senhora Tofana. Foi extremamente popular entre to-das as encantadoras jovens napolitanas, assim como entre as mora-doras de Palermo, principalmente entre aquelas que se cansaram dos maridos. Isso acontece, rainha, cansar do marido...

— É — respondeu Margarida, ao mesmo tempo sorrindo para os dois homens de fraque que, um depois do outro, se inclinaram diante dela e beijaram seu joelho e sua mão.

— Pois bem — conseguia sussurrar Koroviev a Margarida e ao mesmo tempo gritar para alguém: — Duque! Uma taça de champanhe! Estou encantado!… Sim, pois bem, a senhora Tofana interessava-se pela situação dessas pobres mulheres e vendia-lhes uma água em frascos. A mulher colocava essa água na sopa do marido, que a tomava, agradecia pelo carinho e se sentia maravilhosamente bem. Bem verdade que, algumas horas depois, ele começava a ter uma sede muito forte, deitava-se na cama e, um dia depois, a maravilhosa moça napolitana que oferecera ao marido a sopa estava livre como um vento primaveril.

— O que é isso no pé dela? — perguntou Margarida, incansavelmente estendendo a mão para as visitas que ultrapassaram a claudicante senhora Tofana. — Por que ela está com aquilo verde no pescoço? Seu pescoço está enrugado?

— Estou encantado, conde! — gritava Koroviev, que ao mesmo tempo cochichava a Margarida: — Não, o pescoço é maravilhoso, mas lhe aconteceu algo desagradável na prisão. No pé, rainha, a senhora Tofana traz uma bota espanhola,* e o motivo da faixa é o seguinte: quando os prisioneiros souberam que cerca de quinhentos maridos malquistos deixaram Nápoles e Palermo para sempre, eles, de cabeça quente, estrangularam a senhora Tofana na prisão.

— Como estou feliz, rainha negra, pois me coube uma honra muito grande — sussurrava timidamente Tofana, tentando agachar-se sobre um joelho. A bota espanhola atrapalhava. Koroviev e Behemoth ajudaram-na a se levantar.

— Também estou feliz — respondeu Margarida, ao mesmo tempo estendendo a mão para outros convidados.

Agora, pela escada, de baixo para cima, vinha uma enxurrada de gente. Margarida não podia mais ver o que estava acontecendo no hall. Ela levantava e abaixava a mão de forma automática e sorria para os visitantes. No ar dos patamares e dos salões abandonados por

---

* Instrumento de tortura feito de madeira e usado para comprimir pernas e pés. (N. T.)

Margarida reinava a balbúrdia, e a música era ouvida como se estivesse vindo do mar.

— Essa mulher triste — disse Koroviev em voz alta sem cochichar, sabendo que com o barulho das vozes não poderia ser ouvido — adora bailes, e sonha recuperar seu lenço.

Margarida avistou, entre os que subiam a escada, aquela a quem Koroviev se referia. Era uma mulher jovem, de uns vinte anos e uma beleza extraordinária, mas com os olhos agitados e impertinentes.

— Que lenço? — perguntou Margarida.

— Ela tem uma governanta — explicou Koroviev — que há trinta anos põe um lenço na sua mesinha de cabeceira antes de dormir à noite. Assim que acorda, o lenço está lá. Já o queimou no forno, já o afogou no rio, mas o lenço continua lá e nada ajuda.

— Que lenço? — cochichava Margarida, levantando e abaixando a mão.

— Com uma borda azul. É que ela trabalhava num café. O dono a chamou até a despensa e, nove meses depois, ela pariu um menino, levou-o para a floresta, enfiou um lenço na sua boca e, depois, enterrou a criança. No julgamento ela disse que não tinha com o que alimentá-la.

— Onde está o dono desse café? — perguntou Margarida.

— Rainha — rangeu o gato por baixo —, permita-me perguntar à senhora: o que o dono do café tem a ver com isso? Não foi ele quem sufocou o menino na floresta!

Margarida, sem parar de sorrir e de acenar com a mão direita, enfiou as unhas afiadas da mão esquerda na orelha de Behemoth e cochichou:

— Se você, canalha, tentar mais uma vez se intrometer na conversa...

Behemoth, de maneira não usual para um baile, soltou um guinchado e rosnou:

— Rainha... a orelha vai inchar... Para que estragar o baile com uma orelha inchada?... Falei juridicamente... do ponto de vista jurídico... Pronto, ficarei de boca calada, calada... Não sou mais um gato, e sim um peixe, mas deixe a minha orelha em paz.

Margarida largou a orelha, e uns olhos impertinentes e sombrios surgiram diante dela:

— Estou feliz, dona rainha, por ter sido convidada para o grandioso baile da lua cheia.

— E eu — respondeu Margarida — estou feliz em vê-la. Muito feliz. A senhora gosta de champanhe?

— O que está fazendo, rainha? — disse Koroviev na orelha de Margarida, desesperado e quase sem voz. — Vai causar um engarrafamento!

— Gosto — disse a mulher suplicante e depois começou a repetir mecanicamente: — Frida, Frida, Frida! Meu nome é Frida, ó, rainha!

— Então beba até ficar bêbada hoje, Frida, e não pense em nada — disse Margarida.

Frida estendeu as duas mãos para Margarida, mas Koroviev e Behemoth com agilidade agarraram-na pelos braços, e ela sumiu na multidão.

Agora, as pessoas vinham de baixo em fileiras, e parecia que iam tomar a área onde estava Margarida. Corpos de mulheres nuas subiam entre os homens de fraque. Ao encontro de Margarida vinham corpos morenos, brancos, cor de café e negros. Nos cabelos ruivos, pretos, castanhos e claros como linho, na enxurrada das luzes, as pedras preciosas brilhavam e saltavam, espalhando reflexos. E como se alguém tivesse borrifado a fileira dos homens com pinguinhos de luz, brilharam as abotoaduras de diamantes. Agora, Margarida sentia lábios no joelho e, a cada segundo, estendia a mão para a frente para que beijassem, com o rosto tomando a forma imóvel de saudação.

— Estou maravilhado — cantava Koroviev com voz monótona —, estamos maravilhados… A rainha está encantada…

— A rainha está encantada — exclamava o gato.

— A marquesa… — balbuciava Koroviev — envenenou o pai, dois irmãos e duas irmãs por causa da herança… A rainha está encantada!… Senhora Minkina… Ah, como é bela! Mas um pouco nervosa. Sabe-se lá por que machucou o rosto da governanta com a pinça para cabelo? É claro que iriam matá-la… A rainha está encantada!… Rainha, um segundo de sua atenção! O imperador Rodolfo, mago e alquimista… Alquimista, foi enforcado… Ah, aí está ela! Ah, que maravilhoso bordel ela tinha em Estrasburgo!... Estamos encantados!... Costureira moscovita, todos a amamos pela inesgotável fantasia... tinha um ateliê e inventou uma coisa engraçada: fez dois buracos redondos na parede...

— As damas não sabiam? — perguntou Margarida.

— Todas sabiam, rainha — respondeu Koroviev. Estou encantado!... Esse jovem de vinte anos desde a infância destacava-se por ter fantasias estranhas, sonhador e estranho. Uma moça se apaixonou por ele. Ele a vendeu para um bordel...

Um rio corria lá embaixo. Não tinha fim esse rio. Sua nascente, a lareira enorme, continuava a alimentá-lo. Assim passaram uma hora, duas horas. Nesse momento Margarida começou a perceber que sua corrente tinha se tornado mais pesada do que era. Algo estranho aconteceu com sua mão. Agora, antes de levantá-la, Margarida tinha que fazer careta. As observações interessantes de Koroviev pararam de entretê-la. Os olhos puxados dos mongóis, os rostos brancos e morenos tornaram-se indiferentes para ela e, de tempos em tempos, se uniam, e o ar entre eles, por algum motivo, começava a tremer e fluir. Uma dor aguda, como se fosse uma agulha, atingiu de repente a mão direita de Margarida, e ela, cerrando os dentes, pôs a mão sobre o pedestal. Um barulho, parecido com o de asas batendo nas paredes, vinha do salão, e percebia-se que lá dançava uma multidão de visitas. A Margarida pareceu que até mesmo o chão maciço de mármore, em mosaicos e de cristais, pulsava ritmicamente naquele salão encantado.

Nem Caio César Calígula nem Messalina provocavam mais interesse em Margarida, assim como não lhe interessava mais nenhum dos reis, dos duques, dos cavalheiros, dos suicidas, das envenenadoras, dos enforcados e das alcoviteiras, dos prisioneiros e ladrões, dos carrascos, dos traidores, dos loucos, dos investigadores, dos sedutores. Todos esses nomes se misturaram na sua cabeça, os rostos formaram um só e somente um rosto ficou sofregamente gravado em sua memória, emoldurado por uma barba de fogo. Era o rosto de Maliuta Skuratov.*

---

* Apelido de Grigori Lukianovitch Skuratos-Bielski, nobre russo do século XVI, braço direito de Ivan, o Terrível, e chefe da força especial Opritchnina, que aterrorizou a Rússia, queimando casas, saqueando e cometendo assassinatos. (N. T.)

As pernas de Margarida se dobravam, a cada minuto ela tinha medo de irromper em prantos. O maior sofrimento lhe era causado pelo joelho direito que tanto beijaram. Ficou inchado, a pele tornou-se azulada, apesar de a mão de Natacha ter surgido várias vezes ao lado dele para passar algo aromático com uma esponja. No final da terceira hora, Margarida olhou para baixo com os olhos completamente desesperançados e estremeceu, alegre: o fluxo de visitas tornava-se mais escasso.

— As leis da chegada ao baile são sempre as mesmas, rainha — cochichou Koroviev. — Agora a onda de gente vai diminuir. Juro que estamos nos últimos minutos. Veja, lá está o grupo de vagabundos de Brocken. Sempre são os últimos a chegar. Sim, são eles. Dois vampiros bêbados… pronto? Ah, não, veja mais um. Não, dois!

Pela escada subiam os dois últimos convidados.

— Ah, é alguém novo — disse Koroviev, apertando os olhos através do vidro do monóculo. — Ah, sim, sim. Certa vez Azazello o visitou e, tomando um conhaque, cochichou-lhe o conselho de como se livrar de uma pessoa que o ameaçava com revelações a seu respeito. Então mandou esse seu conhecido, que dependia dele, borrifar as paredes do gabinete com veneno.

— Como ele se chama? — perguntou Margarida.

— Ah, bom, eu ainda não sei — respondeu Koroviev. — Devemos perguntar a Azazello.

— Quem está com ele?

— Este é o mais obediente de seus subordinados. Estou maravilhado! — gritou Koroviev aos dois últimos.

A escada ficou vazia. Aguardaram mais um pouco, por precaução. Mas não saía mais ninguém da lareira.

Um segundo depois, sem entender como isso aconteceu, Margarida já se encontrava no cômodo com a piscina e lá, chorando de dor na mão e na perna, caiu no chão. Mas Hella e Natacha, acalmando-a, levaram-na novamente para debaixo da ducha de sangue, novamente amaciaram seu corpo e Margarida reviveu.

— Mais, mais, rainha Margot — cochichava Koroviev. — É preciso sobrevoar os salões para que os nobres convidados não se sintam abandonados.

Margarida novamente saiu voando do cômodo com a piscina. No palco, atrás das tulipas, onde tocava a orquestra do rei das valsas, agora soava um animado jazz de macacos. Um gorila enorme, de costeletas cabeludas e cachimbo nas mãos, regia e dançava com passos pesados. Numa fileira sentavam-se orangotangos, tocando metais brilhantes. Em seus ombros acomodavam-se alegres chimpanzés com harmônicas. Dois babuínos, com jubas enormes como as de leões, tocavam pianos, mas esses pianos não eram ouvidos em meio ao estrondo formado pelo tilintar dos saxofones, pelos violinos e tambores nas patas de macacos, chimpanzés e mandris. Sobre o chão espelhado um número incontável de casais se misturava e impressionava por sua agilidade e precisão dos movimentos, girando numa só direção, em fileira, ameaçando arrastar tudo em seu caminho. Bandos de borboletas vivas acetinadas mergulhavam entre os dançarinos, do teto caíam flores. Nos capitéis das colunas, assim que a luz elétrica apagou, acenderam-se miríades de vaga-lumes e pelo ar flutuavam fogos-fátuos.

Depois, Margarida já se encontrava numa piscina de tamanho monstruoso e emoldurada por colunatas. Da bocarra de um gigantesco Netuno negro jorrava um largo jato cor-de-rosa. Um cheiro inebriante de champanhe vinha da piscina. Aqui reinava a alegria sem limites. Rindo, as damas tiravam os sapatos, entregavam as bolsas aos cavalheiros ou aos negros que corriam com lençóis nas mãos e, com o trinfar de andorinhas, se jogavam na piscina. Colunas de espuma jorravam. O fundo de cristal ardia com a luz inferior que ultrapassava o vinho, e podiam ser vistos os corpos prateados a nadar. Saíam da piscina totalmente bêbadas. A gargalhada soava sob as colunas e retumbava como na casa de banho.

De toda essa bagunça ficou na memória só um rosto de mulher totalmente bêbada, com olhos inexpressivos, mas suplicantes, e apenas uma palavra se fez lembrar: "Frida!".

A cabeça de Margarida começou a girar com o cheiro de vinho e ela já queria ir embora quando o gato aprontou, na piscina, um número que a deteve. Behemoth fez uma mágica na bocarra de Netuno e na mesma hora, com chiado e estrondo, a massa agitada de champanhe saiu da piscina e Netuno começou a expelir uma onda amarelo-escura que não brincava nem fazia espuma. As damas gritaram:

— Conhaque! — E correram da borda da piscina para trás das colunas. Segundos depois, a piscina estava cheia e o gato, dando três giros no ar, caiu no conhaque ondulante. Saiu de lá bufando com a gravata murcha, sem o dourado dos bigodes e o binóculo. Somente uma pessoa resolveu seguir o exemplo de Behemoth: aquela costureira divertida com seu cavalheiro, um jovem mestiço desconhecido. Os dois lançaram-se no conhaque, mas, naquele momento, Koroviev pegou Margarida pelo braço e eles deixaram os banhistas.

Margarida achou que estava sobrevoando um local onde viu montanhas de ostras em lagos enormes entre rochas. Depois, sobrevoou um chão de vidro com tochas infernais ardentes sob ele, e com cozinheiros de branco correndo de um lado para o outro. Depois, já sem conseguir raciocinar muito, ela viu subsolos escuros onde ardiam umas lamparinas, onde moças serviam carne chiando em brasa ardente e bebiam de canecas enormes em sua saúde. Depois, ela viu ursos brancos que tocavam sanfonas e dançavam *kamarinskaia** no palco. Uma salamandra mágica, que não queimava dentro da lareira... Mais uma vez, ela perdia as forças.

— É a última aparição — cochichou-lhe Koroviev — e estaremos livres.

Acompanhada de Koroviev, ela novamente estava no salão de baile, mas agora não se dançava, os convidados se espremiam numa multidão entre as colunas, deixando o centro do salão livre. Margarida não se lembrava de quem a ajudou a subir no pedestal que surgiu no meio do amplo salão livre de gente. Depois de subir, para sua surpresa, ela ouviu que em algum lugar o relógio batia a meia-noite, que havia muito tempo, nas suas contas, já deveria ter passado. Com a última badalada do relógio, ouvida sabe-se lá de onde, um silêncio tomou conta da multidão de convidados.

Então, Margarida viu novamente Woland. Ele caminhava contornando Abadon, Azazello e algumas pessoas parecidas com Aba-

---

* Dança do folclore tradicional russo. (N. T.)

don, negras e jovens. Agora Margarida viu que, do lado oposto ao pedestal onde estava, havia sido preparado outro pedestal para Woland. Porém, ele não se utilizou dele. Margarida ficou impressionada com os trajes nos quais Woland apareceu para esse último grandioso baile — eram os mesmos que vestia quando estava no seu quarto. A mesma camisa suja com retalhos pendia em seus ombros e, nos pés, viam-se chinelos gastos. Woland estava com a espada, mas usava-a como bengala.

Mancando, ele parou ao lado do seu pedestal e, na mesma hora, Azazello surgiu diante dele trazendo um prato, no qual Margarida avistou a cabeça de uma pessoa sem os dentes da frente. O silêncio reinava absoluto e foi interrompido somente uma vez pelo som, estranho para essas circunstâncias, de uma campainha.

— Mikhail Aleksandrovitch — disse Woland, dirigindo-se suavemente à cabeça e, então, os olhos do falecido se abriram. Margarida, após estremecer, viu no rosto do morto dois olhos vivos, conscientes e cheios de sofrimento. — Tudo aconteceu, não é verdade? — prosseguiu Woland, olhando a cabeça nos olhos. — A cabeça foi cortada por uma mulher, o encontro não aconteceu, e estou morando em seu apartamento. Isso é fato. E um fato é a coisa mais teimosa do mundo. Mas agora nos interessa o futuro, e não esse fato consumado. O senhor sempre foi um ardoroso propagador da teoria de que, após cortar a cabeça de uma pessoa, a vida acaba, a pessoa vira cinza e deixa de existir. Tenho o prazer de comunicar ao senhor, na presença de meus convidados, apesar de eles servirem de prova de outra teoria, de que sua teoria é robusta e original. Aliás, todas as teorias são baseadas umas nas outras. Existe também, entre elas, a que diz que a cada um é dado de acordo com a sua crença. Então, que isso se realize! O senhor vai para a inexistência e eu terei o prazer de beber à existência, da taça na qual o senhor vai se transformar!

Woland levantou a espada. No mesmo instante, a cabeça escureceu e encolheu, depois se desfez em pedaços, os olhos sumiram, e Margarida viu no prato um crânio amarelo, com os olhos de esmeralda arregalados e dentes de pérolas em cima de um pé de ouro. A caixa do crânio se abriu como se tivesse uma dobradiça.

— Em um segundo, *messire* — disse Koroviev, percebendo o olhar interrogativo de Woland —, ele surgirá diante do senhor. Estou ouvindo nesse silêncio mortal como rangem seus sapatos laqueados e como tilinta a taça que pôs sobre a mesa, depois de beber champanhe pela última vez em vida. Mas ei-lo.

Dirigindo-se a Woland, adentrou o salão um novo e solitário convidado. Sua aparência em nada diferia da de outros convidados do sexo masculino, a não ser por uma coisa: o convidado estava cambaleante de tanto nervosismo, e isso se via de longe. Suas bochechas estavam cobertas de manchas e os olhos corriam de um lado para o outro em total desespero. O visitante estava apavorado, o que era completamente natural: tudo o impressionava e, é claro, principalmente a roupa de Woland.

No entanto, o convidado foi recebido carinhosamente.

— Ah, queridíssimo barão Meigel — disse Woland, sorrindo e saudando o convidado, que estava com os olhos esbugalhados —, fico feliz de apresentar a todos vocês — continuou, dirigindo-se às visitas — o nobilíssimo barão Meigel, que serviu na Comissão de Eventos, no cargo de apresentação das belezas da capital aos estrangeiros.

Margarida nesse momento ficou paralisada, pois havia reconhecido de repente o tal de Meigel. Havia se encontrado com ele várias vezes nos teatros de Moscou e em restaurantes. "Espera aí…", pensou Margarida, "quer dizer que ele também morreu?" Mas na mesma hora tudo se explicou.

— O querido barão — continuou Woland, sorrindo com alegria — ficou tão maravilhado que, assim que soube da minha chegada a Moscou, na mesma hora me ligou oferecendo seus serviços em sua especialidade, ou seja, de apresentação das maravilhas da cidade. Obviamente, fiquei feliz por poder convidá-lo a me fazer uma visita.

Margarida viu como Azazello passou o prato com o crânio para Koroviev.

— Sim, a propósito, barão — disse Woland, baixando a voz de forma íntima —, soltaram boatos sobre a sua gentileza extraordinária. Dizem que sua gentileza, junto com sua desenvoltura verbal, começou a atrair a atenção. Além disso, as más línguas já espalharam que o senhor pode ser um impostor e um espião. E mais, existe uma suposição de que isso o levará a um final triste daqui a menos de um mês. Então, para livrá-lo dessa espera torturante, resolvemos ajudá-lo, aproveitando seu pedido de me fazer uma visita para olhar e ouvir tudo que fosse possível.

O barão ficou mais pálido do que Abadon, que era muito pálido por natureza, e, depois, aconteceu algo estranho. Abadon surgiu diante do barão e, por um segundo, tirou os óculos. Na mesma hora algo brilhou em fogo nas mãos de Azazello, algo estourou baixinho, como se tivessem batido palmas, o barão começou a cair, o sangue vermelho jorrou de dentro do seu peito e encharcou a camisa engomada e o colete. Koroviev pôs a taça sob o jato de sangue e a passou, cheia, para Woland. O corpo sem vida do barão já estava no chão.

— Bebo à saúde de vocês, senhores — disse Woland baixinho e, levantando a taça, tocou-a com os lábios.

Então, aconteceu uma metamorfose. Sumiram a camisa com retalhos e os chinelos gastos. Woland agora trajava uma clâmide negra com a espada de aço na cintura. Aproximou-se rapidamente de Margarida, estendeu-lhe a taça e disse imperiosamente:

— Beba!

Margarida sentiu uma tontura, balançou, mas a taça já estava em seus lábios e algumas vozes desconhecidas sussurravam em seu ouvido:

— Não tenha medo, rainha... Não tenha medo, rainha, o sangue já foi para a terra. E, lá onde ele foi derramado, crescem parreiras com cachos de uvas.

Margarida, sem abrir os olhos, deu um gole, então uma corrente doce percorreu suas veias e um tilintar soou em seus ouvidos. Pareceu-lhe que galos cantavam intermitentemente, e que, em algum lugar, tocavam uma marcha. Multidões de pessoas começaram a mudar de aparência. Os homens de fraque e as mulheres sumiram feito cinza. A decomposição diante dos olhos de Margarida tomou conta do salão, no qual pairava o cheiro de sepultura. As colunas se desmancharam, os fogos se apagaram, tudo se encolheu, e sumiram as fontes, as tulipas e as camélias. Agora havia simplesmente o que havia mesmo — a modesta entrada do apartamento da mulher do joalheiro, e um feixe de luz a sair de uma porta entreaberta. Foi nessa porta entreaberta que Margarida entrou.

24. O resgate do mestre

No quarto de Woland tudo estava como antes do baile. Woland sentado de camisa na cama, mas Hella não lhe esfregava mais as pernas, e servia o jantar na mesa em que antes jogavam xadrez. Koroviev e Azazello, sem os fraques, estavam à mesa e ao lado deles, é claro, estava o gato, que não quis se desfazer da gravata, apesar de ela ter se transformado num pano sujo. Margarida aproximou-se da mesa, cambaleante, e apoiou-se nela. Então Woland a chamou, como antes, e indicou que se sentasse ao seu lado.

— Pois então, sofreu muito? — perguntou Woland.

—Oh, não, *messire* — respondeu Margarida, mas muito baixinho.

— *Noblesse oblige* — disse o gato e serviu a Margarida certo líquido transparente numa taça de vinho.

— Isso é vodka? — perguntou ela, com a voz fraca.

O gato saltou da cadeira de tão magoado:

— Pelo amor de deus, rainha — disse, com a voz rouca. — Acredita mesmo que eu seria capaz de servir vodka a uma dama? É álcool puro!

Margarida sorriu e tentou afastar a taça.

— Coragem — disse Woland, e Margarida, na mesma hora, pegou a taça. — Hella, sente-se — ordenou Woland, e explicou a Margarida: — A noite de lua cheia é uma noite de festa, por isso eu janto na companhia íntima de meus serviçais. Então, como se sente? Como foi o cansativo baile?

— Extraordinário! — disse Koroviev. — Todos estão encantados, apaixonados, esmagados! Quanto tato, quanta sabedoria, encanto e charme!

Woland levantou a taça em silêncio e brindou com Margarida. Ela bebeu obediente o conteúdo da taça, pensando que seria seu fim.

Porém, nada de ruim lhe aconteceu. Um calor vivo correu por sua barriga, algo macio atingiu sua nuca, as forças voltaram, como se tivesse despertado após um sono longo e refrescante, e, além disso, sentiu uma fome de cão. Ao lembrar que não havia comido nada desde a manhã do dia anterior, a fome veio com mais força ainda. Então começou a engolir avidamente o caviar.

Behemoth cortou um pedaço de ananás, salpicou-o com sal e pimenta, comeu e em seguida tomou a segunda dose de álcool com tanta audácia que todos aplaudiram.

Depois da segunda dose tomada por Margarida, as velas dos candelabros arderam com mais força e a chama da lareira ficou mais forte. Margarida não sentia embriaguez alguma. Mordia com seus dentes brancos a carne e sugava o suco que dela saía e, ao mesmo tempo, olhava como Behemoth besuntava a ostra com mostarda.

— Coloque uvas por cima — disse Hella baixinho e beliscou o gato.

— Não precisa me ensinar — respondeu o gato. — Já estive à mesa, não se preocupe, já estive!

— Ah, que prazer jantar assim, com camélias, tão simples — rangia Koroviev —, num círculo tão íntimo…

— Não, Fagot — exclamou o gato —, o baile tem seus encantos e sua importância.

— Não vejo nada de encantador nele, nem de importante, e aqueles ursos idiotas, e os tigres no bar, com seus uivos, quase me deram uma enxaqueca — disse Woland.

— Estou ouvindo, *messire* — falou o gato —, e, já que acha que não tem importância, começarei imediatamente a ter a mesma opinião.

— Veja lá! — respondeu Woland.

— É brincadeira — disse o gato, querendo pacificar o ambiente. — Com relação aos tigres, mandarei assá-los.

— Não se pode comer tigres — disse Hella.

— Acredita mesmo nisso? Então, por favor, me ouçam — respondeu o gato e, apertando os olhos de satisfação, contou como, certa vez, perambulava durante vinte dias pelo deserto e a única comida fora a carne de um tigre que matara. Todos ouviram com atenção e curiosidade o relato divertido e, quando Behemoth terminou, exclamaram em coro:

— Mentira!

— O mais interessante dessa mentira — disse Woland — é que é tudo mentira, desde a primeira até a última palavra.

— Ah, então acham isso? Que é mentira? — exclamou o gato, e todos pensaram que ia começar a protestar, mas ele só disse baixinho: — A história mostrará quem tem razão.

— Mas diga — dirigiu-se Margot, reanimada pela vodka, a Azazello: — Foi o senhor quem matou esse ex-barão?

— Naturalmente — respondeu Azazello. — Por que não o mataria? Era obrigatório matá-lo.

— Fiquei tão nervosa! — exclamou Margarida. — Foi tão inesperado.

— Não há nada de inesperado — disse Azazello, e Koroviev começou a uivar e gemer:

— Como não ficar nervosa? Eu também estremeci! Bum! E o barão caiu!

— Quase tive uma crise histérica — acrescentou o gato, lambendo a colher do caviar.

— Eu não entendi — dizia Margarida, e o brilho dourado dos cristais saltavam em seus olhos. — Será que do lado de fora não dava para ouvir a música e o barulho desse baile?

— É claro que não, rainha — explicou Koroviev. — É preciso fazer de tal forma que não dê para ouvir. Tem de ser com cuidado.

— Sim, sim… Pois o problema todo é que aquele homem na escada… Quando viemos com Azazello… E tinha outro na entrada… Achei que estava observando o seu apartamento…

— Certo, certo! — gritava Koroviev. — Certo, querida Margarida Nikolaievna! A senhora está comprovando as minhas suspeitas! É, ele estava observando o apartamento! Eu mesmo achei que se tratava de um docente distraído, ou um apaixonado sofrendo na escada. Mas não, não! Algo sugava meu coração! Ah, ele estava observando o apartamento! E o outro na entrada também! E aquele que ficou no portão, a mesma coisa!

— Interessante, e se vierem prendê-los? — perguntou Margarida.

— Virão, sem dúvida, maravilhosa rainha, com certeza! — respondeu Koroviev. — Meu coração sente que virão. Não agora, é claro, mas em sua hora virão. Porém acho que nada de interessante vai acontecer.

— Ah, como fiquei nervosa quando aquele barão caiu — dizia Margarida, que, pelo visto, até o momento estava sofrendo com o assassinato que testemunhara pela primeira vez na vida. — O senhor deve atirar muito bem!

— É sim — respondeu Azazello.

— Na distância de quantos passos? — Margarida fez uma pergunta não muito clara a Azazello.

— Bom, depende — respondeu Azazello com racionalidade. — Uma coisa é acertar com o martelo no vidro do crítico Latunski, e outra coisa é acertar seu coração.

— No coração! — exclamou Margarida, pondo a mão sobre o próprio peito. — No coração! — repetiu ela, com a voz abafada.

— Que crítico é esse Latunski? — perguntou Woland, apertando os olhos na direção de Margarida.

Azazello, Koroviev e Behemoth abaixaram os olhos de tanta vergonha, e Margarida respondeu ruborizada:

— Existe um crítico com esse nome. Hoje à noite, acabei com o apartamento dele.

— Essa é boa! Por quê?

— Ele, *messire* — explicou Margarida —, acabou com a carreira de um mestre.

— Para que tanto trabalho? — perguntou Woland.

— Permita-me, *messire*! — gritou alegremente o gato, saltando.

— Fique sentado — resmungou Azazello, levantando-se. — Vou arrebentar a cara dele...

— Não! — gritou Margarida. — Não, por favor, *messire*, não precisa disso, eu suplico!

— Que assim seja, assim seja — respondeu Woland, e Azazello sentou-se em seu lugar.

— Bom, onde paramos, minha valiosa rainha Margot? — disse Koroviev. — Ah, sim, o coração. Ele acerta no coração — Koroviev esticou seu dedo comprido em direção a Azazello — onde quiser, em qualquer aurícula do coração ou em qualquer ventrículo.

Margarida não entendeu de imediato, mas quando o fez exclamou assustada:

— Mas estão encobertos!

— Minha querida — tilintava Koroviev —, o interessante é exatamente o fato de estarem dentro do corpo! Nisso está o sal! Acertar num objeto descoberto qualquer um consegue!

Koroviev pegou um baralho da gaveta e o ofereceu a Margarida, pedindo que marcasse com a unha uma das cartas. Ela marcou uma no canto direito superior. Hella escondeu a carta embaixo do travesseiro, gritando:

— Pronto!

Azazello, que estava sentado de costas para o travesseiro, tirou do bolso das calças do fraque uma pistola automática preta, posicionou o cano sobre o ombro e, sem se virar para a cama, atirou, provocando um susto alegre em Margarida. Retiraram a carta de baixo do travesseiro. A marca feita por Margarida havia sido perfurada com a bala.

— Nunca desejaria encontrar o senhor quando estivesse com uma pistola nas mãos — disse Margarida de maneira provocativa, olhando para Azazello. Ela sentia forte atração por pessoas que faziam as coisas com perfeição.

— Valiosíssima rainha — piou Koroviev —, não recomendo a ninguém encontrar-se com ele até mesmo se estiver sem um revólver! Palavra de honra de um ex-regente de coro, ninguém teria a coragem de cumprimentá-lo ao se encontrar com ele.

O gato permaneceu sentado durante todo o episódio do tiro, e de repente anunciou, bufando:

— Desafio-o a superar o recorde com o sete do baralho.

Azazello respondeu com um rugido. Mas o gato era insistente e exigiu não um, mas dois revólveres. Azazello pegou o segundo revólver do segundo bolso das calças e, junto com o primeiro, entortando a boca de forma deplorável, estendeu a arma ao fanfarrão. Fizeram duas marcas no sete. O gato preparou-se longamente, de costas para o travesseiro. Margarida tampou os ouvidos com os dedos e ficou olhando para a coruja que dormia na cornija da lareira. O gato atirou com as duas pistolas, depois disso Hella gritou, a coruja morta caiu da lareira e o relógio atingido parou. Hella, com a mão sangrando, agarrou o gato pelo couro e este, por sua vez, agarrou nos cabelos dela, e eles rolaram pelo chão, como uma bola. Uma das taças caiu da mesa e espatifou-se.

— Livrem-me dessa endiabrada e enlouquecida! — uivou o gato, tentando se livrar de Hella, que estava montada nele. Separaram os dois, Koroviev soprou o dedo de Hella atingido pelo tiro, que cicatrizou num instante.

— Não posso atirar quando ficam falando! — gritava Behemoth, tentando recolocar no lugar um enorme pedaço de pele arrancado de suas costas.

— Aposto que ele fez isso de propósito — disse Woland, sorrindo para Margarida. — Ele atira bem.

Hella e o gato fizeram as pazes e selaram o armistício com um beijo. Retiraram a carta de baixo do travesseiro e a conferiram. Porém, nenhuma das marcas, além da de Azazello, tinha sido perfurada.

— Isso não pode ser — afirmava o gato, olhando a carta na luz dos candelabros.

O alegre jantar continuava. As velas derretiam-se nos candelabros, espalhava-se pelo cômodo o calor seco e cheiroso da lareira. Um sentimento de beatitude tomou conta de Margarida, que estava saciada de comida. Ela olhava como as argolas de fumaça cinzenta do cigarro de Azazello flutuavam em direção à lareira, e como o gato as apanhava na ponta da espada. Não queria ir embora para lugar algum, apesar de, pelas suas contas, já ser bem tarde. A julgar por tudo que havia acontecido, já se aproximavam das seis horas da manhã. Aproveitando a pausa, Margarida voltou-se para Woland e disse timidamente:

— Acho que está na minha hora… Já é tarde…

— Mas por que tanta pressa? — perguntou Woland respeitosamente, mas com ar de indiferença. Os outros presentes permaneceram calados, fazendo de conta que estavam entretidos com as argolas de fumaça do cigarro.

— Sim, está na hora — repetiu Margarida, completamente confusa com a situação, e voltou-se como se estivesse procurando uma manta ou uma capa. Sua nudez começou a deixá-la intimida-da. Ela se levantou da mesa. Woland pegou em cima da cama seu roupão gasto e engordurado, e Koroviev o colocou nos ombros de Margarida.

— Agradeço muito, *messire* — disse Margarida, quase inaudí-vel, olhando com ar de interrogação para Woland. Ele, por sua vez, sorriu-lhe com respeito e indiferença. Uma negra tristeza atingiu o coração de Margarida. Ela se sentiu enganada. Pelo visto, ninguém pretendia lhe oferecer prêmio algum por seus serviços no baile, como ninguém a pretendia deter. No entanto, sabia perfeitamente que não tinha mais para onde ir. Um pensamento rápido de que teria que retornar para a mansão provocou uma súbita explosão de desespero. Será que deveria pedir por si mesma, como aconselhou Azazello no jardim Aleksandrovski? "Não, por nada nesse mundo!", disse a si mesma.

— Tudo de bom, *messire* — pronunciou em voz alta, e pensou: "Tenho só que sair daqui, depois me afogo no rio".

— Sente-se — disse Woland de repente, em tom de ordem.

Margarida mudou a expressão do rosto e se sentou.

— Pode ser que deseje dizer algo em despedida.

— Não, nada não, *messire* — disse ela com orgulho. — Apenas que, se precisar de mim, estarei pronta e à disposição para cumprir tudo o que desejar. Não me cansei nem um pouco e me diverti mui-to no baile. Então, caso o baile continuasse, ofereceria com prazer o meu joelho para que milhares de enforcados e assassinos o beijassem. — Margarida olhava para Woland como se fosse através da fumaça, e seus olhos encheram-se de lágrimas.

— Certo! A senhora tem toda a razão! — gritou Woland com a voz retumbante e horrível. — Isso mesmo!

— Isso mesmo! — como um eco repetiu a comitiva de Woland.

— Estamos testando você — disse Woland. — Nunca peça nada! Nunca peça nada, principalmente àqueles que são fortes. Eles vão oferecer por conta própria e darão tudo também. Sente-se, mu-lher orgulhosa. — Woland arrancou o roupão pesado de Margarida, que estava novamente sentada na cama, ao seu lado. — Pois bem, Margot — continuou Woland, suavizando a voz —, o que deseja por ter sido a dona de minha casa hoje? O que deseja por ter passado o baile inteiro nua? Em quanto avalia o seu joelho? Quais foram os prejuízos que os meus convidados, denominados pela senhora de enforcados, lhe deram? Diga! Mas agora diga sem se intimidar, pois a proposta é minha.

O coração de Margarida bateu mais forte, ela suspirou profundamente e começou a pensar.

— Então, vamos, coragem! — incitava-a Woland. — Desperte sua fantasia, esporeie-a. Só a presença durante a cena do assassinato do maldito barão já vale um prêmio a qualquer pessoa, principalmente se essa pessoa é uma mulher. Então?

Margarida respirou profundamente, e já queria pronunciar as palavras sagradas preparadas havia tempo em sua alma, mas de repente empalideceu, abriu a boca e arregalou os olhos. "Frida! Frida! Frida!", gritou uma voz impertinente e suplicante de alguém em seu ouvido. "Meu nome é Frida!" E Margarida, tropeçando nas palavras, disse:

— Quer dizer... que posso pedir... uma coisa?

— Exigir, exigir, minha dona — respondeu Woland, sorrindo compreensivo. — Exigir uma coisa.

Ah, Woland repetiu com muita nitidez e precisão, destacando e reproduzindo as palavras da própria Margarida: "Uma coisa".

Margarida suspirou mais uma vez e disse:

— Quero que parem de estender à Frida o lenço com o qual ela sufocou seu próprio bebê.

O gato elevou os olhos para o céu e suspirou com estrondo, mas não disse nada, pelo visto lembrando a orelha puxada durante o baile.

— Considerando que — começou Woland, sorrindo — a possibilidade de ter recebido um suborno dessa Frida idiota está totalmente fora de cogitação, pois isso seria incompatível com a sua qualidade de rainha, nem sei o que fazer. Resta, pelo visto, somente uma opção: tapar com trapos as frestas de meu quarto!

— De que está falando, *messire*? — disse Margarida, surpresa após ouvir essas palavras realmente incompreensíveis.

— Concordo plenamente com o senhor, *messire* — intrometeu-se o gato. — Com trapos! — E em sinal de irritação bateu com a pata na mesa.

— Estou falando de clemência — disse Woland, explicando suas palavras, sem tirar o olho ígneo de Margarida. — Às vezes, ela entra inesperada e traiçoeiramente pelas menores frestas. Por isso, estou falando de trapos.

— Eu também estou falando disso! — exclamou o gato e, por via das dúvidas, afastou-se de Margarida, tapando com as patas lambuzadas de creme cor-de-rosa as suas orelhas pontiagudas.

— Fora daqui — disse-lhe Woland.

— Ainda não tomei café — respondeu o gato —, como posso ir embora? Será, *messire*, que numa noite festiva as visitas à mesa são divididas em duas categorias? Umas de primeira categoria e as outras de segunda, como se expressou aquele triste funcionário da lanchonete?

— Calado — ordenou Woland e, voltando-se para Margarida, perguntou: — A senhora, a julgar pelo seu comportamento, é uma pessoa de bondade excepcional? Uma pessoa de alta moral?

— Não — respondeu Margarida com esforço. — Sei que posso falar com o senhor sinceramente e lhe direi com franqueza: sou uma pessoa leviana. Pedi por Frida porque tive o descuido de lhe dar uma esperança. Ela está esperando, *messire*, ela acredita na minha força. E, caso ela seja enganada, ficarei numa situação horrível. Não terei mais tranquilidade. Não há o que fazer!

— Ah — disse Woland —, entendo.

— Então, fará o que peço? — perguntou Margarida baixinho.

— De forma alguma — respondeu Woland. — O problema, querida rainha, é que ocorreu uma pequena confusão. Cada departamento deve ocupar-se de seus assuntos. Não discuto, suas possibilidades são enormes, são bem maiores do que supõem alguns, pessoas sem visão…

— Sim, bem maiores — não aguentou e disse o gato que, pelo visto, gabava-se dessas possibilidades.

— Cale-se, que o diabo o carregue! — disse Woland e continuou, dirigindo-se a Margarida. — Simplesmente, qual é o sentido de fazer algo que é obrigação de outro departamento, como lhe disse? Pois bem, não farei isso, você fará sozinha.

— Mas seria possível eu fazer?

Azazello fitou ironicamente Margarida com seu olho torto, imperceptivelmente girou a cabeça ruiva e bufou.

— Faça logo, que sofrimento — balbuciou Woland, girando o globo e olhando fixamente para algum detalhe, evidentemente ocupado com outro assunto enquanto conversava com Margarida.

— Então, Frida... — soprou Koroviev.

— Frida! — gritou alto Margarida.

A porta se abriu e uma mulher descabelada, nua, mas já sem sinais de embriaguez, e com olhos baixos, entrou correndo no quarto e estendeu as mãos para Margarida, que lhe disse solenemente:

— Você está sendo perdoada. Não vão mais estender o lenço.

Ouviu-se o choro de Frida, ela caiu no chão e deitou, estendendo os braços em cruz diante de Margarida. Woland acenou com a mão e Frida desapareceu.

— Agradeço ao senhor e adeus — disse Margarida e levantou-se.

— Então, Behemoth — falou Woland —, não vamos nos aproveitar da atitude de uma pessoa não muito prática numa noite de festa. — Ele voltou-se para Margarida. — Pois bem, isso não conta, não fiz absolutamente nada. O que deseja para si?

Fez-se silêncio absoluto, que foi interrompido por Koroviev ao cochichar no ouvido de Margarida:

— Minha dona de diamante, agora aconselho que seja mais sensata! Senão a fortuna pode lhe escapar.

— Quero que me devolvam, nesse instante, o meu amante, o mestre — disse Margarida, e seu rosto deformou-se numa convulsão.

O vento irrompeu no quarto com tanta força, que as chamas das velas dos candelabros se inclinaram, a cortina pesada se abriu, e o mesmo aconteceu com a janela, e ao longe, no alto, descortinou-se a lua cheia, mas não matinal, e sim noturna. Do batente da janela caiu no chão um lenço esverdeado da luz da noite, e nele surgiu o visitante noturno de Ivanuchka, que se denominava mestre. Estava em seus trajes de hospital: roupão, chinelos e chapeuzinho preto, dos quais não se separava. O rosto, com a barba por fazer, contraía-se em caretas. Ele olhava com ar de louco e assustado para a chama das velas, e o fluxo lunar fervia em torno dele.

Margarida logo o reconheceu, gemeu, suspendeu as mãos e correu para ele. Beijava sua testa, seus lábios, encostava seu rosto no dele que pinicava, e as lágrimas que conteve durante tanto tempo começaram a escorrer feito córregos pela sua face. Pronunciou somente uma palavra, e a repetia sem sentido:

— Você... você... você...

O mestre a afastou e disse com a voz abafada:

— Não chore, Margot, não me faça sofrer. Estou muito doente. — Apoiou-se com a mão no batente da janela, como se estivesse tentando subir nele e correr, arreganhou os dentes e, observando os presentes, gritou: — Estou com medo, Margot! Estou tendo alucinações novamente...

O choro sufocava Margarida, ela cochichava e engasgava com as palavras:

— Não, não, não... não tenha medo... estou aqui contigo... estou contigo... estou contigo...

Koroviev, ágil e imperceptivelmente, posicionou uma cadeira para o mestre, que se sentou nela, e Margarida abaixou-se diante dele de joelhos, abraçou-se ao doente e se acalmou. De tanto nervosismo, Margarida nem percebeu que já não estava nua e trajava uma capa preta de seda. O doente abaixou a cabeça e começou a olhar para o chão com os olhos doentios.

— É — falou Woland, depois de permanecer calado longamente —, fizeram um bom trabalho com ele. — E ordenou a Koroviev: — Cavalheiro, dê a esse homem algo para beber.

Margarida suplicava ao mestre com a voz trêmula:

— Tome, tome! Tem medo? Não, não, confie em mim, vão ajudar você!

O doente pegou o copo e bebeu o que ele continha, mas sua mão estremeceu e o copo vazio caiu e se espatifou aos seus pés.

— É sorte! Sorte! — cochichou Koroviev para Margarida. — Veja, ele está voltando a si.

Realmente, o olhar do doente tornou-se menos selvagem e menos preocupado.

— É você, Margot? — perguntou o visitante noturno.

— Não tenha dúvidas, sou eu — respondeu Margarida.

— Mais! — ordenou Woland.

Depois que o mestre esvaziou o segundo copo, seus olhos ficaram vivos e inteligentes.

— Pois então, isso é outra coisa — disse Woland, apertando os olhos. — Agora podemos conversar. Quem é o senhor?

— Eu agora não sou ninguém — respondeu o mestre e o sorriso entortou a sua boca.

— De onde acabou de vir?

— Da casa da tristeza. Sou doente mental — respondeu o visitante.

Margarida não suportou essas palavras e pôs-se a chorar novamente. Depois, enxugou os olhos e gritou:

— Palavras horríveis! Palavras horríveis! Ele é mestre, *messire*, estou advertindo! Cure-o, ele vale a pena!

— O senhor sabe com quem está falando? — perguntou Woland ao visitante. — Sabe de quem é a casa onde está?

— Sei — respondeu o mestre. — Esse menino, Ivan Bezdomni, era meu vizinho no hospício. Ele me contou sobre o senhor.

— É claro, claro — disse Woland. — Tive o prazer de me encontrar com esse jovem em Patriarchi Prudi. Quase que enlouquece, provando a mim que eu não existo! Porém, o senhor acredita que sou realmente eu, não?

— Tenho que crer — disse o visitante. — Mas, é claro, é muito mais tranquilo considerá-lo fruto de alucinações. Desculpe-me — acrescentou o mestre, compreendendo a gafe.

— Bem, caso seja mais tranquilo, então considere — respondeu Woland educadamente.

— Não, não! — falou Margarida assustada, e sacudindo os ombros do mestre. — Volte a si! É ele que realmente está diante de você!

O gato intrometeu-se nesse momento também:

— Eu realmente pareço uma alucinação. Preste atenção em meu perfil contra a luz da lua. — O gato posicionou-se na faixa da luz da lua, e já queria dizer algo mais, quando pediram que calasse a boca. Ele respondeu: — Está bem, está bem, vou me calar. Serei uma alucinação calada — e se calou.

— Diga, por favor, por que Margarida o chama de mestre? — perguntou Woland.

O mestre sorriu e disse:

— É uma fraqueza perdoável. Ela tem um conceito muito elevado sobre o romance que escrevi.

— Do que trata o romance?

— É sobre Pôncio Pilatos.

As linguinhas das velas novamente tremularam e saltaram, a louça tilintou sobre a mesa, Woland deu uma gargalhada com uma voz tumular, mas ninguém se espantou com ela. Behemoth, sabe-se lá por quê, aplaudiu.

— Sobre o quê, o quê? Sobre quem? — disse Woland, interrompendo o riso. — Isso é maravilhoso! Não arranjou outro tema? Deixe-me ver. — Woland estendeu a mão com a palma para cima.

— Infelizmente não posso fazê-lo — respondeu o mestre —, pois o queimei na lareira.

— Desculpe, não posso acreditar — respondeu Woland —, isso não é possível. Os manuscritos não ardem. — Ele se voltou para Behemoth e disse: — Então, Behemoth, me dê aqui o romance.

O gato saltou momentaneamente da cadeira e todos viram que ele estava sentado sobre uma grossa pilha de manuscritos. A versão que estava por cima o gato entregou a Woland fazendo uma reverência. Margarida começou a tremer e gritou novamente, chorando de tanto nervosismo:

— Veja, o manuscrito! O manuscrito!

Ela correu até Woland e acrescentou, exaltada:

— Todo-poderoso! Todo-poderoso!

Woland tomou o exemplar nas mãos, virou-o, colocou-o de lado e, em silêncio, sem sorrir, olhou fixamente para o mestre. Mas ele, por motivo desconhecido, estava mergulhado em tristeza e preocupação. Levantou-se da cadeira estalando as mãos e, dirigindo-se à lua longínqua, estremecendo, começou a dizer:

— Nem à noite sob a lua eu tenho paz… Para que me perturbaram? Oh, deuses, deuses…

Margarida agarrou-se ao roupão do doente, encostou a cabeça e começou a balbuciar tristemente entre as lágrimas:

— Meu Deus, por que o remédio não está fazendo efeito?

— Não é nada, não é nada, não é nada — cochichava Koroviev,

retorcendo-se ao lado do mestre. — Não é nada, não é nada... Mais um copinho, eu também lhes farei companhia...

Então o copo tremeluziu e brilhou sob a luz da lua, e foi esse copo que ajudou. Puseram o mestre sentado em seu lugar, e o rosto do doente passou a aparentar tranquilidade.

— Agora está tudo esclarecido — disse Woland, e bateu com o dedo comprido no manuscrito.

— Completamente esclarecido — confirmou o gato, esquecendo a promessa de transformar-se numa alucinação calada. — Agora compreendo muito bem a linha principal dessa obra. O que me diz, Azazello? — dirigiu-se ao calado Azazello.

— Estou dizendo — disse Azazello, por sua vez — que seria muito bom afogar você.

— Tenha compaixão, Azazello — respondeu o gato —, e não dê essa ideia ao *messire*. Acredite em mim, toda noite eu apareceria para você nesses mesmos trajes lunares do pobre mestre e acenaria com a cabeça, chamando-o para que me acompanhasse. Como se sentiria, Azazello?

— Então, Margarida — disse Woland, entrando na conversa novamente —, diga tudo, do que precisa?

Os olhos de Margarida explodiram e ela dirigiu-se suplicante a Woland:

— Permite-me cochichar com ele?

Woland acenou que sim com a cabeça, Margarida encostou seus lábios na orelha do mestre e sussurrou algo. Deu para ouvir como ele respondeu:

— Não, já é tarde. Não quero mais nada em vida. Além de ver você. Mas novamente a aconselho: deixe-me. Está perdida comigo.

— Não, não o deixarei — respondeu Margarida e voltou-se para Woland: — Peço que nos faça retornar ao subsolo na travessa da Arbat, e que a lâmpada acenda, e que tudo seja como antes.

O mestre soltou uma gargalhada, agarrou a cabeça de Margarida com os cabelos soltos e cacheados e disse:

— Ah, não dê ouvidos à pobre mulher, *messire*. Naquele subsolo, já há muito tempo vive outra pessoa, e nunca acontece de tudo ser novamente como era antes. — Ele encostou a bochecha na cabeça de sua amiga, abraçou Margarida e balbuciou: — Pobre, pobre...

— O senhor está dizendo que não acontece? — disse Woland. — É verdade. Mas vamos tentar. — E disse: — Azazello!

No mesmo instante, caiu do teto um cidadão confuso, próximo da loucura. Ele trajava roupas íntimas, mas, por algum motivo, tinha uma mala nas mãos e um boné. De tanto medo esse homem tremia e se agachava.

— Mogaritch? — perguntou Azazello ao que acabara de cair do céu.

— Aloizi Mogaritch — respondeu ele, tremendo.

— Foi o senhor que, ao ler o artigo de Latunski sobre o romance desse homem, escreveu uma denúncia contra ele, dizendo que ele guardava literatura ilegal em seu apartamento? — quis saber Azazello.

O cidadão recém-chegado ficou azul e começou a chorar de arrependimento.

— O senhor queria mudar-se para o apartamento dele? — disse Azazello com sua voz anasalada, com o ar de conversa amigável.

O chiado de um gato enfezado soou no recinto, e Margarida falou aos uivos:

— Vai conhecer a bruxa, vai conhecer! — E agarrou-se no rosto de Aloizi Mogaritch com as unhas.

Armou-se uma confusão.

— O que está fazendo? — gritou o mestre, sofrendo com aquela situação. — Margot, tenha vergonha!

— Protesto, isso não é vergonhoso! — gritava o gato.

Koroviev afastou Margarida.

— Construí uma banheira... — Mogaritch, ensanguentado, batendo os dentes e gritando apavorado, começou a pronunciar bobagens — a caiação... o vitríolo...

— Então, que bom que agora tem banheira — disse Azazello, elogiando. — Ele está precisando de banheira. — E gritou: — Fora!

Mogaritch virou-se de cabeça para baixo e foi levado para fora do quarto de Woland pela janela aberta.

O mestre arregalou os olhos:

— Vejo que isso é muito melhor do que o que Ivan me contou! — Totalmente abalado, ele olhou à sua volta e disse ao gato: — Ah, desculpe... é o senhor... o senhor... — ele tropeçava nas palavras sem saber como se referir ao gato. — O senhor é aquele que estava no bonde?

— Eu — confirmou o gato orgulhoso e acrescentou: — É bom ouvir o senhor falar com tanto respeito com um gato. Os gatos normalmente são tratados por "você", apesar de nenhum gato no mundo ter tomado sequer um copo de vinho junto com ninguém.

— Parece-me que o senhor não é muito gato... — respondeu o mestre sem muita coragem. — Mesmo assim, vão dar pela minha falta no hospital — acrescentou timidamente, voltando-se para Woland.

— Não vão dar pela falta de ninguém! — acalmou-o Koroviev, com papéis e livros em mãos. — É o prontuário do senhor?

— Sim.

Koroviev jogou o prontuário na lareira.

— Se não existe documento, então não existe a pessoa — disse Koroviev, satisfeito. — E isso aqui é o livro de registro residencial?

— Sim...

— Quem está registrado nele? Aloizi Mogaritch? — Koroviev soprou a folha do livro de registro. — Ele não existe mais e, por favor, jamais existiu. E se o administrador ficar surpreso, diga que sonhou com Aloizi. Mogaritch? Que Mogaritch? Nunca existiu nenhum Mogaritch. — Nesse instante o livro encadernado desapareceu das mãos de Koroviev. — Pois bem, o livro já está na gaveta da mesa do administrador.

— É correto o que o senhor disse — falou o mestre, admirado com o trabalho limpo de Koroviev. — Já que não há documento, então a pessoa não existe. Por isso mesmo, eu não existo, não tenho documentos.

— Peço desculpas — exclamou Koroviev —, isso é mesmo uma alucinação, aqui está seu documento. — Koroviev estendeu ao mestre o documento. Depois, elevou os olhos e cochichou docemente para Margarida: — E aqui está o seu tesouro, Margarida Nikolaievna — e entregou a Margarida o caderno com as bordas queimadas, a rosa seca, a fotografia e, com cuidado especial, a caderneta de poupança: — Tem dez mil rublos, como a senhora havia depositado, Margarida Nikolaievna. Não queremos nada do que é dos outros.

— Prefiro perder as minhas patas do que pegar aquilo que não me pertence — exclamou o gato, inchado, dançando sobre a mala para acomodar nela todos os exemplares do malfadado romance.

— Seu documento também — prosseguiu Koroviev e estendeu a Margarida o documento e depois, voltando-se para Woland, anunciou solenemente: — Pronto, *messire*!

— Não, não é tudo — respondeu Woland, tirando os olhos do globo. — O que ordena, minha querida dona, fazer com a sua comitiva? Eu pessoalmente não preciso dela.

Nesse instante, Natacha entrou correndo pela porta escancarada e, nua do jeito que estava, elevou as mãos e gritou para Margarida:

— Felicidades, Margarida Nikolaievna! — Acenou com a cabeça para o mestre e novamente dirigiu-se a Margarida: — Eu já sabia de tudo, sabia para onde ia.

— As empregadas sabem de tudo — disse o gato, levantando a pata em gesto significativo. — É um erro achar que são cegas.

— O que deseja, Natacha? — perguntou Margarida. — Volte para a mansão.

— Minha querida Margarida Nikolaievna — disse Natacha em tom suplicante e caiu de joelhos —, convença-o — ela indicou Woland com o olhar — a me deixar ser bruxa. Não quero mais voltar para a mansão! Não quero me casar com engenheiro, nem técnico! Ontem o senhor Jacques me pediu em casamento no baile. — Natacha abriu o punho e mostrou umas moedas de ouro.

Margarida voltou um olhar interrogativo para Woland. Ele fez que sim com a cabeça. Então Natacha atirou-se ao pescoço de Margarida, beijou-a insistentemente e, depois de soltar um grito vitorioso, saiu voando pela janela.

No lugar de Natacha surgiu Nikolai Ivanovitch. Tinha retomado sua aparência comum, mas estava extremamente sombrio e até irritado.

— Esse eu soltarei com muito prazer — disse Woland, olhando para Nikolai Ivanovitch com nojo —, com um prazer excepcional, pois esse sim está sobrando.

— Peço muito que me dê uma declaração — disse Nikolai Ivanovitch, voltando-se para trás com um olhar selvagem, mas com muita insistência — sobre onde passei a noite passada.

— Para apresentar a quem? — perguntou o gato em tom severo.

— Para a polícia e minha esposa — respondeu firme Nikolai Ivanovitch.

— Normalmente não emitimos declarações — respondeu o gato, emburrado —, mas para o senhor, tudo bem, faremos uma exceção. Nikolai Ivanovitch não teve tempo para reconsiderar, e Hella, nua, já estava na máquina de escrever, e transcrevia, sob o ditado do gato:

— Declaro, para os devidos fins, que o portador desta, Nikolai Ivanovitch, passou a última noite no baile do satanás, sendo atraído para lá na qualidade de transportado... abra parênteses, Hella, parênteses! Entre parênteses escreva "porco". Assinado: Behemoth.

— E a data? — piou Nikolai Ivanovitch.

— Não colocamos data, pois com a data o papel perde a validade — respondeu o gato, pegando o papel, tirando sabe-se lá de onde um carimbo, soprando como de praxe, carimbando o papel com a palavra "pago" e entregando-o a Nikolai Ivanovitch. Depois disso, Nikolai Ivanovitch desapareceu sem deixar vestígios e, em seu lugar, surgiu um novo e inesperado homem.

— Quem é esse? — perguntou Woland com ar de desprezo, tapando a luz das velas com a mão.

Varienukha deixou a cabeça cair, suspirou e disse baixinho:

— Solte-me, por favor. Não posso ser vampiro. Quase matei Rimski com Hella! Não sou sanguinário. Deixe-me ir embora.

— Que asneira é essa? — perguntou Woland fazendo uma careta. — Que Rimski é esse? Que absurdo é esse?

— Não se preocupe, *messire* — respondeu Azazello e dirigiu-se a Varienukha: — Não deve ser grosseiro ao telefone. Não deve mentir pelo telefone. Entendeu? Não vai mais fazer isso?

De tanta alegria, tudo escureceu na cabeça de Varienukha, seu rosto brilhou e ele, sem entender o que estava dizendo, balbuciou:

— Verdade... ou seja, quero dizer, sua majes... agora mesmo depois do almoço... — Varienukha apertava as mãos contra o peito e suplicava a Azazello.

— Está bem, para casa — respondeu Azazello, e Varienukha desapareceu.

— Agora deixem-me sozinho com eles — ordenou Woland, apontando para o mestre e para Margarida.

A ordem de Woland foi cumprida. Depois de certo silêncio, Woland voltou-se para o mestre:

— Então quer dizer que vão voltar para o subsolo da Arbat? E quem vai escrever? E os sonhos, a inspiração?

— Não tenho mais nenhum sonho nem inspiração — respondeu o mestre. — Nada que está a minha volta me interessa, além dela. — Pôs a mão sobre a cabeça de Margarida. — Eles conseguiram me quebrar, estou triste, quero voltar para o subsolo.

— E o seu romance? O Pilatos?

— Odeio esse romance — respondeu o mestre —, passei por muitas provações por causa dele.

— Eu lhe suplico — disse Margarida, em tom lastimoso —, não fale assim. Por que me maltrata tanto? Sabe que dediquei minha vida inteira a esse trabalho. — Margarida acrescentou, voltando-se para Woland: — Não lhe dê ouvidos, *messire*, está muito amargurado.

— No entanto, não é preciso escrever sobre alguém? — disse Woland. — Se você esgotou o tal procurador, então comece a descrever esse Aloizi.

O mestre sorriu.

— Lapchionnikova não editará isso, e ademais não interessa a ninguém.

— E você vai viver de quê? Vai ter que mendigar.

— Com prazer, com prazer — respondeu o mestre, puxando Margarida para si, abraçando-a e acrescentando: — Ela vai recuperar o juízo e vai me deixar.

— Não acho — disse Woland por entre os dentes, e prosseguiu: — Pois bem, o homem que inventou a história sobre Pôncio Pilatos está indo viver num subsolo com a intenção de instalar lá uma lâmpada e mendigar?

Margarida livrou-se do mestre e disse com ímpeto:

— Fiz tudo o que estava ao meu alcance, cochichei para ele as coisas mais sedutoras. Ele se recusou.

— Eu sei o que cochichou para ele — exclamou Woland —, mas isso não é o mais sedutor. Eu lhe digo — falou Woland, sorrindo para o mestre —, o seu romance ainda lhe trará surpresas.

— Isso é muito triste — respondeu o mestre.

— Não, não, não é triste — disse Woland. — Nada de terrível acontecerá mais. Então, Margarida Nikolaievna, fiz tudo. Tem alguma reclamação?

— O que é isso, *messire*!

— Então tome isso e leve de lembrança — disse Woland, e tirou de baixo do travesseiro uma pequena ferradura de ouro toda salpicada de brilhantes.

— Não, não, não, por que eu deveria aceitar isso?

— Quer fazer uma aposta comigo? — perguntou Woland, sorrindo.

Como Margarida não tinha bolso na capa, embrulhou a ferradura num guardanapo e amarrou-o com um nó. Nesse momento alguma coisa a surpreendeu. Olhou para a janela através da qual brilhava a lua e disse:

— Sabe o que eu não entendo… Como pode ser sempre meia-noite depois da meia-noite? Já era tempo de amanhecer, não?

— É sempre bom prolongar e retardar a meia-noite de festa — respondeu Woland. — Bem, felicidades!

Margarida estendeu as mãos para Woland, mas não teve coragem de se aproximar dele, e exclamou baixinho:

— Adeus! Adeus!

— Até logo — disse Woland.

Então Margarida, de capa preta, e o mestre, de roupão hospitalar, saíram para o corredor do apartamento da senhora do joalheiro, onde ardia uma vela, e os aguardava a comitiva de Woland. Quando saíram do corredor, Hella trouxe a mala com o romance do mestre e os poucos pertences de Margarida Nikolaievna, e o gato a ajudava. Próximo às portas do apartamento, Koroviev fez reverências e sumiu, e os outros foram acompanhá-los até a escada. A escada estava vazia. Quando passavam pelo terceiro andar, algo bateu suavemente, mas ninguém prestou atenção nisso. Já ao lado da portaria social, Azazello soprou para cima e, assim que saíram no pátio, onde a lua nunca aparecia, avistaram um homem que dormia feito morto no terraço, trajando botas e um boné, e lá havia também um carro grande e preto com os faróis apagados. Pelo vidro da frente dava para ver a silhueta de uma gralha.

Quando estavam quase sentando no carro, Margarida gritou desesperada:

— Meu deus, perdi a ferradura!

— Entrem no carro — disse Azazello — e me aguardem. Voltarei logo, vou só descobrir o que está havendo. — Azazello entrou no prédio.

Ocorrera o seguinte: um pouco antes da saída de Margarida e do mestre com seus acompanhantes, no apartamento nº 48, localizado no andar abaixo do apartamento da mulher do joalheiro, apareceu na escada uma mulher magrinha com uma leiteira e uma bolsa nas mãos. Era Annuchka, aquela mesma que, na quarta-feira anterior, derramara o óleo de girassol para a desgraça de Berlioz.

Ninguém sabia e, provavelmente, nem podia saber qual era a ocupação dessa mulher em Moscou e o que fazia para sobreviver. Sabia-se somente que era vista diariamente carregando ora a leiteira, ora a bolsa, ou então com a leiteira e a bolsa juntas ao lado do posto de gasolina, ou então no mercado, ou na entrada do prédio, ou na escada, ou, mais frequentemente, na cozinha do apartamento nº 48, onde morava essa Annuchka. Além disso, e mais que isso, sabia-se que onde ela estava ou aparecia iniciava-se na mesma hora um escândalo e, também, que tinha o apelido de "Peste".

A Peste-Annuchka levantava-se muito cedo e, naquele dia, por algum motivo especial, despertou antes de os galos cantarem, logo depois da meia-noite. A chave rodou na porta, o nariz de Annuchka apareceu na fresta e depois ela surgiu inteira, bateu a porta atrás de si e, quando pretendia dar os primeiros passos, a porta bateu no andar de cima e alguém rolou escada abaixo, atropelando Annuchka e fazendo com que ela batesse a cabeça na parede.

— Para onde vai somente de cuecas? — gritou ela, pondo a mão na nuca. O homem de cueca, com uma mala em mãos e de boné, de olhos fechados, respondeu-lhe com uma voz selvagem e sonolenta:

— Coluna! Caiação! Só isso custou... — E chorando, rosnou:
— Saia!

Nesse momento, ele correu, não escada abaixo, mas para cima, de volta para onde estava a janela com o vidro quebrado pelos pés do economista. Por esse buraco, com os pés para cima, saltou para o pátio. Annuchka esqueceu a dor na nuca, soltou um grito e correu até a janela. Deitou-se de barriga no chão e colocou a cabeça para fora, esperando ver no asfalto, iluminado pelo poste de luz, um homem morto com uma mala. Mas não havia nada no asfalto do pátio.

Restava suspeitar que o homem estranho e sonolento voara do prédio como um pássaro, sem deixar vestígios. Annuchka fez o sinal da cruz e pensou: "Realmente, que apartamentozinho esse de nº 50! Não é à toa que as pessoas falam!... Mas que apartamento!...".

Bastou ter pensado isso e a porta do andar de cima bateu mais uma vez, e alguém desceu correndo as escadas. Annuchka encostou-se na parede e viu como um senhor de barba bastante respeitoso, mas com o nariz um pouco semelhante ao nariz de porco, assim pareceu a Annuchka, passou rapidamente por ela e, da mesma forma como o primeiro, deixou o prédio pela janela e também sem se estatelar no asfalto. Annuchka já havia esquecido o objetivo de sua saída e ficou na escada, fazendo o sinal da cruz, suspirando e falando consigo mesma.

O terceiro homem, sem barba, com o rosto redondo, de camisa de camponês, saiu correndo do apartamento de cima e depois de um curto espaço de tempo, da mesma forma como os outros, voou pela janela.

A favor de Annuchka deve-se dizer que ela era curiosa e tinha resolvido aguardar para ver se mais alguma mágica iria acontecer. A porta do apartamento de cima abriu-se novamente e agora era uma comitiva que descia as escadas, mas sem correr, caminhando normalmente, como todas as pessoas andam. Annuchka afastou-se da janela, desceu as escadas até a porta de entrada, abriu-a, escondeu-se atrás dela e pela fresta deixada por ela agora piscava um olho frenético pela curiosidade.

Um homem que parecia doente, mas podia não ser doente, e era estranho, de barba por fazer, de chapeuzinho preto e roupão, descia a escada com passos não muito firmes. Uma certa dama, trajando uma capa preta, como pareceu a Annuchka, segurava-o pelo braço cuidadosamente. A dama parecia estar descalça, ou calçava uns sapatos transparentes importados e rasgados. Arre! Que sapatos eram aqueles? Espere aí, a dama está nua! Sim, a capa está por cima do corpo nu! "Mas que apartamentozinho!" Tudo por dentro de Annuchka agora delirava, pois ela não via a hora de contar tudo que vira aos vizinhos.

Atrás da dama estranhamente vestida, seguia uma dama totalmente nua, segurando uma mala. Ao lado da mala vagava um enorme gato preto. Annuchka quase gritou algo em voz alta, ao esfregar os olhos.

Encerrava a procissão um estrangeiro manco, de estatura baixa, com o olho torto, sem paletó, de colete branco e gravata. Todos passaram por Annuchka e seguiram escada abaixo. Nesse momento algo bateu na escada.

Ao ouvir que os passos estavam silenciando, Annuchka, feito uma cobra, saiu de trás da porta, encostou a leiteira na parede, caiu de barriga no chão e começou a apalpar. Em suas mãos estava o guardanapo com algo pesado. Seus olhos se arregalaram quando abriu o guardanapo. Annuchka levou até os olhos a joia que tinha em mãos e seus olhos ardiam feito olhos de lobos. Um vendaval tomou conta de sua cabeça: "Não sei de nada, não vi nada!... Levar para o sobrinho? Ou parti-lo em vários pedaços?... As pedrinhas dá para tirar... Pedra por pedra: uma na Petrovka, outra na Smolenski... Não sei de nada, não vi nada!".

Annuchka escondeu o achado entre as roupas, apanhou a leiteira e, quando pretendia voltar para o apartamento, desistindo de sua ida à cidade, surgiu diante dela, só o diabo sabe de onde, aquele mesmo homem com o peitilho branco, sem paletó, e lhe falou baixinho:

— Dê-me a ferradura e o guardanapo.

— Que guardanapo, que ferradura? — perguntou ela, fingindo muito bem. — Não sei de nenhum guardanapo. Cidadão, o senhor está bêbado, é?

Aquele que estava de peitilho branco, com os dedos firmes como um balaústre de ônibus, e da mesma forma gelados, sem nada mais dizer, agarrou o pescoço de Annuchka de tal forma que interrompeu qualquer entrada de ar para o seu peito. A leiteira caiu de suas mãos até o chão. Depois de manter Annuchka sem ar, o estrangeiro sem paletó tirou os dedos da garganta. Annuchka respirou e sorriu.

— Ah, a ferradura? — disse ela. — Um minutinho! Essa ferradura é do senhor? Eu encontrei com o guardanapo... Apanhei de propósito para que ninguém apanhasse, senão nem veria mais!

Depois de receber a ferradura e o guardanapo, o estrangeiro começou a fazer reverência diante de Annuchka, a lhe apertar a mão e agradecer com as seguintes expressões e com um forte sotaque estrangeiro:

— Sou profundamente agradecido, madame. Essa ferradura me é cara como lembrança. Permita-me, por isso, lhe retribuir com duzentos rublos. — E na mesma hora retirou o dinheiro do bolso e o entregou a Annuchka.

Ela, por sua vez, só exclamava:

— Ah, muito agradecida! *Merci! Merci!*

O generoso estrangeiro desceu num instante o lance de escada, mas, antes de desaparecer de vez, gritou de baixo, agora sem sotaque:

— Sua velha bruxa, se algum dia novamente apanhar algo que não lhe pertence, entregue à polícia, não esconda nas roupas.

Sentindo a cabeça tilintar por causa de todos esses acontecimentos, Annuchka ainda durante um longo tempo, por inércia, continuava a gritar:

— *Merci! Merci! Merci!* — mas o estrangeiro já tinha desaparecido havia muito tempo.

O carro também não estava mais no pátio. Depois de devolver a Margarida o presente de Woland, Azazello despediu-se dela, perguntando se estava bem acomodada, e Hella a beijou com beijos estalados, o gato beijou-lhe a mão, os acompanhantes acenaram, sem ânimo e imóveis, com as mãos para o mestre que estava no canto do banco, acenaram para a gralha e, no mesmo instante, dissolveram-se no ar, considerando desnecessário o esforço de subir as escadas. A gralha ligou os faróis e saiu com o carro pelo portão, passando diante do homem mortalmente adormecido. As luzes do carro preto misturaram-se às outras pela barulhenta e insone rua Sadovaia.

Uma hora depois, no subsolo do pequeno prédio de uma das travessas da Arbat, no primeiro cômodo, tudo ainda estava do jeito que havia ficado até a terrível noite de outono do ano anterior: a mesa continuava coberta por uma toalha de veludo e, sob a lâmpada do abajur, com um vaso de flores de lavanda a seu lado, estava sentada Margarida, que chorava baixinho pelo que tinha sofrido, e também de felicidade. O caderno deformado pelo fogo estava diante dela, e ao lado havia um monte de cadernos intactos. A casinha estava silenciosa. No pequeno quarto ao lado, deitado no sofá e coberto com o roupão hospitalar, estava o mestre num sono profundo. Sua respiração regular era silenciosa.

Depois de chorar tudo que tinha para chorar, Margarida pegou os cadernos intactos e encontrou o trecho lido antes do encontro com Azazello, ao lado do muro do Kremlin. Margarida não sentia sono. Ela acariciava os manuscritos assim como se acaricia o gato preferido, e virava-os em suas mãos, olhando de todos os lados, ora parando na folha de rosto, ora os abrindo. De repente, um pensamento horrível a dominou, de que tudo era uma bruxaria e que todos os cadernos desapareceriam, e estaria novamente em sua mansão e, ao despertar, teria que ir se afogar. Mas esse foi o último pensamento horrível, um eco após longos sofrimentos. Woland era realmente todo-poderoso, e Margarida podia, até o raiar do dia, folhear o quanto quisesse os cadernos, examiná-los e beijá-los, relendo as palavras:

— A escuridão vinda do mar Mediterrâneo encobriu a cidade odiada pelo procurador... Sim, a escuridão...

25. Como o procurador tentou salvar Judas de Queriote

A escuridão vinda do mar Mediterrâneo encobriu a cidade odiada pelo procurador. Sumiram as pontes suspensas que ligavam o templo à terrível torre de Antônia, desceu do céu o abismo e encobriu os deuses alados sob o hipódromo, o palácio de Hasmoneus com as troneiras, os bazares, os caravançarás, as travessas, os lagos… Yerushalaim desapareceu — a grande cidade parecia nunca ter existido. A escuridão engoliu tudo, assustando tudo que era vivo em Yerushalaim e seus arredores. Uma estranha nuvem veio do mar no fim do dia, o décimo quarto do mês primaveril de Nissan.

Ela já deitara seu corpanzil sobre o monte Gólgota, onde os carrascos com pressa abatiam os condenados, parou sobre o templo de Yerushalaim, desceu da colina com correntes esfumaçadas e tomou conta da Cidade Baixa. Não tinha pressa em entregar a sua umidade, e entregava somente a luz. Assim que o vapor esfumaçado e negro foi cortado pelo fogo, das trevas profundas subiu o enorme bloco do templo com a cobertura escamosa brilhando. Mas ele se apagava num instante, e o templo submergia na profundeza escura. Várias vezes ele surgia dela para voltar a afundar e, a cada vez, esse mergulho era acompanhado de um estrondo catastrófico.

Outras cintilações trêmulas chamavam das profundezas do palácio de Herodes, localizado no monte oeste, do lado oposto ao templo, e suas horríveis estátuas de ouro sem os olhos voavam pelo céu escuro, estendendo para ele suas mãos. Porém, o fogo celeste novamente se escondia e o barulho pesado dos trovões enxotava os ídolos de ouro para a escuridão.

A chuva caiu de repente e a tempestade transformou-se num furacão. Naquele mesmo local, onde, próximo do meio-dia, perto do banco de mármore, o procurador e o sumo sacerdote conversavam, quebrou-se, feito uma bengala, o tronco de um cipreste com um barulho parecido com o ruído de um canhão. Junto com a poeira aquosa e o granizo eram trazidos para a varanda, sob as colunas, rosas arrancadas, folhas de magnólias, areia e pequenos galhos. O furacão flagelava o jardim.

Nesse momento, debaixo das colunas, havia apenas uma pessoa, e essa pessoa era o procurador.

Agora ele não estava sentado na poltrona, e sim deitado no leito, ao lado de uma mesa baixa e pequena, servida com comida e vinho em jarras. O outro leito, vazio, localizava-se do outro lado da mesa. Aos pés do procurador estendia-se uma poça vermelha, como se fosse de sangue, com cacos de jarras quebradas. O serviçal que, antes da tempestade, servira a mesa para o procurador, por algum motivo, sentiu-se confuso sob o olhar dele e, nervoso, não satisfez algum desejo do procurador, que, enraivecido, quebrou o jarro jogando-o no chão de mosaico, dizendo:

— Por que não me olha no rosto quando me serve? Roubou alguma coisa?

O rosto negro do africano tornou-se cinza, em seus olhos surgiu um pavor mortal, ele começou a tremer e quase quebrou outra jarra. Mas a ira do procurador, por algum motivo, desapareceu tão rapidamente como havia surgido. O africano correu para juntar os cacos e limpar a poça, mas o procurador fez-lhe um gesto, e o escravo saiu. A poça permaneceu.

Agora, durante o furacão, o africano escondia-se ao lado do nicho onde ficava a estátua de uma mulher branca e nua com a cabeça inclinada, temendo aparecer fora de hora diante dos olhos do procurador e, ao mesmo tempo, com medo de perder o momento quando ele o chamasse.

Deitado em seu leito na penumbra da tempestade, o procurador servia-se de vinho e bebia em goles longos, de tempos em tempos, estendia a mão até o pão, esmigalhava e comia em pequenos pedaços, de tempos em tempos, chupava as ostras, mastigava o limão e novamente bebia vinho.

Se não fosse o uivo da água, se não fosse o barulho dos trovões, que parecia esmagar o telhado do palácio, se não fosse o barulho do granizo que batia nos degraus da varanda, seria possível ouvir o procurador balbuciando algo, conversando consigo mesmo. E, se o crepitar instável do fogo celestial se transformasse em luz permanente, o observador poderia ver que o rosto do procurador, com os olhos inchados por causa das últimas insônias e do vinho, expressava impaciência; que o procurador não só olhava para as duas rosas brancas afundadas na poça vermelha, mas também, a todo instante, voltava o rosto para o jardim, ao encontro da poeira aquosa e da areia, parecendo aguardar alguém, esperando com impaciência.

Passou algum tempo e a nuvem de chuva começou a rarear diante dos olhos do procurador. Por mais impetuosa que fosse a tempestade, começou a se acalmar. Os galhos não estalavam nem caíam mais. Os trovões e os raios ficaram mais espaçados. O cobertor que sobrevoava Yerushalaim não era mais roxo com penugem branca, era uma comum nuvem cinza de retaguarda. A tempestade estava sendo levada para o mar Morto.

Agora era possível distinguir o barulho da chuva e o barulho da água que descia pelos canais e pelos degraus daquela escada na qual, de dia, o procurador passara para anunciar a sentença na praça. E finalmente dava para ouvir também a fonte até então abafada. Clareava. Na neblina cinza que corria para o oeste surgiram brechas azuis.

De longe, atravessando o barulho da chuva fraca, chegavam ao ouvido do procurador débeis sons de cornetas e o barulho de cascos de cavalo. Ouvindo isso, o procurador se agitou, e sua face se avivou. A ala voltava do monte Gólgota. A julgar pelo som, estava atravessando a mesma praça em que havia sido anunciada a sentença.

Finalmente o procurador ouviu os passos tão esperados e o barulho nos degraus da escada que levava para a área superior do jardim em frente à varanda. O procurador esticou o pescoço e seus olhos brilharam, expressando alegria.

Entre os dois leões de mármore surgiu primeiro uma cabeça com capuz e, depois, um homem totalmente molhado com uma capa colada ao corpo. Era o mesmo homem que cochichara com o procurador no quarto sombrio do palácio e que, durante a execução, permanecera sentado num banco de três pés, brincando com uma varinha.

Sem evitar as poças, o homem de capuz atravessou a área, pisou no chão em mosaico da varanda, levantou a mão e disse com voz agradável e aguda:

— Saúde e alegria ao procurador! — o homem falava em latim.

— Deuses! — exclamou Pilatos. — Você está molhado até o último fio de cabelo! Que furacão, hein? Peço que entre diretamente nos meus aposentos. Troque de roupas, faça-me esse favor.

O homem tirou o capuz, que desvendou uma cabeça completamente molhada, com os cabelos grudados à testa. Expressou um sorriso educado no rosto limpo e recusou-se a se trocar, jurando que a chuva não lhe trouxera nenhum prejuízo.

— Não quero ouvir — respondeu Pilatos e bateu palmas. Com isso, ele chamou os serviçais que se escondiam dele, e ordenou-lhes que tomassem providências relativas ao visitante e servissem imediatamente o prato quente. Para secar os cabelos, trocar de roupas, sapatos e ajeitar-se, o visitante precisou de pouco tempo, e logo já estava na varanda, de sandálias secas, de capa rubra de guerra, seco e com os cabelos penteados.

Nesse momento, o sol havia voltado para Yerushalaim e, antes de mergulhar e afundar no mar Mediterrâneo, enviou seus raios de despedida à cidade odiada pelo procurador, dourando os degraus da varanda. A fonte animou-se completamente e cantava em volume total, os pombos saíram até a areia, arrulhavam, pulavam os galhos quebrados, bicavam algo na areia molhada. A poça vermelha fora limpa, os cacos varridos, a carne estava servida sobre a mesa.

— Estou pronto para ouvir as ordens do procurador — disse o visitante, aproximando-se da mesa.

— Não vai ouvir nada enquanto não se sentar comigo e tomar uma taça de vinho — respondeu gentilmente Pilatos e indicou o outro leito.

O visitante encostou-se, o escravo serviu-lhe uma taça de vinho tinto licoroso. Outro escravo, inclinando-se cuidadosamente sobre o ombro de Pilatos, encheu a taça do procurador. Depois disso, o procurador com um gesto mandou os dois escravos saírem.

Enquanto o visitante bebia e comia, Pilatos, tomando vinho, o observava com os olhos semicerrados. O homem que viera até Pilatos era de meia-idade, com um rosto arredondado e agradável, de nariz grande. Seus cabelos eram de uma cor indefinida. À medida que iam secando, ficavam mais claros. Seria difícil descobrir a nacionalidade do visitante. O que definia seu rosto era a expressão de benevolência que conflitava com seus olhos, ou melhor, não eram os olhos, mas a maneira de o visitante olhar para seu interlocutor. O visitante normalmente mantinha os olhos pequenos encobertos sob as pálpebras, um pouco estranhas, e que pareciam inchadas. Pela frestinha dos olhos brilhava a esperteza benévola. Pode-se supor que o visitante tinha inclinação para o humor. Mas, de tempos em tempos, eliminando totalmente esse humor que brilhava pela fresta, o atual visitante do procurador abria as pálpebras e olhava para o seu interlocutor de repente e diretamente nos olhos, como se tivesse a intenção de examinar uma mancha no nariz do procurador. Isso durava um instante, depois as pálpebras desciam, as frestinhas ficavam menores e por elas brilhava uma inteligência benevolente e esperta.

O visitante recusou a segunda taça de vinho, engoliu algumas ostras com prazer visível, provou os legumes cozidos e comeu um pedaço de carne.

Satisfeito, elogiou o vinho:

— Maravilhoso vinho, procurador, mas isso não é um Falerno?

— É um Cécubo, trinta anos — respondeu gentilmente o procurador.

O visitante pôs a mão no peito, recusou qualquer outra comida e declarou que estava satisfeito. Então Pilatos encheu sua taça e o visitante fez o mesmo. Os dois derramaram um pouco do vinho no prato com a carne e o procurador pronunciou em voz alta, levantando a taça:

— A nós, a você, César, pai dos romanos, o mais querido e o melhor dos homens!

Depois disso tomaram o vinho, e os africanos tiraram a mesa, deixando somente as frutas e as jarras. Novamente com um gesto, o procurador mandou os escravos embora e ficou a sós com o seu visitante sob a colunata.

— Então — disse Pilatos baixinho —, o que pode me dizer sobre os ânimos na cidade?

Voltou involuntariamente seu olhar para onde, depois dos terraços do jardim, na parte baixa, ainda brilhavam as colunatas, as casas arrasadas, iluminadas pelos últimos raios do sol.

— Suponho, procurador — respondeu o visitante —, que os ânimos em Yerushalaim agora estão satisfatórios.

— Pode-se garantir que não há mais perigo de ocorrer desordem?

— Pode-se garantir — respondeu o visitante, olhando para o procurador com olhar carinhoso — somente uma coisa no mundo inteiro: o poder do grande César.

— Que os deuses lhe deem vida longa — juntou-se a ele Pilatos — e no mundo inteiro. — Ficaram calados, e ele continuou: — Então acredita que agora se pode levar de volta o Exército?

— Acredito que a coorte da Fulminata pode ir — respondeu o visitante, e acrescentou: — Seria bom se ela, de despedida, desfilasse pela cidade.

— Que boa ideia — disse o procurador. — Depois de amanhã eu a liberarei e vou embora também e, juro pelo banquete dos doze deuses, juro pelos Lares,* que daria tudo para fazer isso ainda hoje!

— O procurador não gosta de Yerushalaim? — perguntou o visitante gentilmente.

— Tenha dó — exclamou o procurador, sorrindo —, não há lugar no mundo mais inseguro. Não estou nem falando da natureza! Adoeço cada vez que tenho de vir para cá. Mas isso é meia desgraça. Essas festas... magos, bruxos, mágicos, esses bandos de devotos... Fanáticos, fanáticos! O que me custou esse messias que passaram a aguardar este ano! A cada minuto espera-se ser testemunha de um derramamento de sangue desagradabilíssimo. A toda hora tenho de remanejar o Exército, ler denúncias e reclamações, entre as quais metade foi escrita contra você próprio! Há de concordar que isso é chato! Oh, se não fosse a serviço do imperador!...

— É, as festas aqui são difíceis — concordou o visitante.

— De todo o meu coração desejo que terminem o mais breve possível — acrescentou Pilatos energicamente. — Vou ter a opor-

---

* Nesse contexto, o termo Lar refere-se aos deuses domésticos que eram os protetores da família e da casa para os romanos e etruscos. (N. T.)

tunidade, enfim, de voltar a César. Acredite, essa criação delirante de Herodes — o procurador acenou com a mão em direção à colunata de tal forma que ficou claro que estava se referindo ao palácio — está me levando à loucura. Não posso passar a noite aqui. O mundo jamais conheceu uma arquitetura mais estranha!... Sim, mas voltemos ao que interessa. Antes de mais nada, aquele maldito Barrabás não o preocupa?

Nesse instante o visitante direcionou seu olhar peculiar para a bochecha do procurador. Mas ele, com olhar entediado, mirava o horizonte, fazendo careta e contemplando uma parte da cidade que estava a seus pés e o entardecer que se apagava. O olhar do visitante se apagou e as pálpebras baixaram.

— Deve-se supor que Bar agora não é mais perigoso do que um cabritinho — disse o visitante, e pequenas rugas surgiram em seu rosto. — Ele não precisa se rebelar agora.

— Está muito famoso? — perguntou Pilatos, sorrindo.

— O procurador como sempre entende a questão com fineza!

— Mas, em todo caso — disse o procurador com ar de preocupação, suspendendo o dedo fino e comprido com a pedra preta —, vamos ter que...

— Oh, o procurador pode ter certeza de que, enquanto eu estiver na Judeia, Bar não dará um passo sem que seja seguido.

— Agora estou tranquilo, como, aliás, sempre fico quando o senhor está aqui.

— O procurador é muito bom!

— Agora peço que me fale da execução — disse o procurador.

— O que exatamente interessa ao procurador?

— Não houve tentativas de revolta da multidão? Isso é o mais importante, é claro.

— Nenhuma — respondeu o visitante.

— Muito bem. O senhor pessoalmente verificou se ele está morto?

— Procurador, pode ter certeza disso.

— Diga-me... deram-lhes bebida antes de pendurá-los no poste?

— Sim. Mas ele — o visitante fechou os olhos — recusou-se a beber.

— Quem, mais precisamente? — perguntou Pilatos.

— Perdão, Hegemon! — exclamou o visitante. — Eu não disse o nome? Ha-Notzri.

— Louco! — disse Pilatos, fazendo caretas. Sob o olho esquerdo uma veia se contorceu. — Morrer de queimaduras do sol! Para que recusar o que é um direito por lei? Com quais palavras ele expressou a recusa?

— Ele disse — o visitante novamente fechou os olhos e respondeu — que agradecia e que não culpava ninguém por lhe tirarem a vida.

— A quem? — perguntou Pilatos, com voz gutural.

— Ele não disse, Hegemon.

— Não tentou pregar algo na presença dos soldados?

— Não, Hegemon, ele não usou muitas palavras dessa vez. Disse somente que, de todas as fraquezas humanas, a pior para ele é a covardia.

— Por que disse isso?

Ouviu o visitante uma voz rouca, de repente.

— Isso eu não consegui entender. Seu comportamento era estranho, como, aliás, sempre foi.

— Como se revela essa estranheza?

— A toda hora tentava olhar diretamente nos olhos de alguém que estava à sua volta, e a toda hora sorria com um sorriso confuso.

— Mais nada? — perguntou a voz rouca.

— Mais nada.

O procurador bateu com a taça quando se servia de mais vinho. Depois de beber até o fim, disse:

— O negócio é o seguinte: apesar de não conseguirmos identificar, pelos menos agora, alguns de seus admiradores e seguidores, não podemos garantir, porém, que eles não existam.

O visitante ouvia com atenção, inclinando a cabeça.

— Então, para evitarmos qualquer surpresa — prosseguiu o procurador —, peço-lhe que desapareça, sem alarde, com os corpos dos três mortos e os enterre em segredo e silêncio, para que nunca mais se ouça falar deles.

— Sim, senhor procurador — respondeu o visitante, e levantou-se, dizendo: — Em função da complexidade e da responsabilidade da tarefa, permita-me partir imediatamente.

— Não, sente-se de novo — disse Pilatos, e com um gesto fez com que o visitante parasse. — Há ainda mais duas questões. A primeira são os serviços que vem executando em seu dificílimo trabalho no cargo de chefe do serviço secreto do procurador da Judeia. Eles me dão a satisfação de comunicar seus méritos a Roma.

Nesse momento, o rosto do visitante ficou ruborizado, ele se levantou e fez uma reverência, dizendo:

— Estou cumprindo o meu dever a serviço do imperador!

— Mas gostaria de lhe pedir que não aceite — continuou Hegemon —, caso lhe ofereçam a transferência daqui como promoção, e que permaneça comigo. Não gostaria de me separar do senhor. Que o premiem de outra forma.

— Sou feliz de servir sob a sua chefia, Hegemon.

— Fico feliz de ouvir isso. Então, a segunda questão é relativa a ele... como é mesmo... Judas de Queriote.

O visitante voltou para o procurador o seu olhar e, como é de praxe, o apagou.

— Dizem que ele — falou o procurador baixando a voz — ganhou dinheiro por ter recebido com alegria em sua casa esse desvairado filósofo.

— Vai ganhar — o chefe do serviço secreto corrigiu Pilatos em tom de voz baixinho.

— O valor é alto?

— Isso ninguém sabe, Hegemon.

— Nem mesmo o senhor? — disse o Hegemon com admiração, mas expressando elogio.

— Infelizmente, nem eu — respondeu o visitante, tranquilo. — Mas que vai receber o dinheiro hoje à noite, disso eu sei. Hoje estão convocando-o ao palácio de Caifás.

— Ah, o velho avarento de Queriote — sorriu o procurador. — Ele é um velho, não é?

— O procurador nunca erra, mas desta vez está enganado — respondeu o visitante gentilmente. — O homem de Queriote é jovem.

— Diga! Pode caracterizá-lo? É fanático?

— Oh, não, procurador.

— Pois bem, algo mais?

— É muito bonito.

— Mais? Tem, quem sabe, atração por algo?

— Difícil saber tudo sobre todos com tanta precisão nessa imensa cidade, procurador...

— Oh, não, não, Afrânio! Não subestime seus méritos.

— Tem uma atração, procurador. — E o visitante fez uma pequena pausa. — Atração por dinheiro.

— O que ele faz?

Afrânio elevou os olhos, pensou e respondeu:

— Ele trabalha na casa de câmbio de um de seus parentes.

— Ah, isso, isso, isso. — O procurador calou-se, olhou para trás, certificando-se de que não havia ninguém na varanda, e disse baixinho: — Então é isso, recebi hoje um comunicado de que vão matá-lo esta noite.

Então o visitante não só voltou seu olhar para o procurador, como o deteve por algum tempo e depois respondeu:

— O senhor, procurador, foi muito lisonjeiro comigo. Acho que não mereço. Não tenho essa informação.

— O senhor merece o maior prêmio — respondeu o procurador —, mas eu tenho essa informação.

— Atrevo-me a perguntar: de quem ela procede?

— Permita-me, por enquanto, não dizer nada sobre isso, pois essas informações ainda são casuais, obscuras e inseguras. No entanto, sou obrigado a prever tudo. Essa é a minha função e, além de tudo, sou obrigado a crer na minha intuição, pois ela nunca me enganou. A informação é que um dos amigos secretos de Ha-Notzri, estarrecido com a monstruosa traição desse cambista, combinou com os seus cúmplices matá-lo hoje à noite, e o dinheiro, recebido pela traição, será deixado na casa do sumo sacerdote com um bilhete: "Devolvo o dinheiro maldito".

O chefe do serviço secreto não lançava mais seus olhares inesperados em direção ao Hegemon e, apertando os olhos, continuava a ouvir Pilatos, que prosseguia:

— Imagine, seria agradável para o sumo sacerdote, numa noite de festa, receber um presente desse tipo?

— Não só seria desagradável — respondeu o visitante sorrindo — como suponho, procurador, que provocaria um grande escândalo.

— Sou da mesma opinião. Logo, peço ao senhor que se ocupe disso, ou seja, tome todas as medidas para a segurança de Judas de Queriote.

— A ordem do Hegemon será cumprida — disse Afrânio —, mas devo acalmar o Hegemon: a ideia dos facínoras é extremamente difícil de ser realizada. Imagine... — o visitante, falando, voltou-se e continuou: — Perseguir o homem, matá-lo, descobrir quanto recebeu e conseguir devolver o dinheiro para Caifás, e tudo isso numa noite só? E hoje?

— No entanto, vão matá-lo hoje — repetiu, com teimosia, Pilatos —, e digo ao senhor: estou pressentindo isso! Minha intuição nunca me enganou. — Nesse momento uma convulsão passou pelo rosto do procurador e ele esfregou as mãos rapidamente.

— Sim, senhor — respondeu o visitante obedientemente, levantou-se, endireitou-se e perguntou, de repente austero: — Vão matá-lo, Hegemon?

— Sim — respondeu Pilatos —, e toda a minha esperança está depositada somente na sua impressionante eficiência.

O visitante ajustou o cinturão pesado sob a capa e disse:

— Tenho a honra de lhe desejar saúde e alegria.

— Ah, sim — disse Pilatos, baixinho —, esqueci-me completamente! Estou lhe devendo!...

O visitante se surpreendeu.

— De forma alguma, procurador, o senhor não me deve nada.

— Como não! Com a minha chegada a Yerushalaim, lembre-se, uma multidão de mendigos... eu queria jogar-lhes dinheiro e não tinha comigo, peguei do senhor.

— Oh, procurador, que bobagem!

— Deve-se lembrar de bobagens.

Então Pilatos virou-se, pegou a capa jogada na parte de trás da poltrona, retirou de baixo dela um saco de couro pesado e estendeu-o ao visitante. Esse, por sua vez, fez uma reverência ao pegar o saco e guardou-o embaixo da capa.

— Estou aguardando — disse Pilatos — o relato do enterro, assim como notícias sobre o Judas de Queriote, hoje à noite; ouça-me, Afrânio, ainda hoje. Será dada ordem à guarda para que me acorde assim que o senhor aparecer. Ficarei aguardando o senhor.

— Com muita honra — disse o chefe do serviço secreto e, virando-se, foi embora da varanda. Dava para ouvir o ranger de seus passos pela areia molhada, depois o barulho de suas botas pelo mármore entre os leões, e depois seus pés não eram mais vistos, somente o corpo e, finalmente, sumiu também o capuz. Só então o procurador percebeu que não havia mais sol, e que anoitecera.

26. O sepultamento

Talvez o anoitecer fosse o motivo pelo qual a aparência do procurador mudara bruscamente. Parecia ter envelhecido, encurvou-se e, além disso, ficou nervoso. Uma vez ele se virou e por alguma razão estremeceu, lançando o olhar para a poltrona vazia, com a capa jogada em seu encosto. A noite de festa se aproximava, as sombras noturnas jogavam o seu jogo e, provavelmente, ao cansado procurador pareceu que alguém estava sentado na poltrona. Assumindo a covardia, sacudiu a capa, largou-a e pôs-se a correr pela varanda, ora esfregando as mãos, ora aproximando-se da mesa e pegando a taça, ora parando e pondo-se a olhar para o mosaico do chão, como se tentasse ler nele alguma coisa.

Era a segunda vez no mesmo dia que a melancolia o dominava. Esfregando as têmporas, pois da dor infernal da manhã havia restado uma lembrança estúpida e doída, o procurador esforçava-se para entender a origem de seus sofrimentos espirituais. E foi rápido que ele entendeu, mas tentou enganar a si mesmo. Estava claro para ele que, durante o dia, havia deixado escapar algo sem volta e que agora queria corrigir o que deixara escapar com ações pequenas, insignificantes e, pior, atrasadas. O enganar a si mesmo consistia em tentar se convencer de que essas ações de agora, da noite, não eram menos importantes do que a sentença matinal. Mas o procurador fazia isso sem muita competência.

Numa das voltas o procurador parou e assobiou. Em resposta a esse assobio, na penumbra soou um latido grosso, e um cachorro gigantesco de orelhas pontiagudas e pelo cinza, com uma coleira de chapinhas douradas, saltou do jardim para a varanda.

— Banga, Banga — gritou o procurador com a voz fraca.

O cão levantou-se nas patas traseiras, apoiou as dianteiras nos ombros do seu dono, quase o derrubando no chão, e lambeu sua bochecha. Quando o procurador se sentou na poltrona, Banga, com a língua de fora e a respiração ofegante, deitou-se aos seus pés, e a felicidade nos olhos do cão significava que a tempestade, a única coisa no mundo de que tinha medo o destemido cão, havia terminado. Também estava feliz porque se encontrava ao lado do homem que amava, respeitava e considerava o mais forte do mundo, pois era superior a todas as pessoas e, por isso, o cão se considerava também um ser privilegiado, superior e especial. Porém, deitado aos pés dele e sem olhar para o dono, mas olhando para o jardim que escurecia, o cão logo entendeu que ele fora atingido por uma desgraça. Então ele mudou a pose, levantou-se, aproximou-se do dono pelo lado e colocou as patas dianteiras e a cabeça sobre os joelhos do procurador, após sujar a barra da capa com areia molhada. Provavelmente, os movimentos de Banga deviam significar que ele estava acalmando o dono e que estava pronto a receber a desgraça junto com ele. Isso ele tentava expressar também no olhar que dirigia ao dono, e nas orelhas levantadas em sinal de alerta. Assim os dois, o cão e o homem que se amavam, encontraram a noite festiva na varanda.

Nessa hora, a visita do procurador estava envolvida em grandes preocupações. Ao deixar a parte superior do jardim em frente à varanda, ele desceu pela escada até o outro terraço do jardim, virou à direita e se dirigiu às casernas localizadas no território do palácio. Nessas casernas foram alojadas as duas centúrias que vieram com o procurador para as festas em Yerushalaim e, também, a guarda secreta do procurador, comandada pelo próprio visitante. O visitante passou nas casernas pouco tempo, não mais de dez minutos, mas, ao final desses dez minutos, dos pátios das casernas saíram três carroças carregadas de equipamentos para trincheira e de um barril de água. As carroças eram acompanhadas por quinze pessoas montadas, trajando capas cinza. Na companhia delas, as carroças saíram do território do palácio pelos portões dos fundos, tomaram a direção leste, saíram pelos portões do muro da cidade e seguiram pela trilha em direção à estrada para Belém. Seguiram por ela para o norte, atingindo o cruzamento dos portões de Hebron e dirigindo-se pela estrada de Jafa por onde, de dia, passou a procissão com os condenados à execução. Já estava escuro, e a lua aparecera no horizonte.

Logo depois que as carroças se foram com seus acompanhantes, a visita do procurador saiu do palácio também a cavalo e envergando agora uma túnica gasta. O visitante dirigiu-se para a cidade, e não para fora. Algum tempo depois, ele podia ser visto por aqueles que se aproximavam da torre de Antônia, localizada ao norte e próxima do grande templo. Dentro da torre, o visitante também não demorou e, posteriormente, seus passos foram percebidos na Cidade Baixa, em suas ruas curvilíneas e confusas. Aqui o visitante chegou montado numa mula.

Como conhecia bem a cidade, ele encontrou com facilidade a rua que procurava. O nome da rua era Grega, pois nela localizavam-se algumas vendas gregas, incluindo uma que vendia tapetes. E foi exatamente em frente a essa venda que o visitante parou sua mula, desceu e a amarrou ao anel dos portões. A venda já estava fechada. O visitante entrou pelo portão que ficava ao lado do estabelecimento e se viu num pátio quadrado e pequeno, repleto de galpões. Depois de dobrar a esquina no pátio, o visitante viu-se ao lado da varanda de pedra de uma casa residencial, tomada pela hera, e olhou para trás. Estava escuro dentro da casa, e nos galpões ainda não haviam acendido o fogo. O visitante chamou baixinho:

— Niza!

A esse chamado a porta rangeu, e na penumbra noturna surgiu no terraço uma jovem mulher com a cabeça descoberta. Ela inclinou-se sobre os corrimãos do terraço olhando preocupada e querendo saber quem havia chegado. Depois de reconhecer o visitante, ela sorriu amistosamente, acenou com a cabeça e fez sinal com a mão.

— Está só? — perguntou em grego Afrânio, em voz baixa.

— Estou — cochichou a mulher no terraço. — Meu marido foi para Cesareia pela manhã. — Nesse instante a mulher olhou para a porta e acrescentou baixinho: — Mas a serviçal está em casa. — E fez um gesto indicando que entrasse. Afrânio observou à sua volta e subiu os degraus de pedra. Depois disso ele e a mulher desapareceram dentro da casinha.

Afrânio passou bem pouco tempo com essa mulher — não mais do que cinco minutos. Depois disso, deixou a casa e o terraço, baixou ainda mais o capuz sobre os olhos e saiu à rua. Nas casas, a essa hora, já acendiam as luzes dos lampiões, o tumulto pré-festivo era grande, e Afrânio, em cima de sua mula, perdeu-se no fluxo dos transeuntes. Seu destino futuro ninguém conhecia.

A mulher que Afrânio chamara de Niza, depois de ficar só, começou a se trocar sem muita pressa. Como não tinha dificuldade para encontrar os pertences necessários no quarto escuro, ela não acendeu o lampião nem chamou a serviçal. Somente depois de ficar pronta e de ter sobre a cabeça o véu escuro, ouviu-se sua voz na casinha:

— Caso alguém pergunte por mim, diga que fui visitar Enanta.

Ouviu-se o resmungo da velha empregada no escuro:

— Enanta? Ah, essa Enanta! Pois seu marido não a proibiu de visitá-la? É uma alcoviteira, essa sua Enanta! Pois direi ao seu marido...

— Pare, pare, pare, cale-se — respondeu Niza, e feito uma sombra saiu da casinha. As sandálias soaram pelas placas de pedra do pátio. A serviçal, resmungando, fechou a porta do terraço. Niza deixou a casa.

Nesse momento, de outra travessa da Cidade Baixa — uma travessa malconservada, cujos degraus levavam a um dos lagos artificiais da cidade —, pela entrada de uma casa miserável com uma cancela indistinta que dava para a travessa e a janela dava para o pátio, saiu um jovem de barba bem aparada e trajando uma capa sobre os ombros, uma túnica nova, festiva e azul com pingentes nas bordas, e sandálias novas que rangiam. O belo rapaz de nariz aquilino, em trajes para a grande festa, caminhava animado, ultrapassando os transeuntes que se apressavam para casa, para a mesa da festa, e olhando como as janelas se acendiam uma após a outra. O jovem andava pela estrada que levava, via mercado, até o palácio de Caifás, localizado aos pés do monte do Templo.

Algum tempo depois ele podia ser visto entrando pelos portões do palácio de Caifás. E, mais um tempo depois, era visto deixando o palácio.

Após a visita ao palácio, dentro do qual ardiam luminárias e tochas, e reinava agitação festiva, o jovem rapaz caminhou ainda mais animado, com mais alegria, e apressou-se de volta para a Cidade Baixa.

Na esquina, onde a rua se juntava com a praça do mercado, no meio da multidão e do empurra-empurra, uma mulher com o caminhar dançante e leve, e com um manto negro que encobria seus olhos, ultrapassou-o. No momento em que passava pelo belo rapaz, ela suspendeu por um instante o manto e olhou em sua direção, porém não diminuiu o passo, mas acelerou ainda mais, parecendo tentar se esconder daquele a quem ultrapassara.

Além de perceber a mulher, o jovem a reconheceu e, por isso, estremeceu, parou, ficou confuso olhando para as costas dela e na mesma hora a seguiu. Quase atropelando um passante com um jarro nas mãos, o jovem alcançou a mulher e, com a respiração ofegante de preocupação, chamou-a:

— Niza!

A mulher virou-se, apertou os olhos, expressou desapontamento no rosto e respondeu friamente em grego:

— Ah, é você, Judas? Não o reconheci. Aliás, isso é bom. Temos uma crendice: quem não for reconhecido ficará rico...

Judas, tão aflito que seu coração saltava como se fosse um pássaro debaixo de um cobertor negro, perguntou em tom baixo e entrecortado, temendo que os outros ouvissem:

— Para onde vai, Niza?

— Por que quer saber? — respondeu ela, diminuindo o passo e olhando de maneira arrogante para Judas.

Então ouviram-se entonações infantis na voz de Judas e ele sussurrou, confuso:

— Como?... Mas tínhamos combinado. Eu queria visitá-la. Havia me dito que ficaria em casa a noite toda...

— Ah, não, não — respondeu Niza, estendendo o lábio inferior em um gesto de capricho, que fez parecer a Judas que o rosto dela, o rosto mais belo que já havia visto, ficara ainda mais bonito. — Fiquei entediada. Há uma festa aqui, o que quer que eu faça? Ficar em casa e ficar ouvindo você suspirar na varanda? Além do mais, temer que a serviçal conte tudo a meu marido? Não, não, resolvi ir até os arredores da cidade para ouvir os rouxinóis.

— Como assim, até os arredores? — perguntou Judas, confuso. — Sozinha?

— É claro que só — respondeu Niza.

— Permita-me acompanhá-la — pediu Judas, suspirando. Seus pensamentos ficaram turvos, ele esqueceu tudo no mundo e fitava com os olhos suplicantes os olhos de Niza, que eram azuis, mas que naquele momento pareciam negros.

Niza não respondia e apressava o passo.

— Por que está calada, Niza? — perguntou Judas, lamentoso e tentando ajustar o seu passo com o dela.

— Não vou me entediar com você? — perguntou Niza de repente, e parou.

Nesse momento os pensamentos de Judas se embaralharam de vez.

— Está bem — ela finalmente cedeu —, vamos.

— Para onde?

— Espere... vamos entrar nesse pátio e decidir, pois temo que algum conhecido tenha nos visto juntos e depois vá dizer que eu estava na rua com um amante.

Então Niza e Judas sumiram do mercado. Estavam cochichando sob o portal que dava acesso a um pátio.

— Vá para a propriedade das oliveiras — sussurrava Niza, encobrindo os olhos com o manto e voltando-se de costas para um senhor que entrou pelo portal com um balde —, para Getsêmani, atrás de Cedron, entendeu?

— Sim, sim, sim.

— Irei na frente — continuou Niza —, mas não venha em meu encalço, distancie-se de mim. Irei bem na frente... Quando você atravessar a torrente... você sabe onde é a gruta?

— Sei sim...

— Passe diante da prensa das oliveiras e vire para a gruta. Estarei lá. Mas não se atreva a ir agora mesmo atrás de mim, tenha paciência e espere aqui. — Com essas palavras, ela saiu como se nem tivesse falado com Judas.

Judas ficou sozinho por algum tempo, tentando arrumar as ideias. Uma delas era como iria explicar sua ausência no jantar festivo de seus parentes. Judas estava parado tentando inventar alguma mentira, mas a preocupação não o deixou pensar e preparar a mentira, e seus pés, sem o seu comando, levaram-no dali.

Agora ele mudara de rumo, já não se apressava para a Cidade Baixa, e virara na direção do palácio de Caifás. A festa já havia tomado a cidade. Ao redor de Judas, nas janelas, não apenas brilhavam as luzes como soavam os cânticos de louvor. Os últimos atrasados conduziam os burrinhos, açoitando e gritando com eles. Os pés levavam Judas, e ele nem percebeu como passou diante das musgosas e terríveis torres de Antônia, não ouviu o berrante que vinha da torre, não prestou a mínima atenção na guarda da cavalaria com tochas que iluminavam com luz inquietante o seu caminho. Depois da torre, Judas voltou-se e viu que no alto, acima do templo, acenderam-se duas tochas de cinco pontas. Porém, Judas não as viu muito bem, pois lhe pareceu que sobre Yerushalaim brilhavam dez lamparinas de tamanho nunca visto e que brigavam com a luz da única lamparina que cada vez subia mais sobre Yerushalaim, a lamparina da lua.

Agora ele não queria saber de mais nada, apressava-se para os portões de Getsêmani, queria deixar a cidade o mais rápido possível. De vez em quando lhe parecia que à sua frente, entre as costas e os rostos dos transeuntes, surgiria uma figura dançante que o levaria consigo. Mas isso era vertigem, Judas sabia que Niza já estava muito distante. Ele passou diante das vendas, chegando finalmente aos portões de Getsêmani. No entanto, louco de impaciência, teve de se deter. Pelos portões entravam na cidade camelos, e atrás deles vinha a guarda militar síria que foi mentalmente amaldiçoada por Judas...

Mas tudo chega ao fim. O impaciente Judas já estava do outro lado dos muros da cidade. À sua esquerda ele avistou um pequeno cemitério e, ao lado várias tendas listradas dos devotos. Judas atravessou a estrada empoeirada, iluminada pela lua, e dirigiu-se à torrente de Cedron para ultrapassá-la. A água fluía e murmurava sob seus pés. Pulando de pedra em pedra, ele finalmente chegou à outra margem de Getsêmani e, com muita alegria, viu que a estrada sob os jardins estava vazia. Não muito longe se avistavam os portões da propriedade das oliveiras.

Depois do abafado da cidade, Judas impressionou-se com o ar inebriante da noite primaveril. Uma onda de aroma de mirtas e de acácias dos campos de Getsêmani avançou do jardim e se espalhou.

Ninguém vigiava os portões, não havia ninguém e, alguns minutos depois, Judas corria sob a sombra misteriosa das enormes e frondosas oliveiras. O caminho levava para a colina, e Judas subia com dificuldade, com a respiração ofegante, de tempos em tempos saindo da escuridão e andando sob os tapetes desenhados pela lua, que lhe lembravam que ele havia visto na venda o marido ciumento de Niza. Algum tempo depois, surgiu à esquerda de Judas, na clareira, a prensa de oliva com uma roda pesada de pedra e um amontoado de barris. Não havia ninguém no jardim. Os trabalhos tinham terminado ao entardecer e agora, acima de Judas, soavam coros de rouxinóis.

O alvo de Judas estava próximo. Ele sabia que à direita, no escuro, começaria a ouvir o burburinho baixo da água que caía na gruta. E assim foi, e ele ouviu. Ficava cada vez mais frio.

Ele diminuiu o passo e sussurrou baixinho:

— Niza!

Porém, em vez de Niza, uma figura masculina parruda desprendeu-se do tronco grosso da oliveira e pulou no caminho, e algo brilhou em sua mão e se apagou. Judas soltou um gemido fraco e correu para trás, mas um outro homem bloqueou seu caminho.

O primeiro, que estava à sua frente, lhe perguntou:

— Quanto recebeu agora? Fale, se quer ficar vivo!

Uma esperança surgiu no coração de Judas e ele gritou em desespero:

— Trinta tetradracmas! Trinta tetradracmas! Tudo que recebi está comigo. Está aqui o dinheiro! Tomem, mas me deixem viver!

O homem à sua frente arrancou a bolsa das mãos dele. No mesmo instante, às suas costas, a faca brilhou feito um relâmpago e cravou o amante apaixonado sob a clavícula. Judas cambaleou para a frente e lançou as mãos com os dedos tortos para o ar. O homem da frente o pegou com a faca e a cravou no coração de Judas.

— Ni... za... — Judas chamou, não com sua voz aguda e jovem, mas com uma voz grossa e autoritária, e não emitiu mais nenhum som. Seu corpo caiu com tanta força sobre a terra que ela zuniu.

Então, uma terceira figura surgiu no caminho. Estava de capa e capuz:

— Rápido, não demorem — ordenou ele.

Os assassinos rapidamente embrulharam no couro e amarraram com corda a bolsa junto com o bilhete que havia sido entregue pelo terceiro. O segundo homem enfiou o embrulho na camisa e, depois, os assassinos saíram do caminho pelas laterais, e a escuridão os engoliu entre as oliveiras. Mas o terceiro agachou-se ao lado do morto e fitou sua face. À sombra o rosto lhe parecia branco como giz e espiritualmente bonito.

Alguns segundos depois, não havia mais ninguém na estrada. O corpo sem vida estava caído com os braços estendidos. A sola do pé esquerdo era iluminada pela lua, e via-se nitidamente a tira das sandálias. Todo o jardim de Getsêmani, a essa hora, já havia sido tomado pelo canto dos rouxinóis. Para onde se dirigiram os dois assassinos de Judas ninguém sabia, mas o rumo do terceiro homem não era segredo. Depois de deixar a trilha, dirigiu-se para o campo das oliveiras, em direção ao sul. Passou pela cerca do jardim, num local distante dos portões principais, no canto ao sul, onde uma parte do muro havia desabado. Logo estava à margem de Cedron. Então entrou na água e, durante algum tempo, andou dentro dela, até avistar a silhueta de dois cavalos e de duas pessoas. Os cavalos também estavam no leito. A água fluía, lavando os cascos dos animais. O cavalariço montou um dos cavalos, o homem de capuz montou no outro, e, devagar, os dois foram se deslocando pela corrente, e se ouvia como os cascos dos cavalos batiam nos pedregulhos. Depois, os cavaleiros saíram da água para a margem de Yerushalaim e cavalgaram a passo lento ao lado do muro da cidade. Nesse momento o cavalariço afastou-se, galopou adiante e sumiu, e o homem de capuz parou o cavalo, desceu dele na estrada deserta, tirou a capa, virou-a pelo avesso, tirou da capa o capacete plano sem penas e o colocou na cabeça. Agora, um homem em trajes militares e com uma espada curta no cinto montava o cavalo. Esticou as rédeas e o cavalo foi a galope, sacudindo o cavaleiro. O caminho não era longo — o cavaleiro se aproximava do portão sul de Yerushalaim.

Sob o arco dos portões dançavam e pulavam as chamas inquietas das tochas. Os soldados da guarda da segunda centúria da Legião Fulminata estavam sentados em bancos de pedra, jogando dados.

Quando avistaram o militar, eles saltaram de seus lugares, e o militar acenou com a mão e entrou na cidade.

A cidade estava iluminada para a festa. Em cada janela dançava a chama das luminárias e, de toda parte, convergindo para um coro desconhecido, soavam louvores. Vez ou outra, olhando pelas janelas que davam para a rua, o cavaleiro podia ver pessoas à mesa posta, na qual havia carne de cabrito e taças de vinho entre os pratos com ervas amargas. Assobiando baixinho uma canção, o cavaleiro da Cidade Baixa se dirigia para a torre de Antônia e olhava, vez ou outra, para as luminárias de cinco pontas, tais que o mundo nunca havia visto, que brilhavam sobre o templo, ou então para a lua acima das luminárias.

O palácio de Herodes, o Grande, não participava dos festejos da noite de Páscoa. Nos aposentos do subsolo do palácio, voltados para o sul e onde se acomodavam os oficiais da coorte e o legado da Legião, brilhavam as luzes, e sentia-se que lá havia movimento e vida. A parte frontal do palácio, onde estava seu único e involuntário morador — o procurador —, parecia, com suas colunatas e estátuas douradas, ter ficado cega sob a luz forte da lua. Ali, dentro do palácio, reinavam a escuridão e o silêncio. O procurador, como havia dito a Afrânio, não quis ir embora. Mandou preparar a cama na varanda, no mesmo local onde havia almoçado e onde, pela manhã, conduzira o interrogatório. O procurador deitou no leito preparado, mas o sono não quis vir a ele. A lua desnuda pairava no alto do céu límpido, e o procurador não tirava os olhos dela.

Aproximadamente à meia-noite, o sono enfim teve piedade do Hegemon. Depois de bocejar compulsivamente, o procurador desabotoou e tirou a capa, removeu o cinto com uma faca larga de aço, colocou-o sobre a poltrona, tirou as sandálias e espreguiçou-se. Banga, na mesma hora, subiu na cama e deitou-se ao seu lado, cabeça com cabeça. O procurador pousou a mão no pescoço do cachorro e finalmente fechou os olhos. Foi quando o cão também adormeceu.

O leito estava na penumbra, à sombra da coluna iluminada pela lua, mas, dos degraus da varanda, estendia-se até a cama uma fita lunar. Assim que o procurador perdeu o contato com a realidade que o cercava, levantou-se e caminhou na trilha iluminada em direção à lua. Ele até gargalhou em sonho de tanta felicidade, pois tudo estava maravilhoso e ímpar no caminho transparente e azul. Caminhava acompanhado de Banga, e, ao seu lado, estava o filósofo andarilho. Eles discutiam sobre algo muito complexo e importante, porém um não podia vencer o outro. Eles não concordavam em nada, e por isso o debate entre os dois era excepcionalmente interessante e interminável. Obviamente, a execução daquele dia parecia um enorme mal-entendido, pois ali estava o filósofo que inventara o maior absurdo de todos — de que todas as pessoas são boas — caminhando ao seu lado e, consequentemente, estava vivo. É claro que era totalmente horrível pensar que era possível castigar um homem assim. Não houve execução! Não houve! Eis a maravilha que era a aventura pela escada da lua acima.

Havia tanto tempo livre quanto era necessário, mas a tempestade cairia somente no final da tarde, e o medo era um dos mais terríveis pecados. Assim falava Yeshua Ha-Notzri. Não, filósofo, devo discordar de você: esse é o pecado mais terrível!

Ele, por exemplo, o atual procurador da Judeia e antigo tribuno da Legião, não sentira medo no vale das Virgens, quando os raivosos germanos quase mataram o grande Mata-ratos. Por favor, desculpe-me, filósofo! Será que está em sã consciência ao admitir que, por causa do homem que cometeu um crime contra César, o procurador da Judeia iria arruinar a sua carreira?

— É, é — Pilatos gemia e soluçava em sonho.

É claro que iria arruinar. Pela manhã não arruinaria, mas agora, à noite, depois de pesar tudo, concordava em arruinar. Faria tudo para salvar da execução o desvairado sonhador que definitivamente não tinha culpa de nada!

— Agora vamos estar sempre juntos — dizia-lhe em sonho o filósofo-andarilho maltrapilho que, sabe-se lá como, surgiu no caminho do cavaleiro com a lança de ouro. — Onde estiver um, então ali também estará o outro! Lembrarão de mim e, no mesmo instante, lembrarão de você! Eu, uma criança abandonada, filho de pais desconhecidos, e você, filho do contador de rei astrólogo e da filha do moleiro, a linda Pila.

— Por favor, não se esqueça de mim, do filho do astrólogo — pedia Pilatos no sono. Depois, certificando-se em sonho com o aceno da cabeça do mendigo de En-Sarid, que caminhava junto a ele, o cruel procurador da Judeia chorava de felicidade e sorria sonhando.

Tudo isso era bom. No entanto, exatamente por isso, pior foi o despertar do Hegemon. Banga rugiu para a lua e o caminho azul e escorregadio, como se estivesse untado de óleo, afundou diante do procurador. Ele abriu os olhos e a primeira coisa de que se lembrou foi da execução. O primeiro gesto feito pelo procurador, seu gesto habitual, foi pegar Banga pela coleira, para depois procurar a lua com os olhos doentios e ver que ela havia se movido para o lado e agora estava prateada. Sua luz bloqueava a luz desagradável e inquieta que brilhava na varanda diante de seus olhos. Nas mãos do centurião Mata-ratos ardia e fumegava uma tocha. Segurando-a com medo e raiva ele lançava olhares de soslaio para o animal perigoso que se preparava para o salto.

— Banga, parado — disse o procurador, com a voz fraca, e tossiu. Protegeu-se da chama com a mão e prosseguiu: — Até mesmo à noite, sob a luz da lua, não tenho sossego. Oh, deuses! Seu trabalho também é ruim, Marcos. Está mutilando os soldados…

Marcos, imensamente impressionado, olhava para o procurador, que voltou a si. Para apagar as palavras em vão pronunciadas durante o sono, o procurador disse:

— Não fique magoado, centurião. A minha situação, repito, é ainda pior. O que deseja?

— O chefe da guarda secreta quer falar com o senhor — comunicou Marcos calmamente.

— Chame, chame — ordenou o procurador, limpando a garganta e apalpando as sandálias com os pés descalços. A chama brincava nas colunas, os passos do centurião soavam pelo mosaico. O centurião saiu ao jardim.

— Não tenho sossego nem sob a luz da lua — disse o procurador para si mesmo, rangendo os dentes.

Na varanda, no lugar do centurião, apareceu um homem de capuz.

— Banga, parado — disse baixinho o procurador, e apertou a nuca do cão.

Antes de começar a falar, Afrânio olhou para trás como de costume, posicionou-se sob a sombra e, tendo se certificado de que não havia mais ninguém na varanda além de Banga, disse baixinho:

— Peço que me entregue ao tribunal, procurador. O senhor estava certo. Eu não soube proteger o Judas de Queriote, ele foi esfaqueado e morto. Quero ser julgado e demitido.

Parecia a Afrânio estar sob a mira de quatro olhos: de cão e de lobo.

Afrânio retirou de dentro das roupas a bolsa encharcada de sangue e fechada com dois lacres.

— Esta bolsa com dinheiro foi jogada pelos assassinos na casa do sumo sacerdote. As marcas são do sangue de Judas.

— Interessante, quanto há de dinheiro aí dentro? — perguntou Pilatos, inclinando-se para apanhar a bolsa.

— Trinta tetradracmas.

O procurador sorriu e disse:

— É pouco.

Afrânio ficou calado.

— Onde está o morto?

— Isso eu não sei — respondeu o homem calmo e orgulhoso que nunca se separava de seu capuz. — Hoje, pela manhã, iniciaremos a investigação.

O procurador suspirou e deixou de lado a tira da sandália que não conseguia abotoar.

— O senhor deve estar sabendo que ele foi assassinado.

A resposta recebida pelo procurador foi seca:

— Procurador, trabalho há quinze anos na Judeia. Comecei servindo com Valério, o Grande. Não tenho a necessidade de ver o cadáver para dizer que a pessoa foi assassinada. Então estou relatando ao senhor que aquele que se chamava Judas, da cidade de Queriote, foi assassinado há algumas horas.

— Perdoe-me, Afrânio — respondeu Pilatos —, ainda não acordei direito, foi por isso que disse isso. Tenho dormido mal — o procurador sorriu — e, durante o sono, vejo a luz da lua o tempo todo. É tão engraçado, imagine. É como se eu estivesse passeando pela faixa de luz. Pois bem, gostaria de saber o que pretende fazer. Onde vai procurá-lo? Sente-se, senhor chefe da guarda secreta.

Afrânio agradeceu, puxou a cadeira para perto da cama e sentou-se, com a espada tilintando.

— Pretendo procurá-lo nas proximidades da prensa de oliva, no jardim de Getsêmani.

— Está bem. Mas por que exatamente lá?

— Hegemon, por minhas deduções, Judas não foi morto em Yerushalaim ou em algum lugar distante. Foi morto nas proximidades de Yerushalaim.

— Considero-o um dos mais notáveis conhecedores de seu trabalho. Não sei como estão as coisas em Roma, mas não existem iguais ao senhor nas colônias. Explique-me: por quê?

— De forma alguma creio que — disse Afrânio baixinho — Judas caiu nas mãos de pessoas suspeitas dentro da cidade. É impossível esfaquear alguém secretamente na rua. Por isso, deve ter sido atraído para algum local. Mas já foram feitas buscas na Cidade Baixa e, sem dúvida, ele teria sido encontrado. Ele não está na cidade, isso eu lhe garanto. E, caso tivesse sido morto longe da cidade, esse pacote com dinheiro não teria sido abandonado tão rápido. Conseguiram atraí-lo para fora da cidade.

— Não consigo entender como fizeram isso.

— É, procurador, essa é a pergunta mais difícil de todas nesse caso, e nem sei se terei como esclarecê-la.

— Realmente, é misterioso! Numa noite de festa um devoto sai da cidade sabe-se lá por quê, deixando a ceia de Páscoa, e morre. Quem e como o atraiu? Será que foi uma mulher? — perguntou o procurador, inspirado.

Afrânio respondia calma e solidamente:

— De forma alguma, procurador. Essa possibilidade está totalmente descartada. Devemos raciocinar logicamente. Quem estava interessado na morte de Judas? Uns andarilhos fanáticos, certo grupo no qual não havia, antes de tudo, nenhuma mulher. Para casar-se, procurador, é necessário dinheiro, para botar filho no mundo, também, mas para matar um homem com ajuda de uma mulher é necessário muito dinheiro. Os vadios não possuem dinheiro. Não há mulher envolvida nesse caso, procurador. E digo mais, essa interpretação do assassinato pode atrapalhar a investigação e me confundir.

— Vejo que o senhor tem toda a razão, Afrânio — disse Pilatos. — Eu apenas me permiti expressar minha suposição.

— Felizmente, ela é equivocada, procurador.

— Então como foi, como? — exclamou o procurador, olhando para o rosto de Afrânio com uma curiosidade ávida.

— Suponho que foi mesmo o dinheiro.

— Que ideia maravilhosa! Quem e por que poderia oferecer a ele dinheiro à noite nos arredores da cidade?

— Oh, não, não, procurador, não foi isso. Tenho somente uma única suposição e, caso ela esteja errada, então não encontrarei outras explicações. — Afrânio inclinou-se para mais perto do procurador e acrescentou baixinho: — Judas queria esconder o dinheiro num local fácil e que somente ele conhecesse.

— É uma explicação bastante singela. Então, pelo visto, o negócio aconteceu. Agora estou entendendo o senhor: ele foi seduzido não por pessoas, mas por suas próprias ideias. Sim, sim, é isso mesmo.

— Sim. Judas era desconfiado. Escondia dinheiro das pessoas.

— Sim, o senhor disse em Getsêmani. E é exatamente lá que o senhor pretende procurá-lo. Mas isso, reconheço, eu não consigo entender.

— Oh, procurador, é muito simples. Ninguém esconde dinheiro na estrada, em locais abertos e desertos. Judas não esteve na estrada para Hebron, nem para Betânia. Deveria estar em local protegido, discreto e com árvores. É tão simples. E não existem locais assim, além de Getsêmani, nos arredores de Yerushalaim. Não podia ir longe.

— O senhor me convenceu totalmente. Então, o que fazer agora?

— Vou começar imediatamente a procurar os assassinos que levaram Judas para fora da cidade, e em pessoa, conforme relatei ao senhor, vou me entregar ao tribunal.

— Por quê?

— Minha guarda o deixou escapar à noite, no mercado, depois de ele ter deixado o palácio de Caifás. Como aconteceu, não compreendo. Isso nunca havia ocorrido em toda a minha vida. Ele estava sendo vigiado desde nossa conversa. Mas ele mudou de rumo nas proximidades do mercado e fez um trajeto tão complicado que sumiu sem deixar vestígios.

— Pois bem. Não considero necessário entregá-lo ao tribunal. O senhor fez tudo que era possível e ninguém no mundo — o procurador sorriu — saberia fazer melhor do que o senhor! Puna os guardas que perderam Judas. Mas, gostaria de avisá-lo, não quero que o castigo seja muito severo. No fim das contas, fizemos tudo para proteger esse desgraçado! Sim, esqueci de perguntar — o procurador esfregou a testa —, como conseguiram jogar o dinheiro no palácio de Caifás?

— Procurador, isso não é tão difícil assim... Os vingadores passaram pelos fundos do palácio de Caifás, lá onde uma travessa é mais alta que o pátio dos fundos. Eles jogaram o pacote por cima do muro.

— Com o bilhete?

— Sim, correto, assim como o senhor supôs. Aliás — Afrânio arrancou o lacre do pacote e mostrou o conteúdo a Pilatos.

— Pelo amor de Deus, Afrânio, o que está fazendo? Os lacres provavelmente são do templo!

— O procurador não precisa se preocupar com isso — respondeu Afrânio, lacrando novamente o pacote.

— Será que você tem todos os lacres? — perguntou Pilatos, soltando uma gargalhada.

— Não poderia ser diferente, procurador — respondeu Afrânio sem qualquer risada, em tom muito severo.

— Imagino o que houve no Caifás!

— É, procurador, isso provocou uma grande perturbação. Chamaram-me imediatamente.

Mesmo na penumbra dava para ver como os olhos de Pilatos brilhavam.

— Isso é interessante, interessante...

— Devo discordar, procurador, não foi nada interessante. Uma coisa triste e enfadonha. À minha pergunta, se haviam dado dinheiro a alguém no palácio de Caifás, responderam-me categoricamente que não.

— Ah, é? Então quer dizer que não pagaram, é isso? Assim será mais difícil de encontrar os assassinos.

— Correto, procurador.

— É, Afrânio, eis o que me veio à mente de repente: será que ele não se matou?

— Oh, não, procurador. — Afrânio até se inclinou na poltrona, espantado. — Desculpe-me, mas isso é totalmente inverossímil!

— Ah, nessa cidade tudo é possível! Sou capaz de apostar que em breve um boato desse tipo se espalhará pela cidade.

Afrânio lançou seu olhar para o procurador, pensou um pouco e respondeu:

— Pode ser, procurador.

O procurador, pelo visto, ainda não conseguia encerrar a questão do assassinato do homem de Queriote, apesar de tudo estar bem claro, e disse com certo ar sonhador:

— Eu gostaria de ter visto como foi assassinado.

— Foi morto com uma habilidade impressionante, procurador — respondeu Afrânio, olhando para o procurador com ar irônico.

— Como sabe disso?

— Por favor, observe o saco de dinheiro, procurador — respondeu Afrânio. — Eu garanto que o sangue de Judas jorrou como uma fonte. Já tive oportunidade de ver vítimas de assassinatos, procurador!

— Então ele não vai se levantar?

— Não, procurador, ele vai se levantar — respondeu Afrânio, sorrindo filosoficamente — quando a corneta do Messias, que está sendo aguardada aqui, soar sobre ele. Mas, antes disso, não.

— Basta, Afrânio! Essa questão está esclarecida. Passemos para o sepultamento dos executados.

— Túmulos públicos, procurador.

— Oh, Afrânio, entregá-lo ao tribunal seria um crime. O senhor merece o prêmio mais alto. Como foi?

Afrânio pôs-se a contar que, enquanto se ocupava da questão do Judas, o comando da guarda secreta, dirigida por seu auxiliar, atingiu o monte ao cair da noite. Não encontraram um dos corpos. Pilatos estremeceu e disse com a voz rouca:

— Ah, como não previ isso!

— Não vale a pena se preocupar, procurador — disse Afrânio e continuou seu relato.

Retiraram os corpos de Dismas e Gestas com os olhos bicados pelos pássaros selvagens e puseram-se à procura do terceiro corpo. Descobriram-no rapidamente. Certo homem...

— Mateus Levi — disse Pilatos, em tom mais afirmativo do que interrogativo.

— Sim, procurador...

Mateus Levi escondeu-se na caverna do lado norte do monte Gólgota para aguardar o anoitecer. O corpo nu de Yeshua Ha-Notzri estava com ele. Quando a guarda entrou na caverna com a tocha, Levi ficou desesperado. Gritava que não havia cometido crime nenhum e que qualquer pessoa, conforme a lei, tinha o direito de sepultar um criminoso executado, caso assim desejasse. Mateus Levi dizia que não queria se separar do corpo. Estava agitado, gritava algo desconexo, ora pedia, ora ameaçava e amaldiçoava...

— Teve que ser preso? — perguntou Pilatos, sombrio.

— Não, procurador, não — respondeu Afrânio, acalmando-o. — Conseguimos controlar o louco insolente ao anunciarmos que o corpo seria sepultado.

Levi compreendeu o que fora dito, acalmou-se, mas anunciou que não iria embora e que desejava participar do sepultamento. Disse que não iria embora mesmo se o matassem, e até ofereceu para isso a faca de pão que carregava.

— Enxotaram-no? — perguntou Pilatos, com a voz abafada.

— Não, procurador, não. Meu ajudante permitiu que participasse do sepultamento.

— Qual dos seus auxiliares liderou essa ação? — perguntou Pilatos.

— Tolmai — respondeu Afrânio, e acrescentou, preocupado: — Será que cometeu um erro?

— Prossiga — respondeu Pilatos. — Não houve erro. Aliás, estou começando a ficar confuso, Afrânio, pelo visto estou diante de um homem que nunca comete erros. Esse homem é o senhor.

— Mateus Levi subiu na carroça junto com os corpos dos executados, e, duas horas depois, eles alcançaram a caverna deserta, ao norte de Yerushalaim. Lá, o comando trabalhou alternadamente e, durante uma hora, abriu um buraco profundo, e nele sepultou os três corpos.

— Nus?

— Não, procurador, o comando levou consigo túnicas. Nos dedos dos mortos foram colocados anéis. O de Yeshua tinha uma marca, o de Dismas duas e o de Gestas três. O buraco foi fechado e coberto de pedras. Tolmai sabe quais são as marcas distintivas.

— Ah, se eu tivesse como prever! — disse Pilatos enrugando a cara. — Tinha que encontrar esse tal de Mateus Levi...

— Ele está aqui, procurador...

Pilatos arregalou os olhos, olhou para Afrânio durante um tempo e disse:

— Agradeço ao senhor tudo que está fazendo nesse caso. Peço que amanhã envie Tolmai até aqui para explicar-lhe que estou satisfeito com ele. E o senhor, Afrânio — o procurador retirou um anel do bolso do cinto que estava sobre a mesa e o estendeu para o chefe da guarda secreta —, peço que aceite isso como uma recordação.

Afrânio fez uma reverência e disse:

— Muita honra, procurador.

— Peço que condecore todo o comando que fez o sepultamento. E apresente uma repreensão aos investigadores que deixaram Judas escapar. Quero que Mateus Levi venha a mim imediatamente. Preciso de detalhes sobre o caso de Yeshua.

— Sim, senhor procurador — respondeu Afrânio, e começou a dar passos para trás e a fazer reverências. O procurador, por sua vez, bateu palmas e gritou:

— Aqui! Uma lamparina para a colunata!

Afrânio já estava saindo para os jardins quando, detrás de Pilatos, nas mãos de seus escravos, brilharam as luzes. Três lamparinas sobre a mesa estavam agora diante do procurador, e a noite enluarada afastou-se para os jardins, como se Afrânio a tivesse levado consigo. No lugar de Afrânio entrou na varanda um homem desconhecido, pequeno e magro, junto com um centurião gigante. O segundo, após perceber o olhar do procurador, dirigiu-se no mesmo instante para os jardins e desapareceu.

O procurador observava o homem com olhar ávido e um pouco assustado. Era a forma de olhar para alguém de quem ouvira falar muito, em quem pensara muito e que finalmente aparecera.

O homem, de uns quarenta anos, cabelos negros, maltrapilho, coberto de sujeira, olhava com olhos desconfiados. Não era agradável de ver, e mais parecia com um mendigo, daqueles que se amontoam nas entradas dos templos ou nos mercados barulhentos e sujos da Cidade Baixa.

O silêncio durou muito tempo e foi interrompido pelo comportamento estranho do homem trazido a Pilatos. Ele sofreu uma mudança brusca na expressão facial, cambaleou e, se não tivesse apoiado a mão suja sobre a mesa, teria caído.

— O que você tem? — perguntou Pilatos.

— Nada — respondeu Mateus Levi, e fez um movimento como se tivesse engolido algo. Seu pescoço magro, descoberto e sujo, inchou e voltou ao normal.

— O que você tem? Responda — repetiu Pilatos.

— Estou cansado — disse Mateus Levi, olhando triste para o chão.

— Sente-se — falou Pilatos e indicou a poltrona.

Levi olhou desconfiado para o procurador, dirigiu-se para a poltrona, olhou de soslaio para as maçanetas de ouro e não se sentou na poltrona, mas no chão ao lado dela.

— Explique-me, por que não se sentou na poltrona? — perguntou Pilatos.

— Estou sujo, vou sujá-la — disse Levi, olhando para o chão.

— Vou pedir para lhe servirem algo para comer.

— Não quero comer — disse Levi.

— Para que mentir? — perguntou Pilatos. — Está sem comer o dia inteiro ou, quem sabe, há mais tempo. Mas está bem, não coma. Eu o chamei para que me mostrasse a faca que carregava consigo.

— Os soldados a tomaram quando entrei aqui — respondeu Mateus Levi e acrescentou, triste: — O senhor me devolva, tenho que entregar ao dono, pois a roubei.

— Para quê?

— Para cortar as cordas — respondeu Mateus Levi.

— Marcos! — gritou o procurador e o centurião entrou na colunata. — Dê-me a faca dele.

O centurião retirou de uma das bainhas do cinturão uma faca de pão suja, entregou-a ao procurador e se retirou.

— Com quem você pegou a faca?

— Na venda de pão próxima dos portões de Hebron, à esquerda, logo depois da entrada da cidade.

Pilatos olhou para a lâmina larga, testou o fio com o dedo para ver se estava afiada e disse:

— Não se preocupe com a faca, será devolvida à venda. Agora, preciso de outra coisa: mostre-me a carta que carrega consigo, na qual estão escritas as palavras de Yeshua.

Levi olhou com ódio para Pilatos e lhe deu um sorriso hostil, mudando completamente a expressão de seu rosto.

— Querem me tomar tudo? Até a última coisa que possuo? — perguntou ele.

— Não disse para me entregar — respondeu Pilatos —, pedi que me mostrasse.

Levi vasculhou dentro da camisa e retirou um embrulho de pergaminho. Pilatos o pegou, desembrulhou e o estendeu entre as luminárias e, apertando os olhos, começou a decodificar os sinais pouco compreensíveis escritos com tinta. Era difícil entender as linhas tortas, por isso Pilatos fazia careta, inclinava-se até o pergaminho e seguia as linhas com o dedo. Conseguiu entender que o que estava escrito era uma cadeia de certas expressões, de datas, de anotações, de atividades e de trechos poéticos. Pilatos conseguiu ler alguma coisa: "Não há morte… Ontem comemos doces frutos primaveris…".

Fazendo caretas de tanta tensão, Pilatos apertava os olhos e lia: "Veremos o rio puro da vida… A humanidade vai olhar para o sol através de um cristal transparente…".

Nesse momento Pilatos estremeceu. Nas últimas linhas do pergaminho ele compreendeu as palavras: "…do grande defeito… a covardia".

Pilatos enrolou o pergaminho e, com um movimento brusco, estendeu-o a Levi.

— Tome — disse ele e, depois de um silêncio, acrescentou: — Você, como percebo, é um homem letrado e não tem motivo para andar assim, solitário, em trajes de mendigo e sem eira nem beira. Tenho uma grande biblioteca em Cesareia, sou muito rico e quero que venha me servir. Vai arrumar e guardar os papiros, e estará sempre vestido e alimentado.

Mateus Levi levantou-se e respondeu:

— Não, eu não quero.

— Por quê? — perguntou o procurador com a expressão sombria. — Não gosta de mim, tem medo de mim?

O mesmo sorriso hostil deformou o rosto de Levi, e ele disse:

— Não, é porque você vai ter medo de mim. Não será muito fácil para você me olhar na cara depois de tê-lo matado.

— Cale-se — respondeu Pilatos —, tome dinheiro.

Levi acenou com a cabeça negativamente enquanto o procurador continuava:

— Você, sei disso, considera-se discípulo de Yeshua, mas direi que não aprendeu nada daquilo que ele ensinou. Pois, se tivesse aprendido, aceitaria o que estou oferecendo. Saiba que ele disse antes de morrer que não acusava ninguém de sua morte. — Pilatos suspendeu o dedo e seu rosto estava todo em convulsão. — Ele com certeza teria aceitado alguma coisa. Você é cruel, ele não era. Para onde vai?

Levi se aproximou de repente da mesa, apoiou-se nela com as duas mãos e, olhando com os olhos brilhantes para o procurador, cochichou-lhe:

— Você, Hegemon, fique sabendo que eu vou matar uma pessoa em Yerushalaim. Quero lhe dizer isso para que saiba que ainda vai correr sangue.

— Também sei que vai correr — respondeu Pilatos. — Você não me impressiona com suas palavras. É claro que quer me matar.

— Não vou conseguir matá-lo — respondeu Levi, arreganhando os dentes e sorrindo —, não sou um homem tão tolo para acreditar que conseguirei isso. Vou matar Judas de Queriote; a isso, sim, dedicarei o resto da minha vida.

Então o rosto do procurador expressou satisfação, e ele acenou com o dedo para que Mateus Levi se aproximasse dele, e disse:

— Isso você não terá como fazer, não se preocupe à toa. Judas foi morto nessa noite.

Levi pulou da mesa, lançou um olhar selvagem ao redor e gritou:

— Quem fez isso?

— Não seja ciumento — respondeu Pilatos, arreganhando os dentes e esfregando as mãos —, temo que ele tinha outros admiradores além de você.

— Quem fez isso? — repetiu Levi baixinho.

Pilatos respondeu:

— Fui eu.

Levi abriu a boca e olhou fixamente para o procurador, que lhe disse baixinho:

— É claro que isso não é muito, mas fui eu quem fiz. — E acrescentou: — Bem, agora vai aceitar alguma coisa?

Levi pensou, acalmou-se e finalmente disse:

— Ordene que me deem um pedaço de pergaminho limpo.

Passou-se uma hora. Levi já não estava mais no palácio. Agora, o silêncio do amanhecer era interrompido somente pelo barulho baixinho dos passos da guarda no jardim. A lua rapidamente perdia a cor, do outro lado do céu via-se a mancha esbranquiçada da estrela matinal. As lamparinas estavam apagadas havia muito tempo. O procurador estava deitado no leito. Com a mão embaixo do queixo, ele dormia e respirava silenciosamente. Ao seu lado dormia Banga.

Foi assim que o amanhecer do décimo quinto dia de Nissan encontrou o quinto procurador da Judeia, Pôncio Pilatos.

27. O fim do apartamento nº 50

Quando Margarida chegou às últimas palavras do capítulo — "Foi assim que o amanhecer do décimo quinto dia de Nissan encontrou o quinto procurador da Judeia, Pôncio Pilatos" — havia amanhecido.

Ouvia-se como, no pátio, nos galhos do salgueiro e da tília, os pardais travavam uma conversa matinal alegre e animada.

Margarida levantou-se da poltrona, espreguiçou-se e somente então sentiu seu corpo dolorido e muita vontade de dormir. É interessante destacar que a alma de Margarida estava em total ordem. Seus pensamentos não estavam confusos, não ficara impressionada por ter passado a noite de forma sobrenatural. Não se perturbava com a lembrança de que havia estado em um baile na casa de satanás, e que, de forma mágica, o mestre havia sido devolvido a ela, que o romance ressurgira das cinzas e tudo novamente estava em seu lugar lá no subsolo da travessa de onde foi expulso o delator Aloizi Mogaritch. Ou seja, conhecer Woland não lhe trouxe nenhum prejuízo psíquico. Tudo estava de maneira como se assim devesse ser.

Ela se dirigiu para o quarto ao lado, certificou-se de que o mestre estava dormindo em sono profundo e tranquilo, apagou a lâmpada desnecessariamente acesa em cima da mesa e estendeu-se no sofá coberto com lençol velho e rasgado junto à parede do lado oposto. Um minuto depois já havia adormecido e não teve sonho algum. Os cômodos do subsolo estavam em silêncio, todo o prediozinho estava em silêncio, não se ouvia nada na travessa.

Mas nesse momento, ou seja, no amanhecer do sábado, não dormia um andar inteiro de uma das instituições moscovitas, e suas janelas, que davam para uma praça grande asfaltada e que era limpa com escovas por carros especiais que passavam devagar tocando as buzinas, brilhavam com a luz do sol nascente.

O andar inteiro estava ocupado com as investigações do caso Woland, e a luz permanecera acesa durante toda a noite em dez gabinetes.

Aliás, o caso já havia sido esclarecido desde o dia anterior, sexta-feira, quando tiveram de fechar o Teatro de Variedades por causa do desaparecimento de sua administração e de todas as sem-vergonhices que aconteceram um dia antes durante a famosa sessão de magia negra. Porém, o problema era que, a toda hora e ininterruptamente, chegava ao andar insone mais e mais material novo.

Agora, os investigadores desse caso estranho, que era claramente uma obra de satanás misturada a mágicas de hipnose, e com cheiro de crime, tinham à sua disposição os acontecimentos mais diversos e confusos ocorridos nos mais diferentes locais de Moscou, e tinham que juntar tudo isso num único caso.

O primeiro a entrar no andar insone e iluminado pela luz elétrica foi Arkadi Apollonovitch Sempleiarov, presidente da Comissão Acústica.

Depois do almoço, na sexta-feira, em seu apartamento, localizado junto à ponte Kamenni, o telefone tocou e uma voz masculina pediu para falar com Arkadi Apollonovitch. Sua mulher atendeu e respondeu com tristeza que ele estava doente, havia se deitado para ler e não podia atender o telefone. No entanto, Arkadi Apollonovitch teve que atender. Ao perguntar quem queria falar com ele, a voz ao telefone foi breve.

— Um minuto... agora... um minuto... — balbuciou a mulher do presidente da Comissão Acústica, que normalmente era muito desdenhosa, e correu feito uma flecha em direção ao quarto para acordar Arkadi Apollonovitch, que estava deitado na cama, passando por tormentos infernais ao recordar a sessão do dia anterior e o escândalo noturno que acompanhara a expulsão do apartamento de sua sobrinha de Saratov.

Verdade que, não um segundo depois, nem um minuto depois, mas um quarto de minuto depois, Arkadi Apollonovitch, calçando somente o sapato do pé esquerdo, trajando somente roupas de baixo, já estava ao aparelho balbuciando:

— Sim, sou eu... Estou ouvindo, estou ouvindo...

Sua esposa, que nesses instantes esquecia todos os crimes repugnantes contra a fidelidade nos quais o pobre Arkadi Apollonovitch havia sido envolvido, apareceu na porta do corredor com uma cara assustada, estendeu os sapatos no ar e sussurrou:

— Calce o sapato, o sapato... Vai se gripar. — Arkadi Apollonovitch esquivava-se da mulher, enxotando-a com o pé descalço e, com o olhar raivoso, balbuciava ao telefone:

— Sim, sim, sim, como, entendo... Estou indo...

Arkadi Apollonovitch passou a noite inteira exatamente naquele andar onde estavam sendo desenvolvidas as investigações. A conversa foi pesada e desagradabilíssima, pois teve de relatar com toda a sinceridade não só a sessão ignóbil e a briga no camarote, mas, consequentemente, foi necessário falar de Militsa Andreievna Pokobatko, da rua Ielokhovskaia, assim como da sobrinha de Saratov e muito mais, e esses relatos provocaram em Arkadi Apollonovitch sofrimentos incalculáveis.

Obviamente, as declarações de Arkadi Apollonovitch, um homem intelectual e culto, testemunha da sessão repugnante, testemunha qualificada e sensata que descreveu maravilhosamente o misterioso mago de máscara e seus dois auxiliares malditos, que gravou maravilhosamente bem que o sobrenome do mago era de fato Woland, ajudaram a avançar nas investigações de forma significativa. E a confrontação das declarações de Arkadi Apollonovitch com as outras, incluindo as das damas que se revelaram vítimas após a sessão (aquela, de lingerie lilás que havia impressionado Rimski e, infelizmente, muitas outras) e as do mensageiro Karpov que fora enviado ao apartamento nº 50 na rua Sadovaia, indicou o local onde deveria ser procurado o culpado por todas aquelas aventuras.

Estiveram no apartamento nº 50 algumas vezes e não só o revistaram minuciosamente, como também bateram nas paredes e revistaram as chaminés das lareiras à procura de esconderijos. Porém essas ações não trouxeram nenhum resultado, e não conseguiram encontrar ninguém em todas as vezes que lá estiveram, apesar da certeza de que havia alguém no apartamento, e mesmo as pessoas que de uma ou outra forma deveriam administrar as questões de permanência de artistas internacionais em Moscou afirmaram categoricamente que não havia mago Woland algum na cidade e que não poderia haver.

Definitivamente, ele, ao chegar, não havia se registrado em lugar algum, não apresentara seu passaporte ou outros papéis quaisquer a ninguém, nem mesmo contratos ou acordos, e ninguém tinha ouvido falar dele! O responsável pelo programa da Comissão de Espetáculos, Kitaitsev, jurava que Stiopa Likhodieiev não havia submetido à sua aprovação nenhum programa do espetáculo desse tal de Woland, muito menos havia telegrafado a ele sobre a sua chegada. Por isso, Kitaitsev não entendia e desconhecia como Stiopa pôde permitir tal sessão no Teatro de Variedades. Mas, quando Arkadi Apollonovitch disse que viu com seus olhos o tal mago na sessão, Kitaitsev estendeu os braços em sinal de desconhecimento e elevou os olhos para o céu. E, pelos olhos de Kitaitsev, podia-se perceber e afirmar com coragem que ele era transparente como o cristal.

Mesmo Prokhor Petrovitch, presidente da comissão de Espetáculos...

Aliás, ele voltou a usar terno logo depois que a polícia havia entrado em seu gabinete, para a felicidade delirante de Anna Ritchardovna e para grande perplexidade da polícia, que fora perturbada à toa. Mais um aliás: depois de voltar para o seu lugar em seu terno cinza listrado, Prokhor Petrovitch aprovou todas as resoluções que o terno havia aprovado durante a sua breve ausência.

... Pois bem, mesmo Prokhor Petrovitch decididamente não sabia de nada sobre esse tal de Woland.

Queira ou não queira, estava havendo algo absurdo: milhares de espectadores, todo o pessoal do Teatro de Variedades e, finalmente, Sempleiarov, Arkadi Apollonovitch — esse homem cultíssimo — viram o tal mago, assim como seus auxiliares, e no entanto não podiam encontrá-lo em lugar algum. Pois bem, então permitam-me perguntar: ele sumiu terra abaixo logo depois da maldita sessão ou, como afirmam alguns, nem apareceu em Moscou? Caso admitamos a primeira hipótese, sem dúvida que, ao cair terra abaixo, ele levou consigo toda a direção da administração do Teatro de Variedades, mas, caso admitamos a segunda hipótese, então podemos supor que a própria administração do maldito teatro, ao cometer propostalmente algo ignóbil (lembrem-se do vidro da janela quebrado no gabinete e o comportamento de Ás de Ouros!), desapareceu de Moscou sem deixar vestígios.

Deve-se reconhecer o trabalho daqueles que encabeçavam as investigações. Conseguiram encontrar Rimski com uma rapidez impressionante. Bastava comparar o comportamento de Ás de Ouros no ponto de táxi ao lado do cinema com algumas datas, como, por exemplo, quando terminou a sessão e quando exatamente poderia ter desaparecido Rimski, para passar imediatamente o telegrama para Leningrado. Uma hora depois, chegou a resposta (na noite de sexta-feira): Rimski fora encontrado no quarto 412 do hotel Astoria, no quarto andar, ao lado do quarto onde havia se acomodado o responsável pelo repertório de um dos teatros moscovitas que estava em turnê em Leningrado, exatamente naquele quarto onde, como se sabe, os móveis eram cinza e azul com dourado e havia um banheiro maravilhoso.

Descoberto dentro do armário do 412 do hotel Astoria, Rimski foi imediatamente preso e interrogado em Leningrado mesmo. Logo depois, chegou a Moscou um telegrama que dizia que o diretor financeiro do Teatro de Variedades estava fora de si, e que não apresentava respostas claras, ou não queria responder às perguntas, e pedia somente que o escondessem numa câmara blindada com uma guarda armada. De Moscou partiu a ordem para levar Rimski para Moscou sob guarda e, na sexta-feira à noite, Rimski seguiu de Leningrado para Moscou sob vigilância.

Na noite de sexta-feira também conseguiram descobrir o paradeiro de Likhodieiev. Para todas as cidades foram enviados telegramas solicitando informações sobre Likhodieiev, e de Ialta foi recebida a resposta, de que Likhodieiev estivera em Ialta, mas partira de aeroplano em direção a Moscou.

Somente de Varienukha não se conseguiu encontrar nenhuma pista. O famoso administrador teatral, conhecido de praticamente toda Moscou, parecia ter desaparecido de vez.

Ao mesmo tempo, foi necessário ocupar-se dos acontecimentos em outras partes de Moscou, fora do Teatro de Variedades. Era necessário explicar o caso extraordinário dos funcionários que cantavam

Mar maravilhoso (aliás, o professor Stravinski conseguiu colocá-los sob controle durante duas horas, por meio de injeções subcutâneas), das pessoas que ostentavam para outras pessoas ou outras instituições sabe-se lá o que em forma de dinheiro, assim como das pessoas que sofriam em função dessa ostentação.

É obvio que o mais desagradável, mais escandaloso e insolúvel de todos esses casos era o do roubo da cabeça do finado escritor Berlioz, furtada diretamente do caixão na sala na rua Griboiedov e à luz do dia.

Doze pessoas realizavam as investigações, unindo, como se usassem uma agulha de tricô, os malditos pontos desse caso intricado, espalhados por Moscou.

Um dos investigadores chegou à clínica do professor Stravinski e, em primeiro lugar, pediu que apresentassem a ele a lista das pessoas que deram entrada na clínica durante os acontecimentos dos últimos três dias. Assim, foram descobertos Nikanor Ivanovitch Bossoi e o infeliz mestre de cerimônias, que teve a cabeça arrancada. Mas deles se ocuparam por pouco tempo. Agora era fácil descobrir que esses dois haviam sido vítimas da mesma quadrilha encabeçada pelo misterioso mago. Mas Ivan Nikolaievitch Bezdomni incitou o interesse do investigador.

A porta do quarto de Ivanuchka, o nº 117, abriu-se ao cair da noite de sexta-feira e nele entrou um homem jovem, de rosto redondo, calmo e suave no trato, que não parecia investigador, embora fosse considerado um dos melhores de Moscou. Ele viu deitado sobre a cama um jovem pálido e encurvado, com os olhos indiferentes a tudo o que estava ocorrendo à sua volta, com olhos que ora olhavam para longe, por cima de tudo, ora para dentro de si mesmo.

O investigador apresentou-se carinhosamente e disse que fora visitar Ivan Nikolaievitch para conversar sobre o ocorrido em Patriarchi Prudi.

Oh, como Ivan teria festejado caso o investigador tivesse vindo a ele um pouco antes, digamos na noite de quinta-feira, quando Ivan exigia impetuosa e avidamente que ouvissem sua história sobre o ocorrido em Patriarchi Prudi. Agora, seu sonho de pegar o consultor havia se realizado, não precisava mais correr atrás de ninguém, vieram a ele exatamente para isso: ouvir sua história sobre o que ocorrera na quarta-feira à noite.

Mas infelizmente Ivanuchka mudara completamente durante o tempo que transcorrera desde a morte de Berlioz. Estava pronto a responder educadamente a todas as perguntas do investigador, mas percebia-se uma indiferença no seu olhar e nas suas entonações. O destino de Berlioz não preocupava mais o poeta.

Antes da chegada do investigador, Ivanuchka cochilava e teve alguns sonhos. Foi assim que viu uma cidade estranha, incompreensível, inexistente, com pedras de mármore, com colunatas desgastadas, com telhados que brilhavam sob o sol, com a torre negra, sombria e impiedosa de Antônia, com o palácio do monte ao leste, mergulhado até os telhados no verde tropical do jardim, com estátuas de bronze ardendo ao entardecer sobre o verde, e viu centuriões romanos em armaduras que marchavam próximos ao muro da cidade antiga.

Ainda meio dormindo, Ivan viu surgir diante de si um homem de barba feita, com o rosto deformado e amarelado, sentado imóvel numa poltrona, envolto numa manta branca com a barra vermelha e olhando com ódio para o frondoso jardim alheio. Ivan viu também o monte sem árvores e com os postes com as barras transversais vazios.

O ocorrido em Patriarchi Prudi não interessava mais ao poeta Ivan Bezdomni.

— Diga, Ivan Nikolaievitch, o senhor estava longe da catraca no momento em que Berlioz foi atropelado pelo bonde?

Um sorriso imperceptível e indiferente por algum motivo tocou os lábios de Ivan e ele respondeu:

— Eu estava longe.

— E aquele de roupas xadrez estava ao lado da catraca?

— Não, ele estava sentado no banco, não muito longe.

— O senhor lembra bem se ele não se aproximou da catraca no momento em que Berlioz foi atropelado?

— Lembro. Não se aproximou. Estava sentado meio largado no banco.

Essas perguntas eram as últimas do investigador. Depois de fazê-las, ele se levantou, estendeu a mão para Ivanuchka, desejou breve recuperação e expressou a esperança de que logo estaria novamente lendo seus poemas.

— Não — disse Ivan baixinho —, eu não vou mais escrever poemas.

O investigador sorriu respeitosamente e se permitiu expressar a certeza de que o poeta estava num estado de leve depressão, mas que isso logo passaria.

— Não — replicou Ivan, olhando não para o investigador, mas para longe, onde estava o crepúsculo —, isso nunca vai passar. Os poemas que escrevi são poemas ruins, e só agora eu entendi.

O investigador foi embora depois de obter um material muito importante. Observando o fio dos acontecimentos, do fim para o início, finalmente conseguiu chegar à origem de tudo que ocorrera. O investigador não tinha dúvidas de que esses acontecimentos começaram com a morte em Patriarchi Prudi. É claro que nem Ivan nem o tal de roupa xadrez teriam empurrado o infeliz presidente da Massolit para baixo do bonde. Fisicamente, digamos assim, ninguém contribuiu para o atropelamento. Porém, o investigador estava certo de que Berlioz jogou-se embaixo do bonde (ou caiu debaixo dele) em estado de hipnose.

É, já havia material suficiente e já se sabia a quem e onde prender. Mas o fato era que não havia meio de fazer a prisão. No apartamento nº 50, três vezes amaldiçoado, sem dúvida havia alguém. De tempos em tempos, alguém nesse apartamento respondia com uma voz anasalada aos chamados telefônicos, às vezes as janelas do apartamento se abriam, e, acima de tudo, ouvia-se o som do gramofone. Mas a cada vez que estiveram lá não encontraram ninguém. E estiveram lá mais de uma vez, e em diversas horas do dia. Além de tudo isso, andaram pelo apartamento passando um pente fino, conferindo cada canto. O apartamento já estava havia tempos sob suspeita. Vigiavam não só o caminho que levava para o pátio pelo portão, mas a entrada dos fundos, e foram posicionados guardas no telhado próximo às chaminés. É, o apartamento nº 50 continuava com as suas traquinagens e nada se podia fazer.

Assim, tudo se prolongou até a meia-noite de sexta-feira para sábado, quando o barão Meigel, vestido em trajes noturnos e calçando sapatos laqueados, dirigiu-se solenemente ao apartamento nº 50 na qualidade de visitante. Ouviu-se como o barão foi recebido no apartamento. Exatamente dez minutos depois, sem quaisquer campainhas, o apartamento foi invadido; porém, além de não encontrarem ninguém, o que já era um mistério, não conseguiram obter sequer vestígios do barão Meigel.

Então, como já foi dito, o trabalho prolongou-se até o amanhecer de sábado. Foi quando surgiram dados novos e muito interessantes. No aeródromo moscovita pousou um avião de passageiros de seis lugares vindo da Crimeia. Entre outros passageiros, surgiu um indivíduo muito estranho. Era um jovem cidadão de barba enorme, que não tomava banho havia três dias, com os olhos inflamados e assustados, sem bagagem e trajando roupas esquisitas. O cidadão estava de *papakha** e de *burka*** por cima da camisa do pijama, calçando chinelos azuis novos, recém-comprados. Assim que se afastou da escada pela qual desciam da cabine do avião, alguém se aproximou dele. Este cidadão era aguardado e, algum tempo depois, o inesquecível diretor do Teatro de Variedades, Stepan Bogdanovitch Likhodieiev, estava diante dos investigadores. Ele acrescentou dados novos. Agora, estava claro que Woland entrara no teatro disfarçado de artista após hipnotizar Stiopa Likhodieiev. Depois, teve a esperteza de expulsar esse mesmo Stiopa para fora de Moscou, para sabe lá Deus quantos quilômetros de distância. Agora havia mais material, mas nem por isso ficou mais fácil, aliás, ficou até mais difícil, pois estava claro que pegar tal pessoa, capaz de fazer brincadeiras como as que fez com a vítima Stepan Bogdanovitch, não era uma tarefa das mais fáceis. Likhodieiev, por solicitação própria, foi encarcerado numa câmara segura, e Varienukha, preso em seu apartamento, para onde havia voltado depois de uma ausência inexplicável de quase dois dias, apresentara-se aos investigadores.

Apesar da promessa feita a Azazello de não mentir mais, o administrador começou exatamente com uma mentira. Mas não se deve julgá-lo com severidade por causa disso. Azazello o proibiu de men-

---

*   Gorro alto de pele de carneiro. (N. T.)
**   Capa de feltro usada pelos cossacos. (N. T.)

tir e de fazer grosserias por telefone, mas nesse caso o administrador falava sem ajuda desse aparelho. Vagando com o olhar, Ivan Savielievitch declarou que na quinta, de dia, em seu gabinete do Teatro de Variedades, embebedou-se sozinho, depois saiu, mas não sabe para onde, bebeu *starka** em algum lugar, mas não lembra onde, depois caiu bêbado, mas não lembra onde. Somente depois de terem dito ao administrador que ele, com o seu comportamento idiota e irracional, estava atrapalhando as investigações de um caso importante e que iria responder por isso é que Varienukha pôs-se a chorar e a falar com a voz trêmula, dizendo que estava mentindo somente porque tinha medo da quadrilha de Woland, pois já estivera em suas mãos, por isso pedia e suplicava ansiosamente que fosse trancafiado na câmara blindada.

— Ah, diabo! Inventaram agora essa câmara blindada! — resmungou um dos investigadores.

— Os malditos assustaram eles para valer — disse o investigador que esteve com Ivanuchka.

Acalmaram Varienukha e lhe disseram que iriam protegê-lo sem qualquer câmara. Então revelou-se que não houve *starka* alguma, e que ele tinha sido agredido por dois tipos: um com caninos e ruivo, o outro gorducho...

— Ah, parecido com um gato?

— Sim, sim, sim — cochichou o administrador, paralisado de tanto medo e olhando para trás a cada segundo, continuando a expor outros detalhes de como sobreviveu por mais de dois dias no apartamento nº 50 na qualidade de vampiro-delator, quase se tornando motivo da morte do diretor financeiro Rimski...

Nesse momento entraram conduzindo Rimski, que havia chegado de trem de Leningrado. No entanto, esse velho grisalho, tremendo de medo e psiquicamente desnorteado, no qual era difícil reconhecer o anterior diretor financeiro, por nada no mundo queria falar a verdade e revelou-se, no caso, decidido e teimoso. Rimski afirmava que não havia visto nenhuma Hella pela janela de seu gabinete, à noite, nem nenhum Varienukha, e que tinha passado mal e

---

* Um tipo de vodka envelhecida. (N. T.)

viajado totalmente fora de si para Leningrado. Nem é necessário dizer que o depoimento do diretor financeiro doente terminou com o pedido de ser trancafiado na câmara blindada.

Annuchka foi presa quando empreendia a tentativa de entregar uma nota de dez dólares à caixa da loja na Arbat. O relato de Annuchka sobre as pessoas que saíram voando pela janela do prédio na rua Sadovaia e sobre a ferradura que ela, segundo seu depoimento, tinha pegado para apresentar à polícia foi ouvido com muita atenção.

— A ferradura era realmente de ouro e cravejada de brilhantes? — perguntaram-lhe.

— Conheço muito bem brilhantes — respondia Annuchka.

— E ele lhe deu notas de dez, como disse?

— Sei muito bem como são as notas de dez — respondia Annuchka.

— Pois então quando foi que se transformaram em dólares?

— Não sei de nada, que dólares são esses, não vi esses dólares — respondia Annuchka, com a voz aguda —, estou no meu direito! Recebi uma recompensa e comprei tecido com ela... — e começou a falar bobagens, dizendo que não respondia pela administração predial que permitira que satanás se instalasse no quinto andar e não deixasse ninguém em paz.

Nesse instante o investigador acenou para Annuchka com a pena da caneta, pois ela já havia abusado da paciência de todos os presentes, deu-lhe a permissão em papel verde para que fosse embora e, para a felicidade de todos, Annuchka sumiu do prédio.

Depois, surgiu uma fila de pessoas, e entre elas estava Nikolai Ivanovitch, recém-preso por causa de uma atitude tola de sua mulher ciumenta que dera parte à polícia pela manhã, dizendo que o marido havia desaparecido. Nikolai Ivanovitch não impressionou muito os investigadores com a apresentação do atestado de que havia passado todo esse tempo no baile do satanás. Em seus relatos sobre como carregou pelos ares em suas costas até onde Judas perdeu as botas a empregada de Margarida Nikolaievna para banhar-se no rio, e sobre a aparição de Margarida Nikolaievna nua na janela que antecedeu a isso, Nikolai Ivanovitch não foi muito verdadeiro. Assim, por exemplo, ele não considerou necessário se lembrar de ter aparecido no quarto trazendo nas mãos a camisa que fora jogada pela janela, e que chamara Natacha de Vênus. Segundo ele, Natacha saiu voando pela janela, montou nele e o levou para fora de Moscou...

— Sendo dominado à força, fui obrigado a obedecer — contou Nikolai Ivanovitch, e terminou seu relato pedindo que não contassem isso à esposa. O que lhe foi prometido.

O depoimento de Nikolai Ivanovitch permitiu que a investigação concluísse que Margarida Nikolaievna, assim como sua empregada Natacha, haviam sumido sem deixar vestígios. Foram tomadas medidas para que fossem localizadas.

Com as investigações que não cessavam por um segundo, teve início a manhã do sábado. Na cidade, a essa hora, surgiam e se espalhavam boatos impossíveis, nos quais a pequena parte de verdade era enfeitada com uma mentira exuberante. Diziam que houve a sessão no Teatro de Variedades e que, depois dela, os dois mil espectadores saíram à rua assim como vieram ao mundo, que a tipografia da rua Sadovaia imprimia dinheiro falso e mágico, que uma quadrilha havia sequestrado cinco administradores no setor de diversão, que a polícia logo os encontrou, e se dizia muito mais, que não dá vontade de repetir.

No entanto, aproximava-se a hora do almoço e então lá, onde se realizava a investigação, soou o telefone. Comunicavam da rua Sadovaia que o maldito apartamento novamente dera sinais de vida. Foi dito que abriram as janelas por dentro, que dava para ouvir o piano e alguém cantando, e que dava para ver um gato preto sentado no batente da janela, aquecendo-se ao sol.

Aproximadamente às quatro horas da tarde do dia quente, o grande grupo de homens vestidos à paisana saiu em três carros para o prédio nº 302-bis da rua Sadovaia. O grupo grande se dividiu em dois pequenos, um foi em direção aos portões do prédio diretamente para a entrada social nº 6 e o outro abriu a portinhola que normalmente ficava lacrada e que levava para a entrada dos fundos. Os dois grupos começaram a subir simultaneamente pelas escadas do prédio em direção ao apartamento nº 50.

Nessa hora, Koroviev e Azazello — aliás Koroviev em seus trajes habituais, não em seu fraque de festa — estavam sentados na sala de jantar, terminando o café da manhã. Woland, como sempre, estava em seu quarto, e onde estava o gato não se sabia. Porém, a julgar pelo barulho de panelas que vinha da cozinha, podia-se supor que Behemoth estava exatamente lá, fazendo bobagens, como era seu costume.

— Mas que passos são esses pelas escadas? — perguntou Koroviev mexendo a colher na xícara de café.

— Ah, estão vindo nos prender — respondeu Azazello e tomou uma dose de conhaque.

— Aham, está bem — respondeu Koroviev.

Os que subiam pela escada da entrada social naquele instante já estavam na área do terceiro andar. Lá, dois bombeiros se ocupavam da calefação a vapor. Os que subiram as escadas trocaram olhares significativos com os bombeiros.

— Todos estão em casa — cochichou um dos bombeiros, batendo com um martelinho no tubo.

O que vinha à frente tirou de dentro do paletó uma pistola Mauser preta, e o outro, ao seu lado, retirou as algemas. Os que se preparavam para invadir o apartamento nº 50 estavam bem equipados. Dois deles traziam em seus bolsos redes finas de seda que se abriam com facilidade. Outro tinha um laço e outro, máscaras de gás e ampolas com clorofórmio.

Em um segundo a porta da frente do apartamento nº 50 foi aberta e todos já se encontravam no hall de entrada, e a porta que bateu deu a entender que o grupo que vinha pelos fundos também havia chegado naquele momento.

Dessa vez, estava certo de que, se não era o sucesso total, pelo menos algum sucesso estava garantido. No mesmo instante as pessoas se distribuíram por todos os quartos, mas não encontraram ninguém. Porém, na sala de jantar, havia restos do café da manhã abandonado às pressas e, na sala de estar, na estante sobre a lareira, ao lado da jarra de cristal, estava um gato preto enorme. Ele tinha em suas patas um fogareiro.

Em silêncio total, os que entraram na sala de estar contemplaram o gato durante um tempo bastante longo.

— Hum... é... que beleza... — cochichou um deles.

— Não estou fazendo nada, não estou incomodando ninguém, estou consertando o fogareiro — disse o gato, eriçado com animosidade —, e ainda considero uma obrigação avisar que o gato é um animal antigo e sagrado.

— Trabalho excepcionalmente limpo — cochichou um dos invasores.

E o outro respondeu com clareza e baixinho:

— Bom, seu gato sagrado, intocável e profético, faça o favor de vir para cá!

A rede de seda foi estendida e lançada, mas aquele que a jogou, para surpresa de todos, errou o alvo e apanhou com ela somente a jarra que, com muito barulho, estilhaçou-se no chão.

— Errou! — gritou o gato. — Urra! — E, deixando o fogareiro de lado, sacou das costas uma Browning. Num segundo, mirou na direção da pessoa que estava mais próxima, mas antes de o gato conseguir atirar houve um disparo vindo da mão do homem, e com o tiro da Mauser o gato caiu da prateleira no chão de cabeça para baixo, derrubando a Browning e o fogareiro.

— Está tudo acabado! — disse o gato com voz fraca, e estendeu-se languidamente na poça de sangue. — Afastem-se de mim por um segundo, deixem eu me despedir da terra. Oh, meu amigo Azazello! — gemeu o gato, esvaindo-se em sangue. — Onde está? — O gato dirigiu seus olhos que se apagavam para a porta da sala de jantar. — Você não veio em meu socorro no momento de uma batalha desigual. Você abandonou o pobre Behemoth, trocando-o por um copo, é bem verdade, de um conhaque muito bom! Pois bem, que a minha morte fique na sua consciência, e lhe deixo de herança a minha Browning...

— A rede, a rede, a rede — cochichavam com preocupação em torno do gato. Mas a rede havia enganchado no bolso de alguém e não saía de jeito nenhum.

— A única coisa que pode salvar um gato mortalmente ferido — pronunciou o gato — é um gole de benzina... — E, aproveitando a confusão com a rede, ele encostou a boca no orifício do fogareiro e bebeu o combustível. No mesmo instante, o sangue embaixo da pata superior esquerda parou de jorrar.

O gato levantou-se vivo e ágil, pegou o fogareiro, pulou com ele de volta para a cornija sobre a lareira e, de lá, arrancando o papel de parede, subiu pela parede e, dois segundos depois, estava acima dos invasores, sentado na cornija metálica.

De um lance, as mãos se agarraram na cortina e a arrancaram junto com a cornija, e o sol invadiu o quarto escuro. Porém, nem o gato que malandramente havia se curado nem o fogareiro caíram no chão. O gato, sem se separar do fogareiro, conseguiu, voando pelos ares, subir no lustre dependurado no centro do cômodo.

— Escada! — gritaram de baixo.

— Eu os desafio para um duelo! — gritou o gato, montado no lustre sobrevoando as cabeças. O gato mirou e, balançando como um pêndulo sobre as cabeças dos invasores, abriu fogo. O barulho estremeceu o apartamento. Começaram a cair no chão estilhaços do lustre, o espelho da lareira rachou em forma de estrelas, o pó branco da pintura caía do teto, pelo chão pulavam as cápsulas das balas, os vidros das janelas se estilhaçaram e do fogareiro esburacado pelas balas jorrou benzina. Era impossível apanhar o gato vivo. Por isso, os invasores atiravam com pontaria e fúria com suas Mausers para a cabeça, a barriga, o peito e as costas dele. O tiroteio provocou pânico no asfalto do pátio.

Porém, o tiroteio não durou muito tempo, e começou a se acalmar por si mesmo. O problema é que os disparos não feriam nem o gato nem os invasores. Ninguém foi morto, nem mesmo ferido; todos, incluindo o gato, permaneciam intactos. Alguém entre os invasores, para se certificar definitivamente, descarregou cinco balas na cabeça do gato maldito, e o gato respondeu com uma rajada de tiros. E foi o mesmo: nenhum efeito foi produzido em ninguém. O gato se balançava no lustre mais devagar, soprando no cano da Browning e cuspindo nas patas. Os que estavam parados embaixo expressavam em seus rostos total incompreensão. Era o único caso, se não um dos únicos, em que o tiroteio era totalmente ineficaz. Era possível, é claro, admitir que a Browning do gato fosse de brinquedo, mas o mesmo não podia ser dito das Mausers dos invasores. O primeiro ferimento do gato, não havia a mínima dúvida, fora nada mais que uma mágica e um fingimento ridículo, assim como o ato de beber benzina.

Fizeram mais uma tentativa de pegar o gato. Foi jogado o laço, que se fixou em uma das velas do lustre, e o lustre caiu. O barulho da queda estremeceu o prédio, mas nada se conseguiu com isso. Os presentes foram atingidos pelos estilhaços, e o gato saltou no ar e sentou-se sob o teto, na parte superior da moldura dourada do espelho sobre a lareira. Não pretendia fugir para lugar algum e, ao contrário, sentado num canto bastante seguro, voltou a falar.

— Não entendo — dizia lá de cima — por que estão me tratando com tanta violência...

Nesse momento, a fala foi interrompida sabe-se lá de onde por uma voz grossa e pesada:

— O que está acontecendo no apartamento? Estão me atrapalhando.

Outra voz desagradável e anasalada respondeu:

— É claro que é o Behemoth, diabos!

A terceira voz disse:

— *Messire!* É sábado. O sol está se pondo. Está na nossa hora.

— Desculpem-me, não posso mais ficar conversando — disse o gato de cima do espelho —, está na nossa hora. — Ele lançou sua Browning e quebrou os dois vidros da janela. Depois, espalhou benzina que explodiu sozinha e lançou uma onda de chamas até o teto.

Tudo pegou fogo com uma rapidez e uma força difíceis de se conseguir até mesmo com benzina. No mesmo instante os papéis de parede pegaram fogo, pegou fogo a cortina que estava no chão e começaram a queimar as janelas com os vidros quebrados. O gato tomou impulso, miou, saltou do espelho para o batente da janela e sumiu com seu fogareiro. Tiros soaram do lado de fora. O homem posicionado na escada de incêndio de ferro, no degrau que ficava no nível do apartamento, atirou várias vezes quando o gato saltou do batente da janela em direção à tubulação na beirada do prédio. O gato subiu até o telhado por essa tubulação. Lá, infelizmente, ele também foi atingido por tiros da guarda que vigiava as chaminés, mas sem resultados, e o gato sumiu no pôr do sol que inundava a cidade.

Os tacos do apartamento começaram a pegar fogo sob os pés dos invasores, e no fogo, no local onde havia se estendido o gato fingido na poça de seu sangue, surgiu cada vez mais denso o cadáver do ex-barão Meigel com o queixo empinado e olhos de vidro. Já não havia qualquer possibilidade de tirá-lo de lá.

Os invasores pulavam pelos tacos, batiam as palmas das mãos nos ombros e peitos em chamas e se dirigiram para o gabinete e o hall de entrada. Os que estavam na sala de jantar e no quarto saíram correndo para o corredor. Chegaram correndo também aqueles que estavam na cozinha e foram em direção ao hall. A sala de jantar já estava tomada pelo fogo e pela fumaça. Alguém conseguiu ligar para os bombeiros e gritar rapidamente ao telefone:

— Sadovaia, trezentos e dois bis!

Não havia mais como permanecer ali. O fogo atingiu o hall. Estava difícil de respirar.

Quando das janelas do apartamento amaldiçoado saíram os primeiros filetes de fumaça, do pátio ouviram-se gritos desesperados:

— Incêndio! Incêndio! Estamos pegando fogo!

Em vários apartamentos do prédio as pessoas começaram a gritar pelos telefones:

— Sadovaia! Sadovaia, trezentos e dois bis!

Enquanto na Sadovaia se ouviam as badaladas dos sinos que assustam os corações, vindas dos carros vermelhos compridos e velozes que partiam de todas as partes da cidade, as pessoas desesperadas no pátio viram que, junto com a fumaça da janela do quinto andar, saíram voando, como lhes pareceu, três silhuetas negras masculinas e um vulto de mulher nua.

28. As últimas aventuras de Koroviev e Behemoth

Se eram silhuetas ou visões dos moradores tomados pelo medo do maldito prédio na Sadovaia, não há como dizer com certeza. Se estiveram ali, e para onde foram a seguir, ninguém podia dizer também. Onde se separaram também não se sabe, mas sabemos que, aproximadamente quinze minutos depois do início do incêndio na Sadovaia, próximo das portas espelhadas do Torgsin,* no mercado Smolenski, surgiu um cidadão comprido de terno quadriculado e, com ele, um gato preto grande.

Desviando com habilidade dos transeuntes, o cidadão abriu a porta da loja. Mas um porteiro pequeno, magro e muito antipático barrou seu caminho e disse irritado:

— É proibido entrar com gatos!

— Peço desculpas — tilintou o homem comprido, e pôs a mão nodosa na orelha como se fosse surdo. — Com gatos, o senhor diz? Onde está vendo gatos?

O porteiro arregalou os olhos, e com razão: não havia gato algum aos pés do tal cidadão, mas aparecera por trás dele um gorducho de boné querendo desesperadamente entrar na loja, cujo rosto, na verdade, parecia muito a cara de um gato. Nas mãos do gorducho havia um fogareiro.

Por algum motivo o porteiro misantropo não simpatizou com o par de visitantes.

— Aqui a venda é só com dinheiro estrangeiro — disse o porteiro com a voz rouca, olhando irritado por debaixo das sobrancelhas ruças desgrenhadas e com muitas falhas.

---

* Criado em 1931 e extinto em 1936, o Torgsin (União de Comércio com Estrangeiros) atendia os estrangeiros e cidadãos soviéticos que possuíam moeda estrangeira, ouro, prata ou pedras preciosas que podiam ser trocados por alimentos ou bens de consumo. (N. T.)

— Meu querido — tilintou o homem comprido e com o olho brilhando detrás do pince-nez quebrado —, como sabe que não tenho dinheiro estrangeiro? Julga pelo meu terno? Nunca faça isso, meu valioso guarda! Pode se enganar e muito. Releia pelo menos mais uma vez a história do famoso califa Harun al-Rashid.* Porém, nesse caso, deixando temporariamente de lado a história, quero lhe dizer que vou apresentar uma reclamação ao seu gerente e contarei a ele coisas sobre o senhor que talvez o forcem a deixar seu posto entre as portas espelhadas.

— Posso estar com o fogareiro cheio de dinheiro estrangeiro — intrometeu-se na conversa o gorducho em forma de gato, que queria a todo custo entrar na loja.

Atrás deles, o público estava nervoso e empurrava. Olhando para o estranho par com ódio e dúvida, o porteiro afastou-se, e os nossos conhecidos, Koroviev e Behemoth, finalmente entraram. Eles olharam ao redor e depois, com a voz aguda, ouvida em todos os cantos da loja, Koroviev anunciou:

— Que loja maravilhosa! Muito, muito maravilhosa!

O público que estava nos balcões olhou para trás e, por algum motivo, fitou confuso aquele que havia falado, apesar de existirem todas as razões para elogiar a loja.

Centenas de cortes de chita de cores riquíssimas estavam expostos nas prateleiras. Por trás amontoavam-se mais alguns tecidos de algodão e tecidos para fraques. Ao longe havia prateleiras inteiras com caixas de sapatos, e algumas cidadãs estavam sentadas nos banquinhos e calçavam no pé direito o sapato velho, surrado, e no pé esquerdo o mais novo modelo reluzente com o qual pisavam com cuidado no tapete. Em algum lugar tocava um gramofone.

Passando por todas essas maravilhas, Koroviev e Behemoth dirigiram-se logo para onde se encontravam as seções de mercearia e de confeitaria. O lugar era bastante amplo, as cidadãs de lenços e boinas

---

* O mais poderoso califa da dinastia abássida que governou Bagdá entre o final do século VIII e início do IX. Ele aparece como personagem em várias passagens do *Livro das mil e uma noites*, andando pela cidade disfarçado para saber o que de fato ocorria com os seus súditos e o que pensavam dele. (N. T.)

não se empurravam nos balcões, como acontecia no departamento de tecidos.

Um homem baixinho, totalmente quadrado, de barba feita, de óculos com armação de chifre, de chapéu novo, não amassado e sem manchas na fita, de paletó lilás e luvas rubras de lacaio, estava próximo ao balcão e mugia algo em tom de ordem. Um vendedor, num jaleco branco e limpo, e de chapeuzinho azul, atendia o cliente de lilás. Com uma faca afiada, muito parecida com a faca que Mateus Levi tinha roubado, ele retirou do salmão gordo e suado a pele de brilho prateado, muito parecida com pele de cobra.

— Essa seção também é maravilhosa — reconheceu Koroviev solenemente —, e o estrangeiro também é simpático. — E indicou benevolente com o dedo para as costas lilases.

— Não, Fagot, não — respondeu Behemoth, pensativo. — Você, meu amiguinho, está enganado. Algo está faltando no rosto do gentleman lilás, eu acho.

As costas lilases estremeceram, mas provavelmente por acaso, pois como o estrangeiro poderia entender o que diziam em russo Koroviev e seu companheiro?

— Bom? — perguntava o comprador lilás severamente.

— De qualidade internacional! — respondia o vendedor, que enfiava a lâmina da faca sob a pele em tom sedutor.

— Bom eu gosto, ruim, não — dizia o estrangeiro.

— Claro! — respondia o vendedor exaltado.

Então os nossos conhecidos se afastaram do estrangeiro e seu salmão e foram até a ponta da seção de confeitaria.

— Está calor hoje — disse Koroviev, dirigindo-se à vendedora jovem de bochechas vermelhas, mas sem receber resposta. — Quanto custa a tangerina? — quis saber dela Koroviev.

— Trinta copeques o quilo — respondeu a vendedora.

— Só falta nos morder — disse Koroviev, suspirando. — Eh, eh... — pensou um pouco e convidou o seu companheiro: — Coma, Behemoth.

O gorducho colocou o fogareiro debaixo do braço, pegou a tangerina que estava no topo da pirâmide e comeu com casca e tudo, e logo começou com uma segunda.

A vendedora foi dominada por um pavor mortal:

— Ficou louco! — gritou ela, perdendo o rubor do rosto. — Apresente a nota! A nota! — E deixou cair o pegador de bombons.

— Queridinha, meu doce, minha lindeza — disse Koroviev com a voz anasalada, debruçando-se sobre o balcão —, não tenho dinheiro estrangeiro hoje... o que fazer? Mas juro que da próxima vez, no mais tardar segunda-feira, pagaremos! Estamos acomodados aqui perto, na Sadovaia, onde está havendo um incêndio...

Depois de engolir a terceira tangerina, Behemoth enfiou a pata na pirâmide de tabletes de chocolate, retirou o que estava embaixo e obviamente tudo ruiu, e ele engoliu o tablete junto com o embrulho dourado.

Os vendedores do balcão da peixaria ficaram paralisados segurando suas facas, o visitante lilás voltou-se para os ladrões e no mesmo instante revelou-se que Behemoth estava enganado: não faltava algo no rosto do homem de lilás, mas, ao contrário, havia algo a mais: bochechas flácidas e olhos nervosos.

A vendedora, ficando totalmente amarela, gritou melancolicamente para a loja inteira:

— Palossitch! Palossitch!*

O público do departamento de tecidos correu em direção ao grito, e Behemoth afastou-se dos doces sedutores, enfiou a pata no barril com a plaquinha "arenque de Kertch selecionado", pegou um par de arenques e os engoliu, cuspindo os rabos.

— Palossitch! — repetiu o grito desesperado atrás do balcão da confeitaria.

E o vendedor de cavanhaque do balcão da peixaria bramiu:

— O que está fazendo, seu desgraçado?!

Pavel Iossifovitch se apressava para o local dos acontecimentos. Era um homem bem-apessoado, de jaleco branco como um cirurgião, e com a ponta do lápis para fora do bolso. Pavel Iossifovitch parecia ser um homem experiente e num instante avaliou a situação, entendeu tudo e, sem entrar em discussão com os ladrões, acenou com a mão e ordenou:

---

* Contração do nome Pavel Iossifovitch. (N. T.)

— Apite!

O porteiro saiu das portas espelhadas na esquina do mercado de Smolenski e acionou seu apito sinistro. O público começou a cercar os malditos ladrões, e então Koroviev entrou na conversa:

— Cidadãos! — gritou ele com a voz aguda e vibrante. — O que está acontecendo, hein? Permitam-me perguntar. O pobre homem — Koroviev tornou sua voz mais vibrante e apontou para Behemoth, que, no mesmo instante, configurou uma cara chorosa —, o pobre homem passou o dia inteiro consertando o fogareiro; está com fome... onde vai conseguir dinheiro estrangeiro?

Pavel Iossifovitch, que era normalmente contido e tranquilo, gritou em tom severo:

— Deixe disso! — E acenou para longe já impaciente. Então os apitos soaram com mais força.

Mas Koroviev não se intimidava com a demonstração de Pavel Iossifovitch e prosseguia:

— Onde, pergunto eu a vocês? Está morto de fome e de sede! Está com calor. O infeliz pegou uma tangerina para experimentar. Uma tangerina que custa somente três copeques. Só por causa disso começam a apitar como se fossem rouxinóis no bosque primaveril, incomodam a polícia, abrem investigação. E ele, pode? Há? — Koroviev apontou para o gorducho de lilás, que, por sua vez, expressou medo em seu rosto. — Quem é ele? Há? De onde veio? Para quê? Estávamos tristes com a sua ausência? Foi convidado, é? Claro — entortando a boca sarcasticamente, o ex-maestro gritava em tom alto —, está trajando um terno social lilás, está inchado de tanto salmão, mas tem dinheiro estrangeiro, e o nosso, o nosso?! Como é amargo! Amargo! Amargo! — uivou Koroviev, como um padrinho num casamento antigo.*

Toda essa fala tola, indiscreta e politicamente nociva fez com que Pavel Iossifovitch tivesse uma convulsão; porém, por mais estranho que possa parecer, pelos olhares do público em volta via-se que, para muitas pessoas, a fala de Koroviev provocara compaixão! Quan-

---

* Nos casamentos russos existe uma tradição: para pedir que os noivos se beijem, os convidados gritam que a bebida está amarga. (N. T.)

do Behemoth encostou a manga suja e rasgada do paletó nos olhos e exclamou tragicamente: "Obrigado, amigo fiel, por ter tomado as dores do sofredor!", ocorreu um milagre. Um velhinho educado e discreto, vestido de forma humilde, mas asseada, que comprava três doces de amêndoas na confeitaria, ficou vermelho de repente, jogou o pacote com os doces no chão e gritou:

— Verdade! — Sua voz era infantil e aguda. Pegou a bandeja, retirou dela os restos da torre Eiffel de chocolate derrubada por Behemoth, tomou impulso e com a mão esquerda arrancou o chapéu do estrangeiro e, com a direita, com impulso, bateu com a bandeja na cabeça piolhenta do estrangeiro. Soou como um caminhão descarregando folhas de flandres. O gorducho empalideceu, desmaiou e caiu sentado no barril com o arenque, fazendo jorrar para fora a salmoura que conservava o peixe. Então aconteceu o segundo milagre. O homem de lilás, depois de cair no barril, gritou no mais perfeito russo e sem nenhum sinal de sotaque:

— Socorro! Polícia! Os bandidos estão me matando!

Pelo visto, em consequência do abalo sofrido, dominara a língua até então desconhecida para ele.

O apito do porteiro parou e, na multidão dos consumidores perturbados, brilharam dois capacetes de policiais aproximando-se. Mas o traiçoeiro Behemoth, da mesma forma com que derramam água da bacia no banco dentro da sauna, derramou sobre o balcão da confeitaria a benzina do fogareiro, que se incendiou sozinho. A chama explodiu, subiu e correu pelo balcão, consumindo as bonitas fitas de papel nas cestas com frutas. As vendedoras puseram-se a correr aos berros e, assim que conseguiram saltar para o outro lado do balcão, as cortinas nas janelas incendiaram-se e o combustível incendiou o chão. O público, depois de berros lancinantes, correu para fora da confeitaria pisoteando o inútil Pavel Iossifovitch, e, do balcão da peixaria, com as suas facas afiadas, os vendedores correram a trote até as portas dos fundos. O cidadão de lilás conseguiu sair do barril e, todo molhado de salmoura, saltou por sobre o salmão que estava no balcão e seguiu os vendedores. Os vidros espelhados das portas de entrada tilintavam e caíam sob a pressão das pessoas que queriam se salvar. Os dois desgraçados,

Koroviev e o guloso Behemoth, desapareceram. Posteriormente, as testemunhas do início do incêndio no Torgsin do Smolenski contavam que os dois bandidos subiram até o teto e estouraram como dois balões infláveis. É duvidoso que tenha sido exatamente assim, mas o que não sabemos não sabemos.

Sabemos, no entanto, que exatamente um minuto depois do ocorrido no Smolenski tanto Behemoth como Koroviev já estavam na calçada do bulevar, próximo ao prédio da tia de Griboiedov. Koroviev parou perto da cerca e disse:

— Bah! Essa é a casa dos escritores! Sabe, Behemoth, já ouvi muita coisa boa e muito lisonjeira sobre essa casa. Preste atenção, meu amigo, nessa casa. É bom pensar que sob este telhado se esconde e amadurece um sorvedouro de talentos.

— Como ananás em estufas — disse Behemoth, que, para poder observar melhor o prédio de cor creme com colunas, subiu na base de ferro da cerca.

— Exatamente — concordou Koroviev com seu amigo inseparável. — Um arrepio doce se aproxima do coração quando penso que nessa casa agora está amadurecendo o futuro autor de *Dom Quixote* ou de *Fausto* ou, diabos me carreguem, de *Almas mortas*! Não é?

— É terrível só de pensar — concordou Behemoth.

— É — prosseguiu Koroviev —, pode-se esperar coisas impressionantes vindas dessa estufa que uniu sob seu telhado alguns milhares de devotos que resolveram dedicar eternamente suas vidas a Melpômene, Polímnia e Tália. Imagine o barulho que será quando algum deles, para início de conversa, apresentar ao público leitor *O inspetor geral* ou, na pior das hipóteses, *Evgueni Onieguin*.

— Muito fácil — concordou novamente Behemoth.

— É — prosseguiu Koroviev, e levantou pensativo o dedo. — Mas! Mas eu digo e repito isso, mas! Mas só se essas plantas frágeis e cultivadas em estufas não forem atacadas por microrganismos, se não forem cortadas suas raízes, se não apodrecerem! E isso acontece aos ananás! Aham, e como acontece!

— Aliás — quis saber Behemoth, enfiando a cabeça redonda pelo buraco da cerca —, o que eles estão fazendo na varanda?

— Almoçando — explicou Koroviev. — Quero dizer mais, meu querido, ali tem um restaurante decente e não muito caro. E eu, aliás, como qualquer turista antes de seguir viagem, tenho vontade de fazer uma boquinha e tomar uma caneca de cerveja gelada.

— Eu também — respondeu Behemoth, e os dois bandidos marcharam pelo asfalto sob as tílias em direção à varanda, que não pressentia o perigo que o restaurante corria.

Uma cidadã pálida e triste, de meias soquete e boina branca, com o cabelo preso num rabo de cavalo, estava sentada na cadeira veneziana na varanda, onde, entre a vegetação que cobria a treliça, ficava a entrada. Diante dela, numa mesa ampla de cozinha, havia um livro grosso de escritório no qual a cidadã, sabe-se lá por quê, registrava aqueles que entravam no restaurante. Foi exatamente por essa cidadã que Koroviev e Behemoth foram parados.

— Identidade? — disse ela, olhando admirada para o pince-nez de Koroviev e, da mesma forma, para o fogareiro e a manga rasgada no cotovelo de Behemoth.

— Peço mil desculpas, mas que identidade? — perguntou Koroviev com ar confuso.

— São escritores? — perguntou a cidadã, por sua vez.

— Sem dúvida — respondeu Koroviev com orgulho.

— Identidade? — repetiu a cidadã.

— Minha linda… — disse Koroviev carinhosamente.

— Não sou linda — interrompeu-o a cidadã.

— Oh, que pena — disse Koroviev em tom de decepção, e prosseguiu: — Bem, o que fazer já que não deseja ser linda? Seria maravilhoso, mas tudo bem. Para se certificar de que Dostoievski é escritor, você teria de pedir sua identidade? É só pegar quaisquer cinco páginas de qualquer romance e, sem identidade alguma, se certificará de que é um escritor. Sim, suponho que ele também não tinha nenhuma identidade! O que você acha?

Koroviev voltou-se para Behemoth.

— Aposto que não tinha — respondeu o gato e pôs o fogareiro sobre a mesa ao lado do livro, para limpar a testa suja de fuligem e molhada de suor.

— O senhor não é Dostoievski — disse a cidadã, começando a sair do sério com o comportamento de Koroviev.

— Quem sabe, quem sabe — respondeu o gato.

— Dostoievski já morreu — respondeu a cidadã, mas sem muita convicção.

— Protesto! — exclamou Behemoth, acaloradamente. — Dostoievski é imortal!

— Identidade, senhores — disse a cidadã.

— Pelo amor de Deus, isso chega a ser cômico — não se entregava Koroviev. — Não são as identidades que definem um escritor, mas aquilo que ele escreve! Como sabe das ideias que passam por minha cabeça? Ou por essa cabeça? — ele apontou para a cabeça de Behemoth, tirando o boné para que a moça a visse melhor.

— Desobstruam a passagem, senhores — disse a moça, já bastante nervosa.

Koroviev e Behemoth deram um passo para o lado e deixaram passar certo escritor de terno cinza, de camisa leve de verão branca sem gravata, cuja gola estava sobre a gola do paletó, e com um jornal embaixo do braço. O escritor piscou, saudando a moça, assinou o livro e seguiu para a varanda.

— Infelizmente, não é para o nosso bico — disse Koroviev em tom triste. — Ele sim vai conseguir a caneca de cerveja gelada com a qual, nós, pobres andarilhos, tanto sonhamos. Nossa situação é triste e difícil, e eu não sei o que fazer.

Behemoth estendeu os braços num sinal de desapontamento e colocou novamente o boné na cabeça redonda, com uma vasta cabeleira muito parecida com pelo de gato. Nesse momento, uma voz baixa, porém autoritária, soou sobre a cabeça da cidadã:

— Deixe eles entrarem, Sofia Pavlovna.

A cidadã com o livro se espantou, pois no meio do verde da cerca viva despontou um peitilho branco num fraque, e uma barba pontiaguda de pirata. Ele olhava com ar amigável para os dois estranhos esfarrapados e dirigia a eles gestos convidativos. A autoridade de Artchibald Artchibaldovitch era uma coisa perceptivelmente séria no restaurante que ele gerenciava, e Sofia Pavlovna atendeu ao seu pedido, perguntando a Koroviev:

— Sobrenome?

— Panaev — respondeu ele. A cidadá anotou esse sobrenome e dirigiu um olhar interrogativo para Behemoth.

— Skabitchevski — disse ele, apontando por alguma razão para o fogareiro. Sofia Pavlovna anotou e estendeu o livro para os visitantes para que assinassem. Koroviev assinou "Skabitchevski" ao lado do sobrenome "Panaev", e Behemoth assinou "Panaev" ao lado do nome "Skabitchevski".

Artchibald Artchibaldovitch deixou Sofia Pavlovna totalmente confusa, pois sorria com ar sedutor, levando os visitantes até a melhor mesa do lado oposto no final da varanda, lá onde havia a mais densa sombra, até a mesinha ao lado da qual o sol brincava alegremente através das aberturas da cerca viva. Sofia Pavlovna piscava de tanto susto, analisando longamente as estranhas assinaturas dos visitantes no livro.

Os garçons não ficaram menos impressionados do que Sofia Pavlovna com a atitude de Artchibald Artchibaldovitch. Ele afastou pessoalmente a cadeira, convidou Koroviev a se sentar, e, então, piscou para um garçom e cochichou algo para outro, e ambos se puseram a se agitar ao lado dos novos visitantes, um dos quais pôs o fogareiro no chão ao lado de sua botina desbotada.

Instantaneamente, sumiu da mesa a toalha velha com manchas amarelas, e, no ar, estalando de tanta goma, surgiu outra toalha branquíssima como um albornoz de beduíno, e Artchibald Artchibaldovitch cochichava baixinho, mas com entonação, inclinando-se até o ouvido de Koroviev:

— O que posso oferecer? Tenho um salmão defumado muito especial... consegui no congresso de arquitetura...

— O senhor... bom... nos ofereça um tira-gosto... e... — mugiu Koroviev benevolente e estendendo-se na cadeira.

— Entendo — respondeu Artchibald Artchibaldovitch, fechando os olhos em tom significativo.

Quando perceberam a maneira com que o chefe do restaurante estava tratando os estranhos visitantes, os garçons deixaram de lado as dúvidas e puseram-se a trabalhar com seriedade. Um ofereceu fósforos a Behemoth, que tirou uma guimba do bolso e colocou na boca, outro chegou às pressas para pôr os talheres ao lado dos cálices dos quais se bebe com tanto prazer Narzan sob o toldo... não, adiantando um pouco o assunto, pode-se dizer: bebia-se Narzan sob o toldo da varanda inesquecível de Griboiedov.

— Posso oferecer filezinhos de perdizes — miou musicalmente Artchibald Artchibaldovitch. O visitante de pince-nez rachado aprovava todas as propostas do comandante do brigue e olhava benevolente para ele através do vidro inútil.

O beletrista Petrakov-Sukhovei, que estava almoçando com a esposa na mesa ao lado e terminava de comer um escalope de porco, percebeu, com o senso de observação comum a todos os escritores, como Artchibald Artchibaldovitch tratava os visitantes, e ficou muito admirado. A esposa, uma dama de respeito, sentiu ciúmes da relação do pirata com Koroviev e até bateu com a colher... — como se quisesse dizer: "Estão nos atrasando... já estava na hora de trazer o sorvete! O que está acontecendo?".

No entanto, depois de mandar a Petrakova um sorriso sedutor, Artchibald Artchibaldovitch enviou o garçom até ela, mas não deixou seus valiosos visitantes. Ah, como era inteligente Artchibald Artchibaldovitch! Não era um observador nem um pouco pior do que os escritores. Artchibald Artchibaldovitch sabia das sessões do Teatro de Variedades e sobre muitos outros acontecimentos dos últimos dias, mas, ao contrário de muitos, não deixara passar despercebidas as palavras "xadrez" e "gato". Artchibald Artchibaldovitch logo descobriu quem eram seus visitantes, por isso resolveu que não iria brigar com eles. Agora, Sofia Pavlovna, essa é boa! Proibir a entrada dos dois na varanda! Enfim, o que esperar dela?

Petrakova enfiava a colher desdenhosamente no sorvete de creme que derretia e observava, com olhos insatisfeitos, como a mesinha diante dos dois senhores, vestidos como bobos da corte, se enchia de guloseimas como num passe de mágica. As folhas de alface lavadas estavam brilhando e sobressaíam da travessa com caviar fresco... um instante depois, na mesinha especialmente colocada ao lado da mesa maior, surgiu um baldinho prateado suado...

Somente depois de se certificar de que tudo tinha sido feito de acordo, somente quando os garçons trouxeram nas mãos uma frigideira fechada, dentro da qual algo chiava, Artchibald Artchibaldovitch permitiu-se abandonar os dois visitantes, mas antes, cochichou-lhes:

— Desculpem-me! Um minutinho! Vou pessoalmente cuidar dos filezinhos.

Saiu correndo e desapareceu na passagem interna do restaurante. Caso algum observador pudesse acompanhar as ações seguintes de Artchibald Artchibaldovitch, elas lhe pareceriam bastante misteriosas.

O chefe não se dirigiu à cozinha para cuidar dos filezinhos, mas à despensa do restaurante. Abriu-a com uma chave, trancou-se dentro, retirou do compartimento com gelo, com cuidado para não sujar as mangas, dois pedaços grandes de salmão defumado, embrulhou-os num jornal, amarrou-os cuidadosamente com um barbante e os deixou de lado. Depois, conferiu na sala ao lado se estava tudo em seu devido lugar: o paletó de verão com forro de seda e o chapéu, e só depois disso dirigiu-se à cozinha, onde o cozinheiro cuidadosamente preparava os filezinhos prometidos aos visitantes pelo pirata.

É preciso dizer que não havia nada de estranho e misterioso em todas as ações de Artchibald Artchibaldovitch, pois somente um observador superficial poderia considerá-las estranhas. O comportamento de Artchibald Artchibaldovitch estava logicamente ligado ao seu comportamento anterior. Sabendo dos últimos acontecimentos, e confiando principalmente na sua intuição, ele suspeitou que o almoço dos dois visitantes do restaurante da casa Griboiedov podia ser farto e luxuoso, mas não seria longo. E a intuição que nunca enganava o ex-pirata também não o enganou dessa vez.

Enquanto Koroviev e Behemoth brindavam pela segunda vez com taças de vodka gelada, maravilhosa, destilada duas vezes, surgiu na varanda o cronista Boba Kandalupski suado e nervoso, famoso em Moscou por seu incrível conhecimento de tudo e que, no mesmo instante, sentou-se à mesa com os Petrakov. Boba depositou sua mala inchada na mesa e, no mesmo instante, enfiou seus lábios no ouvido de Petrakov e começou a cochichar para ele certas coisas sedutoras. A madame Petrakova, corroendo-se de curiosidade, encostou a sua orelha nos lábios roliços de Boba, que, por sua vez, lançava olhares desconfiados e não parava de cochichar. Podia-se ouvir somente algumas palavras esparsas:

— Juro por minha honra! Na Sadovaia, na Sadovaia — Boba diminuiu ainda mais o tom de voz — as balas não matam! As balas... balas... benzina... incêndio... balas...

— Esses mentirosos que espalham boatos maldosos — disse madame Petrakova com sua voz gutural em tom de indignação e bem mais alto do que gostaria Boba —, esses sim deveriam se explicar! Mas tudo bem, assim será, serão chamados à ordem! São inimigos perigosos!

— Mentirosos nada, Antonida Porfirievna! — exclamou Boba, magoado com a incredulidade da esposa do escritor, e novamente cochichou: — Estou dizendo a vocês, as balas não matam... E agora o incêndio... Foram embora pelo ar... pelo ar — Boba cochichava sem desconfiar que aqueles de quem falava estavam sentados ao seu lado, deleitando-se com seus sussurros.

O deleite, porém, logo foi interrompido. Da passagem interna do restaurante em direção à varanda irromperam três senhores com as cinturas apertadas por cintos, de polainas e revólveres nas mãos. O que estava na frente gritou em voz alta e severa:

— Não se mexam! — E de uma vez todos abriram fogo na varanda, apontando para a cabeça de Koroviev e de Behemoth. Os dois, no mesmo instante, desapareceram no ar, e do fogareiro explodiu uma coluna de chamas em direção à tenda. Na tenda surgiu algo como uma bocarra brilhante com as bordas negras que começou a se espalhar para todos os lados. O fogo passou por ela e subiu até o telhado da casa de Griboiedov. As pastas e papéis que estavam sobre o batente da janela do segundo andar na sala da redação incendiaram-se, depois foi a vez da cortina. Então o fogo, rugindo, como se alguém o estivesse atiçando, passou em colunas para dentro da casa da tia.

Alguns segundos depois, pelas trilhas de asfalto que levavam até a cerca de ferro do bulevar, de onde na noite de quarta-feira viera o primeiro informante da infelicidade de Ivanuchka, agora corriam os escritores que não tinham terminado de almoçar, os garçons, Sofia Pavlovna, Boba, Petrakova, Petrakov.

Artchibald Artchibaldovitch estava parado tranquilo, pois havia saído a tempo pela porta lateral, sem pressa, como um capitão que é obrigado a deixar por último o brigue incendiado. Estava com seu paletó de verão com forro de seda, e trazia embaixo do braço o embrulho com salmão defumado.

29. O destino do mestre e de Margarida é decidido

No pôr do sol acima da cidade, no terraço de pedra de um dos prédios mais bonitos de Moscou, prédio construído havia aproximadamente cento e cinquenta anos, estavam dois personagens: Woland e Azazello. Não podiam ser vistos da rua, pois uma balaustrada com vasos e flores de gesso os encobria dos olhares indesejáveis. Mas eles podiam ver a cidade quase inteira.

Woland estava sentado num banco dobrável e trajava seu roupão preto. Sua espada comprida e larga estava enfiada verticalmente entre as duas lápides quebradas do terraço, formando assim um relógio de sol. A sombra da espada alongava-se devagar e incessantemente, aproximando-se dos sapatos pretos nos pés de satanás. Com o queixo pontiagudo sobre o punho fechado, encurvado sobre o banco e com uma perna debaixo de si, Woland olhava sem se distrair para o imenso conjunto de palácios, prédios gigantes e prédios pequenos que, certamente, seriam derrubados.

Azazello separou-se temporariamente de seus trajes modernos, ou seja, de seu paletó, do chapéu-coco, dos sapatos laqueados, e estava vestido, como Woland, de preto, imóvel perto de seu soberano, e, a exemplo dele, não tirava os olhos da cidade.

Woland disse:

— Que cidade interessante, não é verdade?

Azazello moveu-se e respondeu respeitosamente:

— *Messire*, gosto mais de Roma.

— É, isso é questão de gosto — respondeu Woland.

Algum tempo depois, sua voz soou novamente:

— Essa fumaça é de quê, lá no bulevar?

— É a casa Griboiedov — respondeu Azazello.

— Deve-se supor que o parzinho inseparável, Koroviev e Behemoth, esteve por lá?

— Não há nenhuma dúvida quanto a isso, *messire*.

O silêncio instalou-se novamente, e os dois que estavam no terraço olhavam como nas janelas voltadas para o leste, nos andares superiores das construções, refletia-se o sol quebrado e ofuscante. O olho de Woland ardia da mesma forma que aquelas janelas, apesar de ele estar de costas para o pôr do sol.

Mas algo obrigou Woland a se virar de costas para a cidade e prestar atenção na torre redonda que estava atrás dele, acima do telhado. Da parede saiu um homem maltrapilho, sujo de barro e sombrio, trajando uma túnica, de barba preta e sandálias artesanais.

— Bah! — exclamou Woland, com ironia, olhando para o homem. — Você é a pessoa que eu menos esperava ver aqui! Qual é a sua intenção, seu visitante indesejável, mas previsível?

— Venho a ti, espírito do mal e soberano das sombras — respondeu o homem, olhando com inimizade para Woland.

— Se você veio a mim, então por que não me saudou, seu recolhedor de donativos? — disse Woland austero.

— Porque não desejo que você tenha saúde — respondeu o homem atrevido.

— Mas terá que aceitar isso — retrucou Woland, e o sorriso irônico entortou sua boca. — Você mal apareceu no telhado e já disse bobagens, e vou dizer onde elas residem: na sua entonação. Você pronunciou suas palavras de tal maneira como se não reconhecesse as sombras, e muito menos a maldade. Não seria muito trabalho de sua parte pensar na seguinte questão: o que faria a sua bondade se não existisse a maldade, como seria a terra se dela sumissem as sombras? As sombras são das pessoas e dos objetos. Eis a sombra da minha espada. Mas existem sombras das árvores e das coisas vivas. Será que você deseja devastar todo o globo terrestre retirando dele todas as árvores e tudo o que é vivo por causa da sua fantasia de se deleitar com o mundo desnudo? Tolo.

— Não vou discutir com você, seu velho sofista — respondeu Mateus Levi.

— Nem pode discutir comigo, pelo simples motivo que lembrei: você é tolo — respondeu Woland, e perguntou: — Então, diga em poucas palavras, sem me cansar, para que veio?

— Ele me enviou.

— O que ele ordenou que me dissesse, seu escravo?

— Não sou escravo — respondeu Mateus Levi, enfurecendo-se —, sou seu discípulo.

— Falamos diferentes línguas, como sempre — respondeu Woland —, mas as coisas sobre as quais falamos não mudam por causa disso. E então?

— Ele leu a obra do mestre — disse Mateus Levi — e pede que você leve o mestre consigo e lhe devolva a tranquilidade. Será que é difícil fazer isso, espírito do mal?

— Nada é difícil para mim — respondeu Woland —, e você sabe bem disso. — Ele calou-se e acrescentou: — Ah, por que não o levam com vocês, para a luz?

— Ele não fez por merecer a luz, fez por merecer a tranquilidade — respondeu Levi com a voz triste.

— Diga a ele que será feito — respondeu Woland, e seu olho explodiu: — E me deixe imediatamente.

— Ele me pediu para que aquela que o amava e sofreu por ele fosse levada com vocês também. — E Levi, pela primeira vez, voltou um olhar suplicante para Woland.

— Sem você não descobriríamos isso. Vá embora.

Mateus Levi desapareceu, Woland chamou Azazello e ordenou:

— Vá até eles e arrume tudo.

Azazello deixou o terraço e Woland ficou só.

Mas a solidão não durou muito tempo. Ouviram-se passos sobre as lajes do terraço e vozes animadas, e diante de Woland surgiram Koroviev e Behemoth. O fogareiro não estava mais com o gorducho; ele estava carregado de outros objetos. Trazia embaixo do braço um pequeno cálice com debrum dourado, carregava na mão um avental de cozinheiro queimado pela metade e na outra segurava um salmão com pele e rabo. O cheiro de queimado emanava de Koroviev e Behemoth, a cara de Behemoth estava suja de fuligem e seu boné havia queimado pela metade.

— Saúde, *messire*! — gritou o parzinho incansável, e Behemoth acenou com o salmão.

— Que beleza — disse Woland.

— *Messire*, imagine — gritou Behemoth, excitado e alegre —, tomaram-me por um saqueador!

— Julgando pelos objetos que está trazendo — respondeu Woland, olhando para o cálice —, você é mesmo um saqueador.

— Acredite, *messire*... — disse Behemoth com a voz doce.

— Não, não acredito — respondeu Woland rapidamente.

— *Messire*, juro, fiz tentativas heroicas de salvar tudo, tudo o que fosse possível, e eis o que consegui salvar.

— Melhor seria me dizer: por que Griboiedov pegou fogo? — perguntou Woland.

Os dois, Koroviev e Behemoth, estenderam as mãos, levantaram os olhos para o céu e Behemoth gritou:

— Não sei! Estávamos sentados tranquilamente, muito tranquilos, comendo um tira-gosto...

— De repente, trac, trac! — prosseguiu Koroviev. — Tiros! Enlouquecidos de medo, pusemo-nos, eu e Behemoth, a correr até o bulevar. Seguiam-nos, então corremos até Timiriazev!...

— Mas o sentimento de dever — intrometeu-se Behemoth — venceu nosso medo vergonhoso e voltamos.

— Ah, voltaram? — disse Woland. — Daí, é claro, o prédio queimou até as cinzas.

— Até as cinzas! — confirmou Koroviev em tom de tristeza. — Ou seja, praticamente até as cinzas, como o senhor expressou com precisão. Sobraram somente tições!

— Fui em direção à sala de reuniões — contou Behemoth —, aquela com colunas, *messire*, pensando que iria pegar algo valioso. Ah, *messire*, a minha esposa, caso eu tivesse uma, teria corrido sério risco de ficar viúva! Mas felizmente, *messire*, não sou casado, e digo-lhe sinceramente, estou feliz por não ser casado. Ah, *messire*, será que é possível trocar a liberdade de solteiro por esse fardo pesado?

— Asneiras, novamente — disse Woland.

— Escuto e prossigo — respondeu o gato. — Sim, eis o cálice. Não foi possível pegar mais nada da sala, a chama batia no meu rosto. Corri para a despensa, salvei o salmão. Corri para a cozinha, salvei o avental. Considero, *messire*, que fiz tudo o que pude, e não sei como explicar essa expressão cética em seu rosto.

— E o que fez Koroviev enquanto você saqueava? — perguntou Woland.

— Ajudava os bombeiros, *messire* — respondeu Koroviev, apontando para as calças rasgadas.

— Ah, se foi isso, então, é claro, será preciso construir um novo prédio.

— Será construído, *messire* — disse Koroviev. — Posso lhe garantir isso.

— Bem, então só resta desejar que seja melhor que o anterior — disse Woland.

— Assim será, *messire* — disse Koroviev.

— Acredite em mim — acrescentou o gato —, sou um profeta perfeito.

— Em todo caso, estamos aqui, *messire* — relatava Koroviev —, e aguardamos suas ordens.

Woland levantou-se do banco, aproximou-se da balaustrada e ficou calado durante muito tempo, sozinho, de costas para o seu séquito, olhando para o horizonte. Depois, afastou-se da beira, sentou-se novamente no seu banco e disse:

— Não tenho ordens, vocês realizaram tudo o que podiam e não preciso mais de seus serviços por enquanto. Podem descansar. Agora virá uma tempestade, a última tempestade, e ela finalizará tudo o que é preciso, e depois retomaremos o nosso caminho.

— Muito bom, *messire* — responderam os dois bobos da corte, e desapareceram por trás da torre central redonda localizada no meio do terraço.

A tempestade da qual Woland havia falado já se armava no horizonte. A nuvem negra elevou-se a leste e cortou o sol pela metade. Depois, a nuvem o encobriu totalmente. No terraço ficou mais fresco. Passou mais um tempo e escureceu.

Essa escuridão vinda do ocidente encobriu a enorme cidade. Desapareceram as pontes e os palácios. Desapareceu tudo, como se nada existisse no mundo. O céu foi cortado por uma linhazinha de fogo. Depois, toda a cidade estremeceu por causa do trovão que se repetiu. Começou a tempestade. Woland não era mais visto nessa escuridão.

30. Está na hora! Está na hora!

— Sabe — dizia Margarida —, quando você adormeceu ontem à noite, li sobre a escuridão que veio do mar Mediterrâneo... e os ídolos, ah, os ídolos de ouro! Eles, por algum motivo, não me deixam em paz. Parece que vai chover. Está sentindo como refrescou?

— Tudo isso é bom e lindo — respondeu o mestre, fumando e espantando a fumaça com a mão. — Esses ídolos, tudo bem... Porém, o que vai acontecer daqui para frente é realmente incompreensível!

Essa conversa acontecia durante o pôr do sol, exatamente quando Mateus Levi surgiu no terraço de Woland. A janelinha do subsolo estava aberta e, caso alguém olhasse para dentro dela, ficaria impressionado com a aparência dos interlocutores. Margarida tinha por cima do corpo nu uma capa preta, e o mestre trajava sua roupa de hospital. Margarida não tinha o que vestir, pois todas as suas roupas estavam na mansão e, embora ficasse perto dali, é claro que ela não podia nem pensar em ir até lá e pegá-las. E o mestre, cujos ternos estavam todos dentro do armário, como se ele nunca tivesse saído dali, simplesmente não desejava se vestir, desenvolvendo diante de Margarida a ideia de que logo, logo teria início algo sem sentido. Bem verdade que ele estava de barba feita pela primeira vez desde aquela noite de outono (na clínica aparavam sua barba com máquina).

O quarto também tinha uma aparência esquisita, e era difícil encontrar algo no caos. No tapete, assim como no sofá, estavam espalhados os manuscritos. Um livro estava jogado de lombada para cima na poltrona. Na mesa redonda fora posto o almoço e, entre os aperitivos, havia algumas garrafas. Nem Margarida nem o mestre sabiam de onde surgiram as comidas e as bebidas. Quando acordaram, tudo já estava em cima da mesa.

Depois de dormir até o pôr do sol de sábado, o mestre e a sua amiga sentiam-se fortalecidos, e somente uma coisa os fazia lembrar das aventuras do dia anterior: os dois sentiam a têmpora esquerda latejando. Do ponto de vista psíquico, haviam passado por grandes mudanças, como se certificaria qualquer um que pudesse ouvir a conversa no apartamento do subsolo. Mas não havia ninguém para ouvir. O pátio era bom exatamente por estar sempre vazio. A cada dia as tílias e os salgueiros do outro lado da janela destilavam o ar primaveril, e o vento que se levantava levava-o para dentro do subsolo.

— Ah, diabo! — exclamou o mestre de repente. — Pense bem... — ele apagou a guimba no cinzeiro e apertou a cabeça com as mãos. — Não, ouça, você é uma pessoa inteligente e nunca foi louca... Está seriamente convencida de que estivemos ontem com o satanás?

— Mais do que seriamente — respondeu Margarida.

— Claro, claro — disse o mestre ironicamente —, agora, em vez de um louco, são dois! O marido e a mulher. — Ele elevou as mãos para o céu e gritou: — Não, isso só o diabo sabe o que é, o diabo, diabo, diabo!

Como resposta, Margarida caiu no sofá, soltou uma gargalhada, balançou os pés descalços e depois exclamou:

— Oh, não aguento! Não aguento! Veja a sua aparência!

Depois de boas gargalhadas, enquanto o mestre puxava as calças do pijama, Margarida ficou séria.

— Agora, você disse uma verdade sem querer — disse ela. — O diabo sabe o que é isso, e o diabo, acredite em mim, vai ajeitar tudo! — Seus olhos arderam, ela se levantou, começou a dançar e a gritar: — Como estou feliz, como estou feliz por ter feito um pacto com ele! Oh, demônio, demônio!... Você terá, meu querido, de viver com uma bruxa! — Depois disso ela se lançou em direção ao mestre, envolveu-o pelo pescoço e começou a beijá-lo nos lábios, no nariz, no rosto. O cabelo preto, desgrenhado, saltava sobre a cabeça do mestre, e suas bochechas e testa ardiam com os beijos.

— Você realmente ficou parecida com uma bruxa.

— Não nego — respondeu Margarida —, sou uma bruxa e estou muito satisfeita com isso.

— Está bem — disse o mestre —, se você é uma bruxa, então é uma bruxa. Isso é muito bom e luxuoso! E eu, então, fui sequestrado do hospital... Isso também é bom! Devolveram-me para cá, suponhamos... Suponhamos até que não seremos presos... Porém, diga-me, por tudo o que é sagrado, vamos viver de quê? Digo isso porque estou preocupado com você!

Nesse momento, na janela apareceram botas de bico quadrado e a parte inferior de calças listradas. Depois, essas calças se dobraram no joelho e a luz do dia foi encoberta pelo traseiro volumoso de alguém.

— Aloizi, você está em casa? — perguntou a voz em algum lugar sobre as calças do outro lado da janela.

— Pronto, começou — disse o mestre.

— Aloizi? — perguntou Margarida, aproximando-se da janela.

— Ele foi preso ontem. Quem está perguntando? Qual é o seu nome?

No mesmo instante, os joelhos e o traseiro sumiram, ouviu-se como bateu o portão e, depois disso, tudo voltou ao normal. Margarida caiu no sofá e soltou outra gargalhada tão forte que lágrimas saíram de seus olhos. Porém, quando ela se acalmou, seu rosto transformou-se, ela começou a falar em tom sério, levantou-se do sofá, aproximou-se do mestre ajoelhado e, olhando em seus olhos, começou a acariciar sua cabeça.

— Como sofreu, como sofreu, meu pobrezinho! Só eu sei disso. Veja, está com fios brancos na cabeça e uma ruga eterna do lado dos lábios! Meu único, meu querido, não pense em nada! Teve de pensar muito, agora eu vou pensar por você! Garanto a você, garanto que tudo será incrivelmente bom!

— Não tenho medo de nada, Margot — respondeu o mestre de repente, e levantou a cabeça, que parecia estar igual a como era quando escreveu sobre aquilo que nunca vira, mas que provavelmente sabia que havia acontecido —, e não temo porque já passei por tudo. Assustaram-me com muita coisa e agora não podem mais me assustar com nada. Mas tenho pena de você, Margot, eis a questão, por isso estou lhe dizendo tudo isso. Volte a si! Para que vai estragar sua vida com um homem doente e miserável? Volte para sua casa! Tenho pena de você, por isso lhe digo isso.

— Ah, você, você — cochichava Margarida, balançando a cabeça desgrenhada. — Ah, você, meu homem incrédulo e infeliz. Por você, dancei a noite inteira nua, perdi a minha natureza e a troquei por uma nova, fiquei durante alguns meses num quarto escuro, pensando somente numa coisa: na tempestade sobre Yerushalaim, chorei tudo o que tinha para chorar e agora, quando a felicidade desaba sobre nós, você está me mandando embora? Pois bem, eu vou, vou, mas saiba que você é um homem cruel! Eles esvaziaram sua alma!

Uma ternura amarga tomou conta do coração do mestre e ele chorou com o rosto mergulhado nos cabelos de Margarida. Ela, chorando, sussurrava, e seus dedos saltavam nas têmporas do mestre.

— Sim, fios, fios... diante de meus olhos a cabeça está se cobrindo de neve... ah, minha cabeça, minha cabeça tão sofrida! Veja os seus olhos! Estão desertos... Os ombros, os ombros encurvados sob um fardo... Foi mutilado, mutilado... — a fala de Margarida parecia desconexa, e ela chorava aos soluços.

Então o mestre esfregou os olhos, levantou Margarida de seus joelhos, ergueu-se e disse com firmeza:

— Basta! Você me envergonhou. Nunca mais me permitirei fraqueza de espírito e não retornarei a essa questão, fique tranquila. Sei que ambos somos vítimas de uma doença mental que, talvez, eu tenha passado para você... Então, o que fazer? Vamos vivê-la juntos.

Margarida aproximou os lábios do ouvido do mestre e cochichou:

— Juro a você por minha vida, juro pelo filho do astrólogo, profetizado por você, que tudo ficará bem.

— Está bem, está bem — disse o mestre e sorriu acrescentando:
— É claro, quando as pessoas são totalmente roubadas, como nós dois, elas procuram salvação numa força contrária! Pois bem, concordo em procurá-la ali.

— Então, então, agora você é aquele que conheci, está rindo — respondeu Margarida —, e vá para o diabo com suas palavras científicas. Se a força é contrária ou não é contrária, não dá na mesma? Quero comer.

Ela levou o mestre pela mão até a mesa.

— Não estou convencido de que esta comida não vai sumir terra abaixo ou voará pela janela — dizia ele, totalmente tranquilo.

— Não vai voar!

Nesse exato momento, da janela, veio uma voz anasalada:

— Que a paz esteja convosco.

O mestre estremeceu, e Margarida, já acostumada com o sobre-natural, gritou:

— É Azazello! Ah, como isso é lindo, como é bom! — E cochichando para o mestre: — Está vendo, não vão nos deixar! — Correu para abrir a janela.

— Pelo menos se cubra — gritou-lhe o mestre.

— Não estou ligando nem um pouco para isso — respondeu Margarida já do corredor.

Azazello cumprimentou e saudou o mestre, brilhando com seu olho torto, enquanto Margarida exclamava:

— Ah, como estou feliz! Nunca estive tão feliz em toda minha vida! Azazello, perdoe-me por eu estar nua!

Azazello pediu que não se preocupasse, garantindo que já tinha visto não só mulheres nuas, mas mulheres com peles arrancadas, e sentou-se à mesa, tomando o cuidado de antes deixar ao lado da lareira um embrulho de brocado escuro.

Margarida serviu conhaque a Azazello e ele o bebeu com gosto. O mestre não tirava os olhos dele, e beliscava os dedos da mão esquerda vez ou outra por baixo da mesa. Mas os beliscões não ajudavam. Azazello não desaparecia e, na verdade, não tinha por que desaparecer. Não havia nada de aterrorizante no pequeno homem ruivo de estatura baixa, a não ser pelo leucoma no olho, mas isso acontece até mesmo sem nenhuma bruxaria, ou talvez pela roupa incomum, uma capa, mas, pensando bem, isso também costumava ser visto. Bebia conhaque muito bem, como todas as pessoas, de uma só vez, e sem tira-gosto. Esse mesmo conhaque fez com que a cabeça do mestre começasse a girar, e ele se pôs a pensar:

"Não, Margarida está certa! É claro, diante de mim está o mensageiro de satanás. Pois eu, duas noites atrás, estava provando a Ivan que ele havia encontrado na Patriarchi o satanás e, agora, por algum motivo, assustei-me com essa ideia e comecei a dizer algo sobre hipnotizadores e alucinações. Que diabo de hipnotizadores!".

Ele pôs-se a observar Azazello e se convenceu de que nos olhos dele se via algo de artificial, certa ideia que ele não demonstraria antes da hora. "Ele não veio fazer uma simples visita, veio com uma tarefa", pensou o mestre.

O senso de observação não o traiu.

Depois de beber o terceiro copo de conhaque, que, por sinal, não causava nenhum efeito em Azazello, ele disse:

— O subsolo é até aconchegante, o diabo me carregue! Porém, surge apenas uma questão: o que ficar fazendo nele, nesse subsolo?

— É o que estou dizendo — respondeu o mestre sorrindo.

— Por que está me atormentando, Azazello? — perguntou Margarida. — Vamos viver de alguma forma!

— Perdão, perdão! — gritou Azazello. — Não tinha a intenção, nem em mente, de atormentá-la. Sim! Quase esqueci... O *messire* enviou lembranças e também mandou dizer que está convidando vocês para fazer um pequeno passeio, mas, é claro, se desejarem. O que acham disso?

Margarida chutou o pé do mestre por baixo da mesa.

— Com muito prazer — respondeu o mestre, analisando Azazello, que prosseguia:

— Espero que Margarida Nikolaievna também aceite o convite.

— Eu com certeza não declinarei do convite — disse Margarida e seu pé novamente acertou o mestre.

— Que maravilha! — exclamou Azazello. — Gosto disso! Um, dois e pronto! E não como daquela vez no jardim Aleksandrovski.

— Ah, nem me lembre, Azazello! Eu era tão tola. Aliás, não pode me julgar com tanta severidade, pois não é todo dia que nos encontramos com a força do mal!

— É claro — confirmou Azazello. — Se acontecesse todo dia, seria uma delícia!

— Eu mesma gosto da velocidade — falava Margarida, excitada. — Gosto da velocidade e da nudez... E como atiram de Mauser, pum! Ah, como ele atira! — gritou Margarida, voltando-se para o mestre. — Um sete pode estar embaixo do travesseiro, que ele acerta de qualquer ponto! — Margarida começava a ficar bêbada, e seus olhos ardiam em fogo.

— Já ia me esquecendo novamente — gritou Azazello, dando um tapa na testa —, são tantas tarefas! *Messire* enviou um presente — disse ele, voltando-se para o mestre: — Uma garrafa de vinho. Por favor, peço sua atenção, é o mesmo vinho que o procurador da Judeia bebeu: um Falerno.

Naturalmente essa raridade provocou grande curiosidade em Margarida e no mestre. Azazello retirou do embrulho de brocado escuro de caixão um jarro coberto de mofo. Cheiraram o vinho, encheram os copos, olharam através dele para a luz da janela que desaparecia antes da tempestade. Viram como tudo ficou da cor do sangue.

— À saúde de Woland! — exclamou Margarida, levantando o copo.

Os três levaram os copos à boca e tomaram um grande gole. No mesmo instante, a luz pré-tempestade começou a desaparecer nos olhos do mestre, sua respiração parou e ele sentiu que era o fim. Ainda não tinha visto como Margarida havia empalidecido mortalmente e como, impotente, estendia as mãos em sua direção, deixando a cabeça cair sobre a mesa e depois deslizando para o chão.

— Envenenador… — teve tempo de dizer o mestre. Ele quis pegar a faca que estava na mesa para fincá-la em Azazello, mas a mão, impotente, deslizou pela toalha, e tudo que cercava o mestre no subsolo tornou-se negro e depois desapareceu. Ele caiu no chão e, ao cair, cortou a pele da têmpora, batendo na quina da escrivaninha.

Depois que os envenenados ficaram imóveis, Azazello começou a agir. Primeiro correu até a janela e, alguns minutos depois, já estava na mansão onde morava Margarida Nikolaievna. Sempre preciso e cuidadoso, Azazello queria conferir se tudo estava de acordo. E tudo estava em total ordem. Azazello viu como uma mulher taciturna que aguardava o retorno do marido saiu do quarto, empalideceu de repente, pôs a mão no peito e gritou indefesa:

— Natacha! Alguém… por favor, me socorram! — Caiu no chão da sala sem conseguir chegar ao gabinete.

— Está tudo bem — disse Azazello. Um instante depois, ele estava ao lado dos amantes. Margarida estava deitada com o rosto contra o tapete. Azazello virou-a feito uma boneca com suas mãos de ferro para observar o rosto. Diante de seus olhos a feição da envenenada se transformava. Até mesmo na penumbra da tempestade que se aproximava podia-se ver como desaparecia sua vesgueira temporária de bruxa, e a crueldade, e a impetuosidade dos traços. O rosto da morta ficou mais claro e, finalmente, tornou-se suave; seu sorriso não era mais selvagem, e sim feminino e sofredor. Então Azazello abriu seus dentes brancos e derramou em sua boca algumas gotas do mesmo vinho que os envenenara. Margarida suspirou, começou a se levantar sem a ajuda de Azazello, sentou-se e perguntou ainda fraca:

— Por quê, Azazello, por quê? O que fez comigo?

Ela viu o mestre deitado, estremeceu e cochichou:

— Não esperava isso... assassino!

— Não, não — respondeu Azazello —, ele agora vai se levantar. Ah, por que está tão nervosa?

Margarida acreditou nele, de tão convincente que era a voz do demônio ruivo. Ela saltou, forte e viva, e o ajudou a dar o vinho para o mestre, que ainda estava deitado. Quando abriu os olhos, o mestre olhou com tristeza e repetiu com ódio sua última palavra:

— Envenenador...

— Ah! A ofensa é o prêmio comum por um bom trabalho — respondeu Azazello. — Será que estão cegos? Vamos, voltem a si!

O mestre levantou-se, olhou ao redor com um olhar vivo e claro e perguntou:

— O que significa essa novidade?

— Significa — respondeu Azazello — que chegou a nossa hora. Não estão ouvindo os trovões da tempestade? Escurece. Os cavalos estão arrastando as patas na terra, o pequeno jardim treme. Despeçam-se do subsolo, rápido, despeçam-se.

— Ah, estou entendendo — disse o mestre. — Você nos matou, estamos mortos. Ah, que esperteza! Na hora certa! Agora eu entendi tudo.

— Ah, por favor — respondeu Azazello —, será que estou ouvindo isso? Sua amiga o chama de mestre, o senhor é capaz de raciocinar, então como pode estar morto? Será que para se considerar vivo é preciso obrigatoriamente ficar nesse subsolo, trajando camisa e calças de pijama de hospital? Isso é ridículo!

— Entendi tudo o que me disse — gritou o mestre —, não fale mais nada! Está mil vezes certo!

— Grande Woland — começou a repetir Margarida para ele —, grande Woland! Pensou muito melhor do que eu. Mas o romance, o romance — gritava ela para o mestre —, leve o romance consigo, para qualquer que seja o lugar!

— Não precisa — respondeu o mestre —, eu o conheço de cor.

— Não vai esquecer uma palavra... nem uma palavra sequer? — perguntou Margarida, aproximando-se do amante e limpando o sangue do corte em sua têmpora.

— Não se preocupe! Agora não vou esquecer mais nada e nunca mais — respondeu ele.

— Então, fogo! — gritou Azazello. — Fogo, com o qual tudo começou e com o qual vamos terminar.

— Fogo! — Margarida soltou um grito terrível. A janela no subsolo bateu, o vento arrancou a cortina e a jogou para o lado. O céu trovejou alegre e rapidamente. Azazello enfiou a mão com as unhas compridas dentro da lareira, retirou um toco em brasa e botou fogo na toalha da mesa. Depois, botou fogo numa pilha de jornais velhos sobre o sofá, e depois nos manuscritos e na cortina da janela.

O mestre, inebriado pela expectativa da fuga, jogou um livro que estava na estante em cima da mesa, passou suas páginas na toalha em chamas e o livro incendiou-se alegremente.

— Queime, queime, vida passada!

— Queime, sofrimento! — gritava Margarida. O cômodo ardia em colunas vermelhas e junto com a fumaça saíram correndo pela porta os três, e subiram a escada de pedra em direção ao pátio. A primeira coisa que viram foi a cozinheira do construtor sentada no chão de terra; ao lado dela havia batata espalhada e alguns maços de cebolinha verde. O estado da cozinheira era compreensível. Três cavalos pretos roncavam perto do galpão, estremeciam, raspavam a terra com força. Margarida foi a primeira a montar, depois Azazello e, por último, o mestre. A cozinheira gemeu e quis levantar a mão para fazer o sinal da cruz, mas Azazello gritou em tom aterrorizante, de cima do seu cavalo:

— Corto-lhe a mão! — Então ele assobiou, e os cavalos, quebrando os galhos das tílias, subiram e entraram na nuvem baixa e negra. A fumaça jorrou da janela do subsolo. Lá embaixo, ouviu-se a voz fraca e lamentosa da cozinheira:

— Fogo!...

Os cavalos já corriam sobre os telhados dos prédios de Moscou.

— Quero me despedir da cidade — gritou o mestre para Azazello, que ia à frente. O trovão engoliu o final da frase do mestre. Azazello acenou com a cabeça e pôs o cavalo a galope. Em direção a eles vinha rapidamente uma nuvem, mas ainda sem chuva.

Eles voavam sobre o bulevar, viam como as figuras das pessoas corriam para se abrigar da chuva. Caíam os primeiros pingos. Sobrevoavam a fumaça, era tudo o que havia restado da casa Griboiedov. Eles sobrevoavam a cidade, que já estava tomada pela escuridão. Acima deles brilhavam os relâmpagos. Depois, os telhados foram substituídos pelo verde. Somente nesse momento caiu a chuva, transformando os que voavam em três grandes bolhas na água.

Margarida já conhecia a sensação de voo, o mestre não, e ele ficou admirado ao perceber como alcançaram rapidamente o local onde estava aquele de quem queria se despedir, pois não queria se despedir de mais ninguém. Reconheceu imediatamente através da nuvem da chuva o prédio da clínica de Stravinski, o rio e o bosque que ficava do outro lado e que fora tão observado por ele. Desceram numa clareira do bosque, perto da clínica.

— Vou aguardá-los aqui — gritou Azazello, unindo as mãos em forma de escudo, ora iluminado pelos relâmpagos, ora sumindo na nuvem cinza. — Despeçam-se, mas depressa!

O mestre e Margarida desceram da sela dos cavalos e foram voando, brilhando como sombras aquosas, através do jardim da clínica. Depois de mais um instante, o mestre, com a mão habituada, já movia a grade do quarto nº 117. Margarida o seguia. Eles entraram no quarto de Ivanuchka sem serem vistos ou percebidos, durante os trovões e os uivos da tempestade. O mestre parou ao lado da cama.

Ivanuchka estava deitado, imóvel, como já acontecera, quando, pela primeira vez, observara a tempestade de dentro da casa de repouso. Mas não chorava como naquele dia. Quando conseguiu distinguir a silhueta que havia penetrado em seu quarto pela varanda, levantou-se, estendeu as mãos e disse com alegria:

— Ah, é o senhor! Eu estava esperando, esperando pelo senhor. Então está aí, meu vizinho.

O mestre respondeu:

— Estou aqui! Mas infelizmente não posso mais ser seu vizinho. Estou indo embora para sempre, e vim aqui para me despedir de você.

— Eu sabia disso, eu adivinhei — respondeu Ivan baixinho, e perguntou: — O senhor o encontrou?

— Sim — disse o mestre —, eu vim me despedir de você porque foi a única pessoa com quem conversei nos últimos tempos.

Ivanuchka abriu um sorriso e disse:

— É muito bom que o senhor tenha vindo até aqui. Vou cumprir a minha palavra e não vou mais escrever versinhos. Agora estou interessado em outras coisas — Ivanuchka sorriu e fitou com olhos insanos algum lugar além do mestre —, quero escrever outras coisas. Enquanto estava deitado aqui, sabe, entendi muita coisa.

O mestre ficou preocupado com essas palavras e falou, sentando-se na beira da cama de Ivanuchka:

— Isso é bom, é bom! Vai escrever a continuação!

Os olhos de Ivanuchka explodiram.

— Mas o senhor não vai escrever? — Abaixou a cabeça e acrescentou, pensativo: — Ah, sim... para que estou perguntando isso? — Ivanuchka olhou para o chão assustado.

— É — disse o mestre, e sua voz pareceu a Ivanuchka desconhecida e surda —, não vou mais escrever sobre ele. Estarei ocupado com outras coisas.

Um assobio ao longe cortou o barulho da tempestade.

— Está ouvindo? — perguntou o mestre.

— A tempestade está forte...

— Não, isso é sinal de que estão me chamando, está na hora — explicou o mestre e levantou-se da cama.

— Espere! Só mais uma palavra — pediu Ivan. — Diga, conseguiu encontrá-la? Ela foi fiel ao senhor?

— Aqui está ela — respondeu o mestre e apontou para a parede. Da parede branca surgiu Margarida, escura, e se aproximou da cama. Ela olhava para o jovem deitado e em seus olhos podia-se ler o sentimento de pesar.

— Pobre, pobre — cochichou Margarida silenciosamente, inclinando-se até a cama.

— Como é bela — disse Ivan sem inveja, mas com tristeza e com certa comoção. — Veja como tudo deu certo para vocês. Para mim, não. — Ele pensou e acrescentou: — Aliás, pode ser que sim...

— Sim, sim — cochichou Margarida e inclinou-se totalmente até Ivan. — Vou beijá-lo na testa e tudo ficará bem, como deve ser... acredite, já vi de tudo, sei de tudo.

O jovem deitado abraçou-a com as duas mãos ao redor do pescoço, e ela o beijou.

— Adeus, meu discípulo — disse o mestre silenciosamente, e começou a derreter no ar. Ele desapareceu, e junto com ele desapareceu Margarida. A grade da varanda se fechou.

Ivanuchka ficou abalado. Sentou-se na cama, olhou ao redor preocupado, até gemeu e, falando consigo mesmo, levantou-se. A tempestade estava mais forte e, pelo visto, perturbara sua alma. Ficou preocupado também porque ouviu com seu ouvido, tão acostumado ao silêncio permanente, passos agitados e vozes por trás da porta. Então chamou nervoso e em convulsões:

— Praskovia Fiodorovna!

Praskovia Fiodorovna entrara no quarto, olhando de maneira interrogativa e preocupada para Ivanuchka.

— O quê? O que houve? — perguntava ela. — A tempestade o deixou agitado? Não é nada, nada... Vamos ajudá-lo. Vou chamar o doutor.

— Não, Praskovia Fiodorovna, não precisa chamar o doutor — disse Ivanuchka, olhando preocupado não para Praskovia Fiodorovna, mas para a parede. — Não tenho nada de mais. Estou começando a entender, não se preocupe. Melhor, me diga — perguntou Ivanuchka cordialmente —, o que acontece no quarto cento e dezoito nesse momento?

— No dezoito? — perguntou Praskovia Fiodorovna e seus olhos começaram a saltar. — Nada, não aconteceu nada. — Porém, sua voz era falsa e Ivanuchka logo percebeu e disse:

— Ah, Praskovia Fiodorovna! Você é tão sincera... Pensa que vou me rebelar? Não, Praskovia Fiodorovna, não farei isso. Mas diga a verdade. Pois sinto tudo através da parede.

— Seu vizinho morreu nesse instante — cochichou Praskovia Fiodorovna, que não tinha mais forças para dominar sua sinceridade e bondade e, revestida da luz do relâmpago, olhou assustada para Ivanuchka. Mas nada de terrível aconteceu a Ivanuchka. Ele somente levantou o dedo em sinal positivo e disse:

— Eu sabia! Tenho certeza, Praskovia Fiodorovna, de que agora, na cidade, morreu outra pessoa. Sei até mesmo quem é. — Ivanuchka sorriu misteriosamente. — É uma mulher.

31. Nas colinas Vorobiovie*

A tempestade não deixou vestígios, e um arco-íris estendia-se por toda Moscou e bebia água do rio Moscou. No alto da colina, entre as duas florestas, avistavam-se três silhuetas escuras. Woland, Koroviev e Behemoth, montados em cavalos pretos selados, observavam a cidade que se estendia do outro lado do rio, com o sol brilhando em milhares de janelas voltadas para o leste, e as torres de pão de mel do monastério Dievitchi.

Ouviu-se um barulho no ar, e Azazello, que trazia na rabeira de sua capa preta o mestre e Margarida, desceu com eles até o grupo que os aguardava.

— Tivemos que incomodá-los, Margarida Nikolaievna e mestre — disse Woland, depois de certo silêncio. — Mas não vão ficar zangados comigo. Não acho que vão se arrepender. Pois bem — dirigiu-se ao mestre —, despeçam-se da cidade. Está na nossa hora.

Woland apontou com a mão vestindo uma luva preta para onde inúmeros sóis flutuavam nas janelas do outro lado do rio, para onde, acima deles, havia neblina, fumaça e vapor da cidade incandescida pelo calor do dia.

O mestre desceu do cavalo, abandonou aqueles que estavam sentados e correu até o abismo. A capa preta arrastava-se atrás dele pela terra. O mestre olhava para a cidade. Nos primeiros instantes sentiu uma tristeza aproximar-se do coração, porém ela rapidamente

---

* A colina Vorobievie (na tradução seria colina dos Pardais), que ficou também conhecida como colina Lenin entre 1935 e 1999, está na margem direita do rio Moscou. É um dos pontos mais altos de Moscou, atingindo uma altura de 220 metros acima do nível do mar, ou 60 a 70 metros acima do nível do rio. Nela, há uma plataforma de observação da cidade e também estão localizadas a sede da Universidade de Moscou e a Catedral da Trindade. (N. T.)

foi substituída por um sentimento de perigo doce, por uma preocupação errante, cigana.

— Para sempre! Isso deve ser compreendido — balbuciou o mestre e lambeu os lábios secos. Ele começou a ouvir e distinguir tudo o que estava acontecendo em sua alma. Sua preocupação transformou-se, como lhe pareceu, num sentimento de mágoa profunda. Mas não era duradouro, pois desapareceu e foi substituído pela indiferença orgulhosa, e esta, por sua vez, pelo pressentimento de paz permanente.

O grupo de cavaleiros aguardava, calado, o mestre. O grupo de cavaleiros olhava como a figura preta na ponta do abismo gesticulava, ora levantando a cabeça, como se estivesse tentando lançar o olhar sobre a cidade inteira, ver todos os cantos, ora pendendo o rosto, como se estivesse examinando o capim seco sob seus pés.

Behemoth, enfadado, interrompeu o silêncio:

— Permita-me, *maître* — disse ele —, soltar um assobio em despedida antes da partida.

— Vai assustar a dama — respondeu Woland — e, além do mais, não esqueça que as suas sem-vergonhices chegaram ao fim.

— Ah, não, não, mestre — disse Margarida, sentada na sela de seu cavalo feito uma amazona, com as mãos na cintura e com a cauda pontiaguda da capa encostando no chão —, deixe que ele assobie. Fui invadida pelo sentimento de tristeza antes do longo caminho. Não é verdade, mestre, que isso é natural até mesmo quando a pessoa sabe que no fim desse caminho a felicidade a aguarda? Permita-lhe que nos divirta, senão temo que isso termine em lágrimas, e que tudo se arruíne antes da partida!

Woland acenou com a cabeça para Behemoth, que, por sua vez, animou-se, saltou da sela para o chão, colocou os dedos na boca, estufou as bochechas e assobiou. Os ouvidos de Margarida zuniram. Seu cavalo empinou, os galhos secos das árvores caíram, um bando de gralhas e de pardais levantou voo, uma coluna de poeira dirigiu-se para o rio e viu-se, no barco de passeio que passava por perto, os quepes de alguns passageiros caírem na água.

O mestre estremeceu com o assobio, mas não olhou para trás e começou a gesticular com mais nervosismo ainda, levantando a mão para o céu, como se estivesse ameaçando a cidade. Behemoth olhou ao redor com orgulho.

— Que assobio — disse Koroviev, condescendente. — Realmente, foi um assobio e tanto, porém, falando sinceramente, o assobio foi médio!

— Não sou um regente — respondeu Behemoth orgulhoso e emburrado e, inesperadamente, piscou para Margarida.

— Ah, deixe-me tentar para ver se ainda consigo — disse Koroviev, esfregando as mãos e soprando nos dedos.

— Veja lá — ouviu-se a voz severa de Woland em cima do cavalo —, sem brincadeirinhas maldosas!

— *Messire*, acredite em mim — disse Koroviev, e pôs a mão sobre o peito. — Uma brincadeira é somente uma brincadeira...

De repente esticou-se para cima, como se fosse de borracha, formou uma figura estranha com os dedos da mão direita, rodou feito um parafuso e, girando com toda a força, soltou um assobio.

Margarida não ouviu o som, mas o percebeu quando, junto com o cavalo alado, foi lançada para dez braçadas além do local onde estava. Um carvalho que estava do seu lado foi arrancado da terra com as raízes, e a terra se cobriu de rachaduras até o rio. Um pedaço plano da margem, junto com o cais e o restaurante, foi lançado ao leito. A água ferveu, jorrou e lançou na outra margem, verde e baixa, o barco de passeio intacto, com os passageiros ilesos. Aos pés do cavalo resfolegante de Margarida caiu uma gralha morta por Fagot.

O mestre se assustou com esse assobio. Agarrou a cabeça e correu de volta, em direção ao grupo de companheiros de viagem que o aguardavam.

— Então — disse Woland ao mestre, do alto do seu cavalo —, está quite? Despediu-se?

— Sim, me despedi — respondeu o mestre e, acalmando-se, olhou direto e corajosamente para o rosto de Woland.

Então, sobre as colinas, soou a voz tumular e terrível de Woland:

— Está na hora!! — Soaram o assobio brusco e a gargalhada de Behemoth.

Os cavalos partiram e os cavaleiros subiram e galoparam. Margarida sentia como seu cavalo ensandecido roía e puxava o freio. A capa de Woland estufava-se sobre as cabeças de toda cavalgada e essa capa começou a encobrir o crepúsculo no céu. Quando, por um instante, o manto negro foi levado para o lado, Margarida olhou para trás em movimento e viu que não havia mais nada, nem as torres coloridas com os aeroplanos que se desdobravam delas, nem a cidade, que caiu terra abaixo, deixando uma neblina em seu lugar.

32. Perdão e refúgio eterno

Deuses, meus deuses! Como está triste a terra à noite! Como são misteriosas as neblinas sobre os pântanos. Quem já vagou por essas neblinas, quem muito sofreu antes da morte, quem sobrevoou a terra, carregando um fardo pesado, sabe. Sabe disso aquele que está cansado. E ele deixa sem tristeza as neblinas da terra, seus pântanos e rios, entrega-se nas mãos da morte com o coração leve, sabendo que somente ela...

Os cavalos mágicos negros se cansaram e levavam seus cavaleiros devagar, e a noite inevitável começou a alcançá-los. Sentindo-a pelas costas, até mesmo o incansável Behemoth, agarrado à sela com as garras, voava calado e sério, com o rabo armado.

A noite começou a encobrir como um lenço preto os bosques e os vales, a noite acendia luzes tristes em algum lugar ao longe que agora não mais interessava nem era necessário a Margarida, nem ao mestre; eram luzes estranhas. A noite ultrapassava a cavalgada, caía sobre ela e lançava, ora ali, ora aqui, manchinhas brancas de estrelas no céu entristecido.

A noite adensava, voava ao lado, apanhava os cavaleiros pelas capas e, arrancando-as dos seus ombros, desmascarava os enganos. Quando Margarida, refrescada pelo vento, abria os olhos, via como mudava a aparência de todos que com ela voavam. Quando ao encontro deles, por trás da floresta, começou a surgir a lua cheia e vermelha, todos os enganos desapareceram, caindo no pântano, e a roupa mágica afundou-se na neblina sem resistência.

Dificilmente reconheceriam agora Koroviev-Fagot, que se autodenominava intérprete do misterioso consultor que não precisava de traduções, naquele que voava ao lado de Woland, à direita da amiga do mestre. No lugar daquele que havia deixado as colinas Vorobievie em roupas rasgadas de circo, e com o nome Koroviev-Fagot, cavalgava agora um cavaleiro lilás escuro que tilintava suavemente com redes de ouro, com um rosto sombrio que jamais sorria. Apoiando o queixo no peito, ele olhava para a lua, não se interessava pela terra, pensava em algo seu, voando ao lado de Woland.

— Por que ele mudou tanto? — perguntou Margarida baixinho a Woland, sob o assobio do vento.

— Esse cavaleiro, certa vez, fez uma brincadeira infeliz — respondeu Woland, voltando para Margarida seu rosto com olhos ardentes —, e seu trocadilho, que falava sobre a luz e as trevas, não era muito bom. E depois disso o cavaleiro teve que brincar um pouco mais e mais tempo do que ele mesmo supôs. Mas hoje é a noite do acerto de contas. O cavaleiro pagou e fechou a sua conta!

A noite arrancou o rabo armado de Behemoth, arrancou seu pelo e o espalhou em tufos pelos pântanos. Aquele gato que divertia o príncipe das trevas revelou-se um jovem magrinho, um demônio pajem, o melhor bobo da corte que existia no mundo. Agora estava calmo e voava silenciosamente, estendendo seu rosto jovem para a luz da lua.

Ao lado de todos, brilhando com sua armadura, voava Azazello. A lua transformou seu rosto também. O canino ridículo sumiu sem deixar vestígios, e o olhar caolho revelou-se falso. Os dois olhos de Azazello eram iguais, vazios e negros, e o rosto era branco e frio. Agora, Azazello voava em sua aparência verdadeira, como um demônio do deserto sem água, demônio assassino.

Margarida não podia ver a si mesma, porém ela via muito bem como o mestre havia mudado. Seus cabelos ficaram grisalhos sob a luz da lua, e estavam presos por trás numa trança que balançava ao vento. Quando o vento soprava a capa aos pés do mestre, Margarida via como as estrelas das esporas nas botas ora brilhavam, ora se apagavam. Semelhante ao jovem demônio, o mestre voava sem tirar os olhos da lua, mas sorria para ela como fosse uma velha amada conhecida e balbuciava algo para si mesmo, um costume adquirido no quarto número cento e dezoito.

E, finalmente, Woland também voava com sua aparência verdadeira. Margarida não conseguia dizer de que material era feita a rédea do cavalo dele, e pensava que podiam ser correntes lunares e que o próprio cavalo era um torrão de trevas, e a crina era uma nuvem, e as esporas do cavaleiro eram manchas das estrelas.

Assim voaram longamente em silêncio, até que o lugar embaixo também começou a mudar. As florestas tristes afundaram na escuridão da terra, levando consigo os fios opacos dos rios. Embaixo surgiram e começaram a brilhar penedos e, entre eles, enegreciam buracos onde não penetrava a luz da lua.

Woland deteve seu cavalo no topo da colina pedregosa, triste e plano, e os cavaleiros seguiram a passo, ouvindo como os cavalos esmagavam o mato e as pedras com as ferraduras. A lua iluminava esverdeada e clara quando Margarida percebeu, no meio do local deserto, uma poltrona e a figura branca de um homem sentado. Pode ser que o indivíduo sentado fosse surdo, ou estivesse muito compenetrado em seus pensamentos. Ele não ouviu como estremecia a terra pedregosa sob o peso dos cavalos, e os cavaleiros, sem incomodá-lo, se aproximaram.

A lua ajudava muito Margarida, iluminando melhor do que a melhor lanterna elétrica, e ela viu que aquele que estava sentado, com olhos que pareciam olhos de cego, esfregava as mãos com intimidade, voltando seus olhos que nada viam para o disco da lua. Agora Margarida reparava que, ao lado da poltrona pesada de pedra, que brilhava com fagulhas sob a luz da lua, havia um cachorro escuro e enorme, deitado, com orelhas pontiagudas e, assim como seu dono, olhava preocupado para a lua. Aos pés do homem sentado estavam espalhados cacos de jarro quebrado, e estendia-se uma poça rubro-negra que não secava.

Os cavaleiros pararam seus cavalos.

— Leram seu romance — disse Woland, voltando-se para o mestre — e disseram que, infelizmente, não foi finalizado. Pois bem, gostaria de mostrar para o senhor o seu herói. Há aproximadamente dois mil anos ele está nesse local e dorme, mas, quando chega a lua cheia, como está vendo, fica atormentado pela insônia. A lua atormenta não somente a ele, mas também seu fiel vigia, o cachorro. Caso seja verdade que a covardia é o pior defeito, então penso que o cachorro não é culpado. A única coisa da qual tinha medo o corajoso cão era da tempestade. Mas aquele que ama tem que dividir o sofrimento com o amado.

— O que ele está dizendo? — perguntou Margarida, e seu rosto completamente tranquilo deformou-se com um ar de compaixão.

— Está dizendo — soou a voz de Woland — a mesma coisa. Diz que sob a luz da lua não tem paz, e que tem um ofício ruim. Ele fala sempre assim quando não está dormindo e, quando dorme, vê a mesma coisa: o caminho da lua, e quer seguir por ele para conversar com o prisioneiro Ha-Notzri, pois, como afirma, ficou de dizer algo há muito tempo, no décimo quarto dia do mês primaveril de Nissan. Mas, infelizmente, não conseguirá ir por esse caminho e ninguém virá a ele. Então o que fazer? Tem de conversar consigo mesmo. Aliás, precisa de certa diversidade, e à sua fala sob a luz da lua ele frequentemente acrescenta que o que mais odeia no mundo é sua imortalidade e a glória sem precedentes. Diz que trocaria de bom grado seu destino com o do vadio e maltrapilho Mateus Levi.

— Doze mil luas por uma lua num certo dia, não é muito? — perguntou Margarida.

— Está repetindo a história de Frida? — disse Woland. — Mas, Margarida, não precisa se preocupar. Tudo estará certo, assim foi feito o mundo.

— Deixem-no ir! — gritou de repente Margarida, com uma voz lancinante, a mesma voz de quando era bruxa, e, por causa desse grito, uma pedra soltou-se no alto e caiu no abismo, ensurdecendo as montanhas com um estrondo. Porém, Margarida não podia dizer se era um estrondo da queda da pedra ou um estrondo da risada do satanás. Seja lá como fosse, Woland gargalhava, olhando para Margarida, e dizia:

— Não há necessidade de gritar nas montanhas, ele está acostumado aos abismos e isso não o incomodará. Não precisa interceder por ele, Margarida, pois aquele que quer conversar com ele o fez. — Woland voltou-se novamente para o mestre: — Agora pode finalizar o seu romance com uma frase!

O mestre parecia esperar isso, enquanto ficava parado imóvel e olhava para o procurador. Colocou as mãos em forma de concha na boca e gritou de tal forma que o eco saltou pelas montanhas desertas e sem árvores:

— Está livre! Está livre! Ele está esperando por você!

As montanhas transformaram a voz do mestre em trovão, e esse mesmo trovão as destruiu. As malditas paredes rochosas ruíram. Restou somente a área com a poltrona de pedra. Sobre o abismo negro, onde tinham caído as paredes, surgiu uma cidade imensa, dominada por ídolos brilhantes, acima de um jardim luxuosamente florido e crescido durante mil luas. O caminho lunar tão esperado pelo procurador estendeu-se diretamente até esse jardim, e o cachorro de orelhas pontiagudas foi o primeiro que se pôs a correr por ele. O homem de manto branco com o forro cor de sangue levantou-se da poltrona e gritou algo com a voz rouca e afônica. Não dava para entender se estava chorando ou rindo, nem o que estava gritando. Dava para ver somente que, atrás do fiel vigia, ele também corria pelo caminho lunar.

— Tenho que ir para lá, atrás dele? — perguntou o mestre, preocupado, tocando as rédeas.

— Não — respondeu Woland. — Para que ir atrás daquilo que já acabou?

— Então é para lá? — perguntou o mestre, virando-se e apontando para trás, para onde, havia pouco tempo, estava a cidade abandonada com as torres do monastério em forma de pão de mel, com o sol estilhaçado nos vidros.

— Também não — respondeu Woland, e sua voz adensou-se e correu pelas rochas abaixo. — Mestre romântico! Aquele que tanto quer ver o herói inventado pelo senhor, que o senhor acabou de libertar, leu o seu romance. — Woland voltou-se para Margarida: — Margarida Nikolaievna! É impossível acreditar que você não tentou inventar para o mestre um futuro melhor, mas, realmente, o que ofereço a vocês, e aquilo que Yeshua pediu por vocês mesmos, por vocês… é ainda melhor. Deixem os dois a sós — disse Woland, inclinando-se de sua sela até a sela do mestre e apontando para o procurador que se afastara —, não vamos incomodá-los. Pode ser que consigam chegar a um acordo. — Assim Woland acenou com a mão para o lado de Yerushalaim, que se apagou.

— Lá também — Woland apontou para a retaguarda —, o que vocês iam fazer no porão? — O sol estilhaçado se apagou no vidro. — Por quê? — continuou Woland, de forma convincente e suave. — Oh, mestre triplamente romântico, será que quer passear de dia com sua amiga sob as parreiras que começam a florir e, à noite, ouvir a música de Schubert? Será que terá prazer de escrever sob a luz de velas com penas de ganso? Será que não deseja, como Fausto, ficar sentado sob a retorta, na esperança de conseguir esculpir o novo *homunculus*? Para lá, para lá! Lá o aguardam uma casa e o velho escravo, as velas já estão acesas, mas logo se apagarão, porque você encontrará o amanhecer imediatamente. Por esse caminho, mestre, por aqui! Adeus! Está na minha hora.

— Adeus! — responderam a Woland, em uma só voz, o mestre e Margarida. Então o negro Woland, sem desvendar qualquer caminho, lançou-se no abismo e atrás dele, com barulho, seguiu sua comitiva. As rochas, a área plana, o caminho lunar e Yerushalaim desapareceram. Sumiram os cavalos negros. O mestre e Margarida viram o amanhecer prometido. Começava ali, logo depois da lua da meia-noite. O mestre caminhava com sua amiga sob o brilho dos primeiros raios matinais, pela ponte de pedra musguenta. Atravessaram a ponte. O córrego ficou para trás dos amantes fiéis e eles caminharam pela estrada de areia.

— Ouça o sossego — dizia Margarida ao mestre, e a areia rangia sob seus pés descalços —, ouça e deleite-se com aquilo que não lhe deram em vida, o silêncio. Olhe, lá na frente está a morada eterna que lhe deram como recompensa. Já estou vendo a janela veneziana e a parreira que sobe até o telhado. Eis a sua morada, sua eterna morada. Sei que à noite virão até você aqueles que ama, por quem se interessa e que não o incomodam. Eles vão tocar para você, cantar para você, verá a luz que ilumina o quarto quando as velas se acendem. Vai adormecer após colocar seu gorro engordurado e eterno, vai adormecer com um sorriso nos lábios. O sono lhe dará forças e você vai raciocinar com sabedoria. Agora não vai conseguir me expulsar. Vou guardar seu sono.

Assim dizia Margarida, ao caminhar com o mestre em direção à morada eterna dos dois, e parecia ao mestre que as palavras de

Margarida corriam como corria e murmurava o córrego que havia ficado para trás, e sua memória aflita, uma memória perfurada de agulhas, começou a se apagar. Alguém estava libertando o mestre, assim como ele acabara de libertar o herói inventado por ele. Esse herói sumiu no abismo, foi embora sem volta, perdoado na véspera do domingo, o filho do rei astrólogo, o cruel quinto procurador da Judeia, o cavaleiro Pôncio Pilatos.

Epílogo

Mas o que aconteceu depois em Moscou, depois de Woland deixar a capital no anoitecer de sábado, sumindo com sua comitiva nas colinas Vorobiovie?

Nem é preciso dizer que, durante um longo tempo, correram os mais incríveis boatos por toda a capital, e que esses boatos se espalharam rapidamente e logo chegaram aos lugares mais ermos e longínquos da província. Dá engulhos repeti-los.

Este que lhes escreve essas linhas sinceras ouviu, dentro do trem, a caminho de Feodosia, uma história sobre como, em Moscou, duas mil pessoas saíram do teatro literalmente nuas e assim foram para suas casas de táxi.

O cochicho "coisas do diabo…" era ouvido nas filas formadas nas leiterias, nos pontos de bondes, nas lojas, nos apartamentos, nas cozinhas, nos trens urbanos e de longa distância, nas estações e nas pensões, nas datchas e nas praias.

As pessoas mais desenvolvidas e mais cultas, é claro, não acreditavam nessas histórias de um diabo que visitou a capital, não participavam dos boatos, riam e tentavam chamar à razão aqueles que contavam as histórias. Porém o fato era fato, e negá-lo sem explicações não era possível: alguém tinha estado em Moscou. Os restos carbonizados da casa Griboiedov e muitas outras coisas confirmavam o ocorrido com muita evidência.

As pessoas cultas defendiam o ponto de vista da investigação: era uma quadrilha de hipnotizadores e ventríloquos, que dominava maravilhosamente bem a sua arte.

Naturalmente, foram tomadas medidas imediatas e enérgicas, em Moscou e fora da capital, para prender a quadrilha. Mas elas não surtiram efeito. Aquele que se denominava Woland sumira com toda a sua corja, sem aparecer mais em Moscou, nem em lugar nenhum, e não se revelou mais de forma alguma. É totalmente natural que tenha surgido uma suposição de que fugira para o exterior, mas lá ele também não se fez mostrar.

A investigação sobre Woland continuou por um longo tempo. Pois, seja lá o que tenha sido, o caso era monstruoso! Sem falar dos quatro prédios queimados e das centenas de pessoas enlouquecidas, algumas até tinham sido mortas. Tinha-se certeza sobre duas: Berlioz e o ex-barão Meigel, o infeliz funcionário que trabalhava no Bureau de Turismo que apresentava aos estrangeiros as maravilhas históricas de Moscou. Eles foram mortos. Os ossos queimados do segundo foram encontrados no apartamento nº 50 da rua Sadovaia, depois de apagado o incêndio. É, houve vítimas, e essas vítimas exigiam investigação.

Mas havia mais vítimas e, depois de Woland deixar a capital, essas vítimas eram, por mais que isso seja triste, os gatos pretos.

Uma centena desses animais pacíficos, dedicados ao homem e úteis a ele, foram mortos a tiros ou exterminados de outras formas em diferentes locais de Moscou. Uma dezena e meia de gatos, às vezes fortemente deformados, foram levados ao departamento da polícia em diferentes cidades. Em Armavir, por exemplo, um animal inocente foi levado por um cidadão até a polícia com as patas dianteiras amarradas.

O cidadão começou a desconfiar do gato no momento em que o animal, com a aparência de ladrão (o que fazer se os gatos têm essa aparência? Não porque sejam depravados, mas porque têm medo de que alguém mais forte do que eles — cachorros e pessoas — lhes faça algum mal. Tudo é possível, mas não é nenhuma honra, lhes garanto, nenhuma. Sim, nenhuma!), sim, com aparência de ladrão, o gato preparava-se para se atirar nas bardanas.

O cidadão pulou em cima do gato, tirou a gravata para amarrá-lo e balbuciava ameaças:

— A-há! Quer dizer que agora vieram para Armavir, senhor hipnotizador? Não temos medo do senhor aqui. Não se finja de mudo. Já sabemos muito bem quem é!

Levou o gato para a polícia, arrastando o pobre animal pelas patas dianteiras amarradas com a gravata verde e exigindo, com suaves pontapés, que o gato andasse sobre as patas traseiras.

— O senhor — gritava o cidadão acompanhado pela algazarra de meninos — deixe, deixe de se fazer de bobo! Não vai dar certo! Ande como todos andam!

O gato preto arregalava os olhos de tanto sofrimento. Privado da fala pela natureza, ele não conseguia se justificar. O pobre animal deve a sua salvação, em primeiro lugar, à polícia, e, além disso, à sua dona, uma respeitável velhinha-viúva. Assim que o gato foi entregue à polícia, certificaram-se de que o cidadão emanava um forte cheiro de álcool e, por causa disso, desconfiaram de suas declarações. Ao mesmo tempo, a velhinha, que soubera pelos vizinhos da prisão de seu gato, correu para o departamento da polícia e chegou a tempo. Fez as mais lisonjeiras recomendações sobre o gato, explicou que o conhecia havia cinco anos, desde que era um gatinho, disse que se responsabilizava por ele, provou que ele não estava envolvido em nada ruim, e que nunca tinha ido a Moscou. Nasceu em Armavir, lá cresceu e lá aprendeu a pegar ratos.

O gato foi desamarrado e devolvido à dona, depois, claro, de passar por momentos de sofrimento: conheceu na prática o que são o erro e a calúnia.

Além de gatos, pequenos aborrecimentos atingiram algumas pessoas. Foram feitas algumas prisões. Entre os presos por curto tempo estiveram: em Leningrado, os cidadãos Wolman e Wolper; em Saratov, Kiev e Kharkov, três com o sobrenome Volodin; em Kazan, Volokh; em Penza, ninguém entendeu por quê, o cientista e doutor em química Vettchinkevitch. É verdade que ele era muito alto e muito moreno.

Foram presas em diferentes locais, além disso, nove pessoas com o sobrenome Korovin, quatro com o sobrenome Korovkin e duas com o sobrenome Karavaiev.

Certo cidadão foi retirado do trem que ia para Sebastopol na estação Belgorod e amarrado. O cidadão tinha tido a ideia de divertir os passageiros fazendo mágicas com baralho.

Em Iaroslavl, na hora do almoço, entrou no restaurante um cidadão segurando um fogareiro que havia pegado no conserto. Dois porteiros, assim que o viram no hall de entrada, deixaram seus postos e correram, atrás deles correram os fregueses e os empregados. Além do mais, de uma forma incompreensível, sumiu todo o dinheiro do caixa.

Houve muitos mais, é impossível lembrar tudo. Houve grande excitação de espíritos.

Mais e mais uma vez deve-se reconhecer o papel da investigação. Tudo foi feito não só para prender os criminosos, mas também para explicar o que eles fizeram. E tudo foi explicado, e essas explicações só podiam ser aceitas como razoáveis e inquestionáveis.

Os responsáveis pela investigação e psiquiatras experientes constataram que os membros da quadrilha criminosa, ou, talvez, um deles (as suspeitas pesavam sobre Koroviev), eram hipnotizadores de uma força nunca vista, que podiam aparecer em lugares onde na realidade não estavam, e sim em situações imaginárias, deslocadas. Além disso, eles convenciam livremente aqueles que encontravam de que as coisas e as pessoas estavam lá onde na verdade não estavam e, pelo contrário, tiravam do campo de visão aquelas coisas e aquelas pessoas que realmente ali estavam.

À luz dessas explicações, tudo estava decididamente claro, pois fora esclarecida até mesmo a inexplicável invulnerabilidade do gato, atingido por tiros no apartamento nº 50 durante a tentativa de prendê-lo, e que tanto preocupava os cidadãos.

Não havia, naturalmente, nenhum gato dependurado no lustre, ninguém tinha nem pensado em atirar de volta, e atiraram num lugar vazio, pois, no mesmo instante em que Koroviev sugeria que o gato estava fazendo sem-vergonhices no lustre, podia tranquilamente estar atrás daqueles que atiravam, fazendo caretas e deleitando-se com a sua capacidade enorme, e muito utilizada para o crime, de indução. Foi ele, é claro, que derramou a benzina e incendiou o apartamento.

É obvio que Stiopa Likhodieiev não viajou para Ialta (nem Koroviev tinha poderes para esse tipo de brincadeira) nem enviou telegramas de lá. Depois de ter desmaiado no apartamento da mulher do joalheiro, assustado com a mágica de Koroviev, que lhe mostrou o gato com um cogumelo em conserva espetado no garfo, ele permaneceu deitado lá até Koroviev, zombando dele, colocar na sua cabeça um chapéu de feltro e o enviar para o aeroporto de Moscou, antes inculcando nos representantes da polícia criminal, naturalmente, que Stiopa sairia do avião que vinha de Sebastopol.

É verdade que a polícia criminal de Ialta afirmava que havia recebido Stiopa descalço e que enviara os telegramas de Stiopa para Moscou, mas não encontraram uma cópia sequer de um desses telegramas nos autos e, por isso, chegou-se à triste porém totalmente incontestável conclusão de que a quadrilha de hipnotizadores tinha poderes de hipnotizar a distância não só pessoas em separado, mas grupos inteiros. Nessas condições os criminosos podiam enlouquecer até mesmo pessoas que possuíam uma forte estrutura psíquica.

Não tinha sentido falar de bobagens como um baralho no bolso de estranhos na plateia, ou de vestidos femininos que desapareceram, ou da boina que miava e tudo mais desse tipo! Coisas assim podem ser feitas por qualquer hipnotizador profissional mediano em qualquer palco, inclusive a simples mágica de cortar a cabeça do mestre de cerimônias. O gato falante também é um absurdo completo. Para apresentar às pessoas um gato desses bastava dominar os fundamentos primários do ventriloquismo, e dificilmente alguém poderia duvidar de que a arte de Koroviev ultrapassava esses fundamentos.

É, o problema não estava no baralho, ou nas cartas falsas da pasta de Nikanor Ivanovitch. Isso tudo era bobagem! Foi ele, Koroviev, que empurrou Berlioz para a morte debaixo do bonde. Foi ele que enlouqueceu o pobre poeta Ivan Bezdomni, ele que o obrigava a delirar e a ver em sonhos terríveis a antiga Yerushalaim e o monte Gólgota, queimado pelo sol e árido, com três condenados em postes. Foi ele e sua quadrilha que obrigaram Margarida Nikolaievna e sua empregada, a bela Natacha, a desaparecer de Moscou. Aliás, a investigação cuidava desse caso com atenção redobrada. Tinham que esclarecer um ponto: as mulheres haviam sido sequestradas pela quadrilha de assassinos e incendiários ou tinham seguido voluntariamente com o grupo de criminosos? Baseando-se em depoimentos absurdos e confusos de Nikolai Ivanovitch, e levando em consideração o bilhete insano e estranho deixado por Margarida Nikolaievna, dizendo que estava indo embora para virar bruxa, e considerando que Natacha sumiu deixando suas roupas, a investigação chegou à conclusão de que a patroa e a empregada tinham sido hipnotizadas da mesma forma que as outras pessoas e, assim, tinham sido sequestradas pela quadrilha, levantando uma suspeita muito viável de que os criminosos haviam sido atraídos pela beleza das duas mulheres.

Mas o que ficou completamente inexplicável para a investigação foi o motivo que levara a quadrilha a sequestrar da clínica psiquiátrica o doente mental que se denominava mestre. Não foi possível descobrir isso, da mesma forma que não se conseguiu descobrir o sobrenome do doente sequestrado. Assim, ele sumiu para sempre com o apelido de morto: "Número cento e dezoito do primeiro bloco".

Pois bem, então quase tudo foi explicado e a investigação terminou como tudo normalmente termina.

Passaram-se alguns anos e os cidadãos começaram a esquecer Woland, Koroviev e os outros. Muitas mudanças aconteceram na vida daqueles que sofreram nas mãos de Woland e seus capangas. Por mais que sejam pequenas e insignificantes essas mudanças, vale a pena destacá-las.

Por exemplo, Georges Bengalski, depois de passar três meses na clínica, recuperou-se e teve alta, mas teve de deixar o serviço no Teatro de Variedades na hora mais quente, quando o público em massa ia comprar ingressos, pois se revelou que a lembrança da magia negra e suas revelações ainda estavam bastante vivas. Bengalski deixou o Teatro de Variedades, pois entendeu que seria muito sofrimento aparecer toda noite diante de mais de duas mil pessoas e seria inevitável não ser reconhecido e a todo instante submetido a perguntas ridículas do tipo: como se sente melhor, com a cabeça ou sem a cabeça?

E, além disso tudo, o mestre de cerimônias perdeu uma dose significativa da alegria, que era tão necessária em sua profissão. Restou-lhe um hábito desagradável e penoso: todo dia de lua cheia, durante a primavera, ele entrava em estado de medo, agarrava o pescoço, olhava ao redor e chorava. Essas manias passavam, mas a existência delas impedia que continuasse a exercer a mesma atividade, e o mestre de cerimônias aposentou-se, passando a viver de suas economias, que, diante de seus gastos humildes, bastariam para os próximos quinze anos.

Ele foi embora e nunca mais se encontrou com Varienukha, que conquistou a popularidade e o amor geral por sua incrível, mesmo entre administradores teatrais, sensibilidade e polidez. Os associados de teatros, por exemplo, não o chamavam de outra forma a não ser de pai protetor. Podia ser a qualquer hora do dia, qualquer pessoa que telefonasse para o Teatro de Variedades ouvia a voz suave, mas triste: "Pronto" — e ao pedido de chamar Varienukha, a mesma voz respondia imediatamente: "À sua disposição". Mas como sofria Ivan Savielievitch por causa de sua gentileza!

Stiopa Likhodieiev não precisava mais atender telefone no Teatro de Variedades. Logo depois de ter tido alta da clínica, na qual passou oito dias, Stiopa foi transferido para Rostov, onde recebeu a incumbência de gerente de uma grande loja de alimentos. Correm boatos de que ele parou totalmente de beber vinho e só bebe vodka com brotos de cassis, tendo assim restabelecido a saúde. Dizem que se tornou introspectivo e que foge das mulheres.

O afastamento de Stepan Bogdanovitch do Teatro de Variedades não trouxe para Rimski aquela alegria com a qual ele tanto sonhara durante longos anos. Depois da clínica e de Kislovodsk, o diretor financeiro, velhinho, muito velhinho, com a cabeça tremendo, apresentou sua carta de demissão ao Teatro de Variedades. O interessante é que a carta de demissão foi levada até o teatro pela esposa de Rimski. O próprio Grigori Danilovitch não encontrou forças, nem mesmo de dia, para ir ao prédio onde ele viu o vidro rachado da janela iluminado e o braço comprido que se estendia até a fechadura.

Depois de se demitir do Teatro de Variedades, o diretor financeiro foi admitido no Teatro Infantil de Bonecos de Zamoskvoretchie. Nesse teatro ele não mais teve que se encontrar, em função de questões de acústica, com o respeitável Arkadi Apollonovitch Sempleiarov. Este foi rapidamente transferido para Briansk e nomeado gerente do posto de preparação de cogumelos. Agora, os moscovitas comiam cogumelos em conserva, não paravam de elogiá-los e estavam excepcionalmente felizes com a transferência de Arkadi. Como já é coisa do passado, dá para dizer que Arkadi Apollonovitch nunca teve jeito para a acústica e, por mais que se esforçasse para melhorar, ficava sempre na mesma.

Às pessoas que deixaram o teatro, além de Arkadi Apollonovitch, deve-se incluir também Nikanor Ivanovitch Bossoi, apesar de não ter ligação alguma com os teatros, além dos ingressos gratuitos. Nikanor Ivanovitch não só não vai mais a teatro algum, nem de graça, como até mesmo muda de fisionomia quando a conversa é sobre teatro. Em grau igual ele passou a odiar, além do teatro, o poeta Puchkin e o talentoso artista Savva Potapovitch Kuroliessov. O sentimento de ódio por este último era tal que, no ano anterior, ao ler no jornal um anúncio fúnebre sobre a morte de Savva Potapovitch, atingido por um ataque de coração no desabrochar de sua carreira, Nikanor Ivanovitch ficou tão vermelho que quase seguiu o mesmo caminho de Savva Potapovitch, e bramiu "Bem-feito para ele!". Além disso, naquela mesma noite, a morte do artista popular fez Nikanor Ivanovitch recordar coisas terríveis e, sozinho, somente na companhia da lua cheia que iluminava a Sadovaia, encheu a cara. A cada dose a maldita corrente de figuras odiadas por ele aumentava, e estavam nessa corrente Serguei Guerardovitch Duntchil, a bela Ida Guerkulanovna e o ruivo dono de gansos selvagens, o sincero Kanavkin Nikolai.

E a esses, o que aconteceu? Perdão! Nada aconteceu a eles, nem podia acontecer, já que eles nunca existiram na verdade, assim como nunca existiu o simpático artista, o mestre de cerimônias, nem o próprio teatro, nem a velha ranzinza tia Porokhovnikova, que escondia dinheiro estrangeiro na adega e, é claro, não existiram as trombetas douradas, nem os cozinheiros. Tudo isso só aconteceu nos sonhos de Nikanor Ivanovitch, sob a influência de Koroviev. O único ser vivo que participou do sonho foi exatamente Savva Potapovitch, o artista, e entrou na lista somente porque despertou a memória de Nikanor Ivanovitch graças às suas frequentes apresentações pelo rádio. Ele, sim, existiu, mas os outros não.

Então, pode ser que Aloizi Mogaritch não tenha existido? Oh, não! Esse não só existiu, como ainda existe e, ainda por cima, no cargo que Rimski recusou, ou seja, o cargo de diretor financeiro.

Quando voltou a si, aproximadamente um dia depois da visita de Woland, no trem, em algum lugar nos arredores de Viatka, Aloizi convenceu-se de que tinha saído de Moscou completamente desnorteado, e se esquecera de vestir as calças, e sem saber, também, para que exatamente roubara o livro do administrador do prédio. Depois de pagar uma grande soma ao cobrador, Aloizi adquiriu com ele uma calça engordurada e voltou de Viatka para Moscou. Mas a casinha do administrador, infelizmente, não encontrou mais. Fora incendiada e desaparecera. Porém, Aloizi era uma pessoa extremamente empreendedora. Duas semanas depois, já estava morando num maravilhoso cômodo na travessa Briussovski e, alguns meses depois, estava sentado no gabinete de Rimski. E como antes Rimski sofria por causa de Stiopa, agora Varienukha sofria por causa de Aloizi. Ivan Savielievitch sonha somente com uma coisa: que Aloizi seja enxotado do Teatro de Variedades, pois, como cochichava às vezes Varienukha para um grupo de amigos mais íntimos, "um canalha como esse Aloizi nunca tinha encontrado na vida, e desse Aloizi podia-se esperar qualquer coisa".

Aliás, até pode ser que o administrador fosse tendencioso. Não havia registro de qualquer falcatrua em nome de Aloizi, sem contar, é claro, com a nomeação de outro funcionário para o lugar do funcionário da lanchonete de Sokov. Andrei Fokitch morreu de câncer do fígado na clínica da Primeira Universidade Estatal de Moscou, uns nove meses depois de Woland aparecer em Moscou...

É, passaram-se alguns anos, e os acontecimentos descritos neste livro de forma verídica cicatrizaram e se apagaram da memória. Mas não de todos, não de todos!

Todo ano, quando chega a lua cheia primaveril, ao anoitecer surge sob as tílias em Patriarchi Prudi um homem de uns trinta ou trinta e poucos anos. É meio ruivo, de olhos verdes, vestido humildemente. Trata-se do funcionário do Instituto de História e Filosofia, o professor Ivan Nikolaievitch Poniriov.

Ele sempre se senta naquele mesmo banco embaixo das tílias no qual estava sentado naquela tarde, quando Berlioz, há muito tempo esquecido por todos, pela última vez em sua vida viu a lua se fazer em pedaços.

Agora ela estava cheia, branca no início da tarde e depois dourada, deslizando como um dragão de patins sobre a cabeça do ex-poeta Ivan Nikolaievitch e, ao mesmo tempo, parada no mesmo lugar lá em cima.

Ivan Nikolaievitch sabia de tudo, conhecia tudo e entendia tudo. Sabia que na juventude tinha sido vítima de hipnotizadores criminosos, tendo se tratado e se curado. Mas sabia, também, que havia algo que não podia dominar. Não podia dominar essa lua cheia da primavera. Assim que o astro começava a se aproximar, assim que começava a crescer e se encher de dourado, Ivan Nikolaievitch ficava agitado, nervoso, perdia o apetite e o sono, e esperava que a lua amadurecesse. E, quando chegava a lua cheia, nada segurava Ivan Nikolaievitch em casa. À tarde, ele saía e se dirigia para Patriarchi Prudi.

Sentado no banco, Ivan Nikolaievitch já conversava sinceramente consigo mesmo, fumava, apertava os olhos ora para a lua, ora para a catraca de que se lembrava tão bem.

Ivan Nikolaievitch ficava uma ou duas horas assim. Depois, saía do lugar e sempre pelo mesmo caminho, pela travessa Spiridonovka, dirigia-se para as travessas da Arbat com olhos vazios e cegos.

Passava pelos postos de gasolina, virava onde havia um poste velho a gás e aproximava-se da cerca que protegia um jardim esplêndido, mas ainda desnudo. No jardim, destacavam-se uma luminária e uma janela, e, do outro lado, com a lateral colorida pela lua, uma mansão gótica escura.

O professor não sabia o que o atraía para a cerca e quem morava na mansão, mas sabia que não tinha como dominar a si mesmo durante a lua cheia. Além do mais, sabia que, no jardim atrás da cerca, veria inevitavelmente a mesma coisa.

Via um senhor de barba idoso e respeitável sentado no banco, com um pince-nez e com leves traços de porco no rosto. Ivan Nikolaievitch sempre encontrava esse habitante da mansão na mesma pose sonhadora, com o olhar voltado para a lua. Ivan Nikolaievitch sabia que, depois de se deleitar com a lua, o senhor inevitavelmente transferiria seus olhos para as janelas com a luminária e se fixaria nelas, como se à espera de que se abrissem, e algo extraordinário fosse aparecer no batente.

O que aconteceria depois Ivan Nikolaievitch sabia de cor. Era preciso se esconder ainda mais atrás da cerca, pois o senhor sentado ia começar a virar a cabeça agitado, tentar fixar os olhos em algo no ar, sorrir excitado e depois erguer os braços numa doce tristeza e, de forma simples mas suficientemente alto, balbuciar:

— Vênus! Vênus!... Ah, que idiota sou eu!...

— Deuses, deuses! — começa a sussurrar Ivan Nikolaievitch, escondendo-se atrás da cerca e sem tirar os olhos do desconhecido mentiroso. — Eis mais uma vítima da lua... É, é mais uma vítima, como eu.

O homem sentado vai continuar as suas falas:

— É, sou um idiota! Por que, por que não fui com ela? De que tive medo, burro velho! Retifiquei o papel! É, agora aguente, velho cretino!

Assim vai continuar, até que a janela bata na parte escura da mansão, e surja nela algo branco, e soe uma voz feminina desagradável:

— Nikolai Ivanovitch, onde está? Que fantasia é essa? Quer pegar malária? Venha tomar chá!

Nesse instante, o homem sentado despertará e responderá com voz falsa:

— Queria respirar um pouco de ar fresco, querida! O ar está muito agradável!

Nesse instante, ele vai se levantar do banco, mostrará o punho fechado em sinal de ameaça para a janela que se fecha e vai se dirigir para casa.

— Está mentindo, mentindo! Oh, deuses, como mente! — balbucia Ivan Nikolaievitch ao se afastar da cerca. — Não é o ar que o traz para a cerca, ele vê algo na lua, nessa lua cheia primaveril, lá no alto. Ah, pagaria caro para penetrar em seu mistério, para saber qual foi a Vênus que ele perdeu e agora estende as mãos inutilmente ao ar para apanhá-la.

O professor volta para casa completamente doente. Sua esposa faz de conta que não percebe seu estado e o apressa para dormir. Porém, ela mesma não se deita, fica lendo um livro à luz da luminária e fita com olhos amargos o adormecido. Ela sabe que, ao amanhecer, Ivan Nikolaievitch acordará com um grito sofrido, e começará a chorar e a se agitar. Por isso, diante dela, sobre a toalha e sob a lâmpada, está uma injeção preparada antecipadamente, imersa em álcool e a ampola com um líquido cor de chá.

A pobre mulher, ligada ao doente grave, agora estava livre, e podia dormir sem perigo. Depois da injeção, Ivan Nikolaievitch iria dormir até de manhã, com o rosto satisfeito, sonharia sonhos desconhecidos para ela, mas elevados e felizes.

Acordar o sábio e levá-lo até o grito infeliz na noite de lua cheia era a mesma coisa. Ele via o carrasco desconhecido e sem nariz que saltara e, depois de retumbar com a voz, espetara a estaca no coração de Gestas enlouquecido e preso ao poste. Mas o carrasco não assusta tanto no sonho quanto a iluminação artificial, que vem de uma nuvem que ferve e encobre a terra, como acontece somente durante as catástrofes mundiais.

Depois da injeção, tudo muda diante daquele que dorme. A partir da cama em direção à janela estende-se uma trilha lunar larga e, por essa trilha, sobe um homem de manto branco com o forro cor de sangue. Ele dirige-se para a lua. Ao seu lado caminha um certo jovem, numa túnica maltrapilha e com o rosto deformado. Eles conversam acaloradamente sobre algo, discutem, querem chegar a um acordo.

— Deuses, deuses! — diz o homem de capa, voltando o rosto desdenhoso para o interlocutor. — Que execução vil! Por favor, diga-me — o rosto desdenhoso se transforma em suplicante — que ela não existiu! Suplico, diga-me, não existiu?

— É claro que não existiu — responde o outro —, isso foi fruto de sua imaginação.

— Você pode jurar? — pede em tom servil o homem de capa.

— Juro! — respondeu o acompanhante e seus olhos sorriram.

— Não preciso de mais nada! — grita o homem de capa com a voz entrecortada, subindo em direção à lua e levando o seu acompanhante. O cão de orelhas pontiagudas o seguia calmo e majestoso.

Então a trilha lunar ferve, e dela começa a jorrar um rio lunar que se derrama para todos os lados. A lua reina e brinca, a lua dança e faz travessuras. Então, em seu fluxo, forma-se uma mulher de beleza infinita que leva pela mão Ivan, que olha para o homem de barba. Ivan Nikolaievitch o reconhece logo. É aquele, o número cento e dezoito, seu visitante noturno. Ivan Nikolaievitch estende as mãos para ele no sonho e pergunta avidamente:

— Então quer dizer que terminou assim?

— Terminou assim, meu discípulo — responde o número cento e dezoito, e uma mulher se aproxima de Ivan e fala:

— É claro que é assim, tudo acabou e tudo acaba... Vou beijá-lo na testa e tudo será como deve ser.

Ela se inclina até Ivan, beija-o na testa e Ivan tenta alcançá-la e fita seus olhos. Mas ela se afasta, se afasta e vai embora com o seu acompanhante em direção à lua...

Então a lua começa a se exaltar, derrama correntes de luz diretamente sobre Ivan, espalha luz para todos os lados, começa uma inundação lunar no quarto, a luz oscila, sobe e inunda a cama. Somente então Ivan dorme com o rosto feliz.

Pela manhã, ele acorda calado, mas completamente tranquilo e saudável. Sua memória entrecortada acalma-se e, até a próxima lua cheia, ninguém irá perturbar o professor: nem o assassino sem nariz de Gestas, nem o quinto procurador da Judeia, o cavaleiro Pôncio Pilatos.

1929-1940

1ª EDIÇÃO [2009] 9 reimpressões
2ª EDIÇÃO [2021] 2 reimpressões

ESTA OBRA FOI COMPOSTA PELA PÁGINA VIVA EM ADOBE GARAMOND
E IMPRESSA EM OFSETE PELA LIS GRÁFICA SOBRE PAPEL PÓLEN DA SUZANO
S.A. PARA A EDITORA SCHWARCZ EM NOVEMBRO DE 2024.

A marca FSC® é a garantia de que a madeira utilizada na fabricação do papel deste livro provém de florestas que foram gerenciadas de maneira ambientalmente correta, socialmente justa e economicamente viável, além de outras fontes de origem controlada.